D1234768

L'ALLÉE DU ROI

FRANÇOISE CHANDERNAGOR

L'ALLÉE DU ROI

*Souvenirs
de Françoise d'Aubigné
marquise de Maintenon
épouse du Roi de France*

JULLIARD

© Julliard, 1981.

ISBN 2-266-06787-7

Je ne mets point de borne à mes désirs.

(Madame de Maintenon,
lettre à Godet-Desmarais.)

AVANT-PROPOS

A sa mort, en 1719, Françoise de Maintenon laissait près de quatre-vingts volumes de lettres. A la fin du XVIIIe siècle, Saint-Cyr en conservait encore quarante volumes. Ces collections, dispersées ou partiellement détruites au hasard des héritages et des révolutions, se sont considérablement appauvries. Il nous reste, cependant, encore plus de quatre mille lettres de la seconde épouse de Louis XIV.

Manquent sans doute ces lettres essentielles que sont les lettres au Roi et à ses amies les plus intimes ; mais nous avons les très nombreuses lettres adressées par elle à ses parents, ses familiers, ses directeurs de conscience, ses intendants et domestiques, les supérieures et les demoiselles de Saint-Cyr, et les diverses « personnalités politiques » du règne.

Nous possédons également un grand nombre des lettres que lui ont adressées ses correspondants ; nous avons enfin une lettre du Roi, échappée à la destruction systématique qu'elle fit de cette correspondance avant sa mort, et quelques courts billets du souverain.

Il n'existe malheureusement, à ce jour, aucune édition complète de cette énorme correspondance ; la seule édition prétendument telle, composée au XVIIIe siècle, est, pour une bonne partie de ses neuf volumes, un faux. Les éditions actuellement disponibles sont fragmentaires ou centrées sur une seule période ou une seule personne, et

9

certaines lettres de Mme de Maintenon demeurent inédites.

Nous connaissons mieux les instructions aux jeunes filles de Saint-Cyr, publiées, plus ou moins complètement, au XIXᵉ siècle sous trois ou quatre titres différents : il s'agit pour l'essentiel de comptes rendus d'entretiens avec les jeunes filles de Saint-Cyr ou leurs institutrices ; Mme de Maintenon y parle généralement à la première personne, les demoiselles de l'Institut s'étant bornées à prendre ses récits ou ses conseils en note.

Enfin Mme de Maintenon avait écrit elle-même, pour les petites filles de Saint-Cyr, des « conversations et proverbes », qui sont de petites saynètes, ou comédies en un acte, destinées à l'instruction morale et civique des enfants.

Chaque fois que je l'ai pu, j'ai mêlé au récit des phrases entières, et même des paragraphes, tirés de ces divers écrits de Mme de Maintenon. Écrivant ses « Mémoires », je n'ai pas cru pouvoir mieux faire que de lui donner souvent la parole...

J'ai, en outre, puisé assez largement dans les « Souvenirs » que Mme de Caylus, sa nièce, a laissés sur elle et les Mémoires de sa secrétaire, Mlle d'Aumale. Dans de nombreux cas, en effet, c'est Mme de Maintenon elle-même qui parle par ces récits ; Mlle d'Aumale reconnaît par exemple, à plusieurs reprises, avoir directement utilisé, à propos de tel ou tel événement, des feuillets laissés par la marquise ; elle dit même parfois reproduire exactement ces documents (récit de la mort du Roi ou de la visite du Régent), dont nous n'avons plus les originaux. Aussi ai-je inséré des passages de ces Mémoires dans le récit, dès lors que les faits en cause ne pouvaient avoir été connus des auteurs que par le propre récit de Mme de Maintenon.

Enfin, lorsqu'il s'est agi de faire le portrait de certains personnages de la Cour dont Mme de Maintenon parle dans ses lettres sans cependant les peindre car ils étaient parfaitement connus de ses correspondants, ou quand il m'a fallu conter des anecdotes, mineures, qui mettaient la marquise en scène mais qu'elle n'avait pas eu l'occasion de raconter elle-même, j'ai emprunté le récit à Tallemant des Réaux, Mme de Sévigné, Saint-Simon, la Princesse Palatine, ou quelque autre mémorialiste. J'ai pensé que, quelle que soit la fidélité avec laquelle je m'efforçais de restituer les faits et les sentiments, il était toujours préférable de céder la parole aux hommes du xvii° siècle, lorsque rien, du moins, ne permettait de supposer que Mme de Maintenon ait pu, sur les points précis dont il s'agissait, voir les choses autrement qu'eux.

Pour le surplus, bien qu'osant substituer ma plume à celle de Mme de Maintenon, je me suis efforcée à la plus grande exactitude : j'ai indiqué, chapitre par chapitre, mes sources (témoignages et documents) et les points précis sur lesquels j'étais contrainte, faute d'informations, de laisser courir mon imagination ; enfin, j'ai cherché, dans tous les cas, à faire la part du certain et celle du vraisemblable afin de laisser le lecteur libre de son jugement.

1

Pour Marie de La Tour
quand elle aura vingt ans.

Les murs qui ferment ma retraite seront ceux de mon tombeau.

Un visage aux traits brouillés, des yeux qui pleurent sans raison, un corps de squelette habillé : ma lassitude me représente [1] que je suis mortelle, les miroirs me disent que je suis déjà morte.

J'ai marché jusqu'à la fenêtre. Je voyais, sur la neige de la « Cour Verte », courir et danser les petites filles « rouges [2] » dont les rubans mal noués glissaient sur les robes brunes ; vous mettiez, mon enfant gâtée, toute l'ardeur de vos sept ans à piétiner la boue des allées. Au-delà des parterres dépouillés, j'apercevais par les fenêtres du réfectoire les « jaunes » et les « vertes » qui finissaient de dîner [3] en silence ; leurs couverts d'argent et leurs coiffes blanches renvoyaient vers les croisées plus de lumière qu'elles n'en recevaient. De la chapelle, derrière moi, j'entendais monter le chant des grandes filles « bleues » qui disaient l'office du milieu du jour

1. Rend sensible, rappelle.
2. On appelait « rouges » les élèves de Saint-Cyr âgées de 5 à 10 ans, « vertes » celles de 11 à 13 ans, « jaunes » les « demoiselles » de 13 à 17 ans et « bleues » celles de 17 à 20 ans.
3. Déjeuner.

avec leurs maîtresses, et leur voix, s'élevant dans l'air glacé, avait la brûlante pureté d'une flamme.

Aurais-je pu choisir un plus doux asile que cette maison emplie d'enfants ? Cependant, j'y suis comme une emmurée vive.

Je croyais, autrefois, que l'âme s'usait avec le corps et qu'à l'instant que les mains n'ont plus la force de saisir, l'esprit lui-même se détache des vanités et des passions de ce monde ; et voici que j'enferme dans ce corps décharné un cœur plus âpre, plus inquiet, plus avide d'amour et d'absolu que l'âme de mes jeunes années. Le silence de ce couvent et l'immobilité de ma prison de chair m'étouffent. Je meurs, mon enfant, de sécheresse plus que de vieillesse.

Du temps que j'étais jolie, j'ai goûté tous les plaisirs, j'ai été aimée partout, j'ai passé des années dans le commerce de l'esprit, je suis venue à la faveur [1], j'ai connu les gloires humaines ; tous ces états ne me laissaient qu'un vide affreux, un trouble, une lassitude, une envie insatiable de connaître autre chose. A la Cour je me mourais de tristesse dans une fortune [2] difficile à imaginer et le secours seul de Dieu m'empêchait de succomber. J'apportai à Saint-Cyr, en m'y cloîtrant après la mort du Roi, la soif ardente d'un brûlé et l'espérance d'une fiancée. Renonçant d'un cœur léger au monde que je n'aimais pas, je vendis, dès la première semaine, mes chevaux et mon carrosse, congédiai mes domestiques, donnai mes robes, mes toilettes [3], mes parfums ; je retranchai jusqu'à ma nourriture et résolus de ne plus franchir la clôture.

Aujourd'hui, je vais de ma chambre à la chapelle, de la chapelle au jardin ; je passe du jardin aux classes, et des classes à ma chambre. J'entends la messe deux fois le jour ; je ne vois personne de mes amis, hors quelques rares parents dont j'éloigne les visites autant que je le puis ; j'ai sacrifié jusqu'au plaisir des lettres, quand j'étais accoutumée d'en écrire vingt par semaine. Je veille dans

1. « La faveur », sans autre indication, s'entend de « la faveur royale ».
2. Situation brillante.
3. Linges dont on garnit la table de toilette.

l'ignorance du jour et de l'heure, livrée tout entière à Dieu sans partage ni réticence.

Et Dieu, pour qui j'ai tout quitté, m'abandonne. Celui que je cherchais se dérobe à mon attente et me laisse à mon désert. Je ne prie même pas si bien dans la paix de ces murs que je le faisais dans le tumulte de Versailles. Rien ici ne répond à mon cri, rien n'y apaise une ardeur sans objet.

Quand j'étais au comble de ma faveur, je dis un jour à mon frère que j'eusse préféré d'être morte : « Vous avez donc parole [1], ma sœur, d'épouser Dieu le Père ! » La veuve du Roi n'épousera pas son Seigneur. Il ne veut pas même d'elle pour sa servante. Les grands seront abaissés, les premiers seront les derniers.

Encore si, pour me distraire de ce néant de l'âme, j'avais le souci des affaires du royaume et la conversation de ceux qui en sont occupés... Mais, quelque esprit qu'une religieuse puisse avoir, elle n'a aucune connaissance de ce qui a rempli nos vies. La plupart ont été élevées dans cette maison dont elles savent uniquement les règles. Il faut se résoudre à n'avoir point de société [2].

Tout m'échappe à la fois, tout me trahit, tout m'afflige et m'ennuie, tout manque en moi, hors ma sensibilité pour vous, mon enfant, et pour mon pauvre duc du Maine ; et je crains qu'après ma mort, si l'on ouvre mon corps, on ne me trouve le cœur sec et tors comme à Monsieur de Louvois.

Assise auprès de la fenêtre dans ma « niche [3] » de damas bleu, je vous entends rire au jardin. Qu'avez-vous encore imaginé ? De vous coiffer d'un pot de fleurs ? De croquer les boules d'un houx ? De couper la dentelle de votre jupon pour en vêtir votre poupée ? Vous ne savez que trop combien j'aime vos espiègleries. Je vous passe plus de choses que je ne devrais si je vous aimais pour vous-même, mais je vous chéris comme les prison-

---

1. Promesse.
2. Compagnie.
3. Il s'agit d'une sorte d'alcôve mobile, qui est décrite au chapitre 19.

niers chérissent l'oiseau qu'ils tiennent en cage dans leur cachot.

Tout à l'heure, tandis que je vous montrais à lire votre alphabet, vous m'avez regardée avec toute la gravité dont vous êtes capable et qui ne va pas fort loin. « Maman, je sais que tu es reine. » J'ai pris mon air le plus sévère : « Qui vous a dit cela, mignonne ? » Devant mes sourcils froncés, vous avez battu en retraite. Je voyais s'abaisser les coins de votre bouche mais vous ravaliez vos larmes avec courage.

Que savez-vous, en effet, de cette vieille femme qui s'est faite votre gouvernante, qui vous apprend la tapisserie, vous couche auprès d'elle le soir et vous couvre de présents aussi magnifiques qu'inutiles ? Quand je ne serai plus, vous souviendrez-vous seulement que c'est de ce spectre noir que vous tenez votre ménage[1] en argent, la commode de vos poupées, leur trousseau brodé, vos perles, votre fauteuil doré ? Au reste, est-ce bien à vous que j'ai donné ces jouets ? Je vois parfois se dessiner, derrière vos joues fraîches et votre regard clair, les traits farouches d'une petite fille mal nourrie qui, dans la misère où elle vivait, ne pouvait pas même s'avouer qu'elle avait envie d'une balle ou d'un collier. A travers vous, l'épouse du roi de France comble de bonbons et de jouets Françoise d'Aubigné, mais cette enfant, trop affamée, ne peut plus être rassasiée.

J'ai posé la plume, un moment, pour jouer au piquet avec Madeleine de Glapion, votre supérieure, et cette bonne d'Aumale qui me considère avec l'œil inquisiteur d'un médecin. Elles s'efforcent, de manière touchante, d'amuser mon ennui et d'adoucir ma solitude. Je ne sais, en vérité, ce que dirait notre évêque à voir une religieuse les cartes à la main. Il n'est guère de sacrifice, pourtant, que leur tendresse pour moi ne leur fasse faire et, avec un peu de malice, je pourrais bien pousser la respectable supérieure de Saint-Cyr à intéresser la partie.

Vous êtes rentrée, tout échauffée d'avoir couru, la sueur au front, les boucles défaites et la goutte au nez. Vous avez demandé que nous finissions dans l'heure nos

1. Dînette.

testaments car vous aviez hâte de choisir celle de vos sœurs à qui vous laisseriez le manteau de Toinon et la jupe de Bérénice, vos poupées favorites. Bérénice, Toinon, vous n'avez jamais su dire laquelle avait vos préférences. Vous êtes royale dans vos affections... Devant votre insistance, j'ai mis la dernière main à cette « disposition de ce que j'ai », qui est, du reste, bien peu de chose et dont je laisse à vous et à vos sœurs l'essentiel. Nous avons placé ensemble nos testaments dans ma cassette. Vous étiez transportée de joie ; je vous soupçonne, dans l'occasion, de vous croire de l'importance. Je demanderai tout à l'heure à Mademoiselle d'Aumale d'ôter votre papier quand nous dormirons, car les doctes personnages qui, dans quelques semaines ou quelques jours, ouvriront ce coffret pourraient bien trouver de l'enfantillage à ce que nos instructions *post mortem* fussent mêlées.

Vous êtes descendue à la chapelle ; le père Briderey confesse aujourd'hui ; il est à la mode parmi vos compagnes ; quels pauvres péchés pouvez-vous lui avouer ?

Le calme est revenu dans ma petite chambre bleue. Je suis seule face au portrait du Roi, et le regret d'une vie, que je n'ai pas su aimer quand je la vivais, me point le cœur. Je revois avec douleur le beau visage d'une jeune femme que les hommes galantisaient et que les poètes chantaient. J'entends leurs propos aimables, les rires, le froissement des robes de taffetas, la musique des guitares. Je sens le souffle des éventails, la caresse des dentelles, et la main du plus grand monarque de la terre posée sur la mienne. Croiriez-vous que le marquis de Dangeau m'a troublée l'autre jour en me faisant compliment de mon regard ? Il y avait si longtemps que je n'avais ouï parler de la beauté de mes yeux... J'ai quitté les biens de ce monde, je n'en ai pas laissé les passions. Le silence de Dieu est ma punition.

Quand je serai morte, les dames de Saint-Louis vous diront que j'étais une sainte. Elles ne sont pas assez simples pour se satisfaire d'une fondatrice qui ne soit pas canonisée. Une vieille dame noire, morte en odeur de sainteté parmi les religieuses et les ifs bien taillés, c'est l'image édifiante dont on vous fera gardienne et tout ce que vous saurez de celle dont vous aurez été la dernière tendresse.

Autant que le dessin rembruni que tracent de ma personne et de ma vie ceux qui ne m'ont pas connue, ce portrait-là est faux. Les « bleues » me font sainte, et mes ennemis, Carabosse, mais tous s'accordent à me vouloir une quand, au vrai, je fus plusieurs. Francine, Bignette, « la belle Indienne », Madame Scarron, Lyriane, la marquise de Maintenon, l'épouse du Roi... J'ai porté bien des noms en ce monde et revêtu bien des visages ; je suis une multitude, je suis une femme qui a vécu quatre-vingt-quatre années. Dieu jugera si, dans sa diversité, cette femme-là fut vraie. Des vices et des vertus qu'il me donna en naissant, des talents qu'il me remit, je ne suis comptable qu'à lui.

Je ne veux pas me mettre en peine des jugements contraires que les hommes portent sur moi ; je puis vivre de leurs injures et survivre à leurs louanges. J'ai brûlé, il y a cinq ans, toutes les lettres du grand Roi et me trouve, par le fait, hors d'état de prouver que j'aie jamais été bien avec lui. J'ai détruit aussi les Mémoires que j'avais commencés quand Madame de Montespan avait résolu d'écrire les siens. Je ne fournirai pas de pièces à mon procès. Ma vie et ma personne resteront une énigme pour le monde, à jamais.

Cependant, ma petite fille, je voudrais que vous m'aimiez. Je sais que cet attendrissement, qui me prend parfois en vous voyant, vient de la fatigue de mon corps plus que de la douceur de mon cœur, et les larmes qui montent à mes yeux sont celles qu'on voit à toutes les vieilles. Je suis assez accoutumée, d'ailleurs, à discipliner les mouvements de mon âme pour ne pas vous troubler d'un excès d'amour importun. Accablée d'ans et de peines, je puis encore trouver la force de brider une sensibilité dont je me blâmerais de dévoiler toute la vivacité à un objet si fragile. Vous savez que votre « maman » vous aime ; je vous laisse heureusement ignorer combien elle a besoin que vous l'aimiez ; si je m'arrache aujourd'hui cet aveu pour la femme que vous êtes à l'heure que vous lisez ces lignes, je n'en eusse pas chargé l'enfant.

Quand le Créateur nous cache sa face, n'est-il pas trop naturel, pourtant, que nous nous tournions vers ses créatures ? Je n'ai pas, parmi celles-ci, grand ragoût [1]. Qui puis-je entretenir de mon trouble et de ma tristesse ? Mademoiselle d'Aumale, qui m'a déjà béatifiée ? Madeleine de Glapion, dont l'âme mélancolique se brise au moindre soupir ? Un directeur [2] qui ne m'entend pas [3] et m'assure que je vis dans la paix du Seigneur ? Mon chien ? Votre perroquet ?

J'ai laissé reposer ma plume pour toucher au souper que me porte, chaque soir, une petite converse [4] qui serait trop affligée de remporter mon repas intact. Il faut nourrir la machine quand c'est le cœur qui meurt de faim. J'ai mangé seule à la lumière d'une unique chandelle. Mes couverts en vermeil sont tout ce qui me reste de ma splendeur ancienne. J'ai la faiblesse d'y tenir.

On n'a pas posé devant moi cette tasse de chocolat que je buvais avant de me mettre au lit à Versailles ; je n'ai pas voulu introduire des habitudes de délicatesse dans cette maison. J'ai la faiblesse de le regretter.

Je mange peu et dans la hâte, devant ma petite sœur converse muette comme une statue. Aucune duchesse ne s'empresse pour me servir, nulle princesse ne me sourit, et je ne goûte plus à ce plaisir de la conversation qui était la sauce de toutes mes viandes [5]. J'ai la faiblesse d'en être inconsolable.

Faiblesses et vanités. « Vanité de s'attacher à ce qui passe et de ne pas se hâter vers la joie qui ne finit point. »

Je songe, en avalant ma soupe et mon fruit [6], au repas plus solitaire encore que fait à cette heure mon pauvre prince, mon duc du Maine, la tendresse de mon cœur. Cet homme, que j'ai plus aimé qu'une mère n'aime son propre enfant, est prisonnier d'une forteresse affreuse et, selon les apparences, je ne le reverrai jamais. Ce chagrin-là devait me tuer ; je vis encore.

« Mon âme a soif du Dieu vivant, quand le verrai-je face à face ? » Quand me libérerez-vous, Seigneur, d'une

1. Plaisir piquant, choix de distractions.
2. Directeur de conscience, confesseur.
3. Ne me comprend pas.
4. Religieuse qui se consacre aux travaux manuels.
5. Mets, au sens large.
6. Dessert, au sens large.

trop longue pénitence ? Et de quelles blessures faudra-t-il encore saigner avant que d'être délivrée ? Quand serai-je dans le pays du repos et de la joie ?

Vous êtes, mon enfant, la dernière source où je me puisse abreuver. Dans cette aridité, vous êtes, sans vous en douter, mon ultime consolation. Bientôt, vous rentrerez du réfectoire, vous m'étourdirez de votre babillage, vous ferez cent folies avant de vous laisser coucher. Je vous montrerai peut-être un peu d'impatience. Votre présence me distrait parfois trop de vous-même ; vos caprices de petite fille me privent de la compagnie, plus précieuse, de la femme que vous serez. Lorsque vous dormirez enfin, je pourrai reprendre avec vous le fil de ce discours interrompu, dont vous trouverez un jour le fruit dans le tiroir à secrets du bureau que je vous ai légué. J'ai prié par testament qu'on ne vous en remît pas la clé avant votre vingtième année. Pareille circonstance me semble de nature à enflammer l'esprit romanesque d'une jeune fille et à la prévenir en ma faveur. Je ménage mes effets.

C'est aussi que je ne me flatte pas que les événements de ma vie méritent votre attention ni surtout qu'ils puissent, en quelque manière, vous édifier. Il y a beau temps que j'ai trié, parmi mes souvenirs, ceux qui pourraient servir à l'instruction de vos compagnes et que je les leur ai livrés. Vous aurez le rebut, l'ivraie avec le bon grain. Je ne veux rien vous celer ni vous déguiser rien. Je vous fais cadeau de moi-même. Le présent n'est pas bien grand, mais c'est plus que je n'en ai jamais donné à personne.

Et, si vous ne pouvez goûter le prix d'un don que vous n'avez pas sollicité, vous vous divertirez peut-être aux récits que je vous fais. Il m'est arrivé, en effet, tout ce qu'on voit dans les romans où l'héroïne, simple bergère, finit par épouser un prince. Vous saurez par moi, cependant, ce que d'ordinaire on ne met pas dans ces romans-là : ce qu'il faut à la bergère de patience, de force et d'entreprise [1] pour parvenir.

A vous je conterai ce premier « tome de ma vie » que les bonnes langues de la Cour me faisaient grief de

1. Résolution, courage.

cacher. « Mais, enfin, à moins d'avoir conté sa vie avec malice, quel mal cela lui eût-il fait ? » demandait à mes amis la marquise de Sévigné, qui trouvait mon mystère choquant. Sans doute, Marie de Rabutin était-elle assez bien née pour n'avoir rien que de bienséant à dévoiler sur ses primes années. Il est vrai d'ailleurs que pauvreté n'est pas vice, que l'on ne saurait être coupable des parents que le ciel nous a donnés, ni confondu du jugement que portent sur des actions nées de la nécessité [1] ceux qu'elle n'a jamais pressés. Cependant...

Dans le château de Mursay, où j'ai passé quelques années de mon enfance, la première marche de l'escalier portait une devise en latin gravée : *Difficile ex imo,* « il n'est pas aisé de s'élever lorsqu'on est parti de peu ». Cette maxime s'appliquait à l'édifice, mais elle ne s'accorde pas mal avec ma vie.

Mes ennemis firent autrefois bien du bruit autour de ce qu'ils supposèrent ; qu'auraient-ils dit s'ils avaient su ? Je ne pouvais pas tout conter, même à l'homme qui m'a le plus aimée. A celui-là surtout il fallait dissimuler. Concevez-vous ce qu'il y a de violent à se contraindre de la sorte et croyez-vous qu'on s'y résigne sans de puissantes raisons ?

En apprenant ce que Marie de Sévigné ignorait, vous entrerez dans ces raisons-là, j'en suis assurée ; et je compte que cette intelligence [2] ne vous rendra que plus exacte à détruire les lignes que je livre à votre discrétion.

Au reste, quelque usage que vous puissiez faire de la confidence où je vous mets, j'ai un trop grand besoin de vous entretenir pour ne pas me départir de ma prudence en votre faveur. Quand seule la créance que vous m'entendrez un jour me donne la force d'aller sans défaillir jusqu'au bout de ma route, où pourrais-je puiser le courage de la discrétion ? Entrouvrez donc votre cœur pour accueillir un instant Françoise de Maintenon, sinon dans la personne de la vieille gouvernante que vous avez connue, du moins dans cette petite d'Aubigné plus pauvre et abandonnée que vous ne le fûtes jamais.

Et ne vous mettez pas en peine du reste ; si je n'ai pas

1. Pauvreté.
2. Compréhension.

l'heur de vous plaire par le récit que je vous fais, j'aurai du moins goûté une dernière fois à ce plaisir de l'écriture auquel j'ai tant de peine à renoncer. Nous aimons fort à parler de nous, dussions-nous parler contre ; je ne suis pas là-dessus autrement que les autres. C'est une faiblesse de plus, mais il faudra bien à la fin que Dieu me prenne comme il m'a faite. J'ai tant lutté, tant feint, tant exigé de moi-même pour me rendre digne de sa gloire qu'à cette heure où il détourne de moi son regard, je ne me vois d'autre choix que de m'abandonner sans fard à sa clémence.

Une souris grise a pénétré dans la chambre mais elle n'a pas jugé ma compagnie digne d'elle. M'ayant envisagée [1], elle a fait trois tours sur le pavé [2] puis elle est sortie du même petit trot réglé. Cette visite, si elle a suspendu ma plume, n'a pas troublé votre sommeil. Vous dormez, dans le petit lit de camp que vos maîtresses dressent auprès du mien, mon chien roulé en boule sur vos pieds. Vous dormez, entre Bérénice et Toinon, du sommeil des justes. Je m'en remets à cette justice pour le monde, et à un autre tribunal pour l'éternité.

On sonne la cloche de la « Cour du Dehors » pour appeler vos sœurs à complies. J'entends, le long des corridors éteints, glisser silencieusement les longues robes d'étamine des moniales et des novices. J'aime la douceur de ce dernier office, le mystère de la chapelle plongée dans la nuit et l'ombre des visages que la veilleuse allumée n'éclaire pas. J'aime les psaumes qu'on chante à complies, plus apaisants que des berceuses, et cet abandon des âmes que Dieu conduit au sommeil et à la nuit. Voici ma journée finie. L'obscurité descend sur nos vies et les enveloppe comme un linceul.

J'éprouve ce soir une ferveur singulière à dire avec les prieuses de la nuit ce cantique de la Passion : « Seigneur, entre vos mains je remets mon esprit. »

Seigneur, entre vos mains je remets ma vie.

1. Dévisagée (« dévisager » ayant, au xviie siècle, le sens de « défigurer »).
2. Carrelage.

Je suis née le 26 ou 27 novembre 1635 dans la prison de Niort en Poitou. Mon père, Constant d'Aubigné, résidait dans la Conciergerie annexée au palais de justice de cette ville. Il tâtait de cette ombre-là depuis une année environ, après avoir fait l'expérience des cachots de Paris, La Rochelle, Angers, Bordeaux, La Prée, Poitiers, sans compter quelques menues geôles étrangères à ce Royaume. Il prétendait plus tard s'être fort bien accoutumé à toutes les sortes de prisons, y ayant passé près de vingt ans de sa vie, mais quoique aucune de celles qu'il connut n'approchât en commodité celle de la Bastille, dont il regrettait de n'avoir pu juger par lui-même, la prison de Niort lui avait paru de toutes la moins plaisante.

La Conciergerie était installée dans l'hôtel Chaumont qu'on voit encore au pied du donjon, près de la rue du Pont. C'est à présent une bâtisse fort délabrée. C'était déjà un bâtiment mal entretenu et malsain dont l'exiguïté condamnait les prisonniers à une promiscuité choquante.

Aussi est-il douteux que je sois née dans la chambre même de mon père. Ma mère, Jeanne de Cardillhac, avait sans doute pris pension dans la cour du palais, chez l'un des gardiens, ainsi que font ordinairement les femmes des condamnés étrangers à la ville. Cependant, comme elle devint grosse dans le temps que mon père était déjà emprisonné à Niort, je dois croire qu'à l'hôtel Chaumont on ne séparait pas les époux avec trop de rigueur. Je ne puis donc dire si j'ouvris les yeux sur les murs nus d'un cachot ou sur ceux, guère plus plaisants, de la cabane de Bertrand Bervache, le concierge, ou de quelque autre sergent. Au moins n'était-ce pas sur la muraille d'un palais ni même sur celle d'une maison bourgeoise, et il suffit que je devine que ma mère n'était pas trop satisfaite de mettre au monde ce troisième enfant quand déjà elle peinait tant pour nourrir les deux autres.

Elle n'avait pas trouvé à Niort le secours qu'elle escomptait lorsqu'elle avait sollicité le transfèrement de mon père en cette ville. Privée de l'appui de sa propre famille, elle avait espéré dans l'aide que lui pourraient apporter les parents et alliés de son époux : Théodore-Agrippa d'Aubigné, mon grand-père, avait longtemps vécu à Maillezais dans le Marais niortais ; ma grand-mère, Suzanne de Lezay, avait vu le jour à une lieue de Niort ; mon père et ses sœurs étaient tous nés au Chaillou et à Mursay, demeures très proches de la ville ; ma mère pensait trouver dans ce pays-là abondance d'amis et de familiers. Mais cette circonstance ne l'aida pas sensiblement à se sortir d'embarras : à Niort, moins qu'ailleurs, on n'ignorait les vices, les crimes et les trahisons de Constant d'Aubigné, et la malédiction de mon grand-père, proclamant son fils unique « destructeur du bien et honneur de sa maison », n'y était que trop connue. La malédiction d'un père est une terrible charge pour un fils ; quand ce père est un poète fameux et qu'il maudit son enfant par le moyen d'un imprimeur, le malheur privé tourne vite à l'empêchement public. Aussi ma mère, depuis un an qu'elle était à Niort, avait-elle reçu plus de bonnes paroles que de bons services. Je naquis donc au milieu d'un dénuement tel qu'on peut bien dire que je naquis sur la paille sans, toutefois, qu'aucun roi mage s'empressât à me faire visite en cette crèche.

Je fus baptisée le 28 novembre en l'église Notre-Dame par le curé, François Meaulme. Si mon grand-père d'Aubigné avait été un réformé des plus ardents, ma mère était une catholique fervente et mon père un parfait athéiste : il se faisait papiste ou huguenot selon les circonstances, n'omettant jamais de tirer quelque monnaie de ses reniements et faisant, chaque fois, quêter dans les temples ou les églises pour le nouveau converti qu'il était ; à la fin de sa vie, il forma même le projet de s'aller faire mahométan chez les Turcs, espérant que la conversion d'un chrétien pourrait se vendre cher dans ces contrées ; la mort le priva de cette aventure et, par hasard, il mourut huguenot comme il était né. Quand je vins au monde, ce libertin [1] ne s'opposa pas, pourtant, à ce que ma mère me baptisât catholique comme elle avait fait de mes frères : peut-être, dans une prison du Roi, jugeait-il bienséant de contrefaire le papiste. L'Eglise m'accueillit donc le lendemain de ma naissance.

Je conserve dans ma cassette depuis l'an 1660, qu'il me le fallut produire à un procureur [2], un extrait baptistaire [3]. J'eus plus tard entre les mains le registre de la paroisse : j'y figure entre Françoise Laydet, fille de sabotier, et Catherine Giraud, la fille d'un foulon. Cependant suis-je, à l'instant qu'on me présente à Dieu, en meilleure compagnie que ces deux filles : mon parrain fut François de La Rochefoucauld, fils de Benjamin, seigneur d'Estissac, et cousin de l'auteur des *Maximes* ; ma marraine Suzanne de Baudean, alors âgée de neuf ans, plus tard dame d'honneur de la Reine, maréchale de Navailles, et illustre à bien des titres, était la fille de Charles de Baudean-Parabère, gouverneur de Niort et geôlier de mon père. Qu'il fût aussi son ami d'enfance, et qu'il eût été dans la suite le plus intime compagnon de ses débauches et de ses rébellions, créait entre eux des liens plus étroits. Soit, néanmoins, que la protection de la puissante famille des Parabère eût produit plus d'effet sur la Cour que celle des d'Aubigné, soit que Baudean se fût de lui-même rallié plus tôt à la sagesse, le sort des deux amis, comme le montraient leurs situations à chacun, n'avait plus rien de commun ; mais, si dissemblable que fût la place en laquelle les avait mis le destin, le gouverneur de Niort se rappelait assez cette première amitié pour consentir à me prêter sa fille le temps d'un « Pater » et d'un « Ave ». Il se peut aussi que son mariage avec Françoise Tiraqueau, baronne de Neuillan, laquelle était parente par alliance de la mère de mon père, ne fût pas étranger à cette charité. Vu le jeune âge de Mademoiselle de Baudean, c'est cette femme, qui était pour moi quelque chose comme une tante « à la mode du Poitou », qu'on destinait à être ma marraine véritable. Aussi me nomma-t-on « Françoise »

---

1. Mécréant.
2. Avoué.
3. Acte de baptême.

d'après elle, me plaçant sous un patronage qu'on imaginait pouvoir m'être de quelque utilité en cas de malheur.

Ces seigneurs « hauts et puissants », Madame de Neuillan, le gouverneur et les La Rochefoucauld, ne paraissaient autour de moi que comme on paraît au baptême des enfants de ses domestiques ou de quelque parent pauvre : par complaisance. Quant aux parrain et marraine, qui n'avaient pas vingt ans à eux deux, ils tinrent sans doute avec indifférence cet enfant au maillot aussi nu, dans ses langes sans dentelles, qu'un enfant trouvé. Ainsi vêtue et entourée parus-je aux yeux de Dieu et du monde. J'oubliais : mon père était présent. Il a signé l'acte de baptême. La prison de Niort était triste, elle n'était point resserrée.

Cependant, quelque relâchée qu'en fût la clôture, ma mère ne s'y accoutumait pas. Elle rêvait d'une vie plus commune et aspirait à quitter l'ombre des cachots où elle avait passé sa vie, ayant elle-même été élevée dans l'enceinte du Château-Trompette à Bordeaux, dont son père était lieutenant. Elle y avait vécu jusqu'à l'âge de seize ans, qu'elle [1] connut et épousa mon père, lequel avait établi sa résidence du moment dans un cachot de cette forteresse. Huit ans plus tard, les errances et la misère l'avaient définitivement lassée des grilles, des barreaux, et de son époux. Aussi chercha-t-elle, peu après ses couches, à s'établir dans un lieu moins humide et moins conjugal.

Je ne sais si l'on peut dire qu'elle y parvint : le quartier de la Regratterie, où je crois qu'elle trouva alors un petit logement, est proche encore de l'hôtel Chaumont et l'air n'y est pas moins corrompu. Situé dans le contrebas de la rivière, les eaux et les rats l'envahissent à tout propos et hors de propos ; à la première pluie, les caves des maisons de la rue Basse et de la rue Mère-Dieu débordent et inondent le pavé, et l'odeur de la boue le dispute au parfum de pourriture qui monte de la Halle. Quant à la partie de ce quartier qui grimpe sur le coteau entre la tour de la Grenouille et l'église Saint-André, elle est faite de maisons basses et d'ateliers tassés le long de

1. C'est la construction du xviie siècle.

ruelles sans air ni vue, où l'unique divertissement consiste à regarder les porcs traîner par le ruisseau les ordures amassées contre les murs. J'ignore dans quelle rue s'installa ma mère et si ce fut dans la compagnie des rats ou dans celle des porcs : je n'ai pas moi-même le souvenir de ces années-là, et ce que je dis du lieu est pour l'avoir connu plus tard, lorsque je fus en pension chez les Ursulines de Niort dont le couvent est au Fief Cremault, entre la Regratterie et la place du Vieux-Marché. Ce n'était pas, en tout cas, dans un endroit gai ni même décent que ma mère se transporta pour lors.

Elle y demeura pourtant deux ou trois années avec mes frères, Constant qui pouvait avoir cinq ou six ans à ma naissance, et Charles qui portait encore la robe et marchait à peine. Y demeurai-je avec eux ? Je ne sais. Je tiens pour probable que ma mère me mit en nourrice, peut-être dans Niort même. Les nourrices se rencontraient alors en abondance dans cette ville et leur lait ne coûtait guère. La guerre, les persécutions religieuses, le brigandage, l'ensablement de la rivière et le détournement du commerce du port avaient amené la multiplication des indigents : un habitant sur deux ne survivait plus que par l'aumône des pains d'avoine et de seigle que faisait trois fois la semaine le prieur de Notre-Dame. Les femmes qui ne trouvaient pas à louer leurs bras vendaient leur lait ou leur corps. J'ignore à laquelle de ces malheureuses ma mère me confia, et si elle prit cette femme chez elle ou me laissa dans un logis étranger.

La chose est de peu de conséquence : j'étais encore dans cet âge où l'on n'a ni sentiment ni connaissance, et, pourvu que j'aie été convenablement nourrie, aucune traverse [1] ne me pouvait atteindre.

Il me semble, toutefois, que, comme je l'ai souvent éprouvé dans la suite, ma mère regardait déjà mon existence avec peine. La manière dont elle vivait, la pauvreté et la solitude auxquelles les déportements [2] de mon père l'avaient réduite, l'incertitude des lendemains lui ôtaient le plus clair de sa force, ne lui laissant de cœur que ce qu'il en faut pour aimer deux enfants. Elle chérissait

1. Ennui, difficulté.
2. Débauches.

naturellement l'aîné, parvenait encore, en épuisant ses réserves, à porter de l'intérêt au cadet mais, pour le troisième, il n'eut jamais sa place dans une âme que le malheur avait rétrécie. Peut-être même fut-elle assez indifférente à mon sort pour négliger le soin de ma santé : la plus jeune sœur de mon père, Arthémise de Villette, qui demeurait à deux lieues de la ville, rendant visite à ma mère à qui elle consentait parfois de menus prêts d'argent, fut si alarmée de l'état dans lequel elle me vit auprès de ma nourrice qu'elle pria sa belle-sœur de consentir qu'elle m'emmenât sur l'heure et me plaçât chez une femme de son village. Ma mère accepta avec soulagement.

Pendant que je roulais vers Mursay et que ma mère se consumait dans une vie de privations qui, malgré son jeune âge, lui ôtait son reste de beauté, mon père transformait sa geôle en tripot. Il avait toujours eu un talent rare pour le brelan et le lansquenet, et les études qu'il avait poursuivies dans cette science, tant à l'Université réformée de Sedan au temps de sa jeunesse qu'ensuite à Paris et à Londres, en avaient fait un joueur redoutable. Comme, dans sa déchéance, il gardait assez les manières du monde, les gardes de la prison et les sergents du château préférèrent bientôt porter leurs bourses sur sa table plutôt qu'à l'auberge de l'Herculée, et partager sa compagnie de préférence à celle des voituriers et des « pénades [1] » du port. Par ses complaisances envers ces soudards et son habileté au jeu des cartes, il s'assura de quoi payer ses geôlages et fournir de pistoles Bervache et son guichetier afin qu'ils consentissent parfois de le laisser sortir. Les belles Niortaises n'étaient pas toutes farouches et, malgré ses cheveux gris, le galant gardait auprès d'elles la réputation que lui avaient acquise, dans le passé, quelques enlèvements rondement menés.

Ma mère savait-elle ces aventures lorsqu'elle l'épousa ? Jugea-t-il à propos de l'informer du sort d'Anne Marchant, sa précédente épouse, qu'il avait expédiée dans l'autre monde de sept coups de poignard

1. Dockers.

après lui avoir obligeamment permis de prier Dieu ? Je crains que, trop promptement et complètement séduite par le prisonnier de son père, elle n'ait pas cherché à en savoir si long, passant outre aux représentations [1] qu'on lui en fit et à l'hostilité de sa famille. J'ai, du reste, en ma possession une lettre de ce temps dans laquelle elle confesse qu'elle doit souffrir patiemment les débauches de son époux, ayant été assez imprudente pour mériter le traitement qu'elle en reçut ; mais avant que de parvenir à cette résignation mélancolique, elle éprouva pour lui, dans les commencements de leur commerce [2], une passion vive et un aveuglement qui me semblent difficiles à concevoir. Mon père était assez bien fait mais avait, lorsqu'il la connut, trois fois l'âge de sa maîtresse. Il disait les vers avec esprit, en composait de sa façon, jouait de la viole et du luth, mais il était sans biens et publiquement perdu d'honneur. Il avait trop joué, bu, triché, volé, querellé pour qu'il n'en fût pas revenu quelque chose jusqu'à Bordeaux et dans l'Aquitaine. Il avait troussé tant de jupons et détroussé tant de cadavres que le lustre de son nom passait les bornes de sa province. Quelle apparence que, par la seule raison des guerres civiles et de la rumeur des canons, et malgré la renommée que mon grand-père assurait aux vices de son fils, ma mère pût ignorer que d'Aubigné fût faux-monnayeur, renégat, traître à son Roi et assassin multiple ? Condamné à mort, il ne devait qu'au hasard des temps de n'avoir pas eu la tête tranchée ; son nom était cadelé [3] sur tous les poteaux publics ; enfin c'était un vaurien notoire et, qui pis est, malheureux [4].

Certaines femmes ont du goût pour cette sorte d'hommes et Jeanne de Cardillhac tira peut-être d'un cœur prévenu en faveur des perdants cet amour premier, dont elle revint si bien dans la suite que, depuis le jour de ma naissance jusqu'à la mort de mon père, mes

1. Remontrances.
2. Liaison.
3. Avis de recherche, affiché en lettres moulées dans le cas des condamnations par contumace.
4. Malchanceux.

parents ne demeurèrent plus ensemble que par rencontre [1] et brièvement.

Pour moi, de tous ces faits fort antérieurs au 27 novembre 1635, je ne savais rien à l'époque dont je parle, ni ne les pus-je apprendre tant que je vécus auprès de ma tante de Villette [2], qui aimait tendrement son frère et ne regardait ses plus horribles crimes que comme de légers désordres. Ma mère seule, plus tard, m'en révéla quelque chose par ses plaintes. La lecture du manuscrit des *Mémoires* de mon grand-père, qu'avec son *Histoire universelle* je trouvai, après mon mariage, dans la bibliothèque de mon cousin Philippe de Villette, et celle de lettres de famille, m'en apprirent davantage. L'ignorance dans laquelle on me tint sur ce chapitre jusqu'au-delà de l'âge de raison fut néanmoins heureuse, en ce qu'elle me permit de respecter un père que je ne me voyais nulle raison d'aimer et qui ne me témoignait aucune amitié ; tout au plus puis-je lui reconnaître qu'il agit toujours en père juste, répartissant également entre ses enfants une indifférence dont mes deux frères prirent largement leur part.

Madame de Villette habitait au nord de la ville, en lisière de ce pays bossu qu'on nomme « Gastine », un gros château, entouré de terres qu'elle avait héritées de mon grand-père. Le château de Mursay, avec ses huit tours et ses trois ponts-levis, était alors fort beau et assez neuf, ayant été bâti par la bisaïeule de mon père, Adrienne de Vivonne. Les entours en sont charmants : la rivière de Sèvre passe par ses fossés, faisant entendre jour et nuit un doux murmure ; bordée par des coteaux chargés de bois, la vallée s'entrouvre pour laisser couler vers Niort et la mer cette eau verte et paisible ; sur la colline qui fait face au château, le clocher de l'église de Siecq se devine à travers les arbres ; derrière la maison se trouvent, enclos de jardins murés et de vignes, le village de Mursay et le bourg d'Echiré, et dans le vallon, près des îlots de Chasles, les moulins de Siecq et des

---

1. Par hasard.
2. Contrairement à l'usage actuel, Mme de Maintenon rétablit toujours la particule à la suite d'un nom de parenté (cousin, tante, fils, etc.) et à la suite de certains adjectifs, comme l'adjectif « petit ».

Loups ; enfin un monde plus proche des prairies de l'Astrée que de la Regratterie et de ses rues puantes.

Mon oncle et ma tante vivaient là assez médiocrement de l'entretien de terres qui n'étaient pas fort étendues, ne représentant guère plus du quart de l'héritage qu'avait laissé mon grand-père à ses enfants : quelques quartiers de bois, cinq ou six fiefs de vigne, des prés marécageux attenant à la rivière, une métairie, une pêcherie, des granges, le moulin, le four à ban, quelques dîmes mixtes. Cependant, par un bon ménage [1], Monsieur et Madame de Villette tiraient de ce petit bien un revenu suffisant pour nourrir les quatre enfants nés de leur mariage, trois filles, Madeleine, Aimée et Marie, déjà grandes, et un fils, Philippe, qui n'avait que trois ou quatre ans quand je vins à Mursay et fut, dans la suite, le premier compagnon de mon enfance.

Ma tante me confia à Louise Appercé, belle-fille de son métayer, laquelle avait donné son lait, sept ou huit années auparavant, à ma cousine Aimée : cette femme venait de perdre son nouveau-né et souffrait d'un engorgement de lait qu'elle fut si aise de pouvoir soulager que, jusqu'à l'âge qu'il me fallut sevrer, elle ne voulut pas de pension. Lorsqu'on en fut aux bouillies et aux panades, ma tante lui remit de petites sommes pour ma nourriture et se chargea elle-même de mon habillement, me couvrant des robes et des bonnets de mes cousines. Je grandis donc dans la ferme de Mursay, courant avec la volaille, jouant avec les chiens, et ne parlant rien d'autre que le poitevin, que j'entends encore fort bien et auquel je trouve tous les charmes d'une langue maternelle.

Je pris ainsi mes trois ans et le temps vint qu'il me fallut tirer de nourrice. Mon père était toujours logé aux frais du Roi et ma mère abandonnée à la charité de ses voisins. Cependant, s'étant séparée de biens d'avec son mari, elle venait d'entreprendre la conduite d'un procès qui pût permettre à ses enfants de rentrer dans quelque partie du bien dissipé par leur père, et cette affaire nécessitait son transport à Paris ; aussi, moins encore que par le passé, souhaitait-elle de s'embarrasser de moi. Peut-être se fût-elle souciée de me faire quelques caresses

1. Une bonne gestion.

avant son départ si Mursay se fût trouvé sur la route du coche de Paris... Il ne s'y trouvait pas ; je ne la revis donc point, non plus que mes deux frères, devant qu'elle quittât Niort sans retour.

Je demeurai aux mains de ceux qui m'avaient recueillie et qui, me prenant alors dans leur propre maison, m'aimèrent en père et mère véritables.

3

La vie qu'on menait au château de Mursay était fort égale [1]. J'en juge moins par mes souvenirs d'alors, qui sont rares, que par ce que j'en connus quelques années plus tard dans mon second séjour auprès des Villette. C'était une vie tranquille, austère et douce.

Mon oncle Benjamin veillait lui-même aux cultures, comptant les gerbes et les fagots et patrouillant [2] à longueur de jour au travers des marécages de Mursay ; il ne laissait à personne le soin de vendre ses bêtes ; il conduisait les travaux des bâtiments, surveillait le four et le moulin, tenait exactement ses comptes, et visitait ponctuellement tous ses gens, accordant les mariages, soignant les malades, secourant les pauvres. Il montrait, avec un amusement mêlé de fierté, les galeries de son château toutes chargées de foin et de blé, le parc planté de fruitiers, et la cour encombrée de paillers [3] où les chiens faisaient leur chenil ; il prétendait que mon grand-père, fort sagement, l'avait voulu ainsi ; dans son temps déjà, comme on voit par le récit qu'il mit dans *les Aventures du baron de Foeneste,* sa demeure avait moins l'air d'une maison noble que d'une ferme.

Sous un dehors sévère, Monsieur de Villette était un homme tendre et bienveillant ; et, quoiqu'il se donnât peu la peine de parler, il parlait si bien, et avec tant de mesure, que son esprit paraissait sans qu'il songeât à le

1. Calme, régulière.
2. Marcher dans la boue.
3. Meules de paille.

montrer. Cependant, je ne démêlai ces belles qualités que bien plus tard. Des toutes premières années que je vécus à Mursay je ne garde de lui que le souvenir de guêtres noires, qui lui faisaient aux jambes comme une cuirasse et une manière de carapace sur le dessus de ses sabots. Etant trop petite pour porter le regard au-dessus de ses genoux, j'avais réduit toute son aimable personne à deux tuyaux de cuir et quelques boutons, mais ces tuyaux me manifestaient une si paternelle sollicitude que je les chérissais avec passion.

Quant à ma tante, elle figure à mes yeux le modèle de ces vertus domestiques que je voulus proposer à Saint-Cyr. Levée matin, elle réglait tout dans la maison ; bien qu'elle eût reçu dans sa jeunesse une éducation fort poussée, et que son père n'eût rien négligé pour faire de « sa fillette, son unique », comme il l'appelait, une femme digne des plus grandes charges, elle présidait elle-même à la marche de l'office comme à celle de la basse-cour ; toutes les après-dînées elle filait ou cousait avec une ou deux servantes, ne s'encombrant jamais d'un gros domestique [1]. Ma cousine Madeleine, qui avait alors seize ou dix-sept ans, et n'avait point encore épousé Monsieur de Sainte-Hermine, l'aidait dans ses travaux.

Tous, parents et enfants, étaient exacts à remplir les devoirs de leur religion : huguenots farouches, ils lisaient la Bible en communauté soir et matin, chantaient les cantiques des protestants, assistaient au prêche du temple de Niort tous les dimanches, et mon oncle faisait chaque jour à sa maisonnée une courte prédication à partir d'un psaume ou de quelque passage de l'Ancien Testament.

Pour moi, me sachant catholique, ils ne me contraignirent pas de participer à leurs cérémonies. Mais, de même qu'à les entendre j'appris à parler le français, que, jusque-là, j'ignorais, de même, à les voir vivre, appris-je dès mes premières années à penser à Dieu comme ils y pensaient eux-mêmes : en réformée.

On m'avait donné une gouvernante ; c'était une paysanne, Marie de Lile, femme de chambre de ma tante, qu'on avait élevée à cet emploi. Elle avait soin de moi.

1. Un important personnel domestique.

Elle me lavait, rarement au demeurant ; elle me coiffait en me mettant à terre devant elle, la tête dans son vilain tablier ; elle m'habillait en me tirant à quatre épingles autant qu'il se pouvait ; enfin elle me disait continuellement de me tenir droite ; du reste [1] elle me laissait faire tout ce que je voulais. Je l'aimais avec une tendresse surprenante ; lorsque ma cousine Aimée m'eut appris mon abécédaire et que je sus lire dans la Bible de Bertram et l'*A.B.C. du chrétien,* je montrais à lire et à écrire à la mère de Lile et, quand j'avais fait quelque faute, elle me disait : « Vous ne me montrerez point à lire aujourd'hui, par punition. » J'en étais affligée et pleurais amèrement. Je la peignais aussi. Elle avait de grands cheveux gras qui ne me dégoûtaient point ; j'aurais fait toutes choses imaginables pour n'être pas privée du plaisir de la coiffer. J'ai toujours conservé une grande amitié pour cette femme jusqu'à la faire venir, trente ans après, auprès de moi à la Cour et à prendre son fils pour maître d'hôtel.

Ma cousine Marie m'apprit quelques chansons, et Philippe m'enseigna les trois opérations. Hors ces savants exercices de l'esprit, je ne faisais que courir tout le jour derrière mon oncle ou la mère de Lile. Je sus bientôt traire une chèvre, carder la laine, et mieux encore, me rouler dans le foin et sauter du haut des paillers. Je passais des journées avec Marie de Lile à tamiser dans une huche, montée sur une chaise pour le pouvoir faire plus commodément. Trois fois l'an, Monsieur de Villette m'emmenait à la foire de Niort ; j'appris avec lui comment vendre un veau au meilleur prix et cette science-là ne me fut pas si inutile puisque, vingt ans après, elle me valut un franc succès : passant l'été avec Madame de Montchevreuil dans sa campagne, je pris la place de son fermier malade pour vendre un veau nouveau-né ; je le vendis quinze ou seize livres, et j'apportai cette somme en deniers parce que les bonnes gens à qui je le vendis n'avaient pas d'autre monnaie ; cela me chargea fort et salit mon tablier, mais le marquis de Villarceaux, cousin de Madame de Montchevreuil, trouva la

1. Pour le surplus.

scène charmante et de ce charme, auquel il se prit, les conséquences pesèrent longtemps sur ma vie.

A Mursay, j'allais partout, vêtue comme une petite paysanne, dans des jupes de droguet bleu et des casaques de futaine. Je n'avais dans la maison que des sabots et on ne me donnait des souliers que lorsqu'il venait compagnie : ma tante disait que deux souliers coûtaient le prix d'un mouton et que je les aurais tôt gâtés à courir par les prés comme je le faisais. Ils étaient si chers, en effet, dans ces temps de misère, que je voyais les pauvres de chez nous aller nu-pieds, tenant leurs souliers dans leurs mains de peur de les user.

Quand je fus un peu plus grande, ma cousine Marie et moi, qui étions à peu près du même âge, passions une partie du jour à garder les dindons de ma tante. Ces bêtes étaient encore rares et précieuses. On nous plaquait un masque sur le nez, de peur que nous ne nous hâlassions ; on nous mettait au bras un petit panier où était notre déjeuner, avec un livret des quatrains de Pibrac dont on nous donnait quelques pages à apprendre par jour ; avec cela on nous mettait une grande gaule dans la main, et on nous chargeait d'empêcher que les dindons n'allassent où ils ne devaient point aller. Les paysans de Mursay aimaient leur dindonnière et, à l'exemple de mes cousins, ne m'appelaient jamais autrement que « Bignette », nom tiré, à la mode du Poitou, de celui de ma famille. Je leur faisais souvent de petits discours qu'on érigeait en bons mots, eu égard à mon âge. J'étais d'ailleurs ce qu'on appelle un bon enfant et, comme les paysans du village, les domestiques de ma tante étaient charmés de moi. On ne m'en punissait pas moins, dans les occasions où je le méritais : j'ai le souvenir d'avoir été fouettée deux ou trois fois avec de grandes tiges de verveine qui poussaient dans le verger du château ; lassés de voir les saisons renouveler ce fouet-là, Philippe et moi nous avisâmes un jour d'en éplucher complètement les branches ; mon oncle usa désormais du bois de ces verveines, dont nous eûmes tout loisir de regretter la feuille.

Cette pastorale peut sembler sans ragoût à des esprits relevés. Rien n'est ennuyeux à contempler comme le bonheur et la vertu. Cependant, j'ai été plus heureuse dans ce temps qu'en aucun autre de ma vie et, si j'avais eu seulement la moitié de la dot que reçurent mes cousines, j'aurais avec plaisir poursuivi cette vie-là dans quelque château du voisinage, épousant, comme elles, un Fontmort ou un Sainte-Hermine. Dieu ne le voulut pas ainsi et me réservait pour un autre destin.

Un jour, je fus, avec Marie et Philippe, le long de la rivière jusqu'au village de Surimeau. Le nom m'en était familier car j'avais entendu nommer mon père « baron de Surimeau », mais je ne savais ce qu'il en était et ne m'en souciais guère. Je vis un lieu agréable : une grande demeure un peu gothique, moins humide peut-être que Mursay car située au flanc du coteau et dominant de plus haut la rivière. La maison semblait mal tenue et assez ruinée mais le domaine alentour était beau : terres à blé, bois de haute futaie, prairies grasses, jardins bien tracés, et fontaines vives.

Nous demeurâmes sur la chute de la chaussée du moulin, cachés par les ormeaux du pré Mineau. On voyait trois ou quatre petits garçons jouer dans l'ouche [1] devant le portail du château, mais nous ne les approchâmes pas. Philippe me dit que c'étaient là les enfants d'un de nos oncles mais qu'ils n'étaient pas nos cousins ; je m'en contentai. Nous nous bornâmes à jeter à ces enfants quelques petits cailloux mais de si loin qu'ils ne les atteignirent pas ; et après leur avoir fait force grimaces qu'ils ne soupçonnèrent pas tant ils étaient occupés à courir de leur côté, nous remontâmes à Mursay en passant par le bois des Touches. Marie me fit jurer le secret sur notre équipée, ma tante de Villette s'opposant absolument à ce que ses enfants vinssent morguer [2] les petits Caumont d'Adde jusque sous leurs fenêtres. Nous rentrâmes au logis assez contents de nos audaces

Marie ne savait pas qu'elle venait de tirer la langue à son futur époux [3]. Pour moi, j'ignorais que j'avais vu l'héritage de mon père et les fils de celui qui, à la faveur de ses désordres, l'en avait injustement privé ; j'avais

---

1. Pré situé à proximité de la maison.
2. Défier, moquer.
3. Marie de Villette épousa un des fils de Caumont d'Adde.

aussi eu sous les yeux, par l'occasion, l'unique raison de vivre de ma mère, son château en Espagne, et l'objet de son procès.

Il me faut, avant de poursuivre, faire un détour par ce procès qui coûta tant de peines à ma famille, usa l'énergie de ma mère, et acheva la ruine de mes parents, si tant est qu'elle n'eût pas été déjà entièrement consommée.

Mon père, comme je l'ai dit, fut, sa vie durant, un parfait chenapan mais mon grand-père d'Aubigné, lorsqu'il n'était pas occupé à quelqu'un de ces livres qui plaisent aux têtes épiques, ou aux labours et moissons de ses champs, avait été lui-même un fameux brigand. De plus haute volée, sans doute, et de très grand chemin, mais, mettez-y les formes que vous voudrez, le fond y était. Il conte en quelque endroit qu'il « ne trouvait jamais rien trop chaud » et, en effet, quand il ne faisait pas le poète et le théologien, il courait les campagnes la dague au poing, violant, pillant, coupant fort proprement les nez ou les mains, toujours « âpre à la picorée » et vidant les pochettes des papistes afin de se constituer quelque bien. Il y parvint enfin, et son mariage assit définitivement une fortune solide.

Cette fortune consistait en une petite terre, les Landes-Guinemer, qu'il tenait de son propre père ; deux forteresses, Maillezais et le Dognon, qu'il s'était bâties sur la Sèvre pour rançonner les bateaux et qu'il vendit ensuite pour acheter le château du Crest près de Genève ; enfin trois domaines, La Berlandière, Mursay et Surimeau, provenant, après retrait lignager, de la succession de ma grand-mère. Mon grand-père fit, de son vivant, trois parts du bien provenant de sa femme : Arthémise eut Mursay, Marie La Berlandière, et Constant Surimeau. Cependant, faute d'avoir pu régler une petite dette qu'il avait à l'égard de sa sœur Marie et de quelques voisins, mon père fut bientôt contraint de faire banqueroute et abandonnement du fruit de son bien. Monsieur de Caumont d'Adde, l'époux de Marie, fut nommé curateur en nom des créanciers, à charge pour lui d'employer les produits de Surimeau au remboursement des créances contre son beau-frère et au versement par provision d'une rente annuelle à celui-ci.

Là-dessus, Marie d'Adde mourut ; Monsieur de Caumont mena les affaires à sa guise au nom des deux filles qu'il avait eues de la défunte et ne paya plus rien à personne.

Vivant à son aise avec une nouvelle femme et les fils de son second lit, il mangea seul tout le revenu du domaine comme s'il eût été le possesseur légitime du fonds. Pour porter alors l'injustice à son comble, mon grand-père déshérita son fils et légua en mourant son château du Crest à ses seules petites-filles de Caumont. Bien que ce testament, fait à Genève par un banni [1], fût sans valeur en France, mon père, soit tardif remords d'un mauvais fils, soit négligence, ne voulut pas s'y opposer ; et voilà comment, cinq ou six ans devant ma naissance, lui qui était sans biens se retrouva sans espérances.

Ma mère avait plus de suite dans l'esprit. On ne se défaisait pas d'elle si aisément ; je pense avoir reçu quelques traits de ce caractère-là. Elle résolut de se faire procureur et de se substituer à son mari pour reconquérir Surimeau. Tout en ravaudant ses hardes et en mendiant sa soupe, elle racheta, dès qu'elle fut à Niort, des créances sur mon père qui traînaient ici et là. Les Villette l'aidèrent d'un petit prêt à cet effet. Elle eut ces papiers pour la moitié de leur valeur. S'étant faite par ce moyen créancière de son époux, et ayant obtenu des autres créanciers qu'ils lui donnassent mandat pour agir, elle demanda à son beau-frère de Caumont la reddition des comptes de Surimeau et, faute qu'il pût les représenter, obtint, par un procès de trois années, que le château du Crest fût saisi et vendu et la somme mise entre ses mains par manière de récompense [2]. Elle tenait de la sorte un gage qu'elle comptait bien d'échanger contre son manoir niortais ; enfin, elle triomphait. A Paris, où elle était, elle habilla Constant de neuf, nourrit Charles de bonbon et de confitures, et régala tous ses amis dans la petite maison du Palais de Justice où elle s'était installée.

Cette victoire fut de courte durée. Les filles de Caumont d'Adde et de Marie, alors âgées de quinze ou vingt

---

1. Agrippa d'Aubigné, poursuivi pour sa participation à un complot contre l'autorité royale, s'était exilé.
2. Compensation.

ans, reprirent la procédure pour leur compte : l'aînée venait d'épouser un M. Sansas de Nesmond qui, à un mauvais naturel, joignait l'art de la chicane et, ce qui vaut bien plus, quelque accointance dans la Robe [1]. Il était neveu d'un président au Parlement de Paris et ami du conseiller-rapporteur de l'affaire. Le combat n'était pas égal : ma mère avait le droit pour elle, Sansas de Nesmond eut les juges. Tout en plaidant, il commença de mener à ma mère un train d'enfer, et la couvrit d'injures et de calomnies, allant jusqu'à dire publiquement qu'il « ferait déclarer ses enfants bâtards et illégitimes si la compassion ne l'en empêchait, et justifierait par pièces et témoins que toute sa vie était noircie de crimes, fraudes, infidélités et infamies ».

La pauvre femme en tomba malade et eut une forte fièvre qui la laissa plusieurs jours sans force et sans esprit. Il profita de cette circonstance pour presser la conclusion de son affaire et mêla si bien les faits de la cause qu'il obtint un nouveau jugement ordonnant à Madame d'Aubigné de restituer le prix de la vente du Crest « mal mis entre ses mains ». La malheureuse avait déjà remboursé les créanciers de son mari pour libérer Surimeau et vécu sur le surplus : il ne lui restait guère plus du tiers de la somme qu'on lui réclamait. Sansas de Nesmond la dépouilla de tout et, l'endettant pour le reste de ses jours, la laissa, pour le présent, à la rue avec ses deux enfants : elle devait trois quartiers [2], de la maison où elle était, et force livres au boulanger ; elle n'eut d'autre ressource que de vendre tous ses meubles et de se mettre dans un couvent où une femme charitable paya sa pension et celle de mes frères. Les demoiselles de Caumont se firent adjuger dans les formes exactes, sinon sur un juste fondement, les biens de Constant d'Aubigné et ma mère perdit sans retour son petit château sur la Sèvre et l'espoir dont elle vivait.

Je n'ai conté, par le menu, les péripéties de cette histoire que pour marquer à propos les mérites de ma mère, son esprit solide, son obstination surprenante, son cou-

1. Magistrature.
2. Trimestres.

rage peu commun. N'ayant guère eu, d'ailleurs [1], occasion de l'aimer ni d'en être aimée, je ne dirai pas grand bien d'elle dans ces Mémoires ; j'ai cru devoir à l'équité cette retouche préalable à son portrait. J'ajoute, pour en terminer, que sa cause était juste et que, ses juges eussent-ils été moins corrompus, elle l'eût aisément emporté : je le vis bien trente ans plus tard, au commencement de ma faveur, quand le président de Harlay me proposa la révision de ce procès et me montra toutes les faiblesses de l'arrêt qu'on avait rendu. J'aurais pu alors faire quelques pas contre les héritiers de mon oncle, les Caumont d'Adde et les Nesmond ; par discrétion, j'y renonçai. Cependant, mon naturel ne me portant jamais à l'oubli et rarement au pardon, je fus bien aise de laisser vivre Sansas de Nesmond dans la crainte de cette action toute la suite de ses jours, et je le tins quitte du reste.

Tous ces orages n'atteignirent pas Mursay. Les échos de la bataille n'y parvinrent qu'assourdis, à travers les lettres que ma mère adressait aux Villette et auxquelles, supposé qu'on me les lût, je n'entendais certainement rien.

Mes jours s'écoulaient paisiblement entre les contes de Peau-d'Ane, ou plutôt de Mélusine, que me faisait ma bonne de Lile et l'Histoire Sainte et profane que me contait ma tante. J'aimais la lecture ; il n'y avait à Mursay que des livres de piété ; j'en lisais continuellement et en faisais des citations bien à propos. Mes cousins m'applaudissaient et mon oncle avait la faiblesse de me trouver plus de raisonnement qu'on n'en a ordinairement à cet âge.

Je n'étais pas pourtant, avec tous ces éloges, un enfant gâté. Monsieur et Madame de Villette me traitaient en fille, mais en fille pauvre. Ils savaient que je n'étais pas destinée à jouir de grands biens quelle que fût l'issue du procès, et, en parents prévoyants, ils se gardaient de me donner des habitudes de mollesse, ou seulement de commodité, dont il m'eût été dans la suite difficile de me défaire. J'étais aimée autant que mes cousines mais,

1. D'un autre côté ; « d'ailleurs », au XVIIe siècle, n'a que le sens de « par ailleurs ».

malgré mon jeune âge, je n'étais pas si bien logée ni vêtue qu'elles. Hors les moments où j'étais malade, on n'allumait pas de feu dans ma chambre et je ne me lavais qu'à l'eau froide sans crainte des engelures. On ne me passait aucun caprice ; un jour que je refusai quelque morceau de pain bien dur : « Mon enfant, me dit doucement ma tante, quand vous aurez fait le tour de vos métairies, vous serez moins gourmande. » Sur tout cela, du reste, elle s'expliqua longuement en deux ou trois occasions avec moi et, comme, en effet, j'étais fort raisonnable, j'entrai tout à fait dans ses vues. N'étant privée, d'ailleurs, ni des nourritures physiques et morales nécessaires à mon soutien ni des tendresses et des baisers qui sont le luxe des enfants, je me jugeais, avec raison, parfaitement heureuse.

Les visites du dimanche à Niort faisaient mes seules peines. Ainsi que je l'ai marqué, les Villette se rendaient, ce jour-là, au prêche du Temple ; on me posait, pendant ce temps, à la prison où je faisais visite à mon père. Je souffrais impatiemment ces séjours : privé de compagnie, hors celle des sergents qui faisaient ordinairement la sienne, mon père pouvait regarder comme une consolation les visites de son « innocente », comme il m'appelait ; pour moi, quand même j'eusse éprouvé pour lui plus qu'une déférence de principe, j'eusse ressenti comme un sacrifice la nécessité de l'entretenir deux ou trois heures de rang ; que pouvaient se dire, en effet, un galant de cinquante-cinq ans et une petite bergère de sept ? Passé le baiser d'usage et les civilités de l'entrée, ni lui ni moi ne savions d'où tirer une conversation.

Lorsque, par extraordinaire, il cherchait à distraire mon ennui en s'essayant à quelque babillage, il avait trop d'esprit pour se mettre à portée du mien et son inclination à l'ironie et au libertinage achevait de me déconcerter. S'il m'entendait faire quelque référence pieuse comme j'y étais accoutumée chez les Villette, il me prenait entre ses genoux et me disait gravement : « Je ne puis souffrir, Bignette, qu'on vous dise de telles rêveries. Est-il possible que vous, qui avez de l'intelligence, puissiez croire ce qu'on vous apprend dans votre catéchisme ? » Faute d'une plus grande communion de nos âmes, quand la disproportion de nos esprits ne leur permettait pas de s'accorder, nos propos ne pouvaient que tourner court.

Assise par terre dans un coin de la chambre, je le regardais faire ses lettres, jouer aux cartes avec les soldats et ses compagnons de captivité, ou nourrir les oiseaux de la petite volière qu'il avait installée près de son lit. Ne sachant que dire ni que faire, je lui étais vite à charge. Il m'envoyait jouer dans la cour du palais avec la petite Bervache : cette délivrance m'était l'occasion d'un nouveau supplice, la fille du concierge n'ayant ni manières ni bonté ; elle me rudoyait dans nos jeux et je souffrais de ce que, devant moi, elle appelât mon père « Constant » comme s'il était un de ses familiers, encore qu'il fût vrai qu'il se trouvât plus avant que moi dans ses bonnes grâces. Cette fille avait un jour reçu d'un des prisonniers de son père un petit ménage en argent. Au compliment que je lui en fis dans le souci de m'attirer sa bienveillance, elle répliqua que, sans doute, mise comme je l'étais, je n'en avais pas de pareil. « Non, lui dis-je, mais je suis demoiselle [1] et vous ne l'êtes pas. » J'étais naturellement glorieuse [2], mais cette fierté était mon seul bien.

Plus que moi encore et pour de meilleures raisons, mon père avait la prison de Niort en horreur. Aussi pressait-il ma mère, profitant de ce qu'elle était à Paris, d'obtenir du cardinal de Richelieu sa transfération dans cette ville ou, mieux, sa délivrance. Ma mère ne sollicita peut-être pas sa grâce avec trop de vigueur : elle avait assez d'occupations sans cela et ne se souciait pas non plus de revoir de près un époux de cette sorte. Elle vit cependant le cardinal et sentit le vent du bureau [3] ; le cardinal lui dit, en effet, que pour la liberté, il n'y fallait point songer, qu'on avait fait le prisonnier bien noir, et qu'elle ne devait pas souhaiter ce qu'elle demandait ; « vous seriez bien heureuse si je vous refusais », dit-il. Sur quoi il lui demanda si elle n'était pas sa seconde femme et ce qu'il avait fait de la première, avec d'autres

1. Noble.
2. Orgueilleuse.
3. Ministère.

42

choses de pareille farine, si bien qu'elle décida de n'en plus jamais parler.

Ce mauvais succès ne désarma pas mon père. Outre que, chaque fois que je lui rendais visite, il jugeait bon maintenant de m'entretenir de l'abandon dans lequel le laissait sa femme, ce qui faisait après tout le sujet d'une conversation, il adressa contre elle une requête au tribunal de Niort, disant qu'elle retenait son bien à ses usages particuliers dans la ville de Paris, et qu'elle nous laissait, moi sans nourriture ni entretien, lui sans moyen de vivre ni payer ses geôlages. Dans l'occasion, comme je l'ai vu par cet acte que j'ai dans ma cassette, il l'enfonçait un peu dans son procès, y témoignant incidemment de l'exactitude d'un des mensonges que colportait contre elle Sansas de Nesmond. Enfin, par une singulière rencontre, cette requête arriva le jour même où, par son arrêt, le Parlement de Paris condamnait ma mère à la ruine et l'obligeait de se mettre à l'aumône dans un couvent.

A quelque temps de là, le cardinal de Richelieu mourut. Le cardinal de Mazarin, qui lui succéda, ouvrit les prisons : mon père fut du nombre des délivrés. Il quitta Niort, et pour se dédommager de l'immobilité de ces dernières années, il se mit à courir partout : il fut à Paris, où il demeura peu, puis à Lyon, où il ne resta pas davantage, puis à Genève ; et de nouveau à Paris, à Niort, à La Rochelle, et à Paris encore. De nuit comme de jour, il courut la poste, usant ses bottes et ses chevaux, sans qu'on sût bien, ni lui non plus, où tout cela le devait mener.

Pour moi, bercée dans l'amitié des Villette, je ne pensais pas que mon bonheur dût jamais prendre fin.

Au début de l'année 1644, ma mère franchit le pont-levis de Mursay et, dans l'heure, m'embarqua pour un autre destin.

43

Le soir même j'étais à La Rochelle, au fond d'un galetas où je faisais la connaissance de mes frères.

Constant, âgé de quinze ans environ, était un jeune homme triste, vêtu de « l'habit neuf du procès », velours ponceau et dentelles, qui n'avait pas grandi avec lui. Il paraissait bon et doux, quoique dépourvu d'esprit. Ma mère l'aimait avec passion. On peut bien dire qu'elle n'aimait que lui. Il n'était pas indigne, au demeurant, de cet attachement exclusif ; ne l'ayant jamais quittée dans toutes ses épreuves, il méritait sa préférence par la tendresse vigilante et la sollicitude dont il savait l'entourer.

Charles, qui ne me passait que d'une année, était plus amusant. Il me plut tout de suite. Je venais de quitter Philippe de Villette, auquel je m'étais attachée avec toute la vivacité des premiers sentiments. Pour cela, et pour d'autres raisons meilleures, je me croyais inconsolable. Charles m'apprit qu'on se relève de tout à huit ans : trois grimaces, deux pitreries, et ma peine me parut plus légère. Le cadet des d'Aubigné était beau, effronté et plein d'un esprit parisien un peu fou mais irrésistible. Il avait vécu à Niort puis à Paris, entre une mère affligée et un frère trop grave, des journées de larmes et de deuil qui n'avaient pas altéré sa bonne humeur. Il fit ma conquête en deux jours et, quelque peine qu'il m'ait donnée dans la suite, je n'ai jamais pu me déprendre tout à fait de cette première impression.

Pour ma mère, que je n'avais pas vue depuis ma naissance, le séjour de La Rochelle fut aussi l'occasion de la découvrir en entier. Je ne laissai pas, d'abord, d'être surprise qu'elle ne m'eût embrassée que deux fois, et seulement au front, après cette séparation assez longue ; encore ne devinais-je pas que ces deux baisers seraient les seuls que je recevrais d'elle en ma vie. Je la trouvais aigre dans ses propos et impatientée des rires inconsidérés qui me prenaient devant les fantaisies de Charles. Je vis aussi qu'elle ne me trouvait pas de son goût. « Décidément cette enfant n'est pas belle, dit-elle un jour devant moi à mon frère Constant, elle n'a que des yeux ; ils lui mangent la figure ; c'est une démesure fort ridicule. »

Ce ne fut, cependant, que quelques jours après mon arrivée que ma réserve à son endroit devint une franche aversion : ce changement vint de la manière dont elle crut me devoir mener à l'église. Je n'avais jamais entendu la messe mais je sentais, à l'idée de l'entendre, plus de curiosité que d'hostilité et, bien que je fusse allée parfois au prêche avec les Villette, je ne me croyais pas huguenote. Ma mère me mena à l'église comme elle m'eût menée au cachot : avec des menaces et une poigne fort dure serrée sur ma main. On obtenait tout de moi par le raisonnement et la douceur mais je n'étais pas naturellement docile et ma nature comportait un fond de rébellion que l'usage de la force réveillait. Ma mère parvint, par sa méthode, à ce beau résultat que, sitôt que je fus dans l'église, je tournai le dos à l'autel. Elle me donna un soufflet ; je le portai avec un grand courage, me sentant glorieuse de souffrir pour ma religion. A l'égard de la messe, cette résistance ne dura pas car elle était sans fondement, mais je ne revins jamais de l'aversion pour ma mère que fit naître cette aventure [1].

A La Rochelle, le temps me semblait long ; je ne savais trop ce que nous attendions. Nous ne voyions guère le « baron de Surimeau », qui ne partageait pas notre petit logis. J'ignore où il demeurait. Peut-être sur son cheval car il était toujours aussi agité et, accompagné d'un certain Tesseron, valet qu'il tenait sur le pied d'ami [2], il parcourait sans trêve le pays saintongeais et ses environs. Ma mère était souvent dehors et son fils aîné la suivait. Charles et moi demeurions à la garde d'une vieille servante, laide, affreuse, aux pieds tournés, qui faisait alors tout notre domestique. Pour autant, nous n'avions la liberté ni de nos mouvements ni de nos discours : Madame d'Aubigné nous avait donné un gros Plutarque qu'elle voulait que nous lisions attentivement ; elle nous défendait même de parler entre nous d'autre chose en

1. Incident.
2. Traitait comme un ami.

45

son absence que de ce que nous lisions dans ce livre. Loin de regarder cet assujettissement comme fâcheux, nous y mîmes tout notre plaisir, faute de meilleures distractions, et nous divertîmes à comparer les faits des uns et des autres. J'affectionnais les héroïnes. « Telle femme lui disais-je, s'est plus signalée que les hommes. Elle a fait telle et telle chose. » Mon frère me prouvait que ses héros étaient plus merveilleux. Nous soutenions l'un et l'autre notre parti fort vivement, et nous passâmes ainsi quelques semaines plaisantes entre Athènes et Rome.

Après que nous eûmes fini d'user César, Scipion et Alexandre, on nous apprit à quoi tendaient les courses incessantes de mon père et les visites que faisait ma mère aux marchands et aux notaires de la ville : Constant d'Aubigné avait résolu de quitter la terre de France et de transporter sa famille aux îles de l'Amérique pour y cacher ses malheurs ou pour les réparer. En ce temps-là, le royaume expédiait dans sa colonie tous les misérables sans chemise, les prisonniers, les filles de l'Hôpital [1] ramassées dans la boue et les vauriens à charge à leurs familles. Mon père n'y pouvait déparer. Quelques braves garçons sans travail, comme il s'en trouvait beaucoup dans le Poitou, et des enfants de marchands se joignaient parfois à ces malheureux pour tenter la fortune. Mes parents s'entendirent avec quelques-uns de ceux-là pour faire une fondation dans la colonie. Ils trouvèrent l'argent de leur passage par des emprunts qu'ils firent aux dames ursulines de la ville et à un tailleur d'habits, nommé La Plume, que je crois avoir vu chez nous.

En avril 1644, ils firent accord, par-devant notaire, avec Hilaire Germond, un riche avitailleur de navire [2], pour qu'il les passât sur un de ses vaisseaux jusqu'à la Guadeloupe avec leurs trois enfants, ainsi qu'un homme, qui fut Tesseron, et une servante. Germond, dont c'était une spécialité d'offrir du crédit aux voyageurs, s'obligeait aussi de leur conduire par un autre navire un « engagé », un coffre et un baril d'eau-de-vie, dont ma mère ne paierait qu'en Guadeloupe le passage et le port

---

1. En général, prostituées.
2. Armateur.

par la remise de six cents de tabac [1] du cru. Le marché fut conclu pour 330 livres tournois comptant. J'en ai retrouvé l'acte dans les papiers que ma mère, à sa mort, fit remettre à mon frère Charles.

Au commencement de l'été 1644, j'embarquai donc sur l'*Isabelle-de-La-Tremblade,* avec mes parents, mes deux frères, le valet de mon père et la vieille servante. J'étais ravie d'aller et de voir des objets nouveaux ; le monde me semblait croître sous mes yeux. Je connaissais un peu le port de Niort pour m'être plu, quand j'allais aux foires, à regarder le mouvement des voituriers qui chargeaient les barques plates et les gabares de sel, de blé, de serge ; mais le trafic de ce port ne se pouvait comparer avec l'activité de La Rochelle.

Devant que notre vaisseau quittât la terre, j'admirais le chargement de plusieurs navires qui partaient pour l'Acadie, l'Angleterre, le Portugal ou la côte de l'Amérique : je vis ainsi appareiller, avec un intérêt qui n'empêchait pas l'impatience, l'*Heureuse-Marthe,* la *Charité* et la *Judith.* Enfin, vers les quatre heures de la nuit, le capitaine fit tirer le canon comme un signal assuré de notre prochain départ et un ordre aux passagers de monter sur le navire. Dans l'heure, les matelots égorgèrent à même le quai plusieurs moutons dont ils chargèrent le navire afin de fournir en viande fraîche le début de la traversée. Sous le commandement de Mathurin Forpe, maître du vaisseau, l'*Isabelle* mit à la voile et nous nous éloignâmes des côtes. Pendant soixante jours, nous ne touchâmes plus la terre.

Le voyage ne fut pas, à beaucoup près, aussi plaisant qu'il s'annonçait. Dans ce temps-là, les maîtres de navire ne proportionnaient pas le nombre des passagers à la grandeur des vaisseaux. Avec ses deux cents tonneaux, l'*Isabelle* emmenait près de trois cents passagers, tant hommes que femmes, de tous les âges, toutes les conditions, toutes les nations, et de religions différentes, même si les réformés formaient le gros de l'équipage.

Le vaisseau était, en outre, si bien rempli de marchandises de toutes sortes qu'à peine pouvait-on trouver

1. Monnaie locale.

place pour se coucher tout au long entre les tonneaux de sel et les ballots de laine.

Les « passagers libres », comme nous étions, n'étaient pas cependant les plus mal lotis : logés « à la matelote » dans l'entrepont, nous dormions sur des nattes, et mon père couchait dans la cabine du pilote, « à la caraïbe », suspendu en l'air dans l'un de ces branles [1] qu'on nomme « hamacs » ; nous avions toute liberté de monter sur le tillac et d'aller à notre gré sur les ponts pourvu que la manœuvre ne s'en trouvât pas gênée.

Il n'en allait pas de même des pauvres « engagés », qui étaient bien deux cents sur ce bateau : ouvriers ou paysans sans crédit, que la misère en France forçait d'aller chercher leur pain dans la colonie, ils ne pouvaient payer leur passage et s'engageaient, avant le départ, à servir sans gages pendant trois années un passeur qui payait pour eux le prix du voyage. A cause du temps pendant lequel ces malheureux aliénaient volontairement leur liberté et se faisaient esclaves, on les appelait les « trente-six mois » : ces pauvres « trente-six mois » étaient renfermés sous les ponts sans air, sans rechanges suffisants, sans eau douce pour se tenir honnêtement [2] ; la vermine courait sur eux ; couchés les uns sur les autres, parmi la fange et l'ordure, ils se communiquaient diverses maladies dont l'odeur et l'infection montaient jusqu'à l'entrepont. Ces incommodités étaient telles qu'il mourut des fièvres, au cours de notre voyage, plus de cinquante de ces malheureux, c'est à savoir près d'un par jour, qu'on jetait à la mer après avoir tiré le canon.

Je souffris comme eux, bien que moins sensiblement, de la malpropreté du navire : le capitaine avait fait disposer sur le pont quelques bailles [3] d'eau douce pour y tremper chemises et caleçons, mais le jus en fut vite fort dégoûtant ; mes robes furent lavées à l'eau de mer, c'est dire qu'elles restèrent sales ; j'attrapai des poux, que je donnai à Charles, et j'avais toujours dans mes cheveux ou sur mes habits quelqu'une de ces punaises

1. Berceaux.
2. Proprement.
3. Bassines, tonneaux.

du bord qui couraient en si prodigieuse quantité que les cordages même en étaient remplis et qu'on les y voyait monter à milliers comme des matelots.

Dans cet abandon, la nourriture n'était pas d'une grande consolation : lorsque nous eûmes consommé la viande fraîche et les herbes [1] que nous avions embarquées juste avant d'appareiller, nous ne reçûmes plus, comme les engagés, que de la morue fort salée et puante, du biscuit sec et dur, et du gruau. Pour toute boisson, un cidre qu'on arrosait tous les deux jours d'eau pour le faire croître, puis, après deux ou trois semaines, de l'eau « tournée », tiède, dont le goût était infect et qu'on ne nous distribuait qu'avec parcimonie. Ma mère avait heureusement emporté avec elle du sirop de vinaigre dont elle coupait cette eau afin que mes frères et moi la puissions boire sans trop de dégoût. Cependant, je fus tourmentée, durant tout le passage, d'une soif atroce que la brûlure du soleil accrut encore quand nous fûmes à portée des côtes d'Afrique.

Hors ces inconvénients, qui n'étaient pas minces, j'eus, au contraire de mon frère Constant et de ma mère, la bonne fortune d'avoir le pied marin ; cela me mit à même de voir quantité de scènes nouvelles pour moi et de me divertir assez pour ne pas ressentir trop cruellement le resserrement de l'espace dans lequel nous étions.

Je me récréais beaucoup dans la vue des poissons ; je vis ainsi une baleine à la portée d'un mousquet, qui lançait l'eau en l'air comme un gros jet de fontaine ; une autre fois, les matelots prirent un gros poisson, qu'ils nomment « requiem » ou requin ; le capitaine lui avait fait jeter un appât d'un morceau de lard embroché sur un hameçon de fer pendu à une grosse corde, le tout attaché au navire ; le poisson s'étant pris, il fut levé de force par La Batterie, Bellerose et Vent-en-Panne, trois matelots fort gais qui avaient pris Charles en amitié. Le « requiem » est un poisson des plus dangereux, il mord tout ce qui l'approche, assez semblable en cela à la marquise d'Heudicourt qui, quelque amitié que je lui aie portée sa vie durant, m'a toujours paru avoir la dent trop large pour être vraiment belle et trop dure pour être

1. Légumes.

vraiment bonne. Comme vous le verrez dans la suite, je ne dus qu'à mon expérience du « requiem » de ne pas me trouver, dès les premiers moments, déchiquetée par cette belle de Cour ; aussi en usai-je avec elle dans les commencements de notre amitié comme j'avais vu faire au matelot Bellerose avec le requin : dès que cet animal, lâché sur le tillac, commença de se débattre et d'ouvrir les mâchoires, ce Bellerose, qui était des plus assurés, vint lui donner par-derrière un joli coup de maillet sur la tête et, profitant de sa surprise, il redoubla le coup jusqu'à apaiser graduellement la fougue de l'animal. A ce prix seulement peut-on faire amitié sans risque avec les bêtes féroces.

Les matelots gardaient habituellement pour eux les poissons qu'ils prenaient et amélioraient ainsi leur ordinaire de quelque friture ; mais, bientôt, ils furent si contents des effronteries et témérités de Charles et de mon bon naturel qu'ils nous convièrent à leurs festins. Ma mère, toujours couchée dans l'entrepont, le sut et nous défendit d'aller avec eux davantage.

Nous eûmes heureusement d'autres amitiés, peut-être plus innocentes : je me liai ainsi de fort près avec un pauvre engagé de treize ans, nommé Jean Marquet ; il avait été si grièvement malade au commencement du voyage qu'eu égard à son âge, le capitaine l'avait fait tirer des cales et coucher dans une chaloupe du pont sous une toile goudronnée [1]. Une fois guéri, il y maintint son habitation et prit l'habitude de partager nos jeux. Jean sortait d'une honorable famille, son père, Antoine Marquet, étant un des riches marchands de La Rochelle. Cependant, je ne sais pour quelle raison, ce père l'avait « engagé » à un sieur Aubert, chirurgien de son état, à charge pour celui-ci de conduire l'enfant aux îles, de s'en faire servir, et que son père n'en entendît plus parler. Jean était fort chagrin de cet abandon et pleurait avec raison sa patrie, sinon ses parents. Je ne sais ce qu'il devint dans la suite car j'appris, un an plus tard à la Martinique, que le sieur Aubert y était mort à peine installé et personne ne put me dire ce qu'il était advenu du

---

1. Enduite de « poix mêlée de suif et d'étoupe ».

50

doux enfant qui fut, sur l'*Isabelle,* le compagnon de mes plaisirs et de mes découvertes.

Avec lui, j'avais contemplé, bien que d'assez loin, les côtes de Madère et des Canaries, puis celles des îles du Cap Vert où nous ne fîmes pas escale, le vent et la marée nous en ayant trop tôt éloignés. Avec lui, je m'étais divertie à la turquerie du passage de la ligne : le contremaître du vaisseau s'était habillé grotesquement avec une longue robe, un bonnet sur la tête et une fraise à son col. Il parut le visage noirci, tenant d'une main un grand livre et de l'autre un morceau de bois représentant un sabre. Les passagers qui n'avaient jamais passé par là durent venir s'agenouiller devant ce contremaître qui leur donna de son sabre sur le col et, après, leur jeta de l'eau en abondance ou leur trempa la tête dans un tonneau s'ils n'aimaient mieux, pour s'épargner cette peine, donner quelques bouteilles de vin ou d'eau-de-vie. Ma mère n'ayant que son sirop de vinaigre pour tout breuvage, je fus bien aise de voir mes parents ainsi lavés. Cependant je n'osais en rire, par crainte des suites.

A quelques jours de là, nous eûmes le bonheur d'un divertissement plus relevé : nous nous vîmes à deux doigts d'être pris par les corsaires. Alentour du quarantième jour de notre voyage, nous aperçûmes en effet un navire, anglais ou peut-être turc, qui fondait sur notre vaisseau d'une vitesse incroyable. Il salua notre gouvernail d'un coup de canon afin de nous mettre hors de défense. Dieu, néanmoins, détourna ce coup qui eût pu être notre perte. Nous envoyâmes à notre tour deux bons boulets, dont l'un sembla donner dans le flanc du pirate. Tout le monde fut en un instant sur le pont, les voiles pliées et nos seuls huniers restant pour bien manier le vaisseau. Chacun, dans la crainte de l'abordage, s'apprêtait à mourir ou à vaincre.

Mathurin Forpe, le commandant, fit les cérémonies qu'on a accoutumé de pratiquer en de pareilles rencontres : il prit une coupe pleine de vin et, tournant le visage vers l'ennemi, jeta le vin et la coupe dans la mer en forme de mépris de leur adresse et de leur force. Après cela, chacun, mon père et Jean compris, prit un coutelas à la main et se mit en position sur la dunette. Le père capucin, qui disait ordinairement la messe sur le bateau, exhorta les passagers à produire de vrais actes de contrition d'avoir offensé Dieu. Le Créateur étant ainsi satisfait, il fallut promptement satisfaire la créature : afin de réjouir les hommes et leur donner le cœur de bien faire, on fit rouler sur le tillac les tonneaux pleins de vins gagnés au passage de la ligne. Tout le temps que durèrent ces apprêts, ma mère s'occupa de nous vêtir, Charles et moi, de ce que nous avions de plus beau et mit à ma ceinture un grand chapelet, qu'elle avait coutume de porter. Je dis tout bas à mon frère : « Si on nous prend, nous nous consolerons de n'être plus avec elle. » On ne nous prit pas ; soit que notre ennemi ne souhaitât pas d'en venir aux mains au prix qu'il fallait mettre, soit qu'il crût ses forces trop petites, il disparut de nous en un éclair et nous montra par ce moyen qu'il savait aussi bien éviter le combat qu'aborder généreusement les ennemis dont il tenait la faiblesse pour assurée. Cette tactique, assez commune, n'est pas particulière aux bateaux.

Nous mouillâmes à la Martinique au début d'août. A mesure que nous approchions de la terre, je ne pouvais assez admirer [1] comment on s'était venu loger dans cette île ; elle ne me paraissait que comme une montagne affreuse entrecoupée de précipices et rien ne m'y plaisait que la verdure qu'on voyait de toutes parts. Il vint quelques nègres à bord ; n'en ayant jamais vu, ils me parurent bien noirs ; beaucoup portaient sur leur dos les marques des coups de fouet qu'ils avaient reçus ; cela excitait la compassion des passagers qui n'y étaient pas accoutumés, mais on s'y fait bientôt. Jean Marquet prit congé de nous avec des larmes et l'*Isabelle* repartit pour la Guadeloupe, où nous fûmes deux jours après. Nous descendîmes dans la chaloupe devant le bourg de la « Basse-Terre ».

En posant le pied sur terre après cette longue navigation, il me sembla que la tête me tournait et je tombai, privée d'esprit [2], à côté du magasin des capitaines marchands. On me mena, assez dolente, à travers le bourg

1. M'étonner.
2. Evanouie.

jusqu'au fort, où mon père devait rencontrer Monsieur Hoël, le gouverneur. On m'y mit dans une chambre assez propre ; j'y demeurai quelques jours, veillée par une négresse, tandis que mes parents allaient s'établir, avec leurs deux serviteurs français, dans une petite maison du bourg. Ayant raccoutumé mes pas à la fermeté de la terre et guéri cette fièvre, dont le chagrin d'être à jamais séparée de mes chers Villette pouvait bien être la cause, je pus rejoindre ma famille. Mon père avait déjà quitté l'île. Son projet était d'habiter la Marie-Galante qui ne se trouve qu'à quelques heures de navigation.

Cette île, qui n'est pas montagneuse comme les autres, était alors le jardin des sauvages caraïbes et il paraissait qu'on pourrait y habituer toutes sortes de plantes. En compagnie de Tesseron et de quelques passagers de l'*Isabelle*, Merry Rolle, Jean Fris de Bonnefon et Michel de Jacquières, avec qui il avait passé marché à La Rochelle, mon père avait résolu d'y former une habitation [1]. Ma mère, mes frères et moi, avec l'engagé venu de France par l'autre bateau d'Hilère Germond, ne les rejoignîmes à la Marie-Galante que quelques semaines après leur installation. Nous y trouvâmes déjà une maison assez belle pour le pays, c'est-à-dire fort semblable pour l'apparence à une grange ; cette maison était en bois, couverte de feuilles de palmiste et, bien qu'assez longue, elle n'était séparée qu'en deux ou trois pièces dont les cloisons s'arrêtaient à mi-hauteur afin de laisser passer l'air. Alentour, les gentilshommes et leurs engagés, avec l'aide de rares esclaves, avaient commencé quelques cultures ; ils avaient défriché les places à vivres où viendraient les fruits et les herbes du pays, le manioc, la patate, l'igname et la banane, ainsi que quelques racines [2] de France, carottes, raves et bettes ; ils avaient aussi planté du tabac et de l'indigo, dont ils espéraient faire commerce. Sur tout cela, les sauvages ne leur faisaient guère d'opposition.

Je vécus à la Marie-Galante quelques mois d'une vie fort libre et assez proche de celle que menaient autour de nous les Caraïbes à peau rouge. Ma mère tenta bien

---

1. Plantation.
2. Légumes dont le fruit se trouve sous la terre.

de me remettre à la lecture du Plutarque qui arriva avec son coffre mais elle ne parvint pas à m'y attacher. Elle avait trop à faire d'ailleurs à nourrir la colonie et gouverner les esclaves pour resserrer sur nous sa discipline : mon frère Constant herborisait tout à loisir et n'aidait que de temps à autre à la construction d'une case ou à la cueillette d'un fruit ; Charles faisait amitié avec les enfants des sauvages, apprenait à varer [1] les tortues et à tirer à l'arc ; je ramassais des coquillages dont je faisais des colliers dans l'espoir de les faire tenir un jour à ma cousine Marie.

J'ai peu de souvenirs du temps passé dans cette île : la vie y était sans doute bien différente de celle que j'avais jusqu'alors connue mais les enfants ne s'étonnent de rien ; il me parut tout naturel de manger de la tortue et du lamentin, de boire de la limonade d'orange et de me promener au milieu des serpents et des « cocodiles ». Les seuls événements dont je me souvienne précisément sont, le premier, une correction vigoureuse et publique que ma mère administra à Charles, un jour qu'il revint à notre village nu des pieds à la tête et roucoué [2] comme un sauvage, et le second, un discours que me tint mon père.

Il faisait nuit. J'étais descendue seule jusqu'au rivage de la mer Caraïbe, qui est encore plus douce et chaude le soir que pendant le jour. Je m'étais assise sur la grève et interrogeais au fond de l'eau le reflet des étoiles que je prenais pour des diamants apportés par la vague. Je rêvais ainsi quand mon père vint s'asseoir à mon côté. Je ne sais de quoi il m'entretint d'abord, des îles, des océans, des astres. Il brassait toujours de grandes idées, surtout lorsqu'il était pris de vin. Puis, m'ayant considérée en silence, il me dit que je devenais jolie, que je n'étais point sotte, et qu'avec ces belles qualités-là j'aurais, si je ne m'embarrassais pas de principes, quelque chance de terminer ma vie plus heureusement qu'elle n'avait commencé. Je retins la prédiction, doutant s'il fallait suivre le conseil. Cette occasion fut pourtant la seule en toute mon enfance où je reçus de l'un

1. Pêcher les tortues en les retournant sur le dos.
2. La peau teintée d'indigo.

de mes parents des paroles assez douces pour m'en croire aimée. Il est vrai que l'illusion fut de courte durée, car Monsieur d'Aubigné conclut l'entretien en m'apprenant qu'il nous allait quitter bientôt. « Voyez-vous, me dit-il, ce qu'il y a de bon à la prison c'est que, si l'on n'y fait point sa volonté, au moins l'on n'y fait pas celle d'autrui ; c'est toujours la moitié de gagné. Votre mère me donne trop souvent à regretter mon cachot. »

Dès le début de l'année 1645, il repartit avec Tesseron, laissant à Merry Rolle et à ma mère le commandement de notre petite colonie. Il avait résolu, à ce qu'il disait, de regagner la France pour y solliciter de la Compagnie des Indes occidentales la charge de gouverneur de l'île. L'ayant obtenue dès le mois de mars de la même année, comme je le sus dans la suite, il ne revint pas, pourtant, à la Marie-Galante : ennemi des entreprises rudes, il avait vite démêlé ce qu'il y avait d'ardu à former une habitation dans cette île sauvage ; muni de son brevet de gouverneur, il se contenta de mener joyeuse vie entre Niort et Paris sans plus donner de ses nouvelles. Ma mère n'avait pas la force de mener seule le ramassis d'aventuriers et de pauvres hères qui faisait notre communauté : beaucoup se mirent à abuser de la guildive et du tafia, liqueurs de sucre qu'on trouve en abondance dans les îles ; les places à vivres [1] furent négligées et les fruits qu'on en avait espérés vinrent mal ; quelques esclaves se firent marrons [2] et disparurent dans les bois ; Merry Rolle décida alors de se rembarquer pour la Guadeloupe avec ses engagés ; en son absence, on ne sut que faire de l'indigo qu'on récolta et dont on ignorait comment le traiter ; enfin, la menace d'une attaque des Irrois [3] acheva, en peu de mois, de débander [4] la colonie.

Ma mère n'eut d'autre ressource que d'abandonner l'île et de se réfugier avec nous dans la Martinique, espérant d'y apprendre quelques nouvelles de son mari. Elle en reçut, je ne sais par quel moyen. Il lui commandait de s'installer sur un grand pied, ayant à Paris, avec la

1. Cultures vivrières.
2. S'enfuirent.
3. Irlandais.
4. Faire finir.

Compagnie, quelque nouvelle négociation dont il escomptait merveilles. Elle loua une grande maison et quelques terres dans le quartier du Prêcheur au couchant de l'île et, avec l'emprunt qu'elle fit à un marchand, acheta, à grands frais, une vingtaine d'esclaves pour nous servir. L'engagé que nous avions fait venir de France nous avait déjà quittés, soit marron, soit mort des fièvres. Quant à la servante de La Rochelle, je crois qu'elle mourut, dans ce temps-là, de l'enflure, une maladie qui atteignait un grand nombre de Blancs dans les îles.

Le mauvais air ne me réussissait pas trop non plus : je pris une fièvre maligne dont je me ressentis longtemps, ayant, dans la suite de ma vie, été abattue de fois à autre par cette même sorte de fièvre, sans pouvoir la traiter autrement qu'avec un peu d'opium et beaucoup de patience. Outre cette maladie pénible, je n'avais pas sujet d'être satisfaite de notre séjour à la Martinique : ma mère, désœuvrée, me tenait plus serré ; je n'eus plus permission de courir dehors ; je passais les journées dans sa chambre ; comme il ne lui restait que de petites esclaves qui n'étaient guère capables de la servir et surtout de la peigner, elle m'apprit à le faire. Il fallait me monter sur une chaise pour que je fusse à pied d'œuvre mais, malgré cet inconvénient, je la peignais bien et très longuement, n'ayant rien d'autre à faire.

La coiffure, le catéchisme et l'écriture faisaient, en effet, mes seules occupations, et d'ailleurs toute mon instruction, dans le grand renfermement où me tenait cette mère toujours triste et de mauvaise humeur. Je devais copier chaque jour quelque chapitre dans Plutarque ou dans l'Evangile, cependant que Charles, qui devait à son sexe toutes les libertés, s'amusait à ramasser les citrons des allées, attrapait des canaris, qui sont des petits oiseaux de cette île, ou se bourrait de confiture de goyaves. « Ma sœur, faites mes lettres, me disait-il, je vous irai chercher des oranges pendant ce temps-là pour votre récompense. » A le voir ainsi profiter des merveilles de l'Amérique, ma nature prompte s'impatientait encore plus d'être attachée et je regrettais la liberté de Mursay, dont le courrier nous apportait parfois des nouvelles.

Ma seule consolation, dans cette solitude, était la compagnie de Zabeth Dieu, une des vingt-quatre négresses de ma mère, qu'on m'avait donnée pour gouvernante : cette « doudou » m'habillait, surveillait mes jeux, et, pour le reste, ne m'enseignait rien, ne sachant rien elle-même. Mais elle chantait fort bien et j'appris ainsi, dans le langage grossier de là-bas, des chansons que je sais encore ; je les chante quelquefois quand je suis seule et cela me donne un grand plaisir, mais je crois que, faute d'une voix plus harmonieuse, je n'en ferais pas beaucoup aux personnes qui m'entendraient. L'une de mes berceuses préférées était une chanson d'amour, douce et triste, qui dit : « Comment vous quitter moi comme ça ? Songez z-ami, y a point tant comme moi femme si jolie ; vous va regretter moi toujours. » Je la croyais inventée pour peindre les amours de ma mère. Une autre était moins honnête ; c'était une de ces chansons que chantaient alors les filles publiques du Fort-Saint-Pierre et des autres bourgs pour attirer le chaland ; de jolies négresses et quelques Caraïbes faisaient ce métier dans les tavernes et je soupçonne que Zabeth, qui était aussi belle que cette statue de l'Afrique que Sibrayque a sculptée pour le parc de Versailles, avait un peu tâté de cet état-là avant de se trouver préposée pour mon éducation. Sa chanson disait : « N'a rien qui doux tant comme la ville, ma chère, n'y a point de métier si doux ; femme qui sotte sait point comme je sa faire, ça fait à nous grand' pitié. Comment toi voulé gagner cotte [1] si toi pas gagner l'argent ? Je vous dis, femme est bien sotte si pas connaît faire payer Blanc. » Bien des dames de la Cour ne pensent pas autrement, mais elles ne l'avouent pas avec cette simplicité.

J'aimais aussi à m'occuper d'un petit nègre-mine nommé Biam Coco, qu'on m'avait donné pour mes récréations. Il fut cause cependant d'une punition assez cruelle que m'infligea ma mère : je l'avais suivi dans sa case nègre et regardé longuement jouer avec d'autres petits esclaves, âgés de neuf ou dix ans, comme lui ; sans doute, les nègres étant naturellement fort licencieux, même lorsqu'ils sont tout enfants, ces jeux n'étaient-ils

1. Jupe.

pas innocents ; mais je ne connaissais pas ma faute. Ma mère, ayant appris la chose, me fit amener dans sa chambre, m'ôta ma coiffe et, sans mot dire, se mit à me peigner avec une telle violence qu'elle me mit la tête en sang ; quand cela fut fait, elle me renvoya dehors dans le soleil de midi et m'ordonna de rester plantée au milieu de la cour ; les maringouins [1] et autres insectes, attirés par le sang comme elle l'espérait bien, vinrent me dévorer la tête et le col, mais mes cris n'adoucirent pas sa rage et je dus rester ainsi exposée plus de deux grandes heures.

La punition de Biam Coco ne fut pas moins sévère. Elle le fit fouetter au sang par « Mal d'Oreille », son contremaître. L'enfant s'étant fait marron par chagrin de cette correction et ayant été repris, on le mit à la chaîne, qui lui donna un gros malingre [2] à la jambe. On parla de la lui couper. Il commença alors de manger de la terre par désespoir et dans la croyance, qu'ont tous les nègres, de retourner dans son pays s'il mourait. Il mourut en effet, et si j'avais donné dans sa créance j'aurais bien fait mon délice de la boue de la Martinique, pour revenir, morte ou vive, à Mursay.

Les mois passaient, sans autre événement que la messe du dimanche et quelques visites de voyageurs de France. Il vint ainsi un homme de belle allure et de bel esprit qui herborisait dans les îles pour le compte du Roi. Il s'appelait Cabart de Villermont et était fils d'un avocat au Parlement. Je ne pris pas garde à lui sur le moment, mais j'eus bien des occasions de le revoir dans la suite et, comme il fut à l'origine de mon mariage et de ma fortune, j'ai cru devoir le mettre à sa place dans mon récit.

A quelque temps de cette visite, notre maison brûla. Je ne sais si, comme le prétendait Madame de Montespan, le feu est signe de bonheur pour un enfant, mais, pour moi, je pleurai fort. « Quoi, me dit sévèrement ma mère, ma fille pleure une maison ? » Je n'en pleurais pas tant ; je plaignais ma poupée que je venais de coucher dans son petit lit en lui faisant un pavillon de ma coiffe, car je voyais le feu gagner l'endroit où elle était ; mais

1. Moustiques.
2. Ulcère.

58

allez expliquer ce sentiment à une femme qui ne jure que par Plutarque !

Il y avait plus de dix-huit mois que Constant d'Aubigné nous avait quittés et que son épouse nous tenait lieu de père et de mère quand nous reçûmes enfin de ses nouvelles : la Compagnie des Indes occidentales l'avait autorisé de se faire gouverneur dans quelque île déserte de son choix en cas que sa colonie de la Marie-Galante eût échoué ; comme cet accident était survenu en effet, il avait résolu de s'installer provisoirement dans l'île de Saint-Christophe où il recrutait des compagnons pour une nouvelle fondation à établir en quelque lieu inconnu. Il nous mandait de le rejoindre dans la capitale de l'île.

Cependant, nous avions vécu d'emprunts à la Martinique et nous ne pouvions la quitter sans liquider nos dettes. Ma mère revendit les esclaves : par bonheur, quelques négresses avaient mis bas dans l'intervalle et, comme elles se vendent plus cher avec leurs petits, nous en tirâmes plus qu'elles ne nous avaient coûté ; ma mère put acquitter tout son dû. Avec regret j'abandonnai Zabeth Dieu comme j'avais laissé la mère de Lile, mais cette fois sans larmes. Je commençais à m'endurcir un peu sur les départs.

Nous prîmes le bateau pour Saint-Christophe. En chemin, je demandai à ma mère si, par hasard, mon père avait entrepris de nous faire faire une visite complète de toutes les îles de l'Amérique. J'eus un soufflet pour toute réponse, ma mère ne permettant pas, avec raison, que nous jugeassions notre père, quoi qu'il fît.

Saint-Christophe était la plus belle et la plus anciennement peuplée de toutes les îles Camercanes [1] qui sont possessions françaises. Il se trouvait peut-être trois ou quatre mille Blancs dans cette colonie. On y rencontrait de vraies villes avec des rues et quelques maisons en pierre et en brique. Le gouverneur en était le commandeur de Poincy, en outre gouverneur général des Antilles françaises. Nous logeâmes chez lui à la Pointe des Sables, où était descendu mon père. Nous y retrouvâmes avec

1. Autre nom donné alors aux Antilles.

plaisir Esprit Cabart de Villermont, qui dessinait les plantes de ce pays-là. Cette fois, il me prit en amitié et me permit de l'accompagner dans quelques-unes des promenades qu'il faisait dans la savane. Ce me fut l'occasion d'entendre autre chose que le français car, l'île étant alors partagée entre la France et l'Angleterre dans la forme d'un échiquier, on ne pouvait se rendre d'un quartier [1] français à un autre sans passer par une terre anglaise. Villermont était fort habile sur les langues et, quand nous changions de quartier, il s'amusait à m'apprendre quelque chose de la langue des Anglais, au demeurant sans grand succès : je croyais, justement [2], cette langue de peu d'utilité et indigne des personnes de qualité.

Je passai un temps agréable à Saint-Christophe : la résidence du gouverneur était fort plaisante et les domestiques de « La Grand-Case » prévenaient tous nos désirs. Je m'amusais à apprivoiser des singes, qu'il y avait là en grande quantité, et à faire parler un perroquet. Je fus bientôt assez rassasiée de ce divertissement pour me dispenser de rechercher plus tard la compagnie de ces animaux comme le faisaient toutes les dames de Versailles ; j'avoue que la faveur de ces bêtes, du temps de leur plus grande mode, n'a pas laissé de me surprendre ; ayant jugé leur conversation un peu courte quand je n'étais qu'une enfant de douze ans, je n'ai jamais pu concevoir que leur entretien pût suffire à des marquises de quarante ; mais on dit que ce qui se ressemble s'assemble et je ne suis qu'à demi étonnée que quelques-unes de ces dames aient reconnu là leur vraie famille.

J'ignore à quoi s'employait mon père pendant tout ce temps. Mon oncle de Villette me donna plus tard à entendre qu'il intriguait avec les Anglais. Il affectait pourtant les extérieurs d'un faiseur de colonies et d'un bâtisseur d'empires. Au bout de quelques mois, cependant, il prit congé de nous sur le prétexte [3] de quelque nouveau papier à tirer de la Compagnie et d'un voyage

_____

1. Zone, secteur.
2. Avec justesse, avec raison.
3. Mme de Maintenon écrit indifféremment « sur le prétexte » ou « sous le prétexte ».

à faire en France à cet effet. Nous ne devions plus jamais le revoir.

Nous attendîmes son retour pendant toute la première moitié de l'année 1647. Ma mère se trouvait mal à son aise d'imposer aussi longtemps notre présence au commandeur de Poincy, et je commençais d'être assez grande moi-même pour ressentir la gêne qu'on éprouve à vivre de la charité d'autrui. L'inaction pesait, en outre, à mon frère aîné qui aurait bien voulu se faire soldat, étant en âge de porter les armes. Ces circonstances et le silence de mon père firent enfin que ma mère se résolut à regagner la France. Cabart de Villermont lui prêta un peu d'argent pour le passage et elle se procura le reste en vendant une pacotille [1] de chaussures que mon père avait rapportée à son précédent voyage. Les souliers étant très rares dans nos îles, où l'on se voit ordinairement contraint d'aller pieds nus à quelque rang qu'on se trouve, cette pacotille valait une petite fortune. Au cours de l'été 1647, nous embarquâmes tous quatre sur une flûte marchande qui rentrait à La Rochelle.

Le voyage de retour se passa presque aussi bien que celui de l'aller : quelques tempêtes, quelques forbans, ma mère et Constant nettoyant leurs estomacs dans l'entrepont. Cependant je fus, cette fois, plus malade qu'eux. Les fièvres que j'avais gagnées à la Martinique me reprirent avec une telle violence, par suite de la mauvaise nourriture du navire, que je perdis toute conscience et demeurai sans parole ni sentiment. Me voyant ainsi, on me jugea morte et l'on s'apprêtait à me jeter à la mer sans cérémonie, quand ma mère me voulut voir une dernière fois avant qu'on me jetât. Elle sentit quelque artère qui battait encore et dit : « Ma fille n'est pas morte », ce qui me sauva. Me réchauffant de son corps et d'un alcool, elle me ramena à la vie quand on doutait déjà si peu de ma mort que le canon était prêt à tirer. Je contai un jour cette histoire à la Cour devant l'évêque de Metz qui, toujours courtisan, s'écria : « Madame, on ne revient pas de si loin pour rien ! » Dans ce temps-là, pourtant, je ne crus pas en être revenue pour le meilleur.

1. Un assortiment.

Nous débarquâmes à La Rochelle aux premiers jours de l'automne de 1647 avec pour tout bagage et toute richesse un coffre de hardes, un missel et les *Vies des hommes illustres*. Mes vêtements n'étaient plus de saison : je n'avais qu'une méchante [1] robe d'indienne grise et j'allais pieds nus comme on va dans les îles ; le vent et la pluie du Poitou me transirent. Il me fallut, toutefois, m'accommoder de cette garde-robe en attendant la venue de ma tante de Villette, que ma mère avait fait avertir de notre retour.

Pendant ces quelques semaines, qui me parurent des mois, nous fûmes logés et nourris par charité. Une brave rempailleuse, parente de la vieille servante qui nous avait accompagnés à l'Amérique, avait consenti que nous fissions notre résidence d'un réduit sans fenêtre ni cheminée situé sous le degré [2] d'une pauvre maison qu'elle possédait près du port. Si mal commode que fût ce logis ma mère ne le quittait pas, n'osant se montrer dans cette ville où elle devait encore au tailleur La Plume et à quelques autres l'argent emprunté, trois ans plus tôt, pour notre passage en Amérique.

C'est sur Charles et moi, qui n'étions point reconnaissables par les bourgeois du lieu, que reposait le soin de demander l'aumône pour nourrir la famille. Charles prenait cette mission d'un cœur léger ; pour moi, j'étais au supplice. De deux jours l'un j'allais, avec un pot de terre, mendier notre soupe à la porterie du collège des jésuites, dont ma mère connaissait un peu l'un des régents, le père Duverger. Le portier, bien qu'instruit par le père, ne mettait nulle bonne grâce à sa charité et ne me donnait pain et potage qu'accompagnés de force grimaces et grommellements. Un jour que je me chauffais au coin de son feu tandis qu'il remplissait mon écuelle et que je ne m'avisais pas assez vite que sa tâche était finie et que je pouvais m'en retourner avec ma pitance, il me donna une forte tape sur la joue pour m'éveiller de ma songerie : « Veux-tu t'ensauver bien vite, petite éguenillée ! »

On peut mourir de faim ou de froid, mais si l'on en réchappe, on oublie son mal. Quand on n'aurait souffert

1. Pauvre.
2. Escalier.

qu'un seul jour de la honte, on en meurt toute sa vie. Aucun fard n'a pu effacer sur mon visage la trace de ce soufflet-là ni la brûlure des regards méprisants ou pitoyables de ceux que je croisais dans les rues quand, pieds nus, sale et les cheveux mouillés de pluie, je rentrais à notre logis, ma soupe à la main.

Ma tante vint enfin nous tirer de ce mauvais pas. En peu d'instants, tout fut réglé : elle avait vu la baronne de Neuillan, ma demi-marraine, en passant par Niort ; ensemble elles étaient convenues que Charles, que ma mère souhaitait depuis longtemps faire page, irait à La Mothe-Saint-Héray pour servir le comte de Parabère, gouverneur du Poitou et beau-frère de la baronne. Madame de Neuillan se proposait en outre de conduire ma mère à Paris afin qu'elle y retrouvât mon père ; sur la foi de ce qu'il nous avait dit en nous quittant, nous le pensions être dans cette ville en négociation avec les Messieurs de la Compagnie. Quant à Constant, il devait aller à Mursay d'où mon oncle de Villette formait le projet de le placer en quelque garnison ; je l'accompagnerais et y passerais l'hiver afin de donner à mes parents le temps de finir leurs affaires et de revenir à Niort.

Dieu se plaît à bouleverser nos desseins. A l'heure que nous arrêtions ces plans, nous ignorions que mon père était mort depuis deux mois déjà ; il n'était pas allé à Paris : après nous avoir abandonnés, il avait rejoint Londres, d'où il avait gagné la Flandre, puis Lyon, enfin Orange, où il était mort sous un nom d'emprunt et dans le projet de gagner Constantinople. Je crois, à la vérité, que le pauvre homme était atteint d'une maladie de l'esprit qu'on nomme « penaque » en Poitou, et qui empêche celui qui en souffre de demeurer en paix dans quelque lieu que ce soit.

Nous ne savions pas davantage, en ce mois d'octobre 1647, que mon frère Constant, ce triste garçon, n'avait plus que quelques semaines à vivre, ni que, jamais en cette vie, je ne reverrais ma mère.

Aurais-je su du reste, dès ce jour, que j'étais orpheline, que je n'en eusse peut-être pas été sensiblement affligée.

Je vis, sans tristesse, s'éloigner Madame d'Aubigné sur la grand-route de Paris, n'ayant reçu d'elle, à défaut d'un baiser d'adieu vainement attendu, que l'ultime conseil de me conduire dans cette vie « comme craignant tout des hommes et espérant tout de Dieu ».

5

Je trouvai Mursay changé. Aussi l'étais-je beaucoup moi-même.

Les pluies d'Amérique qui font croître les plantes plus vite que le soleil de France m'avaient grandie et mûrie. Je paraissais plus que mes douze ans et passais déjà de quelques lignes [1] mon cousin Philippe, qui était de trois ans plus âgé ; mais ce que j'avais gagné en taille je l'avais perdu en sagesse. A un âge où l'on n'a guère l'intelligence des choses et du monde, j'avais, dans le court espace de trois années, vu tant de lieux et vécu tant d'aventures que mon âme en demeurait troublée et inquiète. J'étais devenue farouche, insolente. Quoique d'un naturel enjoué et babillard dans mes premières années, je ne riais plus guère, je parlais peu. Je regardais les personnes et les événements avec indifférence. J'avais appris à m'attendre à tout, sauf à être heureuse ; ou plutôt (car je n'étais pas toujours malheureuse aux îles), je n'espérais plus ce bonheur paisible qui fait le repos du corps et la sérénité de l'âme.

Dans cette humeur, je ne trouvai d'abord rien à dire à mes cousins de Villette. Pouvais-je, au reste, leur avouer que la maison, le village et la famille, que j'avais si fort regrettés pendant ces années passées loin d'eux, décevaient mon souvenir et mon attente ? J'avais conservé la mémoire d'un lieu verdoyant, d'un château clair, de beaux enfants. Le pays, que je retrouvais à la mauvaise saison, m'apparut froid, noir et bourbeux. L'humidité ruisselait des murs de la maison et le village n'était qu'un marécage. Mes cousines, dont aucune encore n'avait trouvé mari, me semblèrent fort montées en graine, bien poitevines et très enlaidies ; quant à mon

1. Une ligne vaut environ 2 millimètres.

oncle, qui n'était jamais allé au-delà de Marans et ne connaissait rien au monde que sa Bible et son livre de comptes, je me persuadai, à la suite de quelques remontrances qu'il me fit, qu'il était le plus borné des religionnaires [1].

La mort de mon frère Constant, que l'on trouva noyé dans les fossés du château, quelques jours seulement après notre arrivée, acheva de m'étourdir. J'ignore encore comment cet accident se produisit. Il m'est arrivé, dans la suite, de me demander si ce pauvre enfant ne fut pas assez malheureux pour se détruire lui-même. La circonstance [2] que je ne pus jamais savoir où l'on enterra son corps, ni même si ce fut en terre chrétienne, donne quelque fondement à cette supposition. Si je n'en sus pas le lieu je connus cependant l'heure qu'on l'ensevelit, mais ce fut par le plus grand des hasards. Comme je me trouvais sur le soir, deux jours après l'accident, dans la chambre de ma cousine Marie et que je regardais par la fenêtre les bois de Siecq qui lui font face, je vis, au pied du château, Urbain Apperçé, Pierre Texereau et Thomas Tixier charger un cercueil sur une barque plate, dans laquelle ils prirent place avec mon oncle. La barque traversa lentement la rivière dans la direction de Siecq ; sur l'autre rive les trois hommes chargèrent le cercueil sur leurs épaules et s'enfoncèrent dans l'ombre des bois. Je vis longtemps briller entre les arbres la lumière de la lanterne dont mon oncle éclairait leurs pas, puis elle disparut dans la nuit et, avec elle, le souvenir de mon frère, dont on ne me parla jamais plus.

Je demeurai un long moment appuyée à la fenêtre ouverte, les yeux perdus dans l'obscurité. J'y restai même tant de minutes, ou peut-être d'heures, que le froid m'y saisit sans que je m'en avisasse. Quand Marie me vint tirer de ce songe, je ne pouvais plus remuer les doigts. J'eus la fièvre plusieurs jours, mais je ne posai aucune question et dissimulai mes larmes.

Convaincue que je ne trouverais pas à Mursay la tranquillité à laquelle j'aspirais et que j'étais née pour connaître toutes les vicissitudes de la fortune, tous les

1. Protestants.
2. Le fait.

deuils et tous les abandons, je priai Dieu de me faire la grâce de m'ôter de ce monde aussi promptement qu'il l'avait fait de Constant.

Comme on meurt rarement à propos, et jamais de la mort des autres, je survécus à ce premier désespoir. Ma tante mit à profit cet excès de santé pour entreprendre la patiente reconquête d'une âme que, la première, elle avait façonnée et qui lui avait appartenu sans partage pendant sept ou huit années. Avec une science et une bonté admirables, elle reconstruisit pierre à pierre cet édifice ébranlé et sut assurer, cette fois, sa solidité définitive. Sans jamais paraître s'offenser de mes silences, de mes refus ou des paroles blessantes qui m'échappaient, elle parvint, par un mélange de tendresse et de fermeté, par un habile dosage de caresses, de raison et de religion, à rouvrir ce cœur fermé et rassurer l'esprit troublé qu'on lui avait rendu.

Elle combla le vide de mes heures de mille travaux qui vinrent distraire mon ennui ; couture, broderie, tapisserie, vannerie même, elle veillait à ce que j'eusse toujours quelque ouvrage en train. Pour le vide de mon cœur, elle le remplit de l'amour de Dieu, ayant tôt jugé que notre père céleste me rendrait cet amour-là plus fidèlement que mon père terrestre et que lui du moins ne me ferait pas défaut.

A mon premier séjour à Mursay, elle m'avait enseigné la morale et les pratiques élémentaires de la religion. A ce second jour, elle me découvrit la foi. Tous les jours, au détour d'une de ces conversations charmantes et piquantes dont elle avait le secret, elle m'entretenait de la chaleur de l'amour divin et de la clarté de l'espérance. Elle me disait qu'on peut prier aussi simplement qu'on respire et qu'il ne faut que se laisser baigner de la lumière de Dieu. Elle me mit de ses charités ; ce fut par mes mains que chaque semaine, au bout du pont-levis du château, elle fit distribuer l'aumône aux pauvres du pays. Enfin, dans le désarroi où elle m'avait vue, elle ne douta pas qu'il ne me fallût une pratique religieuse régulière ; la seule qu'elle pût m'offrir était celle de la religion réformée ; sans hésiter ni s'embarrasser des mêmes scrupules qu'avant mon départ pour l'Amérique, elle m'associa franchement à ses dévotions : je ne l'accompagnai plus seulement au prêche dominical ; j'appris par cœur le catéchisme du pasteur Drelincourt, je chantai les psaumes et les cantiques calvinistes, je lus les livres des ministres hérétiques, je mêlai ma voix à leurs prières.

Peu à peu, sous l'influence de cette sainte fée, je recouvrai le goût de vivre et la force d'aimer. Avec l'été revinrent les fleurs des champs et les jeux de l'enfance. Je roulais dans le foin avec Philippe et Marie ; clignemusette [1], colin-maillard, la mouche [2], les barres, les quilles, les osselets, tout était bon à nous amuser ; je me révélai de première force aux jonchets où tout l'art consiste à tirer le roi ; je n'y voyais point une prophétie.

A Paris, ma mère avait appris en même temps la mort du mari qu'elle haïssait et celle du seul enfant qu'elle aimât. Rien désormais ne la rattachait plus à Niort. Elle n'écrivit plus ; nous l'aurions crue morte si ma tante n'avait appris, par le plus grand des hasards, que sa bellesœur vivait dans la dernière misère au fond d'un hôtel garni de la paroisse Saint-Médard ; elle était réduite à travailler de ses mains pour gagner son pain, n'ayant rien pour subsister qu'une pension de 200 livres par an ; elle ne voulait être à charge à personne, mais ma tante lui fit tenir une petite somme par Madame de La Tremoille.

Bien que le sort de Madame d'Aubigné m'affligeât sensiblement lorsque j'en entendais parler, je ne m'inquiétais généralement pas plus d'elle qu'elle ne s'inquiétait de moi. Je me croyais, d'ailleurs, une vraie Villette et ne souhaitais rien tant qu'oublier les années passées hors de Mursay.

Pour mon frère Charles, qui ne demeurait qu'à quelques lieues de moi, au château de La Mothe-Saint-Héray, j'en recevais parfois des nouvelles avec plaisir. Sa santé était bonne. Sa conduite l'était moins. Privé de l'attention et de l'autorité familiales qui lui eussent été nécessaires, il marchait à grands pas sur les traces de son père et l'espièglerie de l'enfant tournait déjà, chez le page de quinze ans, à la franche friponnerie. Je m'en

1. Cache-cache.
2. Jeu d'écoliers, « où l'un d'eux choisi au sort fait la mouche sur qui tous les autres frappent comme s'ils le voulaient chasser ».

attristais un peu car j'avais de l'amitié pour lui mais, l'éloignement et mon jeune âge ne me mettant pas à portée de le sermonner, je me bornai à prier Dieu qu'il le touchât de sa grâce.

Plus d'une année se passa de la sorte. J'étais redevenue la « Bignette » de jadis, la petite « Francine » vive, rieuse, aimée de tous ; j'allais sur mes treize ans, aussi insoucieuse de l'avenir que le lys des champs et l'oiseau du ciel. Assise sur le pavé de la grande salle aux pied de ma tante Arthémise, je posais ma tête sur ses genoux et enfouissais avec délice mon visage dans son tablier pendant qu'on discutait autour de moi des projets de mariage de mes cousines. Je me réjouissais déjà de pouvoir porter, pour l'occasion de leurs noces, une jolie robe de dentelle grise devenue trop courte pour Marie, et de danser, ainsi vêtue, le branle du Poitou que je commençais de mener assez bien, quand je fus, en un moment, privée de la possibilité de me perfectionner dans les danses poitevines et, ce qui fut moins réparable, arrachée pour toujours à l'affection de mes chers Villette.

Ma fausse marraine, Madame de Neuillan, que je n'avais plus vue depuis le jour de mon baptême, ayant ouï dire à quelques bonnes langues que ma régularité au prêche et mon ardeur aux psaumes édifiaient tous les réformés depuis Niort jusqu'à La Rochelle, crut de son devoir de me soustraire à une influence si pernicieuse. Me croyant orpheline, elle se souvint qu'on l'avait investie du soin de mon salut et, prenant prétexte de mon baptême catholique, elle sollicita de la reine Anne une lettre de cachet. La puissance des Parabère et le rang de fille d'honneur que tenait sa fille Suzanne auprès de Mademoiselle de Montpensier, nièce de la régente, lui permirent d'obtenir dans les plus brefs délais la signature royale. C'est ainsi que la veille même du jour anniversaire de ma naissance, un exempt [1] et quelques gardes se présentèrent en grand apparat à la porte du pont-levis. Mon oncle et ma tante pensèrent tomber de leur haut, mais le moyen de résister aux ordres du Roi ? Il

---

1. Officier de Prévôté ou des Gardes du Corps, qui procédait habituellement aux arrestations.

fallut, dans l'heure, me remettre à ces gens d'armes qui, m'encadrant comme une voleuse, me conduisirent à Niort chez Madame de Neuillan, laquelle se voyait désormais confié le soin de mon éducation.

Je pleurai fort dans les premiers temps ; je ne savais rien faire à demi ; mais, comme dans la nouvelle demeure où j'étais nul ne se souciait de me consoler, je séchai mes larmes ; ravalant mon chagrin, je résolus d'attendre avec fermeté que ma mère exprimât clairement sa volonté dans cette affaire. L'espérance dont je me berçais ainsi fut cruellement déçue : Madame de Villette ne put trouver ma mère à Paris ; nous ignorions que Madame d'Aubigné avait quitté la capitale et s'était installée à Archiac en Saintonge où elle avait encore quelque famille ; là, ne se souciant pas plus du sort de Charles et du mien que par-devant, elle ne sut rien du nouveau malheur qui me frappait et nul ne put le lui apprendre. Je demeurai aux mains de Madame de Neuillan.

Ces mains-là n'étaient ni douces ni généreuses, mais elles desserrèrent bientôt leur étreinte. La charge, que cette prétendue marraine avait réclamée avec tant de force, lui parut vite passer sa compétence. Je ne mettais, en effet, aucune complaisance à me convertir et ne répondais aux « bontés » de ma bienfaitrice que par une insolence et une rébellion fort décourageantes pour elle. La baronne de Neuillan se lassa bientôt de menacer et de punir ; elle avait, du reste, d'autres chats à fouetter que cette petite fille : il lui fallait regagner Paris où l'appelaient, plusieurs mois par an, les plaisirs de la ville et les charges de la Cour. Elle me posa donc, un beau matin, rue Cremault, chez les sœurs ursulines.

Ces religieuses, installées à Niort depuis peu d'années, ne recevaient pas les enfants des meilleures familles de la ville, qu'on confiait encore aux bénédictines, mais elles avaient la clientèle des bourgeois. Madame de Neuillan jugea sans doute que l'éducation qu'on donnait aux filles des marchands devait suffire à une orpheline pauvre fraîchement tirée d'un nid d'hérétiques.

Le couvent des ursulines se trouve dans la paroisse Saint-André, au point le plus élevé de la ville. Il domine la Regratterie, la Halle, le quartier Notre-Dame, et s'adosse aux remparts mêmes de la cité, au pied de la Tour Folie. Le bâtiment où étaient alors logées les pensionnaires n'était pas très vaste : quatre chambres basses qui servaient pour les classes et le réfectoire, six chambres hautes qui faisaient nos dortoirs et ceux des sœurs, deux basses-cours, et deux grands jardins où nous avions permission de courir pendant la récréation. Le tout fort propre et assez commode, en dépit de l'étroitesse des lieux.

On me conduisit d'abord dans la chambre des grandes. Je serrai mes vêtements dans une armoire. Ils furent bientôt rangés ; je faisais alors le tour de mon trousseau presque aussi vite que celui de mes métairies : deux coiffes de taffetas, deux robes de droguet, trois devantiaux [1] et un mouchoir de col [2] formaient toute ma garde-robe. Le mouchoir me venait de ma tante. Je versai des larmes en le serrant mais il fallut essuyer tout cela et relever le menton : dans la nouvelle maison où le sort me jetait je ne pouvais compter sur d'autre guide que moi-même et il fallait bien que j'y visse clair pour marcher.

La mère des classes et la préfète me menèrent à ma régente [3] ; c'était une jeune religieuse nommée « sœur Céleste » ; elle devait à son esprit, et au talent qu'elle avait pour l'éducation, d'avoir, malgré son âge, la charge de la plus grande classe. Je ne sais pourquoi j'aimai tout de suite cette femme d'un amour peu croyable.

Je pense que, peut-être, elle me plut par sa beauté. Bien que je m'en sois souvent repentie dans la suite, je n'ai jamais pu me défendre de la prévention favorable que cause d'abord une grande beauté chez une femme ou un enfant. Aujourd'hui encore, malgré que j'en aie, une taille aisée, un teint frais, de grands yeux me séduisent immanquablement quand je me défie toujours d'un corps bossu ou d'un regard louche.

Or, sœur Céleste, qui eût marqué dans une Cour par

---

1. Tabliers.
2. Fichu.
3. Institutrice.

sa beauté, éblouissait dans un couvent. Elle y avait d'autant plus de mérite que le costume des ursulines est rien moins que seyant : avec leur petit tourteau fromager [1] sur la tête et les deux grands « ricouets [2] » qui pendent de chaque côté jusqu'à leur ceinture, ses pareilles avaient l'air de vieilles paysannes ; mais, sous le tourteau, le teint de sœur Céleste était de la plus éclatante blancheur qui fût jamais, le tour de son visage gracieux et sa bouche la plus belle du monde. Elle avait les yeux tendres, la taille noble, et, avec cette aimable figure, elle était toute pétillante d'esprit et de vivacité. Son éclat attirait, les charmes de sa conversation gagnaient.

Pour moi, elle jugea vite qu'il ne me fallait pas contraindre. Les duretés et les façons cruelles de Madame de Neuillan, qu'on avait faite gardienne de mon corps plus que de mon âme, car elle n'y pouvait joindre, ne m'avaient pas ramenée vers la vraie religion. Pis, elles m'avaient écartée de la modestie qui sied à une fille de cet âge, et je me plaisais à faire, en toute occasion, le personnage de rebelle et d'opiniâtre. La sœur Céleste ne me fit ni promesses ni menaces. Elle n'employa que des motifs raisonnables pour me persuader. Elle ne m'obligea point d'aller à la messe, que j'avais prise en aversion et où j'eusse pu causer quelque scandale, répétant volontiers, après mon grand-père, que « l'horreur de la messe m'ôtait celle du feu ». J'étais persuadée que c'était idolâtrer que d'adorer Jésus-Christ dans l'hostie et je me serais laissé tuer plutôt que de demeurer à genoux devant un autel ; elle ne m'y contraignit pas. Elle me laissa libre de manger gras les jours maigres et ne voulut me gêner en rien dans ma religion. Elle borna ses soins à me donner des livres propres à m'ouvrir les yeux sur les erreurs des réformés, et elle attendit que la grâce de Dieu fît le reste. Je ne sortis pas du couvent de Niort moins huguenote que j'y étais entrée ; au moins en sortis-je plus traitable.

Je ne sais, au reste, si l'habileté seule de ma régente fut cause de l'adoucissement de mon humeur ; l'amour

1. Gâteau au fromage, spécialité niortaise.
2. Brides.

que je lui portais et la tendresse dont elle se prit pour moi y furent sans doute pour beaucoup plus.

Je n'avais pas de plus grand plaisir que de me sacrifier à son service. Comme j'étais fort avancée dans les exercices, on m'avait désignée pour « décurione [1] » de ma classe, de sorte que dès qu'elle était sortie je faisais lire, écrire, compter, répéter l'orthographe et jouer toute la classe ; je me faisais un bonheur d'accomplir ainsi tout son ouvrage sans qu'il me fallût d'autre récompense que celle de lui plaire. Le soir, j'envoyais coucher promptement mes compagnes, je les pressais tant qu'elles n'avaient pas le temps de se reconnaître ; j'amassais ainsi beaucoup de bouts de chandelle et je faisais en sorte qu'on ne brûlât pas autre chose dans toute la classe pendant une semaine pour que j'eusse le plaisir de donner de temps en temps une chandelle entière à ma maîtresse pour ses lectures de la nuit. Mon amour pour elle était tel enfin que, lorsque, quelques mois plus tard, je sortis de ce couvent, je pensai mourir de chagrin et j'eus l'innocence pendant plus de deux ou trois mois de demander à Dieu tous les jours, matin et soir, de mourir, ne pouvant comprendre que je pusse vivre sans la voir.

Cet amour, qui avait la véhémence que la solitude donne à tous les sentiments, ne finit qu'avec sa vie.

Cependant, à l'heure que j'écris ces lignes, je ne puis qu'à grand-peine retrouver sous la cendre le souvenir de cette flamme-là. Rien ne nous est plus étranger que les amours du passé. La mémoire seule des choses que je fis pour elle me laisse à penser combien j'aimais cette femme, mais rien ne me reste dans le cœur de la chaleur et des tourments de cette première amitié. De ce sentiment, comme de ceux qui le suivirent, je sais encore un peu le « comment » mais il y a beau temps que j'ai oublié le « pourquoi », et je ne crois jamais tant conter l'histoire d'une autre que lorsque je conte mes amours...

Grâce à ma douce Céleste, les religieuses s'étaient peu à peu accoutumées à mes façons et je m'étais faite aux leurs ; je n'entendais pas la messe mais j'allais à vêpres ; on convenait que je n'avais pas ma pareille pour ensei-

1. Auxiliaire de la régente, ayant la charge de dix élèves.

gner aux petites à compter à la plume et aux jetons ou à écrire selon l'instruction de Barbédor ; de mon côté je consentais, bien qu'huguenote, de chanter avec mes compagnes quelques couplets de « La Dévotion à la glorieuse sainte Ursule », qu'un père Barry venait de composer pour les pensionnaires des ursulines ; j'en retins même si bien les vers que je pus, dix ans après, apprendre à Mademoiselle de Lenclos quelque chose du couplet en l'honneur de sainte Marie-Madeleine au cas que, faisant même métier que cette sainte, elle eût voulu donner dans la même repentance : « J'ai quitté tous mes promenoirs, j'ai cassé tous mes beaux miroirs, j'ai rompu mes robes de soie, mes rubis et riches diamants, j'ai décousu tous mes clinquants, j'ai ôté du col mes carquants, j'ai brûlé tous mes vieux romans et les lettres de mes amants, j'ai craché dessus la peinture de ce portrait que je gardais et que je voyais à toute heure pensant à celui que j'aimais... » Voici comme dans les couvents, sous couleur d'édification, on apprend innocemment aux petites filles à rêver aux amours profanes.

Ce bonheur fragile du Fief Cremault fut de peu de durée. Madame de Neuillan, qui était l'avarice même, espérait m'élever sans me nourrir ; elle invita donc les religieuses à se faire régler le prix de ma pension par ma tante de Villette ; celle-ci ne vit pas les choses de même façon et se refusa, avec quelque raison, de payer pour qu'on me donnât une instruction catholique ; le débat entre mes deux tantes, la vraie et la fausse, traîna en longueur sans qu'il entrât un sol dans la caisse de la mère préfète. Au début, les religieuses n'osèrent bouger : Madame de Neuillan, veuve d'un gouverneur de la ville et mère du suivant, se donnait pour protectrice des couvents niortais et les dames de la rue Cremault avaient souci de la ménager. Mais enfin, après quelques remontrances prudentes et des représentations [1] plus énergiques, également faites en vain, elles résolurent, passant outre aux prières de Céleste, de me remettre sur le pavé. Bien qu'elles fissent profession de charité, ces bonnes sœurs préféraient en effet les gredines qui paient bien aux belles âmes qu'il faut sauver gratis.

1. Mises en garde.

Au commencement de l'été 1649, je me trouvai derechef dans l'hôtel de Françoise de Neuillan. On ne tua pas le veau gras pour la circonstance. Quelle que fût la circonstance, d'ailleurs, on ne mangeait pas gras chez cette dame. Réduite à me fournir du pain, elle ne s'y résolut qu'à la condition qu'elle pût tirer de moi quelques services ; elle me remit les clés de son grenier et me chargea de mesurer l'avoine à ses chevaux et le grain à ses poules. Dans l'affliction où j'étais après avoir laissé ma bonne Céleste, cette humiliation ne me fut même pas sensible. Du reste, s'il faut apprendre à commander, pourquoi ne pas commencer par la basse-cour ? Je n'éprouvais d'ennui que de ce que, par avarice, la baronne me laissât toute nue : j'avais grandi si vite que les deux méchantes jupes de droguet rapportées des ursulines ne me couvraient plus le mollet ; Madame de Neuillan décida néanmoins qu'il n'y avait pas malice à ce qu'une fille de cet âge montrât ses jambes et que ma garde-robe pourrait encore me durer l'année. Hors ce petit problème de nippes et les services que Madame de Neuillan attendait que je rendisse dans l'écurie, je n'étais pas sensiblement plus mal traitée que ma cousine Angélique, sœur cadette de ma marraine Suzanne, et depuis comtesse de Froulay. La baronne avait renoncé à me convertir ; pour le surplus, bien qu'elle me vêtît comme Cendrillon et me logeât avec ses femmes de chambre, elle ne me confinait pas à l'office. Je menais donc, à peu près, la même vie que ses enfants.

L'hôtel de Neuillan à Niort ne désemplissait guère, bien que la maîtresse de maison tînt résolument table fermée : les alliances de la famille, la grande beauté de la fille aînée Suzanne encore à marier, l'air de la Cour qu'on y respirait, tout y faisait accourir les beaux esprits de la province. A leur contact, je m'apprivoisai peu à peu : je quittai mes façons de pensionnaire et mes coiffes de paysanne et polis un esprit rugueux, plus porté à la controverse théologique qu'aux badinages de la conversation.

Mon meilleur maître dans cette science du monde fut Antoine Gombaud, chevalier de Méré, qui possédait une petite terre près de La Mothe-Saint-Héray mais passait le plus clair de son temps à Paris dans des compagnies distinguées. C'était un fort petit homme, des plus élégants et parfumés, qui s'érigeait volontiers en arbitre des bienséances et du bel air : après quelques campagnes sur mer, il avait borné sa vaillance à la conquête des salons et quitté l'épée pour la plume. Fort lié avec Pascal, Balzac, Ménage, Clérambault et autres « Jean-des-lettres » de son temps, il avait lui-même commis quelques traités sur « la vraie honnêteté », « l'éloquence », « la délicatesse dans l'expression », et « le commerce du monde ». Il s'intéressait, lorsque je le connus, à l'éducation des enfants de qualité, sur quoi il pensait produire bientôt quelques discours ; je servis à ses expériences : il se plut à me découvrir les auteurs anciens qui lui étaient très familiers, à me montrer la géométrie qu'il croyait savoir mieux que personne, à m'enseigner la carte et la sphère [1], le tout assaisonné d'un peu de grec et de latin. Il me prêta des romans, dont l'impression fut si vive sur mon esprit que je n'ai pas été depuis si agitée de mes propres aventures que je l'étais de celles de ces personnages fabuleux. Madame de Neuillan vit que je faisais de ces lectures dangereuses et me dit qu'il y fallait renoncer. Je le fis exactement [2].

Cependant l'idée des passions me frappa et les sentiments qui les forment s'insinuèrent dans mon âme sans objet déterminé. Il est vrai qu'ils eussent pu se fixer sur le chevalier lui-même et qu'il n'a pas tenu à lui qu'ils ne s'y arrêtassent pas. Monsieur de Méré s'était épris, en effet, de son écolière de quatorze ans : il me le fit connaître en des vers où, à cause de mes voyages aux îles, il me célébrait sous le nom de « belle Indienne ». De ce jour, on ne me connut plus dans Niort que sous ce vocable piquant qui m'assurait une réputation de beauté dont je doute si elle était, dans ce temps-là, bien méritée.

Pour moi, je n'avais aucun goût pour Monsieur de Méré : outre qu'il tenait plus du barbon [3] que du jeune homme, je le trouvais un peu ridicule et m'irritais de le voir, dans sa conversation et ses vers, toujours si en garde

1. La géographie et l'astronomie.
2. Scrupuleusement.
3. Homme d'âge mûr.

contre une expression commune qu'il en exténuait sa pensée et qu'à force de se cacher, de s'obscurcir, de s'envelopper dans ses propres ténèbres, il en devenait inintelligible. Cependant, je fus flattée du goût qu'il prit pour moi. Les premières et les dernières conquêtes sont celles dont on se sait le plus de gré. Je souffris donc ses madrigaux et tolérai, sans déplaisir, qu'il entretînt de mon mérite tous les libraires de Niort et de La Rochelle. Du reste, je lui étais reconnaissante de ce qu'il m'enseignait, entre une plainte et une œillade, les règles de la politesse et celles de la grammaire.

J'en étais là de mon instruction, lorsque Madame de Neuillan, qui devait regagner Paris pour y finir l'hiver, décida de m'y mener avec elle. Elle monta dans un carrosse à six chevaux avec ma cousine Angélique, tandis que je les suivais en croupe du mulet qui portait les bagages et les provisions de bouche. Dans cet équipage qui ne me faisait pas de peine, car les vaisseaux du Roi n'offrent pas, après tout, plus de commodités, j'entrai dans la capitale. Si je ne craignais de paraître provinciale, je dirais que je trouvai d'abord qu'il y avait bien des maisons et bien des gens dans cette ville. Ma seconde impression fut que les rues de ce pays-là étaient fort sales et leur boue puante. A peine si mon mulet parvenait à me préserver les mollets des éclaboussures noires que faisait jaillir chacun de ses pas. Le bruit des carrosses, les hurlements et les cris de ceux qui vont par les rues pour vendre des herbes, du fromage, des haillons, du sable, des poissons, de l'eau, enfin mille choses nécessaires à la vie, achevèrent de m'effaroucher.

Je ne repris mes esprits qu'en pénétrant dans la cour de l'hôtel qu'occupait Pierre Tiraqueau de Saint-Herman, cousin de Madame de Neuillan et maître d'hôtel du Roi. La baronne se gardait tout un étage de cet hôtel, sis dans le faubourg Saint-Jacques, près de la porte Saint-Michel, vis-à-vis l'arrière du palais d'Orléans. On ne vivait pas là plus largement qu'à Niort ; Madame de Neuillan et sa fille Suzanne, ma marraine, qui poussaient la lésine et la mesquinerie à un point difficile à concevoir, défendaient même qu'on allumât du feu dans les cheminées, se contentant d'un très petit brasier dans la chambre de la baronne, alentour duquel toute la maisonnée se venait chauffer. Quant aux repas, il n'y fallait point songer, la baronne n'amenait plus à Paris son cuisinier, contre qui elle s'était piquée parce qu'il lui avait demandé des lardoires [1] : « Voilà, Françoise, comment les grandes maisons se ruinent, me dit-elle. Toujours des lardoires ! Il en a coûté à mon beau-frère douze cent mille francs pour des lardoires ! Des lardoires, vraiment ! J'aime mieux que mon concierge me fasse à manger ! » Ainsi faisait-on et la chère, qui était maigre, devint parfaitement détestable. Cependant, là, comme à Niort, on voyait beaucoup de monde, et du meilleur.

Je n'eus guère l'occasion de m'en réjouir car à peine étais-je descendue de dessus mon mulet que la baronne me mena chez les ursulines de la rue Saint-Jacques. Elle avait bien pu, dans les derniers temps, à Niort, tolérer que je jouasse toujours à la huguenote ; elle ne me pouvait produire dans cet état à Paris sans encourir le ridicule. Ne jugeant pas à propos d'avouer à la Cour qu'elle n'avait pu faire entendre raison à sa pupille, elle me remit aux ursulines, moins pour me convaincre que pour me cacher. N'osant me dire, néanmoins, qu'elle m'allait encore enfermer dans un couvent, elle me proposa d'aller dans cette maison au motif d'y voir une parente que j'y avais et de l'embrasser à la porte de la clôture. Chemin faisant je me doutai bien qu'on me voulait laisser chez ces ursulines ; aussi, dès que la porte fut ouverte, au lieu de m'amuser à saluer ma parente, je me lançai dans le couvent pour qu'on n'eût pas la peine de me dire d'y entrer. Je n'étais pas maîtresse de mon sort mais je ne voulais pas qu'on me crût dupe de ces petits artifices.

A peine fus-je entrée ainsi en boulet de canon au milieu du cloître que chacune des religieuses, averties de mon hérésie, fit sa petite scène en me rencontrant ; l'une s'enfuyait en faisant le signe de la croix, l'autre me disait : « Ma petite, la première fois que vous irez à la messe je vous donnerai un " agnus " ou du bonbon. » J'étais déjà assez grande et je les trouvai si ridicules qu'elles m'étaient insupportables. Ni leurs frayeurs ni leurs promesses ne me faisaient impression et je ne me

1. Petit instrument sur lequel on pique les lardons.

souciais point du tout de leurs images et de leurs dragées.

Cependant, le résultat du séjour que je fis rue Saint-Jacques passa les espérances de Madame de Neuillan. Je commençais à me lasser des tribulations auxquelles me condamnait ma résistance. La fermeté que je montrais depuis des mois dans un combat inégal procédait d'ailleurs plus de l'orgueil que de la conviction ; or, depuis que je connaissais Méré et quelques autres faiseurs de vers, j'aimais mieux placer ma fierté dans des triomphes profanes que dans l'accomplissement d'un beau martyre. Peu m'importait, à la réflexion, de prier Dieu dans un langage plutôt que dans un autre pourvu qu'on m'assurât qu'il m'entendrait à l'occasion ; par cette belle philosophie, je n'étais plus fort éloignée du libertinage.

Aussi, lorsque les religieuses de la rue Saint-Jacques recommencèrent autour de moi le manège d'admonitions et de réprimandes, de punitions et de récompenses auquel j'étais accoutumée, elles eurent la surprise de trouver l'ouvrage à moitié fait. Je reconnus qu'on ne me demandait rien d'extraordinaire : je n'avais pas, comme les nouvelles catholiques, à abjurer solennellement une religion dans laquelle je n'avais reçu aucun sacrement ; il me suffisait de renouveler de bon gré les vœux de mon baptême et d'accepter sans révolte la messe et la communion catholiques. La tendresse que je continuais de porter à ma tante de Villette était assez combattue par l'amour que je vouais maintenant à la sœur Céleste pour que mon cœur ne fût plus directement intéressé par l'issue de ce combat théologique. Je me bornai donc à demander qu'on n'exigeât pas de moi que je crusse ma tante Arthémise damnée. On y consentit. Je convins de tout ce qu'on voulut.

Les religieuses de la rue Saint-Jacques s'attribuèrent le mérite de ce succès inattendu et me surent si bon gré de servir à leur gloire qu'elles m'auraient bien gardée chez elles sans pension. Par bonheur, Madame de Neuillan crut qu'elle pouvait désormais me produire dans le monde sans nuire à sa réputation et, ma première communion faite, elle me tira d'un lieu pour lequel je n'avais nul goût.

Précédée de la réputation de « belle Indienne » que Méré m'avait assurée auprès de la duchesse de Lesdiguières, des Chevreuse et des La Rochefoucauld, confiante dans la pénétration de mon esprit que, sur la foi de ce que m'en disait le chevalier, je croyais hors de pair, je ne doutais pas de vaincre dans le monde dès que j'y paraîtrais. Grisée déjà par les quelques flatteries dont j'étais l'objet dans ma province, je n'eusse plus mis de bornes à mon orgueil si j'avais obtenu, dans la société, le quart des succès escomptés. Par bonheur, je parus gauche, campagnarde et stupide partout où l'on me mena.

Il faut avouer que j'étais fort mal vêtue, n'ayant rien que des robes de grisette trop courtes d'un bon pied. Je n'étais pas coiffée non plus : aux îles, ma mère ne me voyait guère sans porter des ciseaux sur ma tête afin que mes cheveux fussent plus fournis ; elle était parvenue à ce qu'elle voulait ; j'avais, et j'ai encore, la chevelure épaisse et fort longue mais si drue, à la vérité, qu'en ce temps-là je ne savais comment la nouer et en retenir les boucles. Surmontée d'une pareille crinière, je dus produire l'effet d'une évadée des petites-maisons [1]. Avec cela, j'étais trop grande, maigre, sans gorge, et je ne savais que faire de mes bras. Je ne fis pas impression dans les salons par ma tournure.

Mon esprit ne fit pas plus de merveilles. J'étais bien trop pressée de redire ce que j'avais appris de fraîche date. En outre, je ne savais pas conter ni faire entendre clairement ce que j'avais à dire. Un jour, je décidai de raconter dans la première compagnie où je me trouverais l'après-midi une nouvelle que j'avais apprise le matin. J'étudiai ma leçon, la répétai bien des fois avant de sortir. Arrivée au lieu de ma visite, je voulus commencer mais je barbouillai une partie de mon histoire, en oubliai l'autre, et ce récit fut si mal reçu que, quand je sortis, j'entendis que la maîtresse de la maison disait de moi avant que je fusse hors de la chambre : « Voilà une sotte petite fille. » Ajoutez à cela que je n'avais pas encore tout à fait les manières du monde : je croyais que c'était faire la grande dame que de s'appuyer au dossier de sa chaise ou de ne pas céder le pas dans une porte.

---

1. Asile d'aliénés.

Enfin, on me jugea mal nourrie [1], on m'accorda peu d'esprit, et on me le fit bien sentir.

Après quelques humiliations assez cruelles, je fus au supplice de toutes les visites que Madame de Neuillan ou ma marraine Suzanne m'infligeaient et je tombai dans une profonde timidité ; je rougissais dès qu'on m'adressait la parole, je ne disais plus deux mots de suite, je pleurai même un jour parce qu'on m'avait placée vis-à-vis d'une fenêtre où je me croyais en vue aux yeux de toute la compagnie. J'étais retombée dans cette mélancolie noire qui me saisissait par périodes et qui m'avait déjà si fortement tenue à mon retour d'Amérique, à mon départ de Mursay, ou quand on m'avait séparée de ma bonne Céleste.

J'étais dans cette triste humeur lorsque Cabart de Villermont, mon herboriste d'Amérique, tomba, un soir, chez Monsieur de Saint-Herman. Il me reconnut avec des transports de joie et sollicita Madame de Neuillan de consentir qu'il menât cette « jeune Indienne » à l'un de ses amis, Monsieur Scarron, lequel se proposait justement de faire bientôt le voyage des îles. Il pensait que je pourrais tout lui dire sur la géographie de ce pays-là, les mœurs des sauvages, la façon de former une habitation... La vérité est que, sur toutes ces choses, Cabart de Villermont, bien qu'ayant passé peu de mois aux Indes, en savait plus long que moi, qui n'avais gardé de ce lieu que des souvenirs d'enfant. Je fus cependant à l'hôtel de Troyes, où résidait Cabart de Villermont, pour voir ce Monsieur Scarron dont il partageait le logement.

De ce que je vis dans une petite chambre jaune du vaste hôtel, je ne sais ce qui m'effraya le plus : ce futur voyageur au long cours, dont seules la tête grisonnante et les épaules bossues émergeaient d'une petite boîte dans laquelle deux valets le portaient d'un lieu à un autre, et qui, paralysé du haut jusqu'en bas, n'avait plus guère de libre que le mouvement des yeux et de la langue, ou l'assemblée trop nombreuse et trop brillante qui entourait ce malheureux et s'esclaffait avec bruit au moindre de ses traits d'esprit ? A peine cette moitié d'homme m'eut-elle posé une question sur l'Amérique

1. Mal élevée.

80

que j'éclatai en gros sanglots sous les rires de l'assemblée.

Je rentrai au logis désespérée de ma sottise, de Paris et de la vie même, et je fus bien aise que Madame de Neuillan décidât peu après de s'en retourner prendre ses quartiers d'été à Niort.

Ma seule peine fut d'abandonner Marie-Marguerite de Saint-Herman, la plus jeune fille de Pierre Tiraqueau, avec laquelle j'avais commencé de lier amitié. Dès mon retour en Poitou je lui écrivis de grandes lettres. Je tâchai, pour mon plaisir, à mettre dans ces lettres tout l'esprit que je n'avais su placer dans mes discours, sans pédanterie pourtant car, m'adressant à une enfant, je me livrais moi-même dans ces épîtres avec toute l'ingénuité de l'enfance. J'y parlai de la sœur Céleste avec feu, des bourgeois niortais avec dédain, des amours de Monsieur de Méré et des vertus de Madame de Neuillan sur le ton de la raillerie, enfin mille bagatelles qui plurent tant à Mademoiselle de Saint-Herman qu'elle en fit voir quelque chose à Cabart de Villermont. Celui-ci, pour se justifier du jugement favorable qu'il avait dès longtemps formé sur moi et se revancher du peu de succès que j'avais rencontré chez Monsieur Scarron, montra à son tour l'une de mes lettres à son ami. Aussi eus-je, un jour, la surprise de recevoir de celui-ci un billet ainsi tourné : « Mademoiselle, je m'étais bien douté que cette petite fille que je vis entrer il y a six mois dans ma chambre, avec une robe trop courte et qui se mit à pleurer, je ne sais pas bien pourquoi, était aussi spirituelle qu'elle en avait la mine. La lettre que vous avez écrite à Mademoiselle de Saint-Herman est si pleine d'esprit que je suis mal content du mien de ne m'avoir pas fait connaître assez tôt le mérite du vôtre ; pour vous dire vrai, je n'eusse jamais cru que dans les îles de l'Amérique ou chez les religieuses de Niort on apprît à faire de si belles lettres ; et je ne puis bien m'imaginer pour quelle raison vous avez apporté autant de soin à cacher votre esprit que chacun en a de montrer le sien. A cette heure que vous êtes découverte, vous ne devez point faire de difficultés de m'écrire aussi bien qu'à Mademoiselle de Saint-Herman ; je ferai tout ce que je pourrai pour faire voir une aussi bonne lettre que la vôtre et vous aurez plaisir de voir qu'il s'en faut de beaucoup que j'aie autant d'esprit. Tel que je suis et serai toute ma vie, Mademoiselle, votre fidèle serviteur. »

A cette lecture, je ne me sentis plus de joie ni de fierté. Tout laid et infirme qu'il fût, Monsieur Scarron était alors un des beaux esprits de Paris et son auteur le plus célèbre. Il avait fait représenter sur le théâtre plusieurs pièces qui avaient rencontré la faveur du public et même, disait-on, celle du jeune roi Louis. Il venait de donner un roman burlesque, *le Roman comique,* dont on ne parlait qu'avec la plus grande estime. Il inondait Paris de ses épîtres, de ses odes, de ses stances, de ses élégies, de ses contes. C'était la mode d'aller chez lui, gens d'esprit, gens de la Cour et de la Ville et ce qu'il y avait de meilleur et de plus distingué. Il n'était pas en état, en effet, d'aller chercher cette compagnie hors de chez lui, mais les charmes de son esprit, de son savoir, de son imagination, de cette gaieté incomparable parmi ses maux attiraient continuellement chez lui tout ce qui comptait dans la nation. Avoir, à quinze ans, accroché l'attention d'un tel homme, après avoir retenu celle d'Antoine de Méré, me rendit confiance dans mes talents. Avec l'approbation de Madame de Neuillan je répondis à Monsieur Scarron. Nous échangeâmes, au fil des mois, quelques lettres et je me flatte que, si les miennes n'étaient pas si galantes que les siennes, elles n'étaient pas moins bien tournées. De son côté, le chevalier me continuait ses leçons et m'assurait de mes progrès.

Aussi lorsque, l'année suivante, Madame de Neuillan, qui voyageait d'autre façon, me mit dans le panier du coche de Paris, avec ma petite robe de serge jaune, des œufs durs et du pain bis, je me réjouis de pouvoir faire bientôt, dans la capitale, meilleure figure qu'à mon premier voyage dix-huit mois plus tôt. Les aubergistes et les rouliers que je croisai dans cette course ne me parurent pas insensibles à mes charmes nouveaux, qui n'étaient sans doute pas tout spirituels. J'eus le plaisir dangereux, mais délicieux dans les commencements, d'avoir à me défendre un peu. La manière éloquente dont Cabart de Villermont m'envisagea à l'arrivée des messageries, où il m'était venu chercher, me confirma dans l'idée que j'avais peut-être autant gagné en beauté qu'en esprit ou que, pour le moins, j'étais sortie de l'enfance.

A cet endroit, dans les romans, il est d'usage de placer le portrait de l'héroïne qui va faire son entrée dans le monde. J'aurai d'autant moins garde de manquer à cet usage que ce portrait pourrait bien être plus flatteur que celui que je dressais tout à l'heure de la petite provinciale des ursulines. Par bienséance cependant (plus que par modestie, car je suis glorieuse), je ne dirai rien moi-même de la jeune personne qui débarqua du coche de Niort en cet automne 1651 ; je laisserai ce soin à ceux qui, dans ce temps-là ou les années suivantes, écrivirent sur moi, dans leurs ouvrages, quelques lignes que j'ai assez de vanité pour avoir conservées dans un de ces petits « livres secrets » qui me suivent partout depuis ma jeunesse.

Voici comme Mademoiselle de Scudéry, qui était fort célèbre dans ce temps pour ses romans, me peignit sous le nom de « Lyriane » dans sa *Clélie :* « Grande et de belle taille, le teint fort uni et beau, les cheveux d'un châtain clair et très agréables, le nez bien fait, la bouche bien taillée, l'air noble, doux, enjoué, modeste et, pour rendre sa beauté plus parfaite et plus éclatante, les plus beaux yeux du monde, noirs, brillants, doux, passionnés, pleins d'esprit. La mélancolie douce y paraissait quelquefois avec tous les charmes qui la suivent presque toujours ; l'enjouement s'y faisait voir à son tour avec tous les attraits que la joie peut inspirer... Elle ne faisait pas la belle quoiqu'elle le fût infiniment. » Somaize me mit en scène aussi sous le vocable de « Stratonice », « jeune précieuse des plus agréables et des plus spirituelles, qui a de la beauté et est d'une taille aisée. Pour de l'esprit, la voix publique en dit assez en sa faveur » ; un autre de ces flatteurs fut un peu plus précis dans son dessin : « Belle taille, noblesse d'action ; visage ovale d'un tour admirable, grands yeux noirs vifs, bouche grande, belles dents ; physionomie fière ; conversation délicate, quelquefois badine... » Monsieur Scarron, enfin, fit de moi une gentille et prometteuse « Iris » :

Le feu qui brille dans ses yeux
n'est pas un feu facile à peindre...
Les vers ne sauraient exprimer
ni la langueur de son visage
ni cet air doux, modeste et sage,
qui dans le temps qu'il fait aimer
ôte l'esprit et le courage...
Si tous ses visibles trésors
et l'air de sa taille adorable
forment un objet tout aimable,
ce qu'elle cache de son corps
ne saurait être qu'admirable.

A la complaisance que je mets à rapporter aujourd'hui ces compliments, à celle que je mis, soixante ans plus tôt, à copier avec soin les mêmes fadaises, je vois trop bien que les femmes qui semblent le moins attachées à leurs agréments y tiennent plus qu'elles ne pensent. Au moins ai-je, à mes yeux, l'excuse que si, m'ayant connue vieille, vous ne saviez pas que ma beauté fut célèbre dans Paris bien avant le commencement de ma faveur, vous ne sauriez rien comprendre à ma fortune [1]. Avais-je vraiment tous les agréments dont ces plumes obligeantes me paraient ? Mes galants me le juraient ; mon miroir ne m'en assurait pas toujours, mais les miroirs ont l'humeur si changeante... Je m'en tiendrai donc aux seuls traits qui me semblent assurés : j'étais, lorsque je parus avec succès dans le monde, d'une taille élancée, fort au-dessus du médiocre [2] ; j'avais les yeux très grands et noirs, les dents bien plantées et de longs cheveux châtains que je parvenais enfin à arranger à la mode du jour.

Telle quelle, je plus et ma personne finit auprès de Monsieur Scarron ce que mes lettres avaient commencé. Il fut assez touché pour s'inquiéter de mon avenir. J'étais sans dot et sans parents. Il y avait donc peu d'apparence qu'un homme me recherchât en mariage ni qu'un couvent m'acceptât. Je n'avais pas encore fait moi-même de grandes réflexions sur cette triste situation. J'avais seize ans et me berçais de l'illusion des lendemains. Bien que

1. Destin.
2. Fort au-dessus de la moyenne.

d'une nature inquiète et prévoyante, j'étais grisée par la nouveauté de mes heureux succès ; je me saluais dans les miroirs, je dansais seule dans ma chambre, je fredonnais dans la rue ; enfin, pour la première fois depuis des années, je vivais sans souci de l'avenir. Cependant je sentais bien que ma présence, et plus encore la circonstance que je me dusse nourrir une ou deux fois le jour, commençaient d'être insupportables à la baronne de Neuillan. Elle, qui avait consenti avec peine à fournir de potage une âme en perdition, ne croyait plus devoir produire longtemps le même effort en faveur d'une âme sauvée.

Monsieur Scarron, qui mesura tout l'odieux de cet état, offrit soudainement de me doter pour que j'entrasse en religion ou de m'épouser lui-même. Madame de Neuillan, surprise et ravie, entrevit d'un coup, et plus vite qu'elle ne l'espérait, la possibilité de déposer son fardeau. Elle accepta avec chaleur la proposition de Monsieur Scarron, mais ne crut pas que, jeune et un peu romanesque, je pusse choisir d'épouser un homme d'aspect si monstrueux. Elle prêcha pour le couvent. Les ursulines de la rue Saint-Jacques me recevraient avec joie, me dit-elle ; j'étais déjà « décurione » à Niort, je ferais certainement une régente admirable à Paris ; avec un peu de chance et beaucoup d'application, je pourrais même espérer de tenir un jour l'emploi de préfète [1] dans quelque couvent de province.

C'était compter sans mon dégoût des cloîtres et mon goût, alors fort vif, pour le monde et les plaisirs de la vie profane. C'était surtout méconnaître le souci que j'avais déjà de ma gloire et de ma réputation, lequel passait de loin celui de mon salut : j'eusse consenti d'être fondatrice ou même abbesse ; je ne me voyais point obscure religieuse. Quant à tout refuser du choix auquel on m'invitait, je n'y songeai pas un instant. D'un père joueur, j'avais hérité la promptitude des décisions et le goût des paris. Je pariai sans hésiter sur Monsieur Scarron.

Il était laid, sans doute, et cul-de-jatte ; on le disait sans fortune ; mais, tel qu'il était, j'aimais encore mieux

1. Directrice des études.

l'épouser qu'un couvent. Je me flattais d'ailleurs que son esprit pourrait me rendre ce mariage supportable.

Ayant conçu le dégoût des passions pour avoir vu, par ma mère, en quel état elles pouvaient réduire une femme et une famille, j'étais bien aise de ne pas l'aimer ; il était infirme mais j'en fus, à la réflexion, assez contente : il ne m'abandonnerait pas à tout propos pour courir le monde comme le faisait mon père ; on le disait, enfin, incapable de consommer mariage et je m'en réjouis : je n'aurais à supporter ni ses assauts ni ses maîtresses. Tout était donc pour le mieux et je n'étais pas éloignée, dans mon amère innocence, de penser que le Ciel m'offrait l'époux idéal.

Ma mère, retrouvée et consultée, envoya, depuis Bordeaux où elle s'était retirée, son consentement à ce projet. Madame de Neuillan se disposant à repartir pour Niort et ma marraine Suzanne ayant rejoint son nouveau mari, Monsieur de Navailles, dans son gouvernement de Bayonne, Madame d'Aubigné faisait de Cabart de Villermont son procureur [1] et demandait en outre qu'on me mît dans quelque religion [2] en attendant la célébration du mariage. Je retournai aux ursulines pour cinq ou six semaines.

Le 4 avril 1652, alors que l'émeute et la guerre civile faisaient rage dans la nation, le notaire dressa contrat de mon mariage avec Paul Scarron, en la présence de Cabart de Villermont, de Pierre Tiraqueau de Saint-Herman et du cousin de celui-ci, François Tiraqueau. Deux jours plus tard, la cérémonie fut célébrée par l'aumônier du conseiller Deslandes-Payen, ami de Monsieur Scarron, dans le petit oratoire particulier de l'hôtel de Troyes.

La nappe qui couvrait l'autel sur lequel la messe fut dite était faite d'un jupon de Madame de Fiesque dont on distinguait bien, sous les ornements religieux, les larges fleurs de brocatelle jaune. Ce mélange de pauvreté, de galanterie et de dévotion offrait un raccourci parfait de ce que devait être ma vie dans les vingt années suivantes.

1. Mandataire, représentant.
2. Couvent.

J'avais escompté un mariage blanc. Il fut gris. Je sus dans la suite que, deux jours avant ces épousailles, Monsieur Scarron s'était flatté auprès d'un de ses amis, qui lui demandait en badinant s'il comptait pouvoir exercer mariage, que, certes, il ne me ferait pas de sottises mais qu'il m'en apprendrait. Ayant, en raison de son état, longuement hésité, à ce qu'il conta un jour en ma présence, entre une femme sans honneur et une fille sans biens, il ne put se résoudre, ayant finalement opté [1] la seconde, à ne pas en tirer ce que l'autre choix lui eût assuré en fait de complaisances. Sans m'apprendre ce qu'il est d'usage qu'un époux enseigne à sa femme, il m'apprit quelques tours que je me serais passée de savoir ; il est difficile de concevoir jusqu'où les maris peuvent porter le commandement et il faut parfois se soumettre avec eux à des exigences presque impossibles.

Cependant, j'avais à peine seize ans ; je me trouvais dans la vie sans parente ni amie ; j'étais sa femme devant Dieu : je me soumis. Du premier au dernier jour de ce mariage, je lui obéis en tout, mais non, pour de certaines choses, sans une révolte et un dégoût intérieurs, d'autant plus vifs d'ailleurs que j'avais marché à l'autel sans être instruite de mes devoirs autrement que par les souvenirs, assez vagues, que je gardais des sauvages caraïbes et des méchants jeux de mon petit nègre-mine.

Je m'interrogeai bientôt sur les raisons qui avaient poussé Monsieur Scarron à m'épouser. Sans doute étaient-elles des plus mêlées. Il y eut, d'abord, ce sentiment de compassion, noble et généreux, dont j'ai parlé et qui fut cause qu'il me proposa, sans réflexion, de payer ma dot dans un couvent. Il y eut peut-être aussi deux ou trois pensées plus intéressées : ce poète était, depuis plusieurs années, en procès avec les enfants du second lit de son père auxquels il avait consenti, moyennant une rente viagère, une donation qui se révéla un marché de

1. « Opter » est, au xviie siècle, un verbe transitif.

dupes ; sur la foi de quelques robins [1], il croyait que s'il venait à se marier cette donation se trouverait révoquée. Une autre considération d'intérêt tenait à ce projet d'aller vivre aux Amériques qu'il avait formé dans l'espérance d'y rétablir sa santé par les effets du climat ; cette folie l'avait conduit à se mettre pour 3 000 livres d'une compagnie que formaient Monsieur de Roiville et l'abbé de Marivault ; l'expédition devait quitter Le Havre en mai ou juin de cette même année 1652 et son commanditaire croyait que ma connaissance des îles lui pourrait être de quelque secours dans une aventure si périlleuse. Enfin, brochant sur le tout [2], il y eut ce goût qu'il prit soudain pour ma personne : de l'amusement qu'il éprouva à voir s'éveiller un esprit encore enfantin, il passa bientôt à un intérêt assez vif pour mes appas, lesquels avaient au moins le mérite de n'être pas si défraîchis que ceux de Céleste de Harville-Palaiseau, la vieille maîtresse qui, depuis dix ans, se prêtait à ses fantaisies de chanoine [3] et qu'il fit religieuse pour sa récompense.

On disait à Saint-Christophe dans mon enfance ce proverbe anglais : « Prends ce que tu veux, dit Dieu, mais paie-le. » J'avais voulu ce mariage, inespéré pour une fille sans naissance et sans dot qui aurait dû, selon toute apparence, borner son ambition à la galanterie ou au service domestique ; mais je payai assez cher dans les commencements les avantages que j'en retirai dans la suite. Le prix m'en parut assez élevé, du moins, pour que je ne me regardasse pas comme débitrice d'une quelconque reconnaissance à l'endroit de Monsieur Scarron. Du beau geste qu'il fit aux yeux du monde en m'épousant, je jugeai vite avoir assez dédommagé le galant par mon obéissance et le malade par mes soins.

Le malade, en effet, ne me fit pas passer des nuits moins fâcheuses que le soi-disant mari. Je ne sais de quel mal souffrait Monsieur Scarron ni quelle faute il expiait par ses souffrances, mais je suis bien assurée que ce pauvre estropié vécut tout son enfer sur cette terre. Tordu

---

1. Hommes de loi.
2. Par là-dessus.
3. Scarron était, en effet, chanoine.

dans la forme d'un Z, les genoux rentrés dans l'estomac, la tête penchée sur l'épaule droite et qu'il ne pouvait redresser, les bras immobiles jusqu'au poignet, il passait ses journées dans une jatte posée sur une chaire à bras [1]. S'il voulait manger ou écrire, on tirait deux tringles de fer adaptées aux bras de cette chaire et l'on plaçait sur ces tringles une planche en forme de table. La nuit, il ne se pouvait seulement tourner d'un côté du lit à l'autre. A l'incommodité de cet état s'ajoutaient de grandes douleurs qu'il parvenait encore à cacher le jour sous les rires et les saillies, mais qui lui faisaient jeter de grands cris la nuit et lui ôtaient tout sommeil. Il prenait de fortes quantités d'opium qui ne soulageaient pas sensiblement son martyre.

J'aidais Mangin, son valet, à le lever, le laver, le vêtir, le coucher. Je préparais seule ses médecines et passais la plus grande part de mes nuits assise dans une chaire [2] à son côté pour le veiller, le distraire ou l'apaiser. Il était parfois, dans ces moments-là, d'assez méchante humeur et s'avouait lui-même « triste comme un grand deuil » et « chagrin comme un damné », mais j'aimais encore mieux ses plaintes et ses invectives que les badinages des nuits où le mal le laissait en repos. Du reste, j'avais pitié de ses douleurs et il me savait bon gré de ma patience et de mon dévouement. Comme je goûtais fort son esprit et son savoir, et que la compagnie qu'on voyait chez lui passait pour divertissante, je me fusse bien accommodée de cet époux-là si, ne pouvant être pour moi un mari, il se fût satisfait d'être un père et eût enveloppé le tout de discrétion ; mais s'il est au monde un homme assez sage pour se contenter du sort que le Ciel lui fait et s'en taire, Monsieur Scarron n'était point cet homme-là. Aussi me donna-t-il bientôt plus de peine encore par ses paroles que par ses actes.

Pendant le jour, l'appartement jaune de l'hôtel de Troyes ne désemplissait pas. Aux hommes de lettres se mêlaient maintenant les gens de guerre et les politiques. On était alors au plein de la révolte contre l'autorité du

1. Fauteuil.
2. On dit alors, indifféremment, « chaise » ou « chaire ».

Roi et du cardinal de Mazarin. La sédition enflait les têtes, la rébellion enflammait les cœurs.

Le Roi chassé de Paris, Turenne assiégeait la ville où le prince de Condé, ses frondeurs et ses Espagnols avaient trouvé refuge. On tirait le canon à la Bastille, on s'étripait aux portes, on ne franchissait plus un carrefour sans y être arrêté par quelque pendard d'Andalou ou quelque soudard allemand. Les pauvres paysans des alentours s'étaient jetés dans la ville, pensant y être en sûreté pendant que les armées désolaient la campagne. Leurs bestiaux mouraient sur la place faute de nourriture. Quand les bêtes étaient mortes, ils mouraient eux-mêmes incontinent. Les enfants suivaient de peu leur mère dans la tombe. Je vis alors sur le pont Neuf trois enfants sur leur mère morte, l'un desquels la tétait encore. Les Parisiens eux-mêmes mangeaient peu et mal, les vivres ne pénétrant plus dans la ville ; mais ils se dédommageaient en buvant bien et en causant beaucoup.

Monsieur Scarron se trouvait au centre de l'agitation des langues : il venait de donner au public cette *Mazarinade* dont les suites devaient lui être, non sans raison, dommageables mais qui, à cette heure, faisait le bonheur des imprimeurs hollandais et le triomphe de son auteur. On s'arrachait ces vers, plus obscènes que burlesques, où c'est trop peu de dire que le cardinal était traîné dans la boue :

> *Bougre bougrant, bougre bougré*
> *et bougre au suprême degré,*
> *bougre au poil et bougre à la plume,*
> *bougre en grand et petit volume,*
> *bougre sodomisant l'Etat*
> *et bougre du plus haut carat*
> *investissant le monde en poupe,*
> *c'est-à-dire baisant en croupe,*
> *bougre à chèvres, bougre à garçons,*
> *bougre de toutes les façons...*

Tout était du même goût, qui n'est pas du meilleur, mais enchantait les Gondi, les Condé et quelques autres comploteurs de moins haute volée qui ne bougeaient guère de l'hôtel de Troyes. Ce triomphe de scandale, joint à l'estime que rencontrait sur le théâtre sa dernière pièce, *Don Japhet d'Arménie,* faisait décidément de Paul Scarron l'homme du jour.

Survenant sur ces entrefaites, le mariage porta sa gloire à son comble Tout Paris en parla comme s'il se fût agi de sa dernière comédie : on s'ébahissait, on s'esbaudissait, on applaudissait. Dans les tavernes, comme dans la ruelle des lits, on prenait des paris sur son aptitude à consommer et sa capacité à engendrer. Loret, dans sa gazette, pariait avec confiance pour la naissance d'un héritier dans les plus brefs délais et, dès juin, il annonçait au public que « cet auteur à faire rire, nonobstant son corps maladif, est devenu génératif, car un sien ami tient sans feinte que sa dite épouse est enceinte de trois ou quatre mois et plus, et puis dites qu'il est perclus ! » La Reine était plus sceptique et s'écriait, à l'annonce du mariage, qu'une femme était bien le meuble le plus inutile de sa maison. Quant à Gilles Boileau, plumitif de bas étage, il se taillait un succès perfide en m'apostrophant directement pour m'assurer que mon mari ne me ressemblait en rien et que « ce n'est pas seulement d'aujourd'hui que l'on sait bien que vous et lui n'avez rien de commun ensemble ».

Paul Scarron supputa bientôt que cette gloire de mauvais aloi pourrait lui rapporter quelque surcroît de notoriété : on le venait voir déjà autant pour l'étrangeté de son physique et de sa vie que pour sa renommée d'auteur, et il se flattait d'être presque aussi considéré que « le lion ou l'éléphant de la Foire ». Voyant tout le parti qu'il pourrait tirer de l'état conjugal, il se mit lui-même en scène sur le sujet. Il se plut d'abord à dauber dans ses vers sur le « carême » qu'il m'imposait. Puis il alla plus loin et osa représenter en public, en ma présence, une petite scène des plus fines où son valet Mangin faisait la réplique. Il donna la « première » de cette comédie-là pour son ami Segrais.

— Ce n'est point assez, Monsieur, lui dit un jour celui-ci, d'avoir fait plaisir à votre femme en l'épousant. Il faudrait au moins avoir d'elle un enfant. Croyez-vous être en état de le faire ?

— Est-ce, répondit Scarron, que vous prétendez me

donner cette satisfaction ? J'ai ici Mangin, mon valet de chambre, qui remplira cet office à point nommé.

Et appelant Mangin :

— Mangin, ne feras-tu pas bien un enfant à ma femme ?

— Oui-da, Monsieur, disait l'autre à chaque représentation. S'il plaît à Dieu.

L'assistance s'esclaffait ; j'aurais voulu que la terre m'engloutît. Je survivais pourtant, plus timide qu'Agnès et rougissant jusqu'au blanc des yeux sous les quolibets grivois d'un mari, Arnolphe pour la partie supérieure et jatte pour le reste. Mon embarras redoublait les rires. Pour le monde, sinon pour Monsieur Scarron lui-même qui savait bien à quoi s'en tenir, je n'étais encore qu'une belle idole ; mes silences et mon malaise, qu'on eût dû imputer à un fond de modestie [1] plus digne d'éloges que de mépris, furent mis au compte d'un esprit médiocre. Il n'est pas de mode, dans la société de Paris, de vivre une situation fausse avec de vrais sentiments.

Je n'avais dans ma peine d'autre réconfort que d'écrire régulièrement deux fois la semaine, le mercredi et le dimanche, à ma chère Céleste. Je ne pouvais faire davantage, la poste pour le Poitou ne passant pas plus souvent. Cependant, son état m'obligeait de lui taire l'essentiel. Lui écrire dans ces conditions ne me donnait qu'une consolation et pas une compagnie. Quand j'eusse pu l'entretenir plus librement, je doute, au reste, si je l'eusse fait. A cette époque déjà, j'avais pris, au voisinage de cet époux qui jouait les bouffons, un goût si vif de la dignité et de la discrétion que je m'étais forgé pour règle de sauver les apparences dans toutes les circonstances ; et je n'y manquai jamais dans la suite de ma vie.

Peu de temps après mon mariage, j'appris la mort de ma mère, qui était restée à Bordeaux ; je ne l'avais pas vue depuis quatre années et je ne l'avais pas aimée pendant le temps, assez court, où j'avais demeuré dans sa compagnie. Je lui donnai pourtant des larmes ; je ne me souviens pas d'où elles partirent ; sans doute d'un cœur moins chagriné de la perte qu'il faisait que dépité de l'état où, par un sot calcul, il s'était mis lui-même.

1. Pudeur.

Le sort des armes vint heureusement changer le cours d'une vie dont le mode ne me convenait guère. Les frondeurs défaits et Condé contraint de quitter Paris sous les huées, la Reine et le jeune Roi purent rentrer dans leur capitale ; on donnait pour proche le retour de Mazarin. Quand, en octobre de cette année-là, les souverains passèrent triomphalement les portes, l'auteur, trop fêté, de la *Mazarinade* avait déjà jugé prudent de battre aux champs [1] : il se voyait mal au bout de la corde que, dans son poème, il avait destinée au ministre.

Dès septembre, nous avions donc quitté Paris, Monsieur Scarron en chaise [2], moi en coche. Mon époux avait pris prétexte de ce fameux voyage américain dont il entretenait toujours les gazetiers et les rieurs de son entourage, sans se décider jamais à rejoindre l'expédition qu'il avait commanditée. Les navires de Roiville avaient quitté Le Havre sans lui au début de l'été, mais Scarron laissa entendre à quelques amis qu'il s'allait embarquer à Nantes pour les rattraper. « Je vais galantiser les filles des Incas et dormir en des amacas », lançat-il à la cantonade en abandonnant l'hôtel de Troyes. A d'autres, il avait dit que la disette d'écus le forçait de quitter Paris pour se jeter dans quelque campagne où l'on pût vivre à l'économie. A moi, enfin, il donna pour motif à ce brusque départ la nécessité d'aller visiter les propriétés familiales qui venaient de lui échoir par la conclusion de son procès, lesquelles terres et maisons se trouvaient quelque part entre Amboise et Tours. Il voulait juger de leur revenu par lui-même, disait-il, se trouvant dans l'obligation d'en tirer rapidement quelques fonds.

Nous fûmes donc à La Vallière, petit manoir situé entre le coteau de Nazelle et la colline d'Amboise, lequel appartenait à la seule sœur du second lit de son père avec qui Scarron ne s'entendît pas mal. Puis nous passâmes cinq ou six mois dans les métairies du poète, aux Fougerets et à La Rivière, sur la paroisse de Limeray. Il faisait grand froid et le lieu n'était pas gai. Trois années de guerre civile avaient désolé les campagnes. Epuisé de

1. Faire retraite.
2. Chaise à porteurs.

misère et de pillages, le peuple vivait de racines. On trouvait par les champs des corps morts auxquels on avait arraché tout le gras pour le manger.

Cependant, j'étais bien heureuse d'être tirée de Paris et je profitai de cette solitude pour oser faire à Monsieur Scarron quelques représentations sur le ridicule qu'il me donnait devant le monde. Je lui montrai qu'un pareil traitement, rude pour une femme honnête, pourrait bien, par quelque désespoir, me pousser au bout de ma vertu et que, si je le respectais comme je le devais, il pouvait en retour épargner un peu ma modestie. Il avait trop d'esprit et d'ailleurs, quand il était sans spectateurs, de bonté pour ne pas être touché de ce raisonnement. Il promit tout ce que je voulus et s'y tint à peu près dans la suite, de sorte que nous vécûmes à La Rivière en assez bonne intelligence.

Il consentit même que j'allasse faire un voyage en Poitou pour voir mes parents, mais c'était en effet [1] pour voir ma chère Céleste ; je fis ainsi cinquante lieues tout exprès mais sous cet autre prétexte. Je revis par l'occasion ma bonne tante de Villette, que je trouvai fort aise de me savoir mariée, encore qu'elle ne sût pas bien à qui. Je ne lui dis rien des peines de ce mariage, tant par crainte d'affliger son bon naturel que pour respecter cette règle du secret que je venais de me donner ; en outre, je me jugeais d'âge à me tirer seule d'affaire, ou à succomber sans embarrasser davantage cette sainte femme. Madame de Villette me parla un peu de religion, ayant su ma conversion et s'en montrant fort chagrine. Elle pensait que mon mariage, en me libérant de la tutelle de Madame de Neuillan, me ramènerait vers les huguenots mais je ne lui laissai pas d'espoir sur ce chapitre, n'entendant pas, comme je le lui dis, « changer de religion de deux années l'une », ainsi que je l'avais vu faire à mon père sa vie durant et que je l'avais dû faire moi-même depuis ma naissance par suite des circonstances. La bonne femme eut la sagesse de n'y point revenir et de ne m'en aimer pas moins. Nous ne nous quittâmes qu'après bien des baisers et des promesses de retrouvailles.

1. En fait.

94

Paul Scarron avait mis à profit mon absence pour écrire quelques contes et entreprendre de donner une suite à son *Roman comique*. A mon retour, il me lut chaque soir quelque chose de ce qu'il avait écrit pendant le jour. Il me donna, pour occuper mes journées, plusieurs bons ouvrages à lire, qu'il se plut ensuite à commenter avec moi ; il m'obligea même, dans cette occasion, d'entrer un peu dans l'intelligence de l'espagnol et de l'italien, dont il jugeait la connaissance nécessaire à une femme de goût. Entre ces lectures, les comptes des deux fermes, les soins de la basse-cour, je croyais retrouver le bonheur de Mursay et j'espérais, sans trop y croire, que nous pourrions demeurer en Touraine assez longtemps. Cependant, ce tête-à-tête presque amoureux, s'il satisfaisait en Scarron l'homme des ruelles [1], ne comblait pas l'homme des cabarets. Il regrettait, comme il disait, ses « coyonneries » de Paris, les bons drilles de « La Pomme de Pin » et de « La Fosse aux Lions », les clergeons friands de filles et de vin, les libertins de tout poil, les Boisrobert, les Raincy, les Saint-Amant, les Rosteau, tous ceux qui faisaient sa société ordinaire. De plus, il manquait d'argent et n'ayant guère pour vivre que son « marquisat de Quinet [2] », il souhaitait d'en extraire bientôt quelque chose en fournissant le libraire [3] d'une nouvelle histoire à succès. En février de l'année 1653, ayant à jamais renoncé à son expédition des îles, abandonnant toute idée de gouverner lui-même ses domaines, assuré en outre de la clémence du Cardinal, il décida de regagner Paris pour hâter l'impression de *Don Japhet*.

Nous n'avions plus l'appartement de l'hôtel de Troyes et dûmes chercher asile chez Françoise Scarron, ma belle-sœur. Elle habitait, comme sa sœur Anne, au Marais, rue des Douze-Portes, que Scarron, par badinage, n'appelait jamais autrement que « la rue des douze putes, à ne prendre mes deux sœurs que pour une ». C'était faire à Françoise Scarron un mauvais partage car

1. Espace entre le lit et le mur ; par extension, chambres où recevaient les dames de qualité, puis « salons » mondains et littéraires.
2. Quinet : nom de l'éditeur de Scarron.
3. Editeur.

elle n'avait point besoin, dans cette arithmétique, du complément de sa sœur. Après d'assez lestes aventures, elle ne vivait plus pourtant que d'un seul galant, bien choisi, le duc de Tresmes.

Si jamais le mot de « double vie » fut appliqué à un homme avec raison, c'est bien à celui-là, qui poussa plus loin le goût du dédoublement que je ne l'ai vu faire à aucun : il avait donné aux trois bâtards qu'il avait de Françoise Scarron les mêmes noms de François, René et Louis qu'à ses fils légitimes ; il avait paré la chambre de sa maîtresse du même meuble que l'appartement de sa femme, et il faisait porter à élever dans sa famille adultère les chiots que lui donnaient les chiennes nourries dans son ménage régulier. Passant ainsi sans cesse de la rue du Foin, où était l'hôtel de Tresmes, à la rue des Douze-Portes, de son ménage de devant à son ménage de derrière, à peine si, grâce à ces soins, il pensait changer de lieu. Cependant, tout dans son second ménage, femme, chiennes et enfants, bien qu'assez semblable au premier, était plus jeune d'une génération que dans l'original, et le duc assurait qu'en traversant la rue il se voyait chaque fois rajeunir de vingt ans comme par la baguette d'une fée. C'est aux crochets de ce rêveur ou, à tout le moins, dans ses meubles, que nous vécûmes les premiers mois de notre retour à Paris.

Son séjour à la campagne n'avait rien ôté à Scarron de sa célébrité mais sa société habituelle s'était dissoute et l'état de ses finances ne s'était pas amélioré. Sa brillante « mazarinade » était cause qu'il avait perdu la pension de cinq cents écus que lui faisait auparavant la reine Anne, dont il s'était autrefois proclamé « l'illustre malade ». Il avait, l'année d'avant, vendu son canonicat [1] du Mans au secrétaire de Ménage et en avait mangé l'argent. On tenait pour perdue la somme qu'il avait engagée dans l'expédition d'Amérique car les plus mauvaises nouvelles parvenaient de la colonie : l'abbé de Marivault s'était noyé, le gouverneur de Roiville avait été assassiné par ses engagés, les colons s'entre-tuaient, les sauvages se révoltaient, la famine et la maladie déci-

1. Bénéfice de chanoine.

maient ceux que la flèche des Indiens et la hache du bourreau avaient épargnés. Quant aux ouvrages de librairie du poète, ils étaient engagés par avance à plusieurs imprimeurs et il lui faudrait des mois de labeur pour regagner seulement ce que Luynes et Sommaville lui avaient avancé. Pour se nourrir aussitôt et s'installer en quelque logis, il devait vendre ses fermes de Touraine ou demander l'aumône.

Il fit successivement l'un et l'autre mais commença pourtant par l'aumône car, à l'inverse de la petite « Indienne » de La Rochelle, mendier ne lui était d'aucune peine.

La dédicace devint son gagne-pain. A tout seigneur, tout honneur : il commença par le jeune roi Louis, auquel il dédia son *Don Japhet* imprimé en suggérant que le Roi ne se ferait pas grand tort, après tout, s'il faisait à Scarron un peu de bien. Il fit paraître en même temps une petite épître fort courtisane où il ridiculisait ses amis d'hier : « Frondeurs, vous n'êtes que des fous ; il faut désormais filer doux ; c'est mauvais présage pour vous que la fronde soit une corde ; il faut filer doux, il faut crier miséricorde. » Las, ni le Roi ni le Cardinal ne dénouèrent plus les cordons de leur bourse pour le rimailleur. Il fallut solliciter plus bas. Tous y passèrent, grands et petits : « Ce n'est pas un crime pour moi, étant malade et n'ayant rien, de demander un peu de bien. » Gaston d'Orléans, Mademoiselle de Hautefort, le maréchal de Turenne, le surintendant Fouquet, Elbeuf, Sully, Vivonne, son cousin d'Aumont furent tour à tour endédicacés et sollicités ; par crainte de lasser les puissants, on se tourna aussi vers le menu fretin : le conseiller Moreau, le financier Fourreau, le trésorier Dupin, le comte de Selle lui-même, sinistre pied-plat qui se cherchait une réputation dans les ruelles, se gagnèrent d'immortels éloges pour quelques écus ou un pâté. Fouquet fut le plus généreux : il donnait à pleines mains à ses courtisans ce qu'il prenait de même manière dans les caisses du Roi ; comme il aimait les vers burlesques, il fit à son poète une pension annuelle de mille six cents livres, à laquelle il ajouta souvent quelque chose par les mains de Pellisson. Gaston d'Orléans inscrivit aussi Scarron sur la liste de ses pensions pour mille deux cents écus.

Ces dons multiples et le produit de quelques nouveaux traités de librairie nous permirent de quitter la demeure de Françoise Scarron, laquelle le prenait d'un peu haut avec ses hôtes forcés et nous faisait sentir tout le prix de ses charités. Je n'avais eu de bonheur dans sa maison que du petit Louis Potier, dernier fils qu'elle avait eu du duc et enfant délicieux que Scarron appelait son « neveu à la mode du Marais ». Il était de trois années plus jeune que moi, plein d'esprit et de feu, et déjà, sans le savoir, un peu amoureux de la trop jeune tante que le hasard et la misère avaient fait tomber à son foyer. Il me dérobait du ruban et des baisers, avec un air d'enfance qui donnait lieu de lui pardonner toutes les hardiesses auxquelles il s'essayait. Tresmes était fou de cet enfant, avec quelque raison. Pour moi, parvenue à la faveur, j'eus le désir d'avoir ce feu follet à mes côtés et de lui rendre un peu des joies qu'il m'avait données dans le passé par ses enfantillages ; il fut, à la Cour, mon écuyer et je mis ses deux filles à Saint-Cyr.

En ce début d'année 1654 que nous quittâmes le faux ménage de sa mère, je ne le perdis pas de vue tout à fait car nous n'allâmes que jusqu'au bout de sa rue.

Le 27 février, en effet, nous prîmes à bail, sur le pied de trois cent cinquante livres par année, un petit corps d'hôtel situé à l'angle de la rue des Douze-Portes et de la rue Neuve-Saint-Louis. La partie noble de la maison était louée au comte de Montrésor. Nous n'en louâmes qu'une dépendance. On accédait à cette dernière par une simple porte bâtarde [1] et un très étroit couloir. Au fond du couloir, une cour obscure où donnaient la cuisine, l'office et la dépense ; au premier, un appartement de deux chambres et une garde-robe, qui me fut attribué ; au second, deux chambres encore où mon mari se mit. Tout ce logis, très neuf mais des plus modestes, n'aurait pas été de nature à contenter un petit mercier.

J'en fis mes délices pourtant car je n'avais à partager cette maison avec personne : point de belle-sœur aigre-

1. Porte simple, par opposition aux portes cochères et portes doubles.

98

douce ; point même, comme à l'hôtel de Troyes, un Cabart de Villermont, fort civil d'ailleurs, mais dont il fallait supporter les valets, les humeurs et les sempiternelles tourtes à la frangipane. J'étais maîtresse chez moi. Et comme il faut avoir manqué de tout pour sentir la valeur de chaque chose, je me grisai de mes quatre chambres et de mes six cheminées. Je fus ravie de mes casseroles jaunes et de mon tournebroche. Je m'enchantai du miroir à glace de Venise dont Catherine Scarron, duchesse d'Aumont et cousine de mon époux, m'avait fait don pour ma bonne mine et mes façons, qu'elle trouvait bien meilleures qu'elle ne l'eût cru possible à la femme de son burlesque cousin. Je me félicitai du cabinet d'ébène, incrusté de scènes bibliques, que d'Elbène nous avait prêté. Enfin, je brillais de tous mes plats d'argent, de mes chenets, de mes chandeliers et de mes aiguières.

On retendit dans la chambre du premier le vieux meuble [1] de damas jaune de l'hôtel de Troyes, avec la couche à piliers, les deux fauteuils, les six chaires et les six ployants [2]. Je fis moi-même la bordure des rideaux de toile que j'accrochai aux fenêtres avec l'aide de Madeleine Joltrain, une domestique en tapisserie que j'engageai alors. Je mis ma glace de Venise sur un mur de cette chambre, un portrait de Marie-Madeleine sur celui d'en face, une tapisserie de l'Ancien Testament sur un troisième et trouvai ainsi ma chambre de parade toute meublée. Je fis ma chambre à dormir de la salle qui la joignait et acquis, pour la fournir, un grand lit à piliers tendu de brocatelle rouge. Michèle Dumay et Madeleine Joltrain, ma fille de chambre et la couturière, couchaient dans le passage qui longeait ma garde-robe.

A l'étage au-dessus, la grande chambre fit notre salle de compagnie. J'y jugeais tout somptueux : la table de noyer sur six colonnes ; le cabinet d'ébène dont j'ai parlé ; les douze chaises de serge jaune ; les deux grandes armoires à livres qui enfermaient la bibliothèque de Monsieur Scarron ; et surtout ce « Ravissement de saint Paul » que Monsieur Poussin avait peint quatre ans plus

1. Garniture d'appartement, ensemble de tentures et tapisseries.
2. Pliants.

tôt pour son ami. Derrière cette salle de parade, j'installai la chambre du poète ; le meuble en fut encore de damas jaune car je crois bien que, devant qu'il fût marié, Monsieur Scarron avait acheté assez d'aunes de ce tissu-là pour en tendre dix maisons. « Mon Dieu, Monsieur, dis-je à mon époux lorsque tout fut en place, je crois qu'il y a là de quoi dégoûter du jaune tous les Indiens de la Chine. — Et tous les cocus de Paris ! mais vous voyez par là que je n'ai point de superstition... »

Je croyais ma demeure magnifique et digne de la belle compagnie que j'espérais d'y attirer. Entre l'apprentissage de mon métier de garde-malade, les lectures que Monsieur Scarron m'imposait, et l'installation de ce nouveau logis, je n'avais guère eu loisir, en effet, d'aller dans le monde et j'ignorais tout encore des vraies splendeurs que cachaient, derrière leurs façades de brique, les hôtels nobles du Marais.

Dans ce décor modeste, que Scarron, avec sa discrétion coutumière, proclama aussitôt « l'hôtel de l'Impécuniosité », je fis mes premières armes d'hôtesse avec mission de ramener autour du poète perclus sa société habituelle que l'échec de la Fronde et notre séjour tourangeau avaient dispersée.

La tâche n'était pas trop facile : les plus illustres des frondeurs, qui avaient fait les beaux jours de l'hôtel de Troyes, étaient encore dans leur exil ; quant aux partisans du Roi, ils n'avaient pas souci de compromettre leur victoire avec cet « illustre malade » que leurs hérauts traînaient encore dans la boue. Un certain Cyrano de Bergerac, petit rimeur inconnu et destiné à le rester, s'étant fait le champion de la Cour dans le temps de rébellion des Parisiens, déchargeait par pleins volumes une bile noire contre le malheureux Scarron. « Venez, écrivains burlesques, voir un hôpital tout entier dans le corps de votre Apollon... Il meurt chaque jour par quelque membre et la langue reste la dernière afin que ses cris vous apprennent la douleur qu'il ressent. Vous le voyez, ce n'est pas un conte à plaisir : depuis que je vous parle, il a peut-être perdu le nez ou le menton. Un de ses amis m'assura qu'après avoir contemplé ses bras tors et pétrifiés sur ses hanches, il avait pris son corps pour un gibet où le Diable avait pendu une âme, et se persuada que le Ciel, examinant ce cadavre infect, avait voulu, pour le punir des crimes qu'il n'avait pas commis encore, jeter par avance son âme à la voirie... » De telles louanges ne sont point fades et plaisent toujours.

Je dois à la vérité de dire que Paul Scarron portait toutes ces injures le front haut et avec un souverain mépris pour leurs auteurs. Pareilles épîtres, néanmoins, n'étaient guère de nature à attirer rue Neuve-Saint-Louis les hommes et les femmes les plus en cour. Il fallut donc se contenter, pour commencer, de la société des « rouges-trognes » et des « biberons », des plumitifs malpropres et des prêtres libertins qui avaient composé, dix ans plus tôt, la première compagnie de Scarron rue de la Tixeranderie, et qu'on ne voyait déjà plus qu'à l'état de vestiges dans la chambre jaune de l'hôtel de Troyes.

Paris ne se ressentait plus aucunement des misères de la guerre civile. On y trouvait de nouveau tout en abondance, viandes, liqueurs et filles légères. La vie avait repris son cours de douceur. Tout goût paraissait légitime. S'il faut en croire un ami de ce temps-là, « la douce erreur ne s'appelait point crime, les vices délicats se nommaient des plaisirs... ». Entendus de cette manière, les plaisirs étaient assez bien représentés dans l'entourage premier de Scarron.

Le petit abbé de Boisrobert, que ses mots et ses mœurs avaient rendu plus célèbre que ses livres, figurait le plaisir de la chair, encore qu'il ne trouvât du goût à cette chair-là qu'à la condition qu'elle fût du même genre que la sienne. Il venait rue Neuve-Saint-Louis trois ou quatre fois la semaine, toujours accompagné d'un ou deux petits laquais, qui le servaient en tout et lui servaient de tout ; la prêtrise était à sa personne comme la farine aux bouffons, elle ne servait qu'à le faire trouver plus plaisant.

Le gros Saint-Amant incarnait les plaisirs du gosier. Il se proclamait pape de la « confrérie des bouteilles » ; le conclave qui l'avait élu se réunissait ordinairement rue du Pas-de-la-Mule, près la place Royale, dans le cabaret de la « Fosse aux Lions ». Dans cette fosse-là, on jetait tous les jours quelques chrétiens en pâture aux petits seigneurs libertins habitués du lieu, qui les déchiquetaient à belles dents. Saint-Amant n'était pas le moins mordant du lot, encore que ce vieil ivrogne commençât, lorsque je le connus, à perdre les dents avec l'esprit. Pour parler burlesquement comme il l'eût fait, des verres trop pleins aux vers trop vides la route n'avait pas été bien longue. Cependant, tel qu'il était, Saint-Amant forçait encore l'entrée des bonnes maisons ; la protection de la reine de Pologne lui valait quelque considération et son impudence, ou la commisération, faisait le reste.

Alexandre d'Elbène était à lui seul tous les plaisirs de la langue : il n'allait que de saucissons en pâtés et de poularde dodue en chapon bien gras. Le carême même ne l'arrêtait pas ; au contraire, il lui venait, à cette saison de l'année, un surcroît d'appétit qu'il fallait force gibier et pot-au-feu pour contenter ; encore ne se souciait-il pas de faire bombance en épargnant aux dévots le spectacle de son hérésie ; c'est lui qui lança de la fenêtre de Ninon ces petits os de poulet, qui, tombant le jour de la Passion sur le collet d'un abbé, valurent à sa douce amie quelques années aux Madelonnettes.

Gilles Ménage représentait les plaisirs de la conversation, telle qu'on l'entend à Paris ; c'est dire, plus justement, de la médisance car on ne pouvait le mettre sur quelque personnage qu'il ne l'eût promptement canonisé [1]. Ce pédant auteur se piquait de s'y connaître bien en trois choses, disait-il, « les œufs frais, les pommes de reinette, et l'amitié ». Pour les œufs frais et les pommes de reinette je n'en puis juger, mais, pour l'amitié, je lui ai toujours connu la langue trop pointue pour avoir de sa compétence aussi bonne opinion que lui-même. Du reste, dès qu'il avait passé la porte de notre maison, il s'empressait d'aller habiller, dans une autre compagnie, ceux qu'il venait de quitter. Il se fâcha ainsi avec Boisrobert qu'il traitait partout de « sodomiste » sans qu'on sût le motif de l'attaque, sinon la raison du qualificatif. Il moquait aussi Scarron, mais Scarron le lui pardonnait en faveur des vers grecs licencieux et bien tournés qu'il savait composer à volonté.

La galerie serait incomplète, enfin, sans les portraits de Potel-Romain et de Raincy, qui pensaient sacrifier

1. « Descendu ».

aux plaisirs de l'élégance et de la beauté. Potel-Romain était un poétereau noir et gros, la bouche enfoncée et les yeux de travers ; il venait, lorsque je le connus, de quitter la perruque et, n'ayant point trop de cheveux de son cru, croyait élégant d'y mêler trois ou quatre moustaches postiches de chaque côté afin de s'étoffer ; avec cela, tout hérissé de galants [1] rouges, jaunes et bleus, la rhingrave [2] trop courte, et le genou cagneux enserré dans deux rotondes de dentelles dont le tour aurait passé celui de la Table Ronde. Quant à Raincy, c'était un muguet [3] issu de la finance, qui ruisselait d'écus et de parfums, d'or et de pierreries. Il avait toujours sur lui tant de brocarts et de rubans qu'on eût dit d'une châsse à la Fête-Dieu. Il est vrai qu'il était assez fou pour donner parfois dans un genre plus dépouillé : certaines nuits, il se glissait nu sous un drap ; il allait, ainsi vêtu, aux abords de la place Royale, et dévoilait aux dames attardées l'excès de ses appas, pour leur faire peur ou pour leur faire envie. Un jour qu'il montait notre escalier, précédé de Potel-Romain, et suivi de ce pauvre Pellisson, l'amoureux transi de Mademoiselle de Scudéry, que la petite vérole avait défiguré, j'avertis Monsieur Scarron que « les trois grâces » approchaient. Pendant quelque temps, on ne les connut plus au Marais que sous ce nom. On voit qu'après tout, pour la médisance, je n'avais pas beaucoup à envier à Monsieur Ménage.

Ce petit assortiment de portraits, que je n'ai mis dans mon récit que pour ce que le genre en était fort à la mode dans le temps dont je parle, montre aussi que je pourrais bien me ressentir encore de ce défaut-là si je ne mettais dans la balance la charité dont je suis quelquefois capable aujourd'hui. A dix-huit ans toutefois, grisée par les premiers applaudissements qu'on donnait à mon esprit, je fus, un moment, bien près de ressembler à cette Célimène que Molière a mise dans son théâtre.

Pour refaire autour de Monsieur Scarron une société, je partis donc de Boisrobert et de Raincy, de Saint-Amant, de Potel et de quelques autres moins célèbres

1. Rubans.
2. Haut-de-chausses en forme de cotillon.
3. Dandy.

et plus indignes encore. Je ne m'en accommodai pas aussi mal que je l'eusse pensé. Sans doute n'étais-je pas trop contente parfois de nos soupers lorsqu'ils dégénéraient en beuveries où chacun hurlait et braillait, où nos hôtes se coiffaient de leurs serviettes et tambourinaient de leurs couteaux sur leurs assiettes. Le blasphème me déplaisait aussi et j'affectai de manger un hareng au bout de la table quand le maître de maison et ses amis mettaient de l'ostentation à faire gras un jour maigre. Cela ôté, je m'amusais. On commençait de goûter mes reparties, et le régime de lectures forcées auquel Monsieur Scarron m'avait soumise depuis des mois produisait son fruit.

En outre, comme je l'ai aperçu bien des fois dans la suite, la société me transformait ; triste et farouche dans la solitude, je devenais enjouée et bavarde dès que j'étais en compagnie. En ce temps-là, je pleurais tous les soirs en m'endormant : les importunités de mon époux, les souvenirs amers d'une enfance point trop heureuse, le chagrin d'un cœur désert et le désir vague d'autre chose, tout était bon pour alimenter ma douleur. Mais sitôt qu'arrivait l'après-dînée [1], que les premiers chapeaux passaient notre porte, que les bottes et les talons glissaient sur nos parquets, que les fauteuils jaunes de la chambre de Scarron disparaissaient sous les manteaux et les dentelles, je me retrouvais assurée, vive, gaie, et le rire à midi me montait aussi facilement aux lèvres que les larmes, le soir, me venaient aux yeux. On sut bientôt qu'en dépit de l'échec des frondeurs, on riait toujours chez Scarron. On commença de dire aussi que la petite fille que le burlesque avait épousée se révélait en grandissant aussi spirituelle que son époux, et qu'elle était, au moins, plus agréable à regarder.

Il n'y avait plus alors dans Paris beaucoup de compagnies où l'on fît profession d'esprit. L'hôtel de Rambouillet avait fermé ses portes ; on avait rangé dans les armoires la « guirlande de Julie » quand la belle d'Angennes, devenue duchesse de Montausier, avait quitté l'amour pour la dévotion. Les sociétés de Made-

1. Après-midi ; le « dîner » est notre déjeuner d'aujourd'hui et le « souper » notre dîner.

leine de Scudéry et de la comtesse de la Suze attiraient encore les provinciaux mais les Parisiens commençaient à se lasser des propos fleuris de ces jansénistes de l'amour : on tournait en rond sur la Carte du Tendre. Quant au petit hôtel de Ninon, il était clos pour cause de passion, la belle (que je ne connaissais alors que de réputation) ayant, à la surprise de ses amis, quitté Paris pour suivre dans sa province un amant qu'elle avait et dont elle était, disait-on, fort coiffée.

L'ennui et la curiosité ramenèrent donc vers la chambre de Scarron quelques-uns de ceux que la guerre civile en avait éloignés : on y revit d'abord sa famille, le duc d'Aumont, son cousin, et le duc de Tresmes, son beau-frère de la main gauche, heureux de se pouvoir venir délasser dans la compagnie du malade en donnant pour prétexte, au Louvre, leurs obligations de famille ; on y croisa de nouveau Saint-Evremond, Tristan l'Hermite, Georges de Scudéry, l'avocat Nublé, et le gazetier Loret Cependant, les plus grands noms de la Cour et les plus grosses fortunes de la Ville restaient sur la réserve et s'abstenaient encore de paraître rue Neuve-Saint-Louis. Or, à Paris, si l'on ne parvient à rassembler autour de soi les gens d'épée et de robe aussi bien que les hommes de plume, on tient peut-être bureau d'esprit mais on n'a pas un « salon ».

Curieusement c'est à l'amour, aussi fidèle que ridicule, que me portait toujours le vieux chevalier de Méré que Scarron dut le retour en gloire de sa société dont le lustre fut, en peu de mois, porté à un point jusqu'alors jamais atteint.

Méré s'était lié d'amitié avec un jeune frondeur, le comte de Matha, lorsque celui-ci, exilé sur l'ordre du Roi, avait trouvé refuge dans une campagne proche de la sienne. Matha avait hérité quelque chose de l'esprit et des goûts de son grand-oncle, le comte de Brantôme, et, comme lui, hantait plus volontiers les alcôves et les ruelles des « dames galantes » que les champs de bataille. En lui promettant du vin, des chansons et la conversation d'une « Indienne » aussi belle que gaie, Méré eut d'autant moins de peine à attirer Matha rue Neuve-Saint-Louis que le comte, notoirement haï du Cardinal et peu estimé du jeune Roi, n'avait plus de réputation à perdre.

Matha s'amusa chez Scarron et, quand il y revint, il amena avec lui le chevalier de Gramont, dont il était inséparable. Ils habitaient à Paris chez le même baigneur [1] et tous deux, bien nés mais sans fortune, vivaient, également mal, d'expédients. Gramont, qui était un joueur hors de pair, trouvait l'essentiel de sa subsistance au jeu de son parent, le comte de Miossens, maréchal-duc d'Albret, dont le nouvel hôtel, magnifique, se dressait au cœur du Marais près l'angle de la rue des Francs-Bourgeois et de la rue Pavée. Comme il voyait le maréchal tous les jours, il lui parla naturellement des facéties de Scarron et de la société plaisante qu'on rencontrait dans la chambre du poète, à deux pas de son propre hôtel. Miossens aimait l'esprit, les femmes, et haïssait également les précieux et la dévotion : il pensa qu'il avait sa place dans cette compagnie-là. Nous vîmes donc, un beau jour, descendre d'un carrosse magnifique César d'Albret, comte de Miossens et maréchal de France, plus superbe encore que tout son équipage. De cet instant, la maison de Scarron revint à la mode.

César d'Albret devait, en effet, son bâton de maréchal à sa fidélité au jeune Roi et au courage qu'il avait mis à son service pendant la Fronde : au plus fort de la rébellion, ce petit cadet de Gascogne, simple capitaine de gendarmes, avait eu le front d'arrêter, sur l'ordre du Roi, Condé et les princes révoltés pour les conduire au donjon de Vincennes. Ni les menaces ni les promesses, dont Condé lui fut prodigue pendant ce transport, ne détournèrent de son devoir ce pauvre gentilhomme en un moment, pourtant, où l'Etat même semblait en péril. Le jeune Roi ne se montra pas ingrat et sut marquer sa reconnaissance pour une action qui lui avait conservé son trône : il fit la fortune de Miossens. La belle prestance du nouveau maréchal et sa munificence achevèrent l'ouvrage ; il ne rencontra plus de cruelles et moins encore d'ennemis. Pour un chacun, la présence de César d'Albret rue Neuve-Saint-Louis signifia clairement

1. Hôtelier.

que le temps des anathèmes était révolu et qu'on pouvait tout à la fois être en cour et rencontrer Scarron.

A sa suite on se pressa pour être de nos après-dînées ; tous les jours nous faisions dire aux princes, ducs et officiers de la couronne que nous ne voyions personne et l'ambition d'être admis dans notre petite société commençait à s'échauffer furieusement dans la Cour et dans la Ville ; tous les gentilshommes du Louvre voulurent souper dans la chambre jaune. Nous n'eûmes plus à nous soucier que d'écarter les fâcheux [1] et de remplacer, petit à petit, les gloutons et les cuistres des premiers temps par les Villars, les Harcourt, les Guiche et les Manchini [2]. Les portes cochères de la rue eurent bientôt à envier la splendeur des équipages qui attendaient devant notre porte bâtarde : au pas vif et léger d'un Fouquet, plus agile que l'écureuil qui lui servait d'emblème, à la course rythmée comme un ballet d'un Benserade ou d'un Mollier, succédaient, sans désemparer, dans le petit escalier, les pas lourds d'un Turenne écrasé d'ans et de gloire, d'un Vivonne les bras chargés de victuailles, ou d'un Mignard portant son dernier portrait.

Sans cesse il fallait être sur le qui-vive, veiller que les servantes apportassent à boire à celui-là, qu'on approchât une chaise à celui-ci, savoir d'un sourire arrêter la satire politique, d'un regard le blasphème malséant et marier toujours avec grâce le propos badin à la pensée profonde, le quolibet à la controverse, l'art à la philosophie afin que chacun, selon son humeur, pût trouver son compte et son plaisir rue Neuve-Saint-Louis. Qui eût cru que, de cette société brillante et libertine, la pauvre orpheline poitevine, la farouche réformée de la veille, pût un jour se trouver la reine ? Pourtant je faisais merveille. Ma grande jeunesse, mes airs d'ingénue, mon enjouement, la rapidité de mes reparties, le soin que je mettais à plaire aux laquais comme aux princes me gagnaient tous les suffrages. De tous ceux qui m'applaudissaient, un seul cependant retenait mon attention : celui auquel Scarron devait l'apothéose de son salon, César d'Albret.

1. Importuns.
2. C'est l'orthographe du temps.

Je trouve étrange, à la réflexion, de penser que sans Méré je n'eusse jamais connu d'Albret et que sans d'Albret je n'eusse jamais connu le Roi. Ainsi le fil de mon destin suit-il fort exactement la chaîne de mes amours, du galant de mes quatorze ans au dernier de mes amants. De cette chaîne-là, d'Albret n'est pas le moindre des maillons.

Bien qu'il ne fût pourvu à sa naissance que d'un bien très médiocre, il était d'excellente maison. Courageux dans la guerre civile comme dans la guerre étrangère, il avait soutenu dans tous les combats la valeur gasconne, et ses victoires d'amour passaient encore, lorsque je le connus, celles de la guerre. Qui peut vaincre avec facilité ne peut s'empêcher d'attaquer, aussi courait-il toujours à de nouvelles conquêtes. Ce « Miossens aux maris si terrible, ce Miossens à l'amour si sensible », fut le premier homme que je regardai avec tendresse.

Lorsqu'il vint rue Neuve-Saint-Louis, je l'entourai de prévenances et d'attentions sur les conseils de Scarron, qui savait que la protection du maréchal déciderait de la fortune de son salon. A force de chercher à lui plaire, il me plut et j'eus le cœur envahi quand je m'y attendais le moins.

Certes, j'avais, dès l'abord, été frappée de l'agrément de sa figure et d'une certaine contenance noble qu'il avait, tout à fait différente de ce que j'avais vu jusqu'alors. Il m'était apparu aussi au-dessus des autres hommes par sa tournure que sœur Céleste m'avait semblé au-dessus des autres femmes par sa beauté. A l'inverse de ma douce amie de Niort cependant, il parlait fort mal, quoiqu'il eût assez d'esprit ; tous ses succès ne l'avaient pas rendu moins timide et embarrassé qu'il l'était en quittant son Béarn natal et une sorte de bégaiement, qui le prenait en société, l'empêchait de se communiquer beaucoup en compagnie. Il arrivait qu'on n'entendît même pas ce qu'il voulait dire, tant c'était un galimatias. On contait qu'un jour qu'il y avait un grand rond à l'hôtel de Rambouillet et que Miossens parlait depuis un quart d'heure dans son style ordinaire, le poète Voiture lui avait rompu en visière : « Je me donne au diable, Monsieur, si j'ai entendu un mot à tout ce que vous venez de dire. Parlerez-vous toujours comme cela ? » Miossens, qui avait l'esprit de connaître ses faiblesses et qui était d'ailleurs d'un naturel fort doux, ne se fâcha pas et lui dit seulement : « Hé, Monsieur de Voiture, épargnez un peu vos amis. — Ma foi, reprit Voiture qui était fort insolent avec les grands, il y a si longtemps que je vous épargne que je commence à m'en ennuyer. » Je crus qu'un défaut si remarquable et si public me retiendrait sur la pente du sentiment. J'ignorais encore qu'on chérit d'autant mieux ceux qu'on aime qu'ils sont plus imparfaits et qu'un défaut bien marqué, auquel on s'attache pour résister, enfonce aussi sûrement dans l'amour qu'une pierre au col d'un noyé.

Dans les commencements, je m'asseyais près de lui par devoir et me trouvais bien du mérite quand je lui avais tiré trois phrases. Je brûlais de le planter là pour rire avec Raincy ou philosopher avec Segrais. Par devoir pourtant je me faisais le regard plus doux et la bouche aimable, je m'efforçais de l'entretenir des sujets qui l'amusaient, je veillais à ce qu'il n'eût ni trop chaud ni trop froid, ni trop soif ni trop faim, je guettais le moindre froncement de sourcil, la moindre marque d'impatience et, à part moi, j'enrageais de tous ces soins qui me tenaient éloignée de mes amis. Puis, après quatre ou cinq visites, un jour qu'il avait joué une partie d'hombre avec Matha et le chevalier de Méré et qu'il s'en était allé en promettant de revenir devant que la semaine finît, je m'aperçus que je désirais qu'il revînt dès le lendemain ; j'en cherchai la raison ; je me dis que c'était un homme d'esprit et de bonne compagnie ; puis, examinant sur quoi j'avais fondé l'opinion de son esprit, et recherchant curieusement ce que je lui avais ouï dire dans cette après-midi, je ne trouvai que « gano », « trois matadors », « una escoba » et « sans prendre [1] ». Je fus atterrée de cette découverte car, bien que je n'eusse encore jamais éprouvé d'amour, je craignis que cette estime sans fondement n'en fût l'avant-garde.

Cependant, je trouvai bientôt un prétexte à mon impatience : je me persuadai que je ne désirais le revoir que pour vérifier froidement comment il avait pu m'abuser sur son esprit et trancher définitivement si sa conversa-

---

1. Expressions utilisées dans le jeu de l'hombre.

tion avait quelques charmes ou n'en avait point du tout Ce jugement, sans doute, ne se pouvait différer... J'étais plus jeune encore par mon peu d'expérience que par le nombre de mes années.

Quand Miossens revint trois jours après et que je décidai de porter sur lui le regard glacé d'un juge sans entrailles, il m'arriva ce que de plus expérimentées eussent pu prédire qu'il m'arriverait : je lui trouvai infiniment d'esprit, des lectures, du sentiment, de la gaîté et même, tant on voit dans ces cas-là ce qu'on souhaite de voir, un petit fond de dévotion [1] qui me tranquillisa pleinement sur ses intentions. Il fallait bien, sans doute, que je pusse me raccrocher à ce fond-là car, pour la surface, elle était très parfaitement libertine... Enfin, ses idées me parurent vives et nettes, ses expressions nobles et simples ; point de tours recherchés, rien d'affecté ; et son goût dominant pour la guerre, qui attachait ses vues à tout ce qui s'y rapportait, me convainquit qu'il n'avait pas moins la capacité que l'air du commandement. M'étant ainsi rassurée sur ce qu'il valait, je me persuadai que le plaisir nouveau que j'éprouvais en sa compagnie procédait d'une juste estime et non point, comme je l'avais craint d'abord, de quelque entraînement du cœur.

Par l'effet de ce beau raisonnement, je renonçai à la lutte et m'enfonçai de quelques degrés de plus dans la passion. Je ne sais si les voies du Seigneur sont impénétrables, mais les chemins du diable ne se laissent pas embrasser d'un seul coup d'œil... Enfin, je ne m'avisai de mon imprudence, et de la vraie nature des sentiments qui s'étaient emparés de moi, que plusieurs mois après et lorsqu'il fut trop tard pour songer à résister. Je crus alors n'avoir plus rien à faire qu'à cacher ce que j'éprouvais.

Je ne crois pas que j'y parvins ; du moins ne puis-je douter qu'un homme aussi délié et autant dans le train de la galanterie que l'était le maréchal d'Albret ne connût parfaitement, et peut-être mieux et plus vite que moi-même, ce que je sentais pour lui. Il n'en fit d'abord rien voir et se borna à continuer de rechercher ma

1. Foi, piété fervente, mais non pas bigoterie ; au XVIIᵉ siècle, un dévot est simplement un croyant et non un « cagot » ou un « tartuffe ».

compagnie de préférence à celle des autres lorsqu'il venait rue Neuve-Saint-Louis, et à me donner, avec discernement, quelques petits avis sur ma toilette.

Méré et Scarron m'avaient formé l'esprit mais, faute du secours d'une femme avisée qui m'eût pu enseigner l'art de la parure, je ne me vêtais peut-être pas encore, en effet, aussi bien qu'on l'eût pu souhaiter. Je vivais alors uniquement dans une société d'hommes. Miossens, qui passait, lui, tout son temps dans la société des femmes, en savait assez long sur les interdits de la mode, la longueur d'un jupon, la couleur d'un ruban, l'adresse d'un parfumeur ; pour m'aider dans les emplettes qu'il me conseilla, il me fit accompagner de Raincy, qui était assez fou de son corps pour connaître, aussi bien qu'une fille galante, toutes les marchandes à la toilette de Paris et de Saint-Germain. Je n'eus garde de désobéir et fis exactement ce que le maréchal me commandait.

Suivie de Raincy et le visage masqué de velours noir comme c'était l'usage dans ce temps-là pour éviter le hâle et ne pas être reconnue, je fus chez Guilleri, rue de la Tabletterie, acheter de l'eau de Cordoue véritable et des essences de Nice ; je pris à la « Toison d'Or » le pain d'amandes dont je lavais mes mains ; pour 12 livres, je trouvai un manchon de petit-gris à l'enseigne du « Grand Monarque » rue Dauphine ; j'eus des dentelles de Perdrigeon, du satin de chez Gauthier, des gants d'Espagne ; on me vit chez Champagne, chez Renault, à la « Perle des Mouches » et au « Soulier d'Or », toujours en compagnie de ce muguet de Raincy qui marchait tout écarquillé à cause de grands entonnoirs de passements [1] qu'il avait aux jambes et de ses souliers trop mignons qui le faisaient ressembler à un pigeon pattu. Enfin, pendant quelques semaines, j'entrai dans une frénésie de robes et de manteaux telle que j'ai toujours, depuis, regardé avec la plus grande indulgence les folies de même espèce que font pour leur parure les petites filles et les jeunes femmes. Chez une personne sensée cela ne dure guère mais, pour mourir à ces délicatesses, il faut y avoir vécu. Cette sorte de philosophie vaut, après tout, pour d'autres passions humaines.

1. Dentelles.

Quand, le soir, les rieurs avaient quitté la rue Neuve-Saint-Louis, je ne pleurais plus. J'avais mieux à faire : je me dévêtais promptement devant Monsieur Scarron, qui n'avait pas d'autre exigence en ce moment-là à cause qu'un nouvel accès de son mal avait paralysé ses mains et qu'il souffrait dans tous ses membres comme si on l'eût lardé de piqûres d'épingles ; ensuite je courais vite dans ma chambre pour me dérober à ces regards dont je me croyais souillée ; puis, le verrou mis à ma porte, je repassais en hâte mon corps [1] et j'accrochais, par-dessus, des jupes de pretintaille, j'enfilais des robes de moire ; je posais des mouches sur mes lèvres, mon front, des « passionnées », des « coquettes », des « galantes » ; je bouclais mes cheveux de papillotes et je restais des heures à m'admirer sans fatigue dans mon miroir. J'esquissais des sourires, j'essayais des regards. J'allai même un jour jusqu'à imaginer de mettre du citron dans mes yeux pour les rendre plus lumineux. Et je ne sais si ce fut le citron ou autre chose, mais il est vrai qu'ils prirent alors un éclat nouveau dont tous les hôtes du salon s'avisèrent bientôt.

Lorsqu'on aime, on paraît plus aimable aux autres et, même si l'on n'est pas payé de retour, on prend aux yeux de ceux qu'on a dédaignés une valeur qu'ils ne soupçonnaient pas jusque-là. En peu de mois, je n'eus plus autour de moi, pour parler la langue de ce temps-là, que des « prisonniers », des « malades », des « mourants ». Mes œillades et mes charmes firent, d'un coup, dans le Marais plus de blessés que toutes les campagnes de Flandre.

Barillon, plus tard ambassadeur en Angleterre, fut le premier atteint. Il se plaignit dans de petits billets qu'il glissait dans les poches de mes tabliers. Je lui démontrai d'abord qu'il valait mieux être estimé comme ami que maltraité comme amant et qu'il ne gagnerait rien à vouloir changer d'état, mais il ne m'entendit pas. Dès que nous nous trouvions seuls, il me faisait des protestations véhémentes et, pour mieux me persuader de la violence de sa passion, il s'allait, devant mes refus, donner de la

1. Corset.

tête dans tous les murs ; je vis néanmoins qu'il prenait bien garde qu'il y eût derrière la tapisserie, à l'endroit qu'il prétendait heurter du front, quelque porte ouverte ou quelque encadrement de fenêtre. Cela me rassura grandement sur l'étendue de sa folie et la profondeur de ses sentiments.

La Mesnardière fut touché presque au même moment. Il me faisait connaître l'état de son âme par des bouquets qu'il m'envoyait tous les jours ; leur composition, habilement choisie et renouvelée, tirait ses règles du langage des fleurs que ce prétendu médecin et soi-disant poète, habitué des « salons » précieux, se piquait de parler mieux que personne. Il est vrai qu'il avait plus de chances d'être entendu dans ce langage-là que dans celui des honnêtes gens, qu'il parlait fort mal. Il m'écrivit un jour qu'il m'attendrait de « plain-pied » dans mon antichambre jusqu'à ce que je le voulusse accueillir dans mon alcôve. Je montrai fort exactement cette lettre peu honnête à Monsieur Scarron, qui prit plus de fureur de lui voir maltraiter la langue française que trop bien traiter sa femme. « De plain-pied, vraiment ? " plain-pied ", " pied ferme ", c'est tout un pour un pied-plat ! Un moins plaisant que lui eût réservé le " plain-pied " aux matières d'appartement mais, appartement et sentiment, ce pédant mêle tout ! »

Guilleragues, qui fut ambassadeur à Constantinople, lui succéda : en faisant le tour du monde, car il n'était pas en amour des plus constants, il vint jusqu'à moi, avec le jeu, vrai ou faux, d'une grande passion. Transports, inquiétudes, jalousies, reproches, rien n'y manquait ; et tout était si bien représenté que la scène en devenait intéressante. Guilleragues devint, dans la suite, l'ami de Monsieur Racine. Ses lettres, meilleures qu'aucunes que j'aie vues dans le genre, avaient presque la beauté des vers du poète et elles m'amusaient infiniment : on y voyait déjà toute la noblesse et tous les désespoirs qu'on rencontra, dix années plus tard, dans ces fameuses *Lettres de la religieuse portugaise* que Guilleragues donna au public en se défendant d'en être l'auteur. Je ne sais si le sentiment qu'il prit pour moi fut sincère ou s'il crut devoir essayer sur ma personne l'effet qu'il comptait de produire un jour sur un auditoire plus nombreux. J'avoue cependant que je fus flattée d'être aimée avec tant de persévérance et d'esprit de quelqu'un que je n'aimais point moi-même et que, de surcroît, je ne trompai jamais sur la disposition dans laquelle j'étais à son endroit.

Beuvron vint ensuite, ou peut-être dans le même temps, car c'était la mode chez les galants du Marais de courir sus, tous à la fois, la même belle et de prendre chacun leur part de la curée si elle tombait. François d'Harcourt, marquis de Beuvron, depuis lieutenant général de Normandie, était le plus jeune et le mieux né de mes « mourants » d'alors ; il n'était pas non plus le plus mal fait. Il avait les yeux noirs, les cheveux fort bruns, longs et épais, la taille belle ; encore qu'il ne fût pas de ces gens qui brillent dans les conversations, il avait assez d'esprit. S'étant trouvé un jour tête à tête : « Si je ne voulais, me dit-il, que vous faire savoir que je vous aime, je n'aurais que faire de vous parler ; mes soins et mes regards vous ont assez dit ce que je sens pour vous ; mais comme il faut, Madame, que vous répondiez un jour à ma passion, il est nécessaire que je la découvre et que je vous assure en même temps que, soit que vous m'aimiez ou que vous ne m'aimiez pas, je suis résolu de vous aimer toute ma vie. » Je gardai longtemps sous mes lois cet amant-là, d'ailleurs le plus doux et le plus honnête, et réussis plus tard, par des prodiges d'habileté, à m'en faire un ami ; je ne l'oubliai jamais dans la suite de ma vie et profitai de ma faveur pour combler sa famille de bienfaits jusqu'à faire sa sœur, Madame d'Arpajon, dame d'honneur de la dauphine.

Outre cet homme de grande qualité qu'était Beuvron et les prédécesseurs que j'ai nommés, gravitaient autour de moi quelques planètes de moindre importance, Charleval, Ménage, Beauchateau, qui, tous, me prenaient pour leur soleil. A peine si je leur donnais un regard : ma « cruauté » fut, en peu de temps, si célèbre que Mademoiselle de Scudéry en dit quelque chose en vers à mon mari, par le truchement de son imprimeur. Il y fit ainsi réponse :

Il est vrai que l'on fait grand bruit
De ses maximes inhumaines
Et qu'un pauvre amant dans ses chaînes
N'a pas à prétendre grand fruit
Ni de son temps ni de ses peines.
Cela n'est point de notre fait,

voulant dire par là qu'il n'avait point de jalousie et s'en remettait à ma vertu du soin de son honneur. Pas plus que cet époux confiant, aucun de mes galants ne s'avisa que je n'avais d'yeux que pour Miossens et que c'est à cette tendresse-là, autant qu'à ma sagesse, qu'ils devaient imputer les rigueurs dont ils se plaignaient.

Le seul qui en pressentît quelque chose fut un enfant, plus avancé soudain dans la science du cœur que tous ces beaux esprits, peut-être parce qu'il était plus sincèrement épris : mon « neveu à la mode du Marais », Louis Potier, profita de la liberté que je lui laissais d'être chez moi à toute heure du jour pour me faire de grandes remontrances sur ma faiblesse pour le maréchal.

Me prenant à part dans l'embrasure d'une fenêtre : « Vraiment, ma tante, je voudrais bien que vous vissiez votre air lorsque Miossens vous parle, me dit-il, vous êtes toute fondue ! Je ne sais ce que vous trouvez à ce bellâtre car il n'a nul esprit. D'ailleurs, il ne vous aime pas ; pour lui plaire, il faut être courtisane comme Ninon ou grande dame comme Madame de Rohan ; comme vous n'êtes ni l'une ni l'autre, vous perdez votre peine. Du reste, tout Paris, sauf vous, sait fort bien où il porte présentement ses vœux. » Il me dit un nom que j'ignorais. Je me souviens qu'à l'instant qu'il dit ce nom, qui me perça le cœur, j'avais les yeux posés sur la nappe blanche qui couvrait la table ; dans l'égarement où les propos de ce malheureux enfant me plongèrent soudain, je fis curieusement réflexion qu'entre le plat d'huîtres que venait d'envoyer Beauchateau et le pâté doré qu'avait apporté d'Elbène, il y avait sur cette nappe une large tache de vin rouge et qu'il y faudrait mettre ordre aussitôt si je ne voulais pas qu'on dît ma maison mal tenue. Je n'ai jamais pu, depuis, voir une tache rouge sur une nappe blanche sans penser qu'on me saignait le cœur.

Cependant, je repris mes esprits. Louis ne s'était point avisé de mon trouble. « Enfin, ma tante, c'est un barbon, il a quinze ou vingt années de plus que vous et je gage que, sous sa perruque, il cache des cheveux gris. Vraiment, cette pantalonnade n'est pas digne de vous ! — Tout beau, Monsieur, lui dis-je, modérez votre courroux. Je n'ai point encore, que je sache, attenté à la dignité de votre famille ni à l'honneur de votre oncle, dont vous êtes, je suppose, le défenseur en cette rencontre [1]... Quant à l'âge de mes galants, je devine qu'il faudrait pour vous plaire préférer l'enfance à l'expérience. Mais si cela est, que ne me présentez-vous quelques petits compagnons de votre âge, un roi du cerceau ou un champion aux quilles ? » Je laissai ce pauvre Louis tout déferré [2] et montai à ma chambre sous prétexte de quelque migraine. J'y pleurai tout mon saoul, de dépit plus encore que d'amour car, au vrai, l'accès de jalousie que j'éprouvais alors n'était que la confusion d'un orgueil humilié de tout point.

La sorte de passion que j'éprouvais pour d'Albret était, en effet, ce que l'on nomme un amour de tête et, à y bien songer, je n'avais nulle envie qu'elle me menât plus loin que je n'eusse consenti d'aller. J'avais envisagé sans doute de lui abandonner ma main si cela se trouvait, mais j'éprouvais d'ailleurs trop de dégoût pour les sortes de commerces que m'imposait Monsieur Scarron depuis trois années pour ne pas redouter les conséquences d'un amour partagé. Cependant, sans souhaiter d'être la maîtresse de Monsieur d'Albret autrement qu'en vers et en chanson, j'eusse voulu briller à ses yeux autant que je brillais maintenant aux yeux des petits marquis qui hantaient la rue Neuve-Saint-Louis ; j'eusse aimé Miossens asservi et implorant comme l'était Beuvron, comme lui nourri d'espoirs et s'en contentant. Enfin, quelle que fût ma résolution de résister aux commandements comme aux supplications, une indifférence trop complète de sa part, et trop longtemps poursuivie, m'eût blessée. La révélation de sa préférence pour une autre me laissa anéantie.

1. Occasion, et, par extension, duel.
2. Démonté, interloqué.

Je fus reprise, avec la dernière violence, de cette fièvre des îles qui me tourmentait parfois ; je ne trouvai, dans cette maladie, d'autre consolation qu'un petit billet, assez sec, que le maréchal m'écrivit sur le sujet de ma santé et dont, bien que je l'eusse mis sous les carreaux [1] de mon lit et que je le regardasse vingt fois le jour, je ne pus pas même me flatter moi-même qu'il fût une marque d'amour. J'eus bientôt, par bonheur, d'autres sujets d'ennui qui me divertirent de ce premier chagrin.

Monsieur Scarron, en faisant ses comptes qu'il faisait rarement, s'avisa que nous courions tout droit à la banqueroute. Les soupers que nous donnions, les robes et les poudres dont j'éblouissais la bonne société qui nous faisait visite, les domestiques mal surveillés qui nous grugeaient, enfin notre train de maison, modeste au demeurant, nous ruinaient. Ajoutez à cela que mon époux, qui avait toujours plus d'une chimère en train, s'était mis en tête de fabriquer de l'or potable et quelques autres produits et médecines aussi vraisemblables ; il avait obtenu un privilège à cette fin et installé en bas de notre maison, à côté de la dépense [2], un grand atelier, tout rempli de ballons et de cornues, où, sur son ordre, mon galant au langage fleuri, La Mesnardière, et notre nouveau valet, Jean Brillot, se livraient à de curieuses alchimies : l'or fondait en effet ; point par le résultat de leurs fabrications mais par le fait d'un appétit insatiable de livres rares et de grimoires coûteux, de plomb et de mercure qu'on achetait à pleins seaux, et de bonnes bûches pour le feu d'enfer qu'ils entretenaient jour et nuit dans cette chambre. C'était sans cesse de nouvelles expériences spagiriques [3], toutes infructueuses, dont il fallait régler la dépense en beaux écus de la seule production du Roi.

Pour comble de malheur, mon frère Charles, dont j'étais sans nouvelles depuis quelques années, tomba en ce moment à notre logis. Il avait vingt ans. Il était beau, fou, et, bien entendu, sans le sou. Il sollicita de son beau-

1. Coussins, oreillers.
2. Pièce à usage de garde-manger.
3. Expériences de médecine et de chimie, non reconnues par la Faculté.

frère un prêt de quatre mille livres pour s'équiper et s'aller mettre dans quelque régiment. Dans l'état où étaient nos finances, Scarron marqua un peu d'hésitation avant que de satisfaire à ses obligations de famille ; je lui représentai avec vivacité, et une certaine ingratitude, qu'il pouvait bien faire en faveur de mon frère unique le sacrifice de ses quatre mille livres quand je faisais à lui-même, vieux et infirme, le sacrifice de ma jeunesse et de ma beauté. Je trouvais que quatre mille livres pour toutes mes complaisances n'étaient point un prix trop élevé. Du reste, il ne s'agissait que d'un prêt pour un an ; et je croyais encore Charles capable de rembourser ses dettes. J'ignorais à quel point ce frère, pour qui j'avais toutes les faiblesses d'une sœur et d'une mère, était en tout le parfait diminutif des vices et des travers de son père.

Enfin, mon mari céda à mes plaintes et à mes remontrances ; mais, pour payer le terme de notre loyer, régler nos fournisseurs et rembourser quelques vieilles dettes, il dut, ayant ainsi fourni à l'équipement de Charles, vendre ses métairies du bord de la Loire. Grâce à notre ami Nublé, l'avocat, qui était peu ou prou du pays et fit une juste estimation de ces deux pauvres fermes, nous en tirâmes cinq mille écus.

Encore cela ne suffit-il pas et Scarron résolut de se défaire de ce « Ravissement de saint Paul » que Poussin avait peint pour lui : il le céda au riche Jabach qui était grand amateur de peinture et le revendit ensuite au duc de Richelieu, chez qui je le vis souvent lorsque je devins de ses amies. Ce sacrifice-là fit de la peine à mon mari ; j'en eus moi-même lorsque, à l'instant qu'on ôta ce tableau de dessus le mur de sa chambre, je le vis jeter des larmes que, ne pouvant mouvoir ses bras, il ne pouvait pas même essuyer. Je fus sur le point d'abandonner mon frère à son malheureux sort et de prier ce pauvre poète de garder la peinture qu'il aimait. Je différai pourtant jusqu'au soir : bien m'en prit car, au souper, Monsieur Scarron tout consolé s'empiffra tellement avec d'Elbène et dit tant de joyeuses coyonneries avec ses amis qu'il s'en creva de rire ; je dus quitter la salle pour n'en point voir ni entendre plus qu'il ne sied à une jeune femme d'honnête réputation. Lui eussé-je permis, d'ailleurs, de garder son tableau que l'or potable ou la pierre philosophale l'eussent, peu de mois après, contraint de s'en défaire tout de même.

La ronde des libraires et des dédicaces reprit son train. « Il nous faut reprendre la sébile avec la plume », disait Scarron. Par chance, sa santé était meilleure. Il put donner à Sommaville des nouvelles comiques, *les Hypocrites* et *la Précaution inutile*, dont Cabart de Villermont lui avait fourni l'idée et qui inspirèrent, à leur tour, Molière par bien des endroits. En un an, il fit paraître ou représenter sur le théâtre, d'ailleurs avec des succès divers, quatre comédies : *le Gardien de soi-même, le Marquis ridicule, l'Ecolier de Salamanque* et *les Boutades du capitan Matamore*. Il eut aussi, au milieu de cette effervescence de projets, l'idée d'une *Gazette burlesque,* qui put rivaliser avec celle de Loret, mais il n'avait pas le caractère d'un gazetier et, après quinze livraisons, la verve lui manquant, il s'arrêta court. L'expérience lui coûta finalement plus qu'elle ne lui rapporta. Il se mit alors à écrire deux odes par jour et trois sonnets que Brillot courait porter au grand seigneur auquel il les dédiait afin d'en tirer sur-le-champ quelque menue monnaie. Ce travail de galérien lui rapporta plus d'écus que de renommée ; il voyait bien lui-même que l'art ne gagne pas à être mis à gages et il le dit avec esprit :

> *Lorsque par devoir on travaille*
> *on ne peut faire vers qui vaille ;*
> *par exemple ces rimes-ci*
> *sont des rimes couci-couci...*
> *Faire des vers à la journée*
> *c'est une rude destinée ;*
> *j'en puis parler comme savant,*
> *moi qui les fais ainsi souvent.*

Si mauvais que fussent les poèmes de commande ou de circonstance, ils nous rapportaient encore assez d'argent et, quand je reprochais à Scarron les soupers qu'il donnait et lui remontrais que nous ne pouvions tenir ainsi table ouverte tout au long de l'année, « certes, nous les nourrissons, me disait-il en parlant de ses amis et commanditaires, mais convenez, Françoise, qu'ils nous le rendent bien ». Le fait est que, sans leurs dons, nous n'eussions pas souvent mangé à notre faim.

Pressé par la disette d'écus ou emporté par la frénésie de sa plume, Scarron alla peut-être plus loin encore dans l'asservissement de son art et son avilissement. En juin de cette année 1655, des soldats commis sur ordre vinrent fouiller notre hôtel et, de dessous des ouvrages plus doctes, ils tirèrent huit ou neuf exemplaires d'un fort méchant livre imprimé sur la montagne Sainte-Geneviève sous le titre de *l'Ecole des filles*. On disait ce livre plus que leste. Scarron m'assura pourtant qu'il s'agissait d'un ouvrage d'enseignement de la philosophie : c'était bien en effet un ouvrage d'enseignement mais, si j'en juge par ce que j'en lus en 1687 lorsque la gouvernante des filles d'honneur de la dauphine, qui était mon amie, trouva le volume caché sous le matelas d'une des filles, les préceptes de la philosophie de Monsieur Scarron étaient d'un genre particulier. L'héroïne, nommée Fanchon et âgée de seize ans, y recevait docilement d'une de ses cousines, nommée Suzanne, des leçons théoriques des plus exactes sur la physiologie des hommes et des femmes, la géométrie des rapports amoureux, et les éléments de vocabulaire adéquats ; ainsi complètement enseignée, elle passait de la théorie à la pratique, rendant néanmoins à son professeur, en élève soumise, un compte détaillé des exercices d'applications au moyen desquels elle vérifiait l'étendue de ses connaissances. Chez le lieutenant de police, on crut cette Fanchon nommée d'après moi ; l'âge de la jeune élève, le nom de la cousine qui était précisément celui de Mademoiselle de Neuillan, le style burlesque de l'ouvrage, enfin la circonstance qu'on en eût trouvé rue Neuve-Saint-Louis plus d'exemplaires qu'il n'en fallait à un seul lecteur, tout parut désigner Scarron pour son auteur, encore qu'il le niât. L'ouvrage, condamné, fut brûlé de la main du bourreau, l'un des imprimeurs emprisonné et l'autre condamné à être pendu. Scarron sentit le vent du boulet ; il ne dut qu'à la protection de Fouquet, et au goût du surintendant pour cette sorte de mauvais livres, de n'être point inquiété davantage, mais l'alerte avait été chaude. Enfin, si tant est qu'il fût bien le père indigne de cette malheureuse Fanchon, il ne put tirer des charmes de la demoiselle aucun des profits escomptés.

Pour moi, durant ce petit intermède de justice, je m'efforçai, autant que je le pus, de concourir à l'assainissement des finances scarrontines. L'économie, et même les privations, me peinaient moins que la crainte de retomber un jour dans les misères de La Rochelle et de devoir mendier mon pain. Je retranchai donc notre domestique, ne gardant que le nouveau valet et quatre femmes ; je fus assez aise, au reste, de profiter de l'occasion pour congédier ce grand niais de Mangin qui eût « bien fait un enfant à Madame, oui-da ». Je renonçai à mes dîners, réservant ma faim jusqu'aux soupers et gagnant au moins à ce régime de ne point voir ma taille gâtée d'embonpoint. Enfin, je n'achetai plus ni jupes ni parfums ; je fis revendre à la Grande-Friperie de la Halle quelques-unes de mes robes par ma femme de chambre, Michèle Dumay, et remplaçai le taffetas et le brocart par la ferrandine. Je quittai ces beaux atours sans regrets, voyant que cet étalage de tissus et de bijoux, fait sur son ordre, m'avait finalement peu servi auprès du seul homme dont l'opinion m'importât. Je résolus d'être belle malgré la mode et je crois que j'y parvins. Il est vrai que les leçons de Miossens m'avaient au moins appris l'art de la parure et le bon goût dans le vêtement et que cela ne pouvait m'être retiré. Avec ce savoir-là, une taille aisée et un visage de vingt ans, on n'a pas besoin d'argent pour paraître à son avantage dans toutes les sociétés.

Je ne perdis, pour avoir appauvri ma toilette, aucun de mes amants. Je gagnai même quelques autres « martyrs », dont Pierre de Villars, qu'on nommait « Orondate », à cause qu'il avait la mine aussi fière que le héros le plus galant du *Grand Cyrus* ; il fut ensuite le père du fameux maréchal et l'un des plus constants de mes amis. On me célébrait, par tout le Marais, sous les noms de Lyriane, Heriphile, Iris, Stratonice, qui étaient des noms à la mode de ce temps-là et sous lesquels je recevais tous les jours un ou deux sonnets bien troussés. J'en ai copié quelques-uns dans mes livres secrets ; ainsi ce poème qui me parlait de mes yeux d'une façon qui ne me déplut pas :

> *Deux abyssins*
> *De grands yeux assassins*
> *À grands traits*
> *De couleur de jais*
> *Donnent de l'amour*
> *A toute la Cour.*
> *Et ces noirs tyrans*
> *N'ont pas vingt ans...*

Je m'essayai moi-même à la poésie et produisis quelques vers qu'on eut la bonté de regarder comme n'étant point trop mal venus. Je me souviens encore de ceux que je recherchai dans ma mémoire il y a quelques années pour les dire à Mademoiselle d'Aumale qui est friande de ces bagatelles :

> *Ah ! l'ingrat, le maudit métier*
> *Que le métier de geôlier !*
> *Il faut être barbare et fière*
> *Et ce n'est pas là ma manière.*
> *Si ceux qui sont en ma prison*
> *Se plaignent, ils n'ont pas raison.*
> *Je les prends, sans vouloir les prendre.*
> *Je ne cherche pas les moyens*
> *De les mettre dans mes liens,*
> *Ce sont eux qui viennent s'y rendre.*
> *Mais comme, sans faire la vaine,*
> *Je les prends sans rien hasarder,*
> *Sans me donner beaucoup de peine*
> *Je sais comme il les faut garder.*

Tranchons le mot, j'étais une franche coquette [1] et assez contente de l'être. J'aimais l'image que me renvoyaient les miroirs et les yeux de mes « mourants » ; mon esprit était ébloui de sa propre lumière ; quant au cœur, si je n'en manquais point, j'en faisais quatre parts très inégales, les trois premières pour ma tante de Villette, la sœur Céleste et mon frère, mais la plus large pour mon beau maréchal.

1. Aguicheuse, allumeuse.

122

Dans tout cela, sans doute, Dieu ne trouvait pas son compte. Non que j'oubliasse les devoirs de la religion, mais je ne m'y tenais que par orgueil et pour marquer à propos l'indépendance de mon esprit aux libertins qui m'entouraient. Seule la rage de me distinguer me menait au pied des autels. On voit le beau motif ; aussi produisait-il de beaux effets. J'allais à la messe comme on va à la promenade : je sortais mes plus belles dentelles ; n'ayant point de laquais, j'y allais seule par le chemin et, si quelque cavalier s'arrêtait pour me causer, je ne laissais pas de lui répondre et de rire en sa compagnie jusqu'aux marches du saint lieu. J'en fis tant, même, qu'une dame de mes voisines, vrai pilier d'église, comme on est pilier de cabaret, crut devoir m'en faire douceureusement la remarque ; j'étais allée ce jour-là à la messe aux Jacobins, quelques hommes passèrent et me saluèrent en riant ; moi, tout innocemment, je me mis à leur sourire ; après la messe, cette personne me vint dire que j'avais couru un grand danger ; je lui répondis avec surprise : « Quoi donc ? — C'est, me dit-elle, que vous avez ri et causé avec les hommes qui ont passé devant vous ; c'est une imprudence qui pourrait bien un jour vous jouer quelque mauvais tour... »

J'eus honte de m'être exposée si légèrement à sa critique ; je décidai dorénavant de me faire toujours accompagner d'une de mes femmes, je cachai ma gorge avec soin ; mais je ne pus me résoudre à ne plus quêter. Les dévotes mondaines se lançaient alors entre elles un défi des plus singuliers : chaque dimanche voyant à l'œuvre une nouvelle quêteuse, c'était à qui rapporterait à la paroisse le plus d'argent ; on pensait mesurer ses charmes au poids des écus des paroissiens, comme les filles perdues les mesurent au gain de leurs journées ; aussi les offices étaient-ils un peu troublés par des sourires, des grâces, et des œillades qui n'y avaient guère leur place, mais le tout pour la seule gloire de Dieu et le soulagement des pauvres. J'étais une des bonnes quêteuses de la paroisse Saint-Gervais : beaucoup ne venaient à l'église que lorsque mon tour arrivait et pour m'y voir quêter. Je démêlais bien l'impureté de cette pratique, mais je ne pouvais me contraindre à y renoncer quand cet abandon eût assuré le triomphe de Madame

Paget, ou de Madame Cornuel qui n'étaient point si jeunes que moi ni si belles, à mon sentiment.

Enfin, la grande affaire de ma vie dans ce temps-là n'était pas mon salut ; au vrai, c'était toujours la conquête du cœur de ce Miossens, « si léger, disait-on, en toutes ses amours qu'il change encore et changera toujours ». Sur la foi de cette réputation, je ne croyais pas durable la nouvelle passion qu'il avait prise pour une petite duchesse et je jugeais que le changement pourrait bien me profiter un jour. Pour en hâter le cours, je résolus de lui donner de la jalousie, comme si, à la vérité, l'on pouvait piquer de cet aiguillon-là quelqu'un qui ne vous aime pas. Si je me fis un peu plus sage dans les églises, je le fus donc beaucoup moins dans mon hôtel et dans la ville, où je commençai, en ce temps-là, d'aller me divertir avec mes amies. Je n'en avais que trois car, hors quelques femmes auteurs comme Madeleine de Scudéry et des comédiennes, il venait peu de femmes chez Scarron.

Je m'étais liée d'une amitié de surface avec Gilonne d'Harcourt, comtesse de Fiesque, qu'on nommait « la belle amazone » pour ce que, à l'exemple de Mademoiselle, elle s'était battue comme un homme pendant la Fronde ; elle était, dès avant mon mariage, fort amie de Monsieur Scarron ; je ne fus jamais moi-même très avant dans ses bonnes grâces, mais je ne cherchais rien dans son amitié qu'un carrosse pour m'aller promener.

Pour Madame Franquetot, qu'on n'appelait jamais autrement que « Bon Cœur » car elle était très généreuse envers ses soupirants, mon sentiment fut plus profond ; l'amour que Raincy professait également pour nous deux créait d'ailleurs entre nos personnes un lien étroit : nous recevions habituellement les mêmes vers et il nous dédoublait toutes ses protestations de passion.

Quant à la dernière de mes amies, Madame Martel, c'était une veuve fort belle dont j'admirais le grand fond de grâces mais qui, il faut l'avouer, n'avait pas bonne réputation. Elle était assez libre et le chevalier de Méré disait d'elle que « c'était une femme où il y avait bien à prendre et à piller ».

Ce fut donc avec l'extravagante Gilonne de Fiesque, « Bon Cœur », Madame Martel ou leurs amies qu'on me vit au Cours-la-Reine, toutes les après-dînées. Le Cours était déjà dans ce temps-là le rendez-vous du beau monde, mais on n'y allait point encore danser la nuit aux flambeaux, comme quelques jeunes insensés ont imaginé maintenant de le faire. On se contentait de marcher sous l'ombrage des ormes en devisant gaîment ou de s'y faire porter en carrosse pour saluer avec grâce, par la fenêtre, des dames et des gentilshommes qu'on ne connaissait pas ; d'une voiture à l'autre circulaient des marchandes de confitures qui, pour quelques sols, portaient aux belles promeneuses de tendres billets ; on s'y passait en revue les uns devant les autres, observant l'air d'un manteau, la façon d'une robe, épiloguant longuement sur un sourire et improvisant des épigrammes ou des madrigaux ; sur les cinq heures, on rentrait au logis pour se changer et ressortir écouter un opéra ou applaudir les comédiens italiens au théâtre du Marais. On m'aperçut aussi dans le jardin des Tuileries à la tombée de la nuit : je trouvais plaisants les promenoirs de ces longues allées où, comme disait le gros Saint-Amant, « tant d'afflictions ont été consolées » ; on y croisait quelquefois l'une ou l'autre des demoiselles de Manchini caracolant dans les avenues ; j'espérais d'entrevoir ce jeune Roi qui venait de prendre ses dix-huit ans et qu'on disait fort bien fait, mais je n'eus pas alors ce bonheur.

Il est vrai que j'en eus d'autres : un manteau jeté sous mes pieds pour m'épargner la boue d'une allée, une main secourable quand je descendais du carrosse, un bras obligeamment prêté si le chemin se faisait montueux, des doigts agiles pour délacer ma robe lorsque la chaleur m'étouffait... Je consentais, en effet, d'adoucir un peu la torture de ces pauvres martyrs qui m'accompagnaient en cortège dans les jardins, m'escortaient au long des boutiques de la galerie du Palais, et se récriaient avec moi devant les merveilles d'un ballet. Je m'efforçais de ne pas remarquer trop vite cette main qui me prenait la taille ou se posait sur mon épaule au prétexte de me mieux guider ; je me laissais dérober des baisers par celui qui voulait goûter avec moi au raisin que je mangeais ou boire à cette fontaine où je m'abreuvais ; il se peut même que je n'aie pas châtié, comme je l'eusse dû, quelques tentatives plus osées ; mais enfin, si, pour parler le langage des ruelles, j'abandonnai à un ou deux la « petite oie [1] », nul de ces galants ne put prétendre à dénouer avec moi « l'écharpe de Vénus [2] ». Je me donnais un air de galanterie, mais c'était encore l'air sans la chanson. Je comptais que ces apparences suffiraient à me ramener César d'Albret.

Par malheur, leur effet fut autre : me voyant ces façons plus libres et cet excès de gaîté que j'affectais maintenant en société pour piquer au vif l'objet de ma passion, Monsieur Scarron, dont la santé s'améliorait un peu, se sentit pour moi un surcroît d'appétit. Quand je venais à peine de quitter mes beaux muguets poudrés et parfumés et que je me retrouvais devant le petit corps contrefait de ce vieil époux que je n'aimais pas, j'avais tout loisir de faire mes réflexions sur l'état de femme mariée et je vous jure qu'elles n'étaient pas gaies ; aujourd'hui encore, à Saint-Cyr, quand je vois vos compagnes rire sottement dans leurs tabliers lorsqu'on leur parle du sacrement de mariage, je trouve qu'elles feraient aussi bien d'en pleurer ; elles ne manqueront pas de le faire quand elles y auront passé.

Le deuxième effet de ma brillante politique fut de plus grande conséquence : on dit bientôt dans Paris que je n'étais qu'une étourdie [3] et que j'étais passée d'un coup avec mes cavaliers de la plus étroite rigueur aux plus grandes des privautés. On avait aussi vite fait dans les hôtels du Marais de vous mettre en pièces que de vous porter aux nues, le tout sans plus de raison. Gilles Boileau, qui ne manquait pas une occasion de nuire, écrivit alors une épigramme, qui plut bien aux rieurs :

> *Vois sur quoi ton erreur se fonde,*
> *Scarron, de croire que le monde*
> *Te va voir pour ton entretien :*
> *Quoi ! ne vois-tu pas, grosse bête,*
> *Si tu grattais un peu ta tête,*
> *Que tu le devinerais bien ?*

1. Flirt un peu poussé.
2. « Dernières faveurs ».
3. Tête folle.

126

Il ajoutait un peu plus loin que, à la réflexion, Scarron avait bien fait de prendre femme, car « pour faire un diable parfait, il ne lui manquait que les cornes ».

Monsieur Scarron ne goûta pas le sel de cette plaisanterie-là : il s'en plaignit à Fouquet, qui fit saisir le libelle mais ne put empêcher qu'il courût les ruelles. Mon époux me fit alors de sévères remontrances car, encore qu'il ne fût pas, à ce qu'il disait, d'un naturel jaloux, il se sentait dans l'occasion assez chatouilleux sur le point d'honneur conjugal ; il alla même jusqu'à me reprocher mes imprudences en termes fort vifs devant le monde ; je le priai, par l'entremise de Ménage, de garder ces discours mortifiants pour les moments où nous serions en particulier mais je ne pus lui faire entendre raison et dus subir plusieurs fois en public ces scènes honteuses. J'en fus d'autant plus outrée que je ne croyais pas qu'un peu de coquetterie sans suites fût une faute si grande, et je ne pensais pas qu'il y eût eu du mal là où il n'y avait point eu de plaisir.

Un jour que, lassée d'être apostrophée de la sorte devant une assemblée, j'osai le reprendre fermement : « Mais enfin, Monsieur, peut-être que si vous n'en aviez pas tant dit et écrit sur votre mariage, on n'eût pas cru que je dusse aller chercher ailleurs ce que toute femme espère de trouver en son logis », il me tança si vertement et m'injuria avec une telle violence que je m'enfuis en pleurant dans ma chambre. D'Albret m'y vint consoler. Il me dit que tous nos amis connaissaient ma sagesse, et que les emportements de Scarron étaient à mettre au compte de la maladie. Il fut si tendre, si plein de sollicitude que, dans le moment où j'eusse dû le plus m'en garder, je m'abandonnai un peu. Il me semble que de son côté il ne se montra pas si distant qu'à l'ordinaire, mais il se reprit bientôt : « J'ai beaucoup aimé les duels, me dit-il, je les ai trop aimés puisque j'ai eu la douleur de tuer Monsieur de Villandry, mon meilleur ami, pour une sottise qui ne nous intéressait ni l'un ni l'autre. Je ne veux plus combattre mes amis, et je suis assez gentilhomme d'ailleurs pour n'avoir jamais défié au combat un homme affaibli par la maladie. Scarron est mon ami et un infirme. Je ne le combattrai donc sur aucun terrain.

Aussi est-il plus sage pour vous et pour moi que je ne paraisse plus de quelque temps dans cette maison. »

Ayant eu la douleur de perdre ainsi Monsieur d'Albret pour un temps que je prévoyais, à tort, interminable, je perdis aussi, par l'effet de mes manèges de coquette, l'amour de Monsieur de Guilleragues auprès de qui mes sottises m'avaient décréditée. Voici comme je découvris la diminution de ses sentiments : lorsque j'allais voir Madame de Fiesque, chez qui il était souvent, je m'en retournais ordinairement à pied et il ne manquait pas de me donner la main pour me conduire jusque chez moi ; il y avait la place Royale à passer ; dans les commencements de notre connaissance, il prenait son chemin par les côtés de cette place ; je vis, après toutes mes folies, qu'il la traversait par le milieu ; d'où je jugeai que son amour était au moins diminué de la différence de la diagonale aux deux côtés du carré. Cet abandon, qui ne devait pas me toucher puisque je n'aimais pas Monsieur de Guilleragues, me toucha plus que je ne l'eusse cru possible.

Avec tous ces chagrins, il fallait encore porter l'inquiétude du loyer qui n'était point payé, Monsieur Mérault, le propriétaire, envoyant à tout moment ses gens chez nous pour demander ses écus ; la peine d'avoir à nouveau des souliers percés et des jupons rapiécés ; et le souci de voir mon frère engagé dans une vilaine affaire de jeu en sa garnison et hors d'état de nous redonner rien de ce qu'il nous devait. Tant de maux redoublés, des dégoûts ajoutés à un état humiliant, une passion chimérique qui ne me fournissait que des sentiments pénibles me firent prendre la vie en horreur. Le désir de m'en délivrer parvenait presque à affaiblir toutes les raisons contraires, et je ne trouvai, devant cette tentation, d'autre ressource qu'une dévotion plus assidue. Je tâchai à me rendre pareille à la petite fille de Mursay et me blottis par la pensée dans les jupes de ma tante et les principes de sa philosophie. Pour calmer ma douleur, j'allai en visiter de plus grandes ; de deux jours l'un, je fus à l'Hôtel-Dieu soigner les malades et fis quelques visites aux filles de la Salpêtrière. Cela me regagna un peu de réputation mais j'étais trop sincèrement malheureuse pour l'avoir calculé.

J'en étais là quand, un matin, une de mes domestiques, Madeleine Croissant, qui frottait le pavé de ma chambre, me dit que Mademoiselle de Lenclos était de retour.

— Imaginez-vous, Madame, que, l'hiver passé, j'ai gagé contre mon frère, celui qui est cocher chez Monsieur de Pomponne... une place, soit dit en passant, qui lui vaut bien des profits... j'ai gagé qu'on reverrait Mademoiselle Ninon dans le quartier avant la Saint-Jean de cette année. Ce n'était pas naturel que cette femme-là se tienne au même galant tant d'années durant. J'ai gagné dix écus qui ne me feront point de mal, puisque pour mes gages, comme Madame le sait, j'en suis toujours aux espérances... Donc, il paraît que, cette fois, entre Mademoiselle Ninon et Monsieur de Villarceaux, tout est rompu ; par le fait, le marquis aussi est rentré à Paris chez cette pauvre marquise, une digne femme à ce qu'on dit avec quatre petits... Quatre ans qu'il l'a laissée pour courir les champs du Vexin avec cette débauchée de Ninon, qui est sans religion ni moralité ; mais, pour de la beauté par exemple, elle en a comme un diable qu'elle est. Le marquis aussi est bien fait, fort empressé auprès des dames et bon abatteur de bois [1], à ce qu'en dit le laquais de Monsieur de Boisrobert.

— Oh ! le laquais de Monsieur de Boisrobert, vraiment ! Je ne me fierais pas, lui dis-je, à son jugement sur ces matières-là...

— Ça, reprit la bavarde, il est vrai que les laquais de Monsieur l'abbé sont de drôles de particuliers. Comme je le dis souvent à la Dumay : voilà au moins des laquais qui ne sont pas du gibier de potence comme leurs pareils ; eux, ils n'ont que le feu à craindre [2]... Enfin, n'importe, le mignon de l'abbé sait sans doute quelque chose de Villarceaux puisque aussi bien le marquis et son maître logent dans la même maison, près de la porte de Richelieu. Et il m'a assuré que le marquis...

— Laissez cela, Madeleine, lui dis-je, je n'aime pas les médisances. En outre, je ne connais pas Monsieur de Villarceaux ni Mademoiselle de Lenclos et je ne me soucie pas de les connaître.

1. Amant vigoureux.
2. L'homosexualité était punie du bûcher

Le lendemain, Ninon entrait dans la chambre jaune de la rue Neuve-Saint-Louis et dans ma vie.

7

C'était au printemps de l'an 1656. Je venais de prendre mes vingt ans dans l'hiver. Je devais être ce jour-là vêtue, à mon ordinaire, d'une jupe de tabis [1] à fleurs jaunes et blanches ornée de passements de dentelles, et d'un justaucorps de velours noir. Je cachais ma gorge sous un mouchoir de col en point de Gênes, comme j'affectais de le faire depuis qu'on m'avait traitée d'étourdie. Sous ma coiffe de dentelle blanche j'avais les cheveux bouclés à la mode du temps et les mêmes yeux noirs, un peu langoureux, que j'avais auparavant car je ne parvenais pas à les rendre plus petits ni plus durs, quelque peine que je prisse pour échapper à la calomnie. Assise sur un ployant auprès de la jatte de mon époux, je posais ces yeux trop grands sur chacun de mes « mourants » tour à tour, en prenant bien garde qu'ils ne s'attardassent sur aucun en particulier. J'écoutais, sans beaucoup d'attention, un petit fâcheux de marquis, nouveau venu rue Neuve-Saint-Louis, qui débitait un flot de sottises et étourdissait l'assemblée de ses demandes et des réponses qu'il y faisait. Scarron le peignit plus tard dans une « épître chagrine » à d'Elbène et je pense que c'est pour le mieux représenter qu'il souffrait aussi patiemment sa compagnie, car, d'ailleurs, cet animal ne nous donnait aucun argent et n'apportait pas même son souper avec lui.

Qu'estimez-vous le plus de « Clélie » ou « Cassandre » ? lui fait dire Scarron,

Quant à moi le vers fort me plaît plus que le tendre.
Tout ce que fait Quinault est, ma foi, fort galant.
Mais qu'est-ce donc, Monsieur, qu'Œdipe a d'excellent ?
Boisrobert se retranche au genre épistolaire.

1. Taffetas de soie à décor d'ondes.

C'est un digne prélat : j'estimais fort son frère.
J'ai fumé quelquefois avecque Saint-Amant.
N'achèverez-vous point votre joli roman ?
J'entreprends un travail pour le clergé de France
Dont j'attends une belle et grande récompense :
C'est, mais n'en dites rien, les conciles en vers...

Il n'en était pas encore au Concile de Trente que la porte s'ouvrit et parut Boisrobert, « le digne prélat ».

Avec lui, la scène changea. « Comment est votre santé, Monsieur l'abbé ? lui demanda Scarron à l'instant qu'il entrait. — Point trop bien, en vérité. Je suis encore tout mal bâti d'un petit excès. — Hé de quoi ? — D'avoir branlé la pique deux fois ce matin. » La régularité des mœurs et la modestie des propos n'étaient point les qualités maîtresses du vénérable ecclésiastique. « Ah, Monsieur l'abbé, lui dit Scarron, vous en devriez prendre plus modérément une autre fois », et tous les rieurs de s'esclaffer car, quoique l'abbé eût bien de la vanterie, il n'était pas souvent à la hauteur de ce qu'il promettait à ses valets. « On dit, reprit Scarron, que votre ami Villarceaux est de retour dans nos murs. — Il n'est que trop vrai, dit Boisrobert, et son maraud de cocher vient de donner tout à l'heure un coup de fouet au cul de mon laquais. Il m'en rendra raison car ce ne sont point là des façons. Un coup de fouet, pensez un peu... le pauvre garçon. — Je trouve votre colère fondée, l'abbé, dit Monsieur de Gramont, ce coup est bien plus offensant pour vous que pour un autre ; c'était la partie noble de votre laquais. » Les rires redoublèrent.

Profitant de l'allégresse de la compagnie, Beauchateau, fils du fameux comédien de l'hôtel de Bourgogne, qui était assis dans une chaise à mon côté, s'évertuait à me glisser un petit billet que je faisais mine de ne pas voir et qui, pour finir, tomba sur le pavé. A cet instant, notre valet-alchimiste annonça, aussi triomphalement que si c'eût été la découverte de la pierre philosophale ou de l'eau de jouvence : « Mademoiselle de Lenclos demande audience. » Il y eut un mouvement de surprise, une rumeur, des cris, tous les yeux se tournèrent vers la porte. Je ramassai prestement le billet de mon galant et le déchirai en petits morceaux que je lui remis dans la main. Quand je relevai le nez, Ninon se tenait devant moi.

Avait-elle la beauté du diable, comme me le disait la veille cette pauvre Croissant ? Je ne sais en vérité, mais je n'ai jamais vu princesse ni reine qui eût autant de prestance et de dignité.

Elle pouvait avoir alors dans les trente-cinq ans ; elle n'était donc plus dans sa première jeunesse et je ne pense pas qu'elle ait jamais été jolie, si l'on entend par là la délicatesse du visage ou la finesse du teint. Elle avait les traits un peu grands, le nez presque aquilin, les yeux perçants plutôt que doux mais, avec cela, la plus grande grâce du monde, la physionomie la plus spirituelle, la taille la plus déliée, la gorge la plus belle, les mains les plus blanches et des manières, enfin, qui avaient tant d'agrément qu'on était pris dès qu'on la voyait, malgré qu'on en eût.

— Voici donc la nouvelle souveraine de Paris, dit-elle en me considérant avec un sourire, mais voyez l'ingénue ! La voilà qui rougit du compliment qu'on lui fait.

Je rougissais en effet, non de ce qu'elle me disait mais de la surprise que j'avais eue en la trouvant dressée devant moi plus tôt que je ne l'attendais, et de la crainte qu'elle n'eût, de la sorte, surpris quelque chose de mon manège avec Beauchateau.

— Ainsi, mon ami, ajouta-t-elle en se tournant vers Scarron, vous avez profité de mon absence pour vous marier. Savez-vous que je pourrais vous en vouloir de cette infidélité ?

— Ninon, quand vous nous quittez, reprit Scarron sur le même ton de badinage, on ne sait que faire pour se consoler...

— Enfin, je vous pardonne vos trahisons en faveur de votre choix qui ne me paraît pas mauvais, dit-elle en considérant de nouveau mes boucles, ma tournure et les dentelles de ma jupe.

Boisrobert me délivra bientôt de cette contemplation embarrassante en se jetant aux pieds de Mademoiselle de Lenclos :

— Ma divine, que vous m'avez manqué !

Il lui baisa les mains.

— Oh, l'abbé, pour que je vous manque, il faudrait au moins que vous changiez... ou que je prenne la livrée !

Elle s'était emparée tout naturellement de la direction de la conversation, lançait les sujets sur le tapis, mettait fin d'un mot à une discussion, choisissait avec soin ses répliques et mettait toujours les rieurs de son côté. La voyant ainsi faire mon personnage et celui du maître de maison, j'eusse pu en concevoir quelque légitime envie, mais sa douceur naturelle, son esprit hors de pair, la bienséance et la noblesse de toutes ses façons ne me laissèrent d'autre sentiment au cœur que l'admiration. Je ne perdis, ce soir-là, pas un seul de ses traits ni de ses sourires ; je recueillis précieusement ses paroles et les gestes gracieux qu'elle avait pour les accompagner. J'avais trouvé mon maître dans l'art de la coquetterie et la science du monde et je n'en pouvais détacher mes yeux ni mon esprit. Lorsqu'elle quitta la rue Neuve-Saint-Louis, escortée des plus fins diseurs et des blondins les plus galants de la compagnie, elle me pria de venir lui rendre sa visite le lendemain, dans le nouveau logis qu'elle faisait accommoder rue des Tournelles.

J'y fus sur les quatre heures : elle était seule, sur son lit, en simple robe de chambre [1]. Elle me reçut avec des transports d'amitié, me fit causer un peu sur la pluie et le beau temps, et jura, après cela, que son ami Scarron avait, en me produisant dans le monde, produit son plus grand chef-d'œuvre d'esprit ; elle me gava de confitures sèches [2], de rôties [3] et de mille douceurs qu'elle me dit de telle façon, moitié figue moitié raisin, qu'on ne savait jamais si elle se jouait ou si c'était pour tout de bon ; elle voulut que j'emportasse un collier dont elle m'avait parée et qu'elle trouvait bien accordé à la robe que je portais ; elle me donna un bracelet ; enfin, elle m'étourdit de bonbon et de caresses comme un enfant dont on veut être aimé.

— J'attendais votre ami Raincy cette après-midi, mais il met toujours si longtemps à s'habiller, se poudrer, se

1. Tenue d'intérieur assez élégante, et non pas tenue de nuit.
2. Pâtes de fruits.
3. Toasts, petits pains chauds.

parfumer, qu'on ne le peut espérer rencontrer nulle part avant les six heures bien sonnées... Je ne suis pas depuis deux semaines dans Paris que je sais déjà, mignonne, que vous m'avez volé quelques galants : l'homme aux rubans justement (c'est ainsi qu'elle nommait Raincy), et Charleval, et même cet imbécile de Beauchateau, qui glisse le billet aux dames avec autant d'adresse et de discrétion que si c'était une affiche.

Je rougis jusqu'aux yeux et elle en rit.

— Il faut vous faire saigner plus souvent, mon enfant, car si vous rougissez de la sorte, on vous prendra pour une innocente ! D'ailleurs, vous ne pourrez rien dissimuler et il faut bien dissimuler lorsqu'on est mariée... Bien ! pour mes « martyrs », je vous les abandonne (elle appelait ainsi ceux dont elle se laissait adorer sans rien fournir en échange). Pour mes « payeurs » (c'étaient les financiers qui l'entretenaient et qu'elle honorait de quelques faveurs), je crains un peu la concurrence des femmes vertueuses de votre espèce car elles se donnent pour rien, mais enfin le monde est plein de banquiers... C'est autour de mes « caprices » (c'étaient les galants qu'elle aimait) que je n'aimerais pas trop que vous vinssiez tourner avec votre mine de vingt ans. Si, comme je le souhaite car vous me plaisez, nous avons les mêmes amis, abandonnez-moi la primeur de ceux dont je me coiffe, sinon par générosité, du moins au bénéfice de l'âge. Au reste, je ne garde jamais longtemps mes amants et vous les pourrez avoir ensuite tout votre saoul.

J'avoue que ce langage me parut nouveau et je ne savais trop de quelle façon il le fallait entendre.

J'allais protester que, hors mon mari, je ne regardais personne et que si on lui avait parlé de mes galants on en avait menti, quand un cavalier poussa la porte sans se faire annoncer, en familier de l'hôtesse : il ôta sa cape et son chapeau et je vis... ce beau maréchal que je ne pensais plus revoir. Il parut tout ébahi de me trouver au chevet de Ninon, causant avec elle en amie, mais je n'étais pas moins surprise de le rencontrer. Mon étonnement redoubla quand j'ouïs ce qu'en disait Ninon : « Tenez, Françoise, voici justement un de mes caprices en chair et en os ; au vrai, plus de chair que d'os. Ce petit caprice ne m'a guère fait d'usage, n'est-ce pas, d'Albret ? Je crois, cependant, que je vais en reprendre un peu, le temps qu'il faudra pour me refaire une société et voir du monde nouveau... Vous m'avez, mon ami, si constamment priée tous ces jours de vous accorder quelque chose que je m'en vais vous exaucer. Je vous donne trois ou quatre semaines de passion. Pour moi c'est l'infini et pour vous l'éternité. »

La situation ne manquait pas de piquant ; Miossens hésitait entre la joie que lui causait le retour subit des faveurs de Ninon et l'embarras où le plongeait, en ma présence, le ridicule dont elle l'accompagnait. J'étais moi-même partagée entre l'envie de rire qui me prenait, à voir la façon cavalière dont Ninon traitait ce bourreau des cœurs, et l'envie de pleurer que me donnait la jalousie. Finalement, je choisis le rire qui ménageait mieux mon orgueil et m'offrait l'occasion de désabuser Miossens sur la profondeur de mes sentiments pour lui ; je m'étais résolue à cette politique-là depuis la scène de ma chambre, aimant mieux voir César d'Albret en ami que ne le point voir du tout. Je joignis donc mes sarcasmes aux moqueries de Ninon.

Tout en feignant la joie, j'avais néanmoins quelques raisons de trouver la scène longue ; l'arrivée de Raincy me délivra. Il vint en effet, et concentra aussitôt les rires sur ses affiquets [1] : il avait tout appliqué des derniers conseils du « Mercure galant » ou de Perdrigeon : par-dessus une chemise bouffante qui dégoulinait de dentelles, de rabats à glands et de rubans, il portait une brassière [2] pourpre brodée de papillons d'or ; des oiseaux d'argent voletaient sur les canons [3] de son haut-de-chausses ; des poissons prune nageaient sur ses gants, et ses petits souliers rouges disparaissaient sous une mousse de « galants » bleus ; tel quel, il avait l'air d'un arc-en-ciel tombé dans une boîte de dragées. Nous nous divertîmes à ses dépens ; d'Elbène et Gramont, qui survinrent alors, se mirent de la partie et je profitai de la gaîté générale pour regagner mon logis.

---

1. Fanfreluches.
2. Gilet court.
3. Pièce de drap large et ornée de dentelles, attachée au-dessous du genou.

Cependant Ninon, soit excès de prévenance, soit pure malice, voulut que d'Albret me raccompagnât jusque chez mon mari. Il n'y eut pas moyen de reculer. Nous quittâmes ensemble la rue des Tournelles. D'Albret marchait sans rien dire, plus embarrassé que moi. Ce petit triomphe me donna le courage de parler. Ce fut d'abord sur la beauté de la nuit, mais n'étant pas encore assez loin des propos que je voulais éviter, de la terre je montai au ciel et je me jetai tout au travers du système du monde. Je tins ferme dans cette haute région jusqu'à ce que nous eûmes rejoint la rue Neuve-Saint-Louis. D'Albret, délivré d'inquiétude, s'était prêté de bonne grâce à la conversation, dont la matière, quoique grave, avait été traitée fort légèrement. J'en retirai cet avantage qu'il crut s'être abusé sur les sentiments qu'il m'avait vus. Pour moi, je goûtai cette joie délicieuse inconnue à ceux qui ne savent pas résister aux mouvements de leur cœur.

De ce jour, le maréchal ne m'évita plus. Il revint chez Scarron, et me rendit son estime et le tendre intérêt qu'il me montrait auparavant. Il ne passa dans les bras de Ninon que les quatre semaines convenues, après quoi elle s'attacha au marquis de la Chastre et à deux ou trois blondins. Pour n'être point en reste, Monsieur d'Albret se prit, de son côté, à ce qui se trouva sous sa main : ce fut Madame d'Olonne, qui s'était trouvée sous la main de bien d'autres.

Je retournai quelquefois dans l'hôtel de la rue des Tournelles où, entre le Priam sévère qu'avait peint Lebrun et les bergères enguirlandées de roses de Mignard, Ninon recevait tout ce qui comptait à la ville. *Je ne suis plus,* écrivait alors Charleval, *oiseau des champs,*

> *mais de ces oiseaux des Tournelles*
> *qui parlent d'amour en tous temps*
> *et qui plaignent les tourterelles*
> *de ne se baiser qu'au printemps.*

Scarron lui-même, qui ne sortait plus jamais, s'y fit porter deux ou trois fois dans sa jatte, au prix de grands embarras. « Je croyais jusqu'à présent que vous n'adoriez aucune divinité, lui dis-je un jour comme on portait sa chaire à bras dans notre escalier, mais je me trompais : Ninon est votre Dieu sans doute puisqu'elle fait marcher les paralytiques et ressuscite les morts. »

Le temple où l'on adorait l'idole ne fit pourtant pas longtemps concurrence aux églises : en avril de la même année, la déesse était menée au couvent des filles repenties sur l'ordre de la reine Anne (quoiqu'elle ne fût ni vraiment fille ni repentie), à la suite des demandes pressantes de la Compagnie du Saint-Sacrement que choquaient l'éclat prodigieux de la belle et le scandale, plein de triomphes, qui l'environnait. De là, comme le monde qui venait visiter la recluse était encore trop nombreux, elle fut conduite hors la ville chez les bénédictines de Lagny, où elle n'eut guère de compagnie. « Je crois bien qu'à votre imitation, écrivit-elle alors à Boisrobert, je finirai par aimer mon sexe. »

Le Marais libertin était dans l'affliction. Aussi naïve, par de certains traits, que le souriceau de La Fontaine lorsqu'il rencontre le chat, j'étais moi-même fort attristée de perdre le spectacle d'une personne si divertissante et qui prétendait établir son amitié pour moi sur des bases si nouvelles. Cependant, quand après quelques semaines j'y fis plus ample réflexion, je me félicitai qu'on eût éloigné la « divine » et que son passage dans ma vie, s'il avait eu la fureur du tourbillon, en eût eu la brièveté. Après la réputation d'étourdie que je m'étais sottement acquise, une amitié intime avec Ninon n'eût pas ajouté à l'édification des personnes respectables de la société. Or, je n'étais pas de taille ni de goût à braver la critique ; plus encore, je voyais Scarron vieux et malade et je savais que si je venais à me trouver veuve, sans fortune et sans parents, je n'aurais d'autres ressources pour subsister que celles que me fourniraient mes amis ; une femme qu'un sort honteux contraint de vivre ainsi en parasite des riches et des puissants n'a que deux manières de se procurer leur appui et de ne point mourir de faim : la franche galanterie, qui rapporte bien des écus, ou la respectabilité discrète, qui peut valoir quelque pension. Soit crainte de Dieu, soit manque de flamme, j'inclinais davantage vers la seconde de ces solutions.

Comme mes accès de dévotion, qui suivaient de près mes accès de mélancolie, ne duraient guère plus qu'eux, je jugeai que je devais chercher dans le changement de mes amitiés la bonne réputation qu'une fréquentation trop superficielle des églises ne suffisait pas à m'assurer. Calquant ma politique sur celle qu'on prêtait à Marie de Sévigné, qui allait fort ostensiblement au sermon le lendemain d'un bal ou d'une mascarade, je décidai, pour me réjouir sans qu'il en coûtât rien à ma réputation, de me faire amie à [1] quatre ou cinq prudes avec lesquelles j'irais dans tous les lieux. Le monde ne regarde pas tant ce qu'on fait qu'avec qui on est ; j'en étais persuadée depuis que mes promenades avec « Bon Cœur » et la « belle Martel » m'avaient valu une réputation de galanterie qui passait de beaucoup la réalité de mes coquetteries. Je vis donc qu'il y avait moyen d'accorder le plaisir avec la vertu à la condition de préférer s'ennuyer avec certaines femmes plutôt que se divertir avec d'autres ; il suffisait de refuser hautement une partie de promenade publique pour, s'étant ainsi établie à l'égard du monde dans une opinion de grande régularité, faire ensuite à couvert, et sans qu'on en dît rien, quatre ou cinq parties de promenades particulières.

Ma politique étant ainsi arrêtée, je dus à César d'Albret d'en pouvoir mettre les principes à exécution. Depuis qu'il m'avait vue fort indifférente à son charme et uniquement occupée des choses de l'esprit, il nourrissait quelques remords de la manière dont il m'avait injustement traitée en s'éloignant pendant quelques mois de la rue Neuve-Saint-Louis ; je sentais que je soulagerais sa conscience en lui donnant quelque occasion de me dédommager. Je lui avouai donc que, sur la haute réputation qu'elle avait, je mourais d'envie de rencontrer sa femme et de lier amitié avec elle. Il en fut surpris, car l'esprit de la maréchale était loin d'être aussi réputé que sa vertu, laquelle passait pour grande ; mais il n'osa me refuser une grâce dont la nature même le rassurait encore sur mes sentiments à son endroit.

C'est ainsi que je devins l'intime amie de Madame d'Albret, femme de mérite et dévote de première ligne ;

---

1. C'est la construction du XVIIᵉ siècle.

elle n'avait d'autre défaut, avec toute cette vertu, que d'aimer un peu trop le vin, ce qui paraissait d'autant plus extraordinaire en ce temps-là que les femmes n'en buvaient jamais, ou du moins n'était-ce que de l'eau rougie. Je me souviens d'un jour où se regardant au miroir, en ma présence, et se trouvant le nez rouge, elle se dit à elle-même : « Mais où est-ce que j'ai pris ce nez-là ? », et le petit Matha, qui était derrière elle, répondit entre bas et haut : « Au buffet. » J'eus grand-peine à ne pas pouffer et compromettre, par un rire inconsidéré, des semaines de patientes complaisances. Il est vrai que l'hébétude que lui donnait le vin, ajoutée à sa sottise naturelle, ne faisait pas de Madame d'Albret une compagnie bien agréable et que je comprenais mieux, en passant des après-dînées entières avec elle, ce que le maréchal allait chercher dehors.

Cependant, je me tins à ma résolution, quoi qu'il m'en coûtât : je cousais en tapisserie avec elle des heures durant, sans quasi dire mot ; je l'accompagnais au spectacle où cette pauvre femme, qui n'entendait rien aux choses qu'on représentait, voulait toujours m'avoir auprès d'elle pour lui expliquer ce qu'elle avait devant les yeux ; je l'accompagnais à vêpres ou au sermon, où il fallait encore lui servir de truchement [1] pour qu'elle comprît quelque chose aux avis du curé ; enfin, j'eus, en toute occasion, une attention continuelle à lui plaire dont elle fut charmée, n'y étant guère accoutumée par son mari ni les amis de celui-ci. Grâce à l'amitié qu'elle prit pour moi, je pus pénétrer bientôt dans les meilleures maisons du Marais et être admise dans le cercle des femmes vertueuses et bien nées, que je n'avais jusqu'alors guère eu l'occasion d'approcher à « l'hôtel de l'Impécuniosité » ou dans la chambre de Ninon.

Madame d'Albret me fit ainsi connaître la duchesse de Richelieu, dont elle était un peu parente, la duchesse ayant, en premières noces, épousé un frère cadet du maréchal. Un jour que cette dame était chez elle, elle me fit mander par un laquais d'y venir ; j'arrive. « Voilà, dit-elle, Madame, cette personne dont je vous ai entretenue, qui a si grand esprit, qui sait tant de choses.

1. Interprète.

Allons, mademoiselle Scarron (elle m'appelait mademoiselle à l'ancienne mode des grands, car elle croyait que je n'étais qu'une bourgeoise), parlez. Madame, vous allez voir comme elle parle. » Elle vit que j'hésitais à répondre et pensa qu'il fallait m'aider comme une chanteuse qui prélude, à qui l'on indique l'air qu'on désire d'entendre. « Parlez un peu de religion, me dit-elle, vous direz ensuite autre chose. » Je fus si confondue que cela ne se peut représenter et que je ne puis même me souvenir comment je m'en tirai. Ce ne fut sans doute pas trop mal car la duchesse de Richelieu s'entêta [1] de moi à son tour et me produisit, à sa suite, dans d'autres sociétés.

Je connus par elle Madame Fouquet, l'épouse délaissée du surintendant, aimable, triste et pieuse ; j'allais la voir à Saint-Mandé chaque fois que l'un de nos amis pouvait m'offrir son carrosse pour m'y rendre ; j'aimais sa compagnie au point que Scarron se mit à me plaisanter sur la fréquence de ces visites, disant qu'il se mêlait sûrement à mon goût pour la dame quelque chose d'impur. Je trouvais parfois dans sa maison cette petite marquise de Sévigné dont j'ai déjà parlé et qui était fort avant dans l'amitié du surintendant et de sa femme ; je goûtais l'enjouement et l'esprit badin de cette jeune veuve, dont le feu tranchait fort sur la cendre de son environnement ordinaire de dévotes ; cependant, tout en riant avec elle, je me défiais un peu de son caractère ; elle était fort imbue de sa naissance et je redoutais d'autant plus ses mépris, quand ma mode serait passée, que je la trouvais d'ailleurs inégale jusqu'aux prunelles des yeux : elle avait, en effet, les yeux de différentes couleurs, bruns, verts ou bleus selon l'heure du jour ou la lumière, et, les yeux étant les miroirs de l'âme, ces égarements me semblaient un avis que donnait la nature à ceux qui l'approchaient de ne pas faire un grand fondement sur son amitié.

Je fis plus de fond [2] sur celle de Madame de Montchevreuil, une autre dévote, voisine de Madame Fouquet. Quoique sa société fût loin d'avoir le même agrément

1. S'enticha.
2. Tabler sur.

que celle de Madame de Sévigné, car elle était laide au dernier point, jaune, maigre, et avait si peu d'esprit que cela touchait à la niaiserie, je reconnus vite en elle une âme solide, presque rustique, un tempérament égal, et surtout une affection pour ma personne si vive et si sincère que je ne laissai pas d'en être touchée. Je m'étais accoutumée, par la fréquentation de ces dames de qualité, à faire moi seule tout l'effort pour plaire, sans qu'elles-mêmes entreprissent un geste dans ma direction. Je fus surprise, cette fois, de voir l'une d'elles parcourir tout le chemin jusqu'à moi sans que j'eusse à bouger d'un pas : Madame de Montchevreuil s'attacha à moi avec tant de violence qu'elle protestait déjà de m'aimer comme une sœur quand nous ne nous étions vues que deux ou trois fois ; et, comme elle était peu mondaine et, du reste, trop simple pour feindre ce qu'elle n'éprouvait pas, il s'avéra que ces protestations d'amitié, un peu bien excessives, traduisaient la réalité de ses sentiments. Je me laissais donc lier à elle, d'autant plus volontiers que, de toutes ces dévotes, elle était la seule qui fût à peu près de mon âge, toutes les autres ayant quinze ou vingt années de plus.

Je répondis à son amitié par de menus services, qu'elle appréciait d'autant mieux qu'elle avait peu de gens à elle, étant alors presque aussi pauvre que moi. Je me souviens, étant allée chez elle un jour qu'elle attendait compagnie, qu'elle avait bien envie que sa chambre fût propre mais elle ne pouvait la nettoyer elle-même parce qu'elle était malade, ni le faire faire par ses gens, qu'elle n'avait pas alors ; je me mis à frotter le plancher de toutes mes forces pour le rendre net et ne trouvai point cela au-dessous de moi. Bien qu'incertaine de mon sort, je demeurai très certaine de ma condition et j'étais convaincue, en ce temps-là comme aujourd'hui, que pas plus qu'on ne peut se donner une naissance, on ne peut se l'ôter ; il me semblait que je n'étais pas moins noble pour porter du bois ou balayer, et que, si des gueux revêtus n'osent pas toucher la terre du doigt, des nobles ne peuvent trouver ces choses au-dessous d'eux.

Mon orgueil même me rendant ainsi fort accommodante, je rendais à Madame de Montchevreuil comme, dans l'occasion, aux duchesses d'Albret et de Richelieu toutes sortes d'offices : je faisais leurs lettres d'affaires, leurs comptes, et mille petites commissions, demander de l'eau ou chercher un carrosse, dont l'usage des sonnettes, introduit depuis, a ôté l'importunité ; chez Madame de Montchevreuil, j'avais toujours les enfants autour de moi ; j'apprenais à lire à l'un, le catéchisme à l'autre et leur montrais tout ce que je savais.

Je fis tant enfin, pour répondre au sentiment que cette dame nourrissait pour moi et me montrer digne de l'estime qu'elle avait conçue, qu'elle me voulut l'été suivant dans sa campagne, où elle devait faire ses couches : son mari avait, en effet, un château dans le Vexin d'où sortait sa famille.

C'était, à la vérité, une assez petite maison que ce château-là, et à demi ruinée ; les terres n'étaient pas mieux entretenues, faute d'argent. Je n'y passai que quelques jours, pendant lesquels j'aidai de mon mieux à ce pauvre ménage. C'est pendant ce temps que, comme je l'ai déjà conté, je mis en pratique ce que m'avait enseigné mon oncle de Villette à la foire de Niort et vendis moi-même un veau de la ferme. Comme je rentrais au logis avec les quinze livres de la vente dans mon tablier, que je tenais relevé entre mes mains pour ne rien perdre, je croisai, dans une antichambre, un jeune seigneur magnifiquement mis qui sortait. Il m'envisagea curieusement, puis sourit. Je rougis jusqu'aux oreilles, croyant qu'il se moquait de mon tablier sali par la monnaie, de mes souliers crottés et de mes façons de bergère. Cependant, il passa son chemin sans rien dire et, le prenant pour quelque riche voisin, je ne m'enquis point seulement de ce qu'il était. Je ne pouvais pas imaginer que j'aurais, dans la suite, cent occasions de revoir sur cette bouche un peu dédaigneuse le même sourire, tout à la fois tendre et moqueur...

Quand je m'arrête pour songer à ce temps-là, je m'émerveille toujours de ma capacité à m'habituer à toutes les situations, toutes les sociétés : j'avais été poitevine en Poitou, indienne en Amérique, tour à tour huguenote à Mursay et catholique à Paris, tantôt coquette de salon et tantôt prude de bonne compagnie ; j'avais partagé l'amitié des femmes de chambre et des duchesses, me voyant aussi recherchée des libertins que des dévotes, aussi à l'aise avec Ninon qu'avec la pauvre Montchevreuil ; au gré des circonstances servante ou maîtresse, mais tenant toujours mon emploi à la satisfaction générale. J'étais devenue si souple à me conformer à mon entourage du moment et à m'en faire aimer, et je rencontrais parfois si peu de suite dans les personnages qu'il me fallait faire l'un après l'autre ou tous dans le même temps, qu'il m'arrivait de me demander moi-même qui j'étais. Ce qui avait été la condition de ma survie dans l'extrême abandon où je m'étais trouvée dès ma naissance : être aimée de tout le monde, m'était devenu une seconde nature ; faire un beau personnage, quel qu'il fût, et avoir l'approbation générale, c'était là mon idole [1]. Il n'y a rien que je n'eusse été capable de souffrir pour faire dire du bien de moi. Je me contraignais beaucoup mais cela ne me coûtait rien pourvu qu'on m'aimât et que j'eusse une belle réputation. Je ne me souciais point de richesses, j'étais élevée de cent piques au-dessus de l'intérêt ; mais je voulais de l'honneur et de la gloire, et trouvais dans l'entière soumission à cet objet l'unité et la sincérité de ma personne.

Pour faire retour à cette année 1657 où j'ai laissé mon récit, mon appétit d'honneurs se trouva un moment comblé quand je ne m'y attendais guère. La reine Christine de Suède, lorsqu'elle vint à Paris, voulut voir Monsieur Scarron. Il se fit porter au Louvre et j'accompagnai sa jatte, confondue [2] de me présenter pour la première fois au palais dans un si curieux équipage. Après avoir longuement discuté et bien ri avec le poète, qu'elle autorisa à se proclamer son « Chevalier » et son « Roland », la Reine m'adressa quelques mots. Elle me trouva de la grâce et de l'esprit et eut la bonté de dire qu'elle n'était point surprise que Scarron, avec la femme la plus aimable de Paris, en fût l'homme le plus gai malgré les maux qu'il portait. Cet hommage imprévu fit le tour de la ville et me combla de fierté.

La duchesse de Richelieu ne manqua point, cependant, de me faire la remarque qu'une femme honnête

1. C'est la propre expression de Mme de Maintenon.
2. Gênée, honteuse.

ne tirerait aucune gloire d'un hommage de cette sorte, quand l'extravagante souveraine de Suède n'avait cru devoir distinguer, d'ailleurs, parmi toutes les femmes de ce royaume, qu'une courtisane fameuse. La reine Christine, passant par Lagny, avait, en effet, tenu à y rencontrer Ninon et à l'entretenir dans son couvent toute une après-dînée. Après quoi, elle était partie pour Rome en recommandant au jeune roi Louis de fréquenter Mademoiselle de Lenclos s'il voulait apprendre les bonnes manières et en priant la Reine mère de ne point laisser périr, dans ce couvent où elle s'étiolait, une femme d'un mérite aussi peu commun. Le singulier de l'affaire est que si le Roi, par qui je sus plus tard les recommandations de la reine-amazone, ne crut pas devoir suivre l'avis de sa cousine, la reine Anne, en dépit de ses principes de dévotion, autorisa Ninon, en mai de cette même année, à regagner son hôtel de la rue des Tournelles.

Dès qu'elle fut de retour en sa principauté du Marais, Mademoiselle de Lenclos me voulut voir, pour les plaisirs, dit-elle, que lui donnait ma conversation. Bien que son éloignement forcé m'eût mise à même de mesurer le danger qu'il y avait à la voir de trop près, je ne me trouvai pas la force de résister à sa volonté, tant elle me semblait encore agréable, spirituelle et pleine d'enseignements.

Au demeurant, je n'avais plus rien de la jeune imprudente que j'étais encore deux ans plus tôt : je commençais à savoir fort bien où j'avançais mes pas et quelle sorte de jeu on joue dans le monde ; je jugeai que mes stations chez la « divine » ne me feraient pas grand tort, pourvu que j'affermisse ma récente réputation de vertu par des visites plus régulières à l'hôpital et quelques après-midi supplémentaires de pénitence et de broderie auprès de la duchesse de Richelieu. Une après-dînée avec Ninon, deux chez la « laide Hélène » (c'est ainsi qu'on nommait la duchesse qui n'avait point trop d'agrément dans le visage), la mesure me semblait bonne et de nature à me garantir du soupçon.

Il en fut comme je l'avais prévu, hors que Madame de Sévigné, qui avait ses raisons pour ne point aimer Ninon, laquelle lui avait autrefois volé son mari, lâcha un jour au milieu d'un cercle de dévotes : « Eh bien, Madame

Scarron ne fait peut-être pas plus de mal chez Mademoiselle de Lenclos qu'à la Charité [1] mais c'est moins édifiant pour le monde. » A la suite de cette perfidie qui fit le tour des ruelles, j'essuyai, ici et là, de légers reproches. J'y répondis que je ne voyais Ninon que sur l'ordre de mon mari qui, n'étant plus en état d'aller lui-même rue des Tournelles, m'y envoyait en manière d'ambassade. On eut le bon goût de se satisfaire de cette explication.

J'allais donc chez Ninon une ou deux fois la semaine, où je savais trouver mon maréchal, assis auprès de cette cheminée que tant d'amoureux dédaignés avaient noircie de leurs soupirs enflammés. Les heures que je passais là me semblaient des minutes. Qui n'a vu Ninon, assise sur un ployant, s'accompagner languissamment sur son théorbe et chanter, de sa voix douce, « je m'abandonne à vous, amoureux souvenirs », ou esquisser dans l'occasion une de ces sarabandes qu'elle dansait avec la grâce d'une comédienne italienne, ne sait rien de la beauté. Qui ne l'a entendue dire des vers, philosopher gaîment sur l'amour et l'amitié, conter légèrement quelque nouvelle de galanterie sans jamais donner dans la médisance, ne sait pas ce que c'est que l'esprit. Je fus bientôt presque aussi affolée de cette belle galante que je l'avais été auparavant de ma jolie sœur Céleste, encore que, selon les apparences, on n'eût pas dû établir beaucoup de parenté entre ces deux amitiés-là. Je n'allai pas toutefois jusqu'à me laisser séduire par les diableries que Mademoiselle de Lenclos proférait lorsqu'elle partait à dogmatiser sur la religion. Il m'arriva même de manifester assez hautement mon désaveu. Ninon, qui m'aimait, s'efforça de ne plus traiter ce sujet en ma présence : « Laissons cela, disait-elle quand Alexandre d'Elbène ou quelque autre la poussait au blasphème, Madame Scarron craint Dieu » ; ce qui ne l'empêchait pas, à de certaines fois, de pousser contre moi quelque pique que je ne relevais pas : « Ne pensez-vous pas, Françoise, qu'on est à plaindre quand on a besoin de la religion pour se conduire dans le monde ? Pour moi, ce me semble une

1. Hôpital et couvent de la Charité Notre-Dame.

marque certaine qu'on a l'esprit bien borné ou le cœur bien corrompu... »

Un jour, comme j'avais dérobé à grand-peine sous quelque prétexte une après-dînée de liberté à Madame de Richelieu qui prétendait ne plus me lâcher, et que je me glissais sans bruit et sans éclat dans la chambre de Ninon, je la surpris en grande conversation avec un cavalier que je ne voyais que de dos. Elle semblait lui faire reproche de quelque chose et y mettait de la véhémence : « Enfin, mon ami, vous aurez un jour quelque vilain duel qui nous laissera, vous, bien marri, moi difficile à consoler, et votre enfant sans secours... Vous ne vous mettez d'ordinaire sur les rangs que pour troubler le repos de quelque autre : avouez qu'une maîtresse qui n'aurait pas d'amants serait sans attraits pour vous... » Elle s'interrompit en m'apercevant. « Je ne crois pas, dit-elle en se tournant vers moi, que vous connaissiez le marquis ? »

Du temps qu'elle disait ces mots, j'étais passée vis-à-vis du cavalier et je pense que je n'eusse pas été plus saisie de me trouver face au diable en personne : l'homme qui se tenait devant moi était, en effet, le gentilhomme croisé dans l'antichambre des Montchevreuil et il me considérait avec le même sourire et le même air de moquerie que lorsqu'il m'avait vue vêtue en bergère. « Si fait, l'entendis-je répondre en ma place, nous nous connaissons. On ne peut oublier Mademoiselle lorsqu'on l'a une fois rencontrée : elle a les plus beaux yeux du monde et, de plus, une manière, qui n'appartient qu'à elle, d'arranger son tablier. » Je dus rougir à ce discours comme j'avais rougi à notre première rencontre, car Ninon me glissa perfidement dans l'oreille : « La saignée, Françoise, la saignée, vous dis-je ! »

Saisie comme je l'étais, je ne sais où je pris la force de dire assez sèchement : « Si Monsieur l'assure, il faut que nous nous connaissions mais, pour moi, je n'ai point le bonheur de savoir seulement son nom. — Louis de Mornay », dit-il, et, s'inclinant : « Marquis de Villarceaux et cousin de Monsieur de Montchevreuil, qui est sans doute de vos amis. » Cette fois, je fus contente que mon instinct ne m'eût point trompée ; j'étais bien devant le diable. Il en avait le sourire et la parole, le regard trop aigu et les façons trop douces, et jusqu'à son pourpoint rouge qui achevait la ressemblance. Il en avait surtout la réputation.

Tout ce que m'avaient conté Madeleine Croissant, Boisrobert, Scarron lui-même et quelques autres, et que je croyais jusqu'ici n'avoir écouté que distraitement, me revint d'un coup en mémoire : ses amours avec la belle Madame de Castelnau, qui couchait avec lui sous le portrait en pied du lieutenant général son époux et qui, ne quittant pas cette peinture des yeux dans l'action, s'exclamait en alternance dans les moments critiques, d'un ton entrecoupé : « Grand hé-héros, me le pa-pardonnerez-vous » et « faut-il que je fa-fasse tort à un si va-vaillant homme » ; ses démêlés pour la possession d'une maîtresse avec Jérôme de Nouveau, auquel, furieux, il avait apporté un jour deux cents lettres de la dame, des portraits et des bracelets de cheveux de tous les endroits, disant que « celui qui en aura eu le moins la cède à son compagnon » ; sa liaison folle avec Ninon qui lui avait sacrifié tout ensemble ses « payeurs », Paris, ses amis et ses longs cheveux dorés, coupés au carré par soumission et pour lui plaire uniquement ; et la violence de ses jalousies, la férocité de ses querelles de jeu, les polissonneries de son frère l'abbé, ses propres libertinages d'athée enragé, ses stations à la Bastille, sa prodigalité inouïe, l'immensité, plus inouïe encore, de ses richesses, ses châteaux somptueux, sa meute de soixante-dix chiens, ses chevaux, ses carrosses... et ses yeux, dont il n'avait que deux mais qui brillaient comme dix mille diamants.

Je ne me sentais guère l'envie de poursuivre longtemps la conversation avec un homme de cette sorte ; sa seule présence me causait d'ailleurs un malaise que je n'avais point encore éprouvé : cela me prenait dans le ventre, me donnait de la chaleur aux joues, me nouait la gorge et me laissait les jambes si flageolantes que je crus tomber si je ne trouvais promptement une chaise ou un ployant. Je ne doutai pas que ce fût là l'effet du parfum de ses vices et je me sus bon gré d'être assez bonne chrétienne pour renifler cette odeur-là de loin et en sentir si violemment le dégoût. Après trois mots de politesse et dès que Ninon eut dit au marquis qui j'étais, car il s'entêtait à me croire fille [1], je plantai là le cavalier, qui était d'humeur badine et en resta tout déferré. Je fus trouver refuge auprès de mon vieux chevalier de Méré, qui était entré sur ces entrefaites et qui, compte tenu que j'avais déjà vu le diable, ne fut pas loin de m'apparaître comme le Bon Dieu.

Il s'écoula assez longtemps avant que je ne revisse le marquis : depuis sa rupture avec Ninon deux ans plus tôt, on ne le voyait pas souvent rue des Tournelles, hors les moments où il venait savoir quelques nouvelles du fils qu'il avait eu avec elle et qu'elle laissait en nourrice à la campagne ; il n'était pas non plus un habitué de notre société et, encore moins, un familier des causeries de mes pieuses amies de l'après-midi. Je ne pus me retenir, néanmoins, de demander quelques petits avis sur lui à Boisrobert, qui logeait dans la même maison, ou à Madame de Montchevreuil, sa cousine.

Personne ne crut devoir m'en dire grand mal, mais on ne m'en dit pas de bien non plus ; tout au plus convint-on, comme le fit le maréchal d'Albret que j'avais mis sur le sujet, que Villarceaux ne s'était pas illustré à la guerre mais que, pour n'avoir connu d'autre champ de bataille que le lit de Ninon, il y avait combattu avec assez d'ardeur pour prendre et conserver la place plus longtemps qu'aucun avant lui ; et que ce fait d'armes-là en valait d'autres, après tout. Les mois passant, j'oubliai le cavalier.

Rue Neuve-Saint-Louis, la vie allait son train. Monsieur Scarron écrivait de longs poèmes et des chansons où, bien qu'il se dît dans son particulier pleinement rassuré sur ma sagesse depuis que j'étais l'amie des femmes les plus pieuses de Paris, il mettait en scène mes prétendues infidélités ; encore, par bonheur, le faisait-il sans me nommer :

> *Ingrate, je n'aime que toi*
> *Et tu feins de m'aimer, ingrate !*
> *Tandis que ta bouche me flatte,*
> *Ton âme me manque de foi !*
> *Ingrate, je n'aime que toi.*

1. Célibataire.

Ou bien ailleurs :

> *O Dieux, ô célestes grandeurs,*
> *Témoins de toutes les ardeurs*
> *Que sentit cette âme parjure,*
> *Votre juste sévérité*
> *Peut-elle, sans se faire injure,*
> *Souffrir cette infidélité...*

Comme je lui remontrais un jour que toutes ces belles plaintes étaient sans fondement : « Je le sais bien, dit-il, mais aussi je ne vous aime pas plus que Pétrarque n'aima Laure, ni Dante Béatrice. Ce sont là divertissements d'un Jean-des-lettres qui doit s'arracher tous les jours des soupirs et des larmes pour faire bouillir sa marmite. »

Le fait est que l'aisance ne régnait point au logis. Mon frère Charles, qui passait de temps à autre à Paris et nous venait visiter, me dit un soir, après avoir assisté à quelque brillant souper où le comte de Guiche et « Orondate » donnaient la réplique au duc de Vivonne et au chevalier de Gramont : « En vérité, ma sœur, vous avez fait bien du chemin depuis les jours que vous alliez avec moi mendier votre pain par les rues de La Rochelle ; votre présente prospérité me comble d'aise. Vraiment, c'est un bel état, pour une femme, que le mariage ! — Peut-être, lui dis-je, ai-je changé d'état en me mariant, mais je n'ai point changé de situation » et relevant un peu mon jupon, je lui montrai en riant les trous que la misère avait mis à mes souliers. Je lui confessai que, dans les derniers temps, nous avions dû vendre la plupart de cette argenterie dont j'étais si fière ; que Monsieur Mérault, notre propriétaire, « méraultisait » de plus belle ; que le rôt commençait à manquer à nos soupers et que nous devions déployer, Monsieur Scarron et moi, des prodiges d'esprit entre les plats pour que nos hôtes ne s'aperçussent pas qu'il manquait un service ici ou là ; qu'enfin nous n'avions plus d'espérance que dans deux ou trois folies : une entreprise de réfection des ponts et passages des rivières de Boutonne et Charente où Scarron, toujours à la poursuite de ses rêves de fortune, avait pris des parts ; une opération douteuse, mijotée par un sieur de Javerzé, qui devait aboutir au « rétablissement des ports de Cognac » et rapporter au poète six sols par livre de bénéfice ; enfin, avec l'appui de Fouquet, la création d'une corporation de déchargeurs [1] assermentés qui exerceraient leur office aux portes de Paris, et pour laquelle la seule espérance d'un « avis [2] » récompensé nous avait déjà coûté deux ou trois mille livres en pots-de-vin et épices. Comme je ne partageais guère les chimères de Monsieur Scarron, je ne comptais sur aucun succès dans toutes ces belles affaires et je représentai à mon frère que bientôt, sans nos amis, nous n'aurions même plus un toit pour nous loger ni de bois pour nous chauffer. Charles n'en parut pas autrement ému ; du moins ne crut-il pas devoir hâter le remboursement de sa dette, venue depuis longtemps à échéance. Il me paya de deux ou trois grimaces et de quatre ou cinq plaisanteries, et je tombai dans ses bras en riant car je l'aimais. Je n'avais d'autre famille que lui et personne avec qui parler des temps douloureux de notre étrange enfance. Aussi lorsqu'il déposait pour quelques jours son bagage à « l'hôtel de l'Impécuniosité », c'était fête pour moi ; en faveur de notre ancienne amitié, je lui pardonnais volontiers de n'être point de parole dans les matières d'argent, de boire notre vin un peu vite et de lutiner mes servantes jusque sous mes yeux.

Vers le milieu de l'année 1658, Boisrobert porta à Scarron un petit billet de son propriétaire, Monsieur de Villarceaux, par lequel celui-ci, au sortir d'un court séjour à la Bastille, quémandait humblement la faveur d'être admis un soir dans notre société. Scarron savait bon gré à Monsieur de Villarceaux de lui avoir proposé son aide autrefois, au temps du reflux de la Fronde, lorsque tous ses amis l'abandonnaient pour faire leur cour au Cardinal. Aussi accueillit-il avec joie la demande, fort courtoise, du marquis. Me souvenant de l'impression première que m'avait faite Monsieur de Villarceaux, je tentai de m'inventer pour la circonstance quelque visite

1. Habituellement, « officiers de ville commis sur les ports pour veiller au déchargement des bateaux ».
2. Recommandation auprès d'un ministre, suivie d'une « gratification » versée par le « recommandé » ; usage très répandu à la Cour au xviie siècle et qui assurait l'essentiel des revenus de certaines familles nobles.

pressée à l'hôpital ou, peut-être, un sermon de ce jeune Bossuet si plein de talent, disait-on, qu'il remplissait jusqu'au parvis des églises : mon mari ne voulut rien entendre. Il me fallut donc recevoir le marquis, dont, du reste, je ne savais pas moi-même pourquoi il me déplaisait tant, ne m'ayant rien dit, à la réflexion, qui fût déplacé ni fait la moindre offense.

Si je n'avais été si peu expérimentée, j'aurais su, sans doute, que d'une haine pareille à l'amour le chemin est des plus courts.

Puisqu'il le fallait, je reçus aimablement l'ancien amant de Ninon, mais non sans éprouver, chaque fois que je m'approchais de lui, ce malaise de corps si vif que la tête m'en tournait. Malgré moi, je serrai plus étroitement mon mouchoir de col sur ma gorge et j'allai jusqu'à me donner le ridicule de tirer sur ma jupe sans y penser, comme pour cacher plus sûrement des chevilles que, au demeurant, on ne voyait pas. A l'instant que je faisais ce geste de « fille de couvent », qui me classait plus parmi les sottes que parmi les prudes, j'en fus si étonnée et si honteuse que je levai les yeux vers l'assistance pour voir si personne ne m'avait surprise ; je ne rencontrai que le regard narquois de Monsieur de Villarceaux, qui, mettant mon trouble à profit, me déshabilla très tranquillement du haut en bas. Je pensai rentrer sous terre. Cependant, le marquis fut parfait en toute cette rencontre ; il sut flatter si adroitement Monsieur Scarron que celui-ci le pria de revenir autant qu'il lui plairait. « Voyez-vous, me dit-il à son coucher comme je lui en faisais quelque reproche, Villarceaux est fort riche et je pourrais bien lui faire d'ici peu une petite dédicace... »

Des deux, pourtant, ce fut Villarceaux qui écrivit le premier. Il est vrai que, ne faisant point imprimer sa prose, il avait plus tôt fait son ouvrage. Je trouvai un soir sur ma toilette un petit billet qu'y avait posé quelqu'un de mes gens gagné par les écus du marquis, plus palpables au demeurant que l'or potable. « Je suis au désespoir, Madame, m'écrivait-il, que toutes les déclarations d'amour se ressemblent et qu'il y ait quelquefois tant de différence dans les sentiments. Je sens bien que je vous aime plus que tout le monde n'a accoutumé d'aimer, et

151

je ne saurais vous le dire que comme tout le monde vous le dit. Je sens aussi qu'il y avait peu d'apparence qu'un homme aussi changeant que j'ai eu le tort de l'être pût être fixé par la sagesse et la modestie, quand même ces qualités se fussent, comme dans l'occurrence, alliées à la plus grande des beautés. Cependant, si surpris que je le sois moi-même et que vous puissiez l'être, je vous aime. Je vous aime du premier jour que je vous vis et je vous aimerai jusqu'au dernier instant de ma vie. Cette fierté, qui me charme tant en vous, me fait pourtant redouter de n'être point entendu ; mais faites réflexion, s'il vous plaît, à la conduite que je vais avoir pour vous, et si elle vous témoigne que, pour la continuer longtemps de même force, il faut être vivement touché, rendez-vous à ces témoignages et croyez que puisque je vous aime si fort, n'étant point aimé de vous, je vous adorerais si vous m'obligiez à avoir de la reconnaissance. »

Cette lettre, que j'eus la faiblesse de lire jusqu'au bout, me parut touchante mais trop spirituelle, et peu conforme, au surplus, à ce que je croyais savoir du caractère du marquis. Je n'y fis pas réponse. Au reste, je ne répondais jamais à cette sorte de billet, jugeant déjà qu'il ne fallait rien écrire qui ne pût être lu et vu de tout le monde, puisque, tôt ou tard, tout se découvre. Le plus sûr est de n'écrire que pour le pur nécessaire ; n'étant pas d'une nature à hasarder [1], je m'en tenais en toute circonstance à ce principe-là. Lorsque, quelques jours après, le marquis osa me renouveler ses protestations de passion jusque dans l'antichambre de Scarron : « S'il y a quelque chose qui vous empêche d'être cru quand vous parlez de votre amour, lui dis-je, ce n'est pas tant qu'il importune, c'est que vous en parlez trop bien. D'ordinaire les grandes passions sont plus confuses et il me semble que vous écrivez comme un homme qui a bien de l'esprit, qui n'est point amoureux et qui veut le faire croire. Je vous prie donc de quitter ce jeu qui ne m'amuse guère, ou de ne plus paraître en mon logis. »

Il se le tint pour dit quelque temps, puis, un jour, fit un geste que je ne compris pas. J'avais un éventail d'ambre fort joli, choisi autrefois sur les avis du maré-

1. Prendre des risques.

chal ; je le posai un moment sur la table ; le marquis, soit en badinant, soit à dessein, prit mon éventail et le rompit en deux ; j'en fus surprise et choquée, et j'y eus dans le fond un grand regret car j'aimais fort cet éventail ; le lendemain, ce fat personnage m'envoya une douzaine d'éventails pareils à celui qu'il m'avait cassé, peut-être pour me montrer sa richesse et m'obliger en même temps d'accepter ses présents. Je lui fis dire que ce n'était pas la peine de casser mon éventail pour m'en envoyer douze autres et que j'en aurais autant aimé treize que douze ; je lui retournai le tout et demeurai sans éventail ; je contai cette histoire à mes amies et le tournai en ridicule dans toutes les compagnies de ce qu'il m'avait offert ce sot présent. Cela ne le découragea pas.

Mes mépris redoublant sa folie, il se mit à me harceler de petits billets tendres que je trouvais glissés partout, dans les poches de mes tabliers, mes boîtes à pastilles, les livres que je lisais, et jusqu'à mon psautier. Or, chaque fois que je voyais son écriture, j'éprouvais le même embarras qu'en sa présence : toucher un papier qu'il avait touché me soulevait le cœur et me donnait quasiment la nausée. Voyant qu'il ne me laisserait pas en repos, je m'efforçai à lui parler encore avec sévérité, quoi qu'il m'en coûtât de me trouver seule avec lui pour l'entretenir : « Il n'est pas nécessaire, lui dis-je, que vous achetiez mes gens. Je ne lis plus vos lettres et vous n'y gagnerez que de me faire chasser de chez moi tous mes domestiques. » Le marquis n'était point accoutumé à être rebuté de cette façon ; comme il était naturellement insolent et brutal, la fierté l'emporta un moment sur l'amour qu'il prétendait éprouver : « Encore faudrait-il, pour les renvoyer, que vous pussiez d'abord payer leurs gages », me dit-il.

Ce rappel, plein de morgue, d'un état de misère qui faisait ma honte me mit hors de moi et je lui condamnai ma porte sans appel ; mais il était homme à rentrer par les fenêtres.

Je reçus un jour de Madame de Montchevreuil un recueil de vers de mon aïeul, Agrippa d'Aubigné. Je m'aperçus bientôt qu'ici ou là, un mot ou un vers étaient soulignés et que, si on les mettait bout à bout, ils composaient une déclaration des plus brûlantes. La pauvre et bonne sotte dont j'avais fait mon amie s'était prêtée, à son insu, au manège coupable de son cousin et, prude parfaite, se faisait sans le savoir la messagère de l'adultère. Je fis remporter le livre à son véritable envoyeur et ce piètre expédient ne me donna pas plus de goût pour Monsieur de Villarceaux que pour les écrits de mon grand-père.

Cependant, le marquis affecta en tous lieux un tel désespoir de ma cruauté que quelques-uns osèrent m'en faire reproche. Il n'était point alors en usage qu'une femme honnête fermât sa porte à un galant qui n'avait point encore passé les bornes du respect et de la bienséance ; on ne regardait pas un amour déclaré, qui ne produisait que des galanteries publiques, comme des affaires dont on se cache et dans lesquelles on apporte du mystère. D'Albret, Boisrobert, Ninon même parlèrent en faveur du marquis.

— Mais enfin, même si vous ne lui accordez rien et surtout dans ce cas-là, ne pouvez-vous pas vous montrer moins cruelle et ne le point priver au moins de votre présence ? me demanda Mademoiselle de Lenclos. Vous n'avez pas chassé ainsi de devant vos yeux vos autres amants.

— Il est vrai, Madame, lui dis-je, que ce n'est point seulement par souci des convenances que j'ai cessé de voir Monsieur de Villarceaux. C'est, je vous l'avoue, que je le hais plus que personne au monde, et que ce sentiment-là est d'une telle violence que je m'en devrais bien accuser à mon confesseur.

— Vous répugnez donc si fort à la société de mon pauvre marquis ?

— Plus que je ne saurais le dire. Il produit sur moi un tel effet que parfois sa seule présence me ferait pâmer d'horreur.

— Pâmer, en vérité ? Cela est bien plus grave, je le crains, que vous ne le pensez... Je suis assurée en tout cas que, si je répétais à notre ami Villarceaux ce que vous me dites ce soir, il ne s'en tiendrait plus de joie.

— Comment cela se pourrait-il ?

— Cela se pourrait, cela se pourrait pourtant... En

vérité, vous êtes une enfant. Revenez à plus d'indifférence ou vous êtes perdue, sinon pour Dieu dont je ne me soucie guère, du moins pour mon ami Scarron.

« L'ami Scarron », pour l'heure, se moquait de ceux qui voulaient lui donner quelque soupçon de l'attachement de Villarceaux, car, à l'encontre de Ninon, il prétendait être bien édifié par mon dégoût pour le personnage.

Boisrobert se mit à chanter sur le mode plaisant les déboires amoureux de son propriétaire :

> *Marquis, de quelle humeur es-tu ?*
> *Je te trouve tout abattu,*
> *Rêveur, inquiet, solitaire,*
> *Et plus bourru qu'à l'ordinaire...*
> *J'observe depuis quelques jours*
> *Que partout, jusque dans le Cours,*
> *Et jusque dans les Tuileries*
> *Tu promènes tes rêveries ;*
> *Tu regardes et ne vois pas...*
> *Tu parais jusque dans la rue*
> *Incivil à qui te salue,*
> *Tu dois sans doute être amoureux...*
>
> *Serait-ce point certaine brune*
> *Dont la beauté n'est pas commune,*
> *Et qui brille de tous côtés*
> *Par mille rares qualités ?*
> *Outre qu'elle est aimable et belle,*
> *Je t'ai vu lancer devers elle*
> *De certains regards languissants*
> *Qui n'étaient pas trop innocents.*
> *Je lui vois des attraits sans nombre,*
> *Ses yeux bruns ont un éclat sombre*
> *Qui, par un miracle d'amour,*
> *Au travers des cœurs se fait jour...*
> *Dans son esprit et dans son corps*
> *Je découvre plus de trésors*
> *Qu'elle n'en vit jamais paraître*
> *Dans le climat qui l'a vue naître.*
> *Si c'est cette rare beauté*

> *Qui tient ton esprit enchanté,*
> *Marquis, j'ai raison de te plaindre*
> *Car son humeur est fort à craindre.*
> *Elle a presque autant de fierté*
> *Qu'elle a de grâce et de beauté...*

Par bonheur, cela passa presque inaperçu entre le « capriccio amoroso alla gentilissima e bellissima signora Francesca d'Aubigni » de Gilles Ménage, les élégies du chevalier de Quincy, qui publiait de son côté :

> *Quand je songe au doux transport*
> *Où je suis de vous avoir vue,*
> *Belle Iris, je me trompe fort*
> *Ou mon heure est déjà venue,*

et la dernière épître de La Mesnardière qui m'assurait que les soleils de l'Inde Nouvelle ne produisaient pas plus de feu que les « deux astres glorieux » qu'on adorait en mes yeux. Le petit avocat Lamoignon de Basville, proche voisin de Monsieur d'Albret, et le jeune abbé d'Estrées venaient en outre de se ranger parmi mes galants déclarés. Je crus à la réflexion, sur ce qu'on m'en disait, que Monsieur de Villarceaux n'était pas plus coupable que tous ceux-là et, ayant cessé de le redouter parce que j'avais cessé de le voir, je voulus bien qu'il revînt rue Neuve-Saint-Louis. J'y mis pour seule condition qu'il promettrait d'être soumis et respectueux. Il promit tout ce qu'on voulut ; mais il n'était pas plus à la portée de Louis de Villarceaux de se faire sage qu'à celle du diable de se faire moine.

A peine eut-il un pied dans notre antichambre qu'il recommença ses extravagances. Un jour, c'était un ours qu'il traînait avec son montreur jusque dans ma chambre, sous le prétexte de me divertir par le spectacle d'un être semblable à moi pour la férocité. Une autre fois, c'était un missel relié dans la peau d'un serpent dont il me faisait le présent, en m'invitant à juger par ce moyen lequel des deux épidermes, du mien ou du reptilien, serait au toucher le plus froid. Ou bien il bouffonnait, se jetant à mes pieds : « Madame, disait-il, imitant le pécheur à la communion, je ne suis pas digne que vous me receviez mais dites seulement une parole et mon cœur sera guéri. » Tout cela entremêlé d'ailleurs de discours assez tendres, de soupirs et de larmes qu'il jetait volontiers.

Un soir qu'il m'importunait ainsi, agenouillé devant moi, je voulus le repousser, il prit ma main ; je ne pus la lui retirer. Dès l'instant qu'il m'eut touchée, je demeurai sans forces et comme privée de sentiment. Je ne parvins à me soustraire au charme qui m'avait saisie qu'en m'enfuyant dans ma chambre. Mon malaise avait été si fort cette fois que je me crus malade pour tout de bon ; je me fis saigner à trois reprises, encore que j'eusse la saignée en horreur ; je pris des eaux et je me purgeai. Rien n'y fit. Je dus enfin me rendre à l'évidence la plus étonnante : j'aimais, malgré moi-même, le marquis de Villarceaux. Je ne savais trop, à la vérité, quelle sorte d'amour c'était là : ce n'était point un amour de tête car l'esprit n'y avait nulle part, et le cœur même n'y entrait pas pour grand-chose ; j'étais assez malheureuse pour aimer un homme que je n'estimais pas. Je rougissais de ma faiblesse et plus encore de mon amant.

A l'inverse pourtant de ce qui m'était arrivé avec Monsieur d'Albret, je ne pensais guère à Monsieur de Villarceaux lorsque je m'en trouvais éloignée, et j'eusse pu l'oublier aisément s'il ne se fût ingénié à se trouver toujours sur mon chemin. Il comprit vite que je connaissais enfin la nature de mon trouble et que plus il s'enhardissait, moins j'étais capable de lui résister. Je cherchai du secours auprès de mes servantes, dont je voulus la présence constante à mes côtés ; mais il les avait dès longtemps gagnées à ses intérêts ; elles prenaient le premier prétexte pour nous laisser tête à tête et, bien que je ne fusse pas dupe, je ne pouvais, comme il le savait, menacer sérieusement de les chasser, faute de pouvoir payer leurs gages. Je dus peu à peu lui abandonner le terrain conquis, ne m'accrochant plus qu'à l'essentiel, dont je crus faire ma forteresse. Lui me pressait de sauter le pas et se plaisait à renverser un à un les fragiles obstacles que je pensais dresser devant lui :

— Mon mari...

— Vous ne l'aimez pas. Et, sans doute, il ne prétend

pas que vous jeûniez toute votre vie quand il a, par le passé, largement contenté son bel appétit.

— Le monde...

— Je ne suis ni un ingrat ni un indiscret.

— Dieu, qui sait tout...

— Dieu-qui-sait-tout ne le viendra pas dire et ne découvre rien aux autres.

Résister m'était d'autant plus difficile que tout m'abandonnait d'ailleurs. Madame de Montchevreuil était retournée dans sa campagne ; elle et son mari nourrissaient, au demeurant, pour leur cousin une amitié qui touchait à l'aveuglement. Ninon avait gardé trop de tendresse envers l'objet de son ancienne passion pour ne point souhaiter son bonheur au prix de ma tranquillité. Scarron avait d'autres soucis.

Sa santé déclinait ; il ne parvenait plus à écrire de longs ouvrages et bornait son talent à de courtes épigrammes et des leçons de versification données à des provinciales ; « les écus sont toujours écus, disait-il, les vers deviennent torche-culs » ; l'office des déchargeurs assermentés ne voyait point le jour ; le port de Cognac et les ponts de la Charente allaient à vau-l'eau. Sa société même passait de mode : il venait maintenant rue Neuve-Saint-Louis trop de fâcheux de petit acabit qui gâtaient l'esprit de la compagnie et le dernier des partisans [1] était reçu chez nous pourvu qu'il apportât un jambon avec lui ; la chose alla même si loin que, certains jours, je refusai de paraître dans la chambre jaune et m'enfermai chez moi ; il en fut ainsi lorsque l'amant de la petite marquise de Sévigné, l'ennuyeux comte du Lude, crut pouvoir s'inviter à souper sur le seul motif qu'il s'était fait précéder d'une gélinotte et d'un panier de poires.

On se pressait chez Ninon, on courait chez Madame de La Fayette, on commençait d'apprendre le chemin de l'hôtel de Richelieu, quand « l'hôtel de l'Impécuniosité » tournait à l'auberge espagnole et retombait, peu à peu, dans le silence et l'oubli. Tout cela inquiétait plus mon mari que les galanteries d'un homme un peu fou et d'une femme trop sage.

Me voyant sur le point de succomber, j'en appelai au

1. Financiers.

seul recours qui me restât : je me tournai vers mon père céleste avec l'espérance des désespérés. On ne vit plus que moi dans les églises, je m'abîmai dans la prière. Jamais je n'avais été si près du péché et jamais ma réputation ne s'était trouvée si bonne. Plus ma faute me désespérait, plus on louait ma régularité aux offices divins... Je rencontrai, parfois, quelque repos près des autels mais, à la porte du saint lieu, Villarceaux m'attendait.

Cette outrance de dévotion l'amusait. Il me représenta que, d'ordinaire, les prudes ne courent à l'église qu'une fois la faute commise et qu'il était pour le moins surprenant de me voir faire ainsi des neuvaines par précaution. Tout indigne que je fusse de son secours, Dieu m'aida néanmoins : je sentis que si je n'avais pas trop d'estime pour Monsieur Scarron, j'en avais une grande pour le sacrement du mariage et que rien ne me pourrait contraindre d'être infidèle à un acte dans lequel Dieu est partie.

Brochant sur le tout, mon orgueil acheva ma résolution : la crainte de compromettre l'image que je me faisais de moi-même dans une laide aventure et avec un homme qui, la chose faite, se rirait de moi me retint au bord de l'abîme. Voyant que rien ne suivait les premières faveurs qu'il avait obtenues, Monsieur de Villarceaux s'emporta ; il osa même me faire, à sa manière, des remontrances publiques.

C'était un soir chez Ninon : comme il ne restait plus un seul ployant qui ne fût occupé, je posai sur le pavé, l'un par-dessus l'autre, les dix volumes de la *Cléopâtre* de La Calprenède et m'assis dessus (c'était, au reste, le seul bon usage qu'on en pût faire) ; l'hôtesse s'en amusa et me fit remarquer qu'il était heureux que je n'eusse pas choisi la *Cassandre* du même auteur car je me fusse trouvée quasiment couchée par terre (cette *Cassandre* ne faisait guère que deux ou trois méchants volumes). « Oh, fit alors Villarceaux, fût-ce dans le lit de Cassandre ou dans celui de Cléopâtre, on ne couche pas si aisément Madame Scarron. »

Peu après, comme on venait à parler du Congrès [1] dont

1. Epreuve publique de la capacité du mari à consommer l'union, dans les procès en annulation des mariages.

Madame de Langey avait demandé l'épreuve afin d'établir publiquement que son mari n'était pas en état d'exercer mariage et qu'il la laissait fille comme devant, quelqu'un me demanda si j'y assisterais ; c'était la mode alors, même pour les personnes les plus dévotes et les plus raisonnables, de se rendre à ce spectacle indécent et d'aller voir un homme et une femme jouter devant un collège de prêtres et de médecins tout comme s'ils se fussent trouvés seuls dans l'intimité d'une alcôve. Je répondis que je n'irais point et que, de plus, j'étais lasse de toutes les ordures qui se disaient à ce propos dans les ruelles. « Vous avez raison de n'y point aller, me dit Monsieur de Villarceaux devant toute l'assemblée. Si jamais Monsieur de Langey réussissait son coup et trouvait enfin dans ses chausses de quoi gagner son procès, vous pourriez bien, en le voyant faire, apprendre quelque chose. Sait-on, vous en auriez peut-être du regret... » On voit que les douceurs que lui inspirait la passion n'étaient point des fadaises ; elles avaient tout le relevé des injures.

Je ne laisse pas d'être surprise, cependant, d'éprouver l'humiliation de ces injures-là plus vivement aujourd'hui que je ne l'éprouvais dans le temps même que Monsieur de Villarceaux me l'infligeait. De là vient sans doute qu'avec le recul cet amour, qui fut long, divers, et, dans la suite, fort vif de part et d'autre, semble n'avoir rien laissé dans mon cœur que des souvenirs pénibles qui effacent jusqu'aux joies qu'il me donna aussi.

Il est vrai que, lorsqu'on n'aime plus, avoir aimé ne donne pas plus de contentement que le souvenir d'avoir bu lorsqu'on n'a plus soif. L'altération du souvenir de cette passion me paraît toutefois tenir davantage d'une particularité de ma nature que du cours inéluctable des sentiments. A l'instant qu'une peine m'est causée, je n'éprouve guère plus qu'une morsure de surface ; c'est au moment même que je suis touchée que ma blessure m'est le plus insensible. Dans les commencements de ma vie, j'allais parfois jusqu'à douter d'être atteinte, tant il m'était facile, au milieu de revers étonnants, de tourments imprévus et de malheurs soudains, de conserver un certain air d'indifférence dont je me dupais moi-même. A mesure que le temps passait, pourtant, et que s'effaçait peu à peu le souvenir de la cause qui les avait fait naître, ces douleurs, légères à leur origine, devenaient plus pesantes. Plus mes émotions s'éloignaient de leur source, plus elles s'approfondissaient, se creusaient, s'élargissaient, faisant peu à peu leur lit dans ma vie, s'y étalant comme un fleuve à chaque moment plus vaste, puissant, irrésistible, jusqu'à envahir enfin, bien des années après leur surgissement et dans un paysage fort changé, tout l'horizon de mes pensées ainsi qu'une mer infinie. J'ai beau sentir vivement l'inutilité de ces sentiments sortis de leur lieu et de leur temps, ils s'imposent à mon esprit si fortement qu'ils masquent les chagrins et les bonheurs immédiats qui me devraient être plus sensibles. Aussi n'ai-je jamais pu enfermer à l'intérieur d'un même temps les aventures de ma vie et les sentiments qu'elles ont fait naître en moi.

Cette infirmité de l'âme explique sûrement que les violences et les injures de Monsieur de Villarceaux m'aient laissée plus insensible en 1659 qu'aujourd'hui.

Cependant, je passai les derniers mois de ma vie avec Monsieur Scarron dans l'ennui et l'incertitude ; la maladie du pauvre estropié et notre pauvreté croissaient en parallèle et approchaient, pour lors, de leur comble.

Les membres tordus de ce malheureux « raccourci de la misère humaine » s'étaient recroquevillés de telle sorte que les genoux lui rentraient dans les côtes ; ils lui meurtrissaient la poitrine si profondément que je dus recourir à de petits carreaux que je glissais entre la peau de son torse et l'os de ses jambes afin d'atténuer la douleur de cette mâchure. Le pavot même ne l'endormait plus. « S'il m'était permis de me supprimer moi-même, il y a longtemps que je me serais empoisonné », dit-il alors à l'un de ses amis.

Si affaibli qu'il fût, il trouva encore la force de se faire porter jusqu'aux bureaux de la trésorerie pour solliciter une nouvelle avance sur la pension que lui faisait Monsieur Fouquet. Les commis de la surintendance, lassés de ce quémandeur infatigable, firent frotter les épaules [1] à notre valet Jean par leurs laquais et menacèrent le maître de la même bastonnade s'il osait reparaître

1. Bâtonner.

devant eux en solliciteur. « Ceci est la dernière espérance de ma femme et de moi », écrivit-il alors au surintendant à propos de cet office de déchargeurs dont il escomptait toujours l'aboutissement, « j'en suis malade de chagrin. Si cette affaire nous manque, nous n'avons plus qu'à nous empoisonner les boyaux. » Il n'eut pas de réponse. « Je n'ai plus d'espoir qu'en l'or potable », me dit-il un soir les larmes aux yeux : incapable de fonder la plus petite espérance sur cette folie-là, je fus saisie d'effroi.

C'est dans ce temps-là que Mignard fit de moi un portrait, qui devait être le premier d'une longue série. Pour cette première fois, il m'avait représentée sur un fond de paysage qu'il voulait être celui des Antilles ; il m'avait fait le regard noir et beau, mais avait bien rendu l'état de mon âme : la mélancolie se lisait dans ces yeux graves et aucun sourire n'entrouvrait mes lèvres. Je ne sais pourquoi, Scarron trouva de la consolation dans ce portrait : il le fit placer dans sa chambre et assura Mignard que ce modeste crayon « n'était encore qu'un rayon de ma future lumière ». « Avec cette dot-là, disait-il à ses amis en parlant du grand regard que j'avais sur ce portrait, elle n'aura point de peine à se remarier. »

La misère me força, pourtant, de refuser une proposition que nous pensions pouvoir se révéler avantageuse pour moi dans la suite : Mademoiselle de Manchini, celle qu'on nommait Marie et qu'on disait être la maîtresse du jeune Roi, me fit demander pour l'accompagner à Brouage, où le Cardinal, son oncle, la forçait de se retirer quelque temps. Je ne pus accepter : je n'avais ni vêtements ni équipage pour me rendre en Saintonge et y faire figure.

En place de cela, nous allâmes, Monsieur Scarron et moi, à Fontenay-aux-Roses, dans une modeste campagne qu'y avait ma belle-sœur Françoise. Le pauvre désarticulé croyait que le changement d'air lui rendrait un peu de santé ; pour moi, j'y vis surtout l'occasion d'échapper aux importunités de Monsieur Mérault, notre propriétaire, qui nous poursuivait par huissiers, et aux poursuites d'une autre nature de Monsieur de Villarceaux.

Je n'ai guère de souvenirs de ce séjour qui, m'éloignant de mes amis et me rencognant dans l'unique compagnie de mon malade, ne me parut pas trop doux. Je sais seulement qu'un jour que, pensant peut-être au marquis ou à Monsieur d'Albret, je regardais avec un peu trop d'attention cette « Carte du Tendre » que Mademoiselle de Scudéry avait fait dresser, Scarron m'obligea, pour me mortifier, de dessiner selon son indication deux grandes cartes burlesques sur les murs de la salle ; l'une était celle de l'« Empire Goguenard » et l'autre celle de la « République de Rabat-Joie ». Je ne manquai point à lui obéir, comme je le faisais toujours en tout, et j'ajoutai même quelque invention de mon cru à la « République de Rabat-Joie » car je commençais à en savoir long sur ce pays-là.

Quand nous revînmes à Paris, il devint évident pour un chacun que Scarron n'achèverait jamais cette troisième partie de son *Roman comique* qu'il avait entreprise. Les gazettes le donnaient déjà pour mort. Il convint, dans une de ses dernières épîtres, qu'il n'allait point tarder à trépasser en effet, mais que ce serait de misère :

> *Et des deux morts, de faim ou de froidure,*
> *Je ne sais pas laquelle est la plus dure.*

Les « harnais de gueule », les « pièces rapportées » se faisaient de plus en plus rares à nos dîners et, si je n'eusse eu parfois l'occasion de souper chez quelqu'une de ces grandes dames dévotes qui recherchaient maintenant ma société, j'eusse couru la chance d'accompagner mon époux dans la tombe. Hors le plaisir de dévorer ainsi de loin en loin un chapon, je faisais alors d'autant plus de cas de l'amitié de ces personnes de qualité que je voyais s'approcher l'instant où je me trouverais jetée à la rue et où l'appui des grands serait nécessaire à ma subsistance. Je trouvais moins dur, à tout prendre, de devoir mon pain à l'amitié qu'à la charité. J'accompagnais donc en tout lieu Mesdames d'Albret et de Richelieu, et, parfois même, la mère ou la tante de ce Villarceaux qui me persécutait.

Ce fut en leur compagnie que, d'un des balcons de la rue Saint-Antoine, j'assistai, en avril de 1660, au défilé qui accompagna l'entrée du roi Louis dans Paris lorsqu'il revint d'Espagne où il s'était marié. J'eus du plaisir à reconnaître, dans le cortège, Beuvron qui marchait à la suite des chevau-légers, et Villarceaux, monté sur un cheval fougueux, qui parut l'un des gentilshommes les plus galamment mis et plut au monde par cette belle tête brune qui faisait toujours impression. Cependant, de tous, c'est le jeune Roi qui, comme il se devait, me parut le plus magnifique et j'écrivis, le soir même, à une amie que « la Reine avait dû se coucher bien contente du mari qu'elle avait choisi ».

Ce défilé fut mon dernier divertissement de femme mariée. Monsieur Scarron entra peu après en agonie. Dans les rues de Paris et les hôtels du Marais, on eut le cœur de s'en amuser comme on s'était ri de son mariage. Les nouvellistes [1] donnaient tous les jours au public des pièces badines où ils traitaient de la fin du « burlesque malade » ; cette fin venant à tarder un peu, ils eurent le temps d'imprimer sur son compte deux « Libera » et une « Pompe Funèbre », dont on vint crier la vente jusque sous nos fenêtres. Le moyen, dans ces conditions, de faire une fin décente !

On pariait dans les ruelles sur le salut du poète de même façon que, huit années auparavant, on avait parié sur sa capacité à engendrer : sa mort remettait Scarron à la mode. Confinée entre les fioles et la chaise percée, fenêtres et volets fermés par crainte des chansons du dehors, je tentais bien d'inciter le pauvre homme à la confession de ses péchés mais ses amis libertins, Alexandre d'Elbène surtout et mon maréchal d'Albret, repassaient après moi pour défaire le jour l'ouvrage que j'avais fait dans la nuit : si je l'avais fait résoudre à recevoir un prêtre, ils lui disaient qu'il se moquait, qu'il n'était pas si bas et que rien ne pressait. A la fin, j'entrai dans une grande colère contre ces athéistes enragés et je reçus, dans cette rencontre, l'appui inattendu de Ninon. Elle ne trouvait pas mauvais qu'on sauvât les apparences à l'instant de la mort. Elle vint dans le moment que j'amenais un capucin au lit de Scarron et,

---

1. Journalistes, pamphlétaires.

à sa manière, les exhorta tous deux à leur devoir ; comme le mourant discutait encore un peu sur ce que lui représentait l'homme de Dieu : « Allez, allez, Monsieur, dit-elle au confesseur, faites votre devoir. Quoique mon ami raisonne, il n'en sait pas plus que vous. »

Après l'extrême-onction, Monsieur Scarron me parla assez doucement : « Je ne vous laisse pas de grands biens ; cependant, tâchez à rester vertueuse » ; je l'assurai que je connaissais ce que mon esprit devait au sien et qu'un tel héritage n'était pas à dédaigner. « Mon seul regret, dit-il à Segrais, c'est de ne pas laisser de bien à ma femme, qui a infiniment de mérite et de qui j'ai tous les sujets imaginables de me louer. » A moi il dit que, quand j'aurais « fait le saut » devant qu'il fût mort, il m'en donnerait volontiers le pardon car la vie que nous avions menée ensemble, pour plaisante qu'elle eût été souvent, n'était pas toujours heureuse pour une jeune femme. Enfin, dans toute cette agonie, il fut bien plus raisonnable et décent dans ses propos avec moi que dans ce *Testament burlesque* qu'on imprima après sa mort mais qu'il avait composé plusieurs années auparavant :

> *Premièrement je donne et lègue*
> *A ma femme qui n'est pas bègue*
> *Pouvoir de se remarier,*
> *Sans aucun dessein pallier,*
> *De crainte d'un plus grand désordre ;*
> *Mais pour moi je crois que cet ordre*
> *De ma dernière volonté*
> *Sera le mieux exécuté,*
> *Car il est vrai, malgré moi-même,*
> *Je lui ai fait faire un carême*
> *Qui la doit mettre en appétit...*

Il faut dire qu'il était toujours plus retenu, plus doux et même, sur la fin, plus modeste dans nos conversations particulières que lorsqu'il trouvait un public.

Il mourut dans la nuit du 6 au 7 octobre 1660, aussi décemment, sinon aussi saintement, qu'il se pouvait.

Il s'était félicité par avance, dans l'épitaphe qu'il avait composée, que la mort serait la première nuit qu'il pourrait enfin sommeiller. Pour une raison semblable, je fus d'abord plus contente qu'affligée qu'il eût enfin rendu l'âme : ne pouvant plus lui être utile à rien, je dormis tout mon saoul trente heures de rang ; depuis des nuits que je lui tenais compagnie, je n'avais fermé l'œil.

On enterra ce pauvre corps à Saint-Gervais, aux frais de la paroisse. Contre l'usage, je tins à suivre son enterrement. Dès le lendemain, les huissiers posaient les scellés sur la maison et, à la requête des créanciers, dressaient inventaire de tout, jusqu'à mes chemises et mes jupons. Monsieur Scarron laissait dix mille francs de biens pour vingt-deux mille francs de dettes.

Par cette mort, je me retrouvais sans famille et sans le sou. Cependant, j'avais vingt-quatre ans et le deuil m'allait à ravir.

8

Le compte des huit années de mon mariage était vite fait. Il était tout positif du côté de l'esprit et des commerces du monde : j'entendais parfaitement l'espagnol et l'italien ; je savais assez de latin ; je faisais agréablement des vers ; je connaissais les plus puissants de la Cour et de la Finance ; j'en étais connue ; mieux, j'en étais aimée. Mais du côté du cœur la balance était négative : je n'espérais plus de sentir jamais ces sentiments qu'on met dans les romans ; je voyais bien que les hommes, quand la passion ne les mène pas (et parfois même lorsqu'elle les mène), ne sont pas tendres dans leur amitié ; et quant à trouver dans un abandon sans réserve à l'amour divin la douceur qui me manquait, je n'étais pas assez heureuse pour y songer, ma dévotion n'étant rien encore que prudence mondaine.

« Travaillez pendant que le jour luit, hâtez-vous d'amasser un trésor qui ne périsse point, la nuit vient où l'on ne peut rien faire... » Mon jour était à son zénith ; j'en gaspillais la lumière à d'indignes bagatelles et de vains desseins. En cet automne de l'an 1660, je me partageais en effet entre l'inquiétude de me voir si brusquement sans toit ni pain et la consolation de pouvoir jouir d'une liberté qui m'était inconnue.

Tout le mobilier de la rue Neuve-Saint-Louis avait été saisi dans la semaine de la mort du poète et vendu aux enchères publiques à la porte de la maison, jusqu'à la chaire-à-jatte [1] du malheureux diseur de sornettes. J'avais dédommagé du mieux possible nos domestiques, dont je ne pouvais payer tous les gages ; à Jean Brillot, j'abandonnai les habits de Scarron ; à ma femme de chambre, je laissai des robes, dont, devenue veuve, je n'avais plus l'usage. En plaidant bien contre nos créanciers, au nombre desquels je comptais ma belle-sœur Françoise, le duc de Tresmes et quelques-uns de nos amis de la veille, je pouvais espérer, me disait-on, qu'il me reviendrait franc et quitte quatre à cinq mille francs, car Monsieur Scarron m'avait assuré un douaire [2] par son contrat de mariage et ma dette, étant la première et la plus grande, devait absorber une partie des autres. Cependant, hors cette espérance que me donnaient les procureurs, j'étais dans l'état le plus misérable du monde : sans feu ni lieu, et sans même de quoi payer mon boulanger.

« Bon cœur » Franquetot, qui était la générosité même, me voulut retirer chez elle mais je lui représentai qu'elle n'était pas assez accommodée [3] pour cela, ne me souciant point de fournir, par un commerce si intime, nouvelle matière à médisance aux bonnes dames du Marais. Madame d'Albret, de son côté, fit son possible pour m'engager à venir demeurer chez elle mais je refusai dans la crainte de voir le beau maréchal de trop près.

De toutes les manières, je ne voulais être à charge à personne et je préférais me retirer dans un couvent. Suivant ainsi mon inclination, je ne faisais pas non plus un trop mauvais calcul car il est moins humiliant pour le monde de vivre retirée dans quelque cloître bien famé que dans le mauvais logis d'un faubourg éloigné. La maréchale d'Aumont, cousine de Scarron, avait une chambre meublée au couvent de la Charité des Femmes,

1. Fauteuil d'infirme.
2. Petit capital assuré à la veuve.
3. Assez bien installée.

près la place Royale ; elle me la prêta. Elle eut aussi la bonté de m'envoyer tout ce dont j'avais besoin, jusqu'à des habits. Je m'enfermai dans ce réduit, sans voir personne dans les commencements et assez affligée de ce nouvel état pour qu'on imputât ma tristesse à mon deuil. On mit dans la gazette un « Scarron ressuscité parlant à son épouse » qui rendait justice à mon chagrin :

> *Arrêtez donc vos pleurs, illustre et chaste veuve,*
> *qui depuis quinze jours sont la course d'un fleuve ;*
> *que vous sert de répandre un tel déluge d'eau ?...*

Il est vrai que je ne me croyais pas alors destinée à être heureuse ; je m'efforçais de le prendre avec résignation et de mettre au pied de la croix la douleur de mes perpétuelles tribulations.

J'avoue pourtant que je tirai plus de réconfort du petit miroir qui se trouvait au mur de ma cellule que du crucifix qui y était aussi : rien n'est seyant à une femme jeune et belle comme un voile de deuil ; le noir me faisait le teint plus pâle et l'œil plus sombre ; j'avais la mine intéressante et les cernes, que les nuits d'agonie de Monsieur Scarron avaient mis sous mes yeux, ajoutaient encore à mes charmes de veuve. On s'en avisa bien lorsque, les premières semaines de solitude passées, on me vint un peu visiter dans mon couvent.

Toutes mes belles amies, qui usaient de leur crédit en ma faveur, me vinrent en effet rendre un compte fidèle de leurs démarches : ma marraine, Suzanne de Navailles, gouvernante des filles d'honneur de la jeune Reine, et Madame de Montausier s'employaient pour me faire donner une pension par la Reine mère ; Madame Fouquet sollicitait le surintendant son époux de produire quelque geste généreux ; même Madame de Richelieu, qui pourtant ne faisait pas grand-chose, se donnait l'air fort agité sur mon sort.

Des hommes vinrent aussi : je n'étais que dame pensionnaire à la Charité Notre-Dame et la clôture ne m'était pas imposée ; comme, au surplus, nombre de mes galants étaient abbés, ils avaient à toute heure du jour leurs entrées dans cette enceinte sacrée ; le futur cardinal d'Estrées, alors de l'Académie, faisait ainsi à chaque instant des choses nouvelles pour moi qui, sans toucher mon cœur, plaisaient à mon esprit : il me portait des livres, des gravures, m'adressait des lettres divertissantes, le tout coupé d'envoi d'images pieuses ou de reliques un peu rares dont je faisais sitôt don à mes bonnes sœurs, un reste de calvinisme me donnant l'horreur de ces babioles propres à séduire les païens.

Avec cela, cependant, mes affaires n'avançaient guère ; et ma fierté vint même empirer mon état.

La duchesse d'Aumont avait fait savoir à tant de gens dans Paris les bontés qu'elle avait pour moi depuis mon veuvage que je commençai de m'en lasser ; j'eusse mieux aimé de travailler de mes mains pour gagner mon pain que d'être en butte aux humiliations d'une charité si publique ; aussi osai-je lui renvoyer un jour, par une charrette, le bois qu'elle venait de faire décharger pour moi à grand bruit dans la cour du couvent. Aussitôt, les bonnes sœurs eurent ordre de régler [1] ma pension et de m'en faire payer le premier quartier ; je n'avais pas un sou vaillant et j'allais faire mes paquets quand la supérieure me vint dire que Monsieur et Madame de Montchevreuil lui mandaient qu'ils répondraient pour moi jusqu'au bout de l'an. Je leur eus de ce beau geste une reconnaissance si grande que toutes les grâces que je leur fis obtenir dans la suite, lorsque je fus en faveur, ne me parurent jamais égaler la bonté qu'avaient eue pour moi ces gens si démunis alors.

Madame de Montchevreuil s'offrit en outre à me prendre dans son petit château du Vexin pour tout l'été ; j'acceptai avec joie.

Nous fîmes le voyage en carrosse par un temps fort chaud ; afin de nous occuper, nous travaillions dans la voiture à faire un meuble de tapisserie ; Madame de Montchevreuil avait de jeunes beaux-frères qui enfilaient nos aiguilles pour ne pas perdre notre temps et disaient des folies pour ne pas perdre le leur. Aussi le voyage fut-il fort gai ; le séjour le fut aussi. Il y avait grande presse au château cet été-là : outre ces beaux-frères dont j'ai parlé, plusieurs amies, dont une jeune

1. Calculer.

ursuline pleine d'esprit nommée Madame de Brinon, et bien des cousins de tous âges et de toutes conditions ; parmi eux, et perdu au milieu d'eux comme un « poucet » dans une forêt, Louis de Villarceaux, dont la femme n'avait pas voulu bouger de Paris. Il se mettait derrière tous les autres, parlait peu, se montrait moins encore, ne me poursuivait plus de ses importunités et agissait enfin avec tant de discrétion et de discernement qu'il me redevint supportable.

Aucun des amusements dont on peut jouir à la campagne ne nous manquait : c'étaient, tous les jours, des ris et des jeux à travers le parc et la maison ; des colin-maillard, plus ou moins innocents, des chat-perché, des parties de boules, des « trou-madame [1] », des jeux de volant ; le jour on chassait dans les bois, le soir on causait près du feu ; les hommes jouaient de la guitare et les filles de la prunelle ; avec tout cela, la chère bonne et ample, tant même que je me demandais comment ces pauvres Montchevreuil pouvaient fournir à pareille dépense ; si j'en avais eu le fin mot, j'aurais fui le château comme la gueule du loup et le marquis comme la peste, puisque, comme je ne l'appris que trop tard, il avait dressé la liste des invités, fournissait seul à la dépense, et mettait, comme on dit, la table pour tout le monde. Cependant, je ne vis pas plus loin que le bout de mon nez et profitai d'abord gaiement de cette joyeuse compagnie ; tout en y mettant la discrétion souhaitable à une veuve de fraîche date, j'étais de toutes les promenades et de toutes les collations.

Un jour que Monsieur de Villarceaux devait aller par les champs jusqu'au village du Mesnil pour y régler une affaire avec un fermier et que la jeune cousine qui devait l'accompagner se trouvait incommodée, Marguerite de Montchevreuil, qui ne songeait qu'à l'amusement de son cousin, me dit d'aller avec lui. Je ne vis pas le moyen d'éviter l'épreuve.

En allant, le marquis se montra si distant qu'il en fut à peine civil [2]. Je me félicitais déjà de cette froideur quand, au retour, un incident des plus minimes vint chan-

1. Sorte de « billard japonais ».
2. Poli.

170

ger le cours de ma vie : il avait fait orage la veille ; les chemins étaient détrempés par la pluie ; je portais des souliers qui, pour n'être pas encore percés, n'étaient pas des plus neufs et point de sorte assurément à supporter le traitement que leur infligeait le mauvais état des allées ; dans une ornière, je cassai net l'un des talons. Je poursuivis en clochant [1] mais, comme j'avais refusé le bras que Monsieur de Villarceaux m'offrait assez froidement, je ne pus avancer loin sans embarras.

Nous étions sortis de la prairie et étions en vue du château ; sur le prétexte de réparer un peu mon soulier afin que nous pussions poursuivre plus aisément notre chemin, le marquis me fit asseoir sur le talus d'herbe qui bordait l'un des communs, au pied d'une rangée de lauriers maigres que Madame de Montchevreuil tentait en vain d'adapter aux rudes saisons du Vexin. J'ôtai mon soulier et le lui donnai en dérobant prestement sous mon jupon la vue de mon pied nu ; deux ans plus tôt, ce manège eût plongé Monsieur de Villarceaux dans une franche gaîté ; cette fois, il ne fit pas seulement mine de s'en apercevoir.

Il restait penché sur ma chaussure qu'il avait prise dans sa main et contemplait avec embarras ; afin de voir de quelle manière il pourrait redonner de l'aplomb à ce talon-là, il me demanda mon autre soulier. Je le lui tendis sans malice. Il fit semblant de les comparer, les tourna, les retourna, les soupesa, mais enfin :

— Je crains de m'être avancé légèrement, me dit-il, je ne suis pas bon cordonnier, j'en serai quitte pour vous porter jusqu'au château.

— Il ne faut pas vous donner cette peine, lui dis-je, je m'y porterai bien moi-même.

Il jeta alors mes deux souliers derrière la haie de lauriers :

— Vraiment, vous iriez nu-pieds dans la boue de ce chemin ?

Saisie par ce geste que je ne prévoyais nullement, je fus incapable sur l'instant de songer à autre chose qu'à mes bas, que j'allais gâter dans la fange et percer sur les cailloux sans même pouvoir, tant j'étais pauvre dans ce

1. En boitant.

171

temps, les remplacer ; me laisser porter à bras me parut un moindre mal ; mais déjà, Monsieur de Villarceaux n'en était plus là. Sentant mon hésitation, il l'avait aussitôt mise à profit pour se découvrir davantage ; ayant posé sa main sur mon col, il badinait avec une boucle de mes cheveux. Encore une fois, je pensai me jeter dans la fuite, mais une marée de fange nous cernait de tous côtés.

La crainte du ridicule, ou la peur du scandale, en m'ôtant ma résolution, m'ôta ma dernière chance de salut ; je me vis par la pensée exposée aux quolibets de toute la société si je m'élançais ainsi en bas blancs et paraissais au château crottée jusqu'à la ceinture, sans seulement pouvoir fournir une explication vraisemblable à l'abandon de mes souliers. Tant d'orgueil mal placé, joint à tant de misère, causa ma perte. Déjà, Louis de Villarceaux ôtait doucement mon mouchoir de col et posait sa tête sur mon sein.

Sur ce qui se passa ensuite, je ne puis prétendre à l'excuse d'avoir été forcée ni même précipitée. Tout en baisant mes lèvres et ma gorge, le marquis prit le temps de me porter jusqu'à une petite grange qui ouvrait sur le talus où nous nous étions assis. Il me coucha doucement dans la paille entre deux rangs de lauriers-roses et d'orangers en caisses que les jardiniers y avaient abrités de l'orage. M'ayant ainsi soustraite à la boue comme aux regards, il poursuivit ce qu'il avait entrepris. Il allait sans hâte ni violence, comme s'il fût bien assuré que je ne chercherais plus à m'échapper et ne jugeât pas même utile d'argumenter. Il est vrai que, pendant toute cette scène, je ne sus rien lui dire moi-même que « je vous en prie, je vous en prie » ; ce qui, vu l'ambiguïté du mot, pouvait passer aussi bien pour une invite que pour une défense. Je ne savais trop sans doute comment je souhaitais qu'il l'entendît. Il le prit donc comme il voulut, et me prit de même. Avant d'avoir envisagé ce qui m'arrivait et mesuré toutes les conséquences d'un talon brisé, je succombai, dans le commun de Montchevreuil, sous une couronne de lauriers qui n'ajoutait rien à ma gloire.

On a bien raison de dire qu'il n'y a que le premier pas qui coûte. Ayant ainsi trébuché, de toutes les manières qu'on l'entende, rien ne me retint plus dans la course à l'abîme que l'honnêteté de Monsieur de Villarceaux et l'amour, sincère à sa façon, qu'il avait pris pour moi. Je ne vis pas, en effet, ce que j'aurais désormais à lui refuser ou à défendre. Par bonheur, il n'eut d'autre exigence que de venir me trouver chaque nuit dans la chambre que j'occupais seule au bout du château ; je l'y accueillis comme il le voulait ; parfois même je l'y retins.

A y bien songer, je ne puis dire que, dans ces premiers temps, les plaisirs amoureux m'aient donné du bonheur ; j'avais trop à la mémoire les dégoûts dont Monsieur Scarron m'avait fournie d'abondance ; mais je ne puis prétendre non plus que le péché m'ait causé du remords. J'étais anéantie et je trouvais dans cette absence de projets un parfait repos. J'avais cessé de me tourmenter, de me défendre, de craindre, de calculer ; je m'en remettais à un autre du soin de gouverner ma vie et ne tentais plus de disposer de moi-même. Enfin, je demeurai, pendant quelques semaines, sans réflexion ni sentiment [1], enchantée [2] comme la Belle au bois dormant.

Dans cette rencontre, la naïveté de ceux qui nous entouraient se révéla heureusement confondante, encore bien qu'elle ne fût pas plus grande que celle que montrèrent, dix ans plus tard et pour d'autres amours, les plus fins des courtisans. Il se trouve que le monde s'attache tant aux apparences que quelques règles exactement suivies suffisent à tromper le plus grand nombre. Si, dans la conversation, vous ne lâchez jamais la première le nom de celui que vous aimez et glissez à tel ou tel, dans le particulier, un mot de raillerie bien senti sur cet objet chéri ; si vous veillez à ne point paraître connaître sur votre amant ce que tout le monde ignore et feignez d'ignorer ce que tout le monde en sait ; si vous ne vous plaisez point à lui parler ni à parler de lui en société, sans pourtant fuir sa compagnie plus que celle d'une personne indifférente ; si vous êtes enfin, au su de tous, l'amie dévouée de ses maîtresses ou de sa femme, et que vous soutenez, d'ailleurs, une réputation de vertu par un goût marqué des choses de l'esprit, les sots vous croiront

1. Conscience de ce qui arrivait.
2. Victime d'un sortilège.

éloignée de l'homme qui jouit de vos faveurs et les plus clairvoyants jugeront votre commerce incertain. Comme à tout péché, j'ai trouvé au mensonge de la facilité et même de l'agrément, le mystère n'étant pas le moindre des ragoûts [1] à l'amour.

Je ne tenterai point cependant de justifier aujourd'hui cet adultère, et la conduite de dissimulation que j'ai tenue trois ans durant pour le masquer, en prétendant que, si j'étais capable de calcul et de déguisement, je n'étais pas incapable d'émotions vraies et de sentiments violents ; je ne tirerai pas davantage argument de la grande solitude de cœur où je vivais alors, encore qu'il fût vrai que je l'éprouvasse parfois douloureusement. Tout cela ne me saurait justifier aux yeux d'autrui quand je n'y trouve pas moi-même d'excuse à ma faute, et moins encore à sa répétition.

De retour à Paris, pour faire mentir le proverbe qui veut que « jamais surintendant ne trouva de cruelle », je refusai successivement les propositions de Monsieur de Lorme, premier commis de la Surintendance, qui me prisait trente mille écus, et celles du surintendant Fouquet, qui, comme son supérieur, était disposé à enchérir ; je ne voulus rien non plus de mon amant. Plus la Fortune et la conscience de mon péché m'accablaient, plus je souhaitais de me soutenir par moi-même, résolue de souffrir la misère ou d'aller chercher la servitude plutôt que de démentir complètement mon caractère sur un sujet si essentiel. La Providence me vint alors secourir, tout indigne que je fusse de la sollicitude divine : Monsieur d'Albret avait si bien agité en ma faveur tous ses amis du Louvre que la reine Anne, touchée de mon malheur aux récits que lui en fit Madame de Motteville, consentit de rétablir pour moi la pension qu'elle ne versait plus, depuis des années, à mon malheureux époux. Cette pension était de deux mille livres prises sur sa cassette [2], somme modeste mais suffisante pour qui saurait la ménager. Cet événement heureux, qui survint au commencement de l'hiver de 1661, mit fin à la période la plus noire de ma misère.

1. Ce qui ajoute du goût : piment, par exemple.
2. Dotation personnelle.

Le Ciel m'envoya pourtant, dans cette circonstance, un premier avis d'avoir à changer de conduite : étant allée au Val-de-Grâce remercier la Reine mère de la pension qu'elle venait de m'accorder, une dame de la Cour, au lieu de louer cette bonté de la Reine comme tous les autres, dit : « Si la Reine donne cette pension aux plus beaux yeux du monde et à la personne la plus coquette du royaume, elle fait bien » ; j'entendis cela et les louanges qu'elle donnait à mes beaux yeux ne purent me faire passer sur le reste ; je pris pour cette femme une haine si violente qu'en la voyant plus tard à la Cour, je me sentais chaque fois prête à défaillir. Sans doute porte-t-on mieux les injures sans fondement que celles qu'on sait méritées.

Cependant, cet avis, dispensé de manière si déplaisante, ne m'arrêta pas : pourvue d'une pension et rentrée dans mon couvent, je ne cessai point de voir Monsieur de Villarceaux.

Je n'ose dire que je l'aimais, car je me fais une autre idée de l'amour, mais sa société m'était précieuse ; la vie est une aventure terrible, et une aventure qu'on court si seul qu'on se trouve parfois bien aise de se croire accompagnée sur un bout de chemin. Même si je ne reconnaissais d'ailleurs en Louis de Villarceaux ni la noblesse de conduite de César d'Albret, ni l'esprit de Monsieur de Barillon, ni la douceur de sentiments de Monsieur de Beuvron, la vigueur de son âme et la force de son corps me le rendaient chaque jour plus nécessaire.

Et, puisque lorsqu'on fait tant que de se confesser il faut le faire pour tout de bon, j'avoue que je me plaisais à voir sous mes baisers s'éteindre par degrés le feu un peu cruel de ses yeux et s'adoucir le dessin dur de sa lèvre ; je m'enchantais de me découvrir, entre ses bras, un pouvoir dont, jusqu'alors, je ne soupçonnais pas l'étendue ; j'aimais enfin, après un court instant d'abandon, à me rendre victorieuse de mon vainqueur.

J'ai toujours fait ce que j'ai fait en m'y donnant tout entière et avec le souci d'y exceller. Si j'avais eu l'âme mauvaise, je crois bien que l'orgueil et l'esprit de suite m'eussent fait porter la méchanceté à un point de perfection. Quand je fus dans le péché, je mis ma fierté, ou ce qui m'en restait, à n'être pas la moins habile des pécheresses de qualité ; je ne pouvais souffrir que Monsieur de Villarceaux établît entre Ninon et moi des comparaisons qui me fussent trop constamment désavantageuses ; et c'est ainsi qu'au fil des jours, comme Rome par Athènes, le marquis de Villarceaux se trouva vaincu par sa conquête.

Dans les commencements de notre commerce, à Montchevreuil puis à Paris, il avait eu sur moi l'avantage de l'expérience, de l'âge et d'une indifférence absolue au péché. J'étais encore, à ce moment-là, assommée d'ignorance, éperdue de gaucherie, affolée de répugnances, et, quand la raison me fut un peu revenue, toute hérissée de remords et de craintes. Pour se dédommager de mes rigueurs passées, le marquis, bien qu'il eût pour moi une passion assez vive, se plaisait, au demeurant, à me contraindre de toutes les manières et ne se croyait assuré de son empire sur moi que lorsqu'il m'avait amenée à suivre son caprice.

Accompagné de son frère l'abbé, qui était des plus débauchés, il me venait chercher jusque dans mon couvent. Certains jours, il me menait dîner dans un cabinet particulier chez « Renard » aux Tuileries, où l'on disait que le jeune Roi allait conter fleurette à Mademoiselle de Manchini devant qu'ils fussent l'un et l'autre mariés. D'autres jours, ou peut-être nuits, il m'entraînait par les allées du parc de Boulogne où des dames à l'inclination solitaire se servaient mutuellement de guides pour s'égarer ; ou bien il me traînait à sa suite, masquée comme c'était heureusement la coutume, jusqu'à la foire de Bezons, où nous allions en bac par la Seine, et m'obligeait de défiler au soir devant la foule des badauds qui venaient applaudir à l'Etoile le « retour de la foire » ; à moins qu'il ne me conduisît à cette foire Saint-Germain, dont le vacarme des musettes et des flageolets, les sots propos des montreurs de marionnettes, la presse des tirelaine [1] et des filles galantes ne faisaient certes pas le lieu le plus convenable du monde. Il trouvait délicieux, disait-il, d'être tour à tour l'objet et le vainqueur de mes remords.

1. Pickpocket.

Cependant pour le monde, sinon pour cette dame de la Cour que Dieu ou le diable avait éclairée sur mon compte, je restai la vertueuse veuve Scarron. C'était la condition nécessaire au maintien de ma pension.

J'avais conservé tous mes liens avec l'hôtel d'Albret et celui de Richelieu ; j'étais toujours fort aimée de Madame de Montchevreuil, à qui je rendais toutes sortes de bons offices, je continuais mes visites à l'Hôtel-Dieu et aux Quinze-Vingts où j'étonnais par mon indifférence à la puanteur et mon courage à laver les corps les plus sales ; enfin, j'allais en tout lieu mise très modestement, soutenant, au milieu du plus grand monde, de ne porter qu'une simple étamine du Lude, dans un temps où personne n'en portait. J'étais plus singulière dans cet habillement que ne le serait aujourd'hui une demoiselle de Saint-Cyr au milieu de la Cour, et on admirait fort ce qu'on croyait dû à la seule crainte de plaire.

En vérité, je n'étais pas assez heureuse pour agir en cela par piété ou par modestie ; n'ayant pas assez de bien pour égaler les autres dans la magnificence de leur habillement, j'aimais mieux me jeter dans l'extrémité contraire et paraître au-dessus de ces questions d'ajustement et de parure plutôt que de laisser croire que j'en attrapais ce que je pouvais et que je faisais mon possible pour en approcher. D'un autre côté, je paraissais plus avec cela que si j'avais eu un habit de soie à demi éteinte comme en ont la plupart des demoiselles qui veulent suivre la mode sans avoir de quoi en faire la dépense. Ma coiffure était simple, elle aussi, car rien ne sied moins que des frisures et des rubans assortis d'un habit de pauvre étamine ou d'une étoffe de soie commune. Enfin, prenant prétexte de mon veuvage, je cachais encore plus soigneusement ma gorge que je n'y étais accoutumée, j'étais si enrobée dans mes coiffes que, les ayant dénouées un jour de grande chaleur, la duchesse de Richelieu me dit avec étonnement : « Mais vraiment vous avez la gorge fort belle ; j'avais cru que vous y aviez quelque mal et que c'était pour cela que vous la cachiez avec tant de soin. » Toute cette attitude fit beaucoup pour édifier le monde, qui ne voit point l'état des âmes.

Les hospitalières de la Charité Notre-Dame furent les seules à n'être point trop abusées par le beau personnage que je faisais dans les hôtels du Marais. Elles trouvaient que je voyais furieusement de gens dans ma cellule et que cela ne les accommodait [1] point ; elles m'en firent tant de remontrances que je résolus enfin de quitter leur couvent pour prendre un logis de mon cru.

Je m'établis dans une petite maison de la rue des Trois-Pavillons, tout à côté de la rue Pavée ; à l'angle de cette rue était l'hôtel d'Albret et, à quelques pas de là, sur la place Royale, l'hôtel de Richelieu. Cette maison, que je louais pour trois cent cinquante livres à un marchand-boucher, était pauvre mais charmante. Un rosier grimpait sur le crépi jaune jusqu'à ma fenêtre et une fontaine faisait entendre nuit et jour devant ma porte le doux murmure des rivières de Mursay.

Rester seule en ce logis eût été agréable à ma passion mais dangereux pour ma réputation ; il eût semblé malséant qu'avec une pension royale, fût-elle modeste, je ne me fisse pas servir. Je cherchai donc une petite servante qui pût tenir mon ménage, mais je ne mis point de hâte dans cette recherche ; sous le prétexte de la difficulté que je rencontrai à découvrir une personne d'une société agréable qui fût en même temps assez habile pour faire tout mon ouvrage, je me contentai d'abord de femmes à la journée et fis durer ma solitude.

Je passai alors avec mon cher marquis quelques nuits que l'absence de contrainte et d'inquiétude me rendit douces. Ce fut même dans ce temps-là que j'éprouvai le plus de goût pour Louis de Villarceaux ; il m'avait enfin convaincue qu'il n'avait rien de commun avec mon pauvre mari et que, si tous les péchés sont également haïssables, il en est pourtant de plus agréables que d'autres ; j'en vins même à l'aimer au point de m'imaginer que certains mariages d'inclination pouvaient être délicieux dans les commencements. Un jour qu'il m'entretenait d'une maladie qu'avait sa femme et me disait que les médecins la croyaient à l'extrémité, cette idée, fort sotte au demeurant, fut cause que je ne pus me tenir de lui demander s'il m'épouserait en cas qu'elle vînt à mourir.

La surprise de mon amant fut entière ; puis le premier moment de stupeur passé, il se mit à rire : « Voyons,

_____
1. Ne leur convenait pas.

Françoise, rêvez-vous ? Vous avez trop de raison pour ne point mesurer le ridicule que se donnerait un Mornay en épousant la veuve de Monsieur Scarron. » « Je ne suis peut-être pas d'assez bonne maison pour être votre femme, pensai-je en moi-même, mais j'ai le cœur trop noble pour rester longtemps votre maîtresse. » Dans l'instant pourtant j'avalai l'injure sans mot dire, l'ayant assez méritée par ma naïveté ; je devais bien, au reste, quelque reconnaissance au marquis de ce qu'il venait ainsi de me tendre la clé dont j'userais un jour pour sortir de l'amour où je m'étais enfermée.

Pour le présent, toutefois, je ne pouvais chercher de secours contre lui qu'en lui-même ; je glissai ma tête sur son épaule, et, consolant ainsi ma faiblesse, j'en profitai pour mesurer ma force. « Bon Dieu, me disait parfois le marquis, mais c'est que vous voilà bien experte au métier ! »

Les matins, quand nous entendions du fond du lit sonner la cloche de Saint-Eustache : « Françoise, me disait Monsieur de Villarceaux, hâtez-vous · il faut aller à l'office ; je ne veux point que vous manquiez la messe. » Il me voulait plus dévote que je n'étais afin de pouvoir se flatter à chaque instant d'être le Dieu que je préférais au vrai. Je n'ai, par bonheur, jamais balancé entre deux objets si inégaux ; du jour que je succombai aux charmes du péché, j'enfermai Dieu dans un recoin de mon âme comme à l'intérieur d'une parenthèse ; je cessai de communier, mesurant le sacrilège qu'il y aurait eu à approcher la Sainte Table dans l'état où je vivais ; je cessai même de prier, ne jugeant point utile d'entretenir longuement le Seigneur de turpitudes qu'il constatait bien par lui-même. J'avais provisoirement placé ma foi et mon orgueil sous le boisseau ; mais que je les en tirasse et Monsieur de Villarceaux n'existerait plus.

Savoir ainsi mon amant condamné, et croire qu'un jour j'aurais la force d'exécuter l'arrêt, me donna d'abord pour lui un surcroît de tendresse. Il exigea que je me vêtisse d'un costume de page qu'il m'avait apporté ; je le fis de bonne volonté. Une autre fois, il voulut que je me misse nue devant lui comme au sortir du bain afin qu'il pût me peindre dans cette posture. Il avait, en effet, un petit talent de peintre dont il meublait son oisiveté. Le pinceau rendit hommage, presque aussi bien que le peintre, à ma gorge et à mes jambes ; quant au visage, le portrait n'était heureusement pas si fidèle qu'on pût me reconnaître à coup sûr ; pour le reste, un drap, qui savait son métier, cachait ce qu'il fallait cacher. Cette peinture doit se trouver encore dans une tour du château de Villarceaux, où je crois que le marquis la mit et dont j'ai tremblé pendant trente ans qu'elle ne sortît.

En avril ou mai de cette année 1662, je me résolus à prendre cette servante que je faisais profession de chercher depuis de longues semaines. J'arrêtai mon choix sur une pauvre fille de quinze ans, nommée Nanon Balbien ; elle demeurait sur la butte Saint-Roch près d'un de ces repaires de brigands qu'on nomme « cour des miracles » ; son logis prenait jour au-dessus d'une boutique obscure qui n'avait de remarquable que l'impudence de son enseigne ; le marchand, y ayant fait peindre Jésus au mont des Oliviers, avait en effet choisi pour devise : « Au juste prix. »

Nanon venait de la campagne briarde. La disette qui, cette année-là, avait chassé les gueux [1] des campagnes avait amené la famille Balbien jusqu'à cette « cour » de Saint-Roch, où elle avait rencontré le malheur : le père, s'étant fait maçon d'occasion pour nourrir sa famille, était tombé d'un échafaudage et demeurait infirme sur un grabat ; le frère aîné travaillait comme gagne-denier [2] près du Port-Saint-Bernard ; toute la journée dans l'eau glacée jusqu'à mi-corps, il conduisait jusqu'aux débardeurs de l'île Louviers les bois flottants qui descendaient la Seine ; il y avait pris une fièvre continuelle, toussant à fendre l'âme, et cette faiblesse était cause que, certains matins, il ne trouvait point d'emploi à l'Arsenal, au Port-de-Grève ni au Port-au-Foin ; quatre ou cinq petits frères, couverts de vermine, mouraient de faim dans la chambre, pendant que la mère, pour garder son toit, allait crier par les rues la marchandise du propriétaire du « Juste prix » ; la famille ne survivait que par les distributions de « blé du Roi » qui se faisaient certains jours au Louvre.

1. Les pauvres.
2. Homme de peine, portefaix.

La fille aînée, Nanon, ayant été mise dès son enfance aux travaux des champs, ne savait rien faire dans une maison, hors quelque couture ; mais elle semblait robuste, de bonne humeur et sa famille avait de la religion ; je vis au surplus que, si je ne la tirais pas de là, elle y périrait de famine. Elle avait besoin de moi, plus que moi d'elle. Je l'engageai donc, et ce jour fut pour elle le début d'une fortune qui, toutes proportions gardées, ne me paraît pas moins prodigieuse que la mienne.

Je retirai Nanon rue des Trois-Pavillons ; je la vêtis proprement et commençai de lui apprendre un métier dont elle ignorait tout, lui enseignant dans le même temps l'alphabet qu'elle ne savait pas davantage. Il m'arrivait parfois, dans le premier temps, de faire son ouvrage en sa place pour qu'elle pût poursuivre sa lecture à loisir. Enfin, je l'aimai vite, autant que si j'eusse retrouvé en elle ma bonne de Lile encore enfant.

Touchée d'ailleurs du spectacle que j'avais vu chez ses parents, je résolus de m'attacher à soulager un peu la misère du peuple ; encore que cette misère s'étalât bien visiblement dans toutes les rues de Paris, ou peut-être parce qu'elle s'y étalait et qu'on s'habitue à tout, je n'y avais, jusque-là, guère prêté attention. J'affectai dorénavant le dixième de mon maigre revenu à des aumônes et me fis serment d'y consacrer tout ce qui, dans la suite, me pourrait venir en surplus du nécessaire ; cet engagement-là fut sans doute celui que, dans toute ma vie, je tins le plus fidèlement et j'espère parfois que Dieu m'en saura aussi bon gré que je m'en sais moi-même.

Nanon était trop innocente, et trop bien édifiée sur ma vertu, pour soupçonner quelque chose de mon commerce avec Villarceaux ; mais quand elle se dégrossit un peu, car elle n'était point sotte, je jugeai plus prudent de ne plus recevoir le marquis dans ma maison lorsque je n'y avais point compagnie. Si singulier que cela puisse paraître, l'estime de Nanon m'était précieuse et je ne voulais pas qu'elle pût nourrir le moindre doute sur ma conduite.

Je ne vis donc plus le marquis tête à tête que chez Mademoiselle de Lenclos, chez qui j'allais toujours une ou deux fois la semaine ; Ninon nous prêtait parfois sa chambre jaune, sans s'enquérir autrement de ce que nous en faisions.

En juin de 1662, Montchevreuil abrita de nouveau nos amours. Je revis sans déplaisir le lieu de ma première faute. Je ne passais pas devant les communs et les lauriers du château sans sentir vivement le souvenir de ma honte, mais l'étourderie de la jeunesse, l'attachement que j'éprouvais alors pour Monsieur de Villarceaux, et le goût que je prenais chaque jour davantage pour les Montchevreuil et tous leurs enfants, alors petits et charmants, me rendirent les campagnes du Vexin plus agréables encore qu'à mon premier séjour. J'avais fait une arrivée singulière chez mes amis : sur cette petite pension qui était mon seul bien, j'avais trouvé moyen d'acheter des jouets pour porter aux enfants, tant même que j'en avais rempli le carrosse de façon que je ne pouvais y poser les pieds ; je les levai donc et les posai sur le siège, et me produisis de la sorte devant le perron de la maison. Si les gens raisonnables ne me donnèrent point de louanges, les enfants m'accueillirent avec des transports de joie : on tira de dessous mes jupes un chien aboyeur, une chaise avec des grelots, un perroquet qui sifflait quand on lui remuait la queue, une chapelle avec une cloche et une procession de religieuses, un petit fiacre avec un singe pour cocher, et force poupées et dragées [1]. Je nourris depuis longtemps pour les enfants une passion vive et un peu ridicule ; mais je crois que c'est dans ce temps-là qu'elle prit naissance et que je commençai d'acquérir un art véritable dans la manière de prendre soin d'eux et de m'en faire aimer. Jamais je ne répugnais à me dérober à ma compagnie ordinaire pour rejoindre des enfants, même nourrissons, ce qui surprenait les personnes de bon sens mais ne déplaisait point aux mères qui trouvaient commode que mon goût rejoignît leur besoin.

Mes journées se passaient ainsi en jeux innocents ; mes nuits étaient moins édifiantes, bien que Monsieur de Villarceaux ne me vînt pas rejoindre si régulièrement que

1. Bonbons de toute sorte (et pas seulement « dragées » au sens moderne).

182

l'année d'avant ; je l'avais rendu sensible aux périls que nous courions et, encombré d'une femme fort jalouse, il ne se souciait pas plus que moi de voir notre commerce découvert. Le soir, retirée dans ma chambre, j'étais donc persécutée en alternance par la crainte qu'il ne vînt pas et le remords qu'il fût venu. Le futur et le passé m'ont toujours empoisonné le présent ; encore que ce présent-là, lorsque le marquis me tenait dans ses bras, ne manquât ni de douceur ni d'agrément.

Marguerite de Montchevreuil se réjouissait, me disait-elle, de voir que mon aversion pour le cousin de son mari avait fait place à l'amitié ; elle le savait un peu libertin, mais ne désespérait pas qu'il n'en vînt, entouré d'amis comme moi et de parents comme elle, à faire une surprenante conversion ; elle était convaincue que, lorsqu'on nous prenait à causer sous la charmille ou dans un bosquet, c'était de son salut que je l'entretenais.

A Montchevreuil, les parties champêtres succédaient aux promenades rustiques. D'abord, on cueillit les cerises : je vois encore Madame de Brinon, la jeune ursuline en rupture de couvent, amie de Madame de Montchevreuil, perchée au haut d'une échelle d'où elle jetait les fruits dans nos tabliers ; le marquis, par jeu, me suspendit deux cerises aux oreilles mais il fut assez fin pour les laisser manger ensuite à un jeune frère d'Henri de Montchevreuil. Puis, on cueillit les prunes dont on fit des tartes larges comme des roues de moulin ; j'avais tout le jour de la farine jusqu'aux coudes. On cueillit les pommes, dont on but le cidre doux au pressoir dans des gobelets d'argent aux armes des Mornay ; Madeleine et Angélique de Montchevreuil, alors âgées de neuf ou dix ans, grisées par ce sirop trompeur, me voulaient à toute force faire avouer le nom d'un amoureux ; par malice, je finis par lâcher celui de l'abbé d'Estrées, qui mit leur mère en révolution. Mais quand, enfin, on en fut à cueillir le raisin, il fallut fermer la maison et regagner Paris sous la pluie de l'automne.

J'avais fait sur notre été un méchant petit poème, qui ne vaut que par les souvenirs qui s'y attachent pour moi :

C'est dans ces lieux que règne l'innocence,
Où les amants disent tout ce qu'ils pensent,
Mais à la Cour tout n'est qu'en apparence.

Je n'en parlais que par ouï-dire... et pour faire croire
que j'en savais quelque chose.

Ce sont des fleurs qui sont notre parure,
Nous nous lavons avecque de l'eau pure,
Notre beauté doit tout à la nature...

L'été de 1663 ne fut point aussi joli, toutefois. Il s'était
dit un peu partout qu'à Montchevreuil c'était Villarceaux qui régalait ; par fierté, Henri de Montchevreuil
ne voulut plus accepter les dons de son cousin et ne reçut
personne chez lui cette année-là. Le marquis avait, par
bonheur, assez d'amis pour que cela ne le mît pas en
peine. Il me fit prier par l'un de ses voisins du Vexin,
Monsieur de Valliquierville, de venir passer quelques
semaines dans son château de Rueil-Seraincourt, lequel,
par un hasard fort heureux, ne se trouvait qu'à quatre
lieues de son propre domaine.

Déjà, dans le passé, Louis de Villarceaux avait tiré de
ce voisinage tous les avantages possibles et recouru plus
d'une fois aux bons offices de son ami Valliquierville :
c'est ainsi que, huit ou dix années plus tôt, Charles de
Valliquierville avait recueilli Mademoiselle de Lenclos
lorsque, Madame de Villarceaux s'étant présentée de
façon inopinée dans sa maison du Vexin où le marquis
et la « divine » cachaient leurs amours, Ninon avait dû
plier son bagage dans la hâte.

Valliquierville s'était pris d'une vive amitié, et peut-
être un peu plus, pour Ninon. Il mit comme condition à
sa complaisance qu'elle m'accompagnerait dans ma
retraite. Le marquis trouva cette demande fort bonne en
ce qu'elle nous offrait le moyen de cacher notre
commerce : s'il se rendait tous les jours de Villarceaux
à Rueil-Seraincourt, on penserait que c'était pour
Ninon ; quelque « revenez-y » de passion, en somme ;
pour moi, on croirait que j'allais chez Monsieur de Valliquierville pour accompagner mon amie : « Servir de
chaperon à Ninon n'est point sans doute la meilleure

façon d'acquérir une réputation, me dit plaisamment le marquis, mais c'est, à tout prendre, moins compromettant que d'avoir Ninon pour chaperon ! »

Ainsi fîmes-nous. Ninon, tout à la joie de retrouver Valliquierville dont elle goûtait l'esprit, ne fit pas semblant de s'apercevoir qu'elle nous servait de prétexte. Je ne sais si elle recevait les confidences de son ancien amant ; pour moi, fidèle à ma politique du secret, je ne lui avais rien dit de ce qui s'était passé deux années plus tôt à Montchevreuil et je la laissai dans l'incertitude sur la nature de mes sentiments pour le marquis.

A Rueil, pourtant, nous faisions lit commun, elle et moi. Le château était froid et humide, et ma chambre, tournée vers le nord, restait glacée malgré la saison. Ninon, voyant mes souffrances, me convia gentiment à partager son lit ; nous nous y réchauffions mutuellement, autant par la chaleur de nos esprits que par celle de nos corps. Nous passions des heures à causer, dissertant volontiers sur l'amour en général et évitant avec soin le particulier. Il advenait sans doute, de loin en loin, que Ninon m'entretînt du caractère du marquis ou me contât quelque chose de ses amours avec lui comme en manière d'instruction ; mais, le plus souvent, elle ne me parlait de l'amour que sur le mode de la philosophie et pour me prêcher l'évangile qu'une cinquantaine de « caprices » lui avait permis de mettre au jour : « l'hymen est à l'amour ce que la fumée est à la flamme », « il faut choisir d'aimer les femmes ou de les connaître », « s'attacher toujours au même lien c'est posséder mais ne sentir rien ». M'enseignant de la sorte, elle faisait mine néanmoins de me croire vertueuse, mais « vous ne l'êtes que par faiblesse d'esprit », ajoutait-elle.

L'amitié de Ninon donnait de l'agrément au séjour chez Valliquierville, mais je m'y trouvais sans cesse gênée dans l'expression de ma passion : ne vivant point sous le même toit, le marquis et moi étions réduits aux hasards des promenades de campagne ; or, je n'ai jamais goûté ce qui est périlleux ; de plus, ces circonstances ne me remettaient que trop en mémoire le souvenir de ma première honte. Je sentis bientôt que je n'aimais pas autant Monsieur de Villarceaux dans le grand jour des prairies que dans l'asile clos et nocturne d'une chambre ; et, quelle que fût la cause de cette diminution de mes sentiments, voir que je pouvais l'aimer moins fut nouveau pour moi. J'en sentis le trouble, avant d'en mesurer l'avantage.

Une autre cause de mon malaise tenait à ce que je goûtais peu la compagnie de notre hôte. Charles de Valliquierville était un gentilhomme extravagant qui, entre autres singularités, ne voulait manger de rien qui ait eu vie, non point par aversion mais par pure vision [1] ; il ne se nourrissait que d'herbes [2] et de petit-lait et prétendait nous nourrir de même. C'était en outre un grand libertin qui, non plus que Ninon, ne croyait à rien. Un jour, ils s'enfermèrent dans une chambrette pour raisonner. Les y trouvant dans l'obscurité, je leur demandai ingénument ce qu'ils faisaient là. « Nous tâchons, me dit-elle, de réduire en articles [3] notre créance [4]. Nous en avons fait quelque chose ; une autre fois nous y travaillerons tout de bon... » Valliquierville enchérissait sans cesse sur Mademoiselle de Lenclos pour moquer ma vertu, qu'il pouvait avoir quelque raison de ne point estimer, et mes croyances, à propos desquelles, en revanche, je ne le pensais pas fondé à me donner son sentiment. Enfin, je le pris assez en dégoût pour regretter tous les jours mes bons Montchevreuil.

J'avais regret, surtout, de la compagnie de leurs enfants, dont j'aimais le babillage, et la tendresse pour moi. Un jour que Monsieur de Villarceaux me voyait d'humeur maussade et que, m'ayant interrogée sur la cause de mon chagrin, je lui avais avoué que les petites filles de Montchevreuil me manquaient : « Mais enfin, Françoise, quel singulier tourment, s'écria-t-il, si vous aimez tant les nourrissons, vous finirez bien par en avoir de votre cru. Je m'en vais gober deux œufs frais et vous faire, pour vous plaire, un gros garçon tout du premier coup ! »

La foudre tombant à mes pieds ne m'eût pas donné plus d'émotions : j'avais bien souvent songé à ce grand

1. Fantaisie, folie.
2. Légumes poussant au-dessus du sol (par opposition aux « racines »).
3. Mettre en forme.
4. Nos croyances.

péril qu'on nomme « l'écueil des veuves » mais j'étais, dans les commencements, trop violemment éprise du marquis pour m'y arrêter ; je m'étais placée alors dans une si grande dépendance que, sachant que le péché des femmes porte en lui-même sa condamnation, j'avais renoncé pourtant à considérer la conséquence de mes actions et à me tourmenter sur les suites tant que les événements ne m'y contraindraient pas. Le mot du marquis, tombant dans un temps où mes sentiments pour lui se refroidissaient, me remit face à l'abîme que je n'avais cessé de côtoyer.

Il me revint en mémoire que Scarron et Rosteau disaient fort plaisamment, dans le temps, que Monsieur de Villarceaux ne devrait faire autre chose que des enfants tant il les faisait jolis. Or je n'ignorais pas qu'un enfant avoué, ou seulement soupçonné, me jetterait à la ruine : même s'il est un peu moins malaisé à une veuve qu'à une femme mariée de dissimuler une grossesse et des couches, ces enfants-là grandissent comme les autres et il faut bien, un jour, prendre d'eux des soins qui délient les langues ; ces bavardages causeraient la perte de ma pension et de mes amitiés du Marais. Aussi devins-je, soudain, plus sensible que par-devant [1] au risque que le marquis ne parvînt à « compléter mon bonheur » ou que Dieu ne prît envie de publier [2] ma faute. Je m'étonnais même, en y faisant réflexion, que cela ne se fût point encore accompli et qu'une espèce de stérilité, que je pouvais regarder comme miraculeuse, fût si bien venue au secours d'un fantôme [3] de vertu. Cette inquiétude, d'une vigueur nouvelle, m'ôta mes dernières joies.

Me voir d'ailleurs, dans cette retraite du Vexin, constamment confondue avec Ninon, lui succéder à quelques années d'intervalle dans les mêmes fourrés pour le plaisir d'un gentilhomme trop riche, être contrainte de recourir aux services d'une courtisane et d'un libertin pour dissimuler un commerce coupable, tout concourut à me donner un dégoût de ma conduite plus vif qu'à Montchevreuil. Le ressouvenir des mépris

1. Auparavant.
2. Rendre public.
3. Apparence, faux-semblant.

du marquis, quand, deux ans plus tôt, j'avais osé lui parler de mariage, et la mémoire des désagréments que j'avais éprouvés dans les commencements de notre commerce me remontèrent au cœur avec violence. Je fus reprise de doutes sur la sincérité de mon amant ; je ne sais d'où je tirai l'idée qu'il courait conter à Ninon, après m'avoir quittée, tout ce que j'avais dit ou fait. Je m'arrange assez bien du regard de Dieu sur mes péchés, mais je n'y supporte pas le regard des autres. Cette imagination me sembla si peu soutenable [1] que je résolus de rompre, dès notre retour à Paris, un commerce qui ne me fournissait plus que des sujets de honte ou d'inquiétude.

Cependant, ma résolution me parut difficile à exécuter de sang-froid car le marquis m'accablait alors de tendresses ; j'en différai encore l'achèvement de quelques mois, qui eussent aussi bien pu devenir des années sans le secours, involontaire, de Monsieur de Méré.

Voici comme la chose se passa : au carnaval de cette année-là, tout le monde avait masqué [2] ; ce n'était par toutes les rues que chienlit [3] et pantalonnades ; certains osèrent même, à l'exemple de ce qu'avait fait Madame d'Olonne quelques années plus tôt, se vêtir en capucins et donner au peuple un spectacle aussi indécent que sacrilège ; je ne sais pourquoi, la Reine mère et la jeune reine Marie-Thérèse jugèrent bon d'imiter ces têtes folles et de masquer aussi. Je ne pus me tenir de lâcher, à l'hôtel d'Albret, que je ne concevais pas comment une honnête femme pouvait masquer ; je n'imaginais pas non plus qu'une reine pût perdre assez le sentiment de ce qu'elle se devait pour traîner au hasard des rues sous un loup de Venise. Monsieur de Méré écouta ma diatribe sans mot dire mais, à l'instant que je quittai la compagnie : « Madame, me dit-il entre bas et haut, vous êtes aussi bonne comédienne que ce Roscius dont parle Cicéron. » Sous le pédant de la référence, car mon premier maître était décidément un pédant, je démêlai fort bien

1. Supportable.
2. S'était déguisé.
3. Carnaval, accoutrements bizarres.

l'insulte ; piquée au vif, je résolus de me mettre, sans plus attendre, en situation de pouvoir dire ce que je pensais sans m'exposer moi-même à la critique. La honte de démentir mes propres maximes l'emportait enfin sur la volupté.

Deux jours plus tard, j'entrai aux ursulines de la rue Saint-Jacques pour une retraite de quelques semaines. J'avais signifié que je n'y voulais voir personne et je n'exceptai pas le marquis de cette exclusion générale. Ce premier éloignement devait préluder, dans mon esprit, à une rupture plus complète, car, ainsi que je l'ai dit déjà, je n'aimais pas beaucoup Monsieur de Villarceaux dans l'absence : il était loin de mon cœur chaque fois qu'il quittait mes yeux. Je me fis un rempart d'une tourière [1] et cherchai dans la solitude le courage qui m'avait fait défaut depuis près de trois années.

Quand, après un mois de méditations, je quittai la rue Saint-Jacques, je fis mander à Monsieur de Villarceaux de me venir trouver aussitôt ; je connaissais trop le péril que j'eusse couru à différer.

Mon beau galant à la tête brune accourut plein d'espérances. Sur-le-champ, je lui signifiai son congé. La probabilité d'une telle aventure était alors si loin de sa pensée que, d'abord, il ne parut pas entendre le langage que je lui parlais. J'eus beau, pour justifier ma résolution, mettre dans le jeu jusqu'à la vertu de sa femme, il s'entêta à croire à quelque badinage. Je dus enfin lui parler rudement et lui dire que je ne voulais plus, de toute une année, le rencontrer en quelque lieu que ce fût ; qu'ensuite nous pourrions bien nous trouver ensemble ici ou là et nous y comporter en bons amis, mais que la porte de ma chambre lui serait à jamais fermée.

Il en fut si étourdi, si meurtri, si éperdu que je crois bien que j'eusse autant aimé d'assassiner quelqu'un que de lui assener ce coup-là. Il pleura, supplia, menaça, fit toute une scène, enfin, peu digne d'un gentilhomme et bien douloureuse pour une maîtresse ; mais plus ma résolution me coûtait, plus je m'y accrochais, doutant de retrouver jamais le même courage s'il fallait tout affron-

1. Religieuse qui assure, par l'intermédiaire du « tour », les contacts avec l'extérieur.

ter une seconde fois. Cette scène pénible dura tant qu'à la fin je ne voyais même plus ses larmes et, brisée de fatigue, je n'avais plus qu'une seule idée en tête : qu'il partît de chez moi le plus vite possible, de n'importe quelle façon et pour n'importe quel destin. Quand il me vit aussi véritablement inflexible, il s'en alla.

Pendant plusieurs jours, je crus l'avoir tué. Encore que je ne doutasse point d'avoir agi pour mon bien en éloignant mon amant, je m'éveillais la nuit, baignée d'angoisse et de remords. Je m'attendais chaque jour à apprendre quelque folie ; dans l'état de désespoir où je l'avais mis, je craignais qu'il ne cherchât à mettre fin à ses jours ou aux miens.

Il vécut trente ans après ce coup qui devait lui être fatal ; et soixante ans après, je me porte moi-même assez bien. Cela montre que, si l'on n'aime jamais autant qu'on le dit, on aime aussi toujours beaucoup moins qu'on ne croit.

9

Avec mon chenapan de marquis, j'avais presque connu l'amour. Je croyais ce « presque » bien assez bon pour une personne sans naissance, sans biens, sans espérances [1]. En outre, ce commerce [2] m'avait tirée de l'imbécillité [3] de l'enfance et ce n'est point payer trop cher cet avantage que de l'acheter au prix de l'innocence. J'avais même gagné à la pratique du péché de quoi mieux armer ma vertu. Depuis que j'avais été la maîtresse du marquis, je résistais plus aisément aux galanteries de ceux qui m'assiégeaient ; je les menais jusqu'où je voulais et les laissais précisément à l'endroit qu'il me plaisait ; tout en étant plus libre dans mes propos et mes regards que je ne l'avais jamais été, je savais qu'il n'était plus à la portée d'aucun de ces guerriers de surprendre la citadelle.

1. Espérances de fortune.
2. Liaison.
3. Faiblesse, naïveté.

J'y vis la preuve que la connaissance, fût-elle celle du vice, est toujours préférable à l'ignorance, quand même celle-ci serait un effet de la pureté.

Je ne fus pas fâchée cependant que mes jours prissent un cours plus réglé. Le matin, j'écrivais à mes amies, mon frère, mes chers Villette, ma bonne Céleste. Nanon, son ouvrage fait, cousait au coin du feu ou lisait quelque bon livre que je lui donnais pour son instruction. Après un repas rapide que nous prenions ensemble, car il y aurait eu du ridicule à faire dîner cette enfant seule à l'office, j'allais passer l'après-midi chez le duc et la duchesse de Richelieu, où l'on se divertissait alors fort bien autour d'un jeune abbé des plus frétillants.

Prieur de Saint-Denis de la Chartre, l'abbé Testu se piquait d'être à la fois prédicateur et poète, et rimait en alternance des madrigaux et des stances chrétiennes : c'était, au vrai, l'homme du monde le plus amusant dans une société, avec un style plein d'antithèses et de pointes, le type même de ce qu'on nomme aujourd'hui « un abbé de cour » ; il se vantait très volontiers de ses prouesses auprès des dames et faisait si fort le galant que le Roi, dans la suite, ne put jamais se résoudre à le faire évêque. Madame de Coulanges, femme de celui qui a tant fait de chansons et cousine de Madame de Sévigné, donnait la réplique au petit abbé. Elle avait une figure et un esprit agréables, une conversation remplie de traits brillants ; et ce style lui était si naturel qu'un curé me dit sur le ton du chagrin, après une confession générale qu'elle lui avait faite, que chaque péché de cette dame était une épigramme [1]. Le chevalier de Matha se mettait de la partie, Marie de Sévigné ajoutait un grain de sel, la comtesse de Saint-Géran un soupçon de vitriol, et les soirées n'étaient pas mélancoliques.

D'autres jours, j'allais à l'hôtel d'Albret, où j'étais assurée de trouver la maréchale entre deux vins et son mari entre deux dames. César d'Albret aimait que je fusse l'une de ces deux vivantes cariatides dont la présence soutenait sa réputation, comme de plus marmoréennes avaient soutenu les temples. Il se plaisait à me pousser en société, à m'encourager, à m'apprendre tout

1. Pièce de vers se terminant par un mot d'esprit.

ce qu'il savait ou croyait savoir sur les puissants de ce monde : il me regardait enfin comme son ouvrage [1] et peut-être l'étais-je un peu en effet.

Ce fut dans ces maisons que je fis la connaissance de trois femmes qui devaient jouer un grand rôle dans la suite de mon aventure. L'une après l'autre, avec éclat et majesté, elles entrèrent dans ma vie ; je n'ose dire qu'elles entrèrent dans mon jeu, car je ne savais pas alors que j'avais, avec elles, des cartes en main et engageais à mon insu une partie contre le destin dont, ces figures abattues, je sortirais seule victorieuse.

La première était brune et pâle, avec des yeux violets et ce visage aigu qu'on prête ordinairement à « la dame de pique ». Quand elle était en compagnie, on entendait son rire d'un bout des appartements jusqu'à l'autre ; la tête renversée en arrière, elle était prête à se pâmer par l'excès de sa joie, et son corps tout entier semblait s'abandonner à l'ivresse de sa gaîté ; mais de dessous ses paupières mi-closes s'échappait parfois un regard froid et acide qui me glaçait le cœur. Je soupçonnais, dans cette âme close, des mouvements violents qui m'effrayaient autant qu'ils m'attiraient. Elle était poitevine comme moi et se plaisait à entremêler son discours de quelques mots en patois afin de dépister la compagnie et que nous pussions nous entendre sans être entendues ; elle avait déjà le goût des chiffres [2] et des secrets.

Cette belle rieuse se nommait Anne-Marie de La Tremoille ; elle avait épousé le comte de Chalais, dont on la disait fort éprise. On la croyait toute faite pour l'amour et les divertissements ; mais, sous son dehors léger, elle avait, plus qu'aucunes femmes que j'ai connues, la tête politique et l'âme virile ; elle mourait d'envie d'être occupée d'affaires sérieuses. Sans doute eut-elle assez d'occasions, plus tard, de satisfaire ce goût-là lorsque, devenue princesse des Ursins, elle gouverna l'Espagne, mais, dans le temps dont je parle, elle se trouvait bien dépitée qu'on me choisît toujours plutôt qu'elle pour me mener dans les ruelles parler des affaires publiques et des intrigues particulières. Elle m'en fit

1. Son œuvre, sa créature.
2. Codes.

l'aveu, quand, parvenues toutes deux au faîte de la puissance, nous nous écrivions, deux ou trois fois la semaine, sur les affaires de l'Europe. Pour moi, dans ce temps-là, j'aurais préféré être à la place de la petite comtesse et qi e, me croyant moins solide, on me laissât plus libre de su vre ma fantaisie.

Ma deuxième carte n'était point, à la vérité, une de ces cartes maîtresses autour desquelles on construit sa partie ; mais seulement l'un de ces petits atouts qu'on jette pour éclairer le jeu.

Elle se nommait Bonne de Pons. Elle était parente du maréchal, avait vingt ans, une figure piquante, et point de dot. Elle arrivait de sa province avec une cousine, Judith de Martell, qui, comme elle, venait d'abjurer le protestantisme pour ne point décourager les beaux partis catholiques. Le duc d'Albret s'était fait leur tuteur et, les ayant prises sous son toit, s'essayait à les marier. Mademoiselle de Pons était, au physique, une de ces petites beautés fines et frêles qui n'ont que la cape et l'épée [1]. Au moral, bizarre, naturelle, pleine d'imagination, toujours nouvelle et divertissante, elle n'ouvrait jamais la bouche sans me faire rire ; encore que je visse bien qu'elle n'exerçait son talent qu'aux dépens d'autrui et que je n'eusse rien voulu dire moi-même des mots qu'elle faisait sur les autres, je ne pouvais me tenir d'admirer cette fille effervescente, mordante, toute bouillonnante de projets et d'espérances sous la mousse de ses cheveux roux.

Pour la troisième des dames, c'était véritablement la dame de cœur. Elle en avait la noblesse de taille, l'opulence de gorge, et tout le triomphant dans le visage. Sa beauté était surprenante : une démarche de déesse, un teint de porcelaine, des cheveux d'ange, et des yeux d'azur. Elle savait d'ailleurs user de ces yeux-là à merveille et ne lorgnait [2] pas mal : tant qu'elle daubait [3] avec esprit sur tel ou tel, elle avait le regard pointu, mais, quand l'heure était à la sérénade, elle glissait entre ses

1. Au sens du xviie siècle (cf. notamment l'abbé de Choisy) : sans épaisseur ni consistance, superficielle.
2. Regarder de manière à séduire, lancer des œillades.
3. Raillait.

longs cils de certains regards langoureux qui ne pouvaient laisser leur cible insensible.

— Athénaïs, lui dit un jour Bonne de Pons comme nous nous trouvions dans la chambre de la maréchale et que la déesse lorgnait ainsi un jeune seigneur de la compagnie, je trouve que pour une jeune épousée vous regardez trop les gentilshommes.

— Quand on parle de Madame, dis-je à mon tour en me tournant vers la belle, le mot de « regarder » est une calomnie ; elle ne « regarde » pas, elle caresse des yeux et noie du regard.

La blonde divinité sourit ; je vis qu'elle ne haïssait pas les compliments et je les tournais assez bien dans ce temps-là.

La merveille se nommait Françoise de Rochechouart-Mortemart et se laissait surnommer « Athénaïs » ou « Athénaïste », nom que les précieuses du Marais lui donnaient de la même façon qu'elles m'avaient baptisée « Lyriane ». Cette adorable beauté avait vingt-quatre ans et elle venait, après une passion malheureuse pour Alexandre de La Tremoille, frère de la petite comtesse de Chalais, de se résoudre à épouser le marquis de Montespan, fils d'une tante de Monsieur d'Albret et cousin de Madame de Richelieu. Elle devait à la protection de Monsieur [1] d'être fille d'honneur de la jeune reine et employait alors tout son esprit, qui était grand, à divertir cette pauvre délaissée.

Quand elle tombait au milieu de nous, apportant avec elle un air de la Cour, des torrents de fines dentelles et des fleuves de parfums outrés [2], elle savait, avec l'art d'une conteuse consommée, nous représenter l'indignité des maîtresses du Roi et le malheur touchant de la souveraine bafouée. « Pour moi, disait-elle avec une indignation qui n'était pas feinte, si j'avais, comme Mademoiselle de La Vallière, le malheur d'être la maîtresse du Roi, je courrais me cacher pour le reste de ma vie. » Je songeai à part moi que, dans tous les cas, il eût été dommage d'ôter aux yeux des mortels le spectacle de

1. Frère du Roi.
2. Violents.

cette Vénus en majesté. Je la trouvais royale ; je ne savais pas jusqu'à quel point.

Ces trois jeunes femmes me plurent également par leur esprit, encore qu'il fût d'une nature différente pour chacune : Françoise de Montespan avait plus de lecture [1], Anne-Marie de Chalais plus de jugement, et Bonne de Pons plus d'insolence. Je m'essayai à gagner leur amitié, ou plutôt leur bienveillance, car, dans ces grandes maisons, je n'étais pas encore tout à fait sur le pied de compagnie [2]. Encore qu'on m'aimât fort chez les d'Albret et les Richelieu, on ne manquait pas, en effet, de me faire sentir toute la distance qui me séparait des marquises et des duchesses. Jugeant qu'il vaut mieux être appelée que chassée, je me montrais moi-même fort discrète et ne prenais jamais que la dernière place. Je ne parlais que lorsqu'on m'y invitait ; je m'oubliais sans cesse pour être agréable aux dames mieux nées ; et je me contraignais à m'accoutumer à l'humeur de tous, n'espérant point de les accommoder à la mienne. Enfin, je ne cessais, par l'humilité de ma conduite, de témoigner de la modestie de mon état. On m'en savait bon gré.

J'avais sans doute les coudées assez franches chez Monsieur d'Albret, car la protection du maréchal m'était bien assurée, mais je devais m'effacer davantage à l'hôtel de Richelieu : si la vieille duchesse me témoignait toujours une grande bienveillance, il en allait différemment de son jeune mari. Le duc était fort inconstant dans ses goûts et se lassait vite de ceux qu'il voyait trop souvent. Ses amis s'apercevaient de la place qu'ils avaient dans son cœur par celle que leurs portraits occupaient dans sa chambre. Au commencement d'une connaissance et d'une idée d'amitié, il faisait aussitôt peindre ceux qu'il croyait aimer et les mettait au chevet de son lit ; mais peu à peu ces amis chers cédaient leur place à d'autres, reculaient jusqu'à la porte, gagnaient l'antichambre, puis le grenier, et enfin il n'en était plus question. Quand je me vis accrochée dans un escalier, je jugeai préférable d'éloigner un peu mes visites pour me faire désirer davantage.

1. Culture.
2. A égalité avec les autres personnes du groupe.

Dans les mois suivants, je ne vins plus que par hasard à l'hôtel de Richelieu et passai le plus clair de mon temps chez les Montchevreuil et chez Ninon.

— Dites-moi, Françoise, a-t-on bien du bonheur à être veuve ? me demanda celle-ci, un jour que, couchée auprès d'elle sur son grand lit de damas rouge, je lui contais ma vie avec assez de gaîté.

— Oui, lui dis-je, encore bien qu'il y ait sans doute plus de liberté pour les vieilles que pour les jeunes veuves, qui doivent sacrifier leurs plaisirs à leur réputation. Mais enfin, à quelque âge qu'on se trouve, ajoutai-je en parodiant mon père, ce qu'il y a de bon au veuvage, c'est que si l'on n'y fait pas toujours sa volonté, du moins l'on n'y fait pas celle d'un autre.

Au vrai, m'étant trouvée pendant tant d'années dans la dépendance d'autrui, tantes, tutrices, religieuses, mari, amant, je commençais à prendre goût à cette liberté toute nouvelle.

Ma pension suffisait à ma dépense ; bien que vêtue simplement, je ne brûlais chez moi que de la bougie [1], ce qui n'était pas fort commun dans ce temps ; j'avais même de l argent de reste pour mes aumônes et quelque épargne. Nanon m'aimait comme sa sœur et prévenait mes moindres désirs, lesquels étaient d'autant plus aisés à satisfaire que je n'ai jamais aimé mes aises ni suivi mon caprice. Si je voulais voir mes amies, j'étais libre d'aller à mon heure dans leurs hôtels, sûre d'y être bien reçue, ou de les attirer chez moi en les faisant avertir que je ne sortirais pas. Je n'avais plus, d'ailleurs, aucune de ces passions qui eussent pu troubler mon penchant à ce fantôme de bonheur. Les gazettes m'avaient oubliée, on ne rimait plus mes amours dans les ruelles. Je menais une existence obscure et tranquille sans connaître le chagrin ni l'ennui. J'étais contente enfin, et je ne comprenais vraiment pas qu'on pût appeler cette vie « une vallée de larmes ».

Ma seule peine me venait de mon frère. Il avait été pris dans la réforme de son régiment et se trouvait sans emploi. Je l'avais fait recevoir à Mursay chez les Villette,

---

1. Par opposition à la « chandelle » de suif.

auxquels, ménageant sur mon propre revenu, je versais une petite pension pour son entretien ; mais il extravaguait encore plus au fond du Poitou qu'à Paris. Sa vie n'était que duels, amours et jeux ; aussi n'allait-il que de méchantes[1] affaires en fâcheuses aventures. Perdu de dettes, il ne s'était pas borné à recevoir de Monsieur de Villette les sommes qui lui étaient nécessaires, mais il lui avait pris aussi ce que celui-ci ne lui donnait point. Enfin, partout il se brouillait avec les gens auxquels je le faisais recommander et ce que j'apprenais sur lui passait par la main de gens dont il aurait eu besoin et à qui j'avais tenté de donner de l'estime pour lui. J'aurais voulu donner un bras et qu'il fût le plus honnête homme de France, mais mes remontrances, pas plus que celles que lui fit Monsieur d'Albret en ami et en vrai père, n'avaient de prise sur lui.

Il me revint à la mémoire que ma mère, le voyant un jour à la Martinique badiner à la chandelle et se brûler le bout du doigt, l'avait retiré mais, quoique brûlé, il y était retourné : « Ah, avait dit cette pauvre femme, il sera incorrigible. » Il l'était en effet. Cependant, ses procédés avaient beau détruire la bonne opinion que j'avais de lui, ma tendresse restait entière et ma douleur était proportionnée à cette affection. Cette passion sans cause, prise pour lui à l'âge de huit ans, ne me devait, comme toutes les passions, jamais fournir que du tourment.

Il y avait plus d'un an que j'avais mis plus heureusement fin à l'autre passion de ma vie, quand, à la suite d'une maladie que j'eus, je reçus de Monsieur de Villarceaux ce petit billet :

> *Ces beaux yeux qui vous font aimer,*
> *Ces yeux qui savent tout charmer,*
> *Brillent encore davantage.*
> *Et l'on ne saurait découvrir,*
> *Si ce n'est sur mon visage,*
> *Que vous avez pensé mourir.*

1. Mauvaises.

Je trouvai le compliment adroit et fus contente du prétexte pour lui rendre mon amitié. De ce jour, nous nous vîmes de loin en loin chez nos amis et, s'il ne manquait pas de me manifester qu'il était toujours fort épris et ne se pouvait résoudre à abandonner tout espoir, il enveloppait cela d'un respect et d'une discrétion qui rendaient son amour mieux que supportable. J'espérais qu'il en viendrait, avec les années, à penser qu'il vaut mieux être l'ami d'une femme forte que l'amant d'une femme faible.

J'avais trente ans. J'étais revenue en faveur auprès du duc de Richelieu ; mon portrait avait regagné le chevet de son lit, et ce retour du grenier à la chambre n'était point si fréquent qu'il ne dût être remarqué. J'étais aussi plus avant que jamais dans les bonnes grâces de mon maréchal ; par une singulière rencontre, c'est même dans ce temps, alors que je ne me souciais plus aucunement de conquérir ce cœur volage, qu'il se mit à sentir pour moi quelque chose qui ressemblait à de l'amour ; il m'en écrivit quelques jolies lettres et m'en parla un soir comme il me raccompagnait jusqu'à ma maison.

— Monsieur le maréchal, lui dis-je, vous mettez bien du contretemps dans vos sentiments.

— Ah, je le sais... me dit-il gravement. Mais est-il vraiment trop tard ?

— Oui.

— Vous aimez ailleurs ?

— Non.

— Alors, vous ne me défendez point d'espérer ?

— On peut toujours espérer... J'espère bien, moi, de vous convertir un jour ! Voyez comme c'est probable ! Mais enfin, je ne vous crois pas homme à vivre d'espoir.

Quelques semaines plus tard, en effet, déjà lassé par l'attente, le beau maréchal se mit à conter fleurette à sa jeune pupille rousse, Bonne de Pons. Je ne sais pourquoi j'en sentis quelque dépit. Lorsque, ayant reçu de son tuteur un portrait de lui à mettre au bras, Mademoiselle de Pons m'en fit don par crainte que sa tante n'en découvrît quelque chose, je fus même plus aise que je ne l'eusse pensé de retirer [1] ce portrait chez moi. C'était un large

1. Emporter, cacher.

bracelet d'or dans lequel était enchâssée une miniature représentant Monsieur d'Albret ; le travail était si habilement fait qu'en regardant ce bijou au bras de celle qui le portait, on ne pouvait soupçonner qu'il y eût sur le côté un ressort caché et qu'un portrait fût dissimulé dans l'épaisseur de l'or. Je conservai ce portrait pendant plus de quinze années, et bien après la mort du maréchal. J'étais depuis longtemps liée au Roi que je le mettais encore à mon bras, ce qui était bien une extravagance. Je ne songeai à m'en débarrasser que plusieurs années après mon second mariage. Peut-être aussi que, quelquefois, on aime un peu plus qu'on ne croit.

Avec le temps, les rangs de mes galants s'éclaircissaient un peu, encore que de nouveaux chevaliers se vinssent ranger sous ma bannière.

Basville se plaisait toujours à m'accompagner au Cours [1] dans sa voiture ; il s'émerveillait, à ce qu'il m'en disait, qu'on pût allier tant de grâce à tant de pauvreté et de vertu. Ces deux maux-là, s'il n'eût tenu qu'à lui, eussent bientôt trouvé leur remède.

Le marquis de Marsilly, qui avait été quelques années auparavant le commandant de mon frère Charles, aimait à me rencontrer chez la duchesse de Richelieu ; il était invalide, ayant été blessé au combat, et se traînait sur des béquilles ; j'avais pitié de son état et passais de longs moments dans sa société pour le distraire de son mal ; cela, ou ce qu'il savait de mon mariage, fit enfin qu'il me crut du goût pour les infirmes et s'en autorisa pour badiner. Je décidai de ne plus regarder les malades qu'à l'Hôtel-Dieu.

L'oncle de Monsieur de Montespan, Henri de Gondrin, évêque de Sens, qu'on eût pu croire occupé de desseins plus spirituels, s'éprit à son tour de mes yeux, et eut le front de donner un souper en mon honneur. Je tolérais volontiers les galanteries des abbés mais j'attendais plus de tenue des évêques ; je me montrai si résolument froide à ce souper que toute la compagnie en fut glacée. « Madame, me dit Madame de Coulanges en sortant, je ne sais ce que c'est : nous sommes au printemps et il y avait un pied de neige dans cette salle. »

---

1. Le Cours-la-Reine, promenade à la mode.

Cependant, je fis alors une conquête plus singulière encore que celle du prélat : la Cardeau, fille de cette célèbre faiseuse de bouquets qui en fournissait à toute la Cour, devint amoureuse de moi. Elle fit en vain tout ce qu'elle put pour avoir prétexte de demeurer à coucher dans ma maison ; enfin, un jour que j'étais sur des carreaux dans ma ruelle de lit avec un peu de colique, cette fille, en entrant, se vint tout droit coucher auprès de moi et me voulut mettre une grosse bourse pleine de louis dans la main en m'embrassant ; je me levai d'un bond et la chassai.

Toutes ces fantaisies ne contribuaient pas peu à me donner de l'éloignement pour les passions, et j'étais plus que jamais résolue de ne consacrer mes soins qu'à ma réputation dans le monde et au bonheur de mes amis.

Assise sur un ployant auprès de la haute chaire du maréchal, j'écoutais causer les jeunes dames et les petits messieurs. Je n'étais plus, comme au temps de « l'hôtel de l'Impécuniosité », le centre de la conversation, la reine du « salon », la petite fille indiscrète dont les rires éclataient à tout propos. D'autres avaient repris l'emploi ; mais il y a beaucoup à gagner à se taire et à écouter. J'en apprenais long sur les goûts, les dégoûts, les manies et les espoirs de chacun. La seule personne qui se rendît compte parfois de l'observation que je faisais des belles de la compagnie était Madame de Montespan, qui ne manquait point de finesse.

« Otez donc vos yeux noirs de dessus moi, madame Scarron, je vous prie », me disait-elle en riant. Je souriais.

Du reste, si pour mieux connaître mes amis je tirais profit de la distance que le monde mettait entre eux et une veuve sans qualité [1], cette analyse n'empêchait pas que je ne me prisse vivement aux charmes de certains. Bonne de Pons surtout me retenait. Je voyais bien, sans doute, que jamais prénom ne fut plus mal donné, mais la liberté de ses propos et leur surprenante nouveauté m'enchantaient. Les étourdies et les vauriens plaisent toujours aux personnes raisonnables. Bonne de Pons ne

1. Qui n'est pas sortie d'une maison illustre.

m'avait point encore donné à souffrir de ses folies et je la croyais, seule de toute cette société, ma véritable amie.

J'eus le bonheur, en janvier de 1666, de la marier. La tâche n'était pas aisée car Monsieur d'Albret, de plus en plus coiffé de sa jolie nièce, ne mettait aucune hâte à l'établir. Mis-je moi-même quelque malice à presser les choses ? Après bien des peines et des inquiétudes sur le succès de l'affaire, je la conduisis enfin, par un beau jour de neige, jusqu'à Heudicourt, près de Pontoise, où l'attendait son époux, Monsieur Sublet de Noyers, marquis d'Heudicourt, grand louvetier du Roi. J'étais épuisée de fatigue à m'en trouver mal du soin que j'avais pris pour ce mariage. Le jour qu'on avait marié Bonne et Monsieur d'Heudicourt, j'avais même été si occupée de mon amie, j'avais pris tant de mon temps pour la parer de mes mains et la coiffer que je m'étais oubliée entièrement et m'étais laissé voir à toute la Cour, qui vint aux noces, aussi laide et négligée qu'une servante. On me mit promptement dans une chambre pour m'habiller à mon tour, et quand je rentrai, vêtue de tabis blanc et de point d'Angleterre [1], personne ne me reconnut, tant on me trouva différente de ce qu'on venait de voir ; on se récria sur ma beauté d'une manière qui n'était pas déplaisante à entendre.

Ce conte renouvelle à plaisir celui de Cendrillon, mais je me trouvais assez souvent dans le monde en même position que cette héroïne : j'aidais mes amies à passer des robes, à essayer des coiffures, je mettais en hâte quelque point à leurs jupes, je courais leur chercher un fard ou des parfums ; puis quand elles étaient sorties, je gardais la maison, brodant pour elles quelque ouvrage au coin du feu. A leur retour, « Ah, Françoise, quel dommage que vous n'ayez point vu ce bal ! » disait l'une ; « Madame, vous qui ne voyez rien, vous ne pouvez vous figurer la richesse de la toilette que portait ce soir la princesse de Monaco ; cela ne se peut décrire en vérité ; il fallait la voir », disait une autre ; « Madame Scarron est bien à plaindre, ma chère Bonne, de ne point savoir ce que c'est que ce palais » ; « Athénaïs, avez-vous vu les

---

1. Dentelle.

girandoles [1] dorées ? et les tables d'argent ? » ; « Judith, avez-vous mangé de ces grosses pêches glacées ? Avez-vous bu de ce vin de Champagne ? » ; « Et le Roi, Françoise, le Roi... si vous aviez vu le Roi... »

J'entendais l'écho lointain de la fête et je respirais le fumet du rôt, mais point de marraine qui pût me donner un jour ma récompense : la mienne était morte, et sans me laisser de regrets car elle tenait autant de la sorcière que de la bonne fée.

Ce qu'il y a de bon pourtant à se hausser dans le monde, fût-ce comme une femme de chambre, c'est qu'on finit par entrer dans des sociétés qui, sans être tout à fait les plus élevées, comptent en leur sein quelques-uns de ceux qui, dans d'autres cercles, contemplent la cime. A l'hôtel d'Albret et chez Monsieur de Richelieu, je ne voyais point le Roi ni les princes mais je voyais tous les jours quelques-unes des personnes qui les voyaient de près ; et si je n'étais point encore touchée des rayons du Soleil, des visages autour de moi en reflétaient la lumière.

La première à se parer sous mes yeux de cet éclat fut mon amie Bonne d'Heudicourt.

Madame d'Albret ayant mené sa nièce à Saint-Germain, quelques mois avant son mariage, Bonne n'avait pu y paraître sans que ses agréments y fissent quelque bruit. Le jeune Roi lui-même ne l'avait pas vue avec indifférence et avait, disait-on, balancé quelque temps entre elle et Mademoiselle de La Vallière, sa maîtresse d'alors. La maréchale n'en vit rien elle-même tant il était aisé de lui en faire accroire, mais ses amies lui représentèrent bientôt qu'il ne fallait pas laisser plus longtemps cette jeune personne à la Cour, où elle était sur le point de se perdre. Sur ces remontrances, la maréchale avait ramené brusquement sa pupille à Paris sous le prétexte d'une maladie supposée du maréchal. Quand elle trouva Monsieur d'Albret en bonne santé et qu'elle reconnut le sujet pour lequel on avait supposé [2] cette maladie, Mademoiselle de Pons ne me cacha pas sa douleur.

1. Grands chandeliers à plusieurs branches.
2. Prétexté, inventé.

— Françoise, c'est que ce roi n'est pas seulement le Roi, il est aussi le plus beau gentilhomme de sa Cour.

— Je sais qu'il est magnifique, en effet, lui disais-je, je l'ai aperçu d'un balcon il y a six ans, quand il est entré dans Paris après son mariage.

— Il est bien mieux que magnifique, disait-elle en pleurnichant, il est beau, je vous assure.

Je mettais dans ma voix quelque sévérité :

— Il est peut-être beau, Mademoiselle, mais de toutes les manières il est marié. Vous ne songez pas, sans doute, à être sa maîtresse.

— Vous n'y entendez rien, Françoise. Etre la maîtresse du Roi n'est point du tout si laid qu'être la maîtresse d'un homme ordinaire, disait-elle en serrant ses petits poings contre sa figure. Et j'ai manqué cela, je l'ai manqué par la faute de cette sotte maréchale qui préfère me jeter dans les bras de son mari...

Pendant des semaines enfin, je n'entendis parler que du Roi, de ses engouements et de ses dégoûts : le Roi n'aimait point les parfums, le Roi adorait la danse, le Roi suçait des pastilles à la cannelle, le Roi ne portait jamais de perruque, le Roi jouait de la guitare, le Roi faisait « médianoche [1] », le Roi raffolait des violons, le Roi n'aimait pas les carmélites, le Roi était gourmand de fraises, le Roi jouait des comédies, le Roi parlait l'espagnol, le Roi aimait les dames blondes, le Roi aimait les dames brunes, le Roi aimait les dames rousses, le Roi aimait les duchesses, il aimait les chambrières... et la fille de son jardinier.

En vain pourtant ma folle amie, si bien renseignée par son premier séjour, retourna-t-elle à la Cour après son mariage : la place était prise. Ce fut alors au tour de Madame de Montespan à m'éclairer sur le même sujet.

Ne sachant trop d'où je sortais et par quel hasard une « Madame Scarron » avait ses entrées dans l'hôtel de la rue Pavée, elle me traitait, dans les commencements, avec une condescendance trop marquée à mon goût. Cependant, quand elle sut que je connaissais son frère,

---

1. Manger gras au milieu de la nuit pendant le carême ; « chez les bourgeois, dit Furetière, on l'appelle un réveillon ».

le duc de Vivonne, lequel avait eu grande habitude [1] dans notre maison de la rue Neuve-Saint-Louis, et qu'elle vit la considération dans laquelle me tenait Monsieur d'Albret, elle daigna m'adresser plus souvent la parole. C'est ainsi que, de fil en aiguille et d'épigramme en bout-rimé, elle se prit à mon esprit comme je me pris au sien.

Ma naissance faisait qu'elle ne m'estimait guère ; sa hauteur [2] était cause que je ne l'aimais pas vraiment ; mais, cet inconvénient mis à part, nous nous entendions fort bien car elle était assez folle de son esprit pour ne point résister à ceux qui en savaient le prix. Grâce à elle, c'était la vie de tous les jours aux Tuileries et à Saint-Germain dont je surprenais le secret : « La Reine ne se couche pas que le Roi ne l'ait rejointe. Le croiriez-vous ? si volage qu'il soit, il ne découche jamais d'avec elle. Ma fonction est d'amuser Sa Majesté jusqu'au petit matin en attendant avec elle le retour du Roi... Pour tout vous dire, cela est fort ennuyeux car la Reine n'a point d'esprit. Et avec cela, elle est vertueuse comme une carmélite... et une carmélite espagnole ! Le Roi se plaît trop, cependant, à exercer cette vertu par ses galanteries. La vérité est que presque toutes les femmes lui plaisent hormis la sienne... et moi, bien entendu, ajoutait-elle en souriant. Heureusement, la Reine m'aime et ne se peut passer de moi : tandis que nous attendons le Roi, je moque Mademoiselle de La Vallière et Sa Majesté s'en enchante. Ainsi, elle a beaucoup goûté ma dernière épigramme :

> Soyez boiteuse, ayez quinze ans,
> Pas de gorge, fort peu de sens,
> Faites en fille neuve
> Dans l'antichambre vos enfants.
> Sur ma foi ! Vous aurez le premier des amants,
> Et La Vallière en est la preuve ! »

Comme on n'aime rien tant que chansonner les héros du jour et se dépiquer [3], par de vilains traits, des privi-

---

1. Il avait été habitué de notre maison.
2. Son air méprisant.
3. Se venger.

lèges que le Destin consent à ses favoris, toute la société applaudissait.

Je goûtais le plaisir de ces conversations un peu libres, je m'abandonnais à la douceur de ces amitiés de surface et je ne me mettais pas en peine du reste. L'été, j'allais à Montchevreuil, ou à Conflans dans la maison de plaisance que le duc de Richelieu possédait sur une île de la Seine. En 1667, j'accompagnai le duc et la duchesse jusqu'à Richelieu, où je passai six semaines bien employées : six heures ne me voyaient jamais couchée quand mes amies ne se levaient qu'à midi ; devant qu'elles fussent habillées, j'avais mis ordre à toute la maison, gourmandé les valets, échenillé les rosiers, e˙ vêtu les enfants.

Je profitai de ce voyage pour pousser jusqu'en Poitou. Mon frère y avait de nouvelles affaires[1] : comme il se faisait nommer « baron de Surimeau », des traitants chargés par le Roi des poursuites contre les faux nobles l'avaient assigné par-devant l'Intendant. J'allai donc à Mursay pour y trouver les preuves de l'ancienneté de notre famille, et tirai, des recherches que j'y fis, la créance que notre maison avait plus d'un siècle de noblesse ; je fus porter ma petite production à Poitiers, où on la trouva assez bonne pour arrêter les poursuites. Je demeurai quelque temps entre Niort, Mursay et Surimeau, renouant connaissance avec ma parenté. Mon cousin Philippe de Villette, par la mort de ses parents chef de famille, rompant avec les principes huguenots des d'Aubigné et des Villette, avait épousé une jeune catholique, Marie-Anne de Chateauneuf. Elle était belle, aimable, mais un peu lendore[2], assez en tout cas pour ne point faire obstacle à ce que mon cousin élevât leurs enfants dans la religion réformée et pour ne pas donner tous ses soins à la tenue du domaine, qui tombait à la ruine lorsque Philippe, officier dans la Marine, courait les mers. Parcourant les friches et les landes de Mursay, je resongeai avec tristesse à la peine que se donnait trente ans plus tôt mon oncle Benjamin.

1. Ennuis.
2. Molle, endormie.

Au retour de ce voyage, il me vint par le cardinal d'Estrées, mon ancien galant, une proposition bien extraordinaire. Sa sœur, la princesse de Nemours, qui était devenue reine du Portugal par son mariage, me faisait mander pour être sa dame d'honneur et l'accompagner à Lisbonne. Le maréchal d'Albret me représenta aussitôt tout ce qu'une telle proposition avait de favorable : c'était ma fortune assurée, l'occasion d'employer mes qualités à quelque fonction utile et d'entrer dans les affaires [1]. « Vous ne pouvez passer votre vie au service de vos amies, me dit-il, il faut songer à quelque établissement [2]. A moins d'un mariage brillant, que vous êtes assez raisonnable pour ne point espérer, vous n'aurez jamais d'offre plus avantageuse que celle-ci. Elle me semble, pour vous faire connaître le fond de ma pensée, tout à fait inespérée. »

Je balançai un moment. Les avantages, que le maréchal me marquait ainsi avec force, n'étaient point à négliger ; je sentais de plus en plus vivement en moi une réserve de forces inemployées, un je-ne-sais-quoi d'allègre qui me saisissait parfois aux moments les plus imprévus, me portait un temps, puis retombait faute d'objet. D'ailleurs, je n'avais rien en France qui me retînt, rien en ce monde qui m'appartînt : ni mari, ni enfant, ni maison. Ma raison me dictait donc de lier mon sort à celui de la reine du Portugal ; mes amis me pressaient d'accepter.

Il y a ceci de singulier dans la vie qu'elle offre autant de bonnes occasions à ne point manquer que de fausses à écarter ; la grandeur d'un destin se fait de ce qu'on refuse plus que de ce qu'on obtient. La difficulté, sans doute, est de distinguer à coup sûr les hasards heureux des bonheurs trompeurs. Dans l'incertitude, j'ai toujours cru qu'on ne se méprenait pas beaucoup en suivant son goût ; ou, si l'on se fourvoie de la sorte, du moins n'at-on pas tout à regretter.

Or, quand ma raison penchait pour le Portugal, mon cœur me retenait à Paris. Pariant comme on se jette à l'eau, je refusai la proposition du cardinal d'Estrées. On

1. Affaires politiques.
2. Emploi, charge.

ne comprit rien à mon choix, et j'étais incapable de me justifier moi-même.

La seule chose certaine est que je sentis du soulagement dès que j'eus fait tenir ma réponse à la jeune reine. Mon peu de raison mit le maréchal d'Albret dans l'affliction ; je lui dis, pour badiner, que je lui avais trouvé trop de hâte à mettre trois cents lieues entre lui et moi, et que cela seul m'avait déterminée à rester.

Je poursuivis ma vie tranquille, ou plutôt ce qu'on tient dans ce monde pour une existence paisible : un mélange d'espérances et de craintes, d'inconstantes affections, une foule de désirs, quelquefois une joie fugitive, habituellement un certain ennui.

— Certes vous êtes douce, enjouée, complaisante et tout le monde vous aime, me dit un soir le duc d'Albret, mais plaire à tout le monde n'est point un emploi, Françoise, et cela ne donne pas un état [1], sauf à se mettre dans la galanterie. Or, tel n'est point sans doute votre projet ?

— Pas encore, Monsieur le maréchal, lui dis-je en riant. Il est vrai que je ne cherche point à plaire par calcul et je veux bien convenir que je n'y ai pas d'intérêt, hors peut-être qu'il n'est jamais inutile de ne pas se faire d'ennemis... Mettons que je veux plaire pour satisfaire mon goût, ou mon vice, si vous l'aimez mieux, puisque j'ai autant de bonheur à plaire au dernier des crocheteurs [2] qu'à la première des duchesses. Croiriez-vous que je passe un temps considérable à charmer Nanon, ma servante ? Je dîne avec elle, je cause avec elle, je lui arrange des robes, je lui choisis des livres... parce que je l'aime sans doute mais, bien davantage, pour qu'elle m'aime. Tout est dit, Monsieur le maréchal : j'ai un trop grand besoin d'être aimée et louangée, mais c'est ma seule faiblesse.

— Ce n'est point moi, Madame, qui songerais à vous le reprocher si, d'ailleurs, vous pensiez un peu à avoir besoin de mon amitié autant que de celle des autres.

1. Situation.
2. Portefaix.

— Mon maréchal [1], je vous aime tant moi-même, lui dis-je, que vous êtes la seule personne que je ne cherche point à charmer. Mon estime pour vous est si grande que, quand vous me haïriez, vous ne m'ôteriez pas l'affection que j'ai pour vous.

— Cessez de vous moquer, Françoise, et écoutez-moi. Je ne serai pas toujours là pour vous soutenir dans le monde. Je vais avoir cinquante ans, et j'aurais eu de la satisfaction, avant que de quitter cette vie, à voir mon ouvrage élevé [2] ou, à tout le moins, établi [3]. Il est temps à votre âge de prendre un parti.

— S'il en est ainsi, il faudra donc pour vous complaire que j'entre dans quelque religion [4]. Je crois que vous m'aimeriez bien en ursuline. Leur costume est si seyant !

Cependant, le maréchal n'avait pas tort. L'ennui commençait de me faire faire quelques extravagances.

Ainsi, dans un voyage que je fis à Conflans, Monsieur de Beuvron, qui était de notre troupe, tomba malade de la petite vérole. Je la craignais autant qu'une autre car je ne l'avais pas eue, mais je ne laissai pas d'aller dans la salle du malade voir s'il était bien, donner les ordres nécessaires, lui rendre des soins, m'exposant ainsi à gagner son mal, non en vérité parce que c'était un de mes amis (quoiqu'il fût vrai que je l'aimasse bien fort) mais parce que j'étais aise de montrer que j'étais une bonne amie et de le faire dire en tout lieu. J'aurais souffert le martyre et la mort pour être admirée.

J'en vins même à souffrir le ridicule, ce qui est plus grave. Le goût des louanges me poussa en effet à prendre un jour de l'émétique [5] et à aller faire une visite aussitôt. C'était chez Madame de Sévigné. Je fis connaître fort vite que j'avais pris de l'émétique, le disant d'un air très indifférent comme n'étant qu'une bagatelle. Je ne réussis pas : au lieu de m'admirer, on se moqua de moi. « Vous êtes folle, en vérité », dit Madame de Coulanges. « Je ne sais s'il y a dans votre action plus de

1. C'est ainsi que Mme de Maintenon appelle familièrement M. d'Albret dans ses lettres.
2. Parvenu à un haut rang.
3. Pourvu d'une situation.
4. Couvent.
5. Vomitif violent à base d'antimoine et d'autres poisons.

fatuité ou de sottise, mais il y a assurément bien de la jeunesse », dit Marie de Sévigné. On me dit de retourner bien vite chez moi. Ce n'était pas ce que j'avais cherché, je voulais qu'on dît : « Voyez cette jolie femme, elle ne se soucie point d'elle. Quel courage ! » J'avais manqué mon but et fus fort mortifiée de m'être exposée à des railleries si justes. J'y gagnai au moins d'apprendre que la grandeur n'est pas dans l'outrance.

Je m'ennuyais. J'étais belle encore, et les miroirs seuls en faisaient leur profit. J'étais vive et active, mais on ne frotte pas ses cuivres et ses étains deux fois le jour. J'avais assez d'esprit ; l'envie de le jeter en pure perte dans les conversations de salon m'avait quittée. « Comparez la fin pour laquelle vous avez reçu ce temps, que vous dissipez en des entretiens inutiles, avec l'usage que vous en faites, nous dit le sage, et cependant que savez-vous s'il vous sera seulement accordé une heure de plus... » Dans mes longues robes d'étamine brune je glissais comme une ombre au travers des tumultes de la vie des autres, et je commençais de croire que la liberté n'est point une fin en soi.

Le 18 juillet 1668, la lente ascension vers la fortune que j'avais, sans bien le savoir, entreprise seule alentour de ma quatorzième année marqua cependant ses premiers effets aux yeux du monde : je fus présentée à la Cour. Il me parut alors que j'avais fait quelque chemin depuis la prison de Niort. J'avais trente-deux ans et dansai pour la première fois au bal de mon prince.

Le Roi venait de sortir vainqueur de sa première guerre. Par la paix d'Aix-la-Chapelle, il gagnait onze places [1] de la Flandre et un grand morceau de pays. Ne bornant point là ses conquêtes, il avait enfin mis dans son lit la trop magnifique dame d'honneur de la Reine, la cousine de mon bon maréchal, Françoise-Athénaïs de Montespan. Il crut devoir célébrer cette double victoire, politique et amoureuse, par une fête dont l'éclat passerait celui des « Plaisirs de l'Ile Enchantée », donnés cinq ans plus tôt en l'honneur de la timide La Vallière. La fête se fit à Versailles : quoiqu'il demeurât toujours aux

1. Villes fortifiées.

Tuileries ou à Saint-Germain, le Roi commençait d'éprouver une passion fort vive pour son petit pavillon de chasse de Versailles, qu'il embellissait tous les jours par de nouveaux travaux.

A Versailles donc, le Roi sacra sa nouvelle maîtresse et consacra sa suprématie sur les rois de l'Europe. Trois cents dames seulement furent conviées à la fête. Je devais le privilège de figurer au nombre des élues tout ensemble aux bons offices rendus depuis trois ans à Madame d'Heudicourt et à l'esprit que me reconnaissait la splendide « Athénaïs » ; sa nouvelle charge ne me mettait plus à portée de la rencontrer dans le monde mais elle avait eu, me dit-on, la bonté de se souvenir de nos après-dînées de l'hôtel d'Albret.

Le « Grand Divertissement Royal » fut digne du conte le plus magnifique. Pour commencer, on représenta une agréable comédie de Molière dans une feuillée [1], tendue au-dedans de riches tapisseries et éclairée comme en plein jour par trente-deux lustres de cristal. Une symphonie de Baptiste [2] entrecoupait de chants surprenants et merveilleux les actes de la comédie, sans qu'on vît les instruments dont la musique semblait sourdre du ciel. Après le théâtre, les dames, accompagnées des vingt-quatre violons du Roi et de dizaines de hautbois, se rendirent jusqu'à la table du festin, laquelle était dans une autre feuillée, couverte d'un dôme peint et doré.

De hauts guéridons d'argent portaient des girandoles où brûlaient des centaines de bougies de cire blanche. Des guirlandes de fleurs couraient sur la corniche entre des vases de porcelaine et des boules de cristal. Au milieu de la salle, se dressait le « rocher du Parnasse » d'où descendaient, à grand bruit, quatre fleuves, et dans les angles de la feuillée, posées sur des pilastres, des coquilles de marbre déversaient des nappes d'eau. On ne savait qu'admirer le plus, des couleurs étonnantes des fleurs rares posées sur les tables d'argent ou de celles que les robes des dames étalaient, autour de ces mêmes tables, aussi largement qu'un peintre sa palette ; on ne savait quelles étaient les plus belles, des perles que les

1. Abri de feuillages.
2. Lulli.

duchesses avaient au cou ou de celles qui bondissaient des cascades, ni ce qui enivrait davantage, des vins d'Alsace qui coulaient dans les verres ou des parfums de musc et de marjolaine qui montaient des dentelles.

J'étais à la table de la duchesse de Montausier, la célèbre Julie d'Angennes de l'hôtel de Rambouillet, qui avait succédé à Madame de Navailles, ma marraine, dans sa charge de gouvernante des filles de la Reine. Elle avait réuni autour d'elle quelques-unes des dernières « précieuses » : Madeleine de Scudéry y figurait en bonne place ; la duchesse avait cru peut-être que je n'y déparerais point trop moi-même. Bonne d'Heudicourt était à mon côté et nous causâmes fort librement. J'étais aussi enchantée qu'elle de la fête ; pourtant je gardais à l'âme un vague trouble, dont je crus trouver la cause dans la considération du malheur de ceux qui n'étaient point de ces agapes.

— N'est-ce pas un *Te Deum* magnifique que ce festin ? me demanda la marquise d'Heudicourt.

— Je vous dirais, mon amie, comme Madame Cornuel autrefois, que les *Te Deum* des grands princes sont souvent des *De Profundis* pour les particuliers.

Disant cela, je songeais à la douleur de ma pauvre Nanon Balbien, dont le dernier frère, engagé dans les armées, venait de mourir dans les Flandres pour la gloire du Roi ; je songeais aussi au marquis de Montespan, dont la duchesse d'Albret, sa cousine, m'avait conté, par le menu, l'humiliation et les chagrins ; il en était aux dernières extravagances, se vêtant du deuil de sa femme et faisant hausser les portes de son logis au prétexte d'y passer plus commodément ses cornes. Il est vrai que les grands ont l'oraison funèbre assez courte pour ceux dont ils piétinent le malheur : « Mon mari, mon chien et mon perroquet amusent la canaille », disait simplement la marquise quand le Roi, de son côté, applaudissait aux plats dithyrambes que Molière et Benserade mettaient, cette année encore, sur les tréteaux pour justifier ses fautes : « Un partage avec Jupiter n'a rien du tout qui déshonore... »

Bientôt pourtant, les plaisirs de la conversation chassèrent ces pensées amères ; au demeurant, je me méprenais peut-être sur l'origine de ma tristesse : c'était moins, sans doute, la compassion que le chagrin de savoir cette magnificence sans lendemain pour moi et de me souvenir qu'à l'aube mon carrosse redeviendrait citrouille.

Le souper achevé, le Roi se rendit à la salle construite pour le bal ; elle était de marbre et de porphyre enguirlandés de fleurs ; des personnes vêtues en masque y tenaient de grands flambeaux ; en tous les points de la salle, l'éclat des eaux y disputait de beauté avec les lumières et le bruit des fontaines se mariait à celui des violons. Les « trois reines », comme on nommait Marie-Thérèse, Mademoiselle de La Vallière et Madame de Montespan, dansèrent un peu ; la belle marquise seule le fit avec grâce.

— N'êtes-vous point scandalisée par l'impudence de ce sérail [1] ? me glissa Mademoiselle de Scudéry.

— Si fait, lui dis-je, mais, si j'ai bien mon Plutarque à la mémoire, Alexandre n'était point l'homme d'une seule femme. Ainsi vont les héros...

— Alexandre n'était pas un roi chrétien, reprit sèchement l'auteur du *Grand Cyrus*.

Sur ces entrefaites, le roi chrétien fit sa partie dans une danse et je le vis d'un peu moins loin : si la fortune l'avait fait naître un grand roi, la nature lui en avait aussi donné l'apparence. Il était beau en effet, de cette beauté mâle et réservée qui tient à distance autant qu'elle attire ; des cheveux d'un blond cendré, de grands yeux bruns assez doux, un sourire grave ; une prestance superbe, un air de grandeur en tout qui haussait sa taille, ordinaire d'ailleurs [2] ; une démarche majestueuse enfin, jusque dans la danse où il excellait plus qu'aucun gentilhomme de sa Cour. Il souriait en dansant et je ne sais pourquoi, encore qu'il ne fût que de deux ou trois années plus jeune que moi, je trouvai un moment à ce sourire de plaisir un air d'enfance qui me toucha ; l'instant suivant, passant parmi ses courtisans pour distribuer d'un mot les blâmes et les compliments, il n'était plus un enfant au jeu mais un grand Roi en action. « L'hommage

1. S'emploie alors fréquemment pour harem ; on y associe généralement l'idée de débauche.
2. Moyenne, par ailleurs.

est dû aux rois, avais-je appris dans mon enfance, ils font tout ce qui leur plaît... »

On sortit de la salle de bal par des allées laissées obscures à dessein, et tout à coup on se trouva, au détour d'un bosquet, devant le château, qui parut véritablement le palais du soleil tant il était lumineux. Aux croisées brillaient des formes de statues antiques ; des vases flamboyaient sur les balustrades des terrasses. Des termes enflammés, des colosses de feu s'alignaient dans les jardins. Des aigrettes de feu d'artifice jaillirent par milliers des fontaines, des bassins, des parterres. Toutes les eaux jouaient et le feu semblait sortir de terre comme elles ; les deux éléments étaient si étroitement mêlés qu'il n'était plus possible de les distinguer. Enfin, des fusées, parties de la tour de la Pompe, tracèrent dans le ciel le chiffre du Roi, les doubles « L », toutes brillantes d'une lumière vive et pure.

Déjà le jour, jaloux des avantages d'une si belle nuit, commençait à paraître. Dans les lueurs roses d'une aurore aussi enchanteresse que celle des romans, les premiers carrosses s'ébranlèrent sur la route de Paris. De noirs chevaux tiraient vers la capitale des charrettes d'or au fond desquelles, basculées les unes sur les autres comme des poupées de chiffon, des dames aux robes froissées et aux roses fanées dormaient déjà d'un sommeil sans rêves.

Pour moi, l'éclat du soleil avait trop vivement brûlé mes yeux pour que je pusse les fermer si tôt. Dans le carrosse de la duchesse de Richelieu qui me ramenait vers la ville, je me sentais d'étranges regrets et de singulières envies ; parvenue sur la place Royale, je ne rendis qu'avec tristesse la robe que la duchesse m'avait prêtée, repris honteusement mes « haillons » et m'en retournai sans hâte dans l'oubli de mon petit logis.

Quand l'amertume singulière que j'avais sentie en quittant la fête se fut un peu adoucie, je reconnus bien que la compagnie des grands ne me valait rien ; aussi me renfermai-je plus étroitement dans ma maison de la rue des Trois-Pavillons auprès de ma bonne et simple Nanon.

Au commencement de 1669, je décidai de me donner un directeur. Non que j'eusse résolu de songer sérieusement à mon salut, car, sans le monde qui m'aurait blâmée, j'aurais encore, en ce temps-là, passé tous les dimanches sans aller à la messe, mais je jugeai que suivre les directions d'un prélat donnerait une saine occupation à un esprit inquiet et singulièrement enclin à la rêverie. Au reste, dans la société où je vivais maintenant, il était de bon ton, chez les dames, d'avoir un directeur. Une dame de qualité se devait d'avoir un directeur et un cocher. Pour le cocher, ma situation de fortune ne me le permettait pas mais, pour le directeur, il n'en coûte qu'un peu de contrainte. Je crus en outre qu'un tel homme pourrait me conseiller utilement dans les aumônes que je faisais et qu'il pourrait aussi m'être de quelque utilité dans l'éducation et les soins d'un petit garçon, nommé Toscan, que mon frère venait d'avoir d'une bourgeoise mariée et dont il m'avait fait le cadeau. Charles me fit souvent de ces sortes de présents dans la suite ; ce sont, d'ailleurs, les seuls que j'aie jamais reçus de lui.

Je dis à mes amies que je ne voulais point d'un « abbé de cour » ni d'un jésuite, mais pas davantage d'un religieux qui n'eût rien connu du monde et de la vie qu'y mènent les pauvres pécheurs. Madame de Coulanges me recommanda l'abbé Gobelin : c'était un ancien officier qui, à quarante ans passés, s'était trouvé la vocation et était entré dans les ordres. Reçu docteur en Sorbonne, il avait conservé la rudesse d'un militaire ; son langage n'était point fleuri et devait tout à la vie des camps ; il ne nourrissait point d'illusions sur la nature humaine ; il était pauvre et maigre comme un rat d'église ; enfin, il n'avait jamais lu Mademoiselle de Scudéry : tout autre chose que Boisrobert et ses laquais, d'Estrées et ses galanteries, Testu et ses petits vers ; tellement même que, dans les commencements, je le trouvai bien rebutant, n'étant point accoutumée à tant de rigueur. Il avait pour maxime que la dévotion devait exclure toutes sortes de plaisirs et cela d'une manière bien outrée.

Alors qu'on admirait la simplicité de mon linge, il me trouvait trop bien mise quand j'allais le trouver en confession aux Filles-Bleues : « Mais, Monsieur, lui disais-je, je n'ai que des étoffes communes. — Cela peut être vrai, me disait-il, mais je ne sais ce qu'il y a, ma très honorée dame, je vois tomber avec vous, quand vous

vous mettez à genoux, quantité d'étoffes à mes pieds qui ont si bonne grâce que je trouve à cela quelque chose de trop bien. »

Il jugeait que j'avais trop de goût pour mon propre esprit ; il n'approuvait point non plus cette envie de plaire qui me guidait en tout. Une des premières pratiques qu'il me donna fut de tâcher d'ennuyer tout le monde dans la conversation. Voulant obéir, je résolus de ne plus parler, moi qui, la veille encore, le faisais avec tant d'agrément et de vivacité ; je me contraignis si fort pour cela que la langue m'en fit mal. Mes amis me trouvèrent d'un coup fort changée car ils n'étaient point accoutumés à de tels silences : le sémillant abbé Testu, pour qui un dialogue piquant était le sel de la vie, me dit enfin : « Madame, je ne veux point savoir votre secret, mais vous avez affaire à un indiscret [1]. » Je n'étais pas éloignée de penser comme lui, mais je ne voulais point abandonner si vite ce que j'avais commencé ni me démentir trop brusquement.

Mon directeur, se voyant encouragé par cette observance rigoureuse, crut possible d'aller plus loin. « Je devrais vous donner pour pratique, me dit-il, afin d'humilier votre esprit, d'aller baiser toutes les dévotions et les images de saints qui sont dans les églises. » Il savait que je répugnais aux reliques, aux médailles, aux images et que je ne croyais guère aux saints du Paradis, autant par un reste de ma première religion que par haine des idoles et des superstitions. Par bonheur, il renonça finalement à m'imposer une pratique dont le seul projet déjà me faisait repentir de mon obéissance.

Décidément, je ne me sentais point dévote. « Ce n'est pas moi qui ai aimé Dieu, dit saint Jean, c'est lui qui m'a aimé le premier » ; et ma vie est bien, en effet, ce miracle d'un amour divin aussi indéfiniment renouvelé que parfaitement immérité. Pour le temps dont je parle, cet amour, qui m'enveloppait sans cesse, ne touchait point encore mon esprit, et je ne m'adonnais à tous les exercices spirituels, ordonnés par mon directeur, que dans l'espérance de parvenir à une domination parfaite de moi-même.

1. Un excessif.

« Je suis maître de moi comme de l'univers », dit l'empereur de Rome que Monsieur Corneille a mis dans son théâtre. Les chances que je fusse un jour maîtresse de l'univers n'étaient pas fort grandes ; mais j'ai toujours cru que, dans l'ignorance de sa destinée, il faut se rendre le plus capable qu'on peut ; je me faisais donc maîtresse absolue de moi-même et parvins alors, dans cette matière, à un empire sur mon corps et mon âme qui n'était peut-être pas moins admirable de solidité que celui du héros romain.

Aussi m'advint-il, dans ce temps-là, une aventure bien digne de celles qu'on rencontre dans Plutarque lorsqu'il peint le destin des Antiques. Je croisais souvent dans la cour de l'hôtel d'Albret une espèce de maçon ou d'architecte [1] qui y travaillait. Je le saluais toujours fort civilement car ces courtoisies envers les petites gens sont dans ma manière. Cette civilité, à laquelle il n'était point accoutumé, fut cause que cet homme, nommé Barbé, se prit d'intérêt pour moi. Un jour, il me fit mander de l'aller trouver. Il me dit qu'il avait eu une manière de vision à mon sujet ; qu'il savait que j'aurais avant long-temps les plus grands honneurs auxquels une femme pût parvenir, que ma fortune [2], enfin, serait sans exemple et mon élévation surprenante ; je le remerciai fort aima-blement de sa prophétie et n'y ajoutai aucune foi. Lors-que je fus de retour dans la salle de compagnie, mes amies voulurent savoir quel grand secret m'avait livré le maçon ; je leur dis par jeu :

— Ah ! si vous le saviez, Mesdames, vous me feriez votre cour aussitôt. Ne différez point davantage : ma for-tune est commencée.

— Cela ne serait pas mal pour notre petit cercle, dit Madame de Coulanges, car on dit que l'étoile de notre amie (elle voulait parler de Madame de Montespan) pâlit : il paraît qu'elle est fort malade ; elle est maigre, jaune et si changée de toutes les manières qu'on ne la reconnaît plus ; on dit qu'elle en mourra.

---

1. Au XVIIᵉ siècle, ces deux métiers ne sont pas nettement distingués ; il n'y a ni titre ni diplôme d'« architecte », et Barbé était probablement une sorte de « contremaître » ou « chef de chantier ».
2. Réussite.

— Bien », dit Madame de La Fayette, qui était alors auprès de Madame [1] et voyait tout d'assez près, « Bonne d'Heudicourt lui succédera. Elle est si peu avare de ses faveurs qu'on ne l'appelle plus autrement à Saint-Germain que " la grande louve ", d'après l'emploi de son mari, le grand louvetier. »

Je fus fort chagrinée qu'on pût parler ainsi d'une de mes plus chères amies ; mais je savais que Bonne n'avait pas le sens commun et ne se contraignait jamais quand il était question de suivre son caprice. Quand elle venait à Paris, je lui parlais « raison », mais elle me répondait « plaisirs » et nous ne trouvions guère de langage commun.

Elle avait une petite fille d'un ou deux ans, nommée Louise, laquelle fut plus tard Madame de Montgon, et elle ne se souciait pas plus de cette enfant que si elle eût été à une autre ; elle s'en disait embarrassée. Je la lui pris de temps en temps pour la soulager et donner un peu d'éducation à cette pauvre petite qu'on abandonnait à la dernière des servantes.

Caresser de loin en loin la petite Louise ne donnait point pourtant d'emploi à ma force, et l'inutilité de ma vie me pesait chaque jour davantage. En cette année 1669, mon âme ressemblait à cette superposition de jupes que portaient les élégantes : au-dessus, seule visible, la « modeste » ; par-dessous, soupçonnée peut-être de quelques amis ou amants, la « friponne » ; quant à la dernière, qu'on nommait la « secrète », j'étais seule à en savoir la couleur et la matière : l'étoffe en était solide, tissée d'amertume dans la chaîne et de désirs de grandeur dans la trame.

10

A l'été de cette année 1669, Bonne d'Heudicourt, qui ne quittait plus que rarement Saint-Germain, vint pour

1. Belle-sœur du Roi.

quelques jours à Paris et me donna sa fille. Lorsqu'elle la reprit :

— Quel dommage que vous ne voyiez plus Athénaïs, me dit-elle. C'est une beauté triomphante à faire admirer à tous les ambassadeurs. Jamais on ne porta plus d'insolence qu'elle dans le triomphe ni de splendeur dans l'impudence. Jugez avec cela si la passion du Roi ne doit pas s'en trouver chaque jour augmentée !

— Ainsi elle n'est plus malade ? lui dis-je.

— Non... A la vérité, elle ne l'a jamais été. » Bonne d'Heudicourt baissa la voix jusqu'au chuchotement : « Je le dis à vous, car je sais comme vous gardez les secrets, mais elle n'avait qu'une de ces maladies dont on se guérit en neuf mois.

— Vous voulez dire que... »

Madame d'Heudicourt coula des regards furtifs vers les portes et les tapisseries de la salle.

— Vous pouvez parler, lui dis-je, je n'ai jamais dissimulé d'amants dans mes armoires... dans la cheminée non plus, ajoutai-je pour répondre à une autre demande muette.

— Nous ne sommes que quelques-uns à le savoir, reprit-elle, mais la marquise a eu, voici trois mois, un enfant qui n'est pas à son mari. Et l'inquiétude qu'elle a eue de se voir grosse lui avait communiqué une espèce de fièvre de langueur qui gâtait toute sa beauté. Cela est heureusement passé, mais elle vit maintenant dans la crainte que Monsieur de Montespan n'apprenne l'existence de cet enfant et ne le lui enlève, comme son père selon le droit. Le Roi partage cette crainte. Disons, puisque nous sommes entre nous, qu'avec leur double adultère ils ont poussé le péché un peu loin et qu'ils pourraient bien avoir occasion de s'en repentir... Enfin, au mieux, c'est pour le cloître qu'ils ont fabriqué cet enfant-là, car il ne peut être avoué ni par l'un ni par l'autre. On ne le verra jamais dans le monde. Sa naissance doit demeurer inconnue et sa vie obscure ; ainsi l'ont résolu le père et la mère, qui n'avaient point d'autre choix. Soyez bien assurée, ma très chère, que si je vous dis cela, j'ai permission de le faire...

Madame d'Heudicourt se leva et marcha jusqu'au miroir. Elle secoua ses boucles rousses pour en cacher son front, se fit la lèvre plus sceptique, le regard plus mystérieux et posa enfin un voile de gravité sur son visage ; s'étant ainsi toute chargée de bizarrerie pour mieux me convaincre, ou se persuader elle-même, qu'elle allait me livrer une chose de conséquence :

— Je suis chargée d'une mission des plus essentielles auprès de vous, murmura-t-elle d'une voix éteinte.

Elle croqua une dragée pour se donner la force d'aller jusqu'au bout.

— Notre amie voudrait que vous prissiez soin de cet enfant, dit-elle dans un souffle, comme si, ayant mené sa tâche au terme, elle dût expirer dans la minute.

Encore qu'aux airs qu'elle se donnait depuis un moment, je soupçonnasse quelque nouvelle vraiment neuve, je ne pus me tenir de marquer ma surprise.

— Moi ? lui dis-je, mais par quelle raison ?

— Notre belle madame pense, sur mon avis, que personne ne serait plus propre que vous pour un ouvrage si délicat. Je lui ai dit votre science des enfants, votre goût pour ma petite Louise ; de son côté, elle connaît votre vertu, votre esprit ; et toute la place Royale sait la parfaite discrétion dont vous usez quand on vous met dans un secret. L'enfant est en nourrice hors de Paris ; jusqu'à présent Mademoiselle Desœillets, comme la première femme de chambre de la marquise, en a pris soin ; mais cela ne saurait durer : les liens de Mademoiselle Desœillets et de notre amie sont trop publics pour qu'il n'y ait point de péril à la mettre ainsi en avant ; Monsieur de Montespan a des espions partout et rien ne serait plus aisé que de monter de la servante à la maîtresse. De plus, Mademoiselle Desœillets n'est point la gouvernante convenable pour un enfant du Roi, fût-il bâtard : elle n'est pas née ; et même pis, puisqu'elle est fille d'une comédienne ; et puis elle n'est pas sage ; à cette heure, elle est grosse elle-même, on ne sait de qui... Enfin, l'intérêt des parents est que vous fassiez votre affaire de cet indiscret nourrisson. Songez d'ailleurs que vous ne perdrez rien pour vous charger de l'enfant : on gagne toujours à servir le Roi, dans quelque emploi qu'on soit. Avec cela, vous ferez une bonne œuvre : je ne vous sais point d'une nature à compter pour rien le fait de donner une éducation chrétienne au fruit du

péché. Faites réflexion à tout cela, je vous prie ; ne différez point d'être utile à Dieu et à vous-même, et man-
dez-moi [1] votre réponse avant que la semaine finisse. On
est impatient, à Saint-Germain, de savoir que vous
acceptez.

Après le départ de Madame d'Heudicourt, je demeurai songeuse. C'était un singulier honneur qu'on
m'offrait là. De plus dévotes eussent senti de la répugnance à se faire complices d'une passion coupable et
ne se fussent pas chargées volontiers d'en cacher le fruit ;
de plus fières eussent été bien mortifiées de devoir quitter leur liberté pour un emploi si fort au-dessous de la
condition d'une femme de qualité ; et je me sentis bien,
d'abord, d'un petit dépit de ce côté-là mais je poussai
ma réflexion plus loin.

Si être la maîtresse d'un roi n'est pas moins laid
qu'être celle du dernier de ses valets, être sa servante,
pourtant, n'est pas tout à fait si bas qu'être la servante
d'un autre ; les rois magnifient tout ce qu'ils touchent,
et même leurs chaises d'affaires [2] ont du prestige auprès
des gentilshommes... Du reste, en dédaignant l'offre
qu'on me faisait, je risquais de m'exposer au déplaisir
de la favorite et d'y perdre ma pension, laquelle, depuis
la mort de la Reine mère, était prise sur le Trésor royal.
Il n'est point habile de refuser ses services à ceux dont
on dépend, surtout lorsqu'on ne peut mettre en avant
de bonnes raisons ; car il ne fallait pas songer sans doute
à s'abriter derrière la vertu : les rois ne croient point que
les particuliers soient chargés de leur faire la leçon ; ils
ont des confesseurs pour cela.

Ma raison me montrait ainsi bien visiblement où se
trouvait mon intérêt ; mon goût vint à l'appui de tous
ces raisonnements.

J'aimais les enfants et j'en étais aimée ; je ne me
trouvais jamais embarrassée pour les mailloter, les laver,
les nourrir, les amuser, les instruire ; je me croyais même
un talent si grand là-dessus que, toute les fois qu'on voulait bien m'en donner des louanges, je les avalais à grands
traits. Puis, je m'ennuyais tant depuis quelques mois qu'il

1. Envoyez-moi.
2. Chaises percées.

220

me parut divertissant de revoir cette « dame de cœur » dont la puissance croissait tous les jours, de contempler la Cour de plus près, et peut-être de parler un jour au Roi. Ce que Bonne d'Heudicourt m'avait appris de Madame Colbert acheva ma résolution : elle me dit que la femme du ministre veillait sur l'éducation des bâtards que le Roi avait eus de Mademoiselle de La Vallière ; je crus cette bourgeoise assez riche et bien en cour pour qu'on pût juger d'un emploi d'après elle, et je pensai qu'il ne saurait y avoir de déshonneur à accepter ce qu'elle n'avait pas refusé.

Tandis que je roulais vers Saint-Germain où Madame de Montespan m'avait fait mander pour m'instruire, je songeai avec amusement au courroux de mon maréchal s'il connaissait, quelque jour, ma nouvelle charge [1] : « Comment, Madame ? Refuser d'être la dame d'honneur d'une reine pour vous faire ensuite gouvernante du bâtard d'une de mes nièces ! Ma parole, vous n'avez plus le sens commun ! »

Le Roi voulant être servi dans le mystère du respect, Monsieur d'Albret ne devait heureusement rien savoir de cet emploi ni personne soupçonner que ma vie fût changée.

Elle prit pourtant, sur-le-champ, un cours différent. Je commençai par quitter ma maison et, pour me mettre plus au large, pris, en octobre, un logis fort propre dans la rue des Tournelles. Ce déménagement me rapprocha tout ensemble du salut et de la perdition : l'abbé Gobelin, mon directeur, logeait en effet un peu plus haut dans ma rue, et Mademoiselle de Lenclos, mon amie de toujours, un peu plus bas...

Tous les jours, j'allais dans le faubourg voir l'enfant, qui était une petite fille, chez la nourrice où Mademoiselle Desœillets l'avait placée ; pour un nourrisson, cette enfant, nommée Louise-Françoise, était des plus gracieuses ; je lui trouvais un œil vif et quelque chose de prometteur dans la mine ; encore que les enfants soient bien ennuyeux si petits et qu'il faille d'ordinaire qu'ils aient quelque connaissance pour nous plaire, je m'attachai

1. Nouvel emploi.

promptement à cet enfançon et l'aimai bientôt comme s'il eût été le mien. La nourrice me prouva, du reste, par ses manières qu'elle m'en croyait la mère.

J'eus vite l'occasion de multiplier par deux mon affection et mes occupations : le 31 mars 1670, Madame de Montespan mit au monde, aussi secrètement que la première fois, un deuxième bâtard, un garçon cette fois, nommé Louis-Auguste. Cet enfant, qui devait devenir plus tard duc du Maine, et fut dès le premier instant mon cher « mignon », mon petit prince aimé, toute la joie et toute la douleur de mon cœur, naquit au château de Saint-Germain. L'affaire fut enveloppée du plus grand mystère.

Dès que la marquise fut dans les douleurs, on me manda en hâte au château. Il faisait nuit ; comme nous en étions convenus, je me cachai sous un masque, pris un fiacre et, dans cet équipage, me plaçai près d'une des grilles du parc. Deux heures plus tard, un très petit homme caché sous un manteau noir et les bras chargés d'un gros paquet mal ficelé traversa les bosquets avec la mine d'un conspirateur : c'était Monsieur de Lauzun, alors favori du Roi, qu'on avait prié d'aider Madame de Montespan dans cette affaire ; il jeta le paquet sur mes genoux avec un gros soupir et n'eut que le temps de me glisser dans l'oreille qu'il avait cru mourir de peur en traversant avec son fardeau la chambre de la Reine endormie : « Cet enfant promet pourtant d'être bien habile, me dit-il, il connaît déjà son monde ; il n'a pas plus crié dans cette chambre que s'il eût été mort. »

Le fiacre partit aussitôt ; je vis alors qu'on n'avait pas même pris le temps de mailloter le nourrisson ; il était nu, seulement enveloppé d'une couverture. Je resserrai un peu ce lange singulier autour du petit corps et pour que l'enfant ne souffrît pas de la fraîcheur de la nuit, je le tins sous mon manteau, étroitement appuyé contre mon sein. Il n'avait que quelques minutes de vie et je crois que personne, à part moi, n'avait pris le temps de lui jeter un regard. Je sentis bientôt avec soulagement que ma chaleur le ramenait à lui, il fit de petits mouvements d'animal ; il était alors, dans cette posture singulière, si près de mon cœur qu'il n'eut point d'efforts à faire pour y entrer. Je connus, dès cette nuit-là, tous les sentiments d'une mère.

J'avais choisi sa nourrice, Madame Barri, avec un soin infini : un teint vif, la chair ferme, la poitrine large, de belles dents, un air de propreté et de gaîté ; son lait était blanc et avait bonne odeur ; ayant été grosse deux fois déjà, ses mamelles devaient, selon ce que m'avaient dit les médecins, s'en trouver capables de tenir plus de lait ; ce lait enfin n'avait que quatre mois et son enfant, beau comme un ange, était sa meilleure réclame.

Avec les deux enfants, mon emploi commença de me donner de grandes peines. Afin qu'aucun lien ne pût être établi entre les nourrissons, les nourrices étaient fort éloignées l'une de l'autre ; et il fallait non seulement tenir les princes cachés mais encore les changer souvent de lieu. Je louais donc sans cesse de nouvelles maisons dans Paris ou hors de Paris et déménageais mon monde d'un quartier à l'autre ; chaque fois, il fallait retendre les tapisseries ; je montais à l'échelle moi-même car on ne voulait point qu'un ouvrier ou une servante entrât dans ces maisons ; quant aux nourrices, elles ne mettaient la main à rien de peur d'être fatiguées et que leur lait ne fût moins bon. Toute la nuit, j'allais dans les endroits différents où étaient cachés Françoise et Louis-Auguste, marchant d'une nourrice à l'autre, déguisée, portant sous mon bras du linge ou de la viande [1] ; et, lorsqu'un des enfants était malade, je passais des nuits entières auprès de lui dans un logis hors de Paris, veillant pour laisser dormir les nourrices.

Le matin, je rentrais chez moi par une porte de derrière et, après m'être habillée, je montais en fiacre par celle du devant pour aller à l'hôtel d'Albret ou de Richelieu afin que ma société ordinaire ne sût pas que j'avais un secret. Il fallait paraître comme si j'avais bien dormi, quand je me trouvais mal de fatigue. Comme j'étais restée timide et rougissais toujours aisément, je craignais de devenir incarnate dès qu'on dirait un mot qui approcherait de mon secret : je résolus donc de suivre le conseil que m'avait donné Ninon dix ans plus tôt ; je me

1. Nourriture.

fis saigner pour diminuer ma facilité à rougir, mais j'y gagnai peu de chose.

Personne au monde n'était dans la confidence de mon rôle, hors Bonne d'Heudicourt, l'abbé Gobelin et Monsieur de Louvois. Le Roi avait en effet commis le jeune ministre à la surveillance des enfants de Madame de Montespan, de la même façon que Monsieur Colbert s'était trouvé préposé pour la garde de ceux de Mademoiselle de La Vallière ; je ne sais trop comment ce partage des tâches s'était fait, mais je sais que les deux ministres s'étaient assez pris au jeu pour que Monsieur de Louvois et Madame de Montespan crussent longtemps leur fortune commune et que la marquise rangeât, alors, avec quelque raison, Monsieur Colbert, ses filles, son fils et ses frères, au rang de ses ennemis jurés ; aussi furent-ils fort de mes amis dans la suite, mais nous n'en sommes pas encore à ce point de mon récit.

En cette année 1670, je me croyais bien aimée de Madame de Montespan et j'apprenais à la connaître. Tous les mois, j'allais aux Tuileries, à Saint-Germain ou à Versailles, selon le lieu où elle était, pour lui porter des nouvelles de ses enfants ; parfois même, je les lui menais à voir de nuit dans l'appartement de Madame d'Heudicourt. A la vérité, elle ne se souciait pas plus des deux nourrissons qu'elle ne se préoccupait du fils et de la fille qu'elle avait eus, quelques années plus tôt, de Monsieur de Montespan ; mais elle se plaisait fort à causer avec moi.

Par Madame d'Heudicourt, qui vivait dans la privance [1] la plus étroite avec le Roi et elle, je savais quelles souffrances la nouvelle favorite infligeait à la pauvre La Vallière et à la Reine même, autrefois si coiffée [2] d'elle. Pour Mademoiselle de La Vallière, encore maîtresse en titre et souffre-douleur de fait, la marquise affectait de se faire servir par elle, donnait des louanges à son adresse et assurait qu'elle ne pouvait être contente de son ajustement si elle n'y mettait la dernière main ; Mademoiselle de La Vallière s'y portait de son côté avec tout le zèle d'une femme de chambre dont la fortune

1. Intimité.
2. Entichée.

224

dépendrait des agréments qu'elle prêterait à sa maîtresse ; c'était à fendre le cœur, au cas qu'on en eût eu, ce qui est par bonheur assez rare dans les Cours. Quant à la Reine, la favorite ne l'épargnait pas plus qu'une autre ; c'était même une raillerie continuelle. Un jour que Madame d'Heudicourt était chez Madame de Montespan, on vint dire au Roi que, passant une rivière, le carrosse dans lequel était la Reine avait été tout rempli d'eau, ce qui avait assez effrayé cette princesse. Sur-le-champ, Madame de Montespan dit d'un air moqueur : « Ah ! si nous l'avions su, nous aurions crié : la Reine boit » ; le Roi, si épris qu'il fût, s'en montra piqué [1] : « Souvenez-vous, Madame, qu'elle est tout de même votre maîtresse », reprit-il.

Je voyais, néanmoins, que le caractère de Madame de Montespan n'était pas tout mauvais : loin d'être née débauchée, elle était même naturellement portée à la vertu ; elle avait été, en outre, parfaitement bien élevée par une mère d'une grande piété et qui avait jeté dans son cœur des semences de religion dont elle ne se défit jamais. L'orgueil seul et une ambition sans limites causèrent sa perte.

Elle m'avoua un jour que son projet, dans les commencements, avait été de gouverner le Roi par le seul ascendant de son esprit ; elle s'était flattée d'être maîtresse non seulement de son propre goût mais de la passion du Roi ; elle croyait qu'elle lui ferait toujours désirer ce qu'elle avait résolu de ne pas lui accorder : la suite fut plus naturelle... Cependant, bien que vivant avec le Roi dans une impudence de péché jusqu'alors sans exemple, elle se trouvait parfois poursuivie de remords ; dans les carêmes, elle jeûnait si austèrement qu'elle faisait peser son pain. Un jour, étonnée de ses scrupules, je ne pus m'empêcher de lui en dire un mot : « Hé quoi, Madame, me dit-elle, faut-il, parce que je fais un mal, faire tous les autres ? » Dans le fond, je la trouvais plus à plaindre qu'à blâmer, et d'ailleurs, je n'avais, pour mon compte, qu'à me louer d'elle : toujours aimable, enjouée, me donnant volontiers des louanges

1. Vexé.

et m'assurant que, si je la servais bien, elle me prouverait sa reconnaissance.

Il n'en allait pas de même du Roi : il ne s'était résolu qu'avec peine à me faire la gouvernante de ses enfants et n'avait cédé qu'aux instances répétées de sa maîtresse ; sur la réputation qu'on m'avait faite auprès de lui (j'ignorais encore que je devais ce bel ouvrage à mon amie d'Heudicourt), il me regardait comme une personne n'aimant que les choses sublimes et me craignait comme une précieuse. Il ne voyait ni ses enfants ni moi, mais je savais par Madame de Montespan que, lui parlant de moi, il ne m'appelait jamais autrement que « ce bel esprit » ; il me soupçonnait d'avoir les manières de l'hôtel de Rambouillet, dont les hôtels d'Albret et de Richelieu étaient une imitation ; or, on se moquait fort à la Cour de ces sociétés de gens oisifs uniquement occupés à juger d'un sentiment ou d'un ouvrage d'esprit.

Un jour, étant venue passer quelques heures à Versailles chez Madame de Montespan, j'étais allée en promenade avec elle et Madame d'Heudicourt ; cette dernière dit au Roi que Madame de Montespan et moi avions parlé devant elle de choses si relevées qu'elle nous avait bientôt perdues de vue. Le Roi en fut si fâché que, pensant que sa maîtresse pouvait avoir plus de plaisir à m'entretenir qu'à lui parler, il exigea d'elle, par une délicatesse de passion, de ne pas me dire un seul mot le soir, quand il serait sorti de sa chambre. Je m'en aperçus bien et voyant qu'on ne répondait plus à toutes mes questions que par un « oui » et un « non » assez secs :

— J'entends, dis-je à la favorite, ceci est un sacrifice ; je vais le tourner au profit de mon sommeil et me retirer.

Mais, comme je me levais, Madame de Montespan m'arrêta, charmée que j'eusse pénétré le mystère ; la conversation n'en fut que plus vive après.

— Savez-vous, lui dis-je, de quoi nous avons l'air à causer ainsi toutes deux après la promesse de silence qu'on a exigée de vous ? Eh bien, nous faisons à l'homme qui vous aime ce que fit, il y a quelques années, Mademoiselle de Lenclos au marquis de La Châtre : il avait obtenu d'elle un billet où elle lui promettait fidélité ; elle n'en continua pas moins de mener son train ordinaire mais, chaque fois qu'elle prenait un nouvel amant, elle disait entre ses dents : « Ah, vraiment, le bon billet qu'a La Châtre ! » Le billet qu'a ce soir certain homme de votre connaissance ne vaut guère mieux apparemment !

Madame de Montespan riait, et, d'historiettes en moralités, nous causions fort agréablement des nuits entières quand je l'allais trouver dans ses palais. J'étais si bien assurée du goût qu'elle avait pour moi que je ne me mettais pas en peine de l'éloignement du Roi pour ma personne : l'empire de la favorite sur le souverain était tel alors que, goût ou dégoût, il en passait toujours par où elle voulait.

En février de 1671, je crus pourtant voir s'effondrer d'un coup mes modestes espérances. La Cour est un lieu où l'on n'aime pas le bruit si on ne le fait. Or, la marquise d'Heudicourt, que je tenais alors pour ma meilleure amie, fut soudain convaincue d'avoir conté par le menu à deux de ses amants, le marquis de Béthune et le marquis de Rochefort, ce qui se passait de plus particulier à Saint-Germain ; étant dans le secret des amours du Roi au point qu'on dit qu'elle lui avait prêté son propre lit dans cette campagne de Flandre où Madame de Montespan devint sa maîtresse, elle avait confié ce secret à qui le voulait entendre, et les longues lettres qu'elle en faisait couraient le pays ; jusqu'au comte de Bussy-Rabutin, que le Roi craignait comme la peste depuis son *Histoire amoureuse des Gaules*, qui en avait su quelque chose dans la province où il était exilé. La manière des lettres était, par surcroît, aussi dangereuse que leur matière : avec son insolence coutumière, Bonne faisait de petits portraits du Roi et de la favorite qui, pour être bien bordés [1], n'étaient, pour les intéressés, guère plaisants à contempler. L'existence même des enfants n'était pas celée et l'on donnait assez de détails sur leur vie ; comme je ne m'étais trouvée chargée de leur éducation que sur l'avis de Madame d'Heudicourt, qu'on savait dans quelle intimité nous étions, qu'on pouvait croire enfin, à ce qu'elle écrivait, que je trahissais comme elle le secret qu'on exigeait de moi, je crus ma perte assurée.

1. Encadrés.

Par bonheur, ou par malheur, Madame d'Heudicourt ne m'avait pas, dans ces lettres, épargnée plus que les autres : elle allait jusqu'à y conter longuement les commerces que, selon elle, j'avais eus avec le maréchal d'Albret et disait de lui et de moi tous les maux qu'on peut s'imaginer ; il n'y avait guère de mauvais offices enfin qu'elle ne s'attachât à rendre à l'un et l'autre et je passais, à la lire, pour la dernière des femmes galantes. Cette ingratitude me toucha au point qu'il fallut me mettre les lettres sous les yeux pour que je pusse croire à tant de noirceur. Le venin qu'elle déchargeait ainsi sur moi me sauva pourtant, car le Roi ne me crut pas du complot.

Je ne fis rien auprès de la favorite pour épargner à Madame d'Heudicourt les foudres royales ; je me serais perdue à la soutenir ; du reste, il ne me parut pas mauvais que cette sirène aux dents de requin et à la langue de vipère fût un peu assommée dans sa course et qu'une disgrâce bien publique vînt lui rendre la raison. Elle partit donc, avec un désespoir inconcevable, ayant perdu toutes ses amies et convaincue de toutes les trahisons ; c'était, quand elle monta en carrosse pour rejoindre son mari à Heudicourt, une femme bien abîmée [1] mais elle avait sans doute cette consolation qu'elle n'y avait pas peu contribué.

Cependant, le Roi voulut marquer sur-le-champ les limites à son courroux : pour faire connaître à Monsieur d'Albret qu'il ne l'enveloppait pas dans la disgrâce de sa nièce, il le nomma, au printemps de cette année-là, gouverneur général de la Guyenne. Pour moi, dont il savait les liens avec l'exilée, il me fit dire par sa maîtresse qu'il souhaitait de me rencontrer.

Ce premier entretien eut lieu dans l'appartement de la favorite où je demeurai à l'attendre, au lieu de fuir, comme j'y étais accoutumée, à l'heure qu'il lui faisait visite ; le cœur me battait un peu et je tremblais de devoir lui présenter quelques excuses bien plates sur mon amitié pour Madame d'Heudicourt. Au lieu de cela, il ne me dit pas un mot de l'exilée, se montra facile, affable, parfaitement aimable enfin, et parfaitement roi. Vêtu en

1. Abattue, tombée dans un abîme.

roi, or sur or avec quelques diamants par-dessus ; parlant en roi, noblement et en peu de mots ; badinant même en roi car, s'il daigna ce jour-là nous amuser d'un conte, il le fit avec un tour si majestueux que je m'en trouvai aussi embarrassée que charmée. Il me fit quelques questions sur ma vie, s'enquit de ses enfants qu'il ne connaissait point, et me dit enfin, d'un air de simplicité et de vérité, que Madame de Montespan m'était fort attachée et qu'il me savait bon gré des services que je lui rendais. Comme j'étais très sensiblement troublée par sa présence et par ces paroles qui m'allaient au cœur après les craintes de la veille, je ne lui répondis rien que de très commun ; ce qui eut au moins le mérite de faire tomber un peu de sa prévention contre mon bel esprit.

Madame de Montespan m'écrivit ensuite que le Roi m'avait trouvée simple et douce, et qu'il s'était émerveillé que j'eusse « tant de feu dans les yeux » ; pour la divertir, je fis réponse que « je brûlais certes, mais ne consumais pas », ce qui était, pour lors, la devise dont je scellais mes lettres.

A quelque temps de là, pour mieux marquer encore que les folies de Madame d'Heudicourt n'avaient point affaibli l'estime dans laquelle il me tenait, il me pria impromptu à sa promenade : c'était au début de septembre à Versailles où Madame de Vivonne m'avait menée pour voir Madame de Montespan, sa belle-sœur ; j'avais dîné avec « les dames », comme on nommait alors Mademoiselle de La Vallière et sa rivale, et, à l'instant que j'allais me retirer, le Roi les fit mander pour faire une visite des jardins en calèche. J'eus l'honneur d'être de cette promenade, ce qui me surprit autant que les courtisans car je ne m'étais jamais attendue à un pareil traitement. J'étais, par bonheur, assez bien mise ce jour-là ; je portais une robe de panne bleue fermée sur le sein mais fort échancrée sur les épaules, avec d'assez jolies dentelles autour des bras, et quelques rubans de point de France dans les cheveux ; pour ces sortes de visites à la favorite j'avais abandonné, en effet, mes étamines du Lude, qui m'eussent fait faire un trop singulier personnage à la Cour. Si le Roi ne me parla point, la seule circonstance qu'il m'eût invitée à monter dans sa calèche fit tourner des têtes : Monsieur de Lauzun, que je n'avais

pas vu depuis la nuit qu'il m'avait fait don d'un nouveau-né, causa fort avec moi ; et Monsieur de Turenne
se plut à renouer un petit commerce d'amitié que nous
avions établi ensemble de longue date ; toute cette aventure me parut des plus gaies, hors que Mademoiselle de
La Vallière, les yeux rougis et le teint gris, représentait
si bien l'image de la désolation au fond de la calèche
que c'était à en être dégoûtée de la faveur royale.

Deux mois après, la duchesse de Montausier étant
morte, le Roi donna sa place à la duchesse de Richelieu,
sur la seule recommandation que j'en avais présentée à
Madame de Montespan ; je m'applaudis de ma puissance
nouvelle. Sur l'ordre du monarque, Monsieur de Louvois
s'employa en outre à remettre mon frère dans les armées
et, après lui avoir donné une compagnie de cent hommes
dans le régiment de Picardie, il lui en donna, en août
1671, une autre dans les chevau-légers. Toutes ces générosités me touchaient plus que je ne saurais dire et je
trouvai le Roi aussi magnanime que magnifique ; cela ne
me donna que plus à regretter de rester ensuite sans le
revoir pendant de longs mois, ou des mois qui me parurent longs.

Je passai ces mois-là en veilles et en prières, par
l'inquiétude continuelle que me causaient les deux
enfants.

La petite Françoise, qui approchait de ses trois ans,
n'avait guère de santé : les coliques succédaient aux fièvres, les convulsions aux abcès ; elle était devenue si pâle
et maigre, à la fin de cette année 1671, qu'elle avait perdu
toute sa beauté ; cependant, elle gardait des manières
douces et tendres qui charmaient toujours ; avec cela,
jamais une plainte, jamais un pleur dans les souffrances
les plus rudes. Quand elle était malade, elle venait sur
mes genoux et je lui chantais, pendant des nuits entières,
de ces chansons de mon enfance que je chante si mal, la
berçant en alternance de la *Dévotion à la glorieuse sainte
Ursule* et des impertinences créoles de Zabeth Dieu. Elle
m'écoutait sans rien dire, tétant son pouce, ses grands
yeux décolorés posés fixement sur mon visage.

Quant à Louis-Auguste, une vraie merveille d'enfant,
gras, blond et bouclé à souhait, je trouvais singulier qu'à

son âge il ne marchât pas encore ; il était droit et bien fait mais, chaque fois que je le posais à terre, j'étais surprise de voir qu'il ne se pouvait soutenir. Madame de Montespan ne prenait pas mes craintes au sérieux : « Vous verrez, me disait-elle, que mon fils est un paresseux et ma fille une lendore qui aime à se faire bercer. » Je m'efforçais de distraire, dans la compagnie de mes amis, ces craintes qu'on prétendait vaines.

Ma société habituelle s'était dispersée : Monsieur et Madame d'Albret s'étaient transportés à Bordeaux, et la duchesse de Richelieu, gouvernante des filles [1] de la Reine, ne bougeait plus de Saint-Germain. J'écrivais toutes les semaines à mon maréchal ; et, quand il tardait à me faire réponse, je me trouvais difficile à consoler. Par bonheur, j'avais encore pour me distraire Mademoiselle de Lenclos, Madame de Montchevreuil, Monsieur de Barillon, et tout ce qui environnait alors Mesdames de Coulanges et de Sévigné.

Ninon vieillissait sans enlaidir, mais elle devenait constante. Cette constance était tombée sur un jeune fat qui ne la méritait guère : Charles de Sévigné, fils de la marquise, avait cru devoir, après son père, entrer sous les lois de la « moderne Léontium [2] » ; ce commerce donnait du désespoir à Marie de Sévigné mais ne fournissait d'ailleurs à Ninon que des occasions d'amertume, car le jouvenceau était volage, indécis, et sans aucun esprit. « C'est une âme de bouillie et un cœur de citrouille fricassés dans de la neige », disait-elle de lui, et elle me demandait en badinant si elle ne devrait point, pour s'en consoler, se mettre dans la dévotion : « Vous savez que j'ai vendu mon corps assez cher dans le temps. Eh bien ! je crois que je vendrais mon âme un meilleur prix : les jésuites et les jansénistes poussent les enchères ! »

Je trouvais chez elle toutes les joies d'une amitié sans contrainte. Monsieur de Barillon, de son côté, me donnait celles d'une ancienne passion amoureuse tournée en un sentiment doux et mesuré. Il ne se lançait plus contre les murs comme il s'y plaisait quinze années aupa-

1. Filles d'honneur.
2. Surnom donné alors à Ninon, par référence à une célèbre courtisane de l'Antiquité.

ravant ; l'âge lui faisait maintenant le désespoir plus modeste que turbulent, bien qu'encore assez tendre, à la vérité. J'ai toujours eu cette faiblesse de préférer à la vive passion d'un jeune sot la légère inclination d'un homme d'esprit ; Monsieur de Barillon, comme le maréchal d'Albret, éprouvait pour moi cette sorte d'inclination qui ne pèse ni ne pose, ne mène point à la tragédie et n'exclut jamais ce badinage subtil et cruel qui est, aux esprits de qualité, le sel même de l'amitié. Aimer si longtemps d'une façon si charmante mérite sa récompense sans doute, et je lui montrai dans l'occasion quelque reconnaissance.

Cependant, c'était auprès de Madame de Coulanges et de Madame de Sévigné que je passais la plus grande part du temps que me laissaient les enfants. Elles réunissaient chez elles un petit cercle fort plaisant : on y trouvait des dames d'esprit comme Madame de La Fayette ; des auteurs qui, étant hommes de qualité, ne s'avouaient point comme « Jean-des-lettres » et n'en avaient pas les défauts : Monsieur de Guilleragues et Monsieur de La Rochefoucauld, l'auteur des *Maximes* ; enfin quelques débris de l'hôtel de Richelieu comme mon abbé Testu. J'allais souvent souper avec eux, ne m'y ennuyant jamais, encore que les plus jeunes personnes de cette société fussent de vingt ans mes aînées. Nous causions à en perdre haleine sur les dernières agitations de la Cour.

Le petit Lauzun, grand favori du Roi et presque son cousin, avait fait tant d'impertinences qu'à la fin le Roi, et plus encore sa favorite, s'en étaient lassés ; le 25 novembre 1671, on l'avait arrêté et Monsieur d'Artagnan l'avait conduit en la forteresse de Pignerol. La chute d'un grand produit toujours autant de vagues dans le monde que celle d'un rocher dans un lac trouble et, deux mois après, on n'avait point encore fini d'en sentir le remous quand un autre prit le devant de la scène ; cet autre fut, à mon étonnement, le marquis de Villarceaux, que j'avais cru si définitivement assagi. Il s'était avisé, parlant au Roi d'une charge pour son fils, de lui dire qu'il y avait des gens qui se mêlaient de souffler à sa jeune nièce, Mademoiselle de Grancey, que Sa Majesté avait quelque dessein sur elle ; que si cela était, il le suppliait de se servir de lui ; que l'affaire serait mieux entre ses mains que dans celles des autres et qu'il s'y emploierait avec succès ; le Roi avait ri et dit seulement : « Villarceaux, nous sommes trop vieux, vous et moi, pour attaquer des demoiselles de quinze ans. » Cette aventure n'augmenta pas la faible considération dans laquelle je tenais cet amant, aimé sans jamais être estimé ; mais elle me remit le portrait en mémoire et je tremblai que Madame de Montespan, qui savait bien où tendaient de telles propositions, n'apprît quelque chose de mon commerce avec le marquis et ne me crût du complot.

Au printemps de 1672, l'état de la petite Louise-Françoise se trouva brutalement empiré. Elle avait eu, quelques semaines auparavant, un abcès à l'oreille, qui l'avait un peu défigurée et m'avait donné bien du tourment, mais on l'en croyait guérie. J'eus la douleur de la trouver un jour chez la nourrice, privée de la vue ; le lendemain, ce fut de la parole ; puis, elle tomba dans une grande faiblesse accompagnée de convulsions. Je ne quittai plus son chevet. Les médecins consultés adaptèrent[1] cet accident à l'abcès de l'oreille et me dirent qu'elle l'avait maintenant dans la tête, qu'il poussait en dedans, et qu'il y avait peu d'espérance qu'on pût la sauver.

Je courus à Saint-Germain pour dire à Madame de Montespan en quel état je voyais sa fille ; le Roi était chez elle quand j'entrai ; je leur fis mon récit tout d'une traite et j'étais si fort affligée de l'état de cette petite que ma gorge se noua en contant ses souffrances. Le Roi me dit avec bonté de prendre quelque repos avant de poursuivre ; il y avait plusieurs nuits en effet que je n'avais dormi et la fatigue commençait de m'ôter la voix et le discernement ; j'étais même si étourdie par ce qui arrivait que j'allai jusqu'à les supplier d'envoyer à cette enfant un médecin de la Cour pour la sauver. « Cela ne se peut, Madame », me dit simplement le Roi, et Madame de Montespan me représenta avec force l'inconvénient qu'il y aurait à faire entrer des étrangers auprès de ces enfants.

Je retournai auprès de la petite qui était tombée dans

1. Relièrent.

un si grand assoupissement que la nourrice doutait si [1] elle était encore en vie ; je lui mis un miroir devant la bouche sans qu'elle le flétrît ; pourtant le pouls battait toujours. J'attendis le matin ; on avait donné de l'émétique à l'enfant sans aucun effet favorable pendant toute la journée, et voilà que soudain, dans la nuit, quand je ne l'espérais plus, la médecine agit : la petite ouvrit les yeux, caressa ma joue, et me dit qu'elle voulait une cornette [2] en point de France pour se parer. Cela me donna d'immenses espérances de joie. Je lui fis prendre aussitôt du bouillon qu'elle trouva bon et le médicament produisit tout son effet ; elle s'en sentit soulagée. La fièvre était tombée ; elle voyait fort bien ; elle voulut sa poupée puis, sur le matin, mangea une panade. Cet améliorement durait depuis quelques jours quand je retournai à Saint-Germain.

Madame de Montespan fit chercher le Roi, qui vint aussitôt pour connaître les nouvelles. Il m'entendit avec joie, et, cependant, me parut fort abattu. Quand il fut sorti, la favorite me dit que, par une singulière rencontre, la petite Madame, fille qu'il avait de la Reine et alors âgée de cinq ans, venait à son tour de donner tous les signes d'une maladie grave ; qu'on la disait moribonde et que le Roi en était troublé, car il aimait fort cette enfant ; qu'enfin, il ne dormait plus depuis plusieurs nuits et envoyait de demi-heure en demi-heure savoir l'état où se trouvait la princesse.

Je rentrai à Paris bien aise de savoir ma mignonne en meilleur état que la fille de la Reine, mais je n'eus pas lieu de m'en flatter [3] longtemps. Cinq jours après, les accidents et les convulsions se renouvelèrent avec tant de violence que les médecins jugèrent, à l'abord, que la petite Françoise n'en réchapperait plus. Je ne bougeai de sa chambre, tâchant à mouiller ses lèvres qui étaient fort desséchées, tenant sa main, et lui parlant de temps en temps, autant pour calmer ma souffrance que pour apaiser la sienne.

---

1. Au XVIIᵉ siècle, on dit « se douter que » mais « douter si » avec l'indicatif.
2. Coiffe.
3. M'en réjouir, m'en féliciter.

Encore que je n'ignorasse point que la mort était un sort enviable pour un innocent et qu'un bonheur éternel lui était promis dans l'au-delà, je priai Dieu de me la garder. Je fis même avec lui un étrange marché : je lui offris ma fortune [1] contre la vie de l'enfant ; non point ma fortune présente, qui n'était rien, mais ces chimères de fortune que j'avais toujours au cœur et qui commençaient alors de trouver un semblant de fondement ; je lui abandonnai toutes les promesses que m'avait faites le vieux maçon et toute mon espérance ; je consentis même par la pensée qu'il me ramenât à la misère et à l'opprobre de La Rochelle, pourvu que cette enfant vécût.

Ce marché-là peut sembler une dérision ; il l'était en effet. Cependant c'est l'un des endroits de ma vie que je juge avec le plus d'indulgence, car je suis seule à savoir qu'en offrant à Dieu toute ma gloire possible je lui faisais le plus grand sacrifice que je pusse consentir alors. Donner ma vie m'eût paru léger au prix de cela. Ce qu'il m'en coûta même de lui faire cette proposition, bien ridicule pourtant par la disproportion de l'enjeu, la contrainte dont je dus user envers moi-même pour la former seulement dans mon esprit, le Seigneur seul, qui voit le fond des âmes, les peut connaître et me pardonner peut-être cette folie-là et quelques autres par surcroît.

Cependant, il n'agréa point le marché : la petite fille fut deux jours dans l'agonie et expira entre mes bras à l'aube du troisième jour, le 23 février.

Par une malice singulière, la mort de cette enfant marqua une nouvelle étape dans mon élévation. Quand je fus conter à la Cour la triste issue de la maladie, je ne pus retenir mes larmes. Tandis que Madame de Montespan, qui était grosse alors de six mois, ne trouvait rien à me dire de mieux pour me consoler que : « Ne vous affligez point, Madame, nous vous en ferons d'autres », je sentis mes pleurs couler à gros bouillons sur ma figure et cachai mon visage dans mes mains. Quand je relevai les yeux, je vis que le Roi, lui aussi, avait les yeux en larmes ; il dit doucement à Madame de Montespan :

---

1. Réussite.

« Comme elle sait bien aimer », et se retira sans plus me parler. Six jours après, son autre fille, qu'on nommait « la petite Madame », mourait à son tour. Nous finîmes tous le Carnaval dans une profonde mélancolie ; mais je ne savais pas à quel point mon affliction avait été remarquée par un homme qui, s'il se montrait mauvais époux, était d'ailleurs un père assez sensible.

Il n'était bruit, ce printemps-là, dans tout Paris que de la guerre que nous allions avoir avec les Hollandais. Toute la jeune noblesse en piaffait d'impatience. Je me réjouissais fort de cette guerre pour l'amour de mon frère, car je pensais qu'il pourrait y gagner quelque illustration ; il n'y a point d'autre fortune à faire pour un gentilhomme qui n'a que son épée, et on disait qu'on ferait de grandes conquêtes dans cette campagne.

Le 25 avril de l'année 1672, Monsieur de Louvois vint me porter l'ordre de me mettre en route sur-le-champ avec le petit Louis-Auguste pour me rendre au Genitoy, près de Lagny, où le Roi devait passer trois jours plus tard en quittant Saint-Germain pour se rendre aux armées. Je m'installai donc dans le petit château qu'y possédait un sieur Sanguin, maître d'hôtel ordinaire du Roi. Le 27 de grand matin, une calèche à six chevaux, dont les rideaux étaient tirés, s'arrêta devant la maison : Madame de Montespan en descendit, à laquelle le Roi donnait la main. Ils me parurent plus unis que jamais. Le Roi passa toute la journée au Genitoy et décida que Madame de Montespan y demeurerait avec moi deux ou trois mois pour faire ses couches. Lorsqu'il partait ainsi aux armées, le Roi avait coutume, s'il n'emmenait les dames avec lui, de mettre ordre à son sérail avant que de le quitter : cette fois, il assignait Saint-Germain pour résidence à la Reine, mettait Mademoiselle de La Vallière en pension chez les carmélites de Chaillot, et enfermait Madame de Montespan au Genitoy sous ma garde.

Cette ultime escapade amoureuse avant l'affrontement des deux armées donnait cependant au Roi occasion de voir son fils pour la première fois et il s'en montra satisfait. Il trouva l'enfant beau ; il l'était en effet. Il ne porta pas attention à la faiblesse de ses jambes que la robe dissimulait ; le petit avait d'ailleurs encore assez l'air d'un gros poupard pour que, sans y faire réflexion, on le crût plus jeune qu'il n'était et qu'on ne prît garde à rien. Je l'avais toujours à mon cou ou sur les genoux et il se joua fort civilement avec le plus grand monarque d'Europe sans en paraître intimidé. Je passai la journée très agréablement entre ce prince et sa maîtresse ; j'étrennai pour la circonstance une robe brodée d'or, que je devais à la générosité de la marquise. Il me parut que cette nouveauté ne déplaisait pas au Roi ; il est vrai que les grossesses ne mettaient point la favorite à son avantage ; au demeurant, même quand elle n'était pas enceinte, elle se laissait prodigieusement engraisser ; le visage restait beau, sans doute, mais la taille commençait à se gâter. Je surpris ce jour-là, dans les yeux du Roi, de certains regards fort transparents pour une coquette avertie ; je m'en amusai mais ne fis rien pour provoquer un émoi dont je n'eusse pas eu l'emploi.

Dans les trois mois que nous passâmes ensemble à Lagny, je nouai avec la marquise des liens plus étroits que par le passé. Nous vécûmes véritablement comme deux sœurs, ou plutôt comme deux cousines, l'une riche et brillante, l'autre pauvre et obscure.

Ecouter parler Madame de Montespan était un enchantement de tous les instants : elle rendait agréables les matières les plus sérieuses et ennoblissait les plus communes ; elle avait beaucoup lu et savait presque autant de grec et de latin que sa sœur, l'abbesse de Fontevrault ; elle jugeait bien des ouvrages de lettres et pensionnait de nombreux poètes ; avec cela, personne comme elle pour donner leurs ridicules aux autres et plonger une société dans la gaîté. Quand elle était en train, elle savait trouver, pour peindre les ministres, les princes et les valets, des traits si satiriques et des comparaisons si divertissantes que ceux qui passaient sous les fenêtres de sa chambre, quand elle y était avec le Roi, disaient que c'était « passer par les armes ».

Je ne suis guère capable moi-même de contrefaire qui que ce soit ni même de saisir aussi promptement les particularités d'une tournure, d'un ajustement ou d'une manière de dire les phrases ; l'habileté de la marquise à observer et redonner le tout avec vérité entre deux grimaces de pantomime me faisait mourir de rire. Pourtant, je m'aperçus bientôt qu'elle ne démêlait pas si bien que moi l'intérieur des âmes ; je sentais sur les gens des choses confuses, que je ne parvenais pas toujours à exprimer, mais qui me mettaient infailliblement à même d'agir sur eux. Quand, naturellement renfermée en moi-même, je pénétrais bien le dedans des autres, étant elle-même tout extérieure elle n'en voyait que le dehors. Nos deux natures différaient encore en ceci que j'aimais à être aimée, ce qui retenait mon jugement sur les personnes, quand la marquise se croyait bien au-dessus de cela et ne gardait aucune sorte de mesure. Elle n'épargnait personne, pas même le Roi, et quelquefois en sa présence.

— Voulez-vous que je vous dise, Madame, me dit-elle une après-dînée que nous étions assises sur de grands carreaux au bord d'un bassin avec le petit Louis-Auguste entre nous, le Roi est incapable de délicatesse. Comment trouvez-vous l'idée de me faire partager l'appartement de la duchesse de La Vallière ? Je lui en ai fait reproche l'autre jour. « Je ne sais, me dit-il tout honteux, cela s'est fait insensiblement. — Insensiblement pour vous, lui ai-je reparti, mais fort sensiblement pour moi. » Le vrai est qu'il n'est même pas amoureux de moi mais qu'il se croit redevable au public d'être aimé de la femme la plus belle et la mieux née de son royaume. Il est vrai qu'à ces conditions-là, je ne puis plus craindre la rivalité que d'une ou deux princesses ; le reste n'existe pas.

Disant cela, elle jouait avec une toupie rouge que l'enfant avait laissée s'échapper ; elle la faisait tourner sur la margelle blanche du bassin, si vite que ce ne fut bientôt plus qu'une tache sanglante sur la pierre lisse ; tout à coup, je me sentis transportée comme par magie plus de quinze années en arrière ; je revis la nappe de la rue Neuve-Saint-Louis et la tache de vin rouge qui s'y étalait largement, le jour qu'on m'avait appris l'irrémédiable vérité sur les amours du maréchal d'Albret ; comme alors, mon cœur me sembla éclater sous un coup de poignard et, sans même que j'en connusse la cause, je me trouvai envahie jusqu'à la gorge d'une tristesse mortelle.

— Pourquoi faites-vous cette lippe ? me demanda Madame de Montespan qui remarquait tout sur un visage. Quittez donc cet air qui vous défigure. Et les narines pincées, de surcroît !

Elle tâchait à m'imiter.

— Mais, vous êtes ridicule, ma parole, quand vous faites cette figure ! Qu'avez-vous ?

— Rien, Madame. Je suis un peu lasse, voilà tout.

— Oh, ce n'est pas cela du tout. Je sais ce que c'est, moi : vous êtes dévote ; vous voulez bien élever mes enfants, mais vous ne voulez pas entrer dans la confidence de mes amours ; vous ne voulez pas vous faire la complice d'un commerce contre lequel les prédicateurs de Paris tonnent en chaire. Fort bien ! prenez leur parti ! Mais hâtez-vous : le Roi les chassera tous, il chassera mes ennemis, il répudiera la Reine, il m'aimera jusque-là, m'entendez-vous ? Et je me moque bien de ce qu'en pensent les dévotes du royaume ! Retirez vite votre sale figure de dessous mes yeux, elle m'ennuie !

Je pris permission de l'apostrophe pour m'échapper, ramassant au passage le petit Louis-Auguste qui, tandis que nous causions avec véhémence, s'était traîné jusqu'au bassin et était au bord d'y tomber. En courant vers la maison, les larmes m'aveuglaient et l'enfant, tout étonné, mettait sa tête dans mon cou comme pour tâcher à consoler un chagrin auquel il n'entendait rien. Par bonheur, sa mère n'y avait rien compris non plus : sa science se bornait aux visages et elle ne savait rien des cœurs.

Elle évita pourtant, dans la suite de notre séjour à Lagny, de me parler davantage de son commerce avec le Roi ; mais elle se divertit fort bien, et ne m'amusa pas mal, en me dépeignant les démêlés des ministres :

— La famille des Le Tellier et celle des Colbert s'aiment aussi tendrement que les Horaces et les Curiaces. Monsieur de Louvois et Monsieur Colbert tiennent maintenant tous les emplois du ministère, par frères, fils, gendres ou cousins interposés, et c'est entre ces deux tribus une aigreur de tous les instants et des haines de sauvages. Plus de tiers parti ; point d'alliance possible ; et pas d'autre issue enfin qu'une extermination sans merci d'un des clans par l'autre. Quant à savoir qui l'emportera dans cet homérique combat des commis, ne peuvent en douter aujourd'hui que ceux qui ne veulent rien voir : Monsieur Colbert est perdu... Je crois que, comme moi, vous ne pleurerez point le « grand Nord » (elle appelait ainsi Monsieur Colbert à cause de sa froideur). Monsieur de Louvois vous rend-il bien tous les offices que vous souhaitez ? Sert-il bien Monsieur votre frère ?

— Oui. Je n'ai qu'à me louer de lui, il fait merveille en toute occasion et je lui suis fort obligée.

Couchée en travers de son lit, car elle était fatiguée du poids de l'enfant qu'elle portait, elle lisait, écrivait ou causait des journées entières avec moi, tantôt m'ensevelissant sous les fleurs et les propos sucrés, tantôt me lardant de petites piques aiguës et méchantes. Au vrai, c'était une âme bien agitée et une Niquée [1] fort incertaine de ses lendemains. La chute des autres lui fournissait son sujet de réflexion favori : quand elle ne raisonnait pas sur la fin prévisible de Monsieur Colbert, elle méditait sur la décadence de Monsieur de Lauzun, ou sur celle de Mademoiselle de Manchini, qui, devenue connétable Colonna, donnait, à ce moment-là, matière de conversation à toutes les ruelles :

— Monsieur Scarron avait bien écrit quelque chose autrefois pour Mademoiselle de Manchini ?

— Quelques épîtres, en effet.

Je songeai brusquement à la proposition faite douze ans plus tôt par la nièce du Cardinal lorsqu'elle souhaitait que je l'accompagnasse à Brouage ; ma pauvreté, que je regrettais si fort alors, m'avait empêchée de lier mon sort à celui d'une personne qui glissait à l'abîme ; ainsi nous mettons-nous en peine d'un hasard manqué quand, à la fin, les occasions perdues se découvrent des chances préservées.

— Pauvre connétable ! Elle s'est mise dans une abbaye près de Fontainebleau, dans l'espérance que le Roi la rappellerait à la Cour. Savez-vous qu'elle lui en [2] a écrit deux ou trois fois fort pitoyablement, et croiriez-vous qu'il était sur le point de s'attendrir ?

Elle enroulait, tout en parlant, ses colliers de perles et de rubis autour des petits bras ronds de Louis-

1. Une Victoire, en grec ; c'est ainsi notamment que Mme de Sévigné surnommait Mme de Montespan.
2. C'est la construction du XVIIᵉ siècle.

Auguste, qui riait aux éclats. L'enfant blond et sa mère blonde semblaient un vivant portrait de Vénus et de l'Amour. Une Vénus un peu grasse, un Amour infirme...

— Mais, reprit-elle, je l'ai grondé d'importance et il vient de lui faire tenir un ordre fort sec de quitter sur-le-champ son royaume. Quand on sait ce qu'elle fut, quand on voit ce qu'elle est... Quand on sait la passion qu'il sentit pour elle et qu'on voit avec quelle rigueur il la traite présentement, sur le seul caprice d'une autre... Presque reine hier ; aujourd'hui, une âme désolée dans un corps errant. » Un nuage voila l'azur de ses grands yeux. « Je ne sais en vérité si pour celle qui l'emporte il y a plus à se réjouir qu'à frémir... Et Monsieur de Lauzun ? On disait l'autre jour dans la chambre de la Reine que le premier des courtisans avait, au fond de son cachot, avec sa longue barbe, tout l'air du dernier des ermites... Et Monsieur Fouquet, si superbe autrefois dans sa puissance ? Et Madame d'Heudicourt, qui fut bien près d'être la maîtresse du Roi et du royaume et qui en est aujourd'hui à donner à dîner à ses métayers pour avoir compagnie ? Ainsi va la Cour : aujourd'hui tout, demain rien...

— Sans doute, lui dis-je, les rois sont comme les autres hommes : ils n'ont pas de constance... Mais toutes ces personnes avaient fait de grandes fautes, je crois.

— Toutes, non... ou alors Mademoiselle de Manchini n'en a commis qu'une : c'est d'avoir obéi aux ordres et abandonné la place sans combat. Pour moi, ce n'est point ma manière ; je ne cède jamais. D'ailleurs, je sais comme il faut garder cet homme-là, la douceur n'y réussit pas : je le maltraite, je le moque, je le dédaigne, je le sermonne, je le fais pleurer... Mais de cela aussi, dit-elle tristement, il se peut lasser. »

Quand elle en était à ce point de ses réflexions, j'en profitais pour glisser quelque parole de religion : il me semblait que, dans cette âme labourée par l'inquiétude, cette semence pourrait un jour produire son fruit.

Certes, je n'étais pas avec elle sur un pied d'amitié qui me permît de lui parler sans retenue, et je doute si quelqu'un l'était ; mais je lui prêchais, dans les termes les plus généraux, le détachement des passions humaines, sans faire autrement allusion à son péché. « Quittez tout, lui disais-je, et vous trouverez tout. » Je lui lisais ces versets de l'*Imitation* : « Renoncez à vous-même et vous jouirez de la paix de l'âme, ne demandez rien et vous me posséderez. Alors s'évanouiront les pensées vaines, les inquiétudes pénibles, les soins inutiles. Mourez à la créature et vous serez unie au Créateur... Tout ce qui n'est pas Dieu n'est rien et doit être compté pour rien. » Il est vrai que je n'étais pas moi-même fort engagée dans cette voie du renoncement, mais, si je ne m'étais pas mise en route, je savais du moins où était le but ; et, à la voir ainsi troublée, je ne doutais pas qu'elle aussi eût gagné quelque chose à le contempler dans les lointains du tableau.

Elle m'entendait du reste parfaitement, méditait volontiers avec moi sur tel ou tel article de François de Sales, et se plaisait à considérer les fins dernières... entre une lettre au Roi et une épigramme. Il y a cet inconvénient à prêcher en général, et non point en particulier, qu'on est bien reçu en général et que rien, d'ailleurs, ne s'en trouve changé en particulier : ayant bien médité et quelquefois prié, elle fermait son livre d'heures et retournait à ses amours.

Le 20 juin 1672, elle mit au monde à Lagny un second garçon, qu'on nomma Louis-César et qui fut plus tard le comte de Vexin. Avec César et Auguste, il ne manquait plus qu'Alexandre pour qu'autour de Louis la famille des héros fût complète ; il vint, à la fin, en la personne du comte de Toulouse.

Dès sa naissance, le petit Louis-César parut manquer de vigueur ; avec un joli visage, il avait le corps contrefait, une épaule plus haute que l'autre et le dos point trop plat. Madame de Montespan affecta l'indifférence devant la mauvaise conformation de son enfant : « Sa tournure n'importe pas, dit-elle, nous le destinons à l'Eglise. »

Cependant, elle concevait plus de dépit des infirmités de ses enfants qu'elle ne le voulait avouer ; par un sort singulier, en effet, alors que les bâtards de Mademoiselle de La Vallière resplendissaient d'une beauté qu'ils ne tiraient pas de leur mère, tous les enfants que Madame de Montespan eut avec le Roi présentaient quelque défaut d'aspect : la petite Louise-Françoise avait le sang pauvre et vicié ; le duc du Maine les jambes infirmes ; le comte de Vexin les épaules bossues ; Mademoiselle de Nantes boitait ; Mademoiselle de Tours louchait ; Mademoiselle de Blois avait un parler si lent et embarrassé qu'il en écorchait les oreilles ; il n'y eut guère enfin que le comte de Toulouse qui, dernier-né et en un temps où la rupture de ses parents était déjà consommée, parut obtenir le pardon de Dieu et échappa à la malédiction générale. En contemplant plus tard cette famille, d'ailleurs pleine de charme et d'esprit, mais assez mal traitée du côté du corps, je ne pouvais m'empêcher de songer à ce conte de Mélusine, qu'on me faisait dans mon enfance ; tous les enfants, fort vifs et braves, que cette fée magnifique donnait au comte de Poitiers, son époux, portaient quelque tare bien visible : une dent trop grande, des yeux vairons, une main à six doigts, un visage velu, un pied-bot... La légende dit que cela venait de ce que l'origine diabolique d'un enfant ne se peut jamais dissimuler complètement. Je laisse à juger s'il convient d'étendre l'explication aux enfants que portait la perle des Mortemart.

Les défauts de conformation, bien apparents, du dernier nourrisson poussèrent cependant la favorite à s'intéresser à ceux, plus cachés, du petit Louis-Auguste. Accédant enfin à ma demande opiniâtre, on consulta de savants médecins ; ils dirent que l'enfant avait les jambes trop grêles et, en outre, l'une plus courte que l'autre ; mais ils ne donnèrent guère de remèdes et nous laissèrent peu d'espoir.

Je résolus de m'employer moi-même à fortifier cet enfant et de tenter, par tous moyens, de lui apprendre à marcher. Je représentai à Madame de Montespan qu'il devait vivre toute la journée à mon côté afin que je fusse à même de lui donner les soins qu'exigeait son état, et qu'au reste la faiblesse du petit César rendait, elle aussi, préférable une surveillance plus étroite. Je dis avec force que je voulais me loger dans la même maison que ces deux enfants ; pour que leur secret ne se découvrît pas plus que par le passé, j'acceptais même de ne plus voir mes amis et de laisser toute ma société dans l'ignorance de l'endroit où je demeurerais.

Le Roi ayant donné son agrément à ce projet, je me

retrouvai, en août de 1672, dans une vaste et belle maison entourée d'un grand jardin ; elle était située juste après la barrière de Vaugirard, par-delà les Carmes, dans un faubourg peu fréquenté qui offrait déjà les charmes de la campagne. Je pris Nanon Balbien avec moi et on consentit de me donner des domestiques. Pour remédier aux inconvénients qui pourraient arriver dans cet unique logis où il était aisé qu'un étranger surprît une nourrice ou entendît crier un enfant, je voulus prendre avec moi la petite d'Heudicourt pour prétexte ; sa mère, si affligée de sa disgrâce, me la donna sans peine dans l'espérance de ramener quelque amitié entre nous, ce qui se produisit en effet, et de faire sa cour au Roi, à quoi elle ne réussit pas. Pour faire nombre, je joignis mon neveu Toscan à ce petit lot.

J'avais disparu de la ville aussi soudainement que si quelque sorcier m'eût enlevée sur un nuage ; cette disparition produisit bien du bruit à l'hôtel de Coulanges et chez Ninon, et fit couler beaucoup d'encre entre Paris et Bordeaux. Cependant, j'étais trop occupée avec ces enfants, dont l'aîné n'avait que quatre ans, pour me soucier des soupçons et des inquiétudes de la société du Marais.

Je passais tout mon temps à veiller, instruire et amuser ; distribuer les tisanes, donner la poudre à vers, consoler les maux de dents, baigner, purger, montrer à lire aux plus grands, et aux plus petits à tenir leur cuiller, fortifier enfin les jambes de mon mignon par des frictions répétées et quelques baumes : tout cela me fournissait assez d'exercice.

Je maigrissais à vue d'œil ; j'avais d'autant plus de peine à nourrir ce petit monde que Nanon Balbien ne se chargeait que de Louise d'Heudicourt et ne m'aidait aucunement pour les trois autres ; sa religion briarde manquait encore de générosité : elle ne voulait point, à ce qu'elle en disait, toucher seulement à un enfant du péché ; elle n'était pas dans la confidence pour les princes, qu'elle croyait seulement à une de mes amies, mais, avec l'assurance que lui donnaient dix années passées à mon service et mon amitié pour elle, elle me faisait bien sentir qu'elle n'approuvait pas que je m'en fusse chargée ; quant aux nourrices, aux soins qu'elles me voyaient prendre de Louis-Auguste et de César et à la manière fort riche dont on les vêtait, elles avaient formé leur idée : « Pour le père », comme me dit l'une d'elles un jour que je l'interrogeai là-dessus en badinant, « c'est au moins quelque président à mortier [1] », ne croyant rien au-dessus de cela.

A toutes les peines que je me donnais, je trouvais une consolation dans la tendresse de mes enfants et l'affermissement de leur santé.

La petite d'Heudicourt était une enfant jolie comme un ange et la plus belle vocation [2] pour plaire qu'on eût jamais vue. Quand il venait quelqu'un d'étranger au logis, je la faisais, selon le cas, sœur ou cousine des autres enfants pour justifier leur présence ; elle était si docile à ce jeu qu'elle me demandait quelquefois : « Qui suis-je aujourd'hui, Maman ? », nom d'amitié qu'elle m'avait donné. Le petit César, encore dans cet âge où l'enfant n'est qu'une bête, me souriait volontiers ; Louis-Auguste et Toscan, qui me nommaient en alternance « ma mie [3] » et « madame », passaient leurs journées pendus à mon cou. Dans cette heureuse retraite, les émotions ne me manquaient point pourtant.

Un jour, ce fut le feu qui prit dans une cheminée et se communiqua à une poutre dans l'appartement des enfants. Il brûlait assez sourdement pour qu'on eût le temps de se concerter et d'y porter remède. Je fis mander la chose en diligence à Madame de Montespan afin qu'elle m'envoyât quelque secours, ou me donnât avis sur la manière de remédier au mal, sans que ce qu'on cachait dans la maison devînt public. Pour toute réponse, la marquise dit au messager que j'avais envoyé : « Je suis bien aise de ce que vous mandez ; dites à Madame Scarron que le feu est une marque de bonheur pour des enfants... »

Revenant un autre jour de la promenade avec les deux aînés et le petit Louis-César, je trouvai Monsieur Colbert chez moi, fort occupé à m'attendre pour découvrir

---

1. Magistrat de haut rang.
2. C'est la construction du xviiᵉ siècle.
3. Surnom donné habituellement aux nourrices.

le mystère. Pour garder le secret à quoi l'honneur m'engageait, je jetai aussitôt le nourrisson dans la robe d'une femme de chambre qui passait ; elle l'emporta sans éveiller l'attention, comme si c'eût été un paquet de linge sale.

Ma plus grande émotion vint, cependant, d'une autre visite que j'attendais moins encore. C'était au début de l'automne, à la tombée du jour. Assise auprès du feu, dans la chambre des enfants, j'avais pris Louis-Auguste sur mes genoux pour lui faire quelque conte de *Peau-d'Ane* ; je retenais de la main la petite d'Heudicourt qui s'était assise sur le bras de mon fauteuil pour m'entendre ; et tout en parlant, je berçais distraitement du pied le dernier-né, que ses dents tourmentaient. Les enfants des reines ont des « remueuses [1] » préposées à les bercer mais les bâtards des rois n'en ont point autant.

Un gentilhomme en costume de chasse, dont je distinguais mal les traits dans l'obscurité, entra soudain dans la chambre sans être annoncé. Je tentai de me lever pour jeter promptement les enfants hors de sa vue mais mes fardeaux m'embarrassaient ; avant que je sois debout, je reconnus la voix sans visage qui montait de l'ombre : « Ne vous effrayez point, Madame, et ne dérangez pas ces enfants. J'entendrai moi-même volontiers la suite du conte. »

Je ne crois pas que la voix qui sortit un jour du Buisson Ardent surprît Moïse davantage ; et je doute si l'apparition de Dieu le Père au pied de mon lit m'eût causé autant d'émotion ; car, pour Dieu, on sait après tout qu'il apparaît parfois aux saints et même aux autres ; mais pour le Roi je n'eusse pas cru imaginable que, quittant ses palais, il vînt un jour jusqu'à Vaugirard sans être précédé ni suivi. J'eus de la peine à retrouver ma voix et je ne sais trop comment j'achevai mon histoire ; peut-être dans mon trouble mariai-je, contre la règle, le Prince Charmant et Carabosse. Les enfants ne s'en plaignirent pas et le Roi ne m'en fit pas reproche.

Il me dit qu'il avait voulu se rendre compte par lui-même de la façon dont j'étais accommodée en ce nouveau lieu et qu'il voulait savoir si tout était à ma conve-

---

1. La remueuse est aussi chargée de « changer » l'enfant.

nance. Je lui fis mille compliments des services que me rendait Monsieur de Louvois et du soin qu'il prenait pour répondre aux besoins des enfants.

Je voulus appeler pour qu'on portât des lumières dans la chambre, mais le Roi ne le voulut pas. Nous demeurâmes à causer dans l'ombre, à la seule lueur du feu. Les deux petits princes s'étaient endormis, et Louise d'Heudicourt, sentant peut-être ce que la situation avait d'extraordinaire, ne bougeait pas plus que si la fée de mon conte l'eût changée en statue de sel. Le Roi m'apprit qu'il chassait dans la plaine de Châtillon quand l'idée lui était venue de galoper jusqu'au village de Vaugirard. Une petite suite l'accompagnait, qu'il avait laissée à la porte du jardin. Il s'enquit assez longuement de la santé des enfants, puis me demanda aimablement si cette solitude ne me pesait pas trop.

— Sire, je vous ai donné ma parole que nul ne saurait votre secret, et je souffrirai tout pour vous garder fidélité.

Nous parlâmes quelque temps de choses indifférentes, puis il prit congé sans vouloir que je me levasse ni pour l'accompagner ni pour lui faire ma révérence :

— Vous formez, Madame, avec ces trois enfants, un tableau si charmant que je m'en voudrais beaucoup d'en déranger l'ordonnance.

Je fus si bouleversée de cette visite qu'après le départ du Roi je demeurai encore une grande heure à rêver dans l'obscurité et j'y serais peut-être encore si, à la fin, la petite d'Heudicourt, sortant du respectueux silence qu'elle s'imposait, ne m'avait tirée par ma manche pour me réclamer à manger. A quelques jours de là, écrivant à mon frère, que Monsieur de Louvois venait de faire gouverneur de la petite place d'Amsfort dans la Hollande, je ne pus me tenir de lui dire qu'il y avait « bien du plaisir à servir un héros et un héros que nous voyons de près ».

Je n'eus pas loisir toutefois de m'enivrer davantage de la faveur dont m'avait honorée le Roi, car, deux semaines après, Madame de Montespan me donna ordre de mener le petit Louis-Auguste à Anvers. Les remèdes de la Faculté de Paris ayant échoué, elle voulait que je fisse voir l'enfant à un empirique [1] dont on vantait le savoir. Je laissai donc ma petite famille à la garde de Nanon et fis ce voyage sous le nom supposé [2] d'une dame de condition du Poitou, la marquise de Surgères ; je présentai partout mon cher mignon comme mon fils. Le vieux médecin, qu'on venait alors consulter de toute l'Europe, usait de remèdes fort violents qui donnèrent au pauvre enfant des douleurs extrêmes ; à force d'étirements, d'appareils et d'onguents, il réussit bien à faire quelque chose mais je ne sais si le résultat ne fut pas pis que le mal : il allongea, en effet, la mauvaise jambe de mon petit prince beaucoup plus que l'autre et ne la fortifia pas d'ailleurs. Je ramenai par les mauvaises routes de l'hiver un enfant qui hurlait à chaque cahot, était de l'humeur d'une bête fauve et ne marchait pas plus qu'auparavant. Je le plaignais beaucoup sans pouvoir rien faire pour le soulager ; et c'est quelque chose de terrible de voir souffrir de la sorte ce que l'on aime.

A Vaugirard, je repris ma vie de recluse. Je n'avais commerce avec aucun mortel, hors Monsieur de Louvois, et je n'écrivais de lettres à personne, excepté mon frère. Dans cette demeure magnifique et cachée, les jours ressemblaient aux jours mais j'avais trop à faire pour m'ennuyer. Mon bonheur eût été parfait sans l'infirmité de mon petit prince : j'avais des livres, des arbres et des enfants ; il ne m'en a jamais fallu davantage pour louer Dieu de sa création et faire monter à mes lèvres des chants d'allégresse.

Le Roi avait-il senti quelque chose de la sérénité qui régnait en ces lieux et de la tranquillité de mon âme ? Il se mit à chasser plus souvent dans la plaine de Châtillon et me rendit, dans les mois qui suivirent mon retour d'Anvers, trois ou quatre nouvelles visites.

Il jouait avec ses enfants, devisait de choses communes, le temps, la chasse, ses bâtiments, et me quittait sur un mot, aussi brusquement qu'il était entré. Ce mot n'était, les premières fois, qu'une bagatelle, un « je verrai » ou un « cela se peut », lâchés sur une demande que

1. Un guérisseur (par opposition aux médecins « officiels »).
2. Nom d'emprunt.

je lui présentais, mais dans la suite ce fut souvent un mot à double entente [1]. Un jour que je caressais doucement le front brûlant de mon cher mignon que tenait une fièvre quarte, ce fut un : « Il y a du plaisir à être aimé de vous », jeté fort vite et presque comme une insulte ; un autre jour, comme à la question qu'il me faisait sur la comédie que je préférais, je lui répondais que c'était celle de *Bérénice* de Racine, il dit seulement avec gravité : « Il faudra donc que Titus me donne de la jalousie », et s'enfuit.

Ces façons me laissaient songeuse : ayant assez l'expérience de ces choses-là, j'aurais cru avoir affaire à un galant craintif si l'auteur de ces mots n'eût été le roi de France et, d'ailleurs, un roi fort épris d'une maîtresse resplendissante de jeunesse et de beauté. Sa qualité, et ce que je croyais savoir de ses sentiments pour Madame de Montespan, m'aveuglant ainsi sur ses desseins, j'attribuai le tour singulier que prenaient ces visites à des bizarreries de caractère ou à une manière, un peu outrée et maladroite, de tourner le compliment aux dames. Enfin, je me rassurai de mon mieux en voyant dans tout cela plus une affectation de galanterie qu'une galanterie véritable.

Quand il me parut que la favorite ignorait tout des visites du Roi à Vaugirard, je me sentis plus troublée ; je crus néanmoins devoir au Roi le secret là-dessus comme sur le reste. « Quelle apparence, me disais-je pour calmer mon scrupule, que la veuve, âgée de trente-six ans, d'un Monsieur Scarron pût être distinguée par le premier homme du royaume ! » Je mis mes imaginations sur le compte de la privation de société et m'interdis d'y faire davantage réflexion, de crainte de tomber dans ce travers qu'ont les vieilles coquettes solitaires de se croire aimées de tous les hommes d'importance.

Le 20 mars 1673, le Roi me témoigna d'une manière plus honnête, mais fort obligeante, la satisfaction qu'il tirait de mes services : s'étant fait présenter l'état des pensions et voyant que j'y figurais depuis douze ans pour la même somme de deux mille livres, il raya le mot

1. A double sens.

« livres » et y mit « écus [1] ». Puis, il me fit connaître par Monsieur de Louvois qu'il souhaitait que j'accompagnasse Madame de Montespan aux armées, où elle allait, ce printemps-là, pour le suivre. La favorite était grosse encore et il voulait que je m'emparasse de l'enfant dès sa naissance comme j'y étais accoutumée.

Cette grossesse-là n'était pas tout à fait aussi cachée que les précédentes ; on commençait même de faire courir le bruit que le Roi et la favorite avaient déjà plusieurs enfants et que ces princes cachés allaient être légitimés. Sans être procureur, je ne voyais pas la chose possible car il fallait, dans ces sortes de procédures, nommer au moins la mère et, dans l'espèce, on ne pouvait la nommer sans rendre au marquis de Montespan tous les droits d'une paternité de principe. Cependant, les ministres, mieux au fait que moi de toutes ces intrigues, tenaient la chose pour bien assurée car Monsieur de Louvois me donna permission de revoir un peu mes amis devant que de quitter Paris pour la citadelle de Tournai, où devaient se rendre le Roi et sa maîtresse.

Je tombai un soir à l'hôtel de Coulanges dans une société avec laquelle je n'avais plus eu commerce depuis un an ; l'abbé Testu me crut descendue de la lune et pensa mourir de saisissement. On ne me fit pourtant point de questions ; Madame de Sévigné se borna à me dire, avec quelque finesse, qu'on voyait bien à ma mise que je passais mon temps avec des personnes de qualité ; tous en effet me trouvèrent belle, aimable, vêtue magnifiquement, et se récrièrent sur mon allure.

Le 1er mai, je partis pour l'armée avec les dames : le Roi, cette fois, voulait avoir tout son monde sous les yeux ; la Reine, Mademoiselle de La Vallière, Madame de Montespan et leur suite s'entassèrent donc dans les carrosses et nous cahotâmes de concert sur les routes de la Flandre. Madame de Montespan, qui allait dans le carrosse du Roi, me faisait peine à chaque halte car elle était sur le point d'accoucher et souffrait beaucoup des conditions du voyage ; la poussière, que faisaient autour des carrosses les gardes du corps et les écuyers, dévorait

---

1. Cela équivaut à un triplement de sa pension.

tout ce qui était à l'intérieur ; cependant, dans le carrosse royal, dont toutes les glaces étaient baissées car le Roi aimait l'air, il ne fallait pas seulement songer à tirer un rideau ; vingt fois la favorite pensa étouffer de cette incommodité, mais se trouver mal devant le Roi était un démérite à n'y plus revenir. La nuit, on couchait ordinairement dans de mauvaises auberges, quelquefois sur de la paille ; et après douze heures de route, on ne trouvait parfois rien à manger qu'un potage à l'huile ou un œuf pour deux.

Les bagages et les vivres suivaient mal en effet, car le Roi allait toujours extrêmement vite avec des relais ; cette hâte était cause, d'ailleurs, que d'aucuns besoins il n'en fallait point parler ; on dînait sans même sortir des carrosses, et les dames devaient supporter les nécessités les plus pressantes jusqu'à être prêtes de perdre connaissance. La grossesse de Madame de Montespan faisait qu'elle souffrait plus que toute autre de cette contrainte mais elle n'osait l'avouer qu'à moi. Quant au Roi, s'il avait des besoins, il ne se contraignait pas de [1] mettre pied à terre. Les grands sont ainsi faits qu'ils ne songent qu'à eux-mêmes et ne pensent point seulement que les autres aient aussi leurs désirs ou leurs peines ; aussi les maîtresses du Roi avaient-elles plus de trois dégoûts [2] à la semaine.

A Tournai, je vis le Roi tous les jours jusqu'à ce qu'il s'enfonçât avec ses troupes dans la Hollande, mais je ne le vis jamais en particulier. Madame de Montespan, que la fatigue du voyage n'avait pas mise de trop bonne humeur, le maltraitait devant le monde : elle le reprenait sans aucun ménagement sur tout ce qu'il disait, sur tout ce qu'il faisait et allait même parfois, dans un sursaut d'extravagance, jusqu'à lui reprocher la modestie de sa naissance. Elle n'admettait que deux maisons en France : celle des La Rochefoucauld et la sienne ; elle voulait bien concéder au Roi l'illustration, mais elle lui disputait l'ancienneté et lui rappelait volontiers la devise de sa propre maison : « Avant que la mer fût au monde, Rochechouart portait les ondes » ; enfin, elle lui faisait

1. Ne se gênait pas pour.
2. Déboires avanies.

sentir tous les jours qu'une femme comme elle dérogeait à son rang en consentant d'être la maîtresse d'un Bourbon. Sa sœur aînée, Madame de Thianges, encore plus folle qu'elle de sa naissance, renchérissait et soutenait volontiers que la beauté de sa personne et la délicatesse des organes qui composaient sa machine [1] procédaient naturellement de la différence que la naissance avait mise entre elle et le commun des hommes, au nombre desquels elle rangeait le Roi. Celui-ci, bien qu'assez dur dans l'occasion comme le voyage me l'avait montré, et accoutumé à être le maître en toute chose, restait tout étourdi de ces démonstrations, les entendait patiemment et presque avec humilité, et sollicitait enfin fort timidement l'honneur de baiser une main qu'on lui refusait. Me trouver en tiers dans toutes ces scènes, où le souverain et la favorite faisaient chacun leur tour un personnage odieux ou ridicule, me lassa vite ; je trouvai la citadelle de Tournai ennuyante et n'eus guère occasion, non plus, de goûter la mission qu'on m'y chargea de remplir auprès de Mademoiselle de La Vallière.

Il se disait partout que la tendre et vertueuse délaissée se décidait enfin à quitter un théâtre sur lequel elle n'avait plus de rôle depuis longtemps, mais qu'elle n'entendait abandonner la scène que sur un coup d'éclat : elle avait résolu de se retirer chez les carmélites et de prendre le voile dans le courant de l'année suivante. Madame de Montespan trouvait cette conduite un peu outrée et ne sentait que trop le cuisant de la leçon qu'on prétendait lui donner ; elle craignait le scandale et la rumeur qui environneraient cette prise de voile et se fût mieux satisfaite d'une retraite discrète de sa rivale aux Filles de Chaillot comme dame pensionnaire ; le Roi, pour sa part, se consolait assez bien du parti que prenait Mademoiselle de La Vallière mais il eût préféré n'importe quel ordre à celui des carmélites, qu'il avait en horreur ; il disait à qui le voulait entendre que les austérités de ces femmes le rebutaient et que cette affectation de grande pitié ne les empêchait point d'être des friponnes, des ravaudeuses, des intrigueuses et même, il le disait, des empoisonneuses.

1. Corps.

Ils me chargèrent d'aller prêcher à Mademoiselle de La Vallière les avantages d'un effacement plus modeste et les charmes d'une retraite mesurée et commode ; ils pensaient que, sur ma réputation de vertu, leur souffre-douleur ne me recevrait pas mal et m'écouterait volontiers.

La duchesse de La Vallière était à sa toilette et peignait mélancoliquement ses longues boucles blondes. Elle était magnifiquement vêtue de brocart et d'or, car jusqu'au bout elle se vêtit en princesse et ne se montra jamais sale ni négligée. Quoi qu'il m'en coûtât, je lui présentai mes raisons, ou plutôt celles des autres, avec toute l'habileté d'un ambassadeur ; je lui dis qu'il fallait se défier de certains mouvements qu'on prenait parfois trop vite pour une vocation religieuse ; que l'état de religieuse avait ses peines aussi ; que, pour qui avait vécu dans le monde de la manière qu'elle l'avait fait, la clôture et le silence pouvaient être une torture ; qu'elle regretterait sûrement ses enfants, si jeunes encore, ses amis, son frère... Elle m'interrompit soudain, et plantant son regard clair dans le mien, me dit d'une voix altérée : « Je me suis dit tout ce que vous me dites, Madame ; je sais sûrement que j'aurai des chagrins et des regrets dans le pays où je vais, mais je sais aussi qu'il me suffira, pour n'en plus sentir le poids, de me ressouvenir de tout ce que ces deux-là (elle voulait parler du Roi et de sa maîtresse) m'ont fait souffrir. »

Voyant que je ne la pourrais dissuader de se faire religieuse, je prêchai alors pour un ordre moins rigoureux que le carmel ; je lui en représentai toutes les austérités et brossai un tableau fort sombre de la vie de ces religieuses ; pour achever mon effet, je lui dis tout à coup : « Tenez, voyez cet or dont vous êtes encore vêtue ; croyez-vous pouvoir quitter tout cela, du jour au lendemain, pour des chemises qui vous écorcheront la peau et des robes de bure ? » Elle me sourit avec douceur : « Madame, je le dis à vous et vous prie de ne le point redire : il y a des années déjà que je porte un cilice sous ces vêtements d'or et des années aussi que j'ôte, toutes les nuits, mon matelas de dessus mon lit pour dormir sur le bois ; je l'y replace au matin pour que mes femmes ne soupçonnent rien ; je ne veux pas paraître singulière.

Jugez pourtant, après cela, si j'aurai de la peine à m'accoutumer à la vie rude que vous me peignez. » Je ne sus plus que dire ; je contemplais le brocart splendide et les bijoux qui ornaient ce corps jeune et tendre sans pouvoir détacher ma pensée du cilice qui était en dessous. Des jours durant, je conservai dans la gorge un goût d'amertume, qui me rendit le séjour de Tournai insupportable.

Le 1er juin, au su de toute la Cour, Madame de Montespan mit au monde une petite fille qu'on nomma derechef Louise-Françoise ; trois semaines après, je quittai la citadelle avec ce nouveau fardeau, fort charmée d'un prétexte qui me permît de retrouver la paix de Vaugirard et les tendresses de mon cher mignon.

A mon retour, Monsieur de Louvois me parla plus ouvertement de la légitimation des enfants. Pour plaire au Roi, Monsieur de Harlay, alors procureur général, venait en effet d'en poser le premier jalon en trouvant moyen de faire légitimer le chevalier de Longueville, fils naturel du double adultère du duc de Longueville et de la maréchale de La Ferté. Contre tous les usages, on avait procédé à l'acte sans nommer la mère ; cela faisait précédent et on tenait que mes petits princes paraîtraient au grand jour avant la fin de l'année. Par un prodige renouvelé de la mythologie, ils apparaîtraient, comme Minerve, nés de Jupiter sans avoir de mère...

Je renouai tout à fait avec ma compagnie ordinaire et soupai tous les soirs avec Madame de Coulanges, Mademoiselle de Lenclos ou Monsieur de Barillon. A minuit, je me laissai raccompagner en voiture jusqu'à ma demeure de Vaugirard qui, par sa magnificence, faisait l'envie de tous mes amis. J'étais très contente de ces soirées d'automne babillardes et rieuses ; avec cela, je me portais bien, je rajeunissais même car il n'y a rien qui éloigne plus de la vieillesse que la faveur ; enfin, je voyais mieux chaque jour que ma fortune ne serait pas toujours si malheureuse qu'elle avait été.

« Ce qui me plaît à causer avec vous, me disait la marquise de Sévigné, c'est que de moralité en moralité, tantôt chrétienne et tantôt politique, on se trouve mené bien plus loin qu'on ne pensait. » Il est vrai que je me plaisais alors à tirer, pour moi-même et pour les autres, quelques enseignements des intrigues et des scènes que je voyais au pays de la Cour ; ils prenaient volontiers la forme de ces maximes que Monsieur de La Rochefoucauld avait mises à la mode dans notre petite société ; mais, pour parler comme Madame de Sévigné, je dois convenir que ces moralités-là étaient plus souvent politiques que chrétiennes.

Pour dire le vrai, l'abbé Gobelin était assez malcontent de sa pénitente. Certes, quand je lisais le Nouveau Testament ou l'*Imitation*, les larmes me montaient facilement aux yeux ; j'étais plus transportée par ces lectures que par toutes les passions de ma vie mais, tout en sachant de plus en plus sûrement où étaient la Vérité et la Vie, je n'avais pas la force d'entrer plus avant dans la dévotion et de me détacher d'un monde qui se présentait alors à mes yeux sous ses dehors les plus séduisants. Je m'en consolai en me disant que, hors cette petite faiblesse, je ne me connaissais point de péché : une vie tout entière consacrée au service d'autrui, aucune richesse et nul désir d'en amasser, des amitiés fidèles, des aumônes réglées, une conduite en tout irréprochable.

Cette vertu tranquille impressionnait jusqu'aux grands. Un jour que, dans une visite à Madame de Montespan, je me trouvais à Saint-Germain dans un petit cercle de dames et de gentilshommes où le Roi était aussi, de jeunes fous s'avisèrent de renverser les chaises des dames pour admirer leurs cotillons. Le Roi et sa maîtresse ne haïssaient point ces sots tours de page [1] ; ils en imaginaient parfois de leur façon qui n'étaient pas plus fins : une fois, c'était de l'encre dans les bénitiers ; une autre, des assiettes de soupe qu'on envoyait à la figure des dîneurs, des cheveux dans la tourte qu'on servait à Madame de Thianges ou du sel jeté dans le chocolat de la Reine ; enfin des enfances [2] qui ne me semblaient ni de leur âge ni de leur rang.

Ce jour-là, Madame de Montespan ayant applaudi bien fort à l'idée de coucher les dames pour relever leurs jupes, le Roi se mit lui-même à l'ouvrage. Il renversa

1. Farces puériles.
2. Enfantillages, puérilités, sottises.

résolument Mademoiselle de La Vallière, qui se donna un méchant coup au bras en tombant, Madame de Saint-Geran, qui battit élégamment des pieds, Madame de Thianges, qui se dit enchantée de dévoiler une jambe parfaite, Madame d'Uzès, la comtesse de Soissons, la maréchale de La Mothe, et jusqu'à une vieille baronne ruinée qui fit voir un jupon mité sur lequel la favorite ne tarit point de méchancetés. Toutes ces dames crurent faire leur cour en riant d'un rire jaune.

J'étais un peu retirée du cercle car je croyais plus convenable de marquer toujours par ces sortes de distances l'infériorité de ma naissance ; le Roi vint donc à moi en dernier. Tandis qu'il s'avançait, je le regardais droit dans les yeux, sans sévérité particulière mais sans aucune complaisance. Il soutint fort bien mon regard et ajouta du défi dans le sien. Je me résignais déjà à dévoiler d'assez jolies dentelles quand, après avoir saisi ma chaise, il la laissa brusquement et dit entre haut et bas : « Ah, pour celle-là décidément, je n'oserai. » Un assez long silence s'ensuivit, qu'un courtisan crut devoir rompre en disant : « Votre Majesté fait bien. Pour moi, si je devais pincer la fesse à Madame Scarron ou à la Reine, je ne balancerais point : je craindrais moins de m'adresser à la Reine. » Madame de Montespan s'esclaffa mais le Roi reprit très sèchement : « Vous vous oubliez, Monsieur, je crois » ; et il sortit aussi roi qu'il était entré page.

Je ne savais trop si le traitement particulier qui m'avait été fait dans cette circonstance était une faveur ou une disgrâce. A quelque temps de là, j'eus une autre occasion de m'interroger. Comme Madame de Montespan me parlait de mon frère, qui avait quitté Amsfort pour le gouvernement d'Elbourg et auquel on promettait maintenant celui de Belfort, le Roi dit seulement en se tournant vers moi : « Je ne sais trop, Madame, comment Monsieur votre frère entend le service [1]. Il me revient qu'il est plus occupé de ses intérêts que des miens ; on me dit qu'il s'emploie bien davantage à piller ceux qu'il gouverne qu'à fortifier les places que je lui confie, et qu'enfin, outre ses appointements, il prétend tirer

1. Comprend la mission dont il est chargé.

d'autres avantages auxquels il oblige les habitants. Sachez, Madame, que je le trouve fort mauvais ; il a véritablement une conduite là-dessus que je ne souffrirais [1] à aucun autre. » Jugez de mon affliction à ce discours ; je savais par Monsieur de Louvois que mon frère n'agissait pas toujours en homme d'honneur et toutes les lettres que je lui envoyais depuis des mois sur cette matière, soit pour l'exhorter à n'être point inhumain aux huguenots des pays conquis, soit pour l'engager à ne pas hasarder de perdre son crédit [2] dans de vilaines affaires d'intérêt [3], restaient sans résultat ; mais le reproche public que m'en fit le Roi me donna une honte nouvelle et redoublée.

La surprise passée, je fis cependant réflexion à la manière singulière dont la remontrance m'avait été faite ; il me parut que la dernière phrase en était, encore une fois, à double entente : au nom de quoi prétendait-on souffrir de mon frère ce qu'on ne pardonnerait à nul autre ? Le propos me donna fort à penser et je trouvai, en y songeant, que le Roi avait une façon bien enjôleuse de présenter ses réprimandes ; je me bornai pourtant à en conclure qu'en dépit des apparences je n'étais pas en défaveur, sans pousser plus loin l'examen de peur de m'aventurer.

Le 20 décembre 1673, le Parlement enregistra des lettres de légitimation pour Louis-Auguste, Louis-César et Louise-Françoise, qui prirent les titres de duc du Maine, de comte de Vexin et de Mademoiselle de Nantes. Le Roi y faisait valoir publiquement « la tendresse que la nature lui donnait pour ses enfants et d'autres raisons qui augmentaient considérablement en lui ce sentiment ».

A la fin du même mois, Monsieur de Louvois me transmit l'ordre de quitter Vaugirard pour Saint-Germain avec les trois princes : le Roi les voulait désormais auprès de lui à la Cour et entendait que je les y suivisse. Un appartement m'était attribué au château.

1. Permettrais.
2. Réputation.
3. Affaires d'argent.

Les ordres du Roi ne se discutent point. A ce que j'avais vu de la Cour, je devinais que j'y abdiquerais toute liberté, sans pouvoir seulement, compte tenu de ma naissance et de l'état de mon bien, y faire quelque figure [1], mais il fallait obéir ; et je tâchai à me rendre indifférente pour le genre de vie auquel on me destinait.

Je fis cependant dans ce temps-là des songes singuliers et fort éloignés, par les espérances qu'ils laissaient entrevoir, du chagrin vif que je croyais éprouver en quittant Vaugirard. A la fin de l'année 1673, je songeai [2] en effet que je volais jusqu'aux voûtes des églises et que je voyais tout le monde à mes pieds. Je songeai même une fois que Madame de Montespan et moi montions toutes deux le grand escalier de Versailles et que je la voyais devenir toute petite tandis que je croissais et devenais immense. Je contai ce songe-là simplement et sans la moindre réflexion à la favorite, qui entra dans une grande colère. La marquise, qui donnait volontiers dans toutes les sortes de divination, n'avait que trop senti le présage de ce songe.

Pour moi qui n'ai guère de superstition, je ne crois pas aux rêves mais au mérite, à la patience, à la contrainte, et à la force qui jaillit d'une nature passionnée lorsqu'on la bride et qu'on la renferme.

Ainsi voit-on, dans les jardins du Roi, s'élancer vers le ciel des fontaines [3] dont les eaux bouillonnantes, longtemps resserrées dans des chenaux étroits, y ont pris la puissance qui les jette à la fin vers le haut. Leur jaillissement paraît soudain et émerveille, quand cette force a, des lieues durant, cheminé secrètement sous la terre.

11

L'appartement d'apparat de Madame de Montespan au château-vieux de Saint-Germain lui ressemblait : il

---

1. Y faire bonne figure.
2. Rêvai la nuit (et non pas « rêvai éveillée »).
3. Jets d'eau.

était tout extravagant et tenait plus de la grotte aux fées que des salles de compagnie ordinaires.

Au milieu se dressaient deux grandes rocailles, d'où des eaux parfumées descendaient en cascade dans de vastes bassins ; des tubéreuses et des jasmins, tous les jours renouvelés, semblaient pousser entre les rochers, d'où s'élevait un jet d'eau de dix pieds de haut ; des dizaines d'oiseaux de bois doré chantaient dans des branchages d'argent ; des animaux sauvages empaillés sortaient toutes les heures de cavernes creusées sous la roche et, poussant chacun son cri particulier, marquaient l'heure de cette façon singulière ; un Orphée à la lyre, qui pinçait toujours la même corde, dominait le monument, et des miroirs tout autour de la pièce renvoyaient à l'infini le spectacle de la grotte magique et de ses automates. Cette horlogerie, merveilleuse au premier coup d'œil, était bien un peu lassante à l'usage, mais mes petits princes, comme leur père, ne semblaient pas s'en fatiguer. « Il est renard et perroquet », disait mon duc du Maine quand il voulait faire connaître qu'il était deux heures après midi.

Dans les autres chambres de l'appartement, le spectacle n'était pas moins divertissant pour des enfants : Madame de Montespan élevait des chèvres et des cochons dans les lambris dorés ; de petits serviteurs maures, couverts de perles et d'émeraudes, enrubannaient des agneaux, dressaient des singes et s'essayaient à faire chanter toutes sortes de volatiles emplumés de rouge et de vert ; des souris blanches, dans de petites cages d'or, attendaient que la marquise les voulût bien atteler par six à un carrosse de filigrane et faire courir devant le Roi. La favorite se plaisait en effet à s'en jouer et donnait ses belles mains à mordre à ces petites bêtes ; le Roi, qui n'était pas toujours si bien traité que les souris, montrait sa maîtresse aux ministres en se récriant sur le badinage des Mortemart. Du fond de cette ménagerie, entre deux enfantillages, elle gouvernait pourtant fort bien, sinon l'Etat car il n'en fut jamais question, du moins la faveur et les grâces du Maître. Palais, équipages, pierreries, naissaient sous ses pas au premier semblant d'un désir ; tout par elle ou pour elle, rien sans elle.

Je passais des heures assise au bord des cascades, dans

la fraîcheur des grottes de Circé, mon petit duc, qui ne marchait toujours pas, posé à mon côté et le jeune comte de Vexin courant d'un lieu à l'autre, tout extasié, et battant des mains devant les prodiges de la chambre maternelle ; tous deux presque aussi joliment parés que les singes et les serviteurs maures et, comme eux, chargés de divertir les visiteurs. On se récriait sur la bonne mine et le joli visage de Louis-Auguste sans faire semblant de voir qu'il se pouvait à peine traîner à quatre pattes ; on s'émerveillait de la promptitude et de l'agilité de Louis-César, sans paraître remarquer la dissymétrie de ses épaules qu'un corps rigide ne parvenait pas à dissimuler. Seule Mademoiselle de Nantes devait à son âge de se voir épargner ces longues représentations.

Un jour que j'étais ainsi fixée sur mon rocher aussi triste qu'Andromède attendant Persée, je surpris une conversation entre Madame de Brégis, qui était, à près de soixante ans, dans cet âge où les agréments ne sont plus que de l'art, et un jeune Italien nommé Primi Visconti qui, venu depuis peu à la Cour, y faisait grande carrière de devin. Il ne bougeait guère de chez Madame de Montespan, qui avait toujours quelque présage à lui faire interpréter.

Ce Primi venait de dessiner je ne sais quelle figure géométrique et Madame de Brégis prétendait qu'il en tirât une prophétie. Il faut dire que cette dame aspirait, comme toutes les autres, à devenir la favorite du Roi ; le mal étant des plus communs, son âge seul la rendait la fable de la Cour. Importuné de questions, l'Italien crut s'en débarrasser en lui glissant qu'il lisait dans son dessin qu'« elle succomberait ».

— Ah, dit-elle, mais sera-ce par le Roi ?

— Bien entendu, dit le beau mage.

— Mais, dites-moi, sera-ce à Versailles ou à Saint-Germain ?

Comme il avait choisi Versailles, il dut ensuite spécifier si ce serait dans le labyrinthe où il y a des fontaines qui représentent les fables d'Esope, ou à Trianon. Il choisit Trianon, qui est un endroit écarté où il y a un petit château de porcelaine, beaucoup d'orangers et de jolis pavillons pour se coucher ; mais cela ne contenta pas Madame de Brégis, qui questionna encore : « Et dans quelle aile de Trianon ? » Le magicien était un peu à court d'inspiration. Il s'arrêta un moment. « Dans l'aile qui donne sur une pièce d'eau », reprit-il enfin ; la prédiction n'était pas maladroite car il y avait alors des pièces d'eau partout. « Grands dieux ! s'écria la dame, je succomberai, je succomberai donc ! C'en est fait de moi, c'en est fait... » et l'allégresse du ton démentait la résignation des paroles.

Comme j'ai dit, Madame de Brégis, si folle qu'elle fût, n'était pas une exception ; il n'était pas à la Cour une dame de qualité dont l'ambition ne fût de devenir la maîtresse du Roi ; la plupart déclaraient à qui les voulait entendre que ce n'était offenser ni son mari, ni son père, ni Dieu même, que d'arriver à être aimée de son Prince ; le pis est que les familles elles-mêmes et certains maris tiraient vanité de ce qu'un heureux succès vînt parfois couronner leur effort. L'étiquette voulait alors qu'en passant dans la chambre du Roi quand il n'y était pas, les dames fissent la révérence à son lit ; et, en vérité, il y avait là plus qu'un symbole. Comment un homme ne tomberait-il point en faute quand il voit autour de lui tant de diables occupés à le tenter ?

Le Lucifer en chef prenait pourtant quelques précautions afin qu'une jeune diablotine ne lui ravît point sa place : ayant ouï dire, en cette année 1674, que le Roi lutinait Mademoiselle de Théobon, Mademoiselle de La Mothe et d'autres filles d'honneur de la Reine, l'impérieuse favorite avait crié au scandale parce que, disait-elle, ces demoiselles faisaient de la Cour un mauvais lieu et, par l'entremise de la duchesse de Richelieu qui lui était toute dévouée, elle avait éveillé les scrupules de la souveraine. La Reine, qui était une vraie sainte et une parfaite naïve, demanda au Roi de renvoyer ses demoiselles ; ce qui fut fait. L'épouse assurait elle-même un empire sans partage à la maîtresse.

Peut-être, cependant, n'est-il pas trop juste de dire que la belle « Athénaïs » régnait sans partage sur le désir du Roi : le souverain n'étant pas en amour des plus constants et sa maîtresse se trouvant souvent malade ou grosse, la « belle madame » partageait en effet, mais c'était le plus souvent avec ses servantes et ses suivantes ; ainsi les faveurs royales ne sortaient-elles point de sa Maison [1]. Eu égard à la modestie [2] des objets sur lesquels tombaient ainsi les regards et les désirs du Roi, une femme de sa naissance et de sa hauteur n'en pouvait prendre ombrage ; les commerces de rencontre que ses femmes [3] entretenaient avec son amant, elle les regardait moins comme une rivalité que comme un service ; c'était, en quelque sorte, une suppléance organisée de son propre aveu [4] et sous son contrôle.

Il en était ainsi des commerces du Roi avec Mademoiselle Desœillets, sa femme de chambre. Un jour que nous causions toutes deux dans une antichambre, cette demoiselle me donna à entendre que le Roi avait eu commerce avec elle par diverses fois. Elle paraissait même se vanter d'en avoir eu des enfants, ce que je sus plus tard être vrai. Elle n'était ni très jeune ni belle, mais le Roi se trouvait assez souvent seul avec elle quand sa maîtresse était occupée ou souffrante. La Desœillets me dit que le Roi avait ses ennuis et qu'il se tenait parfois des heures entières près du feu, fortement pensif et poussant des soupirs.

Comme le Roi, j'avais mes peines et des vapeurs bien mélancoliques, que j'allais consoler dans le parc et la forêt par de longues promenades solitaires.

La vie à la Cour m'emplissait l'âme de langueurs et de dégoûts. Je ne m'accoutumai point aux folies de ce pays-là et moins encore à l'ennui profond que j'y trouvai.

A la Cour, personne hors le Roi, ses ministres et ses maréchaux, n'a rien à faire. Les journées se passent en vains propos, en jeux, en intrigues. Quand elles ne perdaient pas des mille et des cents à la « bassette » ou au « pharaon [5] », les dames passaient leurs jours et leurs nuits à manger des dragées et des confitures, à s'enivrer de liqueurs fortes, ou même, tant leur désœuvrement était grand, à prendre médecine [6] pour se divertir ; j'ai

1. Famille et domestiques.
2. Médiocrité.
3. Servantes.
4. Avec son accord.
5. Jeux de cartes à la mode.
6. Prendre des remèdes ; le plus souvent, se purger.

connu dans ce lieu-là des forcenées de la purgation et des acharnées de la saignée. Les corps étant ainsi occupés, on meublait les esprits par l'astrologie, l'examen des écritures et des lignes de la main, les philtres d'amour et tous les procédés de la divination et de la magie. Les bavardages sur la famille royale achevaient de remplir ces petites têtes. Un regard du Roi, un sourire du Roi fournissaient à la conversation pour la semaine ; jugez par là si, quand il avait fait un « mot », on n'en avait pas pour le mois.

Après avoir vécu des années dans la société parisienne la plus brillante, je souffrais de ne trouver, dans cette compagnie-là, aucun aliment pour l'esprit. Seule la duchesse de Richelieu, que j'entrevoyais de loin en loin quand elle parvenait à quitter un instant la Reine, ses chiens, ses camérières espagnoles et ses bouffons, pour descendre jusqu'à « l'appartement des dames [1] », me rappelait quelque chose de ma vie d'autrefois ; mais la Cour gâtait peu à peu jusqu'à ce petit plaisir-là : la duchesse ne me goûtait déjà plus tant qu'autrefois ; elle aimait à avoir ses pauvres et ne souffrait point qu'ils changeassent d'état sans sa permission ; que son humble protégée de la veille fût entrée à la Cour sans son aide lui était apparu de la plus noire ingratitude ; elle préférait Madame Scarron dans ses robes d'étamine à Madame Scarron vêtue d'or.

Je ne rencontrais point non plus de divertissement à mon ennui dans le charme des lieux : j'avais le château de Saint-Germain en horreur. Non point les entours et l'emplacement, qui offrent des merveilles à la vue, mais les bâtiments me déplaisaient. L'architecture en est sans grâce, la brique de médiocre apparence, la cour du château-vieux parfaitement laide, et les intérieurs des deux palais les plus incommodes du monde.

Les fêtes brillantes qu'on y donnait sans cesse pour amuser le courtisan, les bals, les opéras, les feux d'artifice, les comédies ne pouvaient masquer ce que l'endroit avait de dégoûtant, une fois les lumières éteintes : on ne pénétrait dans la grande cour qu'en défilant entre les

1. Appartement commun à Mme de Montespan et Mlle de La Vallière.

échoppes et les éventaires où les « officiers du ser-deau [1] » vendaient à leur profit les restes de « la Bouche du Roi [2] » ; pour parvenir aux magnifiques appartements d'apparat du monarque et des princes, il fallait d'abord fendre la foule des courtisans démunis et du menu peuple qui se pressaient autour de ces baraques branlantes, affronter les odeurs de graillon, et piétiner allégrement os de poulets, reliefs d'ortolans, et quignons de pain ; cela fait, on avait le plaisir de monter encore quelque sombre escalier bien puant du soulagement qu'y prenaient les chiens et les gentilshommes, de traverser des paliers couverts d'ordures et des antichambres où régnait le « parfum » lourd des garde-robes [3] et des pri-vés [3]. Le Roi et Monsieur, ayant été, dès l'enfance, habitués à voir des maisons sales, regardaient la chose comme toute simple, et, si le souverain s'en accommo-dait de la sorte, il fallait bien que le tout-venant s'en accommodât aussi. Si l'on avait ensuite le bonheur d'échapper aux coupe-bourses et aux tire-laine, qui patrouillaient en liberté dans les salons, et qu'on n'avait laissé dans l'aventure ni les perles de son collier ni les franges et les dentelles de sa robe, on pouvait espérer de se retirer enfin dans un appartement, qui n'était d'ordinaire que d'une seule chambre, sans air, sans vue, et sans feu.

Je jouissais ainsi de deux très petites chambres au deuxième étage de l'aile du Roi, à gauche de l'escalier d'honneur, face à l'appartement de Monsieur Le Nôtre, l'architecte des jardins ; on avait divisé cet étage dans la hauteur par un plancher afin de créer, au-dessus, des galetas pour les femmes de chambre ; aussi ma chambre n'avait-elle pas six pieds de haut ; comme je suis assez grande, pour peu que j'eusse une coiffure de cheveux montée à la mode de ce temps-là ou quelque cornette frisée, j'essuyais fort régulièrement le plafond.

C'était pour des avantages si remarquables que toute la noblesse du royaume faisait des folies : des ducs et

1. Altération de « sert de l'eau », officier de bouche de la table du Roi.
2. Les restes de la table royale.
3. W.-C.

des marquis qui avaient à Paris des hôtels somptueux et, dans la province, d'immenses châteaux quittaient tout pour s'entasser à dix dans la chambre obscure d'un entresol ; ils s'en disaient comblés. Dis-moi où tu habites, je te dirai qui tu es ; ces palais, au fond, n'étaient que trop semblables à l'âme de ceux qui les habitaient : de brillantes dorures au-dehors, mais l'ombre et la pourriture par-dessous.

J'avais par bonheur, pour ne point sombrer dans l'abrutissement commun, le souci de l'éducation de mes petits princes. Les instruire et les soigner me fournissait assez d'occupation pour n'avoir besoin du secours ni des barbiers ni des mages.

L'air de Saint-Germain et la vie déréglée qu'on y menait ne réussissaient pas à mes nourrissons mieux qu'à moi ; tous trois étaient malades. Privés de sommeil, car leur mère n'entendait pas qu'ils quittassent avant minuit le théâtre où ils avaient leur rôle, nourris à la table maternelle de mets relevés, de sauces grasses et de vin de Champagne, ces enfants de constitution fragile étaient, en peu de mois, tombés dans un état de faiblesse à faire peur. Fièvres quartes, fièvres tierces, vomissements, dévoiements [1], abcès s'emparaient tour à tour de leurs petits corps débiles et les menaient aux portes de la mort. On les abandonnait aux médecins et le remède était pis que le mal, car Madame de Montespan ne haïssait ni les expériences ni les charlatans. Les traitements les plus cruels succédaient aux médecines les plus barbares ; elle fit ainsi appliquer au petit comte de Vexin treize cautères le long de l'épine dorsale dans le but de lui rendre le dos plat ; je crus que les hurlements de ce pauvre enfant me rendraient folle. Enfin, la moitié seulement des chirurgiens et des médecins qu'on mettait autour de ces malheureux eussent suffi pour les faire mourir. Je me consumais en veilles et en chagrins ; je me partageais entre eux trois et les servais comme une femme de chambre parce que toutes les leurs étaient sur les dents ; mais j'avais la douleur de trouver tous mes soins inutiles : les ordres, les contrordres, les caprices et les fantaisies de leurs parents défaisaient en un moment

1. Coliques.

les progrès obtenus. On tuait ces pauvres enfants sous mes yeux sans que je pusse l'empêcher.

Dans les commencements, j'étais résolue à ne pas mettre de vivacité à ce que je faisais et à laisser les enfants à la conduite de leur mère : je me disais que rien n'était sot comme d'aimer avec cet excès des enfants qui n'étaient pas à moi, dont je ne disposerais jamais, et qui ne me donneraient dans la suite que des déplaisirs qui me tueraient, sans plaire pourtant aux gens à qui ils étaient ; je n'ignorais pas que le devoir des gouvernantes est d'aimer les enfants qu'on leur donne avec art mais point avec passion ; que leur sort est de s'effacer et qu'elles n'ont bien rempli leur tâche que lorsque l'enfant qu'elles ont nourri les oublie. Du reste, je ne voulais point être haïe de gens avec qui je passais ma vie et auxquels je n'aurais pas voulu déplaire, quand même ils n'auraient pas été ce qu'ils étaient. Je m'efforçais donc à l'indifférence et à la docilité.

Mais bientôt la tendresse que j'avais pour ces petits, le scrupule d'offenser Dieu par cet abandonnement, et l'impossibilité que j'ai à cacher ce que je pense me firent entrer malgré moi dans des contestations fort vives avec Madame de Montespan.

J'étais restée six mois sans faire la moindre représentation ni le plus léger reproche ; mais quand nous fûmes à Versailles en juillet et que mon petit duc y tomba dans un grand abattement, suivi de convulsions violentes, parce que sa mère l'avait voulu, par fantaisie, exposer toute une journée en plein soleil et sans bonnet, je n'y pus plus tenir. « Madame, m'avait dit ce pauvre enfant brûlant de fièvre, je vais mourir et je suis content. Vous voyez bien que Dieu ne m'a pas fait pour cette terre puisqu'il n'a pas voulu que je pusse marcher comme les autres. Je suis si petit que je m'en vais aller tout droit en Paradis. Je suis content. » Je sortis bouleversée de sa chambre et tombai sur Madame de Montespan qui entrait. Je lui dis soudain, sans réfléchir, tout ce que j'avais sur le cœur ; elle entra dans une colère si violente que je me crus perdue sans recours ; mais je n'étais plus en état de m'en soucier.

Je me retirai dans la chapelle pour y pleurer tout mon

saoul ; je sentais avec beaucoup de douleur que je n'aimais pas moins mon cher « mignon » que je n'aimais la petite Françoise et la crainte de devoir revivre les moments affreux de l'agonie de cette innocente me rendait comme folle. Cependant, l'amour immense que j'éprouvais pour le duc du Maine m'interdisant de partir autant que de rester, il n'y avait point de remède à ma torture ni de terme prévisible à ma souffrance. Dans la soirée, on m'envoya Monsieur de Louvois pour me faire entendre raison ; il me parut qu'il entendait les miennes [1] que je lui expliquai avec une parfaite sincérité ; la conclusion fut que j'emploierais encore quelque temps à tâcher de me raccommoder.

Madame de Montespan et moi nous raccommodâmes en effet et elle consentit même, pour m'adoucir, de payer la fondation d'une messe basse à la mémoire de Françoise en l'église de Saint-Sulpice ; mais, à chaque maladie des enfants, les brouilleries reprenaient. « Votre sensibilité aurait besoin d'un rude mors », me soufflait mon confesseur lorsqu'il me surprenait dans les larmes. Toujours, Monsieur de Louvois jouait les médiateurs. « J'ai plus de mal à mettre la paix entre vous qu'à la mettre entre les pays de l'Europe », disait le Roi en riant.

Quand la fantaisie de la favorite se tournait vers d'autres objets que l'éducation de ses enfants, je retrouvais avec elle les instants d'abandon et de libre amitié d'autrefois. Réconciliées, nous comparions longuement les mérites de nos auteurs favoris ; je tenais pour Racine, dont j'aime la douceur, et elle pour Despréaux [2], car elle goûtait la satire plus que tout autre genre ; nous lisions ensemble le dernier ouvrage de Madame de La Fayette et nous émouvions de concert aux malheurs de la « princesse de Montpensier » ou de « Zaïde ». En compagnie de sa sœur, l'abbesse de Fontevrault, qui venait parfois à la Cour, nous brocardions à qui mieux mieux les jansénistes ou les jésuites, qu'elle haïssait autant que moi ; ou bien nous traitions de quelque sujet moral et discutions le point de savoir si la gloire était préférable à la vertu, ou l'illusion à la vérité : « Je

1. C'est la construction employée par Mme de Maintenon.
2. Boileau.

ne sais, conclut-elle un jour, si le plaisir qu'on cherche à se donner est vérité ou illusion ; mais quand on croit en avoir, on en a en effet. » Dans ces conversations, la marquise incarnait toujours au plus haut degré ce fameux esprit des Mortemart, dont tous autour d'elle, frère, sœurs, enfants, et jusqu'à ses servantes, réfléchissaient [1] quelque chose : des pensées singulières, dites du ton le plus inimitable, et auxquelles personne, ni eux-mêmes en les disant, ne s'attendait ; mais l'esprit des d'Aubigné, pour être moins porté au dénigrement, n'est pas mal non plus et Madame de Montespan, dans les moments d'accalmie, me montrait par ses tendresses qu'elle ne s'en pouvait passer tout à fait.

Ce mélange singulier d'amitié et de haine, d'estime et de mépris, de sucre et de fiel, qui devait être notre lot quinze années durant, nous rendait déjà bien difficile la vie commune ; à de certaines fois, j'aurais préféré un peu de malheur constant à ces joies sans consistance et sans lendemain qui me laissaient, dans les rechutes, le cœur déchiré.

Car les rechutes étaient, par malheur, aussi fréquentes qu'imprévisibles. Je ne démêlais point toujours la cause qui poussait soudain la « belle madame » à cracher sur moi son venin et, sans prévenir, à me larder de « piques » pour amuser son public. Un jour, par exemple, que nous parlions de je ne sais quelle jeune veuve bien gaie et que je disais mon sentiment là-dessus, elle lâchait d'un air entendu : « Madame Scarron est vraiment très austère pour les autres » ; une autre fois elle s'écriait avec véhémence : « La Cour a un cadran particulier, dont il faut connaître les heures et les minutes pour ne pas se méprendre ; et je ne sais point meilleure horlogère que Madame Scarron ; vraiment, elle serait assez habile pour avancer l'heure s'il se pouvait. » Ces algarades me laissaient fort troublée ; je voyais mal où elle en voulait venir, et de plus, je ne me croyais pas en droit de lui répondre ; j'étouffais de répliques rentrées. Le pis fut quand, quelques mois après mon entrée à la Cour, elle se mit à affecter de me traiter en servante.

Elle était grosse encore et sur le point d'accoucher.

1. Reproduisaient, renvoyaient.

Pour ces temps-là, elle avait inventé la mode des « robes battantes » qui ne laissent pas voir la taille ; c'était au reste, lorsqu'elle les prenait, comme si elle eût écrit sur son front ce qu'elle prétendait encore cacher : « Madame de Montespan a pris sa robe battante ; donc elle est grosse », remarquaient finement les bons esprits de la Cour. Le Roi et moi étions, cependant, seuls à savoir qu'elle prenait ordinairement, avec ses robes battantes, sa plus méchante humeur et que ces sortes de sacs cachaient toujours, outre ses rondeurs, un cœur plein d'aigreurs.

Fut-ce la « robe battante » ou quelque autre cause ? Elle me fit soudain la vie plus dure que jamais. Elle commença par renvoyer sans motif une nièce de Monsieur Scarron, Mademoiselle de La Harteloire, qui était dans la dernière pauvreté et que j'avais placée auprès d'elle comme femme de chambre tandis que je prenais sa sœur aînée auprès de moi comme dame de compagnie ; elle s'efforça ensuite de nuire à mon cousin, Philippe de Villette, et, sous le prétexte qu'il était huguenot, empêcha le ministre de l'avancer dans le service [1]. Ces mauvais offices me furent rendus sans un mot d'explication et sans autre raison que de me fâcher.

Puis elle exigea de moi des services que je ne croyais pas devoir lui rendre. Un jour, il la fallait coiffer ; une autre fois, mettre du bois dans son feu ; ou encore accrocher les boutons de sa robe, me relever à deux heures de la nuit pour lui faire la lecture, épingler un ourlet ou lui battre un « lait de poule » ; elle ne manquait point de femmes de chambre pour la satisfaire dans ces sortes de choses mais elle disait que personne ne la servait comme moi et croyez bien que le mot « servait » lui sortait de la bouche aussi rond et gros que si ce fût une cerise ; elle ne le lâchait qu'après en avoir épuisé intérieurement toute la saveur.

Je suis naturellement complaisante et j'avais rendu cent fois à Madame de Montchevreuil des services plus considérables et fait pour elle des métiers plus dégradants ; mais je voyais trop où la marquise en voulait venir ; ma position était si mal assurée à la Cour que

1. Donner de l'avancement dans l'armée.

quelques mois de ce régime-là m'eussent mise au rang d'une Desœillets ou plus bas encore.

Je me souvins alors d'un mot assez profond que m'avait dit mon petit prince bien-aimé quelques semaines auparavant. Comme nous allions de Saint-Germain à Versailles et qu'il donnait l'ordre au cocher de mener son attelage au galop, je lui avais dit en badinant qu'à ce train notre carrosse allait verser. « Cela ne se peut. Dieu ne permet point que les carrosses des princes versent », m'avait répondu avec hauteur ce petit homme de cinq ans. Je repartis en riant que je le trouvais bien fier de sa qualité et que le Roi, son père, avait plus de simplicité dans les manières et n'était point si pointilleux que lui. « C'est, me dit cet enfant soudain grave, que le Roi mon père est sûr de son rang et vous savez quelles raisons j'ai d'être mal assuré du mien. Il faut donc, Madame, que j'aie l'air plus haut qu'un autre et que je sois fort pointilleux sur l'hommage qu'on me doit. » J'étais dans une situation très comparable à celle de mon « mignon » et devais d'autant plus faire respecter ma position qu'elle ne se distinguait pas encore au premier coup d'œil de celle des femmes de la marquise. Aussi répondis-je aux injures qu'on me faisait en affectant de ne plus prendre mes ordres au sujet des enfants qu'auprès du Roi lui-même : je marquais par là que je voulais bien obéir au père mais pas à la mère.

Cela ne découragea point la marquise. Un jour que la duchesse de Richelieu se trouvait chez elle avec quelques autres dames que j'avais assez bien connues autrefois, Madame de Vivonne, Madame de Fiesque, et Madame de Saint-Geran, elle me demanda, l'un après l'autre, d'aller lui quérir un éventail, un peigne, un mouchoir, et chaque fois qu'une de ses femmes voulait s'élancer : « Laissez, disait-elle, Madame Scarron fera très bien cela pour moi. » Mes amies en étaient honteuses pour moi, mais j'obéissais en souriant, bien décidée, à part moi, à mettre à la scène un terme de ma façon. Quand elle me demanda enfin de lui apporter le pot de fard dont elle ornait son visage, toujours pâle et boursouflé lorsqu'elle était grosse, je m'acquittai de la tâche avec une feinte complaisance mais lâchai soudain le pot tout au beau milieu de la pièce. Il éclata en mille morceaux

et toute la pâte en fut perdue. « Que vous êtes maladroite, vraiment, s'écria-t-elle furieuse, voilà une pâte
qu'on ne me pourra refaire avant plusieurs jours ! — Il
est vrai, repris-je, que je suis très maladroite ; mais c'est
aussi qu'on ne m'a point fait venir ici pour porter des
fards ni ourler des robes. Ce n'est pas mon emploi, et je
vous prie de bien vouloir me pardonner si j'y suis mal
propre [1]. » Madame de Vivonne, qui aimait à voir sa
belle-sœur mouchée, riait sous cape. Pour moi, je voyais
bien que cette impertinence pouvait me coûter cher
mais, d'ailleurs, la mesure était comble et il fallait que
je me soulageasse un peu. La « belle madame », qui dut
avouer pendant trois jours un teint de coing, prit la leçon
pour ce qu'elle était et n'y revint pas de sitôt.

A la vérité, je crois que la raison qui poussait ainsi
Madame de Montespan à me maltraiter publiquement
après m'avoir si longtemps portée aux nues était une
sorte de jalousie. Non qu'elle pût jamais m'imaginer
comme une rivale ni qu'elle crût voir en moi une maîtresse possible pour le Roi, mais elle commençait de
s'irriter de l'amitié que son amant prenait pour moi, sans
voir que les aigreurs et les caprices dont elle l'accablait
en étaient la cause.

Elle se plaisait à lui faire faire antichambre lorsqu'il
venait chez elle ; mes fonctions auprès des enfants
m'amenaient souvent dans cette antichambre... Le Roi
aimait les femmes et confessait volontiers, en ce temps-
là, que rien au monde ne le touchait si sensiblement que
les plaisirs que l'amour donne ; il se trouve que, quoi
que la favorite en pût penser, j'étais une femme et même,
s'il fallait en croire les galants du Marais, je n'étais pas
la plus dégoûtante de toutes. Sans doute avais-je six
années de plus que Madame de Montespan, mais,
comme je n'avais pas mis au monde neuf enfants, je gardais, à trente-huit ans, la taille plus belle et le teint plus
frais qu'elle à trente-deux ; esprit, douceur d'humeur,
complaisance naturelle, j'avais peut-être enfin, hors la
naissance, tout ce qu'il fallait pour mettre en péril la
fortune la plus éclatante dans la position la plus enviée.

1. Inapte.

Du moins le Roi se plaisait-il fort à m'entretenir ; au commencement, c'était, comme je l'ai dit, dans l'anti-chambre ; ce fut ensuite dans la chambre de ses enfants où il se prit à passer de longs moments ; puis, tout lui fut bon à m'avoir auprès de lui pour causer, même la chambre de sa « belle madame ».

D'abord, la conversation roula sur les petits princes, qu'il aimait tendrement, prenait sur ses genoux, et bap-tisait de noms d'amitié : le duc du Maine était son « mignon » autant que le mien ; Mademoiselle de Nan-tes, alors jolie comme un ange, fut sa « toutou » et sa « poupotte » ; et la petite Marie-Anne, qui naquit à l'été de cette année-là et fut légitimée deux ans plus tard sous le nom de Mademoiselle de Tours, devint sa « maflée ». Il s'intéressait fort à l'éducation des enfants et s'attachait d'autant plus à la nourriture [1] des siens qu'il avait beau-coup souffert lui-même de l'abandon de ses premières années.

Il me contait volontiers des souvenirs de sa petite enfance : comment on le laissait avec son frère livré aux dernières servantes des femmes de chambre de la Reine sa mère ; dans quelle occasion, à l'âge de cinq ans, il avait pensé se noyer dans un bassin de Saint-Germain par la négligence de ceux qui le gardaient ; de quelle manière Monsieur et lui devaient dérober aux servantes quelques pièces des omelettes qu'elles fricassaient pour elles et les manger en se cachant dans un coin pour ne pas mourir de faim ; et les draps dans lesquels on le fai-sait dormir, si percés qu'il passait la tête au travers pour faire la marionnette ; et les robes de chambre et che-mises de nuit qu'on lui laissait si longtemps qu'à la fin elles ne lui couvraient même plus le genou ; et, avec cela, personne qu'un valet pour lui enseigner l'histoire et point d'autre compagne de jeux que la petite fille d'une servante, qu'il appelait « la reine Marie » et se plaisait à servir dans tous ses désirs, la traînant dans des carrioles, la saluant de profondes révérences, la comblant de gro-seilles et de framboises cueillies au péril de ses pour-points. Il s'animait en parlant de ces choses et quittait un moment cet air de sévérité et ce silence impénétrable

1. Éducation, instruction.

qui lui étaient naturels ; je le trouvais alors tout autre dans ce particulier [1], l'œil plein de malice et le sourire aux lèvres, que ce qu'il était en public ; mais je remarquai que, si la porte venait par hasard à être ouverte ou s'il sortait, il composait aussitôt son attitude et prenait une autre expression de figure, comme s'il devait paraître sur un théâtre. Devant ses courtisans, il faisait le roi ; devant moi, il fit bientôt l'homme et se laissa aller aux joies d'une amitié sans contrainte.

Tandis que je me jouais avec le comte de Vexin ou montrais à lire au duc du Maine, il prenait sa guitare et nous berçait de quelque jolie pièce. Il avait une passion vive pour la musique, jouait de la guitare mieux qu'un maître et arrangeait dessus tout ce qu'il voulait ; il aimait à transformer les opéras de Lulli pour son instrument et les chantait en s'accompagnant. Comme ces opéras étaient toujours à sa louange, il y avait quelque ridicule à l'entendre chanter ainsi son propre éloge et Madame de Montespan ne se privait pas de dauber là-dessus d'abord [2] qu'il avait le dos tourné, mais lui n'y entendait point malice. Ainsi me chantait-il souvent cet air des honneurs qu'on rend au héros dans je ne sais quel opéra fait à sa gloire :

> *Que devant vous tout s'abaisse et tout tremble,*
> *Vivez heureux, vos joies sont notre espoir ;*
> *Rien n'est si beau que de trouver ensemble*
> *Un grand mérite avec un grand pouvoir.*
> *Que l'on bénisse*
> *Le Ciel propice*
> *Qui, dans vos mains,*
> *Met le sort des humains,*

et je ne pouvais me tenir de sourire un peu en l'entendant ainsi s'encenser lui-même avec innocence.

Peu à peu, il s'ouvrit à moi des peines que lui causait Madame de Montespan et se mit à me consulter sur ses humeurs, comme la personne qui la connaissait le mieux. Je n'osais en effet me plaindre à lui de ce que sa maî-

1. En privé.
2. Dès qu'il.

tresse me faisait souffrir depuis quelques mois et, hors nos querelles sur les enfants qu'il regardait avec amusement, il nous croyait encore les meilleures amies du monde.

Il était triste, en ce temps, que la marquise n'eût point voulu du château de Clagny qu'il avait acheté pour elle. Elle l'avait trouvé trop petit : « Cela est à peine bon pour une fille d'opéra », s'était-elle écriée et elle avait donné ordre qu'on le démolît. « Je suis bien coupable, me disait-il, car il est vrai qu'elle méritait mieux. Je ne sais comment rattraper ma faute. » Il s'inquiétait fort aussi de la manière dont il pourrait faire accepter à la marquise des présents dont elle affectait de ne point vouloir : il lui faisait monter, dans le plus grand secret, des colliers de perles magnifiques, des attaches [1] de diamants, des pendants d'oreilles de rubis, et des boutons et bracelets de toutes sortes de pierreries ; il prenait mon conseil sur le dessin de ces bijoux et se tourmentait de ce qu'un soudain désintéressement pût la porter à les refuser. Pour moi, je ne partageais pas trop cette crainte-là ; je me souvenais d'un mot qu'elle m'avait dit quelques semaines plus tôt : « A la Cour il faut tout prendre ; tout vient l'un après l'autre », et je savais assez les millions que ses fantaisies coûtaient au Trésor pour ne point redouter une austérité prolongée sur le chapitre des présents royaux.

Entrant dans une plus grande confiance avec moi, le Roi me parlait enfin de plus en plus longuement de sa maîtresse, dont il voyait bien les défauts mais qu'il aimait encore avec une passion rare : « Elle est si touchante dans les larmes, me disait-il. — Cela est vrai », lui disais-je, sans oser ajouter qu'elle pleurait avec bien de l'à-propos. « Ne trouvez-vous point qu'elle a un éclat extraordinaire dans les yeux ? Son rire n'est-il pas charmeur ? A-t-on jamais vu blondeur pareille à la sienne ? » J'acquiesçais à tout ; il est inutile de vouloir enseigner les nuances à un aveugle. Cette complaisance faisait que nos conversations n'avaient plus de fin. Sans savoir qu'elle en fournissait la matière et que je me devais plier à chanter ses louanges sur tous les modes, la favorite

1. Boutons, agrafes.

s'alarmait de ces tête-à-tête prolongés : « Vos conversations avec le Roi sont d'une longueur à faire rêver, me dit-elle un jour. Que lui enseignez-vous donc, Madame ? Le latin ou la géométrie ? »

Là-dessus, elle se mit brusquement en tête de me marier. Elle jeta son dévolu sur un duc, Monsieur de Villars-Brancas, qui était veuf pour le deuxième ou troisième fois. Il était parent de ce Villars-Orondate qui m'avait courtisée autrefois dans les premiers temps de mon mariage avec Scarron mais, à l'inverse de mon galant, dont la beauté était un sujet d'étonnement, Villars-Brancas était laid et même bossu au point qu'on l'avait surnommé « le gobin [1] ». Avec cela, malhonnête homme, mauvais mari à ce qu'on en disait, et fort gueux. Quand je lui objectai tout cela, la marquise se récria :

— Mais enfin, vous serez duchesse ! Vous aurez le tabouret [2] !

— La belle affaire, lui dis-je en riant, je me trouve aussi bien debout !

— Allez, faites de l'esprit, pauvre sotte ! Je vous dote moi-même, et vous aurez le tabouret, le dais et le cadenas ! N'est-ce pas une fortune inespérée pour une veuve Scarron ?

— Je me défie, Madame, des fortunes inespérées. Et puis, j'ai déjà assez d'embarras dans une condition singulière sans en aller chercher dans un état qui fait les malheurs des trois quarts du genre humain. J'ai passé par le mariage et, croyez-moi, je sais à quoi m'en tenir. Je suis bien résolue de ne me remarier jamais ; et si, par extraordinaire, je changeais d'avis, ce ne serait point sûrement en faveur d'un si dégoûtant personnage.

— Ah... Il vous faudrait un prince du sang, peut-être ?

La marquise fut hors d'elle par ce refus. Il est vrai que, d'une certaine façon, il y avait de quoi. Sans doute cherchait-elle par ce mariage à se débarrasser de moi, mais ce n'était point vraiment une mauvaise manière qu'elle me faisait là ; pour une femme tout occupée de la naissance et des titres comme elle l'était, épouser un duc,

1. Surnom donné aux bossus au xviie siècle.
2. Le droit, réservé aux duchesses, de s'asseoir sur un tabouret chez la Reine.

quel qu'il soit, est une fortune lorsqu'on n'est pas née ; il se trouve seulement qu'elle n'avait point reconnu que je n'avais pas cette sorte d'ambition ; et, quant au reste, l'idée de partager mon lit avec « le gobin » ne me souriait pas. On fit intervenir la duchesse de Richelieu pour me convaincre, mais je ne voulus rien entendre.

Mon refus ne fut point pris par la favorite pour ce qu'il était ; elle y vit la preuve que j'étais déjà mieux avec le Roi qu'elle ne le pensait et qu'il fallait prévenir au plus tôt les suites d'une inclination dangereuse. Elle se déchaîna donc, fit au Roi des reproches amers sur l'amitié excessive qu'il avait pour une glorieuse qui la servait mal, lui redonna mon refus du mariage comme il lui plut, me peignit bien ridicule, me présenta comme une bizarre qu'il fallait ménager et s'efforça, enfin, de me faire perdre l'estime du souverain. Elle avait tant d'art dans l'esprit et tant d'ascendant sur celui du Roi qu'elle était toujours sûre de l'amener à ce qu'elle voulait. Elle se servit de son talent à cette occasion, et, après l'avoir étourdi de reproches et d'insinuations, elle le pria, avec les grâces qui lui étaient ordinaires, de vouloir bien, pour l'amour d'elle, me faire mauvaise mine.

Il le fit en effet, et ne me parla plus en particulier pendant quelques semaines. En public, il me traitait avec une froideur marquée. Lassé que Madame de Montespan revînt encore sur mon sujet après avoir eu satisfaction, il s'écria même un jour dans sa chambre : « Mais enfin, Madame, si Madame Scarron vous déplaît tant, que ne la chassez-vous ? Vous êtes la maîtresse. Dites un mot et elle sortira d'ici sur l'heure. Vous savez bien que je n'ai souci que de vous plaire ; et j'ai assez entendu parler de Madame Scarron ! » On me rapporta le mot, et mes « amis » me firent compliment sur ma disgrâce.

J'étais dans le plus grand désespoir ; je pleurais des nuits entières et me consumais dans d'étranges alarmes. Cent fois, je fus sur le point d'annoncer à Monsieur de Louvois que j'allais me retirer ; et, cent fois, je fus empêchée de le faire par une timidité à laquelle je n'osais encore donner son véritable nom. Je souffrais mille morts et, cependant, je ne me pouvais résoudre à quitter le lieu de ma souffrance ; je crois que je commençais de connaître quelque chose du martyre de Mademoiselle de La Vallière. L'abbé Gobelin, à qui seul je confessais mes tourments, crut lui-même n'avoir rien de mieux à me proposer que d'entrer, à mon tour, en religion. Je lui répondis assez sèchement que je n'étais point propre à la dévotion contemplative et que j'étais trop vieille, au surplus, pour changer de condition.

Soudain, quand je m'y attendais le moins, cette tempête de fureurs et d'injures retomba. S'étant crue rassurée par la conduite qu'elle avait vue au Roi et ne se souciant point au fond de perdre une compagnie qui la divertissait, Madame de Montespan se remit à me montrer de la tendresse. Elle me parla avec douceur et me fit donner 100 000 francs par le Roi : c'était leur premier présent en cinq ans, et, après tant de haines et de mépris, le moment choisi pour le faire ne laissa pas de me surprendre. Quinze jours plus tard, elle s'employa à faire aboutir le renouvellement du bail d'un fermier général [1], pour lequel j'avais présenté un avis [2] qui me valut quelque récompense. Un mois après, elle me fit encore donner un privilège de fabrication [3] des âtres de cheminées et fourneaux, que j'avais sollicité. Je me voyais brusquement à mon aise, moi qui n'avais rien la veille, et publiquement encensée, quand deux jours plus tôt on me décriait partout. Ces hauts et ces bas me donnaient le vertige et j'étais plus résolue que jamais à ne pas demeurer dans un état si pénible : ma réconciliation faite, je comptais de me retirer de la Cour dès le mois de décembre.

C'est alors qu'à son tour le Roi, qui m'avait si mal traitée, revint vers moi.

À petits pas, d'abord : un sourire par-ci, un mot par-là. Puis à pas de géant : des regards tendres, des gestes ébauchés, et, de nouveau, des conversations d'une heure ou plus, en des termes plus que singuliers. Je lui parlai un jour de Madame d'Heudicourt, dont le souvenir n'avait jamais vraiment quitté ma pensée ; au fond de mon cœur,

1. Collecteur d'impôts.
2. Recommandation auprès d'un ministre, suivie d'une « gratification » versée par le « recommandé » au « recommandeur ».
3. Monopole de fabrication, cédé, lui aussi, contre « dédommagement ».

je lui avais pardonné ses trahisons, la jugeant plus folle que méchante et sincèrement attachée, d'ailleurs, à ma personne ; ayant résolu de quitter la Cour et ne craignant plus de déplaire, j'osai prier le Roi de bien vouloir considérer le retour en grâce d'une malheureuse qui se morfondait dans son exil : « Je connais votre bon cœur, Madame, me dit-il, mais, quant à moi, je n'oublie point si aisément qu'on m'a manqué. Cependant, comme je ne me soucie que de vous plaire, je verrai à vous satisfaire. » « Je ne me soucie que de vous plaire » : deux mois plus tôt, c'était à Madame de Montespan qu'il disait la même chose en lui offrant mon renvoi ; après cela, faites fond, s'il vous plaît, sur la constance des hommes.

Certaines faveurs qu'il m'octroya marquèrent aux yeux de tous mon retour en grâce ; c'est ainsi qu'il voulut, deux ou trois fois, que je dînasse avec lui et sa maîtresse, et que je fisse avec lui plusieurs promenades.

Dans le particulier enfin, il me découvrit ses sentiments par des gestes pleins d'intention. Une fois qu'il me tendait une poupée qu'un des enfants venait de casser, il retint ma main comme je la saisissais ; je dégageai cette main assez vite et habilement pour que nous pussions, l'un et l'autre, douter qu'elle fût restée contre la sienne plus longtemps que nécessaire ; ainsi pus-je feindre d'ignorer un geste que, de son côté, il feignit de n'avoir pas tenté. Une semaine plus tard, comme je lui causais en brodant et que j'avais un instant posé ma main et mon canevas sur une petite table à mon côté, il fit, tout en parlant, un nouveau geste pour saisir cette main ; cette fois, je vis ma main, comme étrangère à moi-même et douée d'une volonté propre, glisser rapidement sur le tapis de damas rouge et se réfugier, contre mon avis, sur mon genou où il n'osa point l'aller chercher ; il ne gagna à sa tentative maladroite que de se piquer cruellement la paume à l'aiguille plantée dans mon ouvrage. Le cœur me battit bien fort pendant quelques minutes ; je revoyais ma longue traversée du tapis rouge, la goutte de sang sur sa main ; et l'humiliation que je lui avais infligée, sans y faire réflexion et presque malgré moi, me fit redouter un éclat. Cependant, il fut assez maître de lui pour reprendre le fil de la conversation comme si de rien n'était, et je redoublai d'amabilité pour effacer

278

l'impression singulière que cette scène nous laissait à tous deux. Quinze jours après, il fit une troisième tentative, car s'il était un peu timide, il ne manquait point d'opiniâtreté ; et, comme dans les chansons, ce fut à la troisième fois que la muraille céda : je lui abandonnai ma main, mais affectai encore de ne point remarquer qu'il la tînt ; de son côté, il ne la caressait pas et se bornait à la tenir fort légèrement ; enfin, nous fîmes en tout comme si rien n'était plus naturel pour un roi et la gouvernante de ses bâtards que de jouer à la main chaude en devisant allégrement de la pluie et du beau temps.

Pour moi, la chose était claire : par ses fureurs inconsidérées, disproportionnées à leur objet, et le violent retour de tendresse qui leur avait succédé, Madame de Montespan avait brutalement tourné en désir un goût que j'eusse mieux aimé de convertir en amitié. Encore, tant qu'on n'en fut qu'aux paroles et aux regards, je me crus assez forte ; mais quand on en vint aux gestes, je vis bien que j'étais perdue. J'avais beau me savoir plus habile que d'autres à faire languir un galant et le désespérer sans le rebuter, je n'ignorais pas qu'il faut de la fermeté quand l'amoureux s'aventure et qu'un soufflet bien appliqué doit parfois, en dernier recours, suspendre l'entretien. Or, cette conduite peut bien être tenue avec tous les hommes du monde, à l'exception précisément de celui qui me faisait alors l'amour [1] : défendre de cette manière sa vertu contre les assauts d'un monarque tournerait trop aisément au crime de lèse-majesté. La cause était donc entendue ; à ce point d'avancement des travaux d'approche, il fallait fuir ou céder.

Je choisis la fuite, sans hésitation sinon sans tristesse. Je sentais bien, en effet, que ce roi, si grand, si magnifique [2], était le seul homme que j'eusse pu aimer sans déchoir à mes propres yeux et que, ne m'abandonnant pas aisément, j'eusse trouvé délicieux pourtant de me livrer à la quiétude de sa puissance. Quand les naissants mouvements de mon cœur, fondés sur un si grand sujet d'aimer, se pouvaient si bien autoriser de la gloire et

1. Qui me faisait alors la cour.
2. Porté à la magnificence.

279

presque de la raison, il y avait de l'héroïsme à quitter la place.

Cependant, je voyais trop les obstacles auxquels je me fusse heurtée par la conduite opposée : l'empire de Madame de Montespan, si fort qu'il laissait place pour des désirs ou des amitiés de rencontre mais point pour un amour de l'espèce dont je rêvais ; le danger d'être réduite au rôle subalterne et humiliant d'une Desœillets ; la Reine enfin, et l'horreur d'un péché qui m'avait autrefois ôté le repos et mise en péril d'être damnée. Considérant tout cela, j'annonçai brusquement au Roi et à sa maîtresse mon intention de quitter la Cour en décembre. Je leur représentai que j'étais lasse et malade et qu'après tous les soins donnés aux enfants depuis cinq années, j'avais besoin de prendre quelque repos. « Nous verrons », dit seulement le Roi. Trois jours après, il me marqua une nouvelle fois la satisfaction qu'il tirait de mes services : ayant fait venir le petit duc du Maine dans son appartement et lui ayant posé toutes sortes de questions sur sa vie, il dit soudain à l'enfant qu'aux réponses qu'il lui faisait, il le trouvait bien raisonnable. « Cela ne vous devrait point surprendre, Sire, dit mon petit prince, je suis élevé par la Raison même. — Eh bien, lui dit le Roi, allez dire à la Raison que, ce soir, vous lui porterez 100 000 francs pour vos dragées. »

Il est difficile de quitter des gens qui vous traitent si bien, mais j'étais riche désormais de 200 000 francs de présents et de quelques milliers de livres gagnées en deux avis et un privilège ; je pouvais acheter cette terre et cette maison qui me tireraient de l'esclavage insupportable où me réduisait, par périodes, Madame de Montespan et de la trop grande tentation à laquelle m'exposait le Roi.

— Mais, Madame, vous ne pouvez me quitter, me disait mon mignon, je vous veux épouser quand je serai grand.

— Je ne vous quitterai pas tout à fait, lui disais-je pour le consoler, vous viendrez me voir dans ma maison, si votre maman le permet. J'aurai des vaches et des oies, et un grand parc pour vous y promener.

— Si vous m'abandonnez, Madame, je ne me promènerai jamais dans votre parc ni ailleurs, car je ne marcherai pas. Vous vouliez bien m'apprendre encore et m'emmener aux eaux de Barèges, l'an prochain, pour y fortifier mes jambes. Mais je vois que vous ne vous en souciez plus maintenant et que je ne marcherai pas.

Je le prenais dans mes bras et nous pleurions bien tendrement ensemble.

Pour briser les chaînes qui me retenaient à la Cour, je m'obligeai à attacher mon esprit à la recherche de cette maison et mis l'abbé Gobelin de la partie. Ce pauvre abbé n'entendait rien à mes états d'âme successifs. Je lui retraçais dans mes lettres mes disputes avec Madame de Montespan au sujet des enfants, puis des troubles d'une autre nature que je ne lui précisais pas, enfin des mouvements de joie soudains dont je ne lui disais pas davantage la cause ; et, chaque fois, il me conseillait des remèdes qui tombaient mal à propos car mon âme n'était pas en état de les recevoir : il me suggérait de communier davantage, ou m'envoyait des petits cahiers pour que j'y misse de pieuses pensées de ma façon ; « trop de communions me rendraient ridicule, lui disais-je, et pour les pensées pieuses, mon esprit me fournit peu sur ces matières-là » ; je convenais pourtant, pour lui faire plaisir, que je menais « une vie à faire peu d'honneur à mon confesseur ».

Aussi le bon abbé s'employa-t-il plus heureusement à mon établissement terrestre qu'à mon salut éternel : il m'aida à trouver à dix lieues de Versailles et quatre lieues de Chartres la terre de Maintenon, belle, noble, et qui valait 11 000 francs de rente [1]. A la mi-octobre j'entrai en marché de cette terre pour 250 000 francs qui était tout mon avoir, le reste, soit 11 000 écus, m'ayant servi à doter mon pauvre neveu Toscan, qui vivait à Paris chez une nourrice et dont mon frère ne se souciait pas le moins du monde. Je me flattais déjà de pouvoir quitter la Cour en janvier et je me crus assez solide pour me tirer d'affaire au mieux dans un si court délai.

J'avais, depuis quelques semaines, grand soin de ne plus m'exposer à des conversations particulières avec le souverain. Il me semblait, du reste, que de son côté il ne cherchait plus tant ma compagnie. Cela, pourtant, ne me

1. Qui produisait un revenu annuel de 11 000 francs.

mettait pas mieux avec Madame de Montespan qui était de méchante humeur, et j'eus, à la fin du mois d'octobre, de nouvelles scènes fort violentes avec elle : elle me cherchait querelle sur tout, soutenait avec opiniâtreté les choses les plus ridicules, et me contrariait de nouveau sur ce qui regardait le gouvernement [1] des enfants.

Nous étions revenus à Saint-Germain. J'avais passé la nuit dans une telle alternance d'agitation et d'abattement qu'au petit matin, le sang brûlé et la migraine à la tête, je décidai d'aller chercher l'air dans le parc. J'enfilai une robe de velours noir à galons d'or, jetai un mantelet de fourrure sur mes épaules, pris mon manchon et sortis. Il devait être six heures du matin.

Un jour gris se levait sur la longue terrasse que Monsieur Le Nôtre avait achevée l'année précédente. Je demeurai un moment accoudée au mur qui soutient cet ouvrage magnifique et j'admirai les brumes qui montaient de la Seine ; de crainte qu'on ne me vît du château et qu'on ne trouvât singulière ma présence dans le parc à cette heure, je décidai bientôt de descendre à la rivière. Comme je longeais le château-neuf, qu'avait fait construire le roi Henri IV, j'aperçus un gentilhomme affublé [2] d'une grande cape grise qui sautait par une des fenêtres du rez-de-chaussée et, piétinant les plates-bandes, s'éloignait rapidement en direction du château-vieux ; je n'y pris pas garde car c'était l'heure où les galants de tout acabit regagnaient ordinairement par les voies les plus courtes les appartements conjugaux. Sans m'en inquiéter davantage, je descendis les gradins qui conduisaient du château-neuf jusqu'à l'embarcadère sur le fleuve ; ayant parcouru les grands degrés, je passai devant les grottes creusées dans le mur de soutènement de la seconde terrasse et l'envie me prit de m'y arrêter.

Ces grottes, au nombre de quatre, faisaient, pendant le jour, l'admiration des promeneurs par la diversité de leurs engins mécaniques : dans la première, on voyait le Roi, le dauphin, et toutes sortes de personnages fabuleux qui venaient s'incliner devant eux ; dans la

1. Education.
2. Enveloppé de manière à se dissimuler (mais sans ridicule).

deuxième, une bergère chantait par un fort bel artifice en s'accompagnant de divers instruments ; dans la troisième, Persée frappait un monstre marin de son épée pour délivrer Andromède tandis que des tritons alentour soufflaient à grand bruit dans leurs conques ; dans la dernière enfin, un dragon vomissait des torrents d'eau en agitant la tête et les ailes sous l'œil attendri de Vulcain et Vénus. Derrière cette quatrième grotte, il y en avait une autre, plus petite et plus naturelle ; moussue et humide, elle était si fraîche en été qu'on disait qu'on y gèlerait si on y passait une heure entière. Ce fut là pourtant que je décidai de m'arrêter un moment : cette grotte ne se pouvait voir depuis les terrasses et j'étais bien aise d'être seule pour songer ; je me trouvais satisfaite aussi d'y rencontrer une fraîcheur qui apaiserait la fièvre dont je me sentais brûlée.

Je m'assis au bord de la fontaine, et mirai longuement mon visage dans l'eau ; j'avais la faiblesse de le trouver beau mais je savais bien que la vie tourmentée que je menais à la Cour ne tarderait pas à gâter par de grands cernes ce regard de feu qu'aimait le Roi et à plisser de rides ce front lisse encore. Je souris mélancoliquement à mon reflet et au dernier éclat d'une jeunesse qui s'enfuyait.

L'onde avait la noire profondeur des rivières de Mursay ; je ne sais pourquoi je repensai tout à coup à la mort de mon frère Constant ; quand j'étais dans le chagrin, la noyade me paraissait toujours un sort heureux ; une larme tombant dans la fontaine brouilla mon image et je crus voir un spectre se pencher sur mon épaule.

> *« Auprès de cette grotte sombre*
> *Où l'on respire un air si doux*
> *L'onde lutte avec les cailloux*
> *Et la lumière avecque l'ombre »,*

chuchota une voix grave dans mon dos.

Le gentilhomme à la cape grise se tenait sur le seuil de ma caverne ; je l'envisageai calmement et, ce qui est singulier, sans véritable surprise ; je ne me levai pas et ne lui fis point de révérence, car il me parut que la situation s'y prêtait mal.

283

Je demeurai assise auprès de mon reflet, sur la margelle de la fontaine ; il vint jusqu'à moi.

> *« Je tremble en voyant ton visage*
> *Flotter avecque mes désirs*
> *Tant j'ai de peur que mes soupirs*
> *Ne lui fassent faire naufrage »,*

dit-il lentement.

Je souris en reconnaissant des vers de ce vieux Tristan l'Hermite, ami de Scarron, qui montait quelquefois jusqu'à notre logis de la rue Neuve-Saint-Louis ; le poète était sale et grossier mais les vers de son *Promenoir des deux amants* sonnaient comme du Racine, et sans doute ne furent-ils jamais mieux en situation que ce matin-là dans la petite grotte de Saint-Germain.

Le Roi s'assit auprès de moi sur la bordure de pierre et se pencha sur l'eau.

— Le sourire vous va bien, dit-il à mon reflet.

— L'aube ne vous va pas mal, lui dis-je à mon tour sans le regarder qu'à travers le miroir de l'eau [1]. Je ne vous eusse pas cru diseur de vers, repris-je pour briser le charme qui nous emprisonnait peu à peu.

— J'en sais des milliers, et même des comédies entières. N'avez-vous pas entendu dire que j'ai été comédien quelquefois ?

L'eau noire renvoyait, en effet, l'image d'un comédien de trente-cinq ans, magnifique sous sa perruque nouée et le grand manteau de drap gris qui cachait sa veste d'argent ; son emploi ordinaire était les princes comblés et les héros vainqueurs.

— En vérité, reprit-il pensif, je ne vous savais pas si matinale.

Craignant qu'il ne se méprît, je barbouillai un commencement d'explication ; il m'interrompit :

— Mais je ne vous demandais rien, Madame... Vous a-t-on dit qu'on ne peut demeurer plus d'une heure en ce lieu sans être glacé ? Nous y essaierons-nous ou irons-nous causer dans quelque autre endroit ?

— J'aime cette eau, lui dis-je.

_____
1. C'est la construction du xviie siècle.

— C'est une eau morte.

— Non, c'est une eau calme.

Il y eut un silence assez long. J'aurais dû me lever et partir ; mais fut-ce le froid qui m'engourdit, la fatigue d'une nuit sans sommeil, ou l'assurance de quitter la Cour deux mois après ? je ne pus détacher mon regard de nos reflets affrontés. Une dame noire, un homme gris.

L'Italien Visconti ne m'avait point prédit à moi que je succomberais dans une grotte ; je me croyais d'ailleurs en sûreté par la singularité et l'incommodité du lieu.

— Il est vrai, reprit-il, que Madame de Montespan ressemble à un torrent et que vous me faites penser à un étang.

— Sire, lui dis-je, c'est là une comparaison dans le goût précieux et vous haïssez les précieux.

Il rit et son rire troubla l'eau de la fontaine. Je frissonnai.

— Vous tremblez, Madame.

Il enleva sa cape et m'en enveloppa. Cela fait, il laissa ses mains sur mes épaules. Je sus en cet instant que j'étais perdue et que, sans doute, je l'avais bien voulu. Une dernière fois, je détournai mon regard pour le porter vers la fontaine avant que de couler tout à fait ; puis je fermai les paupières, peut-être dans cette créance qu'ont les enfants qu'en fermant les yeux ils se rendent invisibles.

Je ne les rouvris que bien plus tard en entendant le Roi murmurer : « Décidément, il fait un froid affreux ici. Nous n'y pourrons tenir davantage, Madame. » Je m'aperçus que j'avais perdu le grand manteau gris dont il m'avait vêtue mais que je n'avais pas senti la blessure du froid. « Quand on croit avoir du plaisir, dit une voix sarcastique dans ma mémoire, c'est qu'on en a en effet. »

Un vacarme épouvantable monta soudain de la grotte de Vénus ; le dragon hurla de tous ses jets d'eau, et battit des ailes comme une armée de chauves-souris ; à grand son de trompes et de cloches, Vénus et Vulcain commencèrent leur ronde bruyante autour du bassin. Un instant, je crus que l'enfer s'allait ouvrir sous mes pas, mais ce n'était que la machinerie du château que les jardiniers remettaient en marche pour la journée nouvelle. Dans une heure, le premier valet de chambre, le premier médecin et le premier chirurgien entreraient dans la chambre du Roi. A huit heures et quart, on appellerait le grand chambellan et avec lui les grandes entrées, qui avaient seules le privilège de voir le Roi en robe de chambre et perruque courte. A huit heures et demie, les secondes entrées et les brevets d'affaires [1] se presseraient autour du lit tandis que le barbier mettrait la dernière touche à la toilette royale ; à neuf heures enfin, cet homme, qui ne s'était point couché dans son lit de toute la nuit, serait réputé levé.

Sur la petite terrasse qui longe les grottes, le Roi me dit après un dernier geste assez tendre :

— Je pense que vous devriez poursuivre votre promenade jusqu'au boulingrin...

Cette prudence me charma. Je fis une profonde révérence et m'apprêtais à m'éloigner quand il me retint :

— N'iriez-vous pas vous promener au Val [2] demain vers les cinq heures ?

— Sire, à cette heure, le comte de Vexin doit être saigné et...

— Sa nourrice y veillera, Madame, reprit-il un peu sèchement. Il se pourrait que j'aie quelque occasion de me trouver au château du Val demain.

— Sire, si c'est un ordre de Votre Majesté, j'y serai.

— Je ne vous ordonne rien, Madame, je vous en prie seulement.

— En ce cas, Sire...

— En ce cas, vous n'irez pas au Val ?

— Si Votre Majesté le permet, je resterai auprès du comte, il redoute fort les saignées et je suis seule à...

— Vous ne faites pas mieux votre cour, Madame, par vos embarras que par vos impertinences, me dit-il avec sévérité.

Son ton était si âpre que je crus presque avoir rêvé les tendresses de la grotte. Ma fierté me remonta d'un coup à la gorge.

— Il est vrai, Sire, que je n'ai point la docilité de Mademoiselle Desœillets.

1. Gentilshommes ayant acheté le privilège de parler au Roi jusque sur sa « chaise percée ».
2. Petit château construit dans le parc de Saint-Germain.

286

— Mais... » Cette fois, il sourit bien franchement. « Je ne crois pas que je vous confondais », dit-il. Il prit ma main et la baisa. « D'abord, reprit-il avec malice, elle n'est pas assez vertueuse pour se mortifier en préférant pécher dans des lieux incommodes... Au revoir, Madame, je ne veux point vous contraindre. »

Il s'éloigna dans l'allée d'un pas rapide et me laissa tout hébétée de ce qui m'arrivait.

Tantôt j'étais transportée de fierté, car être distinguée par son roi n'est point indifférent ; tantôt, me croyant ravalée au rang d'une Madame de Brégis ou pis encore, j'étais bouleversée de honte. Je ne trouvais pas en moi-même de mots assez durs pour qualifier ma faiblesse mais, du reste [1], je ne parvenais pas à arrêter pour l'avenir une conduite qui pût me mettre en repos.

Seule la fuite que j'avais résolue trois mois plus tôt pouvait encore me tirer heureusement des doutes et des craintes qui rongeaient mon âme ; mais à l'instant que je considérai ce projet, la veille encore si résolu dans mon cœur, j'en éprouvai toute la difficulté : plus incertaine que jamais si le Roi permettrait mon départ, j'étais moins sûre encore de trouver en moi-même la force nécessaire à cet éloignement.

J'essayais bien de me flatter que je pourrais ramener par degrés cet homme, dont l'amitié déjà ne m'était que trop douce, vers un commerce tout spirituel, mais le mépris de ma faute et la honte de ma chute, me retombant d'un coup sur le cœur, renversaient ces châteaux en Espagne. Je commençais à peine de m'abîmer ainsi dans l'humiliation et le repentir que le ressouvenir des mots que le Roi m'avait dits, la manière délicate et charmante dont il s'était déclaré, et d'autres choses agréables qui s'étaient ensuivies, me remontaient incontinent à la mémoire et me berçaient d'étranges langueurs. Sans cesse, enfin, l'extase succédait à l'horreur et l'enfer au paradis.

Je fis, la nuit d'après, un songe singulier qui montre dans quel trouble était mon âme : je rêvai que je donnais la main à une ronde de personnes masquées, vêtues en

1. Pour le reste.

grand habit [1] ; à chaque tour de danse l'une d'elles disparaissait dans un grand trou qui s'ouvrait sous ses pas, sans que la danse s'arrêtât ; à peine le beau masque englouti, le cercle se reformait et la ronde continuait, m'entraînant malgré moi sur un sol incertain, entrecoupé d'abîmes.

Dès le lendemain, j'écrivis à l'abbé Gobelin et lui mandai l'extrême agitation où j'étais. Je lui en tus cependant l'origine ; il y a des choses qu'on doit dérober à la connaissance des autres et qu'il faut avoir assez de sagesse pour passer directement entre Dieu et soi. Ce pauvre abbé, mesurant la violence de mon état, s'offrit aussitôt à me venir visiter à Saint-Germain, ce qu'il ne faisait pas deux fois l'an ; mais je le priai sur-le-champ de n'en rien faire, lui disant que je n'avais point un moment à moi et que je ne pourrais seulement trouver le temps nécessaire à une confession ; en vérité, je ne me croyais pas même capable de le regarder en face. Ne sachant plus que faire, ni quoi m'ordonner, il me suggéra à tout hasard des exercices spirituels prolongés et une plus grande austérité dans ma mise ; cet avis n'eut pas plus de succès que les précédents : je n'avais, comme je le lui dis, pas le loisir nécessaire pour la méditation et je ne pouvais me singulariser davantage par un vêtement dont je venais déjà, sur sa demande, d'ôter les couleurs ; depuis deux mois, j'avais quitté en effet les rouges, les roses et les verts, me réduisant au noir, au blanc et à tous ces tons incertains que sont les « feuille-morte », les « prune », les « feu », les « bleu de nuit » et les gris, auxquels j'ajoutais tout de même pour faire bonne mesure, et sous le prétexte que ce sont là des métaux plus que des couleurs, des robes brodées d'or et d'argent ; je ne voulais pas me vêtir en vieille, et, s'il fallait éloigner le Roi, je ne consentais point de le faire en le dégoûtant de ma personne.

L'abbé dut trouver à sa pénitente de Saint-Germain moins de docilité qu'à celle de la rue des Tournelles, mais il y avait beau temps qu'il avait renoncé à percer le fond de mon âme et qu'il se contentait d'assister de loin à des combats dont il n'entendait ni le « pourquoi »

1. Tenue de cérémonie à la Cour.

ni le « comment » ; cet abbé-soldat, pour qui j'avais, au demeurant, l'affection la plus vive et l'estime la plus sincère, me faisait songer parfois à un de ces malheureux de la piétaille perdus sur les champs de bataille ; du combat qu'on livre autour d'eux, ils ne savent que le bruit et la fumée, ne pouvant seulement concevoir la tactique de généraux qu'ils ne voient jamais.

Après quelques jours d'inquiétude, je mis mon âme en paix en me bornant à demander à Dieu qu'il rompît mes chaînes lui-même si ma liberté pouvait lui être utile. Aujourd'hui que je suis un peu meilleure chrétienne qu'en ce temps-là, je remarque qu'il est assez commode de s'en remettre ainsi à Dieu du soin de décider pour nous ce que nous n'avons pas envie de résoudre ; cette singulière application du « qui ne dit mot consent » ne vaut habituellement, à ceux qui se prévalent de ces sortes de permissions tacites, que de se damner parfaitement bien dans la quiétude la plus absolue.

J'eus quelques nouvelles occasions de pécher dans le courant de cet hiver-là et ne m'y dérobai pas tout à fait. Non que, par un reste de scrupule, je n'eusse point essayé de me soustraire à la tentation, mais je ne réussis pas à éviter la faute.

Il y eut ainsi une après-dînée que Madame de Montespan était allée au château de Clagny donner ordre aux travaux qui s'y faisaient. Blottie dans l'embrasure d'une fenêtre de son appartement, je regardais mélancoliquement les allées et venues des courtisans entre le château-vieux et le château-neuf ; une main vint se poser sur mon bras et je n'eus pas besoin de me retourner pour connaître l'audacieux ; un seul homme à la Cour pouvait s'autoriser ce geste-là.

— Vous voilà bien songeuse, Madame.

— Vous savez, Sire, que je ne songe [1] jamais... Je rêve [2] franchement, lui dis-je en souriant.

— Vous vous calomniez, Madame, chacun sait ici que vous n'avez rien d'une rêveuse. Vous êtes trop solide pour cela...

1. Rêve.
2. Délire, extravague ; un « rêveur » est un fou, un radoteur, ou un farfelu.

Ceux qui n'ont point connu le Roi en cet âge où tout lui souriait, où le royaume, prospère au-dedans, était partout vainqueur au-dehors, où le bonheur et la magnificence environnaient à l'envi le plus grand souverain du monde, ne peuvent savoir quel air il avait. Il fallait s'accoutumer peu à peu à oser le regarder, et encore ne le pouvait-on faire qu'après un long temps de peur de demeurer court ; devant lui mieux valait fermer les yeux et courber sa volonté.

J'osai cependant lui insinuer un jour que, si je ne parvenais pas à me rendre maîtresse de l'inclination qui me portait vers lui, je n'ignorais pas à quel point j'offensais Dieu en entrant dans ces sortes de commerce. « Pourquoi, me dit-il avec surprise, n'êtes-vous pas veuve ? » Je n'eus pas la témérité de lui répondre que, si je l'étais en effet, lui ne l'était pas. Aux rois, comme à Dieu, on peut faire des prières, peut-être des suggestions, mais pas des représentations.

Il devinait pourtant quels combats se livraient en mon âme car je ne pus un soir lui celer des larmes, en un moment où il m'eût préférée au comble de la joie. Il en fut fâché et voulut en savoir la cause. Je dus lui avouer la honte que je sentais ; mais, pour ne point lui déplaire, j'ajoutai aussitôt que cette honte était proportionnée à la tendresse que j'éprouvais pour lui ; je dis encore que cette honte même m'affligeait d'autant plus sensiblement que je savais en quel mépris il tenait les prudes et que mon plus grand chagrin eût été de lui déplaire.

— Je n'aime point les prudes en effet, dit-il en relevant mes cheveux de sa main et en essuyant mes larmes, mais je ne hais pas les femmes sages. Du moins n'ai-je guère occasion d'en être lassé dans ce pays-ci...

Ces paroles d'apaisement ne me donnèrent pas un entier réconfort car je n'avais pas été parfaitement sincère dans mes plaintes : mon trouble ne tenait pas tant à la honte de démentir mes principes de vertu qu'à celle de figurer dans un rang médiocre sur une liste un peu longue de galanteries royales. On s'arrange toujours plus aisément de la morale publique que de sa fierté particulière.

De toutes les manières, étant entrée une fois dans ce commerce coupable, il ne m'appartenait plus d'y mettre fin moi-même, sauf à me retirer sur mes terres ou dans un couvent et à y vivre dans la disgrâce la plus complète. Je priai Dieu de bien vouloir considérer que, jusqu'à ce que je trouve ce courage-là, je n'étais plus maîtresse de mon sort et que mon péché n'était, véritablement, que celui du Roi.

Quand j'étais parvenue, par ce beau raisonnement, à mettre un moment ma conscience en repos, d'autres craintes, plus indignes encore et plus scandaleuses, me venaient tourmenter. Ne sachant trop, faute d'expérience, si ce que m'avait appris le marquis de Villarceaux était ce qu'un mari enseigne ordinairement à sa femme ou ce qu'un libertin attend d'une courtisane, j'ignorais si ma conduite, dans ces rencontres, n'était pas de nature à donner au Roi une autre idée de moi que celle qu'il en avait eue jusqu'alors. Ne voyant point, d'ailleurs, de quelle façon je pourrais, à ses yeux, concilier une grande vertu et de grandes complaisances, je me trouvais empêchée d'arrêter la meilleure politique et de trancher si l'habileté, dans ce commerce, était de décevoir mon amant ou bien de le combler.

Cette seule inquiétude eût suffi à mon tourment quotidien, tant il est vrai qu'il n'y a plus de repos pour celui qui abandonne les chemins de Dieu.

En décembre, les enfants retombèrent dans des maux effroyables ; le petit duc avait un abcès à la jambe qui faisait craindre pour sa vie.

Tout vêtus de noir avec leurs grands manteaux et leurs grands chapeaux, les médecins siégeaient en rond autour de lui sous la présidence de Monsieur Daquin, le plus sot « hippocrate » de la terre, que Madame de Montespan avait imposé par caprice comme le premier médecin du Roi.

« Les maladies aiguës qui ont un mouvement prompt se terminent parfaitement bien aux jours critiques impairs, qui sont le 5, le 7, le 9, le 11 et le 14, composé de deux impairs, me dit-il doctement, consentant d'abandonner un instant le latin qu'il parlait fort mal. Aussi voyez : nous voilà au 15 du mois ; rien ne se peut donc espérer avant le 5 du mois prochain. Si par extraordinaire, cependant, la fièvre se terminait un jour pair, ce ne serait que parce que la nature, tout opposée et lassée qu'elle est, évacue toujours quelque chose de l'humeur abondante et farouche qui l'irrite, mais le malade n'en serait pas quitte pour autant. Du moins ne voudrais-je pas, pour ma part, le déclarer guéri contre des règles si bien établies. » Voyant mon enfant abandonné aux remèdes de ce cuistre, je me pris à redouter que Dieu ne répondît par un signe bien cruel à l'invitation que je lui avais adressée au lendemain de ma chute : comment eût-il mieux rompu mes chaînes, en effet, qu'en m'ôtant le duc du Maine ?

En janvier, je signai le contrat d'achat de Maintenon. Ne pouvant laisser mes petits malades plus longtemps sans soins, je ne fus que deux jours loin de la Cour, mais je découvris avec joie un gros château semblable à celui de Mursay : des tours et de hauts toits d'ardoises, au bout d'un grand bourg ; de larges fossés par où passait la rivière d'Eure ; des prairies, un beau parc, et une vue douce sans rien qui pût heurter le regard.

Je regagnai Saint-Germain avec d'autant plus de mélancolie que j'eus de nouveau à y souffrir les humeurs, plus changeantes que jamais, de Madame de Montespan. Je ne comprenais décidément rien à cette femme : elle me haïssait puis me caressait [1] ; tour à tour elle m'éloignait du Roi et m'en rapprochait ; en tout, des outrances de langage, des violences de conduite, et jamais une once [2] de raison ni une ligne [3] de suite dans la déraison. Je n'osais m'en plaindre au Roi et supportais tout en silence, attendant avec une impatience croissante le moment où, allant à Barèges avec mon cher enfant, je la laisserais passer ses colères sur ses femmes de chambre.

Il est vrai que je ne me faisais aucun scrupule par rapport à elle des liens nouveaux qui m'attachaient au Roi. Il me paraissait que, quand elle les eût connus, elle n'en eût pas pris ombrage ; l'amitié seule l'alarmait ; pour le reste, elle se croyait bien forte et ne voyait de vrais périls que dans les femmes très jeunes, très galantes

1. Me flattait, me marquait de la tendresse.
2. Trente grammes.
3. Deux millimètres.

ou très titrées. Je crois même qu'elle eût éprouvé plus de plaisir que d'ennui à connaître ma faiblesse ; triompher de la vertu pour mieux justifier ses vices était son passe-temps favori ; elle n'eût pas manqué de publier largement mes péchés au cas qu'elle fût venue à les connaître, mais elle ne m'eût pas chassée.

Cependant, rien ne transparaissait en public de ce qui se passait dans le particulier entre le Roi et moi. Je crois même que, devant sa maîtresse, le souverain me traitait avec une plus grande retenue que dans les semaines qui avaient précédé notre rencontre matinale. J'en venais moi-même à douter s'il s'était passé quelque chose. A la réflexion, je devinais bien que, pour lui, il ne s'était rien passé ; il était si accoutumé à ces commerces de rencontre qu'il entretenait avec des dizaines de dames de sa Cour qu'il ne voyait rien de plus, dans ces aventures légères et sans lendemain, que ce que Ninon disait trouver elle-même dans ses « caprices » : un soupçon de désir, un zeste de plaisir et, au pis, une larme de repentir. Avec cela, il n'aimait qu'une seule femme : Françoise de Rochechouart-Mortemart, marquise de Montespan.

Cette année-là, néanmoins, il osa, pour la première fois, me donner raison contre elle.

Un jour de février qu'il se trouvait à jouer aux cartes dans l'appartement de sa maîtresse avec quelques courtisans et que j'amusais les princes d'une petite maison à figures de cire [1] que leur venait d'offrir Madame de Thianges, la « belle madame » entra soudain, contre moi, dans une fureur de déchaînements qui, pour n'être point sans exemple, prit vite une ampleur sans précédent. Quelques jours plus tôt, elle avait découvert un commerce nouveau du Roi avec une jeune et charmante fille d'honneur de Madame ; et faute sans doute que cette belle fût à sa portée, elle se revanchait sur tout son entourage des inquiétudes par lesquelles elle passait. Pourtant, la couleur de ce jour-là inclinait à la douceur : il faisait si beau qu'on avait ouvert les fenêtres de l'appartement ; les jasmins de la rocaille embaumaient l'air délicieusement ; dans un coin de la chambre, la

1. Maison de poupée.

bande des violons du Roi, tassée contre la muraille, jouait des sarabandes et des passacailles ; les gentils-hommes étaient beaux et les enfants souriants ; mais, par une de ces transformations subites qu'on voit à l'opéra, la favorite avait décidé de faire de cette chambre magnifique un gril, une rôtissoire, et que, pour la circonstance, je tiendrais l'emploi de saint Laurent.

Le prélude se joua sur un air dont je commençais de bien connaître la façon. « Madame Scarron, dit la " belle madame " en frappant dans ses mains, allez me chercher un verre d'eau. » Un laquais accourut. « Non, dit-elle, je le veux des mains de Madame Scarron. » Je le lui portai et satisfis deux ou trois autres caprices de même sorte, mais déjà elle changeait de chanson. Mon mariage avec Monsieur Scarron lui fournit la matière d'une scène plus neuve.

— Dites-moi, Madame Scarron, votre mari, Monsieur Scarron, était un personnage bien ridicule, n'est-ce pas ?

— Madame, dis-je avec douceur, c'était un malade. Je ne sais si les infirmes sont plus à plaindre ou à moquer. Cela dépend sans doute de l'âme de ceux qui les regardent.

Je savais qu'il était maladroit de s'opposer à elle quand elle était dans ces sortes d'humeur et que, pour chaque trait renvoyé, elle lançait cent piques nouvelles ; mais je suis née impatiente [1] et je ne parvenais pas toujours à brider une nature prompte à se cabrer. L'assemblée s'était tue pour suivre avec attention un combat dont l'issue, au demeurant, ne faisait de doute pour personne, pas même pour moi ; je lisais dans les yeux de tous ces beaux gentilshommes le même appétit de sang qu'on devait voir aux Romains lorsqu'on jetait un chrétien désarmé aux fauves.

— Savez-vous, Marsillac, que dans sa jeunesse Madame Scarron traînait si bien les cœurs après elle qu'on en a beaucoup écrit... N'est-ce pas pour vous, Madame, que Gilles Boileau, le frère de notre satirique, avait fait ce petit quatrain qui décorait avec esprit le front de votre mari ?

— Je vois, Madame, que vous ne haïssez pas de vous

1. Violente, passionnée, impulsive.

faire mon historiographe [1]. Mais il faut vous éclaircir : sur le sujet dont vous parlez, je n'ai rien à me reprocher, et quand cela serait, je suis bien assurée que vous conviendriez que seul celui qui n'a jamais péché me pourrait jeter la première pierre.

L'assistance retint son souffle. La tigresse avait cillé sous l'insulte ; elle ne repartit en chasse qu'avec plus d'appétit, et devant le déchaînement qui s'ensuivit, je me résignai à prendre le parti du silence.

— Monsieur Scarron était bien un sans-le-sou chez qui l'on portait à manger quand on y voulait souper ? Croiriez-vous, mon cher Langlée, qu'on a vendu les meubles de Madame Scarron à sa porte pour acquitter ses dettes ? Quand j'ai pris cette pauvre Madame Scarron à mon service, elle était dans la dernière misère avec une seule servante pour faire bouillir son pot. Aussi ne me puis-je lasser, aujourd'hui, d'admirer ses robes d'or. Il me semble, cependant, qu'elle a gardé de cette longue bassesse [2] un goût un peu bourgeois dans sa mise, n'est-ce pas, Langlée ? Vous devriez vous faire son conseil ; elle est fine d'ailleurs, et saura bien à la fin prendre l'air de la Cour.

Tout y passa : « l'hôtel de l'Impécuniosité », les sottises que Scarron avait écrites contre la Reine mère pendant la Fronde, le carême auquel mon mari m'avait réduite, et jusqu'à des variations, à son jugement pleines d'esprit, sur le nom de Scarron qui devint successivement Scaurus, Caron, Scroton, Escarre, Scarême, etc. Marsillac, qui était fils de mon vieil ami La Rochefoucauld, Langlée et toute leur cabale habituelle riaient aux éclats.

C'était la première fois que le Roi était témoin d'une scène de cette nature, et encore « la belle madame » se surpassait-elle en son honneur. Il ne disait rien, ne me regardait pas, et jouait ses cartes sans paraître s'émouvoir de rien.

Puis, soudain, l'orage que je n'avais pas entretenu s'éloigna comme il était venu. Quelqu'un mit le nom de Dangeau sur le tapis, et la favorite s'empara de ce nou-

1. Biographe officiel.
2. Abaissement, misère.

veau morceau avec bonheur : elle haïssait Dangeau qui avait été le confident des amours du Roi et de Mademoiselle de La Vallière ; elle ne l'appelait jamais que « le valet de carreau » ; les quolibets fusèrent aussitôt : « Voyez-vous, Dangeau n'est pas vraiment un gentilhomme ; il est " d'après un gentilhomme " » ; « le beau Dangeau est une copie du comte de Guiche, mais point une copie en relief, une copie à plat. » Quand je la vis ainsi lancée, je me donnai quelques minutes pour recouvrer mon calme et mes esprits ; puis, lorsque je sentis que mon cœur avait enfin cessé de battre la chamade, et que la marque de mes ongles ne se vit plus à la paume de mes mains, je me tournai vers le Roi et dis seulement à mi-voix : « Je crois que Madame de Montespan n'a plus besoin de moi pour ce soir. Puis-je demander à Votre Majesté la permission de me retirer ? »

Le Roi sourit, fit un signe d'acquiescement, puis à l'instant que j'allais quitter la chambre, dit lentement et bien haut : « Je vous sais un gré infini de toutes les choses que vous faites pour mon service, Madame de Maintenon. »

Dès que j'eus passé la porte, je dus m'appuyer contre le mur de l'antichambre tant la tête me tournait dc bonheur, de surprise et de reconnaissance : il m'avait nommée « Madame de Maintenon » !

Jamais en si peu de mots offrit-on une revanche plus éclatante à une femme humiliée. D'un trait, il avait supprimé ce pauvre Scarron, ce passé misérable qui collait à ma peau, et interdit tout rappel d'une vie qui semblait malséante à la Cour ; d'une seule phrase, il avait désavoué les méchancetés de sa maîtresse, rappelé que je n'étais pas au service de la favorite mais au sien, et récompensé par une élévation éclatante la discrétion dont j'avais su faire preuve sous l'insulte. « Madame de Maintenon », « Madame de Maintenon », déjà tous les corridors, les paliers et les salons du château répétaient le mot à l'envi ; des dizaines de plumes se plongeaient dans les encriers et couraient sur le papier pour conter à Paris, à la province, à l'étranger, le mot que le Roi avait fait et ce qu'il en fallait conclure, imaginer, supputer ; dans son hôtel Carnavalet, la vieille marquise de Sévigné cachetait pour moi son paquet : « Est-il vrai, ma chère bonne, que... »

« Il est vrai, dis-je à tous ceux qui m'interrogeaient, il est vrai que le Roi m'a nommée Madame de Maintenon et que j'aurais de plus grandes complaisances pour lui que de porter le nom d'une terre qu'il m'a donnée. »

L'affaire revêtait un éclat d'autant plus grand que, m'ayant donné un nom auquel je n'avais nul droit, le Roi, pour ce faire, l'avait dû prendre à la famille fort illustre et brillamment alliée qui le portait encore. La sensation fut immense, et l'aigreur de la favorite à proportion : ainsi, non content de lui imposer de jeunes rivales, le Roi la contraignait encore à honorer dans son domestique des femmes qui n'étaient pas dignes de lui baiser les pieds ! Comme on ne la réduisait pas si aisément et qu'elle avait l'humeur d'autant plus acide en ce temps-là qu'elle buvait des pintes de vinaigre pour maigrir, elle me fit encore, dans les jours qui suivirent, quelques scènes bien senties afin de marquer que si j'avais changé de nom, je n'avais pas changé d'emploi ; mais je ne sentais plus les coups d'épingle. Toute à ma joie, j'assurai mon frère, dans son gouvernement de Belfort, que nous aurions « une assez jolie vieillesse, si jamais il peut y en avoir de jolie », et j'écrivis à mon confesseur que, « pourvu que Dieu me conservât la santé, je me tirerais bien du reste ». Au vrai, je n'avais qu'un seul regret : ne point pouvoir me jeter publiquement aux pieds du Roi pour lui marquer ma reconnaissance ; contrarier cet élan-là me bouleversait d'autant plus que jamais, jusqu'à ce jour, je n'avais éprouvé l'envie de m'agenouiller devant qui que ce fût.

Cependant, il fallait tout dissimuler : l'excès de mon contentement, et la profondeur des sentiments dont mon cœur débordait pour lui. Plus ma faveur se révélait, s'affirmait, s'affichait et éclatait enfin, plus je devais, par mes seules manières, interdire qu'on pût seulement en soupçonner l'origine. Par un mélange d'orgueil et de dévotion mal comprise, je ne me souciais pas, en effet, de voir mes faiblesses découvertes au public ni même à mon confesseur. On peut bien, si l'on veut, nommer cela « hypocrisie » mais, au pis, faire l'hypocrite de cette façon, c'est montrer qu'on sait encore où est le Bien et qu'on n'est pas irrémédiablement perdu pour la Vertu.

En présence du Roi, je renforçais donc toujours cette retenue et cet air de respect qui m'étaient naturels ; s'il ne me parlait pas, je ne me permettais pas de le regarder, fût-ce à la dérobée ; je montrais, sur tout ce qui touchait à sa personne, une froideur absolue qui ne le cédait apparemment qu'à la déférence due à sa fonction ; pour tous les autres hommes, j'affichais une indifférence qui me coûtait d'autant moins que je l'éprouvais réellement ; avec cela, en tout, une modestie et une sagesse qui n'étaient point feintes, et un goût du spirituel qu'il me suffisait de faire ressortir un peu.

Mon personnage, enfin, me parut facile à jouer : la nécessité des états par lesquels j'avais passé, le besoin de dissimuler l'un après l'autre la honte de ma naissance, les crimes de mon père, l'impuissance de mon mari, une passion malheureuse pour Monsieur d'Albret, un commerce coupable avec Monsieur de Villarceaux, une charge ignorée de tous auprès d'enfants cachés au monde entier, et mille autres intrigues que j'avais vues depuis l'âge de seize ans ou dont on m'avait mise malgré moi, m'avaient donné de longue main une aisance sans pareille dans la contrainte et la dissimulation.

Par bonheur, le secret du Roi était aussi impénétrable que le mien ; il n'y avait point à redouter avec lui les écarts et les emportements d'un Villarceaux. Jamais rien ne lui coûta moins que de se taire profondément et de dissimuler de même. Ce talent, il le poussa parfois, dans les affaires d'Etat, jusqu'à la fausseté, mais, avec cela, jamais de mensonge et il se piquait de tenir parole. Pour le secret d'autrui, il le gardait aussi religieusement que le sien et respectait donc parfaitement chez moi une volonté de discrétion qui rencontrait son souci de prudence.

Sur toutes ces choses, enfin, comme sur beaucoup d'autres dont je parlerai plus tard, nos natures n'étaient guère différentes ; nous pensions tous deux que, s'il faut haïr le mensonge, il est permis, et parfois même recommandé, d'aimer le mystère, l'ombre des demi-confidences, et l'incertitude qu'une conduite habile peut faire peser sur les plus claires évidences sans que la bouche profère jamais une seule contre-vérité : je n'eusse pas su répondre à une question directe autrement que par la franchise, mais l'art est de faire en sorte que cette question-là ne soit jamais posée et que, même, elle n'effleure l'esprit de personne.

Parvenir à ce résultat dans un lieu clos et resserré, où, comme dans un hôpital, deux mille personnes vivent, à longueur de temps, entassées les unes sur les autres, partageant les mêmes garde-robes et les mêmes lits ; ne rien trahir de soi-même quand tous, faute de galeries commodes et de corridors pour aller d'un salon à un autre, passent nuit et jour par la chambre de chacun ; voiler d'ombre le commerce le plus remarquable quand chaque moment de la vie la plus intime est livré au public des laquais et des pages ; ne point donner prise au soupçon en un endroit où le bavardage [1] fait l'essentiel des conversations : voilà qui suppose une tension de tous les instants et ce que je m'admire le plus d'avoir su soutenir si longtemps.

Par bonheur, l'imposture aussi a ses plaisirs. Outre la complicité qu'elle met entre les deux amants, il y a, comme je l'avais déjà éprouvé du temps de Monsieur de Villarceaux, une singulière félicité dans l'idée qu'on trompe, dans la pensée qu'on est seul à se savoir soi-même, qu'on joue à la société une comédie qui la dupe et dont on se rembourse les frais de mise en scène par toutes les voluptés du mépris ; puis, à mettre ainsi une volonté forte par-dessus ses passions et visser un couvercle de fer sur son âme, on en redouble les orages, ou, ce qui est tout le même en amour, les bonheurs.

12

Il pleut sur Saint-Cyr. L'eau déborde des fontaines de la Cour du Dehors, le mail n'est plus qu'un bourbier, et les berceaux [2] dénudés de « l'Allée du Roi » paraissent, ce soir, quelqu'un de ces faisceaux croisés que les soldats formaient au bivouac des tranchées. Le parc a ce visage labouré des champs de bataille abandonnés.

1. Commérage.
2. Voûtes de feuillage.

Dans l'infirmerie, des enfants de cire aux yeux pâles toussent à fendre l'âme ; j'en voudrais tenir trois ou quatre dans ma « niche » pour les réchauffer, quand même rien ne serait moins précieux que le souffle frêle d'un enfant, qui se brisera, quoi qu'on fasse, dix ans trop tôt ou trente ans plus tard.

Vanité de l'action des hommes quand elle se donne l'homme pour fin ; sable bâtissant sur du sable et poussière s'unissant à la poussière.

Tout dans notre exil se tourne à dérision, et, plus qu'autres choses, l'inventaire laborieux de nos souvenirs.

Si je ne devais aux principes qu'on m'enseigna dans mon enfance une rare vertu de persévérance, je quitterais ma plume sur l'heure et m'irais coucher pour attendre ce qui ne saurait plus tarder. On se fatigue bientôt des tâches impossibles et il y avait quelque paradoxe à se faire l'historiographe de soi-même. Pour redonner par le menu les détails de temps, de lieux et de personnes, j'ai eu beau feuilleter ma mémoire, recouper les circonstances les unes par les autres afin d'en situer plus précisément la date, contrôler sans cesse mon souvenir à la lecture des lettres que j'ai gardées, et me contraindre enfin, par un scrupule d'honnêteté, à la peinture d'événements que j'avais souhaité d'oublier, l'essentiel m'échappe toujours.

Ne prétendant point à être un observateur impartial de mon propre destin et ne m'étant pas flattée [1], d'ailleurs, de rendre une justice très exacte aux personnes qui ont traversé ma vie, je ne suis pas surprise d'avoir, en me peignant, manqué parfois la peinture des autres ; j'éprouve un étonnement plus douloureux à voir que je me suis souvent manquée moi-même.

Parcourant ces pages où je vous conte mon enfance, j'ai cru d'abord que cette faillite tenait à la mécanique du souvenir : on avance dans sa propre vie les yeux bandés, mais on en sait bien long quand on remonte le cours du temps. Encore que, pour retracer mes sentiments dans les différentes périodes de ma vie, je me sois efforcée à la candeur de celui qui ignore la suite de l'histoire, je ne puis douter que la marquise de Maintenon ait beau-

1. Bercée de l'illusion.

coup prêté d'elle-même à Françoise d'Aubigné ni que, par une contagion subtile, les vicissitudes de l'épouse du Roi aient communiqué à la jeune Madame Scarron des fièvres, des langueurs et une philosophie qui n'étaient pas toujours les siennes. Ces altérations me semblent encore trop naturelles pour n'être point excusables.

C'est sur un autre chapitre que je trouve ma défaite cuisante : au fil des pages je me découvre, à travers mes propres lignes, plus étrangère à moi-même que si mon histoire était écrite par quelque autre. Je vérifie ainsi par l'expérience ce dont je m'étais bien un peu doutée en commençant ces Mémoires : une vie, pour celui qui l'a vécue, n'est jamais ce catalogue de faits et de sentiments arrangés suivant la logique des causes et des effets, des temps et des endroits que nous présentent les historiens. Encore l'arbitraire du procédé ne nous gêne-t-il guère quand nous lisons l'histoire des autres ; mais, quand il s'agit de soi-même et qu'on est l'auteur du récit, cette dérive est si troublante qu'on en vient à douter s'il faut poursuivre.

Ce qui fait la matière même d'une vie et des souvenirs qu'on en garde n'est point communicable. Je puis bien encore espérer d'être entendue quand je vous conte qu'en tel mois de telle année, je fis telle chose ou dis telle parole ; je ne saurais me faire comprendre si aisément en prétendant vous entraîner sur les chemins vrais de ma mémoire. Quand les seuls souvenirs qui me reviennent naturellement et fréquemment à l'esprit et au cœur sont des souvenirs incertains, imprécis, sans date et sans faits, de ces souvenirs déraisonnables qui ne tiennent même pas au sentiment et à peine à la sensation, comment croire que je puisse jamais vous les faire partager ?

Si je songe aux moments essentiels de l'histoire de ma vie, et que je prends pour exemple celui de mon mariage avec le Roi, je dois vous avouer bien franchement que j'en sais encore la date, l'heure, les témoins, mais que je ne retrouve ni l'expression des visages ni les paroles qui furent dites, et à peine les sentiments, fort mêlés, que j'éprouvai dans cet instant-là. C'est un souvenir bien sec, capital pour un historien, sans épaisseur ni saveur pour moi ; aussi mon esprit n'y revient-il jamais de lui-même.

Il en va tout autrement de certaines heures qui ont revêtu dans ma mémoire une importance disproportionnée à leur emploi.

Je revois ainsi souvent par la pensée les lames claires d'un parquet qu'un rayon de soleil pâle teintait avec peine ; c'était auprès d'une fenêtre dont l'allège me paraît singulièrement haute, si haute que je ne pouvais espérer d'apercevoir le paysage au-dehors ; à la lumière qui tombe des croisées, je devine pourtant qu'on est en hiver ; quelqu'un joue du luth et le chant de cette musique se mêle indissolublement au dessin du parquet, à la lueur blanche qui descend des nues, et à l'immobilité quiète de ce jour de neige.

Ce souvenir-là, qui est un souvenir de bonheur parfait, me revient souvent à l'esprit sans que je le puisse situer dans le temps ni l'espace. J'imagine parfois que je n'avais pas plus de cinq ou six ans, que j'étais assise à terre, que le mystérieux joueur de luth était mon père, et que cette haute fenêtre était celle de sa prison... Quoi qu'il en puisse être, je ne me suis jamais lassée de retourner en ce lieu inconnu du passé ; et j'y suis sans doute revenue tout à fait certains soirs de 1674, quand le Roi, dans le demi-jour d'une fin d'après-midi, jouait doucement de sa guitare et qu'assise à ses pieds, sur un parquet plus riche que celui de mes songes, je berçais ses enfants. Qui sait si je n'ai pas cédé à sa flamme pour conserver, un peu plus longtemps, quelque chose de cette paix-là ?

Un autre moment incertain de ma vie m'a fourni un souvenir, plein de chaleur, que je retrouve parfois dans les circonstances les plus imprévues. C'est un souvenir de fenaison, de cueillette, de plein été. Autour de moi, s'étendait une prairie d'herbes hautes, semées de coquelicots ou d'autres fleurs rouges ; des enfants riaient ; il me semble qu'on transportait une échelle et de grands paniers. Etait-ce pour cueillir des bigarreaux, des prunes passe-velours, ou des oranges ? Il était midi, peut-être un dimanche, et il faisait si chaud que je me sentais comme enflammée de soleil.

Je ne sais plus en quel lieu trouver cette prairie pourpre ; mais, lorsque je me sens, comme aujourd'hui, l'âme transie, je reforme avec soin ce souvenir jusqu'à éprouver dans mon corps la brûlure de ce jour d'été et m'envelopper dans ma mémoire plus chaudement que dans toutes les courtepointes du monde.

Une troisième rêverie m'est familière encore : la calèche était arrêtée sur une large chaussée de pierre et nous regardions en contrebas de grands étangs, qui séparaient des bandes de sable couvertes de joncs. Je devais avoir quinze ou vingt ans ; du moins n'étais-je plus une enfant. Je ne sais qui dit tout bas auprès de moi ces vers de Tristan [1] que je trouvai beaux :

> *L'ombre de cette fleur vermeille*
> *Et celle de ces joncs pendants*
> *Paraissent être là-dedans*
> *Les songes de l'eau qui sommeille.*

Quoiqu'il fît bien du vent, et peut-être de la pluie, j'éprouvai soudain le désir singulier d'entrer dans cette eau glacée et de m'y avancer jusqu'à l'instant qu'elle m'engloutirait dans ses rêves. Je ne pouvais détacher mes yeux du miroir gris de l'étang. Un homme prit mon bras. Il me semble qu'on entendait, dans les bois au loin, des appels de cor que se lançaient des cavaliers, et je vis un cerf qui fuyait à travers les fossés bourbeux. Est-ce pour avoir été trop souvent dans les intérêts des bêtes sauvages contre ceux des chasseurs ? Je me fondis un moment dans la peau de cette bête forcée et n'en désirai que plus avidement la fraîcheur d'une eau qui me soustrairait au harcèlement de la meute ; mais le cerf ne saurait échapper au sort qui lui est fixé, et il lui faut s'abandonner enfin à la morsure des chiens, oubliant jusqu'à la tentation de ces eaux pures et froides qu'il ne saurait atteindre... J'avais presque perdu la mémoire de cette mince aventure quand un prince, quinze années après, cueillit dans une grotte de Saint-Germain, au bord d'une onde calme, le fruit doux-amer de ce souvenir-là.

De bagatelles plus menues et plus confuses encore dans ma mémoire, je vous ferai grâce. Ces choses qui, si j'en juge par l'intensité du souvenir, sont les seules essen-

1. Tristan l'Hermite, communément appelé « Tristan » au XVIIe siècle.

303

tielles que j'aie jamais vécues me semblent, autant qu'à vous, inutiles et futiles.

Etrangère ici-bas, j'aurai passé comme une ombre sans rien garder de la peine accomplie que des demi-joies obscures et des amertumes vagues ; mais mon voyage est derrière moi, j'atteindrai bientôt le pays de mon cœur et n'aurai plus que faire de ces bagages de vent qui embarrassent ma marche.

« Décidément, vous ne vous plaisez qu'en compagnie de votre mort », me disait Madame d'Heudicourt en manière de plaisanterie. Pour elle, elle craignait tant sa fin que, comme son amie Madame de Montespan, elle obligeait de petites servantes, qu'elle appelait des « occupées », à la veiller du soir au matin à la lumière des candélabres, de crainte qu'elle ne mourût dans son sommeil et que la nuit ne l'engloutît par surprise.

Comment cette effarouchée eût-elle compris que je respirais mieux dans le voisinage de la mort que dans l'oppression du courant de nos jours ? Les hommes ont ordinairement la vue si courte qu'ils n'envisagent rien au-delà du premier objet qu'on pose devant eux. Rares sont ceux qui, par-delà les murs, les arbres, les êtres, portent leurs regards jusqu'à l'horizon et, s'élevant au-dessus d'eux-mêmes, parviennent à considérer le monde en perspective. Ce sens de la profondeur, cette indifférence au premier plan qui, seuls, peuvent donner au petit et au grand, au proche et au lointain leurs places véritables ne se rencontrent que dans la fréquentation assidue de sa propre mort. « Mettez-vous par la pensée au lit de la mort », disait la sœur Céleste aux petites filles de Niort, qui avaient bien autre chose en tête. J'ai reconnu en vieillissant toute la valeur spirituelle de cette pratique ; peut-être, aussi, n'ai-je point trouvé en ce monde de lit mieux fait à ma mesure...

Je ne sais si vous pourrez lire mes dernières phrases, car ma plume était si mauvaise que je ne pouvais former mes lettres ; cela vient de ce que vous vous en étiez servie ; vous me les gâtez vite dans vos jeux. Je ne reprendrai pas, pourtant, ce qui est écrit : il est juste que vous supportiez, à vingt ans, les conséquences des folies de vos six ans ; du moins ne puis-je manquer l'occasion facile de vous donner ainsi une petite leçon de morale qui pourra vous être utile dans la suite : tôt ou tard, nos actes nous rattrapent et il faut bien finir par éprouver, quelque jour, l'effet de ses fautes. Puissiez-vous n'en jamais commettre de plus grandes que celles dont vous pâtissez présentement !

Quand je vous vois ainsi assise à mon côté, fouillant dans mon écritoire et écrasant mes plumes à faire des pâtés sur vos cahiers, je m'interroge sur les raisons qui vous pousseront à prendre connaissance des feuillets que je vous laisse. Sera-ce l'amitié ? Je puis bien concevoir l'amitié d'une vieille dame pour une petite fille mais je ne crois guère à celle d'une petite fille pour une vieille dame... Sera-ce seulement la curiosité ? ou le goût de l'Histoire ? ou encore cette fascination qu'exerce ordinairement la Fortune sur les infortunés ?

Si c'est le désir d'en savoir plus long sur l'épopée de ce siècle, vous n'aurez pas lieu d'être contente de moi : je ne me suis souciée que très tard des affaires de l'Etat et du royaume ; j'étais trop occupée, dans la première moitié de ma vie, à bâtir ma propre histoire pour faire en même temps l'histoire des autres. Je vois même, en me relisant, que je ne vous ai rien dit des grandes choses qui se firent pour la France dans ces années-là : l'invasion de la Hollande, et ce passage du Rhin qui semblera héroïque et miraculeux dans tous les siècles à venir ; l'occupation de la Franche-Comté et la conquête de la Flandre contre l'Europe coalisée ; et, malgré les guerres continuelles auxquelles nos ennemis nous obligeaient, les finances rétablies au-dedans, le commerce encouragé, la marine reconstruite, l'ordre mis en toute chose : plus de partis, plus de sédition, plus l'ombre même d'un démêlé. Tout cela l'ouvrage d'un seul homme, qui passait la moitié de sa vie aux armées avec ses maréchaux, prenant des villes et des pays, et l'autre moitié enfermé dans son cabinet avec les commis des ministères pour y régler jusqu'au détail les comptes et les affaires. C'est cet homme-là, qui dormait peu et s'amusait rarement, que je vous montre tout occupé de fêtes et de maîtresses, comme si ces divertissements avaient été autre chose pour lui que l'écume de ses jours. Cette vision faussée vient de ce que, vivant alors dans la seule compagnie de sa maîtresse et de ses enfants, et ne rencontrant jamais le Roi que dans ces instants, peu nombreux au demeurant, où il ne faisait pas le roi, je ne savais rien encore sur sa manière de conduire l'Etat que ce que m'en apprenait la rumeur publique. Les coulisses ne sont pas toujours l'endroit d'où l'on voit le mieux la pièce.

Je dois avouer, d'ailleurs, que si vous vous attachez davantage, en me lisant, à reconnaître les chemins de la faveur et comptez découvrir dans ces pages la recette d'un heureux succès, vous ne trouverez pas non plus, dans mon récit, matière à contenter votre appétit. Le triomphe ne se communique point. Chaque vie est unique en son cours, chaque destinée sans précédent et sans suite ; et je n'ai rien tiré, pour mon instruction sur ce chapitre, de la lecture de Plutarque ni de celle de Tacite. Tout au mieux vous pourrai-je donner aujourd'hui quelques-uns de ces conseils communs que glissent les grand-mères à leurs petites-filles quand elles les aiment bien.

Si vous avez l'ambition de parvenir aux positions les plus enviées de ce monde, je puis ainsi vous recommander de ne faire aucune faute ; ce propos-là ne pèche pas par excès d'originalité ; mais s'il est vrai que les crimes s'effacent avec le temps, les erreurs ne se pardonnent guère. Préférez l'ombre à la lumière, les faux pas s'y voient moins ; et tombez le moins que vous pourrez mais, si cela vous arrive, ne vous chagrinez point d'être tombée : les regrets sont du temps perdu qu'on emploie plus utilement à se relever. Jetez, une fois pour toutes, vos fautes et vos iniquités dans l'abîme des miséricordes ; abandonnez-vous à la joie de sentir que vous n'êtes digne que d'une peine éternelle et que vous êtes à la merci des bontés de Dieu à qui vous devrez tout sans pouvoir rien vous devoir à vous-même ; et, s'il vous vient plus tard un souvenir involontaire de vos misères passées, demeurez anéantie et confondue devant Dieu, comme j'y demeure moi-même, portant paisiblement dans son amour la honte de vos péchés sans chercher à en entretenir la mémoire.

Car vous pécherez. On n'arrive jamais aux sommets en même état qu'on était parti. Il faut se couler dans toutes les situations, être souple, être prompt, changer, sitôt que nécessaire, ses façons, ses liaisons, son passé même, enfin, vendre, tôt ou tard, quelque part de son âme au diable.

Ambitieuse, soyez, j'y consens, infidèle à vos amis, vos amants, vos principes ; je vous conjure seulement de n'être pas infidèle à vous-même : respectez l'idée que vous avez de votre personnage et que vos appétits de mauvaise gloire, si vous ne les pouvez vaincre, ne chassent pas tout à fait le désir que vous aurez de la bonne. Gardez-vous surtout d'aller trop loin dans cet abaissement qui, pour les ambitieux de petite naissance, prélude nécessairement à la conquête de la faveur. Baissez les yeux peut-être, mais levez la tête. N'oubliez pas, avec cela, que la fidélité à soi-même peut aller jusqu'à requérir la constance dans l'amitié ou les croyances : pour moi, si j'ai changé, en m'élevant, quelques-unes de mes façons, je crois n'avoir jamais trahi un parent ni un ami ; non par un principe de vertu mais parce que mes sentiments pour eux étaient trop consubstantiels à ma personne pour que j'y puisse manquer sans me manquer à moi-même.

Que vous dire enfin qui puisse vous être encore de quelque profit en ce monde ? Qu'on peut, pour le succès de ses entreprises, croire un peu en Dieu et beaucoup en soi, mais qu'il ne faut compter sur nul autre ? Et faut-il vous faire souvenir qu'on ne risque pas grand-chose à mettre tout au pis ? « Gardez-vous de l'espérance, disait le Roi, c'est un mauvais guide. » Je conviens, cependant, qu'une mélancolie outrée ne serait pas de meilleur conseil. Elle procéderait, au demeurant, d'un jugement erroné : les hommes ne sont pas bons, mais ils sont trop inconstants pour être toujours méchants ; quant à la Fortune, elle est elle-même si versatile que, lorsqu'elle est bien franchement mauvaise, on a tout lieu de croire qu'elle ne le restera pas... On peut, enfin, apprendre à se féliciter du pire en considérant que, dans les commencements, la Providence nous instruit mieux par quelques échecs à propos que par un succès facile.

Toutes ces réflexions ne sont pas neuves et je n'y prétends point.

Un regard lucide porté sur un monde sans tendresse, une opiniâtreté sans faille, un effort poursuivi sans relâche dans une solitude absolue : je vous propose la gloire et la grandeur, je ne vous promets pas le bonheur ; mais le bonheur n'est pas une fin ; quand il en serait une, je n'en saurais pas les moyens. Je vois seulement qu'il n'est pas la récompense d'une conduite bien menée et qu'il ne vient pas toujours couronner l'effort ; tout au plus l'accompagne-t-il parfois comme une grâce supplémentaire et inattendue. « Le bonheur n'est pas le prix de la vertu, disait un philosophe hollandais dont j'ai lu quelque chose dans ma jeunesse, il est la vertu [1] elle-même. »

Se console-t-on bien de cette sagesse à l'instant qu'on entre, pour tout de bon, dans ce « lit de la mort » dont je vous parlais tout à l'heure ?

A écrire pour vous, je ne progresse guère sur le détachement ; il me semble même que je m'éloigne chaque jour davantage de cette contemplation nécessaire des fins dernières, qui, après avoir fait mon plaisir, devrait, aujourd'hui, faire mon devoir ; je m'échauffe parfois comme si je partageais votre corps et votre âme de vingt ans et que tout pût recommencer. Bien des choses me ramènent ainsi malgré moi à ce monde de vanités que j'ai quitté.

On n'avance pas vite dans le renoncement, et quatre-vingt-quatre années n'y suffisent pas toujours. Le bel état, vraiment, que la vieillesse : le souvenir du passé tue, le présent donne de l'impatience, et l'avenir fait transir... Peut-être serait-il à préférer que la mort vînt rompre d'un coup les chaînes qui nous retiennent au monde d'abord que [2] ce monde n'a plus rien à nous donner ; mais quel homme serait assez sage pour reconnaître, un beau matin, qu'il n'a plus à prendre ni à goûter rien dans un univers dont les richesses s'offrent encore à son regard ? Plus le moindre triomphe, le plus léger baiser, plus l'ombre d'un espoir, le soupçon d'un désir, plus un sourire, plus une larme ?

En ce qui me regarde, j'ai toujours senti trop d'appétit, de passion ou de vigueur, pour être ce philosophe-là ; quoi que je vous en aie dit, je crains fort d'être insatiable sur la vie.

1. Au sens antique de *virtus :* courage, force, rectitude de vie.
2. Dès que.

Le printemps de 1675 fut glacé ; depuis plus d'un siècle il n'avait fait aussi froid dans le royaume. De ce Mercredi des Cendres, où de violentes rafales de vent secouaient les ardoises de la chapelle de Versailles tandis que la pluie battait aux vitraux comme des paquets de mer aux hulots [1] d'un navire, j'ai gardé un souvenir singulier car la tempête du dehors n'était rien au prix [2] de celle qui se déchaînait sous les voûtes.

Planant au-dessus des perruques bouclées et des coiffes de dentelle, au-dessus même des couronnes, la voix du père Bourdaloue s'enflait, grondait, tonnait, et, sous les vérités que le prélat leur assenait avec la vigueur d'un bûcheron de Dieu, les courtisans baissaient la tête.

La veille, le père Mascaron avait manqué son prêche, qui avait paru hors de sa place [3]. A la Cour, le courage ne sert de rien s'il n'est enveloppé d'un peu d'adresse ; ayant choisi de prêcher sur la guerre, le père avait parlé trop fortement, disant qu'un héros était un voleur qui faisait, à la tête d'une armée, ce que les larrons font tout seuls ; enfin, il avait condamné la politique de conquêtes et les campagnes en projet avec tant de netteté, de véhémence et de gaucherie que le Roi s'en était trouvé plus courroucé qu'ébranlé.

— Je veux bien encore me faire ma part dans un sermon, avait-il dit bien haut en sortant de l'assemblée, mais je n'aime point qu'un autre me la fasse.

Il fallait plus d'habileté pour prétendre à prêcher à Versailles ou à Saint-Germain ; et je ne sais point de meilleur exemple de cet art-là que le sermon prêché la même année par Bossuet devant la Reine pour la profession de Mademoiselle de La Vallière : « Qu'y a-t-il de plus merveilleux que ces changements ? » avait dit gra-

---

1. Hublots.
2. Adverbe de comparaison couramment utilisé au xviiᵉ siècle.
3. Déplacé.

vement Monsieur de Condom [1], qui, poursuivant sans jamais nommer personne ni rien désigner précisément, s'était exclamé : « Qu'avons-nous vu et que voyons-nous ! Quel état et quel état ! Je n'ai pas besoin de parler, les choses parlent assez d'elles-mêmes... et vous, dans ce que j'ai à dire, saurez bien démêler ce qui vous est propre. » Je ne puis repasser dans ma mémoire ce sermon, si allusif dans sa péroraison qu'il en devenait ridicule, sans que le sourire me monte aux lèvres ; mais je conviens, après tout, que Monsieur de Condom s'était tiré au mieux d'un pas difficile. Après le mauvais succès du père Mascaron, on attendait du père Bourdaloue quelques habiletés de cette nature et toute la souplesse d'un orateur rompu aux finesses du métier.

Mais il faut croire que les prélats s'étaient donné le mot cette année-là car Bourdaloue, ordinairement mesuré s'il le fallait, lança à travers la chapelle des phrases cinglantes comme des soufflets et mit à son prêche une violence inaccoutumée, que sa voix rauque de catarrheux rendait encore plus âpre et étrillante.

Poussant en apparence le défi plus loin que le père Mascaron, il prêchait sur l'impureté ; et s'il parlait de l'homme en général, « cet homme que nous avons vu dans les débauches », il osait dire des choses dont tous entendaient bien qu'elles ne s'adressaient qu'au Roi ; s'il parlait de l'instrument de péché, « cette personne, écueil de votre fermeté et de votre constance », chacun voyait qu'il désignait la marquise, couverte d'or et de pierreries, qui siégeait au premier rang de la chapelle face au couple des souverains. L'orage enfin secoua la Cour pendant un grand quart d'heure ; à peine si les assistants avaient la témérité de s'entre-regarder ; on retenait son souffle en glissant, par-dessus les missels, quelques regards furtifs du côté du Roi, parfaitement impénétrable à son prie-Dieu, et de la favorite, plus hautaine que jamais et dont un sourire de défi tordait parfois la lèvre ; dès l'*Ite, missa est*, on se pressa autour du monarque dans l'espérance d'un éclat plus vif encore que la veille, et à la mesure de l'affront. Cependant le Roi sortit, calme et pensif, **et ne d**it rien.

_____

1. Bossuet.

Ce silence étonna, mais il ne me surprit pas tant que les courtisans. Je jugeai qu'en dépit des apparences, Bourdaloue n'était pas allé si loin que Mascaron ; le Roi, en effet, à ce que je commençais de démêler, ne souffrait [1] pas d'être critiqué ni conseillé par un prélat dans son métier de roi mais il ne se mettait pas au-dessus du jugement de l'Eglise pour ce qui regardait sa conduite comme particulier ; et, sur ce chapitre, il ne pouvait ignorer que le double adultère, impudemment étalé à la face de l'Europe, causait un scandale si violent qu'il devrait bien un jour y mettre fin.

Il fallait pourtant aux prédicateurs, qui s'avançaient là-dessus à découvert, beaucoup d'audace et je me sentis une vive estime pour le courage de ces prêtres dont je n'avais admiré jusqu'alors que le talent. Il est vrai que je n'avais guère eu, à ce jour, occasion d'être charmée des ecclésiastiques que j'avais rencontrés. Je puis même dire que j'avais gardé la foi malgré eux : hors l'abbé Gobelin, qui était au moins un brave homme, je n'avais connu que de petits abbés de comédie, licencieux et frétillants, surtouts [2] de bagatelles, tissus de chansons nouvelles, dont on devait s'estimer contents quand ils n'étaient point, par surcroît, amateurs de jeunes laquais, comme Boisrobert, ou franchement travestis en femme, comme l'abbé de Choisy ; n'ai-je pas vu celui-là écrire l'*Histoire de l'Eglise* assis à sa table en négligé de brocart et coiffes de point d'Alençon ? et ne l'avais-je pas vu quêter en l'église Saint-Médard paré d'une robe de taffetas rose découverte sur la gorge, avec rubans assortis, poinçons de rubis dans les cheveux, pendants de diamants aux oreilles, et vingt mouches sur le visage ? « Plût au Ciel, disait seulement son évêque, que toutes les femmes allassent dans le monde mises aussi modestement que cet abbé-là ! » On conçoit qu'entendre tous les jours Bossuet, Bourdaloue, Massillon et quelques autres hommes de leur espèce m'ait paru nouveau.

Il me sembla même que j'eusse aimé voir de plus près ces hommes si dignes de leur fonction, m'entretenir avec eux, les consulter sur de certaines questions ; mais enfin

1. Ne supportait pas.
2. Justaucorps.

il n'y fallait pas songer car j'étais peu de chose à la Cour et la distance entre eux et moi était trop grande pour qu'ils pussent s'aviser seulement de mon existence.

Madame de Montespan ne goûta pas tant que moi les discours du carême de cette année-là, et elle ne les prit pas non plus si aisément que le Roi. Comme chaque fois qu'elle croyait sa position menacée, son humeur s'aigrit.

Au lendemain du fameux prêche, comme nous traversions le pont de Saint-Germain, son carrosse passa sur le corps d'un pauvre homme ; Madame de Richelieu, quelques autres qui étaient avec elle et moi-même fûmes effrayées et saisies comme on l'est d'ordinaire en pareille occasion ; la seule Madame de Montespan ne s'en émut pas ; elle nous reprocha même notre faiblesse : « Si c'était, nous dit-elle, un effet de la bonté de votre cœur et de cette véritable compassion, dont vous vous réclamez, vous auriez le même sentiment en apprenant que cette aventure est arrivée loin comme près de vous. » Madame de Richelieu me regarda tout ébahie ; je haussai légèrement les épaules ; le malheureux qui gisait à terre, éventré, n'eut de la « belle madame » d'autres soins ni *de profundis*.

A quelques jours de là, le comte de Froulai ayant été tué aux armées, sa mère et sa jeune femme vinrent à la Cour pour tenter d'obtenir la survivance[1] de sa charge, qui était leur seul moyen de vivre : elles comptaient sur l'appui de la favorite, que leur détresse ne pouvait manquer de toucher ; mais elles n'offrirent à la marquise qu'une nouvelle occasion de montrer sa méchante humeur. La jeune comtesse, tout enveloppée dans ses voiles noirs, aborda « l'incomparable » dans son antichambre et commençait à peine de lui exposer son malheur quand Madame de Montespan la repoussa d'un geste vif et passa, sans lui jeter un regard ; Madame de Sévigné, qui se trouvait là, soutint la jeune femme que la violence du geste fit chanceler. Dans la galerie,

1. Privilège que le Roi accorde à quelqu'un pour succéder à la charge exercée par un membre de sa famille (sauf « survivance », les charges n'étaient pas héréditaires et le décès du bénéficiaire, avant revente, privait sa famille non seulement du revenu de la charge, mais aussi parfois de ce qui était tout son patrimoine).

Madame de Montespan, que je suivais toujours, trouva la vieille Madame de Froulai qui, à son tour, sans connaître le mauvais succès de sa belle-fille, la pria d'intercéder en sa faveur pour qu'on n'ôtât pas le pain de la bouche à ses petits-enfants ; « la merveille » passa, sans repartir un seul mot. Etonnée du coup, cette pauvre Madame de Froulai tomba à genoux, et, tout au long de la galerie, se traîna aux pieds de la marquise, lui demandant avec des cris et des sanglots qu'elle eût pitié d'elle ; le chagrin de cette malheureuse mère, son visage ravagé, ses cheveux blancs, ses robes noires, tout, dans cette scène, serrait le cœur, mais la marquise passa, sans s'arrêter ni faire seulement un geste pour relever la vieille comtesse. Les courtisans eux-mêmes en étaient outrés d'indignation et j'entendis quelques murmures au fond de la galerie.

Quand nous fûmes parvenues à l'escalier et que Madame de Montespan eut un peu ralenti son pas, j'osai à mon tour, prenant mon courage à deux mains, balbutier quelques mots en faveur de ces deux pauvres femmes. « Ah, taisez-vous ! me dit la favorite en s'arrêtant abruptement, taisez-vous, malheureuse ! Plus un mot de cette affaire ! Je hais ces grands deuils pleurards et, puisqu'il en est ainsi, je m'en vais sur l'heure faire donner cette charge à Monsieur de Cavoye. Voilà le résultat de vos attendrissements ! » « Je ne suis pas dévote, moi, maugréait-elle en montant l'escalier ; je ne suis pas bonne, moi, scandait-elle sur une marche ; je suis une capricieuse, sifflait-elle sur la suivante ; je suis une débauchée, je suis une extravagante, je suis une luxurieuse », et ainsi de ce singulier *mea culpa* sur chaque marche jusqu'au haut du degré. Je me tus, rentrai sous ma coquille et attendis l'arc-en-ciel qui, chez elle, venait toujours après la pluie. Cependant, Cavoye eut la charge et les Froulai furent ruinés.

Le carême tirait à sa fin ; déjà, les jeux et les ris reprenaient leur train ordinaire dans le magnifique appartement de vingt chambres que la favorite occupait au château de Versailles. La Reine elle-même n'était pas si grandement logée dans cette résidence-là et devait, avec sa Maison [1], se contenter d'une modeste suite de dix chambres. Il est vrai que l'épouse légitime n'était pas moitié si belle ni si royale que la maîtresse. D'abord que je vis celle-là de près, ce qui fut pour la première fois en ce début d'avril 1675, je jugeai en effet que la comparaison ne se pouvait tourner qu'à son désavantage.

Depuis plus d'une année que je vivais à la Cour, je n'avais pas encore eu l'occasion d'approcher la souveraine ni d'être connue d'elle ; et si le Roi avait fait présenter à sa femme les enfants de Madame de Montespan lorsqu'il les avait légitimés, je n'avais point paru à cette touchante cérémonie de famille. Ce ne fut donc qu'au printemps de 1675, quand on me pria de lui mener le duc du Maine, que je me trouvai présentée à la Reine et formai ainsi ma propre opinion sur celle dont je devais un jour reprendre l'emploi.

Si l'appartement de Madame de Montespan embaumait la rose et le jasmin, dans celui de la Reine l'odeur de l'ail le disputait au parfum du chocolat ; cela, déjà, trahissait assez son Espagnole. Le reste ne donnait point sujet de revenir sur cette première impression. De lourdes tentures fermaient toutes les fenêtres et, dans cette demi-obscurité peuplée de bouffons et de moines, se cachait, à l'ombre de femmes de chambre castillanes, une petite femme blonde et grasse aux dents gâtées, au regard timide et au rire niais. Elle interrompit un instant une partie d'« hombre » qu'elle était en train de perdre, n'ayant jamais pu apprendre les règles d'aucun jeu et se laissant même, à ce qu'on en disait, tricher aux cartes par tous les gens de sa Maison sans y entendre malice. Dans un chuchotement, elle pria le valet qui portait l'enfant de s'avancer et fit donner un peu de lumière pour mieux voir le visage du petit duc. Elle le regarda longuement sans dire aucune parole. Avec toute la lumière des bougies dans les yeux, mon prince bien-aimé n'abaissait pas ses paupières et regardait la Reine bien droit, sans ciller.

— Il cst ioli, cct enfant, dit-elle enfin, et elle lui caressa la joue de sa petite main potelée.

1. Ensemble de ses dames d'honneur, serviteurs, etc.

« Il est blond, n'est-ce pas ? » ajouta-t-elle en me regardant d'un air interrogatif.

Je ne savais que dire car je ne pensais pas que cette constatation d'évidence pût être présentée de manière dubitative et comme l'énoncé d'une opinion hasardée. J'acquiesçai fort civilement cependant, en lui dédiant mon sourire le plus charmeur.

— Il a des yeux... des yeux azules, n'est-ce pas ?

Cela ne se pouvait discuter davantage. J'acquiesçai derechef.

— Il a des ioues... très roses, oui ?

C'était, une fois encore, l'expression même de la vérité et il n'y avait point là matière à grande conversation. Je commençais à me demander avec intérêt ce qu'elle allait pouvoir me dire des pieds de mon « mignon » à l'occasion de cette revue de détail, quand Louis-Auguste vint, à propos, au secours de ce dialogue languissant en débitant le petit compliment que je lui avais enseigné pour la circonstance. La Reine parut touchée, encore qu'elle fût incapable de saisir toutes les nuances dont j'avais cru devoir assaisonner ce petit discours.

— Il est ientil, n'est-ce pas ? murmura-t-elle timidement à mon adresse quand il eut fini.

— Il est en effet fort docile, lui dis-je, et plein déjà d'un profond respect pour Votre Majesté. Rendre le prince digne en tout point de l'amitié dont Votre Majesté veut bien l'honorer serait, au demeurant, le plus cher des vœux de ceux qui le gouvernent.

— Ah ! dit-elle, ie crois qu'il est ientil. *No se parece a su madre,* ajouta-t-elle, soudain plus assurée, en se tournant vers sa camériste espagnole. *Se parece al Rey. Tiene una cara muy agradable*[1]. Quel bonheur qu'il n'a rien dé la marquese... *Como odio a esta diabla*[2] *! Te lo digo, esa puta* mé féra mourrrir ! *Tú lo verás, de verdad ! Recordátelo*[3] !

Elle baisa mon cher mignon au front, lui glissa dans la main du biscuit et des rissoles[4], lui sourit une dernière

1. « Il ne ressemble pas à sa mère. Il ressemble au Roi. Il a un joli visage... »
2. « Comme je hais cette diablesse ! »
3. « Tu verras... Vraiment... Souviens-t'en ! »
4. Sortes de choux à la crème.

fois, « ie vous remercie, Madame. I'aurai dou plaisir à révoir cet enfant-là ».

Déjà elle reprenait ses cartes. Dans un coin de la chambre, le dauphin, alors âgé d'une douzaine d'années, ânonnait des vers latins sous les coups de férule de Monsieur de Montausier, son gouverneur, qui, boutonné de noir des pieds jusqu'au menton, gardait en toutes circonstances le maintien sévère d'une duègne et le visage fermé de cet Alceste auquel il avait, disait-on, servi de modèle. Jetant un dernier regard à ce sombre tableau, je m'abîmai dans une profonde révérence et quittai la chambre aussitôt, conservant de ce court entretien l'image d'une femme peut-être plus craintive que véritablement sotte et apparemment douce et patiente ; mais ces belles qualités, plus encore que ses défauts d'esprit, la rendaient incapable de s'imposer à la Cour de France. Cependant, sa faible souveraineté était moins menacée que l'empire de la favorite, comme les journées suivantes me l'allaient montrer.

Le 12 du mois d'avril, en effet, comme j'étais occupée, en mémoire du pauvre Biam Coco, à montrer son catéchisme et ses lettres à Angola, un petit serviteur maure de la marquise, que mon cousin de Villette lui avait ramené d'un voyage pour faire sa cour et qu'elle avait tenu sur les fonts en compagnie de Monsieur de Barillon, mon éternel amant, je crus entendre à l'autre bout de l'appartement de la favorite le son étouffé d'un clavecin.

En prêtant l'oreille, je reconnus qu'on jouait, fort habilement du reste, l'air de la *Descente de Mars*. J'en fus surprise car je nous croyais seuls, l'enfant et moi, dans l'appartement déserté : le gros de la Cour était, ce jour-là, à Saint-Cloud chez Monsieur, le Roi chassait avec Marsillac et Mademoiselle de Ludres ; et je savais la marquise à Clagny, où l'on achevait la construction de son château. Je m'étonnais déjà qu'une de ses femmes eût, en son absence, le front de toucher à son instrument favori, quand la musicienne, après quelques préludes de fantaisie, se mit à jouer un air mélancolique qu'elle accompagna de la voix : « Verserai-je toujours des larmes à chaque retour du printemps ? » disait la chanson, qui parlait d'un amant que le retour des beaux jours, chaque année, reconduisait à la guerre. Je reconnus les vers que, trois ans plus tôt à Lagny, la marquise avait composés pour le Roi, et je reconnus la voix, ravissante au demeurant, qui les chantait.

Soudain cette voix se brisa, la musique se tut et je crus ouïr, dans le silence revenu, de gros sanglots précipités. Je renvoyai promptement mon petit Maure et marchai jusqu'au salon de musique. En ouvrant la porte, je feignis la surprise : « Ah, je vous demande bien pardon, Madame, dis-je, je vous croyais à Clagny et je pensais qu'une de vos femmes se permettait... » Elle tourna vers moi son beau visage baigné de larmes. Ses blonds cheveux épars sur une robe de chambre de moire d'argent, elle avait l'air d'une madone au pied de la croix ; mais elle faisait aussi, cette fois, contre sa coutume, le personnage du crucifié.

« Oh, Françoise, je suis perdue », dit-elle en se jetant dans mes bras. Elle pleurait si fort que je n'en pouvais tirer une parole ; je m'essayai à la calmer comme on fait d'un enfant, essuyant ses yeux, caressant ses cheveux. J'étais si peu accoutumée à l'élan de confiance et d'humilité qui l'avait ainsi jetée vers moi que j'en étais toute bouleversée ; point assez cependant pour ne pas songer un instant, tandis que je la tenais ainsi embrassée, que le Roi, grand amateur de peinture, eût goûté le contraste de ce tableau-là : une femme pâle, aux longs cheveux défaits, à l'ample tunique peinte d'or et d'argent, pleurant sur l'épaule d'une autre femme, rouge et noire, aux boucles brunes pressées, étroitement serrée dans un corps de velours feu et une jupe de jais. Vénus et Diane. Ou, si l'on aime mieux, Marie-Madeleine et Salomé.

— Je suis perdue, me dit-elle quand elle fut un peu revenue à elle. Hier matin, Lécuyer m'a refusé l'absolution et le curé de Versailles l'a approuvé. Le Roi a consulté Monsieur de Condom [1], et Monsieur de Condom lui a dit que j'étais une grande pécheresse, que l'Eglise ne me pourrait absoudre tant que je ne me repentirais pas de la vie que je mène et que je lui fais mener. Le Roi a cru devoir prendre aussi l'avis de ce

1. Bossuet.

fossoyeur de Montausier, et cette face de carême lui a dit pis encore. Je suis perdue.

— Mais voyons, lui dis-je, ce n'est pas d'aujourd'hui que vous savez que les curés ne vous donnent pas ordinairement des louanges.

Elle se remit à pleurer.

— Oui, mais c'est la première fois que tous me refusent l'absolution. Jugez un peu du scandale si je ne puis faire mes Pâques...

— Je ne vous connaissais pas si timide [1], ne pus-je me tenir de lui dire, et je ne vous croyais pas à un scandale près.

Elle me regarda, saisie :

— Ah, vous non plus, vous ne m'aimez pas. Personne ne m'aime, lâcha-t-elle entre deux sanglots.

Je la serrai dans mes bras :

— Ne dites pas de sottises... mais, vraiment, vous n'avez pas peu cherché ce qui vous arrive aujourd'hui. De toutes les façons, vous avez trop d'esprit pour vous être flattée de pouvoir poursuivre sans traverses [2] dans la voie que vous aviez élue.

— Sans doute... mais, cette fois, c'est un complot. Je n'avais point prévu cette cabale. Savez-vous leur plan, à tous ces Bourdaloue, Bossuet, Mascaron et autres ?

Elle avait retrouvé soudain toute sa superbe. Elle ferma le clavecin d'un geste sec et se planta devant moi.

— D'abord, il leur faut effrayer le Roi : c'est un poltron, il craint le diable, ils lui ont donné à entendre que, la prochaine fois, c'est à lui qu'ils refuseront l'absolution ; ils espèrent le contraindre à me chasser. Et savez-vous bien pourquoi il faut qu'il me chasse ? Pour mettre à ma place la petite de Ludres, ce brimborion, ce haillon, ce néant auquel il fait les yeux doux. Et savez-vous encore pourquoi tous ces beaux prêcheurs veulent que cette fille prenne ma place ?

Non, vraiment, je ne voyais pas l'intérêt que les évêques ligués pourraient trouver à mettre Isabelle de Ludres dans le lit du Roi, et je m'attendais à apprendre quelque chose de bien neuf de la bouche de mon exaltée.

1. Craintive.
2. Sans encombre.

— Eh bien, reprit-elle, avec des yeux qui lançaient des éclairs et en détachant ses mots, c'est pour la raison que Mademoiselle de Ludres est chanoinesse.

Les bras m'en tombèrent ; et je ne pus m'empêcher d'éclater de rire.

— Oh, non vraiment, lui dis-je entre deux hoquets, je ne puis croire que l'Eglise trouverait le péché moins grand s'il était commis avec une chanoinesse. Oh, non... Et l'adultère commis avec un abbé sanctifie sans doute ? Mais, en ce cas, Madame, il vous suffit de nouer, avant Pâques, quelque commerce avec Monsieur l'archevêque de Paris qu'on dit sensible aux charmes féminins, et vous communierez... Non, vraiment, qu'allez-vous imaginer là ?

La « belle madame », que mon persiflage rendait furieuse, pinçait avec rage les cordes d'un luth, faute sans doute de me pouvoir pincer moi-même.

— Riez, riez. Je sais ce que je sais. Je vois clair dans leur jeu... Mais cela ne me sert de rien, dit-elle soudain brisée, tandis qu'un flot de larmes s'échappait derechef [1] de ses beaux yeux. Il me chassera quand même. Il ne veut pas être gêné [2]. Il me chassera, vous dis-je. Et j'en mourrai.

Je la consolai de mon mieux et tâchai à lui parler en chrétienne et véritable amie. Je lui représentai qu'elle resterait la mère d'enfants légitimés et que cela ne pouvait lui être retiré ; que le Roi avait infiniment de goût pour son esprit et que non seulement son amitié pour elle ne se trouverait pas diminuée au cas qu'elle voulût rentrer dans la voie de la sagesse, mais que l'estime et le respect qu'il avait pour elle s'en trouveraient augmentés ; que mieux valait sans doute quitter volontairement sa position qu'être réduite à l'abandonner un jour par le fait de l'âge et du caprice d'une rivale plus jeune ; que, de plus, elle vivrait à Clagny qui n'est qu'au bout du parc de Versailles et qu'elle serait ainsi à la Cour chaque fois qu'elle le voudrait sans qu'on en pût médire ; que, si elle pouvait bien, enfin, ne point reprendre ses vieilles bri-

1. De nouveau.
2. Embêté (au sens fort).

sées [1], elle pousserait son autorité et sa grandeur au-delà des nues : elle serait la mère, l'amie, la conseillère, l'unique ; et rien au fond ne devrait lui sembler plus satisfaisant que de voir ses intérêts et sa politique s'accorder si bien avec le christianisme, et le conseil de ses amis être la même chose avec celui de Monsieur de Condom.

Il me parut qu'elle m'entendait. Pour achever de la rasséréner, je lui dis que je ne l'abandonnerais point et me retirerais avec elle à Clagny pour lui tenir compagnie jusqu'à ce qu'elle se fût un peu accoutumée au nouveau mode de sa vie ; que j'irais ensuite à Maintenon, mais que nous nous verrions souvent, avec ses enfants, et aurions plaisir à causer ensemble de la Cour sans plus en supporter les tourments. Tandis que je lui brossais ce portrait idyllique de deux grandes dames retirées dans leurs campagnes et jasant au coin de leur feu tout en surveillant les jeux de leur progéniture, je ne pus me tenir de penser que le désir de plaire et de convaincre, qui me possédait toujours, m'amenait décidément à faire ou à dire de grandes extravagances ; car enfin quelle apparence que je pusse vivre en paix à Clagny avec une femme dont, depuis des mois, je ne supportais plus les humeurs, et quel besoin vraiment d'aller lui promettre de partager sa retraite quand le Roi ne me chassait pas, moi !

Ce goût de la perfection en tout, cette singulière envie d'être aimée et reconnue comme une amie dévouée me poussaient souvent à ajouter ainsi quelque trait aux scènes que je représentais, afin qu'elles parussent plus touchantes ; j'étais assez naïve pour en être la première dupe ; je m'enivrais du spectacle de mes bontés avant de mesurer, à l'usage, les conséquences dommageables de mes paroles ; car, la chose dite dans la chaleur du moment, l'orgueil et l'opiniâtreté [2] étaient cause que je ne m'en dédisais jamais. La promesse faite, je la tenais quoi qu'il m'en pût coûter, et il m'en coûtait souvent.

Emue par les larmes de Madame de Montespan, et séduite par le beau personnage que je pouvais faire dans cette rencontre, je lui dis donc tant de belles choses que

1. Ses anciennes manières, sa conduite passée.
2. Persévérance.

je l'apaisai mais me jetai moi-même dans les transes et les regrets dès que je fus rentrée dans mon appartement. Je priai longuement pour tenter de recouvrer mon calme ; j'y parvins à la fin, moins par la prière que par le raisonnement. Je me dis, connaissant bien la maîtresse du Roi, qu'une retraite volontaire et digne n'était pas trop dans sa manière et que la probabilité que je fusse appelée à me cloîtrer en sa compagnie pour consoler ses peines n'était pas si grande que je m'en dusse inquiéter.

S'il était vrai, cependant, que, comme je le lui avais montré, les chrétiens et ses amis ne pouvaient que conseiller à la favorite cette politique de sagesse et de renoncement, je vis, par l'extrême agitation que me causaient après coup les propos que j'avais tenus, et par les vœux que j'en étais réduite à former, que je ne me rangeais plus tout à fait dans ces catégories. Cette découverte, si elle ne me surprit pas complètement, me troubla ; mais je n'avais pas eu le temps de remettre de l'ordre dans mes idées ni de me ressaisir sur un terrain nouveau que déjà le Roi me faisait mander de le venir trouver sur l'heure dans son cabinet.

Il est des moments de sa vie qu'on regretterait amèrement de devoir revivre. J'imagine parfois que les damnés ne sont soumis dans l'au-delà à d'autre supplice que de repasser perpétuellement dans leur esprit le souvenir de ces seuls instants. L'enfer tient tout entier dans nos mémoires. Tout le temps qui sépara mon entrée à la Cour du jour où je connus enfin la nature profonde du Roi, démêlai ses sentiments et pénétrai en même temps ce que Dieu attendait que je fisse pour lui m'est un de ces petits enfers-là.

Il me semble qu'à cette époque ma vie était sans cesse traversée d'événements inattendus, graves, troublants ; je devais adapter mes façons à une société qui m'était inconnue, m'accoutumer à quantité de gens nouveaux et découvrir, à leur voisinage, des abîmes en moi-même que je ne soupçonnais pas ; toujours j'avais des résolutions essentielles à prendre, des conseils à donner, des colères à essuyer, des larmes à verser ; et tout cela sur un fond de solitude, de fatigue et d'incertitude. J'aime, ou je crois aimer, qu'il ne se passe rien autour de moi ;

je n'ai de goût que pour la tranquillité, l'immobilité même ; de là vient que mes plus doux souvenirs se rattachent à Mursay, à Vaugirard ou à Saint-Cyr, qui sont des lieux d'éternité. Dans le temps dont je vous parle, j'avançai vite dans mon élévation, mais, si ma démarche semblait prompte, j'allais l'esprit confus, le cœur battant et l'âme voilée.

C'est dans cet état d'inquiétude que, sur le soir, je grattai à la porte du cabinet du Roi.

Ce cabinet, qu'on nommait aussi cabinet du Conseil [1], était véritablement le Saint des Saints et je n'y avais encore jamais pénétré. Que le Roi eût demandé à me voir, et que j'eusse ainsi, à sa demande et au su de tous, un entretien particulier avec lui, faisait nouvelle. Deux mois après un « Madame de Maintenon » qui avait fait grand bruit, je ne doutais pas que cette autre marque de faveur ne fût connue, dans l'heure, de toute la Cour et, dans la semaine, de tout le royaume.

J'entrai donc, suivie des murmures de l'envie, dans cette pièce étroite, tendue de velours cramoisi, qui n'avait alors que deux fenêtres. Le Roi était assis à la grande table du Conseil, l'air absent. Il ne se leva pas à mon entrée, comme il m'y avait galamment accoutumée. Je vis qu'il avait les yeux rouges ; il tenait des papiers à la main qu'il me tendit sans mot dire. Je les pris et reconnus que c'était une lettre. « Lisez », me dit-il gravement. Je m'en défendis du mieux que je pus. « Madame, je vous prie de lire cette lettre. » Je commençai de la parcourir, sans pouvoir vaincre tout à fait la répugnance qu'on sent naturellement à découvrir une lettre dont on n'est point le destinataire.

C'était une lettre de Monsieur de Condom. « Mes paroles ont fait verser à Madame de Montespan beaucoup de larmes, écrivait l'évêque, et certainement, Sire, il n'y a point de plus juste sujet de pleurer que de sentir qu'on a engagé à la créature un cœur que Dieu veut avoir. Cependant, Sire, il le faut, ou il n'y a point de salut à espérer. » Toute la lettre était du même ton, noble et pourtant humain, car Bossuet montrait assez d'ailleurs qu'il connaissait la vivacité de l'amour que le Roi sentait

1. Conseil des ministres.

pour sa maîtresse : « Dieu veuille achever son ouvrage, disait-il, afin que tant de larmes, tant de violences et tant d'efforts que vous faites sur vous-même ne soient pas inutiles. » Ce rappel des larmes du Roi et les yeux rougis qu'il me montrait me donnèrent quelque impatience ; je ne pus la dissimuler tout à fait à un souverain habile à deviner les êtres.

— Dois-je croire que vous n'approuvez pas tout ce que m'écrit Monsieur de Condom ?

Je fus contente qu'il se méprît sur la cause qui me faisait regarder les discours de l'évêque avec irritation ; j'avais assez de peine à m'avouer à moi-même ces sentiments de jalousie pour ne point y ajouter en les révélant aux autres.

— Je n'ai pas autorité pour approuver ou censurer la parole de l'Eglise, lui dis-je.

Il me pressa de lui en dire plus, m'assurant que Madame de Montespan lui avait redonné exactement tous mes discours de l'après-midi ; cependant, il voulait entendre, de ma bouche même, mon sentiment sur toute cette affaire. Je lui dis qu'un chrétien ne se pouvait dérober au devoir d'obéissance et que Madame de Montespan s'y rendrait certainement. Je vis qu'il n'en doutait pas et que, pour lui, sa résolution était prise, mais qu'il trouvait de la douceur à s'entretenir de sa maîtresse avec une personne qu'il regardait comme sa plus véritable amie.

Il me chanta donc les louanges de la dame pendant près d'une heure : « Elle est si bonne, me disait-il, n'avez-vous pas vu comme ses beaux yeux s'emplissent de larmes lorsqu'on lui conte quelque action touchante ? » Il m'en dit assez, enfin, pour me persuader que le tableau de « l'Aveugle-né » que Poussin avait peint pour le dessus d'une des quatre portes de son cabinet, et que j'avais alors sous les yeux, le représentait lui-même. « Elle a tant d'amitié pour moi que je ne sais, à la vérité, comment elle soutiendra [1] l'éloignement auquel il nous faut consentir, reprit-il. Je vous prie, Madame, de l'accompagner dans sa retraite, de ne la quitter jamais, de l'entourer de vos soins les plus atten-

1. Supportera.

tifs. Je vous en prie pour l'amour d'elle... ou pour l'amour de moi. »

Ce dernier mot fut si heureusement dit qu'il me parut racheter tout le reste ; pour l'amour de lui, je promis donc de mener Madame de Montespan à Maintenon dès le lendemain de Pâques ; je l'accompagnerais ensuite à Clagny et l'y rejoindrais pour toujours trois mois après, en revenant des eaux de Barèges où je devais d'abord mener le petit duc.

Aux propos que le Roi m'avait ainsi tenus, je ne pouvais plus douter pourtant que je serais enveloppée dans la disgrâce de la favorite, s'il y avait disgrâce, et que notre sort serait encore une fois commun. Je ne m'étais certes jamais flattée d'exercer sur le monarque un quelconque empire, mais voir qu'il envisageait si légèrement mon absence, après m'avoir bien des fois protesté de son amitié, me donna l'occasion d'un profond retour vers Dieu ; je me saoulai de François de Sales et de saint Augustin pendant trois jours, et j'en sortis plus forte, sinon plus contente. Ma raison applaudissait à la tournure que prenaient les choses, même si mon cœur se prenait encore à souhaiter que le Roi gardât sa maîtresse, qu'ils allassent tous deux au diable et qu'ils m'y entraînassent à leur suite.

Le 14, Madame de Montespan fit ses Pâques, et toute la Cour fut édifiée d'une séparation qui coûtait tant aux deux amants. Nous partîmes dès le lendemain.

Il faisait fort joli à Maintenon et Madame de Montespan en fut charmée ; je l'eusse été moi-même sans ses incessantes agitations, auxquelles je crus ne pas résister : elle sautait de caprices en contrordres, écrivait du matin au soir et, en se couchant, déchirait tout ; elle se promenait la nuit et s'abreuvait tout le jour de vinaigre et d'inquiétude. « Mademoiselle de Ludres a des dartres sur tout le corps, à cause d'un empoisonnement qu'elle eut étant enfant. Il faudrait faire savoir cela au Roi, me dit-elle un jour que nous nous promenions au bord de la rivière. — Il le verra bien par lui-même, répliquai-je, et il en jugera comme il lui plaira. »

Si je ne croyais pas à un complot entre les hommes d'Eglise et la chanoinesse, je croyais en effet à la faveur de Mademoiselle de Ludres : à Versailles déjà, sur la seule opinion qu'elle était aimée du Roi, les princesses et les duchesses se levaient dès qu'elle entrait quelque part, chose qu'elles n'avaient accoutumé de faire jusqu'alors que pour la Reine et la marquise. Les soupçons de celle-ci ne me semblaient donc pas mal fondés, et je me demandais parfois ce qu'il y avait de chrétien dans le renoncement du Roi et ce qu'il y avait de trop humain. J'en sentais quelque dépit, mais, n'ayant jamais pensé avoir une grande part dans l'amitié du souverain, je ne croyais pas devoir m'affliger de l'avoir perdue. La cessation de notre commerce aurait, du moins, ceci de bon qu'elle me rendrait la paix sur mon salut. Le grand remède à toutes nos peines étant une entière soumission à la volonté de Dieu, qui ordonne ou qui permet tout ce qui nous arrive, je m'efforçai seulement d'ajouter à cette obéissance un peu de reconnaissance, ce qui ne m'était pas aisé.

Madame de Montespan s'enferma, ensuite, dans notre maison de Vaugirard. Tous les soirs, elle avait de longues conversations avec Monsieur de Condom qui, enveloppé d'un manteau gris, se glissait le long des murailles pour lui venir porter la bonne parole ; je crois qu'il ne désespérait pas de la convertir, comme il avait fait de Mademoiselle de La Vallière ; il la pensait mûre pour le cloître ; dans mon particulier, j'en doutais fort et je pensais que le grand prédicateur pourrait bien faire, dans toute cette affaire, un beau personnage de dupe. Tandis que la marquise causait avec l'évêque, je babillais, à en perdre haleine, avec ma bonne Nanon, que j'avais retrouvée avec des transports de joie dans cette maison où je l'avais laissée depuis plus d'une année.

Elle avait toujours autant d'amour pour moi et je faisais mon possible pour que ce sentiment ne diminuât pas. Je vis, avec amusement, que, pendant notre séparation, elle s'était mise à se coiffer et s'habiller comme je le faisais moi-même quelques années plus tôt ; elle se vêtait maintenant d'étamine brune et imitait mon langage et mes manières ; cela me parut touchant et donnait, d'ailleurs, à cette fille sortie du peuple un air de petite bourgeoise qui ne lui seyait pas mal ; elle s'était beaucoup affinée, au physique comme au moral, et, dans cette jeune femme de belle allure, personne n'eût soupçonné la petite paysanne rougeaude et ignorante dont je m'étais chargée impasse Saint-Roch. Cet exemple me convainquit des vertus de l'éducation et je promis, s'il me venait un jour quelque argent, de le consacrer tout entier à l'instruction des jeunes filles pauvres. Pour le présent, je résolus de ne plus me séparer de ma Nanon et, n'ayant pas trop de gens autour de moi qui se souciassent de mon bonheur, de l'emmener à Barèges d'abord, à Maintenon ou à Clagny ensuite, selon ce qu'il plairait à Dieu.

A la fin du mois, je fus avec Madame de Montespan dans sa maison de Clagny : les travaux en étaient prodigieusement avancés ; la favorite avait vu si grand que, la voyant parcourir en tout sens le chantier, je me représentai Didon faisant bâtir Carthage. C'était véritablement le palais d'une reine qu'on lui construisait là, mais le Roi m'avait dit qu'il n'épargnerait rien pour adoucir son exil : elle avait déjà une cour en demi-lune et une orangerie pavée de marbre ; une grande galerie avec l'histoire d'Enée peinte à fresque ; un bois d'orangers en caisses avec des tubéreuses, des jasmins et des œillets pour masquer les palissades ; une ferme de divertissement où l'on avait mis les tourterelles les plus passionnées, les truies les plus grasses, les vaches les plus pleines, les moutons les plus frisés et les oisons les plus oisons. On avait, à ce qu'en disaient les courtisans, englouti déjà près de trois millions de livres dans ce bâtiment, ce qui, si l'on veut chercher quelque comparaison, faisait à peu près le quart des dépenses de la Marine ; mais il est vrai aussi qu'on ne vit jamais vaisseau si galamment gréé que la marquise ce printemps-là, parée de ses voiles d'or et d'argent et dressant au-dessus des pierres de Clagny ses grandes coiffes blanches gonflées par le vent.

Je lui en fis la remarque pour lui plaire, mais elle venait apparemment de résoudre que nous nous quitterions fâchées. Elle me traita fort mal en effet pendant les deux journées que nous passâmes ensemble dans son château et me donna toute raison d'appréhender ce que serait ma vie avec elle dans ce lieu à l'automne ; elle en voulait surtout à Nanon, qu'elle ne trouvait pas assez bien née pour être ma suivante et dont elle redoutait que je ne lui imposasse la compagnie dans la suite : « Je ne sais pourquoi vous vous encombrez de telles espèces ! me dit-elle, j'ai toujours de pleins magasins de cette marchandise-là à Saint-Joseph (c'était un couvent où elle donnait à manger à de pauvres filles) et je n'en voudrais point dans ma maison pour tout l'or du monde. Vraiment, ce doit être encore quelque bel effet de votre charité chrétienne ; mais vous devriez bien m'en épargner les suites. »

Je la laissai à ses sécheresses et lui abandonnai, sans trop de peine, la garde du petit comte de Vexin, de Mademoiselle de Nantes et de Mademoiselle de Tours, puisque j'allais avoir le duc du Maine pour moi seule, trois mois durant.

Comme je repassais par Versailles pour prendre cet enfant, le Roi, qui partait aux armées quelques jours après, prétendit me vouloir faire quelques recommandations sur le sujet de son fils. Il me parut, à la vérité, qu'il voulait surtout savoir des nouvelles de sa maîtresse, dont il n'avait que par Monsieur de Condom, lequel lui contait, chaque jour, les progrès de la marquise dans la dévotion afin de le mieux édifier lui-même. Je ne crus pas devoir détruire un ouvrage si fragile et parlai au Roi dans les mêmes termes que l'évêque. Le souverain m'en parut affligé mais ne me tint pas rigueur de ce que je lui apprenais.

Il me dit qu'il attendrait de mes lettres de voyage et, comme je lui représentais que je n'oserais lui écrire la première, il m'assura qu'il m'écrirait lui-même car il redoutait, à ce qu'il me dit en souriant, que je ne l'oubliasse tout à fait dans la compagnie du seul homme au monde qui ait su toucher mon cœur ; il voulait parler de mon petit prince. Il me promit encore d'accéder à la demande que je lui avais présentée plusieurs mois auparavant, en faisant revenir à la Cour mon amie d'Heudicourt. Enfin, il retint ma main assez longuement dans la sienne et me fit voir par là que, s'il me sacrifiait volontiers au bonheur de sa maîtresse, il ne laissait pas d'éprouver pour moi un peu mieux que de l'indifférence. Du moins est-ce là ce que je crus démêler et qui me rendit heureuse pour tout mon voyage.

Je quittai Paris le 28 d'avril et n'arrivai à Barèges que le 20 juin, après des aventures assez plaisantes.

Nous avions embarqué dans deux carrosses, avec un grand équipage ; je menais trois personnes pour le service du duc du Maine et deux, dont Nanon, pour le mien ; avec cela, un médecin, un précepteur, et un aumônier ; tous ces gens, badauds de Paris qui trouvèrent le monde grand dès qu'ils furent à Etampes. Pour moi, je ne sais si c'est une suite des aventures de mon enfance, mais j'aime fort les voyages ; et mon seul regret, à quatre-vingts ans passés, est de n'en avoir point fait assez ; je sens quelque tristesse à la pensée que je ne reverrai pas l'Amérique et ne connaîtrai jamais Constantinople. Ce goût-là me rapproche peut-être de mon père, encore que j'espère de me préparer mieux que lui au plus aventureux des voyages de voyageurs...

Je ne m'ennuyai pas un moment jusqu'à Barèges. Le duc du Maine était d'une délicieuse compagnie, avec de jolis raisonnements et des manières fort attachantes. Il avait besoin de soins continuels, ayant toujours quelque accès de fièvre ou quelque douleur aux jambes ou au fondement, et la tendresse que j'avais pour lui me rendait ces soins agréables. Pour ménager ses forces, nous ne marchions que trois heures le matin et autant l'après-dînée, trouvant partout des repas et des lits préparés.

Les gouverneurs des provinces où nous passions nous donnaient de grandes fêtes, et, dans les villages, les petits enfants suivaient nos carrosses avec des cris de joie. J'en prenais quelquefois un ou deux avec moi dans les hôtelleries où nous couchions afin de divertir le petit prince par leur compagnie ; j'éprouvais un plaisir sensible à voir ces pauvres petits paysans plus gras et mieux vêtus qu'à mes voyages précédents. Grâce au bon gouvernement du Roi et de Monsieur Colbert, le peuple n'était plus si misérable ; les jeunes filles sortaient de beaux atours les dimanches et d'aucuns laboureurs montraient des panses bien remplies. Seul le défaut d'instruction de tous ces gens continuait à me faire de la peine ; ils ne savaient ni « A » ni « B » et n'entendaient rien à leur catéchisme ; j'eusse aimé de sauver les plus vifs d'entre eux de cette ignorance affreuse, et, si l'on m'eût laissée faire à mon gré, j'eusse rempli nos malles et nos carrosses de petits garnements déguenillés à la mine éveillée.

Je me souviens que, dans un village du Poitou, je succombai tout à fait aux charmes d'un enfant de sept ou huit ans que j'avais trouvé sur le chemin et fait jouer tout le soir avec notre duc. Il était maigre, sale et si couvert de vermine que je dus ensuite faire changer tous ses vêtements à mon petit prince, mais il avait un fort doux visage et de la vivacité dans l'esprit ; il ne savait pas le français mais je l'interrogeai dans son patois et il me fit des réponses pleines de sens. J'appris, en causant avec l'aubergiste et le curé, que la mère de cet enfant le maltraitait beaucoup et, en y regardant de plus près, je vis qu'il avait en effet les bras et les jambes couverts de plaies. Quoi que m'en pussent dire les femmes de chambre du prince, je résolus aussitôt de m'attacher ce petit paysan et de l'emmener à ma suite pour le sauver et l'instruire.

Cependant, à l'instant de quitter l'auberge, je le vis triste et rêveur [1]. Aux questions que je lui fis, il répondit seulement : « Si vous m'emmenez, Madame, qui laissera-t-on à maman pour battre [2] ? » L'amour de cet enfant pour son bourreau, et son chagrin naïf, touchèrent si fort mon cœur que je renonçai à le contraindre ; je l'embrassai tendrement, fis remettre une grosse somme d'argent à sa mère pour son entretien, et nous poursuivîmes notre route sans lui. Chaque fois que je resongeai à ce pauvre petit dans la suite, je ne pus me flatter pourtant qu'il fût encore en vie ; il me parut certain que sa mère dût détruire en peu de mois une vie qu'elle avait déjà tant affaiblie ; je me fis d'amers reproches sur ma faiblesse et j'en gardai l'idée que c'est un devoir parfois de sauver les gens contre eux-mêmes des périls moraux autant, du reste, que des périls physiques.

En Poitou, on nous avait pensé étouffer à force de caresses. Dans la Guyenne, qui deux mois plus tôt était en révolution contre l'autorité du Roi, nous eûmes des

---

1. Egaré.
2. C'est là l'expression rapportée par Mme de Maintenon elle-même et citée par Mlle d'Aumale.

réceptions plus splendides encore ; on regardait [1] partout le duc du Maine comme le fils du Roi et le dauphin n'eût pas été honoré davantage. Le vieux duc de Saint-Simon nous traita magnifiquement à Blaye, avant que les jurats de Bordeaux ne nous missent dans un grand bateau. Nous voguâmes très heureusement avec quarante rameurs et, à la vue de la ville, il se détacha des vaisseaux pour nous venir saluer, les uns pleins de violons, les autres de trompettes ; puis tout le canon du Château-Trompette, et celui des vaisseaux qui étaient au port, se mêlèrent aux musiques qui nous suivaient ; une infinité de peuple nous attendait sur le bord de l'eau pour nous saluer aux cris de « Vive le Roi ». Les jurats nous haranguèrent longuement. Le maréchal d'Albret, gouverneur de Guyenne, qui était venu au-devant de nous, s'abstint heureusement de leur faire réponse ; il prit notre prince dans ses bras et le conduisit jusqu'aux carrosses, où nous montâmes avec une centaine de personnes. Nous fûmes plus d'une heure à aller du port à la maison, tant la foule était grande et s'abandonnait à ses démonstrations de joie.

Je ne puis dire quel fut mon bonheur de retrouver Monsieur d'Albret, après quatre longues années de séparation. Je le trouvai un peu vieilli, les sourcils blanchis sous sa perruque brune et le visage amaigri ; mais au moral, pareil à lui-même : on rencontrait toujours en lui ce mélange extraordinaire de la sagesse que donne l'expérience et du libertinage le plus effréné ; avec cela, charmant, agréable de tout point, et surpassant enfin tous les autres dans les lieux où il était. La société de Bordeaux était affolée de lui et l'on disait que jamais gouverneur n'avait donné fêtes si galantes.

Nous nous promenâmes longuement dans le parc de sa maison. Je reconnus qu'il était toujours dans les mêmes dispositions à mon endroit et que je n'avais pas moi-même beaucoup changé pour lui : nous faisions encore très bien l'amour [2] en paroles et goûtions parfai-

1. Considérait.
2. « Faire l'amour » a un sens plus faible que de nos jours et signifie « flirter », « faire la cour ».

tement l'enchantement, un peu mélancolique, d'une amitié [1] inaccomplie. Nous passâmes un long moment assis dans un petit cabinet de verdure qui dominait le fleuve. Le soir tombait ; on était à la fin de mai et il faisait doux.

— N'avez-vous point de regret, me demanda-t-il, de ce que nous n'avons pas fait ensemble ?

— Non, lui dis-je en rougissant un peu, car le sentiment que j'ai pour vous n'aurait pu s'en trouver augmenté. Je ne sais rien en vérité qui le surpasse ni qui me soit si précieux.

— Eh bien, pour moi, reprit-il, je vous avoue que j'ai parfois quelque regret à cette petite Madame Scarron que je fus, un soir dans sa chambre, consoler des duretés de son époux, et je me regarde souvent comme le dernier des sots... Je suis bien heureux pourtant que d'autres aient eu plus d'esprit que moi. On dit votre faveur bien grande...

Je ne pus me tenir de rire.

— Seriez-vous jaloux par hasard ? Quoi qu'on vous dise de ma faveur, il s'en faut de beaucoup que je gouverne l'Etat.

— Voire... Voire... Je vous dirai, Françoise, pour vous faire ma cour, que si j'avais à choisir entre vous et ma nièce de Montespan, je ne balancerais pas.

— Vous dites des folies, mon maréchal. Je ne pense pas qu'on ait jamais à choisir entre nous et, d'ailleurs, vous me flattez, car je garde bien présent à la mémoire le souvenir de Madame d'Olonne, de Madame de Rohan, de certaine duchesse et de quelques autres qui étaient, par leurs façons, plus proches de la marquise que de moi et, néanmoins, plus proches de votre cœur.

— Seriez-vous jalouse, à votre tour ?

Je souris et nous devisâmes fort plaisamment du passé. Il me remercia d'avoir fait rappeler son autre nièce, Madame d'Heudicourt, à Saint-Germain, « mais vous allez la trouver changée, ajouta-t-il, elle est devenue affreuse à voir dans son exil ; il n'y a que vous décidément à qui les années ajoutent de la grâce et de la beauté.

1. « Amitié » a, en revanche, un sens plus fort qu'aujourd'hui et est souvent mis pour « amour ».

— Mais elles ne vous enlaidissent pas non plus.

— Elles ne m'enlaidissent peut-être pas, reprit-il, mais elles me tuent, et il y a apparence que vous et moi ne nous reverrons plus en ce monde...

— En ce monde, mon maréchal ? Est-ce que par hasard vous songeriez à me retrouver dans l'autre et que vous en prendriez les moyens ?

— Je vous vois bien assurée d'aller en paradis, ma chère dame. C'est peut-être vous, après tout, qui prenez maintenant les moyens de me rejoindre dans l'au-delà. Je me représente fort bien fricassant de conserve avec vous, entre deux diables fourchus ! »

Je fus piquée de l'injure, même si elle était dite sur le ton de l'amitié.

— Que me voulez-vous dire, Monsieur ?

Il me prit la main en riant, et poursuivit son badinage.

— Rien qui justifie votre courroux, Françoise ! Je trouve seulement que vous prenez la mouche un peu vite sur ce sujet et que cela pourrait me donner du soupçon... En vérité, je ne redoute guère l'enfer et je crois que je préférerais encore ce séjour-là au néant, où je suis assuré d'aller. Je souhaiterais, plus que vous ne le pensez, de perdre mon pari ; même la condamnation aux flammes éternelles me paraîtrait douce, puisqu'elle me conserverait encore le bonheur de sentir quelque chose...

— Vraiment, vous êtes un grand extravagant !

— Madame, je n'ai pas changé... Puis-je, cependant, pousser l'extravagance jusqu'à vous demander une dernière faveur ? On ne la saurait refuser à un mourant...

— Je ne vous savais pas si timide que la goutte vous effraie. Car, hors cela, je vois que vous vous portez fort bien.

— Non, mon amie, me dit-il tout pensif. La maladie de la pierre [1] me tord les entrailles et j'ai le cœur malade...

— Excès d'amour, répliquai-je.

— Même plus. Je vis fort bien avec ma femme présentement... Non, je vais mourir, vous dis-je. Ne m'accorderez-vous pas cette dernière faveur ?

— Voyons ce que c'est...

1. Coliques néphrétiques.

La nuit était tombée tout à fait. Des vaisseaux illuminés glissaient sur le fleuve, jetant au passage de faibles lueurs dans le cabinet de verdure.

— Je veux seulement que vous appuyiez votre tête contre mon épaule, reprit-il doucement, et que vous l'y laissiez un moment. Ne vous récriez pas, je vous en prie. Je ne vous toucherai pas, je ne vous dirai rien, et vous n'aurez à craindre ni geste ni propos déplacé. Je suis trop vieux pour cela... et vous êtes trop en faveur. Je ne vous demande rien qu'un dernier geste d'amitié. Me le refuserez-vous ?

— Vous êtes fou, lui dis-je, l'air de Bordeaux ne vous vaut rien.

Cependant il me pressa tant que, moitié pitié, moitié tendresse, je finis par consentir à ce qu'il me demandait. Nous demeurâmes assez longtemps dans cette attitude singulière ; j'y trouvai une douceur plus grande que je ne l'eusse pensé. On entendait le clapotis de l'eau en contrebas ; entre les branchages du petit pavillon on distinguait les étoiles et cette vision me remit en mémoire la dernière soirée que j'avais passée auprès de mon père, sur une grève de la Marie-Galante. Je crus avoir dormi trente ans entre les deux.

Si l'on nous avait surpris ainsi, c'en était fait de ma réputation et de ma fortune ; mais je n'avais pas la force de rompre le charme. Je trouvais décidément mes sentiments bien singuliers : pour le Roi, j'avais toujours envie de me jeter à ses pieds, mais, pour le maréchal, dans ses bras ; je ne savais d'où me venait cette inégalité de l'âme.

Le jour suivant, le maréchal me fit les honneurs de sa capitale et ne m'épargna aucun palais, aucune église. Comme nous croisions un enterrement auprès de la cathédrale, je vis qu'il se découvrait devant la Croix :

— Vous m'aviez pourtant laissé entendre hier que vous étiez toujours fâché avec le Bon Dieu, lui dis-je en riant.

— Oh, nous nous saluons, repartit-il gravement, mais nous ne nous parlons pas.

Le voyant si ferme dans son impiété, je tâchai à savoir par la maréchale s'il se portait aussi mal qu'il me l'avait dit. Je m'arrangeai pour rencontrer la dame à sa toilette le lendemain matin, avant que les vins de Bordeaux ne lui eussent tout à fait obscurci le jugement.

— Il n'est pas malade, me dit-elle, il s'ennuie, voilà tout son mal.

Je me sentis soulagée à cette nouvelle mais piquée qu'il m'eût trompée pour m'attendrir. Cependant, ces sortes de séduction [1] étaient si bien dans sa manière que je ne pouvais lui en vouloir sérieusement : je le connaissais pour ce qu'il était et ne devais m'en prendre qu'à moi-même si, malgré cela, je l'aimais.

Avant de quitter Bordeaux, j'écrivis au Roi une lettre de dix pages, où je relatais exactement tout ce que le maréchal avait fait pour rendre agréable le séjour du prince. J'avais en effet, comme nous en étions convenus ensemble, établi avec le monarque un commerce de lettres régulier.

Sa première lettre m'était parvenue huit jours après que j'eus quitté Versailles ; elle était courte mais fort aimable ; je la trouvais d'autant plus merveilleuse que c'était la première fois que je tenais de son écriture entre mes mains. J'en fus si enivrée que je portai le papier sur moi trois jours durant, ne le quittant le soir que pour le glisser sous le carreau de mon lit. Pour trouver occasion de contempler sa lettre dix fois le jour, je me donnai le prétexte d'examiner la façon dont il formait ses lettres ; c'était un art que l'Italien Primi avait mis à la mode à la Cour, mais je ne m'y entendais guère. Je vis seulement qu'il liait tous les mots entre eux et fis réflexion que, s'il faisait aussi peu de place aux autres dans sa vie qu'il leur faisait peu d'air dans ses lettres, il y avait de quoi périr étouffé. Que ne m'en suis-je tenue à une si juste analyse ! mais, après quelques jours, je me dis que j'étais bien ridicule car il dictait probablement ces lettres à Rose, son secrétaire. Je laissai donc là l'idolâtrie du contenant pour n'adorer que le contenu.

Le Roi fournit bientôt assez de matière à cette adoration en m'écrivant trois ou quatre fois la semaine. Je lui répondais longuement, et ses lettres s'allongèrent. Je vis qu'il se plaisait à m'entretenir de la guerre ou des

1. Tromperie.

projets qu'il faisait pour ses bâtiments ; de mon côté, je ne me bornai pas à lui rendre compte de la santé et des progrès du prince, mais, devinant qu'il serait bien aise de connaître exactement l'état de ses peuples et le gouvernement de ses provinces, je lui en envoyai des récits détaillés. Je me fis politique mais avec gaîté, lui peignant d'ailleurs, pour l'amuser, le portrait de tous les personnages de notre équipage, les maladies du médecin, les frayeurs de Nanon, les naïvetés de La Couture et les crampes d'estomac de l'aumônier.

Il fut si charmé de mes lettres qu'il dit bientôt à tout le monde qu'il en recevait de fort longues et finit même par en lire, à son coucher, de grands morceaux à ses ministres et à ses officiers. On en fut surpris ; l'abbé Gobelin en fut alarmé et m'écrivit qu'il trouvait au Roi une amitié plus vive pour moi qu'il ne l'eût souhaité ; nul n'osa pourtant rien en conclure car, dans le même temps, le souverain rappela Madame de Montespan à la Cour et remit l'adultère sur un grand pied, au nez même de Monsieur de Condom. « Ne me dites rien, Monsieur, s'était-il exclamé quand l'évêque avait voulu lui en faire quelque remontrance, ne me dites rien, j'ai donné mes ordres, ils doivent être exécutés. »

Malgré cela, à la longueur croissante de ses lettres, aux amabilités de plus en plus déliées qu'il y mettait, je ne doutais pas que l'abbé Gobelin n'eût bonne raison de croire que j'avais fait quelque progrès dans l'amitié du Maître. Il se passait avec lui tout le contraire de ce qui s'était passé avec Monsieur Scarron : j'avais entrepris la conquête de mon premier mari par mes lettres et achevé par ma personne ; avec le second, je terminais de loin, par mes écrits, ce que j'avais commencé d'une manière plus immédiate.

Je n'avais point tant de nouvelles de Madame de Montespan, qui ne m'écrivit pas une seule fois dans tout mon voyage. Elle était dans la plus grande fureur que je rendisse directement compte au Roi de l'état de son enfant, marquant ainsi que je m'enfermais dans les Pyrénées à cause du père et non pour l'amour de la mère.

Je me consolai de ses silences d'autant mieux que, méprisant les règles de l'orthographe comme celles de la morale, elle m'envoyait toujours, quand elle m'écrivait, des lettres qui me coûtaient une grande peine à déchiffrer. Je sus pourtant, par des personnes de la Cour, sa réconciliation avec le Roi, qui ne me surprit pas, et, si je désapprouvai ce retour dans quelques lettres particulières, je fus bien aise qu'il me permît d'échapper à Clagny.

On m'avait dit, d'abord, que l'amour du Roi et de sa maîtresse était plus fort que jamais et que la favorite avait osé se montrer, à deux reprises, au jeu de l'appartement, la tête familièrement appuyée sur l'épaule de son ami ; mais, après quelques jours, Madame de Coulanges m'écrivit que les soupçons et les dégoûts avaient déjà succédé au raccommodement. On parlait bien haut de la faveur de Madame de Louvigny et, tout bas, de celle de Madame de Soubise. Dès septembre, enfin, c'étaient des larmes, des bouderies et des chagrins. Madame de Richelieu m'apprit qu'à Fontainebleau, la favorite n'avait pu obtenir de se confesser ; bien que la première dame d'honneur de la Reine en eût elle-même prié le curé, l'assurant que la marquise, en dépit des apparences, avait réformé sa conduite, celui-ci s'était dérobé, disant qu'entendre cette dame en confession était une trop grande affaire. « On veut ménager des restes de beauté, répondis-je à la duchesse, et cette économie ruine plus qu'elle n'enrichit. Le parti de l'amitié n'est point pris nettement et cependant c'était le seul parti à prendre. » Au moins était-ce celui que j'espérais, pour mon compte, d'avoir pris.

Les bains chauds de Barèges et de Bagnères ayant amélioré la santé de mon mignon, nous reçûmes du Roi l'ordre de nous remettre en route en octobre.

Nous fîmes la route du retour aussi lentement que celle de l'aller.

Je passai dix jours à Niort et à Mursay. A chaque voyage, je trouvais la famille de Villette enrichie de quelques nouveaux visages : cette fois-ci, je fus charmée d'une petite fille de deux ans, nommée Marguerite-Marie, qui avait la plus jolie figure du monde et les manières les plus gracieuses ; elle parlait déjà éloquemment et l'on résistait mal à l'envie d'embrasser cent fois le jour les lèvres d'où tombaient de si jolis mots et les yeux d'où partaient de si doux regards. Je l'avais toujours dans mes jupes et me promis de m'intéresser à elle dans la suite si elle passait l'âge de cinq ou six ans, ce dont je doutais car les Villette perdaient la plupart de leurs nouveau-nés. Ils avaient, néanmoins, deux fils de huit ou dix ans et je tentai de convaincre Philippe de faire la fortune de ces enfants avec son salut, en se convertissant : son attachement à la religion réformée était cause qu'il n'avançait pas si vite dans le service que son mérite le lui eût permis ; on lui faisait mille persécutions dont il se plaignait et dont j'avais le cœur meurtri. Cependant, je ne pus lui faire entendre raison ; il tirait gloire de son opiniâtreté, qu'il disait venue tout droit de notre grand-père, Agrippa d'Aubigné. Nous eûmes quelques échanges un peu vifs sur le sujet tandis que Marie-Anne, sa femme, bonne catholique mais craintive dès que le ton montait, pleurait en silence dans son tablier ; du reste, elle ne savait rien faire dans la vie qu'obéir et pleurer, et l'idée qu'on pût combattre pour quelque chose ou quelqu'un ne l'effleurait même pas. Après quelques paroles bien sonnantes de part et d'autre, Philippe et moi nous réconciliâmes pourtant, et nous nous quittâmes aussi tendrement qu'un frère et une sœur.

Je fus passer deux jours à Surimeau. Le vieux Sansas de Nesmond, persécuteur de ma mère, s'enfuit à mon approche. Tous ses descendants, mes cousins, me firent une cour bien basse car ils croyaient que je venais m'emparer de leurs biens, si mal acquis. Je ne leur fis ni menaces ni promesses. Je me promenai au bord de la Sèvre : les ormes perdaient leurs feuilles, la terre se gorgeait d'humidité ; déjà les hêtres du pré Mineau jaunissaient et le bois des Touches faisait une tache rousse sur la colline. Je songeai à ma mère, au bonheur qu'elle eût senti en me voyant, en ces lieux, servie comme une princesse par les enfants de celui qui l'avait insultée et ruinée. Rien ne m'eût été plus aisé, en effet, que de rentrer en possession de Surimeau. Mais qu'a-t-on à faire d'un pauvre manoir quand on est châtelaine de Maintenon et amie du Roi ? J'admirai une fois de plus les desseins de la Providence, qui ne m'avait privée de mon héritage et réduite à la misère que pour me lancer plus haut.

Au commencement de novembre, remontant vers Paris, je passai quinze jours à Richelieu et retrouvai avec joie un autre de ces lieux qui m'avaient vue humble et pauvre. Huit ans plus tôt, je rendais à la maîtresse de la maison des services de femme de chambre ; à ce nouveau séjour, j'avais tous ses gens à mes pieds. A peine si on me laissait porter moi-même les aliments à ma bouche...

Le 20 novembre, je retrouvai enfin Saint-Germain, croyant y pouvoir faire un meilleur personnage que lorsque je l'avais quitté. Je pensais m'être rendue bien digne de l'admiration générale : comme gouvernante, j'avais réussi là où tous les médecins avaient échoué et mon petit prince marchait, seulement tenu par la main ; et, comme femme, j'avais sensiblement étendu mon pouvoir sur le cœur et l'esprit du souverain sans rien commettre [1] de ma réputation.

Le triomphe de la gouvernante fut entier, en effet ; rien ne fut plus agréable au Roi que la surprise que je lui fis ; je lui avais caché les derniers progrès de son fils, et, d'ailleurs, il n'attendait le duc du Maine que le lendemain. Quand il le vit soudain entrer dans sa chambre, marchant et mené par ma main, ce fut un transport de joie. Je soupai le soir chez Madame de Richelieu, en compagnie de Monsieur de Louvois ; les uns me baisaient la main, les autres la robe, c'était enfin par tout l'appartement un concert de louanges à l'unisson.

Comme femme, toutefois, je vis bientôt que ma victoire n'était pas si éclatante. Comme il s'apercevait que je ne lui disais rien du retour de Madame de Montespan, le Roi m'en parla lui-même, à la première occasion, dans les termes les plus généraux mais les plus nets : « Je connais mon mal, dit-il, j'en ressens quelquefois de la honte ; vous avez vu ce que j'ai fait ce que j'ai pu pour me retenir d'offenser Dieu et ne plus m'abandonner à mes passions mais elles sont plus fortes que la raison ; je ne puis résister à leur violence et je ne me sens pas même le désir de le faire. » Après cela, il y avait peu à dire et moins encore à espérer.

1. Compromettre.

A vrai dire, sa maîtresse, si elle ne le tenait plus beaucoup par le cœur, le tenait encore par les sens et par l'esprit. Il se sentait toujours un goût vif pour son appartement, où l'on se divertissait fort bien et mieux, de toutes les façons, que dans la société espagnole de la Reine. Il conservait aussi une inclination certaine pour ses appas, assez du moins pour que, dans la période dont je parle, elle lui donnât encore deux enfants, Mademoiselle de Blois en 1677, et le comte de Toulouse en 1678.

Cela dit, quand il parlait de retourner à ses passions, le Roi n'en excluait aucune et ne prétendait pas se limiter à celle qu'il sentait pour sa « belle madame » : je trouvai en effet, à mon retour de Barèges, madame de Soubise aussi bien en cour qu'on me l'avait prédit [1].

Madame de Montespan venait de découvrir cette intrigue par l'affectation que Madame de Soubise avait de mettre certains pendants d'oreilles d'émeraudes, les jours que son mari allait à Paris ; sur cette idée, elle avait observé le Roi, l'avait fait suivre et il s'était trouvé que les pendants d'émeraudes étaient effectivement le signal des rendez-vous. Depuis cette découverte la marquise ne décolérait plus, et les insultes qu'elle faisait en toute occasion à Madame de Soubise avaient révélé au public un commerce qu'il n'eût jamais soupçonné sans cela. Par bonheur pour le Roi, Monsieur de Soubise était autrement accommodant que Monsieur de Montespan : il continua d'ignorer tout avec le plus grand soin, et c'est ainsi qu'il changea, depuis, sa petite maison pour le magnifique hôtel des Guise.

Je ne crus pas, néanmoins, que la marquise dût être inquiète des manèges de sa rivale : Madame de Soubise avait une magnifique chevelure rousse, une grande taille, une gorge abondante, mais la beauté n'était en elle que comme dans une belle statue ; si harmonieuses que fussent ses proportions, la dame ne devait pas, à mon sens, disputer un cœur avec Madame de Montespan dont toutes les grâces avaient autrement de piquant ; en outre, l'esprit de Madame de Soubise, uniquement porté aux affaires, rendait sa conversation froide et plate, et le Roi, s'il se laissait prendre parfois aux charmes d'une jolie

1. Annoncé.

figure, ne s'arrêtait jamais vraiment qu'à ceux d'un esprit bien fait.

Aussi quelques autres dames meublaient-elles déjà les moments d'oisiveté du souverain, lorsque Monsieur de Soubise n'avait pas le bon sens d'aller à Paris. A Saint-Germain, Chamarande ou Bontemps les menaient de nuit par un petit escalier sur lequel s'ouvrait, au premier étage, la porte d'un cabinet qui donnait par les derrières sur les appartements du Roi ; cette porte était ordinairement fermée mais, certains soirs, le Roi en plaçait lui-même la clé à l'extérieur ; ce grand secret, qu'on feignait d'ignorer, était connu de tous.

Je n'eusse peut-être pas consenti d'être du nombre de celles qu'on faisait ainsi passer par les derrières, mais, si j'entrais dans l'appartement du Roi par la grande porte et au vu de tous, sur le prétexte du gouvernement des enfants, je n'y faisais pas autre chose que toutes ces dames ; car, en même temps qu'il m'avait signifié qu'il renonçait pour un temps à ses sages résolutions, le Roi m'avait donné à entendre précisément qu'il me rangeait au nombre de ces passions auxquelles il ne voulait pas résister. Ses lettres m'avaient bercée, six mois durant, de l'espérance de son amitié et je m'étais flattée de substituer ce sentiment-là à un commerce qui me donnait de grands remords, mais je vis qu'il fallait quitter ce rêve sans retour. L'amie fut en effet, dans les commencements, traitée aussi froidement que la pécheresse fut reçue avec chaleur.

Je ne résistai donc pas plus à la tentation que par le passé, et je n'eus même plus la force de songer à me retirer de la Cour. En Louis j'aimais le roi plus que l'homme ; aussi chaque fois qu'il me marquait quelque froideur dans ses propos, de l'éloignement dans son amitié, et qu'au moment même où j'avais cru pouvoir conduire l'homme à ma guise je le voyais reprendre, d'un coup, toutes ses distances de roi, je me sentais pour lui un attachement renouvelé ; ne regardant point l'amour coupable qu'il m'imposait alors comme une marque d'amitié mais, d'abord, comme le reniement des principes sur lesquels j'avais bâti ma vie, j'aimais, trouvant d'ailleurs du bonheur à sentir l'empire qu'il exerçait sur moi, à voir cet empire étendu par l'humiliation qu'il m'infligeait en m'entraînant dans le péché. Ainsi les grands dévots apportent-ils parfois de ces raffinements extraordinaires aux plaisirs que les libertins croient communs.

L'inconstance du Roi, son égoïsme naturel et ses indifférences calculées me jetaient donc dans une soumission plus profonde, plus coupable, et plus délicieuse, que n'eût fait l'amitié la plus tendre. Je crois même qu'il m'arriva un jour, dans ce temps-là, de lui baiser les mains avec respect comme on fait au pape, mais dans une rencontre qui eût été aussi singulière que choquante pour un pontife. Tranchons le mot, j'éprouvais une volupté surprenante à me donner un maître et je ne trouve d'excuse à cette folie que dans le choix, assez noble au demeurant, que j'avais fait de ce maître-là.

Pour le surplus, quand je recouvrais un peu mes esprits, je justifiais cette conduite en me disant que si je voulais retirer le Roi de ses liens avec les autres femmes, il fallait bien qu'il me trouvât complaisante et de bonne volonté ; car, assurément, il irait chercher son plaisir avec d'autres s'il ne le rencontrait avec moi.

Ainsi, effet d'une pure déraison et de raisons impures, je m'installai durablement dans le péché et cherchai mon assise dans une situation fausse.

La chose était d'autant plus malaisée que, le goût du Roi pour mes attraits étant aussi intermittent que son amitié était d'ailleurs à éclipses, il ne songeait nullement à changer mon état [1]. Je demeurais dans le principe, sinon toujours dans le fait, subordonnée à Madame de Montespan ; je n'avais rien de ce qui peut donner une position indépendante à la Cour : point d'appartement qui me fût attribué ; tout au mieux un galetas à Saint-Germain, un lit dans la chambre des enfants à Versailles, et le hasard des antichambres et des garde-robes à Fontainebleau, à Chambord ou ailleurs ; point de titre à demeurer à la Cour autre que celui de gouvernante des bâtards, lequel n'avait aucunement la forme d'une charge [2] et, à peine, celle d'un emploi ; enfin, pas de pen-

1. Ma situation.
2. Fonction officielle, dont on est propriétaire.

sion abondante ni réglée et, dès lors, aucun revenu assuré, car Maintenon ne produisait rien encore et me coûtait une fortune en réparations.

Tout concourait ainsi à me placer dans l'étroite dépendance d'une femme qui eût eu toutes facilités pour me faire chasser si elle avait connu, et redouté, mes commerces avec son amant. Aussi multipliais-je pour l'endormir les ménagements, les complaisances et les flatteries, dans le temps que, comme sa rivale malheureuse et comme une personne de son service souvent maltraitée par elle, je ne lui pouvais vouer que des sentiments de dégoût.

Aux beaux jours, je devais, chaque année, et quoi qu'il m'en coûtât, l'emmener à Maintenon, l'assurer qu'elle y était la maîtresse, et supporter qu'elle fît chez moi toutes ses fantaisies ; je dus même l'y cacher pendant de longs mois lorsqu'elle mit au monde ses deux derniers enfants, dont l'un vit le jour dans ma maison. Il fallait la louanger sans cesse sur ses toilettes et sa beauté, la rassurer sur ses charmes, et mettre la dernière main à ses boucles et à ses dentelles ; je m'occupais moi-même de ses aumônes et des meubles [1] à broder pour Clagny ; je la comblais de présents inutiles et singuliers que mon cousin de Villette rapportait de ses voyages au long cours, singes, ananas ou perroquets ; je l'amusais du dernier bavardage de la Cour et du dernier ouvrage de la ville ; je lui souriais, je l'embrassais... et je mourais d'envie de l'étouffer.

Jusqu'à quel point était-elle dupe elle-même de ces manèges ? Elle me donnait de grosses sommes d'argent pour faire arranger mon château à sa guise, m'imposa ainsi une ménagerie [2] dont je ne voulais pas et mille autres extravagances, qu'il fallut défaire ensuite ; elle m'offrait des jupes assez laides, des tableaux qu'elle n'aimait plus, des livres ennuyeux, me faisait, avec cela, compliment de mon esprit et de mon élégance, puis, tout à coup, entre deux embrassades, me reprochait aigrement mes manières ou l'éducation que je donnais à ses enfants, et ne m'adressait plus la parole de quinze jours.

1. Tentures, tapisseries.
2. Zoo.

342

Cependant, il y avait pis que ces humeurs et révolutions de gynécée : c'était lorsqu'elle me contraignait à lui faire la morale. Parfois, elle venait vers moi tourmentée de scrupules de conscience et accablée de l'énormité de ses péchés ; faute de trouver un confesseur qui voulût l'entendre, elle s'en déchargeait sur moi et attendait que je lui disse quelques-unes de ces bonnes paroles que je lui disais à Lagny ou à Vaugirard, comme si j'eusse été digne encore de lui prêcher l'Evangile. Je le faisais pourtant, mais les mots brûlaient mes lèvres en les passant. Le mensonge et le faux-semblant pouvaient bien m'être devenus une seconde nature, j'étouffais de malaise quand j'y devais mêler la religion et je croyais y perdre la raison ; quant à l'âme, je pensais bien que c'était déjà fait.

Je ne puis dire que j'endurais ces tortures par passion, faiblesse que les hommes trouvent ordinairement pardonnable, et que je me damnais ainsi par amour. Quand ce que j'éprouvais alors pour le Roi eût bien été en effet ce qu'on nomme « passion » à la Cour, je me savais assez forte pour m'arracher ce sentiment du cœur si ma paix était à ce prix. Aussi était-ce moins l'amour qui me rongeait l'âme dans ce temps, et me condamnait à cette vie d'enfer, que le désir des grandeurs, la soif de louanges et l'espérance, dangereuse, de gouverner un jour le cours des choses à ma mode. Les vapeurs de la puissance me montaient à la tête.

J'apercevais, pour la première fois, qu'il y avait une place à prendre auprès du Roi, une place que la Reine ne tiendrait jamais et que Madame de Montespan, haïe des courtisans, honnie des gens d'Eglise et de plus en plus souvent délaissée par son amant, pouvait perdre. Je n'étais pas sûre de pouvoir la conquérir moi-même, mais j'étais certaine, si j'y parvenais, d'être assez habile pour la conserver ensuite sans scandale et sans reproches. L'abbé Gobelin n'avait pas tort, après tout, de me dire que la conscience de ma supériorité d'esprit me perdrait, à la fin.

Je ne vous dirai donc pas que ce temps-là est le plus bel endroit de ma vie. Il y a même cinq ou six années si honteuses que je voudrais croire qu'elles appartiennent à la vie d'une autre ; je me prostituais pour ma fortune [1] et l'on donnait des louanges à ma sagesse ; je nourrissais mes aumônes de l'argent tiré à une femme que je trompais, et l'on vantait ma générosité ; j'aidais un prince à se perdre, et l'on glorifiait ma dévotion. « Tel qui, pendant sa vie, fut enivré de louanges s'en ira expier ses crimes cachés, dit l'Ecriture, là où sont les pleurs et les grincements de dents et le ver qui ne meurt point. »

Saint François de Sales dit qu'il est parfois plus difficile de se supporter soi-même que de supporter les autres ; mais si peu supportable que je paraisse parfois à mes propres yeux, j'ai de la peine encore à convenir de la vérité de cette parole, car personne ne parle pour le prochain et nous avons pour nous un grand défenseur dans notre cœur. Ce défenseur-là souffre présentement bien fort de ce que j'ose écrire sur ma conduite dans ces années 1675 à 1680 ; aussi me prie-t-il, pour achever le tableau véridique de la personne que j'étais dans ce temps, d'ajouter quelques traits d'un pinceau moins sévère. Vous ne douterez pas, peut-être, que je le fasse volontiers...

Pour faire contrepoids à mes aveux, disons donc que si j'étais à cette époque aussi hypocrite, vaine et ambitieuse que le diable le pouvait souhaiter, je gardais quelques qualités qui m'aident à regarder en face le souvenir de cette période quand il m'y faut, comme aujourd'hui, revenir.

Ainsi conservais-je au moins, dans ces années de péché, les traits d'une amie et d'une parente fidèle.

Je rassemblai autour de moi les débris de la malheureuse famille Scarron et sauvai tout ce qui pouvait encore en être sauvé : mes nièces, Mesdemoiselles de La Harteloire, filles d'Anne Scarron, furent installées par mes soins à Maintenon ; et mon neveu, Louis Potier, fils de Françoise Scarron, devint mon homme de confiance. Mon frère, que je passais ma vie à recommander aux ministres, quitta, grâce à moi, les citadelles des frontières et fut fait gouverneur de Cognac ; pour récompense de mes peines, il me fit don d'une petite fille qu'il avait eue

1. Réussite, carrière.

d'une Parisienne et d'un petit garçon, surnommé Charlot, qui naquit en 1676 à Belfort ; je pris Charlot à Maintenon et l'y élevai jusqu'à sa majorité. Mes cousins de Villette, Fonmort, Sainte-Hermine, Caumont d'Adde furent constamment soutenus par moi dans leurs procès, aidés dans leur démarches, et, si huguenots qu'ils fussent, ne se faisaient pas faute d'user de mon crédit.

J'avais fait rappeler Bonne d'Heudicourt à Saint-Germain, où Madame de Montespan, pardonnant les injures passées, lui assurait mille petites faveurs quotidiennes, une place dans sa calèche, un billet gagnant à la loterie du Roi, un sourire du monarque ; mais Bonne savait trop ce qu'elle me devait, et devinait assez ce que je pouvais, pour ne point m'être entièrement acquise. J'obtins des dots pour les petites Montchevreuil qui voulaient être religieuses et des bénéfices pour les garçons qui se firent abbés, et je fis, dans les années suivantes, mon brave Henri gouverneur du duc du Maine, et ma dévouée Marguerite gouvernante des filles d'honneur de la dauphine.

Dans cette distribution de grâces je n'oubliai pas Mademoiselle de Lenclos, qui eut recours à mes services pour quelques mauvaises affaires qu'elle avait. Je tentai de l'attirer à la Cour, mais elle se déroba adroitement, disant qu'elle était trop vieille pour s'accoutumer à un pays nouveau ; après coup, je me félicitai de ce refus, songeant qu'il valait mieux produire pour ancienne amie la prude Montchevreuil que la vieille, mais toujours libertine, Ninon. Mademoiselle de Scudéry, qui vivait dans une misère très digne mais peu nourrissante, eut une pension. J'aidai le vieux d'Elbène, qui avait été l'intime ami de mon premier mari, à faire une fin décente. Je fis la sœur de Monsieur de Beuvron dame d'honneur, Basville intendant et Guilleragues ambassadeur.

Enfin, je construisis autour de moi à la Cour un petit rempart d'amis et d'obligés ; seuls ceux dont les bavardages sans retenue me pouvaient nuire furent bannis. J'écartai peu à peu Madame de Sévigné, en qui je n'avais jamais eu grande confiance ; je ne me souciais pas de fournir matière à la gazette qu'elle envoyait chaque jour à sa fille de Grignan. Le vieux chevalier de Méré fut aussi, pour ses bavardages, du nombre des exclus, et si fâché de l'être qu'il m'en envoya une lettre de remontrances bien ridicule : après m'avoir rappelé qu'il m'avait le premier instruite à me rendre aimable « et dès lors vous ne l'étiez que trop pour moi », et m'avoir reproché d'oublier mes amis, il terminait abruptement par une demande en mariage aussi extravagante que déplacée, « ne sachant point, me disait-il, d'homme plus digne de vous que moi ». C'était à croire qu'il était sourd et que le bruit de ma faveur ne lui était point encore venu aux oreilles, ou bien qu'il était aveugle et s'imaginait plus aimable et mieux fait que son Roi. En tout cas, c'était à parier sans risques qu'il avait le cerveau fêlé !

Outre cette fidélité à mes amis j'avais gardé, dans ce temps même où mon cœur était le plus sec, des sensibilités peu communes pour les petits et les humiliés, les pauvres et les enfants ; et si je ne puis prétendre à les avoir aimés plus que ne font d'ordinaire les riches dévotes, je crois quelquefois les avoir aimés mieux à propos. Créance [1] singulière aux yeux des belles dames qui m'entouraient, je jugeais que les pauvres cachaient, sous leurs haillons, des goûts, des dégoûts et des caractères propres à chacun, qu'il fallait respecter ; il me semblait même qu'un pauvre a droit, de fois à autre, d'être aussi déraisonnable qu'un riche et que c'est le propre de l'homme de rêver du superflu quand il manque du nécessaire. Ainsi, je me souviens que quelques-unes des paysannes d'Avon, que j'aidais par mes aumônes à avoir quatre murs et du pain, me dirent, un jour que je causais avec elles, que rien ne leur ferait plus de plaisir que de faire grande chère une fois en leur vie ; je les fis venir un soir au château de Fontainebleau au nombre de sept ou huit, et leur fis servir un souper de princesses dans des assiettes d'argent ; leur joie me donna un immense plaisir ; quelques bonnes âmes, ayant su cette folie, m'en blâmèrent ; mais je croyais en savoir plus long qu'elles sur la misère.

Quand j'avais ainsi nourri le corps, je m'essayais à fortifier les âmes, faisant donner aux plus jeunes et aux plus habiles quelque instruction dans une école ou un atelier. Je ne puis vous dire combien d'enfants misérables ou

1. Croyance.

orphelins j'ai recueillis de la sorte dans ces années-là et fait élever à mes frais. J'avais toujours dans ma chambre, à Versailles comme à Maintenon, quatre ou cinq enfants de toutes espèces, six ou sept chiens hurlant et un tumulte infernal de rires, de chaises renversées, de cris et d'aboiements au milieu duquel j'écrivais mes lettres, faisais oraison [1] ou tenais les comptes de mon domaine ; aussi n'est-il guère surprenant, quand j'y songe, que la migraine ne m'ait pas quittée un moment dans cette période de ma vie. En récompense [2], j'avais acquis un talent rare dans l'éducation des paysans comme des fils du Roi. Mes petits princes, lorsqu'on les laissait à ma conduite et que leur mère ne s'en mêlait pas, faisaient ainsi tous les jours, en sagesse et en esprit, des progrès étonnants.

Au contraire de la manière qu'emploient la plupart des pédagogues et que je voyais imposer indifféremment à Monseigneur le dauphin, aux petits d'Heudicourt, ou aux fils des bourgeois de Fontainebleau, je posai en règle qu'il n'y a point de règle en éducation, qu'il ne faut jamais s'y hâter de conclure mais observer d'abord longuement l'humeur et la capacité de chaque enfant et se conduire ensuite selon le naturel de chacun. L'éducation est une longue patience, où ce qui ne vient pas tôt peut venir tard, mais il n'y a pas de mauvais naturel quand on sait s'y prendre et qu'on s'y prend de bonne heure ; tout au plus sème-t-on parfois ce que d'autres récolteront... Même sur ce qui regarde le savoir, il me semble qu'il est inutile de se presser ; les enfants ne veulent pas être contraints et il est souvent funeste de forcer leur esprit en s'opiniâtrant à les rendre des merveilles avant le temps ; le dauphin, entre les coups de baguette de Monsieur de Montausier et les longues leçons quotidiennes de Bossuet, avait appris à six ans un millier de vers latins mais il disait que, lorsqu'il serait son maître, il n'ouvrirait jamais un livre, et il se tint fort bien parole dans la suite.

1. Priais.
2. En compensation.

Aussi ne voulais-je point assommer mon petit duc de verbes grecs mais développer peu à peu sa capacité de raisonnement et lui communiquer, par l'exemple et sans contrainte, le goût de la lecture ; avec cela, lui inspirer un désir ardent d'être estimé, qui lui demeurerait toujours et serait meilleur que tout le latin de ses professeurs. Là-dessus, Madame de Montespan avait d'autres vues et il fallait parfois aller son chemin et attendre, pour rejoindre le mien, qu'elle eût tourné le dos.

Je ne voulais point non plus, dans l'éducation de mes enfants, de cette sévérité qui plaisait aux Mortemart. Une éducation triste n'est qu'une triste éducation. Il y faut, ce me semble, des récréations, des rires, des débandements d'esprit. Avec moi, les leçons étaient toujours coupées de courses, de parties de cartes et de dés, de visites à la ménagerie ou au potager ; je m'avisai qu'on peut faire un jeu de tous les apprentissages et, de la même façon que j'écrivis plus tard pour Saint-Cyr des « conversations » et des « proverbes » afin d'enseigner gaîment le vocabulaire et la morale, j'inventai, pour le duc du Maine et ses sœurs, de petits jeux d'esprit qui, sans qu'ils s'en doutassent, leur apprenaient fort bien l'arithmétique et la grammaire ; mais ces jeux-là eux-mêmes n'avaient rien d'uniforme et étaient différents selon l'humeur et le goût de chacun des enfants.

Je tenais deux principes seulement pour absolus et applicables à tous : qu'il faut de la douceur dans le gouvernement des petits et de la raison en tout.

Je tiens qu'on doit parler à un enfant de sept ans aussi raisonnablement qu'à un homme de vingt. Il est aisé de soulager l'obéissance en rendant raison de tout ce qu'on refuse et de tout ce qu'on exige, surtout si on ne fait jamais d'histoires ni de peurs inutiles mais qu'on donne le vrai comme vrai et le faux comme faux ; qu'on ne promet rien qu'on ne tienne, soit récompense, soit châtiment ; qu'on épuise enfin toujours toute la raison avant que d'en venir à la rigueur.

S'il faut être ferme, en effet, dans la fin où l'on veut aller, il convient de rester très douce dans les moyens dont on se sert ; pour cela, sûrement, il ne faut pas voir toutes les fautes. C'est une enfance [1] de croire qu'il ne faut laisser aucune faute impunie : c'est selon la faute, selon l'enfant, selon le moment. Pour moi, j'ai toujours fait en sorte de ne pas tout voir ni tout entendre ; sinon, les pénitences deviendraient communes et ne feraient plus d'impression. Au demeurant, il faut savoir qu'il y a des jours malheureux où les enfants sont dans une émotion ou un dérangement tels que toutes les remontrances, toutes les réprimandes ne les remettraient pas dans l'ordre ; il convient alors de couler cela le plus doucement que l'on peut et de n'y point commettre son autorité. Il y a aussi des enfants si emportés et qui ont des passions si vives que, quand une fois ils sont fâchés, vous leur donneriez dix fois le fouet de suite que vous ne les mèneriez pas à votre but ; ils sont dans ce temps-là incapables de raison et le châtiment est inutile. Il faut leur laisser le temps de se calmer et se calmer soi-même, mais, afin qu'ils ne puissent croire que vous vous rendez et que par leur opiniâtreté ils sont devenus les plus forts, il convient d'user d'adresse pour les tirer hors de votre vue et dire que vous ne remettez la chose à une autre fois que pour la rendre plus terrible.

Ainsi, mon petit duc, pourtant l'enfant le plus doux du monde, comme il était toujours aigri par des maux et des remèdes violents, était quelquefois dans un feu et dans une impatience que tout le monde, et sa mère, me reprochait de souffrir [2]. On le mettait dans un bain bouillant et parce qu'il criait des injures, qu'il était de mauvaise humeur, on voulait que je le grondasse ; je vous avoue que je n'en avais pas le courage, et puis ces remèdes lui échauffaient si fort le sang que tout ce que j'aurais pu faire, tout ce que j'aurais pu dire dans ce temps-là ne l'aurait point adouci. Je me faisais donc appeler au-dehors sur quelque prétexte, afin qu'il ne crût pas que je tolérais son impatience et ses humeurs ; mais quand le lendemain, ayant bien étudié mon moment, je le trouvais apaisé, je lui faisais des remontrances sur sa conduite de la veille et cherchais avec lui posément les moyens convenables pour l'en corriger. Cependant, si

1. Une puérilité, une sottise.
2. Tolérer.

jamais j'étais contrainte de le punir, je le faisais de manière à me faire craindre pour toujours afin de n'avoir plus à y revenir, car il m'en coûtait assez de sévir pour n'en pas multiplier l'occasion.

Ces méthodes, alors simplement déduites de la pratique, me réussissaient extraordinairement auprès de mon « mignon ». L'ayant accoutumé à la raison dès le maillot [1], j'obtenais tout de lui par la modération, les bons exemples et le raisonnement. Comme, avec cela, il était plein d'un discernement, qu'il tenait du Roi, et d'un penchant au dénigrement, qu'il tenait des Mortemart, il disait, cent fois le jour, des mots qui le faisaient regarder comme un prodige au-dessus de son âge.

Je me souviens ainsi qu'il était assis un jour devant la fenêtre de sa chambre à Versailles quand il vit passer dans la cour le triste Montausier, gouverneur de son demi-frère, le dauphin ; Montausier tenait à la main une baguette dont il frappait des chiens qu'il était occupé à faire courir et sauter. « Alors, Monsieur de Montausier, lui lança mon petit prince de sept ans, toujours le bâton haut ? » Cette manière, adroite et impertinente, de moquer la façon dont Montausier prétendait dresser ses chiens et son élève plongea dans la joie tout ce qui se trouvait dans la cour des Princes ce jour-là. Le mot alla jusqu'à Paris et, sans doute, comme tout ce qui montait à Paris, parvint jusqu'à Grignan, et dans toute la Provence, par les soins de la marquise de Sévigné.

Une autre fois, nous faisions « médianoche » avec le Roi, Madame de Montespan et les favoris du moment dans une gondole du Grand Canal. Mon petit duc, qui avait bu du vin, était tout pétillant de gaîté sur mes genoux. Tout à coup, il me désigna le Roi du doigt et dit bien haut : « Cet homme-là n'est pas mon papa ; je ne dirai pas que c'est mon papa. — Voulez-vous bien vous taire », lui dis-je, car le Roi défendait que ses bâtards l'appelassent de la sorte. Mon enfant se mit à rire et reprit plus haut : « Je sais bien, je vous assure, que je ne puis dire que cet homme est mon papa » ; déjà le Roi fronçait le sourcil. « Mais, dit Monsieur du Maine en explosant de joie et en se roulant sur moi, s'il n'est pas

1. Dès sa naissance.

mon papa, on ne peut nier qu'il soit le Roi mon père !
Et l'on ne me saurait défendre d'aimer le Roi mon
père ! » Le Roi trouva ce petit manège habile et pardonna une friponnerie qui montrait autant d'esprit
qu'elle révélait de tendresse et de respect.

Je rencontrais aussi de beaux succès avec la petite
Mademoiselle de Tours, qui avait le caractère doux et
affable de son père, et mettait une grande bonne volonté
à apprendre tout ce qu'on lui voulait enseigner. Elle adorait Monsieur du Maine et en était tendrement aimée ;
plus tendrement sans doute que sa sœur aînée, Mademoiselle de Nantes, qui, si elle avait reçu en partage le
beau visage de sa mère et assez d'esprit, avait un caractère tout de travers auquel je ne pus jamais m'attacher
moi-même. Quant au petit César, il ne me donnait guère
de satisfactions, encore qu'il n'y eût point de sa faute :
le pauvre enfant était tombé, pendant mon séjour à
Barèges, dans une grande langueur qui ne le quitta plus
jusqu'à sa mort ; la fièvre ne l'abandonnait jamais, une
toux furieuse le secouait jour et nuit, l'affaiblissant au
point que la lumière même lui blessait les yeux et le
contraignait à vivre dans l'obscurité du tombeau ; aussi
de l'âge de trois ans et demi, qu'il prit cette maladie,
jusqu'à l'âge d'onze ans, qu'il mourut, je ne pus rien lui
enseigner qu'à lire un peu, et toute ma science de l'éducation se borna à distraire parfois sa souffrance avec un
jouet ou du bonbon. Cet état conduisit le Roi à le faire
d'Eglise dès son plus jeune âge, mais plus on entassa sur
sa tête les grands bénéfices, comme Saint-Denis ou
Saint-Germain-des-Prés dont il fut l'abbé, plus il s'étiola
et s'affaissa ; enfin, il s'éteignit un matin à la manière
d'une de ces pauvres chandelles dont la lueur est si faible
qu'on doute, après l'avoir soufflée, si elle a jamais été
allumée.

Pour les deux derniers enfants de la marquise, Mademoiselle de Blois et Monsieur de Toulouse, ils ne me
furent pas confiés, le Roi voulant, lorsqu'ils naquirent,
que je prisse un plus grand soin de ma santé et ayant,
d'ailleurs, d'autres desseins pour moi ; Madame de Montespan, qui, dans le même temps ou à peu près, se trouva
déchargée de la plupart de ses fonctions, put se consacrer à eux sans partage et, à la fin, par un singulier retour

des choses, elle ne figurait plus à la Cour que comme la gouvernante de Mademoiselle de Blois...

En 1676, elle était encore assez aimée, cependant, pour s'autoriser bien des éclats et des extravagances. Elle voulut trois vaisseaux pour faire la course à son profit dans les mers du Levant ; ils furent construits et armés aux frais du royaume. Elle voulut deux ours et qu'on les laissât aller et venir librement dans les jardins et les appartements ; elle les eut et, en une nuit, ils gâtèrent toutes les tentures de plusieurs salons de Versailles où ils bivouaquèrent. Elle voulut qu'on jouât plus gros jeu à la Cour et que le Roi couvrît ses pertes ; au « pharaon », à la « hoca », à la « bassette », elle fit tous les jours des coups qui passaient le million ; un jour de Noël, elle perdit de la sorte 700 000 écus, puis joua sur trois cartes 1 500 000 livres et les gagna ; trois mois après, elle perdit 400 000 pistoles en une heure ; enfin, elle fit de la cour un tripot ; le Roi n'osait le trouver mauvais et payait.

Au printemps de 1676, néanmoins, une nouvelle secousse ébranla son empire.

Troublé par la préparation du jubilé [1] et pensant que sa maîtresse et lui devaient donner l'exemple de la pénitence, le Roi résolut une nouvelle fois de se séparer de sa favorite ; il crut sans doute le faire de bonne foi. Madame de Montespan se retira dans son hôtel de Vaugirard, visita les églises, jeûna, pria, pleura ses péchés, et, pour parachever sa purification, s'en fut aux eaux de Bourbon [2] ; de son côté, le Roi fit tout ce qu'un bon chrétien doit faire. Le jubilé fini, il fut question pourtant de savoir si Madame de Montespan reviendrait à la Cour : « Pourquoi pas ? disaient ses parents et amis, même les plus vertueux, Madame de Montespan, par sa naissance et par sa charge, doit y être ; elle peut y vivre aussi chrétiennement qu'ailleurs. » Monsieur de Condom, après avoir beaucoup hésité, et osé représen-

1. Période de cérémonies religieuses, autorisée à l'origine par les papes, une fois par siècle, pour gagner l'indulgence plénière et obtenir l'absolution des fautes les plus graves ; au xviie siècle, le jubilé, devenu beaucoup plus fréquent, avait lieu à peu près tous les dix ou vingt ans.
2. Station thermale de Bourbon-l'Archambault.

ter au roi qu'un souverain « ne croirait pas s'être assuré d'une place [1] rebelle tant que l'auteur des mouvements [2] y demeurerait en crédit », finit par être de l'avis qu'elle revînt. Il restait cependant une difficulté : « Madame de Montespan, disait-on, paraîtra-t-elle devant le Roi sans préparation ? Il faudrait qu'ils se vissent avant que de se rencontrer en public pour éviter les inconvénients de la surprise. » Sur ce principe, il fut conclu que le Roi viendrait chez Madame de Montespan mais, pour ne pas donner sujet de mordre à la médisance, on convint que des dames respectables seraient présentes à cette entrevue et que le Roi ne verrait Madame de Montespan qu'en leur compagnie.

Le Roi vint donc chez Madame de Montespan comme il avait été décidé ; mais insensiblement il la tira dans une fenêtre ; ils se parlèrent bas assez longtemps, pleurèrent, et se dirent ce qu'on a accoutumé de dire en pareil cas ; ils firent ensuite une profonde révérence à ces vénérables matrones et passèrent dans une autre chambre ; et il en advint, comme je l'ai dit, Mademoiselle de Blois et, ensuite, Monsieur de Toulouse. Il me semble qu'on voit encore dans le caractère, dans la physionomie, et dans toute la personne de Madame la duchesse d'Orléans [3] des traces de ce combat de l'amour et du jubilé.

Après cette réconciliation, l'attachement des deux amants parut plus fort qu'il n'avait jamais été ; pendant quelques jours, ils en furent aux regards ; je crus même que leur amour allait si bien reprendre terre que j'agirais sagement en me préparant sans délai une retraite à Maintenon, si je ne voulais point être menée un jour derrière le char du Triomphe. Mais l'enchantement ne dura guère : d'un côté, la lassitude s'y mit ; de l'autre, plus que jamais, la jalousie, le caprice et la mauvaise humeur. Le Roi en faisait assez pour fâcher la Reine, les curés et tout le monde, mais il n'en faisait jamais assez pour elle ; du reste, dans l'agitation de son esprit et la

1. Citadelle.
2. Instigateur de la rébellion.
3. Mlle de Blois, devenue plus tard, par son mariage avec le futur Régent, duchesse d'Orléans.

multiplicité des intrigues qu'elle menait, elle commençait de s'embrouiller et de faire des faux pas. Elle regardait, observait sans trêve, s'imaginait, croyait voir des rayons de lumière sur des visages qu'elle trouvait indignes, un mois plus tôt, d'être comparés au sien ; elle se tirait les cartes, consultait des visionnaires, buvait du vinaigre, mettait des robes couleur de lune et inventait cent tactiques, plus néfastes les unes que les autres.

C'est ainsi que pour faire pièce à Madame de Soubise, qu'elle redoutait bien à tort, elle finit par remettre en selle Mademoiselle de Ludres, dont on ne parlait plus ; ce fut une faute, car si la Cour s'était trompée deux ans plus tôt en croyant le Roi épris de cette chanoinesse, alors qu'elle n'était qu'un prétexte destiné à masquer d'autres amours, cette fois, grâce aux bons soins de Madame de Montespan, le Roi en tomba très véritablement amoureux. Cette passion l'occupa dès l'automne de 1676 et lui dura toute l'année 1677.

La favorite en devenait folle, et toute sa famille avec elle : Madame de Thianges heurtait la pauvre Ludres dans toutes les portes où elle la croisait. Ensemble, les deux sœurs conçurent le projet de ramener le Roi chez les Mortemart en lui jetant dans les bras une des nièces de la favorite ; on fit choix de Madame de Nevers, puis de sa jeune sœur, Mademoiselle de Thianges, depuis duchesse de Sforce [1], alors âgée de vingt ans et qui était fort belle ; on la para, on la dressa et on la mit, en toute occasion, sous les yeux du Roi. A tout hasard, aussi, on me poussa en avant : si Madame de Montespan prenait toujours ombrage de l'amitié que le Roi me marquait, mon âge, qu'elle jugeait canonique, et ma naissance, qui n'en était pas une, faisaient qu'elle ne croyait rien de possible hors un goût tout spirituel ; en temps ordinaire, cela suffisait à l'alarmer mais en, 1677, elle crut que je formerais un couple intéressant avec Mademoiselle de Thianges, la petite pour les plaisirs de l'amour et moi pour ceux de l'esprit ; de toutes les façons, elle me regardait comme faisant partie de sa Maison au même titre, sinon au même rang, que la jeune fille. Le complot ne réussit pas mal : la favorite n'élimina pas sans doute

1. Sforza.

Mademoiselle de Ludres, qui se perdit elle-même par des indiscrétions qu'elle commit ; mais le Roi regarda fort tendrement la nièce de sa maîtresse et me manifesta, dans le même moment, un attachement renouvelé.

Folle de rage d'avoir ainsi enfermé le loup dans la bergerie au moment précis où la chanoinesse disparaissait dans un couvent, la marquise ne trouva alors rien de mieux que d'inventer [1] Angélique de Fontanges. C'était une autre fille d'honneur de Madame, âgée de dix-huit ans ; décidément rousse, les yeux gris, le teint pâle, celle-là était belle comme un ange de la tête aux pieds ; mais furieusement romanesque et sotte comme un panier ; ce qui faisait croire à la marquise qu'elle la mènerait à sa guise. Cette fois encore, le plan de la favorite remporta un franc succès : le Roi maria en hâte Mademoiselle de Thianges en Italie et ne voulut pas, malgré mes prières, que je l'accompagnasse aux armées cette année-là ; mais il s'éprit si bien de Mademoiselle de Fontanges, à laquelle la marquise prêtait ses fards et ses bijoux et qu'elle n'oubliait rien pour rendre charmante aux yeux de son amant, qu'il ne regarda plus sa maîtresse en titre, dont la taille, après neuf grossesses, s'épaississait tous les jours. Elle avait fini, dans ce temps-là, par avoir la cuisse plus grosse que ma taille ; avec des cuisses ainsi faites, même lorsqu'on a de l'esprit et un beau visage, on ne joue point les sortes de jeux dangereux qu'elle jouait ; on prend de bonne grâce le parti de l'amitié et de la dignité ; mais elle avait apparemment décidé de se perdre tout à fait et n'en était point encore venue parfaitement à bout.

Je la regardai un jour jouer une partie d'échecs avec son ami Marsillac : elle était extraordinaire à voir ; elle préparait tant de coups à la fois et avec si peu de suite dans l'esprit qu'elle finissait toujours par jouer contre elle-même. Marsillac, qui n'était pas trop fin et n'avait pas le dixième de l'esprit de Monsieur de La Rochefoucauld son père, était bien incapable de gagner et, du reste, il ne gagnait pas ; mais elle perdait, et toute seule. « Ah, je n'ai plus de bonheur au jeu », dit-elle brusquement en renversant la table. Je la vis jouer le lendemain

---

1. De découvrir, mettre en évidence.

avec l'abbesse de Fontevrault, sa sœur, et le surlende-
main avec mon petit duc, qui jouait comme un ange, et
chaque fois c'était la même chose : elle s'assassinait de
propos délibéré. Toute sa conduite semblait se ressentir
d'une singulière division de son âme : c'était comme si
son propre cœur l'eût poussée à sa perte, et peut-être,
après tout, était-ce là l'effet d'un remords, caché mais
lancinant. Enfin, je préférai bientôt ne plus la voir pousser son pion, car, en vérité, elle jouait moins qu'elle ne
travaillait à sa propre destruction.

Par bonheur pour elle, le Roi était, comme il se plaisait à le dire, « un homme d'habitudes » et, si elle le
perdait peu à peu aussi sûrement que son roi d'échecs,
elle le perdait plus lentement.

Ma vie au milieu de ces incertitudes et de ces déchaînements n'était pas aisée ni tranquille. Il y aurait eu de
quoi affoler une âme plus sensible ; mais j'avais vécu,
depuis ma naissance, tant de ces choses qui font que le
cœur se bronze, que je ne redoutais plus rien ; du reste,
il y avait longtemps que je vivais à la Cour selon cette
maxime de Plutarque, un peu dure mais vraie : qu'il faut
vivre avec tous les gens sur le pied [1] qu'ils seront un jour
nos ennemis.

Certains jours, la première sultane m'adorait et prenait mon conseil ; nous lisions ensemble *la Princesse de
Clèves* que Madame de La Fayette et son vieil amant
venaient d'écrire en se jouant [2] ; nous faisions élire
comme historiographes du Roi nos favoris respectifs,
Racine et Despréaux ; nous nous embrassions et dau-
bions de concert sur Madame de Soubise ou Mademoiselle de Fontanges. D'autres jours, elle me mettait plus
bas que terre, m'injuriait, et alla même une fois jusqu'à
lever la main sur moi.

C'était encore à propos du gouvernement des enfants.
Elle était entrée dans leur chambre comme ils prenaient
leur collation [3] :

— Pourquoi ces enfants mangent-ils des confitures et

1. Comme s'ils devaient être un jour.
2. En s'amusant ; avec facilité.
3. Goûter.

des compotes ? me demanda-t-elle sèchement. Je croyais vous avoir dit déjà que je ne voulais point qu'ils mangeassent, à cette heure-là, autre chose que du pain sec.

— Madame, lui dis-je, ils ont de si mauvaises dents à leur âge qu'ils aiment encore mieux ne rien manger du tout que de manger du pain dur. Aussi ai-je pensé qu'ils...

— Je ne vous demande pas de penser, Madame, je vous demande d'obéir. Au reste, avec toutes vos manies de bourgeoise, le beurre ou les confitures, vous nuisez à leur santé : s'ils mangent des compotes à collation, ils ne soupent plus.

— Pour cela, Madame, ils ne soupent que trop déjà. Il vaudrait mieux qu'ils ne se crevassent pas de viandes à minuit en votre compagnie, et qu'ils mangeassent davantage aux autres repas de la journée.

— Me tiendriez-vous tête ?

— Non, Madame, mais il est vrai que, dans la nuit, ces enfants n'ont pas le temps de digérer leur souper. Ils dorment mal et, au matin, ils ne mangent ni à déjeuner ni à dîner. Si je ne leur donnais rien à collation, qui est le moment où ils recommencent à se sentir de l'appétit, ils passeraient toute la journée le ventre creux.

— Prétendriez-vous, par hasard, que la gouvernante de mes enfants me donnât des leçons ?

— S'il est humiliant d'être leur gouvernante, répliquai-je vivement faisant mine de croire qu'elle voulait parler de leur bâtardise, que sera-ce d'être leur mère ?

Elle fit le geste de lever le bras comme pour me lancer un soufflet. Par hasard, le Roi entra dans la chambre au même instant. Nous voyant dans cette prise violente, il demanda ce qu'il y avait. Je pris la parole d'un grand sang-froid et osai lui dire : « Si Votre Majesté veut passer dans cette autre chambre, j'aurai l'honneur de le lui dire. » Il y alla, je le suivis ; Madame de Montespan demeura seule et comme frappée de la foudre.

Quand je me vis seule avec le Roi, je ne lui dissimulai rien ; pour la première fois, je lui peignis les duretés et les rigueurs de Madame de Montespan d'une manière vive et lui fis voir tout ce que j'avais lieu d'en appréhender pour l'avenir. J'espérais toujours d'obtenir un changement d'état qui me permît de demeurer à la Cour sans être subordonnée à la favorite. La plupart des faits que je lui contai n'étaient pas inconnus au Roi ; cependant, il parut ne pas entendre ce que je souhaitais et voulut m'adoucir encore. Il finit pourtant par me demander si la marquise avait pris mon avis avant de mettre le duc du Maine aux mains d'un médecin anglais, nommé Talbot, dont elle disait des merveilles mais qui faisait de si étranges remèdes à l'enfant que j'en étais dans les plus grandes alarmes et les frayeurs les plus vives.

— Non, Sire, lui dis-je, Madame de Montespan ne m'a pas consultée. Et, j'ose le dire, il est à regretter qu'elle ne se consulte pas davantage elle-même avant que d'engager ses enfants dans d'aussi singulières médecines.

— Vous ne l'approuvez pas ?

— Non, Sire, et je vois bien que Votre Majesté ne l'approuve pas davantage. Le prince, qui déjà ne marchait pas bien vigoureusement, est retombé dans une langueur qui lui ôte l'usage de ses jambes, et ces miraculeux enveloppements au venin de serpent et à la bave de crapaud n'ont eu pour résultat jusqu'ici que de faire rouvrir l'abcès de sa cuisse. Le bel ouvrage, en vérité ! Et je ne dis rien des pintes de vin qu'on fait avaler au pauvre petit Vexin sous prétexte de remède.

— Ne vous mettez pas en colère, Madame. La colère vous sied mal et vous rend injuste. La marquise a cru bien faire.

— Peut-être, Sire. Mais surtout elle a cru étonner et c'est là son premier souci. Il lui faut surprendre toujours, ne point faire ce que font les autres et provoquer l'admiration : des ours dans des lambris, une rocaille dans un appartement, une robe tout en diamants, des dromadaires pour porter ses bagages, trois millions joués sur trois cartes, des souris attelées à un carrosse et des enfants soignés au venin de serpent, voilà qui est étonnant ! et qui mérite sûrement de passer à la postérité autant que les exploits d'Alexandre !

— Je conviens, dit-il en riant, qu'elle a plus d'imagination que de raison. Mais elle n'est pas méchante et, puisque des deux vous êtes la plus raisonnable, raccommodez-vous encore une fois. Faites-le pour l'amour de moi.

— Vous êtes mon roi et mon maître, lui dis-je seulement dans une profonde révérence.

Et je fis, une fois de plus, ce qu'il voulait.

Je jugeais son amitié pour moi trop incertaine encore pour risquer en quoi que ce fût de lui déplaire. Pourtant, il me donnait des marques assez nombreuses de son attachement.

En 1676, il parla de moi à plusieurs personnes comme de sa « première amie ». La même année, comme on chantait quelques airs d'opéra dans l'appartement de Madame de Montespan, il me demanda devant le monde lequel de nos opéras je préférais ; comme je lui répondais que c'était l'opéra d'*Atys,* que Lulli avait fait représenter trois mois plus tôt à la Cour, il dit simplement, citant une scène du premier acte : « Atys est trop heureux », mais avec un ton et un accent qui n'échappèrent à personne ; le mot fut commenté d'abondance. Mon « ami » poussa la prévenance, cette année-là, jusqu'à m'envoyer Monsieur Le Nôtre pour arranger les jardins de Maintenon ; il fit surtout une chose si délicate qu'elle me toucha jusqu'au fond de l'âme : le 3 septembre 1676, le maréchal d'Albret était mort brusquement à Bordeaux ; il ne m'avait pas trompée sur son état et, comme il me l'avait prédit, nous ne nous étions pas revus depuis le voyage du petit duc ; c'était pour moi une perte irréparable, qui me donna aussitôt une tristesse mortelle ; une heure avant d'expirer, il m'avait écrit d'un style qui marquait l'estime et l'amitié qu'il avait pour moi ; aussi étais-je inconsolable de cette mort, qui me laissait seule au monde. Au début d'octobre, je me retirai à Maintenon pour trois semaines, toute languissante de chagrin. J'eus la surprise, en arrivant, d'y trouver le portrait du maréchal dans la galerie ; le Roi l'avait envoyé sans m'en prévenir et avait ordonné qu'on l'y plaçât pour m'en faire la surprise. J'en fus bouleversée de gratitude.

Plus tard, je pensai que, bien que je ne lui aie rien dit de mes sentiments pour Monsieur d'Albret, le Roi, sans doute, s'était cru éclairé par la mauvaise lettre qu'avait écrite, cinq ans plus tôt, Madame d'Heudicourt ; voilà pourquoi, tout en sachant par la rumeur publique que mon mariage avec Monsieur Scarron n'avait pas été consommé, il ne s'interrogea jamais, ni ne me fit aucune question, sur ce qui m'était arrivé entre le 24 octobre 1660 et cet autre matin d'octobre qu'il fit de moi sa maîtresse. Il crut toujours, selon les apparences, avoir succédé au maréchal ; et, à la réflexion, je jugeai que cela ne lui pourrait pas déplaire autant que d'avoir pris la suite de Monsieur de Villarceaux ; aussi en restâmes-nous, toute notre vie, sur ce malentendu qui, par-delà le mensonge des faits, rejoignait assez bien la vérité des sentiments.

L'année d'après, Madame de Montespan étant toujours la maîtresse en titre d'un homme qu'elle ne ramenait qu'à grand-peine dans ses chaînes, je franchis, pour mon compte, un pas de plus dans l'estime, la confiance et la faveur du souverain.

Les jours d'appartement [1], on remarquait maintenant que s'il échappait à la marquise pendant le jeu quelque parole aigre, dont le Roi faisait les frais, celui-ci, sans lui répondre, me regardait en souriant. Depuis quelques mois, s'il s'asseyait toujours à la table de sa maîtresse tandis qu'elle jouait, et délaissait ainsi de manière ostensible la Reine qui tenait une autre table, il exigeait que je fusse assise à la même table, vis-à-vis de lui, sur un ployant.

Au printemps, il tomba malade et fut contraint de garder le lit quelques jours ; il me fit appeler et je passai mes après-midi dans sa chambre, assise dans un fauteuil à son chevet, à m'entretenir familièrement avec lui ; ni Madame de Montespan ni la belle chanoinesse n'eurent le même honneur. « Vous me faites connaître un pays nouveau, Madame, me dit-il un jour avec un regard fort tendre, celui de l'amitié sans chicanes. »

Cependant, c'est surtout dans le changement de la matière de nos conversations que je constatai mes progrès : le Roi était un homme assez impudique par nature, qui ne se contraignait point de [2] pleurer en public ni d'y embrasser [3] sa maîtresse, mais il avait réfugié toute la pudeur dont il était capable dans son métier de roi ; il y mettait les délicatesses et les timidités du plus secret et

---

1. Réception que le Roi offrait deux ou trois fois par semaine à toute la Cour dans les grands salons de Versailles.
2. Ne s'empêchait pas de.
3. Tenir enlacée.

du plus passionné des amants, et n'en confessait rien qu'à peu de gens, avec une extrême circonspection, et fort courtement. Peut-être cela venait-il de ce qu'il pouvait espérer d'être entendu comme galant s'il parlait galanterie à des amants ou comme père s'il parlait à des pères, mais que, à la place où il était comme roi, il ne pouvait rencontrer personne dans son royaume qui eût seulement une idée de ses délices ou de ses peines. On est trop seul à cette hauteur-là pour se pouvoir communiquer [1].

Aussi fus-je plus que flattée lorsque, abandonnant enfin le sujet de ses enfants, de sa maîtresse ou de ses bâtiments, il commença de m'entretenir de ce qu'il sentait comme roi, des maximes qu'il se donnait pour gouverner ou des bonheurs qu'il y éprouvait, sans toutefois me mettre encore dans le secret des affaires. Il s'en tenait à m'exposer le principe de l'Etat et les grands traits de la morale qu'il se donnait pour son métier, mais ce qu'il m'en disait était si grand, si juste, et la confidence en était si nouvelle que je fus plus charmée et enivrée de lui que jamais.

« Voyez-vous, me dit-il un jour à propos de ceux qui osaient parfois critiquer ses arrêts [2], je ne dis point qu'il n'y ait parmi eux des hommes de plus de talent que moi, mais ils n'ont pas régné, et régné en France ; je ne crains pas de vous dire que plus la place est élevée, plus elle a d'objets qu'on ne peut ni voir ni connaître qu'en l'occupant ; aussi ne puis-je seulement prendre la critique en compte quand elle vient ainsi de gens, pleins d'esprit, mais qui n'ont point occasion d'embrasser comme moi l'ensemble des éléments qui fondent la décision... Avec cela, ne croyez pas, pourtant, que je ne voie pas que mes bonnes intentions ne sont pas toujours heureuses. Je suis bien persuadé qu'il est d'un esprit petit, et qui se trompe ordinairement, de vouloir ne s'être jamais trompé, et que ceux qui ont assez de mérite pour réussir le plus souvent trouvent quelque magnanimité à reconnaître leurs fautes. Cependant, je suis le seul en ce royaume à pouvoir connaître sûrement si j'ai fauté, et le seul qui

1. Confier.
2. Décisions.

puisse faire des actions de mon règne une critique pertinente. »

Il donnait aux affaires de l'Etat plus de huit heures de son temps tous les jours : « C'est par le travail qu'on règne, me disait-il, il y aurait de l'ingratitude à l'égard de Dieu et de la tyrannie à l'égard des hommes à vouloir le pouvoir sans la peine ; même la connaissance du petit détail, prise peu à peu, instruit de mille choses qui ne sont pas inutiles aux résolutions générales... Le métier de roi n'est pas exempt de peines, de fatigues et d'inquiétudes, mais il est d'abord grand, noble et délicieux quand on se sent digne de toutes les choses auxquelles il engage. »

Il lui arrivait de m'entretenir de la gloire et de ce qu'on doit à son service : « Les esprits médiocres s'abandonnent facilement au sommeil de l'oisiveté, mais les autres, brûlant toujours d'une égale ardeur de se signaler, ne sont jamais pleinement satisfaits d'eux-mêmes, en sorte que tout ce qu'ils donnent de pâture au feu dont ils sont embrasés ne fait qu'en augmenter la violence. C'est de cette façon, Madame, que la gloire veut être aimée. La chaleur que l'on a pour elle n'est point une de ces faibles passions qui se ralentissent par la possession ; aussi ses faveurs ne donnent-elles jamais de dégoût, et quiconque se peut passer d'en souhaiter de nouvelles est indigne de toutes celles qu'il a reçues. »

M'instruisant de ce que l'amour de la gloire a les mêmes délicatesses que les plus tendres passions, il en vint enfin, naturellement, à me parler des sentiments qu'un monarque éprouve pour ses maîtresses : « En abandonnant son cœur, un roi doit demeurer maître absolu de son esprit. J'ai toujours séparé les tendresses de l'amant des résolutions du souverain ou, du moins, fait en sorte que la beauté qui fait mes plaisirs n'ait jamais la liberté de me parler de mes affaires ni des gens qui m'y servent. »

Je ne pus me tenir de lui demander, respectueusement mais assez gaîment, s'il me disait cela par manière d'avertissement. « Non, me dit-il en souriant, je ne vous crois point comme les autres : ainsi j'avais toujours cru, avant de vous connaître, que le secret ne pouvait être chez les femmes dans aucune sûreté, mais je vois bien avec vous qu'il est des dames qui ont à la fois l'esprit de savoir ce qu'il faut cacher et le dégoût de l'intrigue. Cependant, je ne pense pas que je changerai ma politique pour vous ; quelque bonheur que je trouve à vous entretenir, il me semble que je diminuerais de crédit dans le public en me relâchant en votre faveur, et, diminuant ainsi dans l'opinion du monde, je diminuerais infailliblement d'estime auprès de vous. Ce n'est donc que pour conserver votre amitié que j'observerai avec vous les mêmes précautions que j'ai prises avec les autres. »

Le secret de la conversation n'est pas de parler beaucoup mais de paraître écouter l'autre avec plaisir, d'entrer dans ce qu'il dit, et de le faire valoir à propos. J'écoutais le Roi avec une passion qui, au demeurant, n'était pas feinte ; j'entrais dans ses raisons, j'applaudissais à ses propositions, et, dans l'occasion, je glissais quelque habile flatterie dont il me savait bon gré. J'y avais d'autant moins de peine que ses maximes rejoignaient souvent les miennes : comme lui, quoique à une tout autre échelle, je connaissais les exigences de l'orgueil et de la gloire, le souci de la réputation, le goût de l'action, la nécessité du travail, ou les impératifs du secret.

Aussi nos conversations, qui, d'un pur monologue, passèrent insensiblement à un semblant de dialogue, furent-elles de plus en plus marquées d'une complicité confiante, qui leur donnait souvent une tournure fort gaie ; nous riions volontiers de concert entre deux pensées graves. Pourvu que le ton fût enjoué et la critique modérée, je parvenais même à faire entendre au Roi des choses qu'aucun courtisan n'eût osé lui dire. Ainsi, un jour qu'on tenait appartement et que j'avais l'honneur de me promener avec lui pendant que chacun jouait, je m'arrêtai quand je me vis à portée de n'être plus entendue de personne et lui dis : « Sire, vous aimez fort vos mousquetaires. Que feriez-vous si on venait dire à Votre Majesté qu'un de ces mousquetaires, que vous aimez tant, a pris la femme d'un homme vivant et qu'il vit actuellement avec elle ? Je suis sûre que, le soir même, il sortirait de l'hôtel des Mousquetaires et n'y coucherait pas, quelque tard qu'il fût. » Le Roi ne trouva pas ce propos mauvais ; il rit et me dit que j'avais raison ; du reste, il n'en fut pas autre chose dans ce temps.

Cette amitié, vive et croissante, connaissait pourtant, comme je l'ai dit, des hauts et des bas au gré des circonstances et des séparations. A l'été de 1677, je dus retourner à Barèges et à Bagnères pour de longs mois afin de fortifier la santé de mon cher enfant, et j'y sentis cruellement l'abandon des absents. Les lettres furent plus rares que deux années plus tôt ; apparemment qu'on leur préférait maintenant les conversations. Aussi eus-je grand-hâte, cette fois, que mon exil finît. Mon pauvre directeur, se méprenant sur la cause de mes inquiétudes et de mes impatiences, crut bien faire en me conseillant de me retirer de la Cour dès mon retour ; ce malheureux abbé avait l'art du conseil à contretemps. Je lui fis réponse que, quand j'avais été mal à la Cour, on me conseillait de ne m'en point séparer en cet état-là, mais qu'à cette heure que j'y étais bien, je ne savais par où me prendre pour m'arracher à quelqu'un qui m'y retenait avec douceur et amitié. « Ces chaînes-là, lui dis-je, sont pour moi plus difficiles à rompre que si on l'exigeait par violence. » Mon Gobelin se le tint pour dit et ne se mêla plus que de distribuer les aumônes que je lui confiais, faire mes commissions aux marchands de Paris, ou porter mes lettres à mes amis.

A mon retour à Versailles, je fus malade quelques jours de ces fièvres d'Amérique qui me prenaient à intervalles ; le Roi vint prendre de mes nouvelles : « Sire, lui dis-je gaîment, je crois que je vivrai cent ans. — Madame, reprit-il gravement, je crois que ce serait la meilleure chose qui me pût arriver. »

Si je pensai avoir touché là au sommet de la faveur, j'eus tout loisir de déchanter dans les jours suivants car, sur un reproche de la marquise ou par simple précaution, il se reprit à me battre froid ; mais, dans ces occasions, je savais maintenant comment revenir en cour : j'inspirais aux petits princes des lettres touchantes où je leur faisais demander avec ingénuité ce que je souhaitais moi-même d'obtenir ; surtout, je flattais bien bas, mais avec esprit, la « belle madame » et le « centre de toutes choses » qui n'y résistaient jamais longtemps.

C'est ainsi qu'en 1678, quand je me vis abandonnée à

Saint-Germain avec les enfants tandis que toute la Cour suivait le Roi dans sa nouvelle campagne et prenait, avec lui, Gand et quelques moindres villes, je fis imprimer, sous le titre d'*Œuvres diverses d'un auteur de sept ans,* un joli recueil des lettres de mon mignon à ses parents, de ses réflexions sur Plutarque, et de quelques versions latines. J'envoyai le tout à la marquise et au Roi avec une dédicace qui les combla de fierté et me valut aussitôt les adoucissements que j'en avais espérés. Je mets ici cette dédicace pour que vous voyiez que je m'y entendais à flatter aussi bien que les poètes du règne, et que j'avais retenu là-dessus les leçons de Monsieur Scarron :

A Madame de Montespan,

Madame, voici le plus jeune des auteurs, qui vient vous demander votre protection pour ses ouvrages. Il auroit bien voulu attendre, pour les mettre au jour, qu'il eût huit ans accomplis. Mais il a eu peur qu'on ne le soupçonnât d'ingratitude, s'il étoit plus de sept ans au monde, sans vous donner des marques publiques de sa reconnaissance.

En effet, Madame, il vous doit une bonne partie de tout ce qu'il est. Quoiqu'il ait eu une naissance assez heureuse, et qu'il y ait peu d'auteurs que le Ciel ait regardés aussi favorablement que lui, il avoue que votre conversation a beaucoup aidé à perfectionner en sa personne ce que la nature avoit commencé. S'il pense avec quelque justesse, s'il s'exprime avec quelque grâce, et s'il sait déjà faire un assez juste discernement des hommes, ce sont autant de qualités qu'il a tâché de vous dérober. Pour moi, Madame, qui connois ses plus secrètes pensées, je sais avec quelle admiration il vous écoute. Et je puis vous assurer avec vérité qu'il vous étudie, beaucoup plus volontiers que tous ses livres.

Vous trouverez, dans l'ouvrage que je vous présente, quelques traits assez beaux de l'histoire ancienne. Mais il craint que, dans la foule d'événements merveilleux qui sont arrivés de nos jours, vous ne soyez guère touchée de tout ce qu'il pourra vous apprendre des siècles passés. Il craint cela, avec d'autant plus de raison, qu'il a éprouvé la même

365

chose en lisant les livres. Il trouve quelquefois étrange que les hommes se soient fait une nécessité d'apprendre par cœur des auteurs qui nous disent des choses si fort au-dessous de ce que nous voyons. Comment pourroit-il être frappé des victoires des Grecs et des Romains, et de tout ce que Florus et Justin lui racontent ? Ses nourrices, dès le berceau, ont accoutumé ses oreilles à de plus grandes choses. On lui parle, comme d'un prodige, d'une ville que les Grecs prirent en dix ans. Il n'a que sept ans, et il a déjà vu chanter en France des Te Deum *pour la prise de cent villes.*

Tout cela, Madame, le dégoûte un peu de l'Antiquité. Il est fier naturellement. Je vois bien qu'il se croit de bonne maison. Et avec quelques éloges qu'on lui parle d'Alexandre et de César, je ne sais s'il voudroit faire aucune comparaison avec les enfants de ces grands hommes. Je m'assure que vous ne désapprouverez pas en lui cette petite fierté, et que vous trouverez qu'il ne se connaît pas mal en héros. Mais vous m'avouerez aussi que je ne m'entends pas mal à faire des présents, et que, dans le dessein que j'avois de vous dédier un livre, je ne pouvois choisir un auteur qui vous fût plus agréable, ni à qui vous prissiez plus d'intérêt qu'à celui-ci. Je suis, Madame, votre très humble et très obéissante servante.

L'idée était habile, l'exécution adroite ; laissons de côté l'impureté du dessein : les natures angéliques sont rarement aptes à s'élever dans la société. Certes, j'avais le cœur dur, la tête froide et ce qu'il fallait de bec et d'ongles pour ne point succomber sans combat. Tombant de la sorte dans la bassesse commune, une croyance bornait pourtant ma méchanceté : la certitude que, si haut qu'on veuille monter et quelque méthode qu'on emploie pour y parvenir, on peut toujours le faire avec une certaine économie de moyens. Cette idée me conduisait à ne faire le mal qu'autant qu'il m'était nécessaire ; ne nuisant qu'à peu de gens et brièvement, ne trahissant ma morale qu'avec toute la discrétion souhaitable, je mettais ainsi de la mesure jusque dans le péché. Ce n'était point la dévotion qui me retenait sur cette pente fatale mais l'idéal de modération des honnêtes gens ; le règne de Dieu et celui de la Raison, c'était encore tout un pour moi.

Pour Mademoiselle de Fontanges aussi, sans doute, et elle tremblait que l'un ou l'autre ne vinssent interrompre le cours d'une ascension aussi rapide qu'étincelante. Depuis que la marquise l'avait inventée pour détourner de sa nièce, et de moi-même, l'attention du Roi, et que le Roi avait regardé avec bienveillance les coiffures joliment décoiffées de la rousse Angélique, cette jeune femme de dix-sept ans avait, en peu de mois, franchi toutes les étapes qui mènent d'un obscur faux pas à une faveur éclatante. Madame de Montespan et elle semblaient désormais traitées à égalité de rang ; lorsqu'elles assistaient à la messe à Saint-Germain, elles se plaçaient toutes deux devant les yeux du Roi, Madame de Montespan avec ses enfants sur la tribune à gauche et Mademoiselle de Fontanges à droite, tandis qu'à Versailles Madame de Montespan était du côté de l'Evangile et Mademoiselle de Fontanges sur des gradins élevés du côté de l'Epître ; et, l'une faisant ainsi pendant à l'autre, elles priaient, le chapelet ou le livre de messe à la main, et levaient les yeux en extase comme des saintes. La Cour est la plus belle comédie du monde... Dans le particulier, cependant, je savais que cet équilibre apparent, déjà si humiliant pour la marquise, était rompu et que le Roi ne venait plus chez Madame de Montespan que quelques courts moments après la messe et presque sans la regarder. « Il vaut mieux se voir peu avec douceur que beaucoup avec de l'embarras », disait la marquise dépitée.

Tout, désormais, était pour la fille d'honneur de Madame : les sourires, les grâces, les pierreries, et les pensions.

La rapidité de cette élévation me surprit d'abord, et m'inquiéta presque autant que la marquise elle-même ; mais je vis bientôt que le peu d'esprit de Mademoiselle de Fontanges, ses caprices et ses inégalités d'humeur n'en faisaient point une rivale pour moi, quand sa beauté et le charme de ses appas devaient, au contraire, la rendre redoutable à Madame de Montespan. Celle-ci n'avait, comme toujours, qu'à se plaindre de sa propre sottise et de la confusion de ses intrigues ; comme toujours aussi, cependant, c'est contre moi qu'elle s'emportait, faute que l'autre fût à la portée de sa haine. Dans un sursaut de clairvoyance, elle fut même, en cette année 1679, reprise, comme en 1674, d'un doute sur la nature de mon commerce avec le Roi.

— Vous cherchez à être la maîtresse du Roi, me dit-elle un jour à sa toilette, cela crève les yeux !

— Madame, je vous assure que je ne le cherche point, lui répondis-je avec sincérité, m'avouant intérieurement que je n'avais point en effet à chercher ce que j'avais déjà, et pratiquant ainsi la restriction mentale chère aux jésuites ; cette pratique qu'affectionnait le père de La Chaise, le confesseur du Roi, lui avait valu d'être surnommé « la chaise de commodités » par Madame de Montespan, que ces facilités de conscience indignaient, non sans raison. « Vous écoutez trop vos ressentiments, lui dis-je doucement pour apaiser son courroux.

— Oh ! je connais vos artifices, reprit-elle, et je ne suis malheureuse justement que pour n'avoir pas écouté mes ressentiments. Je vous ai nourrie et vous m'étouffez. »

Elle me reprocha ses bienfaits, ses présents, ceux du Roi.

— Madame, lui dis-je, je sais ce que je vous dois et que vous êtes la première cause après Dieu de la fortune que je fais. La modestie que je garde dans toutes les circonstances doit vous prouver que je n'oublie ni ce que je suis ni ce que je vous dois.

— Votre modestie, ma chère dame, repartit-elle aigrement, n'est que le manteau de votre orgueil.

Un autre jour, ayant progressé dans ses conclusions, elle s'écria, tandis que je jouais au corbillon avec la « petite » du Roi, sa « maflée », la douce Mademoiselle de Tours :

— Allez, vous pouvez bien feindre de m'être dévouée ! Je sais, sûrement, que vous êtes la maîtresse du Roi.

Je dis avec sang-froid, et pour ne point mentir :

— Il faut donc qu'il en ait trois ?

— Mais oui, reprit-elle avec violence, moi pour le nom, cette fille pour le fait, et vous pour le cœur !

On voit que, quand elle voulait s'y appliquer, « l'incomparable » ne raisonnait pas si mal.

Ces accès de lucidité ne faisaient pas ma situation plus douce. Elle devint même moins facile encore lorsque la marquise, après avoir une nouvelle fois tenté en vain de me marier, cette fois avec Monsieur de Saint-Aignan [1], me dit que, puisque j'étais la maîtresse du Roi, nos intérêts étaient communs, et me pria d'aller faire la morale à Mademoiselle de Fontanges. Elle voulait que quelqu'un représentât à cette malheureuse le péché dans lequel elle tombait. Je ne pus, malgré mes protestations, me dérober à cette étrange mission ; mais je savais qu'Angélique de Fontanges, sotte et vénale, n'était pas Louise de La Vallière et qu'on pourrait bien trouver plus difficile de l'envoyer au carmel.

— Mais, Madame, me dit en effet cette enfant dédaigneuse, vous me parlez de quitter une passion comme s'il s'agissait de quitter une chemise.

— Il est vrai que ces chemises-là collent à la peau, lui répondis-je sans espérer d'être entendue, mais on peut toujours, Madame, choisir de s'écorcher vive.

Une voix intérieure, qui n'était pas sans doute celle du « défenseur intime », me rappela à propos que j'en parlais à mon aise, moi qui n'avais point trouvé la force de cet héroïsme-là.

Quand elle fut bien assurée que j'avais échoué, Madame de Montespan ne me dit plus rien, s'entoura de devineresses et d'astrologues plus encore qu'auparavant, s'enferma pour de mystérieux colloques avec Mademoiselle Desœillets et s'enveloppa enfin d'un nuage de fumée qui me parut malodorant.

Pour moi, la première inquiétude passée, j'appréhendais de moins en moins la durée du crédit de Mademoiselle de Fontanges. Dans la vérité, le Roi n'avait jamais été attaché qu'à sa figure [2] ; et il était de plus en

_____

1. Il s'agit du père de M. de Beauvilliers, qui sera, plus tard, ministre de Louis XIV et ami de Mme de Maintenon.
2. Silhouette, allure.

plus honteux lorsqu'elle parlait et qu'ils n'étaient pas tête à tête. On s'accoutume à la beauté au point de l'oublier ; mais on ne s'accoutume pas à la sottise tournée du côté du faux et du romanesque, surtout lorsqu'on vit en même temps avec des gens de l'esprit et du caractère de Madame de Montespan, à qui les moindres ridicules n'échappaient pas et qui savait si bien les faire sentir aux autres par ce tour unique à la maison de Mortemart. Quand Angélique de Fontanges eut, en une année, mangé onze millions, ce qui poussait plus loin la cupidité qu'on ne l'avait encore jamais vu faire à la Cour, il apparut que le Roi commençait de se lasser d'elle. Et la mort vint bientôt délivrer la marquise d'une rivale, qu'elle s'était elle-même donnée, mais qu'elle avait crainte ensuite plus que toutes les autres.

Mademoiselle de Fontanges, qui était grosse, voulut en effet partir de Fontainebleau le même jour que le Roi, dont elle sentait qu'il lui échappait ; à ce moment, elle était en travail et prête à accoucher ; cette folie fut cause qu'elle se blessa [1] dans le voyage, et perdit son enfant. A ce que m'en dit alors Monsieur Fagon, qui était mon ami et le premier médecin du duc du Maine, la délivrance se fit mal ; le ventre de la malheureuse s'envenima et son poumon se remplit d'eau ; elle eut plusieurs flux de sang qui la laissèrent languissante. Les bonnes langues de la Cour, où elle avait peu d'amis et laissa peu de regrets, disaient qu'elle s'était « blessée dans le Service ».

A Saint-Germain, dans les commencements de cette maladie, le Roi passait tous les soirs du château-vieux au neuf pour l'aller voir. « Comment se porte l'invalide aujourd'hui ? » feignaient d'interroger par moquerie Madame de Thianges, Madame de Saint-Geran, ou quelque autre de cette coterie de Madame de Montespan, qui s'était crue avec elle menacée et se réjouissait avec elle de ce retour du sort. Peu à peu, le Roi se fatigua d'aller ainsi visiter une femme qui avait perdu toute sa beauté et n'avait, d'ailleurs, jamais eu plus d'esprit qu'une bête ; à l'été de 1680, il la fit duchesse et espaça ses visites.

1. Fit une fausse couche (ou un accouchement prématuré).

La douleur de se voir ainsi abandonnée redoubla les malaises de la pauvre Fontanges ; la fièvre et les étouffements s'emparèrent de ce petit corps et ne le lâchèrent plus. Les gens de Cour, qui, la veille, l'encensaient et se pressaient dans son antichambre, s'écartèrent tout à fait de son appartement ; d'un coup, on ne parla pas plus d'elle que si elle eût été déjà morte ; jusqu'à ses femmes qui, voyant sa fin proche, coururent se mettre sous la protection de sa rivale et s'empressèrent auprès de la Desœillets, de Cateau et de ces autres « demoiselles » des Mortemart qu'elles défiaient encore publiquement, au hasard des offices et des garde-robes, deux mois plus tôt.

— Madame, me dit un soir Nanon, laisserons-nous cette pauvre fille mourir comme un chien ?

Je pensais comme elle et, n'ayant plus à ménager Madame de Montespan qui ne me ménageait en aucune façon, j'osai visiter Mademoiselle de Fontanges.

Je trouvai une moribonde dans un lit de courtisane. Il y avait des perles et des plumes partout mais, sous la courtepointe brodée aux armes de Vénus, je vis le corps maigre d'une petite fille, à qui la mort rendait un air d'innocence. Le gris de ses yeux semblait avoir glissé sur son visage ; tout son corps, vidé de son sang, prenait déjà la couleur de cette poussière à laquelle il retournait ; seuls, ses longs cheveux rouges, épars autour de son visage, paraissaient encore doués de vie, mais de cette vie parasite d'une fleur vénéneuse poussée sur une charogne.

Quand j'arrivai, elle délirait, gardée seulement par une vieille servante à demi impotente dont les rhumatismes, sans doute, avaient empêché qu'elle ne courût comme les autres offrir ses services à la dame du château-vieux. Dans sa fièvre, la petite duchesse reprenait naturellement ce parler chantant de son pays d'Auvergne et redevenait l'enfant qu'elle n'avait jamais tout à fait cessé d'être, cruelle comme tous les enfants mais, comme eux aussi, innocente des crimes qu'elle avait commis et presque pure à l'instant de comparaître devant Dieu. Je pris sa main et lui parlai doucement, doutant si elle me reconnaîtrait.

Elle eut un sursaut de conscience : « Le Roi ne me

viendra-t-il pas voir, Madame ? » me demanda-t-elle soudain d'une voix brisée. J'eus grande envie de lui dire que c'était de Dieu qu'il lui fallait maintenant espérer la visite, mais je la vis si peu préparée à sa mort que je retins ma langue de peur d'aggraver son état ; elle s'était dite incapable de quitter une passion et il lui fallait quitter la vie ; c'est un exercice difficile dans tous les cas et je crus devoir quelque indulgence à sa faiblesse. Je l'assurai donc que le Roi viendrait, me promettant d'obtenir de lui cette dernière visite et d'essayer qu'il lui parlât lui-même de la nécessité de se préparer à un changement d'état. On l'avait tirée du néant pour la faire duchesse ; de duchesse, on la renvoyait au néant. Le second passage pouvait bien être plus malaisé que le premier et ce n'était pas trop d'un roi pour l'y préparer.

Je demeurai un long moment à son chevet. Elle se plaignait doucement dans son jargon et s'enfonçait dans l'inconscience. Je songeai qu'elle n'avait même pas vingt ans et aurait pu être ma fille. Ce petit oiseau sans cervelle, dont j'avais à ce moment la plus grande pitié, s'était mêlé d'un combat où les adversaires avaient une autre taille que la sienne ; elle y avait laissé son cœur avant que d'y perdre la vie. La marquise de Montespan, le roi Louis XIV, Madame de Maintenon, ceux-là, au moins, étaient des machines solides, des âmes de roc ; la linotte brisée, ils pourraient retourner à leurs jeux d'antan et reprendre cette partie à trois qu'ils menaient depuis si longtemps qu'ils en savaient toutes les règles, toutes les ouvertures et tous les coups. « En somme, me dit un soir Madame de Thianges comme nous causions dans la chambre de sa sœur, quand Mademoiselle de Fontanges sera morte, nous nous trouverons ramenés au problème précédent. »

Il n'est pas vrai pourtant que la vie offre de ces retours en arrière. Mademoiselle de Fontanges mourut quelques mois après dans le couvent de Port-Royal, où le Roi l'avait fait porter ; mais jamais nous ne retrouvâmes cette singulière situation d'équilibre, ou de déséquilibre, des années 1675 à 1679, où je souffrais de la marquise, qui souffrait du Roi, lequel, par bonheur, souffrait peu : dans l'intervalle, le monde avait basculé et l'enfer, un moment, s'était ouvert sous nos pieds.

On ne peut côtoyer les abîmes sans en soupçonner quelque chose ni se trouver innocemment au bord des précipices. En ce temps-là pourtant, je voyais le bonheur à ma portée et la contemplation d'un objet si délicieux m'aveuglait sur le reste.

La faveur de Mademoiselle de Fontanges s'était enfuie comme un songe et n'avait servi qu'à mieux marquer par différence la profondeur et la constance des sentiments qui portaient le Roi vers moi. Ainsi que me le dit un jour Cateau, l'une des suivantes de Madame de Montespan, qui, comme la plupart des femmes de chambre de la favorite, me montrait assez d'amitié : « Le Roi s'était donné à Mademoiselle de Fontanges par faiblesse ; il revient à Madame de Montespan par habitude ; mais c'est de votre côté qu'il se laisse aller par goût. »

Ce goût-là paraissait, en effet, chaque jour plus vif aux yeux du monde et aux miens. Quelques jours devant que Mademoiselle de Fontanges entrât dans cette maladie de langueur qui devait l'emporter, le Roi m'avait, à la surprise générale, nommée deuxième dame d'atours de la dauphine ; on formait déjà la maison de cette princesse de Bavière que le dauphin, alors âgé de dix-huit ans, devait épouser au printemps suivant, et j'obtins dans cette occasion ce que je n'espérais plus d'obtenir après tant d'années : un emploi qui me libérât de la tutelle de Madame de Montespan.

Cet emploi, outre qu'il était mieux qu'honorable, me fournissait un prétexte à demeurer à la Cour, m'assurait un revenu réglé, et me donnait enfin le droit à un appartement qui me fût propre. Si, pour ne point faire d'éclat, je conservai la même petite chambre à Saint-Germain, le Roi me fit accommoder un appartement de plusieurs chambres à Fontainebleau et un autre à Versailles. L'un et l'autre furent placés de manière que le souverain me pût voir commodément.

Aussi ne s'en priva-t-il pas. Tous les matins, avant son dîner, il passait une grande heure chez moi. Tous les soirs, je passais depuis 8 heures jusqu'à 10 heures seule avec lui dans sa chambre ; Monsieur de Chamarande m'y menait et m'en ramenait à la face de l'univers. Je ne sais auquel des courtisans la langue fourcha le premier mais bientôt on ne m'appela plus, dans les antichambres, que « Madame de Maintenant ».

Cependant on ne savait trop encore à quoi s'en tenir sur la nature de ce commerce. La réserve que nous affichions devant le monde dépistait toujours les esprits déliés ; la différence d'âge qu'il y avait de Mademoiselle de Fontanges à moi, et la position que conservait d'ailleurs Madame de Montespan, achevaient de rendre peu croyable pour le public l'hypothèse d'un lien amoureux. Comme, en récompense, on me reconnaissait beaucoup d'esprit, on répandit le bruit que le Roi me voyait pour écrire son histoire ; on savait qu'il n'était pas fort satisfait de ses historiographes appointés et qu'à de certaines fois, quand Racine ou Despréaux lui lisaient quelques pages de leur cru, il ne pouvait se tenir de lâcher entre ses dents des : « Gazettes ! Gazettes ! », aussi irrités que méprisants. On se crut donc bien assuré, par la sobriété de ma mise et le respect grave avec lequel le Roi me traitait en société, que, la porte fermée, nous ne faisions rien, tous les soirs, que refaire le plan des batailles et sabler l'encre des pages.

Je dois reconnaître que les gazetiers hollandais, pour voir les choses de plus loin que les courtisans de France, les virent mieux. Il parut ainsi à Cologne une satire fort impertinente :

> *Que fait le grand Alcandre*
> *Au milieu de la paix ?*
> *N'a-t-il plus le cœur tendre ?*
> *N'aimerait-il jamais ?*
> *L'on ne sait plus qu'en dire*
> *Ou l'on n'ose en parler :*
> *Si ce grand cœur soupire*
> *Il sait dissimuler.*
>
> *Est-il vrai qu'il s'ennuie*
> *Partout hors en un lieu ?*

Qu'il y passe sa vie
Sans chercher le milieu ?
Si nous en voulons croire
Au moins ce qu'on en dit,
Il y fait son histoire
Mais sa plume est son v...

Il se peut que, pour être si clairvoyant, le libelliste ait emprunté la lorgnette de Madame de Montespan, laquelle, assurément, n'était plus dupe de rien. Quand elle vit que je lui échappais et que l'amitié dont le monarque m'honorait dans l'ombre depuis des années éclatait au grand jour et bouleversait la Cour, elle entra dans de furieux déchaînements et monta sur-le-champ une cabale pour me perdre. Elle enrôla dans le complot Marsillac, le favori du Roi, qui, après avoir quelque temps misé tout sur Angélique de Fontanges, lui était revenu plein de repentance ; elle n'eut pas de peine, non plus, à y mettre Monsieur de Louvois auquel l'unissait une longue complicité d'habitudes et de services rendus. Tous ces gens, et leurs clients, tentèrent d'accréditer dans l'esprit du Roi que j'avais vécu de galanteries dans ma jeunesse, et que Villars, Beuvron, Villarceaux, et même Marsilly, m'avaient entretenue tour à tour au Marais ; ils rameutèrent à grands sons de trompe les souvenirs enfouis, les historiettes éparses qui traînaient sur mon mariage avec Scarron, et les servirent au Roi dans une sauce de leur façon. Ils recherchèrent les tares de ma naissance, celles de ma personne, enfin ils se prirent à tout pour me nuire. Face à ces enragés, je m'essayai à conserver une humeur tranquille, croyant bien que, si mes ennemis parvenaient à leurs fins, je saurais le porter avec courage et que, s'ils ne réussissaient pas, j'aurais de quoi en rire pour le reste de mes jours.

La cabale échoua. Le Roi, après avoir écouté patiemment le récit de mes turpitudes, y mit fin d'un mot ; un jour que Madame de Montespan l'entretenait longuement de mes vilenies passées : « Quelle apparence, Madame, lui dit-il d'un ton las, que vous eussiez choisi une courtisane pour gouverner vos enfants ! N'allons pas, je vous prie, chercher plus loin des vérités qui vous nuiraient plus qu'à Madame de Maintenon. » Le soir même, Marsillac me commençait sa cour, et Monsieur de Louvois s'empressa de prendre ses distances d'avec la favorite. Il refusa même l'alliance de sa fille avec le jeune Mortemart, fils du duc de Vivonne et neveu de la marquise, lequel, en désespoir de cause, se rabattit sur une petite Colbert ; la rivalité des deux commis et de leurs tribus était telle qu'on trouvait toujours l'un des deux pour ramasser ce que l'autre lâchait ; aussi, par un singulier renversement des alliances, vit-on, dans ce temps, l'austère Colbert et toute sa famille former le gros du parti de Madame de Montespan quand le marquis de Louvois, qui seul, jusque-là, avait paru quelque chose à la « belle madame », s'efforçait de la perdre.

Admise dans l'antichambre de la gloire et du bonheur, je demeurais indifférente à toutes ces intrigues. La proximité du but que je m'étais donné m'ôtait mes derniers scrupules ; repue d'honneurs et de tendresses, ma conscience me laissait étrangement en repos.

J'aimais le plus grand roi de la chrétienté, le roi « de Nimègue » qui venait d'imposer sa paix à l'Europe, d'y gagner Valenciennes, Cambrai, Fribourg et la Franche-Comté, et d'asservir la Lorraine, un roi qui imposait ses lois jusque dans la Suède et le Brandebourg et qui trônait sur l'univers moins par la force que par l'admiration. Je l'aimais d'un amour timide, tout pétri d'estime et de crainte, où le sentiment de ma dépendance se mêlait à l'éblouissement de la reconnaissance. Je l'aimais dans la révérence et le mystère qu'on doit aux dieux. Je l'aimais, enfin, sans retenue parce que je m'en croyais aimée.

J'envisageais, pourtant, que la douceur dont il m'entourait aurait sa fin et qu'une femme plus jeune me pourrait déloger de son lit, une plus habile de son cœur. Un roi qui désire ne soupire pas longtemps : dans ce temps même où je me pensais si heureuse, Mademoiselle Doré, une fille de Madame, retint à Fontainebleau le regard du souverain, et Mademoiselle de Piennes, belle comme le jour, fut à Versailles l'objet de ses soins empressés.

Comme toutes celles qui m'avaient précédée dans la faveur, je m'attachais à ne point montrer de jalousie et j'allais jusqu'à faciliter les entretiens du Roi avec Mademoiselle de Piennes, que gardait une tante plus sévère qu'une duègne : j'invitais la demoiselle à des collations dans mon appartement, et, tandis que j'occupais la tante dans une chambre, le Roi, entré là comme par hasard, s'occupait de la nièce dans une autre ; ce beau plan n'était pas convenu, car le Roi ne se fût pas abaissé à me demander ces sortes de services et je ne me fusse pas humiliée jusqu'au point de les accepter précisément ; mais je croyais que mon meilleur atout auprès du Roi était qu'il me trouvât toujours complaisante et de belle humeur ; je fermais donc les yeux sur ce que je ne devais pas voir et remettais au lendemain, avec la crainte de mes rivales, le rachat de ces faiblesses et le souci de mon salut.

Je m'abandonnais sans contrainte aux fêtes, aux divertissements et à tous les plaisirs de la Cour dont ma haute position auprès de la dauphine me permettait de jouir plus librement que par le passé. La paix, gagnée après six ans d'une guerre sans merci, rendait ces plaisirs plus vifs et faisait des châteaux du Roi des palais enchantés.

Les bals succédaient aux comédies, et les opéras aux parades. On passait sans cesse d'un lieu à un autre, Saint-Cloud en mars, Saint-Germain en avril, Versailles en juin, Chambord en août, Fontainebleau en septembre, et chaque fois, c'était un spectacle merveilleux de voir le Roi sortir avec ses gardes du corps, ses carrosses, ses chevaux, ses courtisans, ses valets et une multitude de gens en confusion courant autour de lui ; on eût dit de la reine des abeilles quand elle part pour les champs avec son essaim. Dans tous les lieux où nous allions, l'abondance le disputait à la magnificence : « Les peuples se plaisent au spectacle, me disait le Roi ; par là on tient leur esprit et leur cœur, plus fortement que par la récompense et les bienfaits. » Toutes les nuits, les fleurs des jardins étaient remplacées : on s'endormait environné de tubéreuses pour s'éveiller à l'odeur des jasmins ou des giroflées. Tous les jours, quelque chose changeait à la disposition des entours ; c'était comme si les fées y travaillaient : là où l'on avait vu un étang la veille, on trouvait un bosquet le lendemain ; où était une forêt on trouvait une colline, un réservoir, ou un kiosque de porcelaine pour la collation. L'Enchanteur se divertissait à contraindre la Nature, et la Nature, comme un chacun, s'empressait à lui obéir. On agrandissait Trianon, on bâtissait Marly, on transplantait à Versailles la forêt de Compiègne, on détournait les rivières de leur cours pour nourrir les bassins de céramique et leurs tritons de bronze.

Les jours d'appartement, je passais lentement de la chambre du billard à celle où l'on tenait les cartes, de la chambre des rafraîchissements au salon de musique, souriant à l'un, causant à l'autre, admirant ici un menuet, là une pyramide de fruits des Iles ; toujours seule, vêtue simplement et ne prétendant rien par des manières modestes jusqu'à l'ostentation.

A l'heure que le Roi traversait ces salons, on s'empressait sur son passage, les gentilshommes jouant des coudes pour l'apercevoir et en être aperçus, les dames se montant sur les pieds pour gagner le premier rang et s'entendre dire de sa bouche quelque bagatelle dont elles seraient enchantées pour toute l'année : « Le rose vous sied divinement, ma cousine » ; « Madame, je suis bien aise de vous voir » ; « Avez-vous visité mes jardins, Mademoiselle ? » ; je me laissais volontiers repousser contre la muraille, où, du reste, on a plus d'air, et je me reculais pour faire place à tous, jusqu'aux bourgeois. Plus j'affectais ainsi l'humilité, sachant que ma place auprès du Roi était la première et que les autres ne l'ignoraient pas, plus je tirais de mon effacement de voluptueuses joies d'orgueil.

Je sentais sans cesse monter vers moi la rumeur de la faveur. Les princes me glissaient à l'oreille des propos sucrés et affectaient de me mettre dans la confidence de leurs affaires. Les grandes dames, qui, depuis si longtemps, me fatiguaient de bavardages où elles se plaisaient à glisser les noms de personnes qu'une naissance médiocre ne m'avait pas permis de connaître, me trouvaient un esprit hors de pair quand, sûre de ma position, j'osais dire posément que je ne savais de quoi elles voulaient parler. Les ministres, enfin, me rendaient la cour que les autres leur faisaient. Au fond de moi, je me riais bien de toute cette servitude. Encore qu'il me regardât rarement et ne m'adressât jamais la parole devant le public, je savais le Maître, au fond de l'appartement où l'assiégeait une foule brillante, occupé de moi seule et à peine moins impatient que je ne l'étais moi-même de quitter la presse des salons pour gagner sa chambre ; je ne voulais point d'autre témoignage de mon élévation.

J'étais dans cet état d'ivresse où l'orgueil de la puissance se mêle à la douceur d'être admirée et à l'étonnement d'être aimée.

Il fallait sans doute que ces vapeurs de gloire m'eussent bien embrumé l'esprit pour que je n'eusse pas vu plus tôt à quel degré d'avilissement la société de la Cour et de la Ville était, pendant ce temps, en peu d'années descendue : l'oisiveté et l'ennui dans lesquels vivaient les grands leur faisaient rechercher de singuliers divertissements ; la nécessité de soutenir un train ruineux les condamnait à d'étranges trafics ; enfin, il n'y avait pas Cour au monde plus abandonnée à toute sorte de vices.

La folie du jeu, que le Roi n'avait jamais découragée, touchait à son comble ; on jouait sa vie sur une carte ; les joueurs, jusque dans les appartements du monarque, se comportaient comme des insensés : l'un hurlait, l'autre frappait la table du poing, le troisième blasphémait à en faire dresser les cheveux sur la tête ; tous paraissaient hors d'eux-mêmes et certains oubliaient leur honneur au point d'en user, pour gagner, comme les escamoteurs du pont Neuf. « On s'y querelle, on parle haut », disait justement une chanson de ce temps, « et c'est la cour du Roi Pétaud. »

L'usage immodéré des liqueurs aidait aussi à faire passer les journées d'une jeunesse qui ne trouvait rien qui contentât son désir insatiable de plaisir. Des duchesses de quinze ans trouvaient plaisant de se réunir dans les entresols pour s'abrutir de vins et de liqueurs en compagnie de leurs laquais ; « Bacchus relève nos appas », chantonnaient-elles, « les canapés sont à deux pas » ; des princes hantaient toutes les nuits des cabarets de Paris et s'en retournaient à Versailles, au petit matin, saouls dans leurs carrosses ; les plus grandes dames s'enivraient tellement qu'elles s'oubliaient au milieu des salons et rendaient par en haut et par en bas l'excès du liquide dont elles étaient remplies.

Mais ces plaisirs délicats n'étaient rien au prix de certains divertissements amoureux : il y avait beau temps que la facilité des dames de la Cour avait rendu leurs charmes méprisables aux jeunes gens ; aussi le vice italien était-il plus que jamais à la mode. Le propre frère du Roi en donnait l'exemple : on ne le voyait jamais que fardé et mignoté à l'excès, tout piqueté de mouches et breloquant de bijoux, couvant d'un œil amoureux l'un des « mignons » dont il faisait sa société habituelle. Les neveux du grand Condé, les fils de Monsieur de Ruvigny, député général des huguenots, le cousin de Monsieur de Louvois, le fils de Monsieur Colbert, des La Rochefoucauld, des Turenne étaient de cette confrérie à laquelle ils avaient donné des règles si sévères qu'ils se disaient les vrais moines des temps nouveaux : ils avaient fait leurs couvents de quelques châteaux d'Ile-de-France et y recevaient les novices en d'étranges cérémonies ; on exigeait des serments, des mortifications ; ils disaient que leur ordre allait devenir bientôt aussi grand que celui de saint François ; jusqu'au jeune fils du Roi et de Mademoiselle de La Vallière, le comte de Vermandois, alors âgé de treize ou quatorze ans, qu'ils avaient enrôlé sous leur bannière. On ne se pouvait étonner, dès lors, que les dames, ne trouvant point pléthore de galants, se missent à leur tour à aimer leur sexe. La duchesse de Duras disait à qui la voulait entendre qu'elle offrirait bien toute sa fortune et jusqu'à sa chemise pour coucher avec la fille du Roi, la belle princesse de Conti, qui venait de prendre ses quinze ans ; par bonheur cette jeune princesse allait bientôt montrer qu'elle préférait au commerce des dames celui des gardes du Roi et de ses valets intérieurs ; au prix des autres, cette débauche-là avait un si grand air d'innocence qu'il la fallut absoudre.

Quelques princes montrèrent plus d'imagination : se rendant en bande dans un lieu mal famé, ils traitèrent à la mode d'Italie celles des courtisanes qui leur parurent les plus belles, puis en prirent une par la force et lui attachèrent les bras et les jambes aux quenouilles du lit ; lui ayant mis ensuite une fusée dans un endroit que la bienséance ne permet pas de nommer, ils y mirent le feu impitoyablement, sans être touchés des cris de cette malheureuse. Après quoi, ils coururent les rues toute la nuit, brisèrent un nombre infini de lanternes, arrachèrent des crucifix pour les brûler et mirent le feu à un pont. L'exploit ne semblait pas surpassable mais, quelques jours après, le chevalier Colbert entreprit de le dépasser. Etant avec le duc de La Ferté et le chevalier d'Argenson, ils envoyèrent quérir un marchand d'oublies [1] qui, se trouvant assez joli garçon à leur gré [2], ils le voulurent traiter en fille et sur ce qu'il s'en défendit, ils lui donnèrent fort proprement deux coups d'épée à travers le corps, dont il eut la faiblesse de trépasser. Ils en furent quittes pour une simple mercuriale [3].

Quand déjà la vie des petits a si peu de prix, il ne faut point s'ébahir si les devins et empoisonneurs, qui savent les moyens de tuer les grands sans bruit ni violences, voient reconnaître, à leur juste valeur, les mérites de leur art. On cherchait auprès d'eux, en alternance ou tout à la fois, les secrets de l'amour et ceux de la mort.

On contait plaisamment que Madame de Brizy, dédaignée par son amant, était allée demander à un mage le secret de s'en faire aimer : il lui avait dit qu'un moyen infaillible était qu'il lui dît la messe sur le ventre, elle toute nue ; elle y avait consenti ; quinze jours après, elle était venue se plaindre à lui que son amant n'était pas plus échauffé pour elle ; le mage lui avait dit qu'il fallait ajouter quelque chose au sacrifice et que, lui couchant avec elle à la dernière évangile, son amant aurait pour elle une passion démesurée ; la dame avait fait toutes ces cérémonies avec la plus grande dévotion, mais il paraît que le diable de son amant était plus fort que celui du mage car, pour finir, elle avait dit sa messe en vain.

Ces jeux-là n'étaient encore que des enfances. La plupart faisaient pis : pour supprimer un rival, hériter plus tôt d'une parente fâcheuse, rabonir [4] un mari jaloux, gagner un procès ou la faveur d'un ministre, ils couraient chez quelque prêtre dévoyé afin d'y faire dire une messe au diable avec égorgement d'enfant dans le calice. A Paris, des entremetteuses ne vivaient plus que de ce commerce de nouveau-nés. Le recours au poison suivait

1. Gaufres.
2. C'est la construction du xviie siècle.
3. Réprimande.
4. Adoucir (par le trépas).

habituellement ces sortilèges : ce que le diable n'avait pu faire, l'arsenic ou le sublimé le faisait plus sûrement.

Au commencement de l'an 1679, on ouvrit à l'Arsenal une Chambre Ardente pour connaître du cas de plusieurs devineresses et artistes en poisons. Ceux qui parurent devant ce tribunal n'étaient, dans les commencements, que persil [1] et menu fretin : prêtres défroqués, laquais, commis de marchands, filles de mauvaise vie, alchimistes en cave, sibylles de faubourg. On y vit ensuite, avec plus de surprise, quelques femmes de magistrats et bourgeoises bien rentées. Puis, par cercles successifs, les révélations que lâchaient tous ces misérables atteignirent la Cour. « Poudres d'amour », ou « poudres de succession », on sut bientôt que les sorciers en fabriquaient pour les personnes de qualité : ils comptaient parmi leurs pratiques la belle comtesse de Soissons, la jeune duchesse de Bouillon, Madame de Vivonne, propre belle-sœur de Madame de Montespan, Madame de Polignac, Madame de Gramont, le maréchal de Luxembourg et quelques moindres. Tout ce monde s'entr'assassinait gaîment depuis des années, sur fond de crapauds et d'alambic, à la lueur de bougies noires.

La première stupeur passée, la Cour et la Ville furent dans une extrême agitation ; à chaque moment, on envoyait aux nouvelles, on allait dans les maisons pour en apprendre ; on ne parlait d'autre chose dans les compagnies ; tous les jours, on trouvait qu'un des criminels s'était enfui, Monsieur de Cessac en Angleterre, Madame de Soissons en Hollande, Madame de Polignac au fond de l'Auvergne ; enfin, on ne trouvait guère d'exemple d'un pareil scandale dans une cour chrétienne.

Pour moi, n'ayant jamais seulement fait dire ma bonne aventure, j'eusse pu, dans tout cela, garder l'esprit en repos ; mais ce que cette affaire révélait des dessous de la société me jeta dans un trouble extrême.

Je m'obligeai de recenser tout ce que j'avais ouï conter, depuis quelques années, en fait de débauches et de déportements de toutes espèces. Je crus que l'impiété, qui gagnait en ce temps comme une gangrène, pouvait

1. Quantité négligeable (c'est l'expression de Mme de Maintenon).

être cause de ces maux et qu'il n'y a pas loin, pour des esprits légers, de la philosophie de Descartes aux poudres de la Voisin. Je fis surtout réflexion que, si l'homme ne règle point naturellement ses mauvaises passions, il échet à l'autorité civile de donner, ou de faire, de tels exemples qu'on vive, par crainte ou par imitation, de la manière qu'on devrait vivre par vertu ; mais ce n'était point là la politique que le roi d'un double adultère pouvait soutenir.

Cependant, je ne poussai pas alors la réflexion plus loin, soit que le tourbillon des fêtes qui avaient suivi l'entrée en France de la dauphine ne m'en eût pas laissé le loisir, soit que le bonheur m'en eût ôté jusqu'au souci.

L'arrière-saison avait, cette année-là à Fontainebleau, une douceur à laquelle il était difficile de résister. Un soleil languissant caressait du bout de ses rayons les façades rousses du château ; la forêt, baignée de pluies chaudes, exhalait un parfum de musc qui tournait les têtes. Assise auprès de la haute fenêtre qui ouvre au-dessus de la « Porte Dorée », j'occupais mes mains à un ouvrage de tapisserie et mon esprit à la rêverie. Mon appartement, situé au deuxième étage du château, au-dessus de celui que je devais occuper après 1686, donnait sur le parterre par une grande et belle arcade qu'on avait close de vitrages pour rendre plus aisé l'usage de la loge [1] ; la chaleur de serre qui y régnait en plein midi énervait délicieusement mon corps et brouillait ma pensée. Je ne parvenais pas à distraire mon attention de ce vers de mon grand-père : « Une rose d'automne est plus qu'une autre exquise » ; peut-être trouvais-je qu'il ne s'appliquait pas mal à la saison où nous étions, à moins que ce ne fût à l'âge dans lequel j'entrais.

Dans la chambre derrière moi, j'entendais le Roi froisser des papiers. Il y avait plusieurs jours déjà que je n'en pouvais tirer une conversation ; il paraissait qu'il n'avait rien à me dire ; quand j'étais lasse de faire tous les frais, je prenais mon parti aussi gaîment que possible et l'abandonnais à son silence pour travailler en tapisserie. Je ne savais s'il avait quelque reproche à me faire ou s'il était

1. Loggia.

seulement préoccupé des affaires du royaume ; comme je ne me fusse pas permis de le questionner et que sa nature ne le portait pas à la confidence, nous demeurions côte à côte comme deux muets.

Soudain, je sursautai : « Saviez-vous, Madame, me disait-il de cette voix grave qui me touchait toujours, que Mademoiselle Desœillets avait accoutumé d'aller chez les devins ? » Je fus rejetée en un moment dans le tumulte de cette affaire des Poisons qui agitait la Cour. « Je n'ai jamais eu beaucoup d'amitié pour Mademoiselle Desœillets », dis-je sans réflexion ; puis, me souvenant à propos que cette suivante de Madame de Montespan avait été la maîtresse du Roi et lui avait donné des enfants : « Non pas, ajoutai-je, que je ne l'en aie pas crue digne ; mais enfin elle ne me contait pas sa vie par le menu. »

Il y eut un long silence. Le cœur me battait dans l'attente de la suite. J'envisageai le Roi à la dérobée pour tâcher à deviner où il voulait en venir, mais il était impénétrable. Il avait sur les genoux une liasse de papiers que je reconnus pour être de ces comptes rendus de la Chambre Ardente, que Monsieur de La Reynie, le Lieutenant de Police, lui faisait tenir tous les jours par Monsieur de Louvois.

« Saviez-vous, reprit-il doucement, que Cateau était habituée chez cette Voisin qu'on a brûlée en place de Grève il y a six mois ? » J'en demeurai stupéfaite. « Oui, dit le Roi sans me laisser le temps de me reprendre, les femmes de Madame de Montespan sont toutes de fort honnêtes filles qui passent leurs nuits chez les sorciers et donnent leurs journées au transport et à la fabrication de poudres. Seriez-vous surprise, reprit doucement le Roi en déchirant quelques feuillets, si je vous apprenais maintenant que Madame de Montespan, elle-même, se prêtait à d'étranges cérémonies dans l'appartement de Madame de Thianges, que de faux prêtres lui disaient les évangiles sur le corps et passaient sous le calice des herbes, des poudres et des cœurs de pigeons pour lui obtenir la place qu'on lui voit ? Jureriez-vous qu'elle n'en était pas capable ? » J'étais au comble de la surprise et de l'embarras. « Il est vrai, lui dis-je, que Madame de Montespan a toujours aimé à s'entourer d'astrologues mais, si l'on voulait rechercher tous ceux qui ont été aux devins, le reste du siècle n'y suffirait pas. — Il s'agit bien d'astrologues, Madame, lâcha-t-il dans un grand éclat de voix, il s'agit de sacrilèges et d'empoisonneurs ! Votre Madame de Montespan a même tenté de faire empoisonner la duchesse de Fontanges et elle n'aurait pas été mécontente, à ce qu'il paraît, de m'expédier aussi ! »

Je trouvais ce « Votre Madame de Montespan » un peu outré en vérité, et je faillis répliquer que, bien qu'elle fût « mienne », quelqu'un d'autre lui avait fait ses sept enfants ; mais je voyais le Roi si bouleversé par cette affaire que je retins ma langue. Du reste, j'étais moi-même bien étonnée de ce que j'apprenais.

« Cela ne se peut, dis-je seulement. — Peut-être que cela ne se peut, mais cela se dit, Madame. »

Je m'efforçai à faire calmement quelques points de tapisserie. « Sire, on ne peut faire fond sur ce que racontent des empoisonneurs et empoisonneuses de profession qui ont trouvé le moyen d'allonger leur vie en dénonçant de temps en temps des gens de considération qu'il faut arrêter et dont il faut instruire les procès... On est ingénieux dans ces extrémités.

— C'est en effet ce que m'expose Monsieur Colbert dans un mémoire qu'il m'a fait tenir sur ce sujet, reprit le Roi d'un ton plus posé, mais Monsieur de Louvois m'a donné hier les minutes d'un procès fait, il y a treize ans, à un autre de ces sorciers, et la marquise y est déjà nommée. Cependant, elle n'était pas ma maîtresse dans ce temps et ceux qui l'ont nommée n'avaient rien à y gagner... Qu'en dites-vous ? » J'enfilai une aiguillée de laine. « Je ne sais, Sire... mais je ne puis croire, à y bien songer, qu'une femme aussi intelligente que Madame de Montespan ait cherché à tarir elle-même la source de toutes les grâces dont elle était comblée. — Je le crois comme vous, reprit-il, après un instant de réflexion, mais, en admettant qu'elle n'ait point fait tout le mal qu'on lui prête, il reste qu'elle s'est essayée à m'ensorceler depuis des années. Pensez-vous qu'il soit plaisant de songer que je buvais chez elle, avec le vin qu'on m'y servait, de la poudre de crapaud et de cantharide, des rognures d'ongles, de la semence de curé, et du jus de mandragore ? »

Dans d'autres circonstances, je crois bien que le fou rire m'aurait prise à cette énumération, mais je pensai qu'il ne serait pas goûté dans ce temps-ci.

Au surplus, tout ce que j'apprenais rejoignait si bien les pensées qui me venaient depuis quelque temps à considérer l'état de la société que je ne crus pas pouvoir m'en moquer. Il me parut même que je devais parler fortement, et, à l'instant que je le fis, je crus sentir un voile se déchirer ; je vis clairement que c'était Dieu lui-même qui m'avait voulue où j'étais, que je ne m'étais point avilie en vain en devenant la maîtresse du Roi, mais que la Providence avait formé dessein de m'employer pour réformer la conduite de ce monarque et le scandale de sa Cour ; qu'enfin je n'avais trahi les préceptes de la religion que pour la mieux servir. Je gagnai à cette révélation une paix profonde et une force qui m'avaient souvent fait défaut depuis mon entrée à la Cour. Je vis mon chemin tracé et allai droit dans mon propos.

— La vérité, dis-je au Roi, est qu'il n'y a plus rien de sacré dans ce royaume, pas même la personne de Votre Majesté ; je ne dirai rien de Dieu, car c'est une bagatelle à ce qu'il paraît... L'exemple des vertus ne peut venir que d'en haut, Sire. Maintenant que Votre Majesté a établi la paix en Europe pour longtemps, il lui serait aisé de redonner aux honnêtes gens la place qui leur revient à l'intérieur de son royaume et de remettre, en peu de mois, la nation au premier rang du monde chrétien. Ne serait-ce point un grand dessein que d'ajouter ainsi la dignité à la force ?

Le Roi m'écouta en silence ; il tapotait distraitement son paquet de feuillets ; puis il alla, sans dire mot, ouvrir la fenêtre de la loge pour nous mettre dans un de ces courants d'air qu'il affectionnait. Alors, me regardant bien dans les yeux, il me dit d'un ton grave :

— On ne m'a jamais mieux dit, Madame, que j'avais donné le mauvais exemple à mes peuples... Mais il n'est que trop vrai. Je suis plus épouvanté que je ne saurais vous le dire de voir jusqu'où cela va...

A quelque temps de là, le Roi décida que Madame de Montespan, mère d'enfants légitimés, ne pouvait être soupçonnée et on suspendit les procédures ; pour couper

court aux rumeurs, on fit même la marquise « surintendante de la Maison de la Reine » et le Roi continua de
la visiter, par bienséance, un moment tous les jours au
sortir de la messe ou après son souper ; mais ils n'eurent
plus aucune liaison particulière. Il me confessa même
que, dans ce court séjour qu'il faisait auprès d'elle, il
craignait sans cesse qu'elle ne l'empoisonnât. Il en vint
à soupçonner ses senteurs, et, un jour qu'elle s'apprêtait
à monter dans son carrosse, il lui fit publiquement reproche de l'excès de parfums dont elle était toujours chargée, disant qu'ils lui faisaient mal à la tête ; la marquise
répliqua vertement et la dispute vira si fort à l'aigre que
le Roi ne voulut plus d'elle dans son carrosse. En peu
d'instants, la disgrâce de la splendide Athénaïs fut entièrement consommée, encore qu'on en masquât les causes
autant que la décence et l'autorité du Roi l'exigeaient.

Dans la suite, j'osai revenir auprès du Roi sur le sujet
de la réforme des mœurs. Chaque fois que les extravagances des courtisans m'en donnaient l'occasion, je lui
brossais le tableau bien noir, mais véridique, de l'état de
la morale dans son royaume. Je voyais qu'il m'écoutait
avec patience quand je le priais de punir les scélérats et
les débauchés. Cependant il hésitait encore. « Faudra-
t-il, Madame, que je commence par mon frère ? » me
dit-il un jour. « Croyez-vous bien qu'on puisse changer
les âmes ? me demanda t-il une autre fois. — Non, Sire,
lui dis-je, mais on peut changer les apparences... »

Je pensais que j'aurais assez fait en restaurant la
dignité de l'Etat et en sauvant l'âme du Roi ; quant au
Roi, qui ne nourrissait guère plus d'illusions sur l'étendue de cette réforme, il ne se souciait que de prévenir
le scandale.

C'est pourquoi je trouve, en y songeant, que la société
de ce grand siècle ressemble à cette place de l'hôtel de
Vendôme qu'on fit à Paris : le Roi imposa l'ordonnance
des façades mais laissa les particuliers libres de bâtir par-
derrière à leur fantaisie. Saisi d'admiration devant la
rigueur et l'harmonie des fenêtres et des frontons, on est
saisi de dégoût dès qu'on passe les seuils : une fois fran-
chie la muraille de majesté et de symétrie, on ne rencontre plus que recoins obscurs, cours sans vue, corridors
sans but, chambres sans air.

L'ordre qu'il imposait aux pierres de sa ville, le Roi l'imposait aux hommes de sa Cour mais il en connaissait les limites et se résignait à ce que la médaille de son règne eût son revers de folies et d'ombres. La raison n'a pas gouverné notre siècle. Il me paraît beau, pourtant, que, par la seule volonté du Roi, elle ait pu en ordonner les apparences. Aussi bien n'y a-t-il rien de plus de l'animal à l'homme que ce scrupule de dignité qu'on nomme « hypocrisie ».

En ces années 1680, le Roi se borna donc, sur mon avis, à toiletter un peu la figure de son siècle. Il chassa de sa Cour les « débauchés ultramontains[1] » les plus notoires ; il interdit les devins, réglementa la vente des poisons et défendit le jeu de « hoca » sous peine de la vie ; il fit avertir les dames les plus scandaleuses d'avoir à changer leurs façons ; enfin il nomma évêques des prêtres qui avaient la faiblesse de croire en Dieu, et obligea tout le monde de respecter les grandes fêtes de la religion. Les simples dimanches furent bientôt comme autrefois les jours de Pâques...

Lui-même donna l'exemple de la réforme en se renfermant dans sa famille pour y vivre comme un bon époux et un bon père. Je l'y encourageai tout de mon mieux, et mes exhortations n'y furent pas de trop car il n'avait pas grand ragoût[2] dans cette famille-là.

Le jeune dauphin Louis ne promettait rien et n'eut pas occasion de tenir ; son peu de lumières éteint par son trop d'éducation, il promenait en tout lieu un air de niaiserie et d'ennui qu'il ne quittait qu'à la lecture des morts et des mariages de la *Gazette de France* ; d'ailleurs timide au point qu'il n'osait respirer sans la permission de son père. La dauphine, que j'étais allée chercher moi-même à la frontière en compagnie de Monsieur de Meaux[3], joignait à une laideur choquante une sauvagerie rare ; elle préférait aux divertissements de la Cour l'ombre de ses cabinets intérieurs, et à la compagnie des princes celle de Bessola, sa femme de chambre italienne,

---

1. Homosexuels.
2. Satisfaction, intérêt, piment ; c'est la propre expression de Mme de Maintenon.
3. Bossuet, précédemment appelé Monsieur de Condom.

qu'elle aimait d'une passion sans mesure ; du reste, toujours malade et assommée de vapeurs. Pour Monsieur, gros petit personnage grimpé sur des échasses, j'ai déjà dit ses façons. Quant à Madame, sa femme, elle semblait, par contraste, un suisse déguisé ; elle ne se plaisait qu'au milieu de ses chiens, à boire de la bière allemande et à manger du chou allemand, toujours vêtue en costume de chasse et jurant comme un charretier ; avec cela, assez d'esprit mais, comme, sans en être elle-même au fait, elle était tombée amoureuse de son beau-frère et que sa tournure ne lui permettait pas de prétendre à quelque chose, cet esprit virait à l'aigre et au violent. La cousine du Roi, Mademoiselle de Montpensier, rossinante efflanquée, donnait toujours à la Cour le triste spectacle de ses amours avec Monsieur de Lauzun et ne songeait alors qu'au moyen de tirer son petit amant de Pignerol. Pour la Reine enfin, elle changeait peu : sous ses boucles blondes, son visage fripé semblait celui d'un vieil enfant ; de la Cour et de la nation elle ne savait rien de plus, après vingt ans, qu'à son arrivée en France, bornant tout son ouvrage à la préparation du chocolat, l'élevage de petits singes et le mariage de ses nains.

Je parvins, cependant, à lui rendre le Roi. Ce ne fut pas une petite affaire car il avait toujours mal vécu avec elle et cachait de moins en moins l'irritation que lui causait sa sottise. Je crus néanmoins qu'il était de mon intérêt qu'il lui rendît ses bonnes grâces. Sans doute le Roi me répétait-il alors souvent qu'il était las des galanteries, et il est vrai qu'il était écœuré jusqu'à la nausée de cette affaire d'empoisonnements où trois de ses maîtresses s'étaient trouvées compromises ; mais je le savais trop jeune encore, et trop ardent, pour supposer qu'il pût se satisfaire de moi seule. A tant faire que de partager, je crus qu'il valait mieux partager avec la Reine ; elle ferait un dérivatif commode, elle ne ferait pas une rivale.

Le procédé me semblait piquant au demeurant et me donnait occasion de mesurer l'étendue de mon empire ; je ne savais trop encore jusqu'où le Roi m'était attaché et je jugeais que ce retour forcé, qui ne pouvait être obtenu que par mon conseil et pour me plaire, en ferait utilement l'épreuve. Rendre un amant à une épouse qu'il abhorre me semble encore aujourd'hui le comble de la puissance pour une maîtresse. Du reste, cette réconciliation édifierait le monde, ferait marquer quelques points à la vertu, et détournerait de moi les soupçons.

Il en fut comme je l'avais souhaité. Le Roi eut pour la Reine des attentions auxquelles il ne l'avait pas accoutumée ; il la voyait plus souvent et, quand il l'avait traitée en femme, elle disait au matin en s'applaudissant elle-même dans son lit : « Le Roi ne m'a jamais si bien traitée que depuis qu'il écoute Madame de Maintenon », ou « Dieu a suscité Madame de Maintenon pour me rendre le cœur du Roi. » Elle en vint ainsi à m'aimer beaucoup. Comme elle n'avait jamais cessé de révérer le Roi et de le craindre à l'égal d'un dieu, elle voulait, lorsqu'il l'envoyait chercher, que je la suivisse afin de ne pas paraître seule en sa présence ; je la conduisais jusqu'à la porte de sa chambre et il me fallait prendre la liberté de la pousser pour l'y faire entrer tant elle tremblait de toute sa personne.

Tandis que le Roi, enfermé au sein de sa famille, s'essayait, sans succès, à former le dauphin aux affaires et la dauphine à la civilité, je donnais tous mes soins à mes amis ; je jouissais en effet de grands loisirs car la dauphine, nourrie de préventions contre moi par Madame, qui jalousait mes amours, et par la duchesse de Richelieu, qui jalousait ma fortune, ne souffrait pas que je lui rendisse les devoirs de ma charge. Que serait-ce que l'encens des compliments si ne s'y mêlaient les fumées de l'envie ?

Assise entre Nanon et la tranquille Montchevreuil, je lisais, je cousais, je gérais mes terres, j'écrivais des lettres. Après y avoir bâti un Hôpital et une Charité, je faisais établir une manufacture de toiles à Maintenon pour occuper les pauvres du pays. Je m'employais aussi à mettre ordre au ménage de mon frère : Charles, après avoir refusé tous les mariages solides que je lui offrais, venait d'épouser en secret une fille de quinze ans sans naissance et sans dot ; gâtée, d'ailleurs, comme fille de bourgeois, qui sont les gens qui élèvent le plus mal leurs enfants, déréglée en tout, incivile [1], parlant comme à la

1. Impolie.

Halle ; ce qui s'appelle une vraie « caillette de Paris ». Je consacrais une grande part de mon temps à cet oison-là, soit en lettres, soit en visites, travaillant à lui enseigner le français, le ménage, l'art de l'ajustement et les manières du monde. Mais j'y perdais ma peine : ne souffrant point que ses robes de chambre ne fussent pas couvertes d'or et d'argent ni ses points de France plus fins que ceux du Roi, elle aidait mon frère à manger en trois mois leur revenu de l'année ; j'avais beau user de mon crédit pour leur faire faire toutes sortes d'affaires et remplir leur bourse, c'était le tonneau des Danaïdes. Avec cela, un air d'emplâtre que je n'avais pu lui ôter et qui la rendait impossible à produire dans le monde où il lui échappait à tout moment des choses d'un grand ridicule. Je finis par me résigner à les laisser tous deux dans leur gouvernement de Cognac.

L'éducation du duc du Maine me fournissait en satisfactions plus grandes : en prenant ses dix ans, il était passé aux mains de Monsieur de Montchevreuil que le Roi, sur mon conseil, avait élu pour gouverneur ; ainsi mon cher enfant n'était-il sorti ni de ma tutelle ni de mon cœur. Quand il était à la Cour, il passait de longues heures à mon côté ; nous causions de tout, de la façon la plus libre ; je m'appliquais à lui donner toujours le Roi pour modèle afin de lui inspirer un respect, une estime et une tendresse qu'il devait à son père et à son maître. Je lui disais qu'il me ferait mourir de douleur s'il trompait les espérances que le Roi avait sur son mérite et l'amour que j'avais mis en lui ; je croyais en effet que, dans cette grande misère qu'était la famille du Roi, mon petit prince pourrait seul consoler son père de tout ce qui manquait aux autres et qu'il fallait, enfin, qu'il le trouvât son fils en toutes façons. Pour moi, je trouvais déjà qu'il était le mien, et lorsqu'il me quittait pour soigner sa jambe dans les Pyrénées, je me souciais bien plus d'apprendre par ses lettres s'il avait eu des fraises à collation, ou mangé l'omelette au lard de Grippes, que de savoir si l'Empire supporterait la « politique des Réunions » ou la dauphine ma présence à son souper. Je reportais sur le plus mignon des princes, et prince de tous les mignons, les tendresses que la mort du petit comte de Vexin et celle, à huit ans, de la si douce Mademoiselle de Tours venaient de rendre inutiles.

La vérité est que je ne pouvais me passer de la compagnie des enfants. Plus j'avançais en âge et plus j'étais affolée d'eux. N'ayant plus à gouverner, comme par le passé, la petite bande des légitimés, je tâchais à tromper mon ennui en m'intéressant à une œuvre que formait alors Madame de Brinon. Cette ursuline, cousine des Montchevreuil, que j'avais connue dans nos ermitages du Vexin du temps de Monsieur de Villarceaux, avait réuni autour d'elle dans une petite maison, à Rueil, de pauvres enfants de paysans et de manouvriers auxquels elle tâchait à donner quelque instruction. Je lui fournis le moyen de porter à quarante le nombre de ses protégés et obtins du Roi qu'il lui donnât le château de Noisy pour y transporter sa nichée. Dès que j'en avais la liberté, je courais à Rueil ou à Noisy porter du linge et des pâtés, épouiller des têtes et faire le catéchisme. De fois à autre, je ramenais quelqu'une de ces petites filles à Versailles ou à Fontainebleau pour la dégourdir un peu et lui montrer le monde ; le Roi, quand il venait chez moi, s'amusait d'y trouver toujours une Fanchette ou une Manette assise à mes pieds, occupée à filer la laine ou à former ses lettres.

Mais cela ne me suffisait pas. J'étais insatiable sur les joues roses et les mains potelées ; je voulais des enfants qui fussent tout à moi et dont je n'eusse de comptes à rendre qu'à Dieu, des enfants de qualité, enfin des enfants de mon sang. Je songeai alors à ceux de mon cousin de Villette.

Depuis longtemps, je pressais Philippe de leur faire donner l'éducation convenable à leur naissance, mais, comme ils étaient huguenots, cela ne se pouvait guère : le Roi avait fait défense aux maîtres de la R.P.R.[1] de prendre des pensionnaires ; l'Académie calviniste de Sedan, où mon père avait étudié dans sa jeunesse, venait d'être fermée ; celle de Saumur allait l'être. Philippe, qui ne voulait point mettre ses enfants dans un collège catholique, traînait ses deux fils à sa suite sur toutes les mers

1. La Religion Prétendue Réformée ; l'abréviation est couramment utilisée au xviiᵉ siècle.

du monde : ils y avaient gagné de la bravoure, ayant été au combat dès l'âge de huit ou neuf ans, mais point de lecture [1] ; leur ignorance faisait peine à voir. Je crus de mon devoir d'y remédier. J'avais aussi une grande inclination pour leur sœur, la petite Marguerite-Marie, belle comme un ange et rusée comme un démon ; il me semblait que je saurais faire d'elle autre chose que ce qu'en faisait ma cousine dans la basse-cour de Mursay. Du reste, j'enrageais que l'entêtement de mes cousins dans le calvinisme m'empêchât de les faire profiter de ma faveur et de leur marquer la reconnaissance que j'avais envers leur mère et grand-mère, qui m'avait élevée.

Le Roi, en effet, ne voulait plus de huguenots à sa Cour. Dès sa jeunesse il avait montré de l'hostilité à l'hérésie. On disait qu'un jour que les huguenots lui faisaient en corps quelque représentation, il avait lâché à leur député général, Monsieur de Ruvigny : « Le Roi mon grand-père vous aimait ; le Roi mon père vous craignait ; pour moi, je ne vous aime ni ne vous crains. » Il jugeait que rien ne convient mieux à un royaume que l'uniformité des sentiments et que la différence de religion défigure un Etat ; les réformés le croyaient tout de même et l'on ne voyait d'exemple de la liberté de religion dans aucun des Etats calvinistes de l'Europe.

Ayant fort l'instinct de justice, le souverain se croyait pourtant tenu de faire observer ce que les huguenots avaient obtenu de ses prédécesseurs par les édits de Nantes et d'Alès, mais il avait résolu de ne rien leur accorder au-delà et d'en refermer l'exécution dans les plus étroites bornes que la bienséance pourrait permettre : il disait que tout ce qui n'avait pas été autorisé de la manière la plus expresse par les édits devait être regardé comme interdit. Sur ce fondement, on avait, dès le commencement du règne, abattu de nombreux temples, fermé les écoles, cassé les chambres de l'Edit [2], fait défense aux calvinistes de prendre chez eux des apprentis, interdit aux huguenots des deux sexes d'accoucher les femmes, et privé les représentants de cette secte de la faculté d'obtenir des charges de police et de finance.

1. Culture.
2. Organes paritaires de conciliation.

Le Roi avait encore d'autres projets en tête et, la paix venue, il souhaitait de donner une grande application à la conversion des huguenots : il était clair que, si Dieu lui prêtait vie, il n'y aurait plus, dans vingt ans, un seul huguenot dans le royaume. Déjà ils se convertissaient par milliers.

Seule ma famille s'opiniâtrait et je croyais bien qu'ils resteraient les derniers pour mieux me rendre ridicule. J'avais de l'indulgence pour ceux qui étaient dans l'erreur, y ayant été moi-même quelque temps ; mais je ne croyais pas que cela leur fût une excuse suffisante pour persévérer ; je voulais bien tolérer pour gagner davantage ; encore fallait-il que le gain vînt.

Le désir de ne point déplaire au Roi, rencontrant d'ailleurs mon appétit d'enfants et l'envie légitime de faire une bonne œuvre, je résolus de convertir les petits de Villette, les Sainte-Hermine et les Caumont d'Adde.

Depuis 1669, une déclaration attribuait le discernement aux garçons à partir de quatorze ans et aux filles à partir de douze ; leurs parents ne les pouvaient empêcher de se convertir à cet âge. L'aîné des Villette, qu'on nommait Mursay, était déjà tombé dans mes filets de la sorte. Il avait quatorze ans quand ses parents l'envoyèrent à Paris pour des affaires ; j'en profitai pour le rencontrer et lui faire connaître l'abbé Gobelin ; Mursay était mauvais docteur et, de surcroît, plus soucieux d'avancer que d'être fidèle à son père ; il ne résista pas longtemps aux arguments du prêtre et fit son abjuration dans les trois semaines. Le Roi le mit à ses frais à l'Académie, où il put commencer de bonnes études.

Cet exemple m'encouragea à tâcher à gagner les autres. Je demandai à mes cousines de Niort et à mon cousin Philippe de m'envoyer, pour un ou deux mois, ceux de leurs enfants qui étaient en âge de goûter Paris et la Cour ; je m'engageai à ne pas les contraindre sur la religion. Tous promirent de bon gré de m'envoyer leurs filles et leurs garçons dans l'hiver. Philippe seul, fâché de la conversion de Mursay, ne me répondit pas et rembarqua son deuxième fils avec lui.

Cette insolence me décida à tout faire pour avoir sa fille Marguerite, bien qu'elle n'eût que sept ans. Je m'assurai de la complicité de ma cousine Aimée, devenue Madame de Fontmort, laquelle était catholique et très résolue à sacrifier les passions de son frère aux intérêts de sa nouvelle religion ; il n'en fallait pas manquer l'occasion car elle était, comme mon père, si fort accoutumée à changer de croyance que Philippe disait que « Dieu lui-même ne savait point, sans doute, de quelle religion était sa sœur ». Madame de Fontmort, dans ce moment catholique, fit demander sa nièce à Niort pour un ou deux jours ; dès que l'enfant fut chez elle, elle la jeta dans un carrosse et la mena rejoindre à Paris les jeunes Sainte-Hermine et Mademoiselle de Caumont. Marguerite de Villette n'avait point de bagages, pas même une chemise, et elle pleurait beaucoup ses parents.

Je la pris chez moi à Saint-Germain. Elle pleura encore un peu, en me contant que son père lui avait dit, avant de s'embarquer, que si elle venait à la Cour sans lui et changeait de religion, il ne la reverrait jamais. Mais je lui fis voir ensuite les appartements de la Reine, laquelle la traita fort bien par amitié pour moi ; puis, elle assista à la messe de Noël dans la chapelle du château et elle trouva cette messe si belle qu'elle consentit sur-le-champ de se faire catholique, à condition qu'elle entendrait tous les jours les motets de Lalande et qu'on la garantirait du fouet. Ce fut là toute la controverse qu'on employa et la seule abjuration qu'elle fit. Ce succès facile me consola de la belle résistance que me firent les Sainte-Hermine et la petite de Caumont ; je les renvoyai à leurs parents au bout du temps convenu, sans regrets, et persuadée qu'ils se repentiraient un jour de leur entêtement.

La conversion de Marguerite me la livrait tout entière : le Roi ne pouvait trouver mauvais que je la gardasse à mon côté, et ses parents ne la pouvaient retirer chez eux, les hérétiques n'ayant point permission de reprendre leurs enfants convertis.

J'exposai à Philippe que si sa femme avait été de la même religion que lui, je l'aurais simplement priée de m'envoyer sa fille et que j'aurais espéré d'elle autant de complaisance que ses belles-sœurs huguenotes en avaient eu ; mais que, la sachant si bonne catholique, j'avais eu peur qu'il ne la soupçonnât de quelque intelligence avec moi sur la religion ; que connaissant enfin, par mes propres père et mère, les difficultés qui naissent dans les mariages de la différence de religion et l'importance de ne point altérer leur union, je n'avais été déterminée à cet enlèvement que par le souci qu'il ne fût pas malcontent de sa femme.

Cependant, dès que mon cousin fut à terre, j'essuyai de grandes aigreurs. Il me demandait sa fille avec la dernière vigueur. Je l'invitai seulement à juger lui-même si, ayant fait une violence pour l'avoir, je ferais encore la sottise de la rendre... Au fil des mois, il s'adoucit et voulut bien convenir que je ne faisais rien autre que rendre à ses enfants le traitement que j'avais reçu de ma tante, laquelle m'avait faite huguenote malgré ma mère quand elle avait cru que c'était pour mon bien. Alors, je lui permis de venir embrasser son fils et sa fille à Saint-Germain et nous tombâmes d'accord de gouverner ces enfants de concert, sans plus de controverse.

Marguerite me comblait de fierté et, comme ma tendresse suit toujours mon estime, je n'en sentais pas peu pour elle : j'avais deviné juste en pensant qu'elle était un prodige d'esprit. Pour en faire une merveille, je lui faisais apprendre l'espagnol, les instruments, la danse ; je prenais tous mes repas tête à tête avec elle et, comme je ne manque point de don pour l'éducation, elle y gagna bientôt un fort joli talent pour la conversation. Dès le premier jour, alors qu'elle s'attendrissait encore lorsqu'on nommait ses parents, je l'avais assurée qu'elle m'aimerait ; et bientôt, en effet, elle m'aima comme sa mère.

Quand j'y songe, je trouve que je me suis formé, tout au cours de ma vie, une singulière famille : je tiens le duc du Maine pour mon fils véritable et Marguerite de Villette, depuis comtesse de Caylus, pour ma vraie fille ; j'ai eu un gendre aussi en la personne du comte d'Ayen [1], encore que je ne l'aie point marié à cette prétendue fille ; enfin j'ai regardé la duchesse de Bourgogne comme ma petite-fille selon l'âme, bien qu'elle ne fût la fille d'aucun de mes enfants supposés et ne tînt même pas à moi par

1. Plus tard duc de Noailles, et marié à Françoise d'Aubigné, fille de Charles.

le sang. La raison s'y perd mais le cœur s'y retrouve assez bien.

Ces trois ou quatre années qui séparent la disgrâce de Madame de Montespan de la mort de la Reine restent dans mon souvenir comme des années de joie ; je suis timide sur le mot « bonheur ».

Le Roi m'aimait et me le prouvait chaque jour plus galamment. J'avais moins de peine, au demeurant, à lui rendre ses tendresses depuis que j'avais libéré ma conscience de ses derniers scrupules ; en découvrant le dessein que Dieu avait sur moi, et qu'il ne m'avait voulue dans l'impureté que pour mieux sauver le Roi, j'avais gagné la paix de l'âme ; et, avec elle, des manières douces et caressantes, une dissipation et une langueur que je ne me connaissais pas.

A Versailles, où la Cour s'installa pour tout de bon en 1682, le Roi me donna au premier étage un nouvel appartement : deux antichambres, une chambre et un grand cabinet ; le tout de plain-pied avec le sien et ouvrant, comme celui-ci, sur l'escalier de marbre. Il n'avait à traverser que sa salle des gardes, et un vestibule qui nous était commun, pour être chez moi. La Reine même n'était pas plus près du « Soleil » que je ne l'étais.

Je recevais mes amis étendue sur la courtepointe d'un lit de neuf pieds de haut, tendu de damas or et vert ; quatre bouquets de plumes blanches et leurs aigrettes en marquaient les quatre coins ; de lourdes franges d'or bordaient les rideaux cramoisis. « Qui eût cru, me dit un jour Bonne d'Heudicourt en contemplant avec amusement ce meuble royal, qu'il existât un chemin si court de la rue des Trois-Pavillons au lit des reines ? » Ce n'était rien d'autre dans son esprit qu'une manière habile pour ne point parler du lit des rois ; elle ne savait pas qu'en parlant de la sorte elle anticipait étrangement l'événement [1].

Le 31 juillet 1683, en effet, la reine Marie-Thérèse mourut à l'âge de quarante-trois ans. Nous en fûmes frappés de stupeur : elle n'était point malade, tout au plus souffrait-elle, depuis quelques jours, d'une enflure

---

1. C'est la construction du xviie siècle.

au bras ; mais Daquin s'en empara. Tous les coquins que Madame de Montespan avait fait nommer à des emplois pour lesquels ils n'étaient pas propres [1] n'avaient pas reflué avec elle ; Daquin, premier médecin et cuistre patenté, était resté. C'est lui qui résolut, contre l'avis de Monsieur Fagon, que je poussais pour mon compte, de saigner la Reine ; toute la Faculté sait sans doute que les saignées font rentrer les abcès en place de les purger, mais Daquin ne le savait pas. En trois jours, il mena la Reine au tombeau. Cette malheureuse souveraine dit seulement en mourant : « Depuis que je suis reine, je n'ai eu qu'un seul jour heureux » ; depuis qu'elle était reine, c'était sa seule parole sensée.

La mort de cette pauvre femme me plongea dans l'affliction : elle m'aimait bien, et j'avais grand besoin qu'elle vécût. Je pleurai.

Madame de Montespan pleura beaucoup aussi et il paraissait un grand trouble dans toutes ses actions, fondé peut-être sur la crainte de retomber entre les mains de son mari : par la mort de la Reine, elle perdait sa charge de surintendante et n'était point assurée que le Roi lui voulût fournir un autre motif à demeurer à la Cour. Enfin, jamais épouse ne fut mieux pleurée par les maîtresses de son mari.

Encore n'eus-je pas, moi-même, trop de temps à donner à ma douleur. Comme, à l'instant que la Reine expirait, je voulais revenir chez moi, Monsieur de La Rochefoucauld [2], en courtisan zélé, me prit par le bras et me poussa chez le Roi en me disant seulement : « Ce n'est pas le temps de le quitter, il a besoin de vous. » Je trouvai ce prince en larmes, mais je ne sus pas d'abord ce qu'il en fallait conclure car il avait la larme assez aisée. Au premier éloge que je lui fis de la défunte, il coupa court : « J'en sais plus que vous là-dessus, me dit-il. Dieu me l'avait donnée comme il me la fallait : elle ne m'a jamais dit "non". »

Je pris la leçon pour ce qu'elle valait, et essuyai doucement ses larmes, qui coulaient toujours.

A la vérité, le Roi était plus attendri qu'affligé par la

1. Compétents.
2. Auparavant, Marsillac.

perte qu'il faisait ; mais, comme l'attendrissement produit d'abord les mêmes effets et que tout paraît grand chez les grands, la Cour fut, au commencement, en peine d'une douleur qui parut considérable. Je m'y laissai tromper moi-même : ayant dû demeurer à Versailles dans le temps que la Cour se transportait avec le Roi à Saint-Cloud, puis à Fontainebleau, je parus, quand j'arrivai à Fontainebleau, en grand deuil et avec un air abattu qui me semblait de mise. Le Roi, dont la douleur était déjà passée, ne put s'empêcher de m'en faire quelques plaisanteries. J'appris alors, par les dames qui étaient dans son carrosse pour venir, qu'il avait été d'une grande gaîté tout le temps du voyage et qu'elles avaient dû rire sans cesse et montrer un grand appétit. Ceci était le lundi ; la Reine était morte le vendredi. Dès le mardi, il y eut appartement. Le Roi pria la dauphine d'y danser et, celle-ci s'excusant sur sa douleur de ne le pouvoir faire, il lui en donna l'ordre formel, disant seulement : « Ma fille, nous ne sommes pas comme les particuliers. Nous nous devons tout entiers au public. »

Si, pour plaire au Roi, c'en fut vite fait de ma douleur, je ne me débarrassai pas si aisément de ma peur. Encouragés par la bonne humeur du monarque, les courtisans ne parlaient plus que de remariage. J'entendis chez la dauphine mesurer les chances respectives de quelques princesses allemandes ; on parlait aussi d'une princesse de Toscane ; cependant, on en tenait plus généralement pour l'infante de Portugal. Le Roi me voyait toujours aux heures qu'il avait accoutumé mais ne me disait rien de tous ces beaux projets, ce qui augmentait mes alarmes.

Je fuyais mes amis, je ne dormais plus, j'étais prise d'étouffements. A tout moment j'allais respirer dans la forêt, accompagnée de Madame de Montchevreuil ; j'y allais même parfois chercher un peu d'air la nuit, lorsque mes craintes m'oppressaient. Si le Roi se remariait, je ne doutais pas qu'une nouvelle reine, jeune et peut-être charmante, prendrait sur lui un empire d'autant plus aisé que leurs liens seraient sacrés ; je ne pourrais plus prétendre qu'à l'amitié et elle tiendrait peu devant une passion conjugale ; au moindre désir qu'en exprimerait une jolie princesse, je serais disgraciée et chassée ; je ne me donnais pas un an pour faire tout ce parcours. Si, au contraire, il ne se mariait pas, et, cependant, ne prenait point de nouvelles maîtresses, la Cour ne s'expliquerait ce mystère qu'en ouvrant enfin, et complètement, les yeux sur la nature de notre commerce ; il n'y aurait plus moyen de sauver les apparences ; on prétendrait que j'empêchais, par des manèges de courtisane, un mariage utile à la couronne ; j'aurais contre moi tous les ministres, la famille du Roi, et l'Eglise de surcroît. Un jour qu'il serait las des remontrances et que la lumière trop vive des candélabres marquerait mon visage de toutes ses années, il me renverrait humiliée et déshonorée.

Ayant retourné cela dans tous les sens, je jugeai qu'il valait décidément mieux partir plus tôt qu'être chassée plus tard ; je résolus de parler au Roi.

C'était un soir de la fin d'août, dans mon appartement. Il venait de rentrer de la chasse et s'apprêtait à reprendre dans le détail quelque compte de finance, que la mort subite de Monsieur Colbert n'avait pas permis de mettre à jour ; de plus en plus souvent, il apportait ainsi chez moi quelque travail pressé ; il disait qu'il travaillait mieux à mon côté et s'émerveillait de ce que je ne lui fisse jamais reproche de préférer le soin des affaires de l'Etat à une conversation de bagatelles.

Il faisait un temps chaud et sans air. Je me sentais toute vaporeuse et ne parvenais pas à dire les mots qu'il fallait. Je pris un livre et le reposai, me levai pour arranger les fleurs d'un bouquet, changeai de place un ployant, déchirai des lettres que je venais d'écrire, ouvris puis refermai la fenêtre, enfin je tournai dans la chambre comme les ours de Madame de Montespan dans le salon de Mercure. A la fin, le Roi, levant la tête de dessus ses feuilles, me considéra avec attention et dit doucement : « Enfin, Françoise, ne vous tiendrez-vous pas en repos, aujourd'hui ? »

Je me jetai dans une révérence à ses genoux et sans lever la tête :

— Sire, je prie humblement Votre Majesté de m'accorder la permission de me retirer à Maintenon.

Il prit mon visage dans ses mains et le releva pour rencontrer mes yeux :

— Qu'avez-vous ? Etes-vous malade ? Vous trouvez-vous quelque sujet d'ennui ? Je consens volontiers que vous alliez chez vous pour deux ou trois journées. Cependant...

— Sire, Votre Majesté se méprend : je veux quitter la Cour pour tout de bon et m'établir à Maintenon.

La stupeur se peignit sur son visage :

— Songez-vous bien, Madame, à ce que vous me dites ?

— J'ose y songer, Sire, repris-je en détournant les yeux. Tout le monde dit que Votre Majesté va se remarier et, si elle prenait mon conseil, je lui parlerais là-dessus comme ses courtisans. Il faut une reine à la France et vous avez besoin d'une épouse. Votre Majesté n'est pas d'âge ni d'inclination à s'accommoder du veuvage. Et la princesse de Portugal...

— Ne vous préoccupez point, je vous prie, de la princesse de Portugal. Ce ne sont point là de vos affaires, dit-il d'un ton sec. Mais, reprit-il plus doucement, si je me remariais, pourquoi devriez-vous vous éloigner ? N'avez-vous pas bien vécu avec la feue Reine ?

— Sans doute, Sire, mais la Reine, en dépit de grandes qualités d'âme, n'avait point la grâce ni l'esprit qui lui eussent permis de retenir et d'amuser Votre Majesté. Selon les apparences, il n'en ira pas de même d'une princesse jeune et charmante comme la princesse de Portugal ; elle saura donner à Votre Majesté les joies d'une parfaite union. Je ne serai plus utile ; du reste, la nouvelle reine pourrait prendre ombrage de notre amitié...

— Supposé que je veuille me remarier, Madame, je vous réponds de l'amitié de la Reine pour vous.

— La Reine m'accepterait peut-être, si vous m'imposiez à elle. Mais c'est moi qui ne voudrais plus de votre amitié à ces conditions. Je ne vous ai pas retiré à la feue Reine, je vous ai même rendu à son amour. Il en irait autrement si je cherchais maintenant à conserver votre amitié. Je serais coupable devant Dieu d'empêcher Votre Majesté de se donner entièrement et uniquement à sa nouvelle union, et de la laisser s'engager dans un sacrement avec l'idée qu'elle en puisse trahir la promesse.

Le Roi m'avait écoutée avec patience ; à la fin, il montra quelque irritation.

— Vous m'affligez, Madame, me dit-il, j'avais cru que vous aviez pour moi plus d'amitié.

— J'ai pour Votre Majesté bien mieux que de l'amitié et c'est ce qui me donne la force de me retirer.

— Mais à la fin, Françoise, me direz-vous où vous voulez en venir ?

Je ne sais pourquoi je ne pus retenir une réponse de « bel esprit », plus digne d'être faite à l'abbé Testu qu'au roi de France :

— J'en veux seulement venir à Maintenon, Sire... par la route de Chartres.

— Oh, Madame, je vous prie de ne point faire de cette sorte d'esprit avec moi ! Je ne suis pas en humeur de le goûter.

Il reprit le portefeuille où étaient ses papiers, se leva et sortit sans prendre congé. Je me crus perdue.

Cependant, il revint le lendemain et tous les jours suivants. Il ne me parlait que de choses indifférentes et ne disait mot de la conversation qui l'avait fâché. J'y revins donc moi-même. Je vis qu'il entendait mes scrupules, mais qu'il écoutait mieux son plaisir et qu'il ne lui convenait décidément pas que je quittasse la Cour. Voyant, d'ailleurs, que la rumeur de son mariage grossissait, je ne pus lui cacher mes larmes. Il en fut attendri, mais non moins résolu à me sacrifier à son divertissement. Je le suppliai à deux genoux de me laisser partir.

— Vous préférez votre plaisir d'un moment à la tranquillité de mes jours, lui dis-je entre deux sanglots.

— Et vous, Madame, vous aimez mieux votre orgueil que mon bonheur, repartit-il sèchement.

Ces scènes-là me laissaient en loques ; Nanon et mon amie Montchevreuil avaient grand-peine ensuite à raccommoder les morceaux : on me changeait de chemise, on me bassinait les tempes, on m'abreuvait d'eau de Sainte-Reine et de fleur d'orange ; enfin on soignait l'animal pour le renvoyer au combat.

Un des premiers jours de septembre, comme le Roi m'avait menée à la promenade avec lui et que nous nous étions séparés du gros de la Cour : « Savez-vous bien, me dit-il, que vous m'avez persuadé. Mon affaire est résolue : je me remarie. » Nous marchions au bord de l'étang des Carpes, d'où la vue sur la cour des Fontaines est si jolie. Mes yeux s'emplirent de larmes en considérant cette perspective charmante, que je pensais voir pour la dernière fois. « Vous ne me dites rien ? » reprit-il en me regardant au visage. Je ne pus que secouer la tête. « Vous ne me demandez pas avec qui ? — Si », fis-je d'une voix étranglée. Chez tout autre que lui j'aurais vu la malice mais, au plus fort même du badinage, le Roi n'avait jamais l'air de plaisanter. « Eh bien, fit-il gravement, j'épouse Françoise d'Aubigné. » J'eus le cœur meurtri de douleur par ce que je crus la plus cruelle des moqueries. « Qu'avez-vous, Madame ? Vous trouvez-vous mal ? — Ce n'est rien, Sire. Des vapeurs... Je vous prie de me pardonner si je n'ai pas la force de poursuivre cette promenade. Je vois ici Madame d'Heudicourt qui me raccompagnera chez moi. »

Fort alarmé de ce malaise dont toute la Cour bruissait déjà, car rien ne reste inaperçu quand on est sur le théâtre, le Roi vint à mon chevet ; je vis alors avec stupeur qu'il ne se moquait pas. J'en fus si confondue que je pensai me trouver mal derechef.

En homme habitué à commander et à ne point voir ses raisons révoquées en doute, il me dit qu'il m'épousait car il ne voyait point d'autre manière pour me garder ; que, de toutes les façons, l'avenir de la dynastie était assez assuré par son fils, et les deux petits-fils que la dauphine venait de lui donner coup sur coup ; qu'avoir maintenant des enfants d'un second lit ne serait bon qu'à semer la brouille dans sa famille et la fronde dans la nation ; que selon Dieu et selon les consciences, enfin, il n'y avait rien à redire à ce mariage.

— Mais selon le monde, Sire... Le plus grand roi de la Terre épouser la veuve de Monsieur Scarron !

— Ah, vous parlez comme Monsieur de Louvois, me dit-il, je vous répondrai comme à lui : selon le monde, c'est moi qui fais et défais les noblesses. On est toujours assez bien né quand on est distingué par moi.

Après quoi, il se lança dans une péroraison véhémente pour m'assurer qu'il faisait, en m'épousant, le mariage le plus raisonnable qu'il pût faire, « car il est très raisonnable, à quarante-quatre ans, de faire un mariage d'inclination. Voyez-vous, j'ai renoncé à cette sorte de mariage quand j'avais vingt ans, je n'étais pas mon maître alors ;

mais cela peut bien être cause que je sois ensuite tombé dans le péché. Je crois prudent à mon âge de mieux assurer mon salut. Je vous épouse pour me sauver. C'est un souci qui ne peut vous laisser insensible, sans doute... » Je ne l'avais encore jamais vu si plein de chaleur dans l'exposé d'un argument ; on aurait dit d'un enfant expliquant doctement à sa gouvernante combien il est raisonnable de lui passer ses caprices. Du reste, il était si sûr de moi qu'il avait entretenu son ministre et son confesseur de sa résolution avant que de m'en mettre au fait ; mais il est vrai que si, dans cette affaire, il eût pu y avoir une exclusion, je ne croyais pas qu'elle pût venir par moi.

Trente-deux jours après la mort de la Reine, j'acceptai donc de devenir l'épouse du roi de France ; ou plutôt j'appris que je l'allais devenir et ne m'y opposai pas.

Nous ne mîmes que peu de gens dans la confidence : pour le Roi, il n'y eut que Monsieur de Louvois, le père de La Chaise, l'archevêque de Paris et son premier valet, Bontemps ; quant à moi, je ne contai la chose qu'à Nanon, Marguerite et Henri de Montchevreuil, l'abbé Gobelin et Madame de Brinon. La famille du Roi ni la mienne n'en surent rien. Nous étions d'âge à nous passer de leur permission.

Le Roi hésita un moment sur la déclaration de ce mariage. Je vis bien qu'il la craignait ; cependant, il me l'offrit. Je lui représentai alors qu'il ne fallait pas qu'il fît pour moi une chose si au-dessus de moi, et qu'il ne faisait que trop déjà en m'épousant ; qu'enfin, il valait mieux, de tout point, garder ce mariage secret. Il se rendit fort aisément à mes raisons.

Il m'avait fallu paraître mariée avec Monsieur Scarron quand je ne l'étais guère ; maintenant que je serais bien mariée, il me faudrait jouer les veuves. C'était mon sort apparemment que de ne pouvoir être mariée à la façon commune.

Pour cette fois, néanmoins, je ne crus pas pouvoir m'en plaindre. Je nageais dans le songe et flottais dans la béatitude. A peine si je sentais encore mes pieds toucher la terre. Le Roi ne partageait pas cette extase et trouvait notre mariage si naturel que je n'osai lui représenter ce qu'il avait d'extraordinaire. Il ne manquait à la perfection de mon bonheur que d'en pouvoir communiquer la nouvelle à Monsieur de Villarceaux. « Vous rêvez, Françoise ! Un Villarceaux épouser Madame Scarron ! » Ce mot m'était resté si bien enfoncé dans le cœur que c'était à peine assez du geste d'un roi pour l'en arracher.

Fontainebleau se prêtant mal à une célébration secrète, le Roi décida qu'on ferait le mariage dès la première nuit de notre retour à Versailles, où il était aisé de se rendre à la chapelle par son appartement. Ce fut donc dans la nuit du samedi 9 au dimanche 10 octobre 1683, dans l'ancienne chapelle du château, que l'archevêque de Paris unit, en présence du père de La Chaise, de Bontemps et de Montchevreuil, le roi Louis XIV à Françoise d'Aubigné.

Pour moi, je crois que je n'y étais pas, ou si peu... Dans l'obscurité de la chapelle, qu'éclairaient seulement les deux grands flambeaux de l'autel, je ne vis pas à qui je donnais la main. Le bon Montchevreuil, qui me servait de témoin, me dit quelque chose mais je ne sus pas quoi. Je n'entendis pas le Roi répondre aux questions de l'archevêque, je ne m'entendis pas moi-même consentir à mon élévation. Je ne repris mes esprits qu'autour de l'*Agnus Dei* pour faire réflexion que j'étais si glorifiée en ce monde que j'avais sujet de craindre d'être humiliée et confondue dans l'autre ; et je retombai dans ma stupeur jusqu'au dernier évangile, où je me dis tout à coup que je ne pourrais pas monter plus haut.

Alors, je commençai d'appréhender l'ennui.

15

Dans les premiers temps de mon mariage, l'ordinaire de ma vie ne me parut pas changé.

Je continuais d'être de tous les divertissements : bals chez le Roi, comédies chez Monsieur, loteries chez Monseigneur, et musique partout, car la Cour était fort nombreuse et gaie dans ces années-là. J'étais des voyages aussi : promenades militaires en Alsace et à Strasbourg, après que le Roi l'eut réunie à sa couronne, à Valenciennes et dans les places du Nord l'année suivante, à Luxembourg et à Longwy une autre fois ; promenades champêtres, à Villeroy, Saint-Cloud et Fontainebleau chaque année, à Compiègne aussi et plus souvent qu'à mon gré. Les courtisans aiment à changer leur ennui de lieu ; or, ce n'est pas un lieu mais son cœur qu'on habite · dans des murs nouveaux, ils se dégoûtent vite de ne trouver qu'eux-mêmes, et il faut refaire les malles.

Pour moi, en tous pays, je ne voyais que le Roi, et mon nouvel époux n'ayant rien changé aux manières de mon ancien amant, je rencontrai partout la permanence. Tous les jours, il me donnait cinq heures de son temps très précisément réglées, c'était à savoir une heure le matin, avant d'aller à la messe, et quatre heures le soir, après la chasse et avant son souper. Dire qu'il me « donnait » ces heures-là n'est pourtant pas parler trop précisément, car il consacrait plus d'heures chez moi à ses affaires qu'à mon entretien. J'étais souvent de la sorte chassée de mes occupations par les siennes et aussi peu libre dans ma chambre qu'une visiteuse : il fallait ne point faire de bruit pour ne le pas troubler, abandonner à tout moment mon ouvrage pour l'écouter, et me reculer dans le coin le plus obscur pour laisser à son portefeuille, ses papiers et son secrétaire la meilleure place et la plus vive lumière ; mais il faut prendre la charge avec le bénéfice et je prenais de bonne humeur un esclavage qui me comblait de fierté. Du reste, j'avais encore, au commencement, bien des heures de liberté dans les après-dînées et les passais à mon gré en promenades, lectures ou entretiens d'amitié.

Les choses changèrent cependant, sinon avec le mariage lui-même, du moins avec la persistance de la faveur. Quand on me vit si bien établie et, selon les apparences, pour longtemps, les solliciteurs, les ministres, les membres de la famille du Roi eux-mêmes envahirent mon antichambre à longueur de journée ; j'en éconduisais le plus que je pouvais, mais je ne pouvais éconduire tout le monde sans passer pour affolée de ma grandeur ; pour ne point me faire plus d'ennemis que la faveur ne m'en faisait naturellement, je finis par accepter que mon appartement devînt le lieu de passage du plus précieux de la Cour et du plus humble de la Ville.

Or, cet appartement était fort resserré : n'ayant jamais eu là-dessus les idées de Madame de Montespan, je me contentais de quatre chambres à Fontainebleau et à Versailles ; encore en fallait-il ôter la moitié pour les valets, les gardes et tout le service ; je devais passer mes jours renfermée dans une simple chambre à dormir et un petit cabinet, et ne point me plaindre de n'être pas même la maîtresse de ces quelques pieds carrés où je vivais, en somme, comme les marchands vivent dans leur boutique qui, une fois qu'elle est ouverte, ne se vide plus jusqu'au soir.

Deux ou trois ans après mon mariage, ma vie avait déjà pris ce tour particulier que trente-deux années de vie conjugale avec le Grand Roi ne devaient plus changer.

Je m'éveillais sur les six heures et disais mes prières dans mon lit. A peine avais-je le temps d'avaler une tasse de bouillon et de me mettre à ma toilette qu'on entrait chez moi : Fagon, d'abord, ou Maréchal, pour prendre mon pouls et me donner leurs soins quand c'était jour de médecine ; puis le premier valet de chambre du Roi, Bontemps ou Blouin, pour savoir de mes nouvelles et les porter à son maître. Vers sept heures et demie ou huit heures, je plaçais mes lettres les plus pressées, mais j'achevais rarement mon ouvrage avant que les premières audiences ne se présentassent. Il y avait là des officiers qui attendaient d'être nommés par mon entremise, des religieux qui venaient pour leurs aumônes, des veuves pour m'exposer leur misère, des marchands pour régler quelque commande, un peintre pour faire mon portrait, ou d'autres bagatelles ; c'étaient aussi parfois, à la fin du règne, des secrétaires d'Etat, des ambassadeurs, et, tous les jours, dans tous les temps, quelques-uns de mes familiers : le duc du Maine, par exemple, qui voulait m'embrasser à mon lever et restait chez moi jusqu'à ce que le Roi arrivât. Car tous ces visiteurs ne sortaient de chez moi que quand quelqu'un d'au-dessus les chassait ; lorsque le Roi venait enfin, il fallait bien qu'ils s'en allassent tous.

Le Roi demeurait avec moi jusqu'à l'heure de la messe, qui était ordinairement dix heures ; c'eût pu être une heure de conversation agréable si, avec cela, je n'avais pas été à moitié déshabillée ; je n'avais pu, le plus souvent, achever ma toilette ; j'avais encore ma coiffure de nuit et ma robe de lit ; et je hais de causer en cornette [1]. Ma chambre était comme une église où se faisait une procession de si parfaits dévots qu'ils ne s'avisaient même pas que la châsse ne fût point parée... Le Roi parti, je donnais tous mes soins à mon habillement ; Nanon brossait mes cheveux, que j'avais toujours fort beaux ; De Lile, mon maître d'hôtel, et Manseau, mon intendant, venaient prendre mes ordres pour la journée. Cela fait, le Roi, qui avait entendu la messe, repassait un moment par chez moi.

Ensuite, ses filles entraient ou, plus tard, la duchesse de Bourgogne, toutes accompagnées de leurs suivantes, dames d'honneur et intimes amies. Elles demeuraient là à babiller pendant qu'on m'apportait mon dîner. Tout en mangeant, j'entretenais cette compagnie. Il y avait souvent autour de moi un tel cercle de dames que je ne pouvais seulement demander à boire. Je me détournais et leur disais doucement en les regardant : « Vraiment, c'est beaucoup d'honneur pour moi, mais je voudrais bien avoir un valet. » Sur cela, chacune voulait me servir et s'empressait pour m'apporter ce qu'il fallait, ce qui était bien une autre sorte d'embarras et d'importunité.

Au moment qu'elles partaient enfin pour aller dîner à leur tour et que je me disposais à jouer une partie de tric-trac avec Bonne ou à prendre un peu d'air, Monseigneur arrivait, car il ne dînait point. Or, c'était l'homme du monde [2] le plus difficile à entretenir ; je crois qu'il comptait les mots et avait résolu de ne pas dépasser un certain chiffre ; il fallait pourtant que je l'entretinsse puisque j'étais chez moi ; chez une autre, je me serais cachée derrière une chaise et n'aurais soufflé mot, mais, dans ces quatre murs, je devais bien payer de ma personne.

Quand le dauphin partait, le Roi, sortant de table, revenait dans ma chambre avec toutes les princesses, apportant, dans ce petit espace, une chaleur effroyable. Il passait là environ une demi-heure puis s'en allait, mais

1. Coiffe de nuit.
2. L'homme au monde.

tout le reste demeurait et, comme le Roi n'y était plus, on s'approchait davantage de moi. Il fallait écouter la plaisanterie de l'une, la raillerie de l'autre, le conte d'une troisième, tandis que je portais dans mon cœur tout le souci des affaires, la crainte des méchantes nouvelles, l'incertitude des avis à donner ; elles riaient comme des folles, et je pensais pendant ce temps que, dans le monde, mille gens périssaient et que des milliers d'autres souffraient, je pensais aux guerres, aux famines ; et la bimbeloterie, qui leur tenait lieu d'esprit, me devenait vite insupportable. L'ennui, voyez-vous, c'est que toutes ces sottes dames de la Cour n'ont rien à faire ; elles ont le teint bien rafraîchi et passent leurs journées à se délasser ; pour moi, j'enrageais du temps perdu et pétillais [1] de n'avoir, enfin, ni repos ni occupation.

Quand le Roi rentrait de la chasse, il revenait chez moi ; on fermait la porte et personne n'entrait plus. J'étais seule avec lui. Il fallait recevoir ses caresses, si c'était là son humeur, ou consoler ses tristesses, s'il en avait. Puis il travaillait : il dépouillait les dépêches, écrivait, dictait ; il venait ensuite quelque ministre. Si on voulait que je fusse en tiers dans ce conseil, on m'appelait ; si on ne voulait pas de moi, je me retirais un peu plus loin, mais je n'étais pas libre de vaquer à mes affaires ni à mon agrément ; je prenais quelque ouvrage de tapisserie ou un livre, et j'attendais qu'on voulût bien se ressouvenir de moi.

Pendant que le Roi continuait de travailler, je soupais, mais il ne m'arrivait pas une fois en deux mois de le faire à mon aise. Si j'avais laissé le Roi avec son ministre triste ou soucieux, je n'avais point d'appétit ; s'il était seul au contraire, il me priait de me dépêcher, car il haïssait la solitude ; ou bien il voulait me montrer quelque chose ; de manière qu'enfin j'étais toujours pressée. Je me faisais porter mon fruit avec ma viande pour me hâter davantage, et on emportait aussitôt la table.

Après cela, il était tard ; j'étais debout depuis six heures du matin ; je n'avais pas respiré de tout le jour ; il me prenait des lassitudes, des bâillements ; enfin, je me trouvais si fatiguée que je n'en pouvais plus. Le Roi

1. M'impatientais.

finissait par s'en apercevoir et me disait quelquefois :
« Vous êtes bien lasse, n'est-ce pas ? Il faudrait vous coucher. » Mes femmes venaient me déshabiller, toujours
devant le Roi, souvent devant ses ministres. Tandis
qu'elles m'ôtaient mes robes, je sentais que le Roi voulait me parler encore et qu'il attendait impatiemment
qu'elles fussent sorties ; ou bien il restait quelque ministre avec lui et il craignait que les servantes n'entendissent ce qu'il disait. Cela l'inquiétait, et moi aussi par
sympathie. Que faire ? Je me dépêchais, je me dépêchais
toujours, je me dépêchais jusqu'à m'en trouver mal.

J'étais au lit ; je renvoyais mes femmes ; le Roi
s'approchait et demeurait à mon chevet à dire quelques
bagatelles.

J'étais couchée mais j'aurais eu besoin de prendre certains soulagements car je ne suis pas un corps glorieux ;
mais il n'y avait personne à qui demander quoi que ce
fût et, quant à bouger, il n'y fallait pas songer. J'écoutais
donc le Roi, en grelottant, en reniflant, ou en étouffant
ma toux jusqu'à en être cramoisie.

Le Roi était plein de bonté ; s'il avait pensé que je
voulusse quelque chose, il eût souffert sans doute qu'on
me l'apportât mais il ne croyait pas que je m'en contraignisse. Comme il était le maître partout et faisait tout
ce qu'il voulait, il n'imaginait pas qu'on fût autrement
que lui. Les grands ne se contraignent jamais, et ils ne
pensent même pas que les autres se contraignent pour
eux ni ne leur en savent gré ; ils sont tellement accoutumés de voir tout ce qui se fait par rapport à eux qu'ils
n'en sont plus frappés.

Un quart d'heure avant le temps de son souper, le Roi
passait à ma garde-robe, puis tirait une sonnette qui
répondait à mon cabinet. Monseigneur, les princes et les
princesses, qui n'attendaient que ce signal, entraient
alors à la file dans ma chambre, en venant par ce cabinet ; ils ne faisaient que traverser devant moi en procession et sortaient par l'autre porte, vers l'appartement du
Roi, qu'ils précédaient. Il était dix heures et quart, ils
allaient tous se mettre à table, et je restais seule. Je
prenais en hâte les soulagements dont j'avais besoin,
disais une courte prière, et m'endormais entre mes quatre rideaux ; souvent après avoir pleuré, car, si j'avais

quelque peine, je n'avais pas d'autre temps dans la journée pour m'y donner.

C'était une vie de contrainte sans exemple. Je me trouvais aussi parfaitement recluse que dans une prison mais, par malheur, point si solitaire ; j'étais, à dire vrai, très exactement dans la situation du lion de la ménagerie enfermé dans ses barreaux et obligé de voir défiler devant lui mille personnes tous les jours ; comme lui, j'étais parfois saisie de la rage de mordre et d'assassiner.

« Jour de Dieu ! L'heureuse femme, disait la duchesse de Chaulnes, elle est avec le Roi depuis le matin jusqu'au soir ! » Mais elle ne se souvenait pas, en parlant de la sorte, que les princes et les rois sont des hommes comme les autres, et même un peu plus tyranniques que les autres.

Enfin, j'entrai, par mon mariage, dans un état où il n'y avait pas de milieu : d'un côté, c'était un excès de grandeurs et de faveurs, et de l'autre, un excès de tristesses et d'embarras. Il fallait en être, en alternance, enivrée et accablée.

Cependant, il ne paraissait pas que ma position publique fût changée. Pour le monde je n'étais toujours que seconde dame d'atours de la dauphine, et le Roi tenait fort à cette apparence.

Dans les premiers temps, il n'avait point voulu déclarer le mariage par crainte de ce qu'on en dirait ; ensuite, il trouva dans l'incertitude du public sur cette union tout le piquant qu'il trouvait auparavant dans le secret de notre commerce ; il se mit alors à entretenir le doute par de fausses confidences. Un jour, il dit bien haut à quelques courtisans, au sortir de son dîner : « N'avez-vous point entendu dire que je me fais faire une livrée et que c'est une marque certaine que je me remarie ? » Un autre jour, au contraire, il déclara à son souper que, tout d'une voix, on avait décidé au Conseil, à propos du procès de la comtesse de Granpré, que les secondes noces étaient malheureuses ; un conseiller d'Etat dit doucement : « Sire, ce n'est que pour les particuliers » ; à quoi le Roi repartit fermement qu'il y avait de grands inconvénients pour toutes sortes de gens sans aucune exception. Puis, pour achever de dépister les curieux et troubler les esprits, il relança la supposition de son mariage portugais, entretenant quelques négociations à ce sujet et se plaisant même à laisser entendre que c'était moi qui l'y poussais. Enfin, pour aller plus avant dans la comédie, il m'offrit, devant toute la Cour, la place de dame d'honneur de la dauphine ; je la refusai, comme nous en étions convenus, sur quelque prétexte de modestie et j'y fis mettre la duchesse d'Arpajon, sœur de mon ancien galant, Beuvron ; on loua ma simplicité.

A la vérité, je trouvais tous ces jeux bien enfantins, et j'eusse mieux aimé que la situation fût avouée puisqu'elle n'était pas inavouable ; mais je voyais que le Roi s'amusait à ces mystères ; il n'était pas si facile à amuser d'ailleurs pour que je ne me prisse pas avec plaisir à tout ce qui le pouvait réjouir. J'étais donc contente du secret, puisqu'il l'était.

Ma place demeurait ainsi très singulière : la première dans l'intimité, pour le carrosse et les entretiens, mais l'une des dernières, après les princesses et les duchesses, dans les cérémonies et les divertissements. Simple particulière en public ; hors de ses yeux [1], reine.

La famille du Roi, elle-même, ne savait à quoi s'en tenir. On me rapporta un propos de Madame [2], qui me fit un plaisir sensible, ce qui ne m'arrivait pas souvent avec elle ; elle avait dit à l'une de ses familières qu'elle ne me croyait pas mariée avec le Roi « parce que, s'ils étaient mariés, leur amour ne serait pas si fort qu'il l'est à cette heure ; à moins, avait-elle ajouté dans un sursaut de lucidité, que le secret n'y ajoute un ragoût que les autres ne trouvent pas en l'état de mariage public ».

Quant à Monsieur, il n'apprit la vérité que par le plus grand des hasards et n'osa la dire à personne, ce qui ne laissa pas de me surprendre d'un bavard aussi impénitent. Il advint, en effet, quelques années après notre mariage, que le Roi, souffrant d'une fièvre quarte, m'avait voulue auprès de lui dans sa chambre ; il venait de prendre médecine en ma présence, quand Monsieur, inquiet sur l'état de son frère, pénétra dans la chambre sans être annoncé et avant que j'eusse pu m'échapper.

1. C'est la construction de Saint-Simon.
2. Belle-sœur du Roi.

Le Roi était étendu sur son lit, à demi nu, les chausses [1] baissées ; je rougis de confusion à la pensée de ce que Monsieur allait croire en nous trouvant dans une situation qui, à défaut de mariage, eût été contraire à la bienséance. Mais le Roi se tira magnifiquement de cet embarras. De son ton le plus souverain, il dit seulement : « Mon frère, à la manière dont vous me voyez avec Madame, vous devinez bien ce qu'elle m'est... » Ce fut là tout son commentaire. Monsieur et moi continuâmes de deviser aussi librement que nous le pûmes, lui tout assommé de la révélation, moi troublée de la confession, tandis que le Roi allait majestueusement rendre sa médecine dans sa garde-robe.

Ma famille n'était pas mieux au fait de la situation. La petite de Villette seule en sut quelque chose, car, un jour qu'elle avait fait une grosse sottise et m'avait mise hors de moi par sa déraison, je ne pus me tenir de lui lâcher un : « Vous qui pourriez faire figure ici, étant nièce d'une reine ! » ; je me repris aussitôt, jugeant que je mettais trop d'orgueil dans mes colères et qu'il pourrait m'en cuire de cette indiscrétion ; mais Marguerite avait ouvert de grands yeux en m'entendant et ne les referma jamais tout à fait dans la suite. Du reste, je ne sais si elle n'avait pas eu l'occasion d'entendre Bontemps me traiter de « Majesté » dans le particulier, comme il le faisait toujours, sur l'ordre du Roi, lorsqu'il n'y avait personne. De toutes les façons, elle tint sa langue car Philippe, son père, ne sut rien : chaque fois qu'il venait à Paris, il me demandait si le Roi avait quelque galanterie ; il me nommait les noms qu'on répétait dans la province, ordinairement ceux des filles d'honneur de la dauphine, et voulait avec insistance connaître mon sentiment dessus...

Quant à mon frère, c'était autre chose : comme il s'ennuyait en Poitou et souhaitait absolument de vivre à la Cour pour y renouer avec moi un commerce régulier, je dus lui dire que la raison qui m'empêchait de le voir était bien glorieuse et qu'il en devait avoir plus de fierté que de dépit ; parlant à mots couverts, je n'espérais

---

1. « Partie inférieure de l'habit d'un homme, qui lui couvre les fesses, le ventre et les cuisses. »

d'être entendue qu'à demi-mots, mais il m'entendit trop bien. Il me fit connaître qu'il se sacrifiait volontiers à « la beauté de la cause », mais il redoubla ses extravagances : il venait à Paris sans me voir, tombait chez le duc de Lauzun, qu'on avait tiré de Pignerol, ou chez quelque autre demi-proscrit ; il y jouait gros jeu, s'endettait et lâchait enfin dans un gros rire : « Ne vous inquiétez pas, mes amis. Le beau-frère paiera. » Le « beau-frère » payait en effet ; mais Charles trouva bientôt que ce n'était pas assez d'une bourse bien garnie et qu'il fallait que l'alliance de sa sœur avec le Roi lui rapportât des titres et des honneurs. Il me somma de le faire « maréchal » ; je lui répondis que, quand je le pourrais faire connétable, je ne le ferais pas, ne voulant rien demander de déraisonnable à celui auquel je devais tout. Pour l'apaiser, le Roi lui donna le gouvernement d'Aigues-Mortes, puis celui du Berry, enfin un revenu considérable sur les fermes générales. Charles n'en perdit que davantage au jeu, disant à qui le voulait entendre qu'il avait eu son « bâton de maréchal en argent ». Je crus le faire taire en obtenant qu'on lui donnât le cordon bleu du Saint-Esprit, encore qu'il n'eût pas les titres de noblesse requis et que d'Hozier, le généalogiste du Roi, m'eût laissé entendre, dans cette occasion, qu'il doutait même que les d'Aubigné fussent de vraie noblesse. Cependant, je n'hésitai pas à exposer le Roi à la critique, et moi-même au ridicule, dans l'espérance de contenter ce frère aussi insatiable dans ses exigences qu'incontinent dans ses propos ; mais Charles ne me sut pas bon gré de ce nouvel effort et me présenta d'autres demandes, renforcées d'autres extravagances.

— Je commence à être bien las des sottises de Monsieur votre frère, Madame, me dit le Roi un jour que je l'accompagnais dans sa calèche.

— Sire, ce n'est pas à moi à apprendre à Votre Majesté que Dieu veut parfois que nous portions nos frères comme des croix.

Il ne put se tenir de sourire, car il n'avait pas lieu d'être fort satisfait des vices du sien.

— Vous dites vrai, Madame, dit-il en me caressant du regard, nous les porterons donc patiemment.

Le mariage n'avait point altéré les sentiments du Roi pour moi, et même, comme l'observait si justement sa belle-sœur, son amour semblait exalté d'avoir dû prouver sa force devant Dieu, sinon devant les hommes.

A Fontainebleau, il me fit descendre à son étage en m'attribuant, toujours dans le pavillon de la Porte Dorée, un appartement de plain-pied avec le sien ; à Versailles, il voulut qu'on agrandît ma chambre et qu'on en refît le meuble plus richement ; à Marly, enfin, il me mit dans une très grande chambre au premier étage, à côté de la princesse de Conti et de Mademoiselle de Nantes, ses filles, et de Monsieur, son frère. C'était avouer, par la topographie, que je faisais désormais partie de la famille. C'était aussi me faire vivre toujours au milieu des maçons et des tapissiers, mais le Roi ne croyait pas qu'on pût regarder les marques de la grandeur comme des incommodités.

Devant le public, il me montrait ordinairement un grand respect et même un peu plus : il avait été cent fois plus librement [1] avec la Reine et avec moins de galanterie. S'il était à la promenade avec ses courtisans, du plus loin qu'il me voyait venir à lui il ôtait son chapeau et venait au-devant de moi. Quand nous nous promenions dans ses jardins ensemble, il marchait à pied à côté de ma chaise et se baissait jusqu'à ma hauteur pour me parler et entendre mes réponses ; il avait toujours quelque chose à me dire ou à me faire remarquer. Cependant je ne me mettais pas toujours en peine ; je craignais l'air et je croyais avoir assez de complaisances pour lui d'ailleurs, sans avoir encore celle de laisser ma glace ouverte ; je ne la repoussais donc que de deux doigts lorsqu'il voulait me parler, et la refermais incontinent ; ce manège, et la façon qu'il avait alors de quémander mes regards et mon approbation, formaient une scène nouvelle qui plongeait la Cour dans l'étonnement.

Je crois qu'il m'aimait, en effet. Il m'envoyait, deux ou trois fois le jour, de petits billets à propos de tout et de rien, et, en public, il ne pouvait pas tenir un quart d'heure sans venir me parler à l'oreille et m'entretenir en secret, quand même il avait été toute la journée avec

1. C'est l'expression même de Saint-Simon.

moi ; il disait ne se pouvoir passer de ma présence plus d'une heure, et, dans le tête-à-tête, il me prouvait son attachement de telle manière que je ne puis douter de la vérité de cette parole qu'il me dit en mourant : « Madame, je n'ai aimé personne comme vous. »

Cependant, avec tout cela, il ne m'aimait qu'autant qu'il était capable d'aimer. Cela n'allait pas fort loin ; à peine plus loin, sans doute, que ce qu'il éprouvait pour ces chiennes couchantes qu'il nourrissait lui-même de biscuit dans son cabinet, et dont il pensait assez mériter l'affection par leur donner du pain, assaisonné de caresses, si elles l'avaient amusé, ou de coups de caveçon, si elles n'avaient pas été assez promptes à lui obéir... Jamais, qu'à l'instant de sa mort, ce grand roi ne se demanda s'il me rendait heureuse. Il allait toujours son train, en homme uniquement personnel et qui ne comptait tous les autres, fussent-ils les plus passionnément aimés, que par rapport à soi.

En quelque état que je fusse, malade, fiévreuse, il me fallait être en grand habit, parée et serrée dans mon corps, aller en Flandre ou plus loin, être gaie, manger, changer de lieu, ne paraître craindre ni le froid ni la poussière, et tout cela précisément aux jours et aux heures qu'il avait marqués, sans déranger rien d'une minute ; il m'a fait marcher souvent dans un état à ne pas faire marcher une servante, suant la fièvre à grosses gouttes et incommodée à ne savoir pas si je ne mourrais en chemin ; mais la seule chose qui lui importât vraiment était qu'il me trouvât arrivée, rangée et parée avant l'heure qu'il avait coutume d'entrer chez moi. Parvenu dans cette place, nouvelle scène : comme il craignait le chaud dans les chambres, fût-ce en plein hiver, il s'étonnait en arrivant de trouver tout fermé, faisait ouvrir mes fenêtres en grand, et n'en rabattait rien, sans considération pour la fraîcheur de la nuit, quoiqu'il me vît grelottante de fièvre ; et, s'il devait y avoir musique chez moi après souper, la fièvre ni le mal de tête n'empêchaient rien davantage : les trompettes dans les oreilles et cent bougies dans les yeux. Pourtant, cette absence d'égards pour la santé de mon corps n'était pas ce qui me choquait le plus : j'avais su, bien tôt, comme il traitait sur ce point Madame de Montespan, ou d'autres dames très aimées, et je ne m'étais jamais flattée de connaître un sort différent ; j'étais moins gardée, en revanche, sur l'espérance des tendresses de cœur et des douceurs de paroles ; aussi y fus-je bien plus déçue.

Je me croyais déjà très timide devant lui, mais les sorties terribles qu'il me fit souvent, jusque devant ses ministres, me rendirent tout à fait tremblante. Si, par exemple, dans les commencements, j'avais le malheur d'intercéder pour quelqu'un de mérite dans les nominations ou d'espérer un avantage pour un parent, le Roi faisait aussitôt donner la place à quelque autre ; et quand le ministre osait représenter que « Sire, Madame de Maintenon souhaitait pourtant... », « Je le sais bien », disait hautement mon époux devant le ministre, son secrétaire, mes « dames familières » et tout ce qui se trouvait alors dans la chambre, « je le sais bien et c'est pour cette raison même que je fais autrement. Je ne veux absolument pas qu'elle s'en mêle. » A d'autres fois, il disait devant le public, partie fâché, partie se moquant de ses ministres et de moi : « Monsieur le secrétaire d'Etat Untel a bien fait sa cour car il n'a pas tenu à lui de bien servir Monsieur de... parce qu'il est protégé de Madame de Maintenon. »

Dans toutes les circonstances, et préférablement les publiques, il aimait à faire sentir au chien l'endroit le plus blessant de son collier. Jusqu'à la modestie de ma naissance qui lui servait lorsqu'il me voulait abaisser et soumettre : « Je ne sais pourquoi vous voulez être parente de ces d'Aubigné d'Anjou et de l'évêque de Rouen, me lança-t-il un jour, ces gens sont très nobles sans doute, mais d'Hozier m'assure qu'ils ne vous sont rien par le sang. Serait-ce que vous croyez vous honorer en vous prétendant par la naissance au-dessus de ce que vous êtes originairement, qui, nous le savons, n'est pas grand-chose ? Ou est-ce que vous pensez diminuer de la sorte la distance qu'il y a de vous à moi ? Faites-moi la grâce, Madame, de cesser de vous rendre ridicule là-dessus. » Je croyais soudain sentir la poigne dure et glacée de ma mère sur ma main d'enfant ; j'avais envie de fuir à l'Amérique ; mais point d'autre ressource que d'attendre le soir pour pleurer derrière mes rideaux. Parfois, je ne pouvais me tenir de pleurer devant lui, tant l'attaque avait été prompte et cruelle ; il n'en paraissait pas plus ému pour cela et je voyais bien, au fond, qu'il s'applaudissait encore davantage de sa sortie.

Cependant, dès le lendemain, Bontemps me portait un billet par lequel son maître, et le mien, m'assurait de son amour dans les termes les plus galants : « Madame, m'écrivait-il par exemple, je n'ai pas voulu laisser passer la matinée sans vous assurer d'une vérité qui me plaît trop pour me lasser de vous la dire : c'est que je vous chéris toujours, et que je vous considère à un point que je ne puis exprimer ; et qu'enfin, quelque amitié que vous ayez pour moi, j'en ai encore plus pour vous, étant de tout mon cœur tout à fait à vous. Louis. » Ce beau compliment n'était pas une manière d'excuse sur la scène de la veille, car il ne se doutait pas même qu'il m'eût blessée et, du reste, il ne s'en souciait nullement ; c'était seulement l'expression toute pure d'une moitié de son âme et, en faveur de celle-là, il fallait, bon gré mal gré, s'accommoder de l'autre face du Janus. « Tel qui rit le matin, le soir pleurera », disais-je seulement à Nanon quand elle me voyait tout attendrie par l'un de ces petits billets ; mais le moyen, en vérité, de haïr un homme qui vous dit qu'il vous aime quand, d'ailleurs, cet homme est un roi ? L'orgueil y rencontre trop de satisfaction si le cœur n'y trouve plus tout à fait son compte ; et l'on croit aimer encore, quand déjà on ne désire plus que de paraître aimée.

J'anticipe, cependant, le cours de mes sentiments : dans les premières années qui suivirent mon mariage, je crois que j'éprouvais pour le Roi trop de gratitude encore et bien trop d'admiration pour oser m'avouer que je souffrais de sa tyrannie. Je me regardais, en outre, comme chargée du soin de son salut, et j'éprouve toujours une tendresse profonde pour ceux dont je crois répondre : quand je voyais cet époux, que Dieu m'avait donné, si imparfait dans sa grandeur, si dur, si colère, incapable d'une réelle pénitence ni d'une vraie dévotion et faisant, enfin, consister toute sa religion dans l'absence de manquement aux stations [1] et aux abstinences, j'admirais l'étendue de l'œuvre à accomplir et sentais

_____

1. Stations du chemin de croix.

pour lui la même tendresse que pour ces petits abandonnés dont je m'embarrassais à Rueil ou ailleurs.

En approchant moi-même des cimes, je comprenais mieux, au demeurant, quelle était la solitude du Roi. A cette altitude-là, on ne croise plus un seul regard ingénu, on n'entend plus une seule parole vraie, on n'est plus l'objet d'un seul sentiment désintéressé.

Aussi, à la différence des courtisans qui l'entouraient, me fis-je bientôt une règle de ne plus chercher à obtenir du Roi quoi que ce fût pour moi ni pour les miens, de ne l'importuner jamais d'affaires privées, mais de lui dire toujours, dans l'occasion, la vérité sur les affaires publiques plutôt que les compliments en usage qu'il aimait à entendre. Enfin, je crus, à l'inverse de la Reine défunte et de toutes les favorites, qu'on n'aimait un roi qu'en ayant la témérité de lui déplaire.

J'ai retrouvé dans un de mes petits livres secrets une prière que je composai dans ce temps-là et disais chaque matin à mon réveil ; elle me paraît marquer assez bien de quelle manière j'aimais mon mari : « Mon dieu, vous qui tenez entre vos mains le cœur des rois, ouvrez celui du Roi afin que j'y puisse faire entrer le bien que vous désirez ; donnez-moi de le réjouir, de le consoler, de l'encourager et de l'attrister aussi lorsqu'il le faut pour votre gloire ; que je ne lui dissimule rien des choses qu'il doit savoir par moi et qu'aucun autre n'aurait le courage de lui dire. Faites que je me sauve avec lui, que je l'aime en vous et pour vous et qu'il m'aime de même. Accordez-nous de marcher ensemble dans toutes vos justifications, sans aucun reproche, jusqu'au jour de votre avènement. »

Pour être tout à fait complète, et sincère, dans l'examen des sentiments que je vouais alors au Roi, je dois ajouter qu'en ce temps-là, comme je le remarque d'après cette prière et d'après des lettres qu'on m'a rendues, j'écrivais le mot de « dieu » avec une minuscule et celui de « Roi » avec une lettre capitale. Je ne jurerais pas que ce fût là l'exacte hiérarchie des respects que je rendais à l'un et à l'autre ; je croirais bien, pourtant, y trouver l'indice d'une plus ou moins grande familiarité...

Cette immense révérence, jointe à une grande pitié, faisait le fond du singulier amour que je portais au Roi.

De quelque manière que ce fût, au reste, il fallait bien que j'aimasse mon époux et que je fisse tout mon miel de son commerce, car, étant parvenue au point où j'étais, je ne trouvais plus grand monde à aimer. Il n'était pas malaisé de démêler, en effet, que la plupart de ceux qui me recherchaient ne le faisaient que par rapport à un autre et en ayant quelque dessein en vue. Le plat de leurs façons et la bassesse de leur cour m'étaient, tous les jours, un sujet d'émerveillement. Sous la splendeur des costumes et l'or des compliments, je voyais en plein des trahisons de toutes sortes, des ambitions démesurées, des envies épouvantables, des procédés affreux, des gens, enfin, qui avaient la rage au cœur et ne cherchaient qu'à se détruire les uns les autres. La vue [1] de se maintenir, l'impatience de s'élever, l'entêtement de se pousser et la crainte de déplaire formaient des consciences qui eussent passé partout ailleurs pour monstrueuses.

J'avais cru, depuis mon entrée à la Cour, n'avoir pas nourri d'illusions sur cet étrange pays ; mais, lorsqu'on en vint à soupçonner quelque chose de mon mariage, ce fut tout à coup comme si je passais derrière le théâtre : là où j'avais vu un palais enchanté, je ne vis plus qu'une toile cirée [2] ; les admirables machines, les belles illuminations firent place à de vilains cordages et des coulisses puantes de suif. C'était là, enfin, ce qu'on appelle « le monde », et, selon les apparences, ce monde pour lequel Jésus-Christ, à la veille de sa mort, ne voulut pas prier.

Placée au cœur de ce monde-là, je ne savais ce qui m'y dégoûtait le plus : des cabales que les parents montaient contre leurs enfants, des intrigues qui dressaient le mari contre la femme et le frère contre la sœur, des flatteries dont toutes ces bonnes âmes m'assaillaient universellement, ou des calomnies que, tout aussi unanimes, ils colportaient contre moi sous le manteau. Souvent, quand on m'avait donné des louanges toute la journée, je trouvais, au soir, un petit libelle sur le coin d'une table ou sous le coussin d'un fauteuil, comme déposé là par le reflux de la foule. Quelque grande dame anonyme vou-

1. Le désir.
2. C'est la propre expression de Mme de Maintenon.

lait sans doute que je n'ignorasse rien de ce qu'écrivaient sur mon compte les princes persifleurs et les libraires hollandais.

Quelquefois, c'étaient des chansons :

Le Roi se retire à Marly
Et d'amant il devient mari.
Il fait ce qu'on doit à son âge :
C'est du vieux soldat le destin
En se retirant au village
D'épouser sa vieille putain.

Quelquefois, c'étaient de gros ouvrages. Je me souviens ainsi fort bien de ces *Amours de Madame de Maintenon,* dont l'auteur prétendait conter ma vie par le menu ; mais, bien qu'ayant, à l'en croire, pénétré fort avant dans mon alcôve, il ignorait jusqu'à mon nom et s'entêtait à me nommer « Guillemette ». Je me souviens aussi d'un *Scarron apparu à Madame de Maintenon et les reproches qu'il lui fait sur ses amours avec Louis le Grand* ; on n'y révélait d'abord que des bagatelles, la bassesse de ma naissance ou l'emploi de servante que j'aurais tenu chez Madame de Montespan ; puis on marquait incidemment que j'avais empoisonné Mademoiselle de Fontanges, après avoir moi-même procuré cette bonne fortune au Roi ; enfin, comme c'était après la création de Saint-Cyr, on disait que je choisissais pour le Roi les petites filles les plus aimables de l'institution et que c'était par là que je me rendais nécessaire à ce prince. « La liaison qu'il y a entre la Cour de France et la Cour Ottomane fait voir que le Roi prend les manières vicieuses des Turcs », disait à peu près cet aimable livret, « il ne faut que jeter les yeux sur la maison de Saint-Cyr, que l'on peut appeler un véritable sérail sous le titre d'établissement religieux : c'est vous, Madame, qui êtes aujourd'hui l'instrument scandaleux de mille commerces qui entretiennent ce prince dans des plaisirs criminels. »

Ce reproche-là devait être si souvent repris dans la suite que j'y devins presque indifférente ; mais la première fois qu'il me tomba ainsi sous les yeux, je jetai des larmes amères. Je n'avais pas la sagesse de Monsieur Scarron, qui mettait toujours cette sorte d'ouvrages au feu sans en achever la lecture ; pour moi, je ne pouvais me tenir de boire cette ciguë jusqu'à sa dernière goutte et, chaque fois, je demeurais révoltée contre l'injustice des critiques qu'on me faisait et enragée de l'impuissance où j'étais à me justifier.

Ce que j'avais souffert dans ma jeunesse des gazetiers, libellistes, et plumitifs de tout poil, ne m'avait point aguerrie contre les mensonges et l'envie : je pleurais aussi naïvement qu'à seize ans ; je croyais décidément que les femmes doivent désirer de se faire oublier et qu'il était bien fâcheux que mes mariages ne me le permissent pas.

Les comédiens italiens me mettaient sur le théâtre ; Paris et Versailles couraient applaudir *la Fausse Prude* ou *l'Intrigante dévoilée*. Dans l'occasion, je recevais aussi de petits billets injurieux où ne manquait que la signature ; le Roi ajoutait à mon supplice en me mettant sous les yeux des lettres que s'adressaient entre elles des personnes qui le touchaient de près : il avait coutume, en effet, de faire établir, par la Poste, des copies de toutes les lettres où l'on parlait de lui ou des affaires de l'Etat. J'apprenais de la sorte que pour Madame je n'étais qu'une « sorcière », une « vieille guenippe [1] », et une « ripopée [2] » ; pour une grande princesse que je croyais aimer, « une hypocrite qui sait accorder la dévotion avec ses voluptés par une sympathie inconnue ». Quant aux princes de Conti, qui étaient partis en Allemagne pour y aider l'Empereur à combattre les Turcs, ils écrivirent à leurs amis, Liancourt, Alincourt et La Roche-Guyon, de telles ordures et de telles railleries sur mon sujet que la lettre m'en tomba des mains ; ce crime-là, pourtant, ne resta pas impuni car j'étais en trop bonne compagnie : Alincourt brocardait Dieu et les Conti se moquaient du Roi : « Roi de théâtre quand il faut représenter, mais roi d'échecs quand il faut se battre », écrivaient-ils ; pour Dieu et pour sa femme, le Roi eût volontiers pardonné

1. Femme de mauvaise vie, catin.
2. Vient peut-être de « ripopé » (vin frelaté), à moins qu'il ne s'agisse d'un terme allemand déformé par Madame.

l'outrage, mais il ne souffrit [1] pas qu'on critiquât son gouvernement ; il exila tout le monde.

Je dissimulai ces amertumes sous un air de gaîté. La Cour est un pays où les joies sont visibles mais fausses, et les chagrins cachés mais réels.

Je ne pus jamais, cependant, m'abandonner à de nouveaux amis. Je bornai mon attachement aux anciens, dont je croyais au moins connaître le cœur pour moi : Bonne d'Heudicourt, Henri et Marguerite de Montchevreuil, Monsieur de Barillon, Guilleragues et sa famille, quelques amis du Marais et Nanon firent tout mon entretien et toute ma confidence ; je n'y ajoutai, plus tard, que les duchesses de Chevreuse et de Beauvilliers et Sophie de Dangeau, qui sut me plaire par sa grâce, son bon sens et sa douceur : elle avait vingt ans, était née en Bavière, et j'eus le bonheur de la pouvoir saisir avant que les mœurs de cet affreux pays de la Cour ne l'eussent entamée ; comme elle épousa d'ailleurs Monsieur de Dangeau, que Madame de Montespan haïssait et qui le lui rendait bien, et qu'elle se fâcha tout de suite, pour des querelles d'Allemandes, avec la dauphine et Madame qui ne m'aimaient pas, nous eûmes des ennemis communs qui achevèrent de resserrer notre amitié. Cette amitié dure encore, aussi vive qu'au premier jour après trente ans ; on trouve des perles partout, jusque dans la boue.

La nécessité de me garder de tous, et de défendre mon cœur contre les sentiments les plus naturels, me jeta davantage encore dans la compagnie des enfants. J'y trouvais une simplicité qui m'enchantait et un abandon qui me gagnait moi-même, si sèche et fermée que je me sentisse devenir au voisinage des grands.

Comme Marguerite de Villette allait sur ses douze ans et qu'on commençait de me la demander en mariage, que mon neveu Charlot avait quitté Maintenon pour se faire officier, je m'emparai de la fille de mon frère, alors âgée de deux ans et demi, qui se nommait comme moi « Françoise d'Aubigné ». J'étais résolue de la faire mon héritière. Charles, plus occupé à hanter les tripots de

1. Toléra.

Paris qu'à vivre auprès de sa femme et de sa fille à Cognac, me l'abandonna très volontiers. Nanon se fit sa gouvernante, et je m'employai à lui donner les usages du monde dans l'espérance du beau mariage qu'elle pourrait faire dans dix ou douze ans, si, jusque-là, le Roi ne se fatiguait point de ma compagnie et ne m'envoyait pas finir mes jours dans un couvent.

Chaque fois que mon nouvel époux m'en donnait la liberté, je passais de longues après-dînées au petit « couvent » de Noisy : la simplicité de la vie qu'on y faisait, les rires joyeux des enfants qu'on y élevait, l'agrément de la compagnie de Madame de Brinon, les charmes d'une campagne non apprêtée, tout m'y ramenait aux temps heureux de Mursay et des séjours à Montchevreuil ; je me pensais à mille lieues de cette Cour où j'étouffais. J'aimais les enfants, et j'en avais ici quarante à aimer ; mais, comme j'avais peine à contenter mon appétit, j'en grossissais sans cesse le nombre, accueillant de pauvres filles et des abandonnés qu'on m'envoyait des quatre coins de la France, jusqu'au point que même Noisy ne les pût plus contenir sans peine et que ma bourse n'y suffît plus. Le désir me vint alors de faire quelque chose de plus considérable.

Je crus, du reste, que Madame de Brinon et moi perdions nos capacités auprès de ces petites paysannes, puisque, une fois qu'on leur avait enseigné à lire, compter, coudre et filer, il n'y avait plus rien à faire qu'à les mettre en métier ; ce n'était point là l'occasion d'un de ces chefs-d'œuvre d'éducation qui se peuvent produire à partir d'âmes d'élite et de sujets bien nés ; il y avait, dans l'instruction du peuple, une tâche que je croyais plus nécessaire que ne le jugeaient les grands, mais fort aride à l'expérience.

D'autres pauvres me parurent mériter plus d'attention : on trouvait alors par tout le royaume quantité de nobles sans le sou, qui ne subsistaient que d'emprunts et de charités ; beaucoup, cadets de famille, n'avaient ni terres ni bêtes et vivaient comme des misérables dans des masures sans toit ; des veuves d'officiers, morts pour le Roi, restaient sans une pistole pour nourrir leurs enfants ; le désir de paraître, et l'émulation à disputer aux financiers la gloire des palais et des « belles eaux », avaient achevé la ruine des autres. J'étais touchée du sort de ces pauvres nobles, d'autant plus que je me souvenais d'avoir partagé longtemps le destin des plus lamentables et que je n'ignorais rien des combats que l'orgueil et la faim livrent dans ces âmes. J'apercevais aussi qu'on pourrait, avec cette matière-là, pousser plus loin l'ouvrage de l'éducation : former de beaux esprits peut-être, mais surtout régénérer la nation en fournissant son élite en maximes de vertu et en principes de science. Eduquer les plus pauvres des nobles à l'égal des plus riches bourgeois, rendre ainsi à la noblesse une place qu'elle perdait tous les jours dans l'Etat : la grandeur de ce dessein passait encore, dans mon esprit, le plaisir de soulager la misère.

Je m'en ouvris à Madame de Brinon, à qui mon projet plut aussitôt. Nous balançâmes s'il fallait ouvrir cette institution également aux filles et aux garçons ; à Rueil nous nourrissions beaucoup de jeunes garçons et, à Noisy, quelques-uns encore ; je crus pourtant qu'il valait mieux ne penser qu'aux filles.

« Rien n'est plus négligé que l'éducation des filles, dis-je à Madame de Brinon, on dit qu'il ne faut pas qu'elles soient savantes et qu'il suffit qu'elles sachent obéir à leurs maris sans raisonner... Et, cependant, ne sont-ce pas les femmes qui ruinent ou qui soutiennent les maisons, qui règlent le détail des choses domestiques, qui élèvent les enfants ? Les occupations des femmes ne sont, au vrai, guère moins importantes au public que celles des hommes ; et l'ignorance des filles de la noblesse est précisément cause de la ruine de ce corps. »

Quand, au courant de l'année 1684, j'eus mon projet formé, j'en parlai au Roi. J'avais alors cent quatre-vingts filles à Noisy, et, parmi elles, depuis quelques mois, un nombre croissant de demoiselles. J'osai représenter au Roi le pitoyable état où étaient réduites la plupart des familles nobles de son royaume par les dépenses que leurs chefs avaient été obligés de faire à son service, et le besoin que leurs enfants avaient d'être soutenus pour ne pas tomber tout à fait dans l'abaissement.

— Ce que Votre Majesté vient de faire pour les fils de sa noblesse en établissant les compagnies de cadets, où on les instruit sans qu'il en coûte un sou à leurs parents, elle doit le faire pour les filles. Les filles, lui dis-je, ont, en quelque façon, un besoin plus grand encore d'être secourues à cause des dangers où l'infortune les peut exposer.

Je lui montrai tout le bien qu'on pourrait faire avec des filles bien élevées qu'on disperserait ensuite dans les familles.

— Il y a là de quoi renouveler dans tout le royaume la perfection du christianisme, lui dis-je, et, dans vingt ans, vous verrez monter de vos provinces une génération de sujets loyaux et éclairés qui porteront la réputation de la France au-delà des nues.

Le Roi m'écouta et ne dit rien d'abord. Trois heures après, il lâcha seulement :

— L'établissement que vous vous proposez, Madame, serait très coûteux. Je le trouve aussi bien singulier : jamais reine de France n'a rien entrepris de semblable.

Je me trouvai fort mortifiée d'avoir dépensé en vain des trésors d'éloquence.

Une après-dînée, cependant, alors que j'avais quitté tout espoir, le Roi vint à Noisy presque seul et sans qu'on l'attendît. La portière, ne sachant ce qu'il y avait à faire en telle surprise et entendant crier par les gens de la suite : « Le Roi ! Le Roi ! », garda sa porte fermée et dit sans s'émouvoir qu'elle allait avertir la supérieure. Le Roi attendit un long moment l'arrivée de Madame de Brinon mais, loin de le trouver mauvais, loua la régularité de cette portière. Après un si beau début, tout le devait charmer : il visita les classes, suivit les enfants dans leurs exercices, admira leur modestie à la chapelle où pas une n'osa tourner la tête du côté où il était, quelque envie qu'elles eussent de le regarder ; enfin, il fut si content de tout ce qu'il vit qu'il se sentit pressé de faire quelque chose de plus grand et de plus solide.

« J'y mets, pourtant, la condition, Madame, que ce ne sera point un couvent, car je suis las de voir multiplier ces établissements qui regorgent de biens dont jouissent des personnes absolument inutiles à l'État. »

Je le rassurai aussitôt en lui disant que je haïssais fort les petitesses et les misères de l'éducation des couvents. Pendant deux heures, je lui contai, pour l'amuser, des histoires de ma jeunesse et comme les religieuses n'enseignaient aux enfants que de sottes prières et des contes puérils ; enfin, je lui fis parfaitement ma cour.

Il fut bientôt résolu que nous aurions dans cet établissement deux cent cinquante filles nobles, orphelines ou sans ressources, prises dès l'âge de six ou sept ans et élevées aux dépens du Roi jusqu'à l'âge de vingt ; les maîtresses, au nombre de trente-six, ne seraient point des religieuses, hors la supérieure, Madame de Brinon, qui était déjà ursuline ; enfin, on instruirait les jeunes filles par rapport à leurs fonctions, et non pour en faire des « couventines ».

Elles sauraient lire et écrire correctement, apprendraient, comme les garçons le font, des ouvrages d'éloquence et de poésie ; elles connaîtraient assez d'arithmétique pour faire leurs comptes avec exactitude et recevraient des rudiments d'économie : la culture des terres, la vente du blé, la meilleure manière de faire des fermes, tout cela leur serait enseigné afin qu'elles ne fussent pas de ces demoiselles qui ne font aucune différence entre la vie champêtre et celle des sauvages du Canada ; on leur montrerait les histoires grecque et romaine, l'histoire de la France et celle des pays voisins, où elles verraient des prodiges de courage et de désintéressement ; elles feraient de la musique avec les meilleurs maîtres pour y apprendre à jouir de plaisirs innocents, et de la peinture car les ouvrages de dames ne peuvent avoir aucune vraie beauté sans la connaissance des règles du dessin ; elles sauraient aussi la couture, balaieraient les classes, et se formeraient dans le gouvernement des enfants, les plus âgées devant servir de maîtresses aux plus jeunes et les aider à s'habiller, se laver et se peigner ; connaissant de la sorte le naturel et le génie des enfants, elles feraient des mères admirables en même temps que des maîtresses de maison accomplies.

Enfin, elles seraient de vraies chrétiennes car on leur expliquerait les devoirs de la religion. Dans les couvents, on se contente souvent que les enfants sachent par cœur les commandements de Dieu sans leur apprendre à quoi ils engagent ; ils savent : « Un seul Dieu tu adoreras » et adorent la Vierge ; ils disent : « Tu ne prendras pas le bien d'autrui » et soutiennent qu'il n'y a point de péché à voler le Roi et l'Etat ; d'ailleurs, ils ne font consister la piété qu'en pratiques extérieures, confessions, communions, longs séjours dans les églises, mais pour tout le reste, ce n'est qu'oubli de Dieu, colères, haines, vengeances, mensonges, avarice et parjures. Je voulais que tout allât différemment dans l'établissement du Roi et que l'exemple en instruisît si bien la France qu'il se formât en peu de temps des dizaines d'établissements semblables par tout le royaume.

Le Roi commit Monsieur Mansart aux plans des bâtiments et ce fut cet architecte qui choisit le lieu de Saint-Cyr, au bout du parc de Versailles, pour les y édifier. Le 1er mai 1685, on mit deux mille cinq cents hommes à l'ouvrage et la maison fut construite en quinze mois.

Tandis qu'on posait la charpente, je m'occupais à dessiner le costume des maîtresses et des pensionnaires avec l'aide de Nanon, à organiser l'aménagement des classes et des dortoirs, à établir l'emploi des journées des demoiselles. Ces soins m'enchantaient et élargissaient l'horizon de ma prison. Le Roi, heureux de voir que j'y prenais quelque divertissement, voulut bien y donner son attention : il se fit présenter le costume des dames de Saint-Cyr par Nanon, qui le revêtit pour l'occasion, et il changea quelque chose au bonnet ; il révisa les constitutions et me fit expédier un brevet par lequel il m'assurait, ma vie durant, la jouissance de l'appartement qu'on avait fait construire pour moi dans la maison, ainsi que mon entretien et celui de ma suite aux dépens de la fondation, si jamais je venais à m'y loger. C'était me ménager habilement un asile en cas qu'il mourût avant moi ; fort malade dans ce temps d'une fistule, il y pensait en effet.

A la fin du mois de juillet 1686, la communauté entière se transporta de Noisy à Saint-Cyr dans les carrosses du Roi et sous l'escorte des Suisses de sa Maison. Les enfants se récrièrent fort devant les dortoirs dont les lits blancs et les rideaux étaient attachés avec des rubans de soie, verts, jaunes, rouges ou bleus, de la couleur de leur classe ; chaque petite fille avait son coffre et sa toilette ; les quatre classes étaient tapissées suivant la couleur que les demoiselles portaient, les murs garnis de cartes de géographie attachées avec des rubans de même couleur ; on avait peint certains murs à fresque, une forêt pour la classe verte, la mer pour la classe bleue et des blés pour la jaune, avec des enfants dans le paysage. Le jardin et le bois, dont le Roi baptisa lui-même les allées, étaient charmants, les trois cours garnies d'orangers ; on fit disposer de la charmille partout et arranger des cabinets de verdure dans les bosquets pour y mettre des escarpolettes. Les petites filles, que ni leurs pauvres familles ni les couvents n'avaient accoutumées à tant d'abondance et de commodité, battaient des mains et s'exclamaient de plaisir.

Dès la première journée, l'emploi de leur temps fut organisé comme nous l'avions arrêté avec le Roi : levées à six heures, les enfants entendirent la messe et déjeunèrent jusqu'à neuf heures ; après quoi, elles firent deux heures de lecture, d'écriture et de récitations, dînèrent à onze heures et se récréèrent jusqu'à une heure après-dînée ; ensuite les unes firent du chant, les autres de la broderie et toutes se joignirent pour travailler, pendant deux heures encore, à apprendre l'orthographe, la grammaire, et à jeter [1] ; elles firent collation, furent à vêpres, répétèrent leur catéchisme, soupèrent à six heures, se récréèrent deux grandes heures et s'allèrent coucher à neuf heures.

De ce moment, et pendant trente ans, cette maison fit ma principale occupation dans les temps que le Roi et la Cour me laissaient quelque liberté : quand j'étais à Versailles, j'y allais, au moins de deux jours l'un, passer la matinée, arrivant dès six heures du matin · si je le pouvais, j'y passais la journée entière jusqu'à cinq heures du soir. J'aidais à vêtir les petites « rouges », encore toutes chiffonnées de sommeil ; j'allais ensuite de classe en classe pour voir agir les maîtresses, faire moi-même quelque leçon de grammaire ou de catéchisme aux plus grandes, montrer aux unes un point de broderie et aux autres les règles du jeu de piquet ; je terminais à l'infirmerie par consoler et servir les malades, et peigner les demoiselles convalescentes. Je préférais ces fonctions-là à tous les amusements de Versailles.

En septembre de 1686, le Roi, toujours souffrant, vint visiter la maison. Il passa les trois cents dames et demoi-

1. Calculer avec des jetons.

selles en revue, entendit la messe, visita les classes ; à l'instant qu'il ressortait dans les jardins, marchant avec peine, les petites filles se mirent à chanter avec transport un hymne que Madame de Brinon venait de composer sur une musique de Lulli :

> *Grand Dieu, sauvez le Roi,*
> *Grand Dieu, vengez le Roi,*
> *Vive le Roi* [1].

Le Roi les écouta sans un mot, mais lorsqu'il remonta en voiture, ce prince, toujours si maître de lui, ne put cacher son émotion ; il prit ma main, la baisa et dit seulement d'une voix changée : « Je vous remercie, Madame, de tout le plaisir que vous m'avez donné. » Enivrée du bonheur de lui voir goûter la même joie que moi, et d'ailleurs transportée d'inquiétude par sa maladie, je ne pus m'empêcher de lui rendre son baiser, ce qui était bien osé et le surprit aussi. Il prit un air un peu narquois, secoua la tête, sourit et garda ma main dans la sienne tout le temps de notre retour jusqu'à Versailles. Saint-Cyr était notre enfant commun et nous unissait au bord de son berceau.

La représentation qu'on y fit, quelques années plus tard, des pièces que Monsieur Racine composa à ma demande pour donner aux demoiselles le goût du beau langage acheva de gagner le Roi à l'heureux succès de l'ouvrage. Toute la Cour voulut voir cette *Esther,* où les politiques croyaient me reconnaître, et reconnaître le Roi dans Assuérus, Madame de Montespan dans l'altière Vashti, Louvois dans Aman ; les poètes y trouvaient seulement un rapport de la musique, des vers, des chants et des personnes si parfait et si complet qu'on n'y pouvait rien souhaiter. Les petites jouaient leurs rôles à la perfection et ma nièce, Marguerite de Villette, que je venais alors de marier au comte de Caylus, y triompha dans tous les emplois successivement, mais surtout dans celui d'Esther.

J'avais, avec elle, achevé ma tâche de gouvernante et en vis avec plaisir couronner l'ouvrage : jamais un visage

---

1. Cet hymne est devenu le *God save the King.*

si spirituel, si touchant, si parlant que le sien à seize ans ; jamais une fraîcheur pareille ; jamais tant de grâce ni plus d'esprit ; jamais tant de gaîté et d'agréments ; jamais, enfin, créature plus séduisante. Je l'aimais à ne pouvoir me passer d'elle et fus bien satisfaite de lui voir surpasser les plus fameuses actrices, même cette Champmeslé, disait-on, dont Monsieur Racine avait été fort épris avant de s'éprendre de Dieu.

Le roi d'Angleterre [1] et la reine, qui étaient alors à Saint-Germain par suite de la malheureuse catastrophe de ce prince, voulurent voir la pièce ; tous les princes du sang et les ministres y furent, et on se battit pour entrer car je ne pouvais offrir plus de deux cents places à chaque représentation. Le Roi vint tous les jours : dès qu'il était arrivé, il se mettait à la porte en dedans et, tenant sa canne haute pour servir de barrière, demeurait ainsi jusqu'à ce que toutes les personnes conviées fussent entrées ; alors, majordome illustre d'un illustre théâtre, il faisait lui-même fermer la porte. Je contemplais ces enfants, si jolies, qui ne disaient que des choses capables d'inspirer des sentiments honnêtes et vertueux, et dont l'air noble et modeste donnait aux spectateurs l'idée de la plus grande innocence ; j'écoutais monter, par-dessus le bruissement continu des louanges et des compliments de Cour, leurs voix fraîches dans les chants purs que Moreau avait composés pour elles ; alors, je me flattais d'avoir atteint le but que je me proposais : la vertu élevée dans ces murs régénérerait un jour le royaume entier.

Esther, enfin, fut le triomphe de Saint-Cyr, et, secondairement, celui de la famille d'Aubigné en la personne de l'héroïne, qu'on disait me représenter, et de l'actrice qui en tenait l'emploi.

J'eus plus de peine à intéresser le Roi aux autres desseins que je nourrissais dans le projet de réformer les mœurs de la nation : il ne vit pas d'un mauvais œil que je continuasse à ouvrir quelques écoles pour les pauvres du commun mais il n'y mit pas un sol ; je soutins de mes seuls deniers quelques petites classes comme celles que

1. Jacques II Stuart, détrôné.

je formai à Avon, au bout du parc de Fontainebleau, pour une centaine de petites paysannes, ou à Saint-Cyr pour une soixantaine d'enfants pauvres. J'y allais souvent enseigner moi-même les rudiments du calcul ou faire le catéchisme, m'asseyant sous l'auvent de l'église à même la pierre, les grands enfants rangés en rond autour de moi et les plus petits roulés sur ma robe. Dans ces écoles, je payais le maître ou la maîtresse ; je récompensais aussi les élèves et les nourrissais pour qu'ils vinssent car, sans cela, leurs parents les eussent envoyés aux champs par crainte du manque à gagner. Le résultat, cependant, n'était pas à proportion de mes efforts. Si mes potages allaient vite, l'instruction progressait plus lentement.

— Qu'est-ce que Dieu ? demandais-je à Lisette, après une grande heure d'éloquence et d'explications.

— Oui, répondait-elle seulement (elle disait : « ui » d'une petite voix flûtée, jugeant sans doute que cette manière de parler faisait plus précieux et devait plaire par là aux dames de la Cour).

— Que veux-tu dire par « oui » ? N'as-tu pas entendu ce que je t'ai conté pendant une heure ?

— Ui, disait Lisette.

Je sentais monter un peu d'irritation :

— Oui, oui... comment « oui » ?

— Ui, Madame, disait Lisette.

— Bien, nous allons essayer d'autre chose... As-tu relu tes lettres ?

— Ui.

— Alors, nomme-moi celle-ci.

— Ui.

— Nomme-la donc !

— Ui, Madame.

Je finissais par lui donner sa pièce et m'obligeais de dire silencieusement un « Pater » pour m'apaiser ; je ne voulais pas qu'on maltraitât mes écoliers et écolières s'ils n'apprenaient pas bien, car ces gens-là n'ont pas naturellement beaucoup de facilité et c'est une injustice de leur demander autant qu'à d'autres ; il y faut seulement plus de patience et ne pas se rebuter.

Quand je rentrais chez moi, je changeais d'habit car, plus d'une fois, je rapportai des poux de ces écoles et le

Roi ne le trouvait pas bon ; dans les commencements, les enfants étaient en effet malpropres, demi-nus et fort dégoûtants ; dans la suite, j'habillai moi-même tous les garçons et toutes les filles chaque hiver et ils furent un peu mieux mis, sinon plus propres. Dans cette œuvre-là, comme dans celle de Saint-Cyr, je croyais servir également bien Dieu et le royaume ; mais le Roi n'était pas très sensible au soulagement de ses peuples.

Un jour que je lui demandais d'augmenter au moins ses aumônes : « Madame, je ne le ferai pas, me dit-il. Si je le faisais, ce serait en prenant sur mes peuples ; car pour moi, je n'en aurais pas moins le nécessaire et l'agréable, n'est-il pas vrai ? Je ne crois pas utile d'accroître l'impôt, et de ruiner les pauvres gens de nouvelles charges, pour les venir ensuite soulager d'aumônes prises sur leurs deniers. Mes aumônes sont sans mérite. » Ce n'était point mal raisonner, à cette réserve près qu'il eût pu envisager de se priver du superflu et qu'il l'écartait précisément... Ainsi réduite à mes seules ressources pour soulager un nombre croissant de malheureux, j'en vins à me priver parfois du nécessaire. Je ne voulus plus que mon intendant achetât de quoi me nourrir : je mangeais ce que le Roi me faisait, de fois à autre, porter de sa table, un pigeon, un pâté ; je vivais des restes de sa Bouche pour épargner davantage et refusai de nourrir des gens chez moi : « Votre maison est tout à fait la maison du Bon Dieu, disait mon frère, on y prie beaucoup mais l'on n'y mange ni l'on n'y boit. »

Je devins d'une avarice sordide mais, sur 90 000 francs de revenus que me donnaient Maintenon et le Roi, je parvins à distraire chaque année 60 000 à 70 000 francs pour mes aumônes. Je fondai partout des Charités pour les pauvres malades ; je me mis dans toutes les œuvres que faisait Madame de Miramion [1] à Paris ; à Versailles, à Compiègne, à Fontainebleau enfin, j'allais moi-même chez les pauvres gens, sans qu'ils sussent qui j'étais : je visitais leurs hardes pour leur donner celles qui manquaient, leur portant du pain, de la viande, du sel, des couvertures, du linge, des robes et des layettes d'enfants,

1. Mme de Miramion avait consacré toute sa fortune, qui était immense, à de remarquables charités, hôpitaux, orphelinats, etc.

et donnais de l'argent à ceux qui n'avaient pas besoin de ces choses. Il advint parfois que, partie pour quelque promenade, j'en revinsse sans coiffe, sans écharpe et sans manteau, les ayant donnés à de pauvres dames. Il en fut ainsi souvent sur le chemin de Versailles à Saint-Cyr où les pauvres connurent bientôt que je passais presque chaque jour ; j'en trouvais toujours un grand nombre qui se jetaient devant mon carrosse ou avaient l'air de se trouver mal dans les fossés ; je les mettais dans ma voiture, les faisais manger et les renvoyais avec tout ce que j'avais.

Je ne veux pas, cependant, m'étendre davantage sur le sujet de ces aumônes ; mes bonnes œuvres n'étaient déjà que trop, à mon goût, « au son de la trompette ». Il faut, au reste, que Dieu soit bien bon pour nous récompenser des charités que nous faisons, car, pour moi, j'étais si aise et j'y avais tant de plaisir que je n'espère point d'autre récompense. Mon seul chagrin était de ne pouvoir persuader au Roi qu'on ne peut enseigner la vertu avec profit qu'à des ventres bien nourris. Il avait de plus grandes affaires en tête.

Éducation ou charités, je m'accoutumai bientôt à donner des maximes générales qui demeuraient sans suite. On a cru, en effet, que parce que le Roi travaillait dans ma chambre, j'avais une grande part aux affaires de l'État ; mais cela n'a été que dans les dix dernières années de son règne et, du reste, moins qu'on ne l'a dit. Dans ce temps dont je parle, le Roi, au sommet de sa gloire et de sa puissance, n'attendait pas mes avis. Certes, il ne se cachait pas de moi mais il ne me disait rien de suite et j'étais très souvent mal avertie. Il n'aimait pas que les dames parlassent d'affaires et nul zèle, nul attachement ne leur pouvaient servir d'excuses : il me l'avait assez rappelé pour que je ne me souciasse point de m'en mêler.

Je m'abstenais d'autant plus volontiers de le faire que je ne trouvais pas qu'il eût grand tort : Dieu l'avait mis en la place où il était, et il ne m'avait mise qu'à côté ; il marquait par là qu'il ne nous destinait pas au même emploi ; le mien était seulement d'amuser le Roi, de le consoler et de le guider dans le chemin de la Vertu. Ce zèle ne devait point, à mon jugement, me faire aller au-delà des bornes que la Providence avait si nettement marquées.

Lorsque, par hasard, le Roi voulait que je fusse en tiers dans le conseil qu'il tenait avec un ministre, je commençais donc toujours par m'excuser sur le peu de capacité de mon esprit ; j'ajoutais qu'on n'entre point dans les affaires à quarante ans passés. Si le Roi insistait pour connaître mon sentiment, je le disais en peu de mots et toujours dans les termes les plus généraux : je ne répondais point s'il fallait incendier Gênes aux trois quarts ou seulement à demi, si l'on devait soutenir, par les armes, le cardinal de Furstemberg au siège de l'électeur de Cologne ou consentir de lui préférer un Bavarois ; je me bornais à donner dans tous les cas des vues de paix, de modération et d'équité, rappelant qu'elles plaisent à Dieu et qu'elles contribuent au soulagement des peuples.

Le Roi goûtait fort l'ingénuité de cette conduite et le bon sens qu'il trouvait dans mes propos. Il me dit un jour en badinant : « Madame, on traite les rois de " Majesté ", les papes de " Sainteté ", on devrait vous traiter de " Solidité "» ; et, dans la suite, chaque fois qu'il voulait mon avis, il me demandait en souriant : « Qu'en pense Votre Solidité ? » ; mais l'estime qu'il me témoignait de la sorte ne le portait nullement à changer son projet s'il était formé ; or il l'était ordinairement déjà lorsqu'il m'interrogeait ; tout au plus quêtait-il alors mon approbation.

Aussi, dans les premières années de notre mariage, n'ai-je été suivie sur aucune des affaires d'importance où l'on voulut connaître mon opinion.

Je haïssais la guerre autant par religion que par timidité [1] ; je prêchais le Roi pour la paix cent fois dans l'année : cependant, cinq ans après m'avoir épousée, il rompit de gaîté de cœur la trêve signée à Ratisbonne et se précipita, avec l'affaire du Palatinat, dans une guerre où il eut aussitôt toute l'Europe sur les bras.

— Mais, Sire, le respect de la parole donnée...

1. Crainte, pusillanimité.

— Madame, vous n'y entendez rien, me répondit-on sèchement, les paroles des traités ressemblent aux compliments qui se font dans le monde et n'ont qu'une signification bien au-dessous de ce qu'elles sonnent... Du reste, il est grand temps de punir de leurs entreprises ces principions qui veulent jouer à de grands princes !

Je déplorais souvent le luxe des bâtiments et les grandes dépenses que faisait le Roi dans ses palais ; je voyais tous les jours avec effroi ce Marly, où l'on n'avait d'abord voulu que du petit, prendre l'ampleur de Versailles ; j'admirais qu'on ne se pût jamais tenir à aucun état et que, là où l'on venait à peine d'essuyer les plâtres, il fallût tout démolir et recommencer. Je n'outre rien : si je prends pour seul exemple de cette ignorance de l'architecture celui, modeste au demeurant, du cabinet des Bassans (c'est l'antichambre qui est avant la chambre du Roi à Versailles), je puis dire, pour n'y parler que de la cheminée, que je l'ai vue faire le tour complet de la chambre ; non point par magie mais par le changement continuel des projets. Cette cheminée partit de l'est en effet, glissa, deux ans après, sur la muraille qui est au sud, passa ensuite à l'ouest, et termina au nord ; je crois que si l'on avait pu tâter aussi du plafond, on n'y aurait pas manqué ; tout cela s'acheva en 1700 par la destruction entière du cabinet qu'on joignit à la chambre du Roi pour en faire le salon de l'Œil-de-Bœuf, la chambre elle-même prenant alors la place du cabinet du Conseil, lequel fut repoussé un peu plus loin, et ainsi de suite. Il y avait alors 36 000 ouvriers qui travaillaient à l'aménagement de Versailles et des entours. J'enrageais de voir tant d'argent perdu quand je ne pouvais assister tous les pauvres gens qui venaient à ma rencontre sur les chemins ; mais j'avais beau parler fortement là-dessus, je n'y gagnais jamais rien que de déplaire. Les dépenses allèrent en augmentant et le Roi fit même, contre mon avis, démolir son premier Trianon pour le rebâtir plus grand et plus noble.

— Je ne crois pas, Madame, que mes bâtiments déplaisent à Dieu, car ils sont, avec la chasse, le seul plaisir innocent que puisse prendre un monarque.

Le Roi se tenait appuyé contre la fenêtre de ma chambre, dans un bel habit de soie prune brodé d'or. Il semblait un peu songeur.

— Cependant, vous avez raison : je ne fais pas assez pour mon salut sur ce chapitre, reprit-il. Aussi je m'en vas faire quelque chose dont vous serez bien aise, je crois : je vas démolir la chapelle du château, qui est petite et indigne, à la vérité, de la gloire de Dieu et de la mienne, et j'en ferai construire une plus grande, là-bas, dit-il en montrant l'autre côté de la cour, très grande, vraiment... Je n'y plaindrai pas l'argent, je vous assure. Ainsi vous serez contente et Dieu sera bien satisfait.

Les bras m'en tombaient de désespoir.

Il en allait tout de même pour les affaires de l'Eglise : je n'approuvais pas la déclaration que l'Assemblée du clergé avait produite en 1682 pour rogner quelque chose à l'autorité du pape ; sans entrer dans le détail de la querelle qu'il y avait alors entre le Roi et lui sur le droit de la régale [1] et les pouvoirs temporels de l'un et de l'autre, je croyais qu'un roi chrétien sape les fondements de sa propre autorité quand il ne fait pas respecter son pontife et que toutes ces discussions entretiennent d'ailleurs, dans la nation, un esprit de fronde et de sédition dont le monarque pâtit ensuite. Je pensais aussi qu'on doit voir dans un pape non point l'homme imparfait qu'il peut être, mais le successeur de saint Pierre qu'il est toujours. Je prêchais donc la réconciliation quand les ministres, les évêques et les parlementaires rêvaient, eux, de conduire le Roi très loin.

« Il est vrai, convint un jour le Roi en riant, que si je les croyais, je coifferais le turban. » Cependant, il ne voulait rien céder du terrain conquis et préférait laisser trente-cinq diocèses sans évêques, le pape refusant de leur donner l'institution canonique, plutôt que de reculer d'un pouce. Sur cette affaire, je n'osais donner, comme toujours, que des maximes très générales, mais elles venaient d'un bon auteur : « Rendez à César ce qui est à César et à Dieu ce qui est à Dieu. » Il y avait trop longtemps, néanmoins, que César s'était lui-même déifié

1. Droit qui consistait pour le Roi à avoir l'administration des revenus des évêchés quand le siège était vacant et de pourvoir aux nominations dans le diocèse pendant ce temps-là.

pour qu'il lui fût encore possible de distinguer les royaumes.

Cette affaire-là me mit bientôt en porte à faux car le pape savait mon mariage et connaissait mes sentiments sur la querelle « gallicane » ; il crut m'adoucir un peu plus en m'adressant des reliques de saint Candide, qu'il destinait d'abord à la Reine, et en m'expédiant deux brefs fort élogieux ; ensuite, me jugeant à point, il me fit approcher par le nonce. C'était une démarche à me perdre : le Roi tolérait encore, bien qu'avec peine, que je fusse dans le particulier d'un autre avis que le sien, mais il n'aurait pas souffert qu'il en parût quelque chose au-dehors ; s'entremettre dans une négociation, s'ingérer dans une affaire pour l'y contrecarrer, c'était creuser sa tombe soi-même. Je dus user de toute la finesse dont j'étais capable pour me dérober à cet entretien sans pourtant déplaire au pape, dont l'appui pouvait m'être de quelque utilité dans la position incertaine où j'étais à la Cour, faute que mon mariage fût déclaré.

M'abordant à la porte de la chapelle de Versailles, le nonce me dit d'abord des banalités sur la nécessité d'une bonne entente entre le pape et le Roi ; j'y répondis que vraiment on pouvait dire que nous avions actuellement un saint pontife et que le Roi étant lui-même un si excellent prince, il serait sans doute bien à désirer qu'ils fussent d'accord. Le nonce reprit que le pape savait ce que je faisais pour accroître la piété du Roi envers Dieu et qu'il avait confiance que je le détournerais d'innover des choses préjudiciables au bien public dans le différend qui l'opposait à Rome ; je répliquai que, certainement, j'étais très fâchée que les choses en fussent venues au point où elles étaient, mais que je ne pouvais en parler parce que c'étaient des affaires qui dépassaient le génie d'une femme. Le nonce me dit que tous connaissaient mon grand talent et qu'il ne pouvait être mieux employé qu'à faire connaître au Roi la fourberie de ceux qui le conseillaient sur cette affaire ; je répondis bien doucement que je donnerais volontiers de mon sang pour qu'il n'y eût aucun conflit entre Sa Sainteté et le Roi, mais que je ne voyais pas la manière d'entrer dans de pareilles affaires. Après quoi, je le plantai court et m'enfermai chez moi, le cœur battant du péril que j'avais couru. Le soir même, je contai tout au Roi. Je craignais qu'il ne l'apprît par les « mouches [1] » de sa police, et j'aimais encore mieux prendre les devants. Il eut la bonté de me féliciter sur ce que j'avais dit et de ne point me reprocher qu'on eût osé m'aborder sur un sujet si délicat. Je m'en sentis si soulagée et si reconnaissante que je ne lui parlai jamais plus de sa réconciliation avec Rome.

En vérité, je tremblais encore devant l'époux trop grand que le Ciel m'avait donné ; le moindre froncement de sourcils m'effrayait, et les regards de basilic [2] qu'il me jetait parfois quand j'avais donné un avis qui ne lui plaisait pas suffisaient à me faire rentrer sous terre.

J'en ressortais, pourtant, chaque fois que je le croyais absolument nécessaire au bien public, et, après avoir prié Dieu de m'en donner la force, je parlais, timidement mais résolument. J'employais les expressions que je savais qui le choqueraient le moins et je restais mesurée dans mon propos ; mais parfois, quand j'étais surprise, je me laissais aller à la violence de mes sentiments. Ainsi, la première fois que je vis le Roi se féliciter de connaître un moyen facile de payer ses dettes et que je découvris avec effroi que c'était de réduire les rentes de l'Hôtel de Ville en renonçant à en payer le quartier [3] échu, je me sentis si outrée qu'on lui eût donné ce conseil pernicieux que je lui dis, avec un grand sourire froid : « Apparemment, Sire, que vous allez défendre aux justices de votre royaume de procéder contre les voleurs de grand chemin. » Le Roi pinça les lèvres comme il faisait toujours quand je le prenais de court, me regarda en silence un long moment, puis me dit calmement : « Sans doute vous y connaissez-vous mieux que moi dans la finance, Madame, mais vous vous y prenez bien mal pour m'en persuader. » Nous fûmes brouillés trois jours, puis tout se réchauffa.

J'eus quelque peine aussi avec les réformés. Il y avait longtemps que je cherchais à donner au Roi des vues de défiance à l'égard des conseils durs et violents et de l'horreur pour les actes d'autorité arbitraires. Aussi

1. Espions.
2. Serpent dont on disait au xviie siècle qu'il tuait par ses regards.
3. Trimestre.

étais-je enchantée de la voie bien douce qu'il venait de prendre pour convertir les huguenots : il avait fondé une « Caisse des Conversions » qui donnait de l'argent à chaque nouveau converti ; il déchargeait de la taille tous les convertis, à ses dépens ; il faisait distribuer partout des livres de la messe [1], qui faisaient des effets merveilleux sur des gens à qui l'on avait toujours dit que l'on ne voulait pas que nous sussions ce que le prêtre disait ; il écrivait tous les jours aux évêques d'envoyer des missions pour instruire les nouveaux convertis ; enfin, il faisait de continuelles grâces aux nouveaux catholiques. Je ne doutais pas que tout cela plût à Dieu et j'en étais contente.

Bientôt, pourtant, Monsieur de Louvois le persuada de changer sa manière : il lui conseilla d'assujettir tous les calvinistes au logement des gens de guerre. Je ne sais si, ce faisant, ce ministre avait en vue la gloire de Dieu mais je suis bien assurée qu'il envisageait la sienne : on était en paix depuis huit ans, en effet, ce qui paraît toujours fâcheux à un ministre de la Guerre ; Monsieur de Louvois sentait, chaque jour davantage, la matière lui échapper et il enrageait de voir, par l'effet de la politique bien douce qu'on appliquait aux huguenots, monter au zénith l'étoile du secrétaire d'Etat aux affaires de la R.P.R., qui était une créature des Colbert et le propre beau-père d'un des fils du « grand Nord [2] » ; mêler du militaire dans un projet qui ne devait être fondé que sur la charité avait sans doute, à ses yeux, le mérite principal de ramener la question dans son département et de la sortir du champ de ses rivaux ; en outre, ce ministre, insatiable de crédit et accoutumé depuis longtemps à forcer toutes les barricades, souffrait de plus en plus impatiemment des audiences fréquentes que le Roi donnait à l'archevêque de Paris et à Pellisson pour se faire rendre compte des opérations de la « Caisse des Conversions » ; tout le temps que son souverain donnait aux autres lui était suspect.

Le Roi voulut savoir ce que je pensais du projet de son ministre de la Guerre. Je lui dis que je n'étais pas

1 C'est la propre expression de Mme de Maintenon.
2. Jean-Baptiste Colbert.

capable de donner des conseils sur une affaire de si grande importance et que les personnes qui composaient son ministère étaient assez prudentes, sans doute, pour qu'il pût s'en rapporter à leurs avis ; mais que, pour moi, j'avais toujours cru que la voie de la douceur était la meilleure et la plus convenable. Enfin, je lui parlai selon ma conscience et selon mon cœur, qui me portait toujours à me défier de ce que proposait Monsieur de Louvois.

Le Roi se rendit néanmoins à la demande pressante de son ministre. Ayant ainsi extorqué sa permission, on passa bientôt ses ordres et on fit à son insu des cruautés terribles, qu'il punit sévèrement quand il les connut.

Il faut convenir, toutefois, que le moyen des gens de guerre réussit bien mieux que tous les autres réunis. Tous les jours, Monsieur de Louvois venait apporter au Roi la nouvelle de milliers de conversions ; un matin, c'était la ville de Montauban qui s'était convertie par délibération à la seule vue des hoquetons ; le soir, c'était Saintes, Nîmes, ou 100 000 huguenots de la généralité de Bordeaux. Le Roi, trompé tant sur la manière que sur l'étendue de ces conversions, s'en réjouissait fort et j'en étais contente avec lui, bien que je sentisse au fond un peu de défiance sur ces beaux triomphes.

Cette défiance s'augmenta quand j'appris par mon cousin de Villette, qui ne démordait toujours pas de sa religion, que, dans certains lieux, on usait pour convertir de moyens affreux. Je pensais, comme saint Augustin, qu'il faut tuer les erreurs mais non pas les personnes. J'écrivis à Philippe que j'étais indignée contre de pareilles conversions, que l'état de ceux qui abjuraient sous la contrainte était véritablement infâme, et qu'on poussait décidément trop loin l'aversion pour sa religion. Cette lettre parvint jusque sous les yeux du Roi, sa Poste ne m'épargnant pas plus que les autres dans les copies qu'elle faisait. « Il paraît, Madame, me dit ce prince un soir à l'heure de mon souper, que dans ce pays on pousse trop loin, à votre sentiment, l'aversion pour les hérétiques... Je ne sais si, pour vous, vous ne poussez pas trop loin la sympathie pour votre ancienne religion. Ce serait me faire bien mal votre cour. » Je demeurai la cuiller en l'air, toute tremblante de cette sortie. Le Roi ne dit rien de plus et quitta ma chambre avec un air fort haut ; je craignis jusqu'au lendemain qu'il n'y revînt jamais. De ce jour, j'écrivis mes lettres en chiffre ou les fis tenir à mes amis sous de faux noms par des moyens secrets. De ce jour aussi, je tolérai la persécution.

A quelque temps de là, quand il fut question de la révocation de l'édit de Nantes, le Roi ne consulta pas « Ma Solidité » et, de toutes les façons, je ne me fusse plus risquée à rien dire. Cependant, je l'entendis parfois parler dans ma chambre avec ses ministres. Je démêlai vite que, dans son esprit, cette question était plus politique que religieuse.

Il avait besoin de l'appui du pape dans les affaires qu'il avait avec l'Emper ur ; or, il était alors d'autant plus mal en cour auprès du pontife qu'il venait de refuser d'armer contre les Turcs, lesquels étaient en train d'envahir l'Autriche après la Hongrie ; le Turc était notre grand ami dans ce temps et l'allié le plus nécessaire du Roi dans sa lutte contre l'Empereur, mais cette alliance n'avait rien de très chrétien, et toute l'Europe, avec le pape, s'en indignait bien haut. Le Roi ne voulut pas acheter l'appui du pape par un recul dans la querelle « gallicane », où l'on en était aux excommunications. Il ne vit donc rien à faire, pour marquer sa bonne volonté et s'obtenir les grâces pontificales, que de révoquer l'édit de Nantes et retirer aux calvinistes tout droit à exercer leur culte.

Il croyait, du reste, faire sa cour à bon compte, car, sur la foi de ce que lui en disait Monsieur de Louvois, il pensait qu'il n'y avait plus en France qu'une poignée d'hérétiques. En quoi, il se trompa bien, ou fut trompé, car, dans les années suivantes, il sortit du royaume plus de 200 000 calvinistes et, avec eux, deux cents millions d'argent comptant. Cette abolition, coûteuse, du huguenotisme n'eut pas même l'heur de plaire au pape : le pontife, tout à ses rancunes ou peut-être à l'Evangile, félicita publiquement les évêques qui condamnaient l'action des dragons dans leurs diocèses.

Pour moi, quand la Déclaration [1] fut signée, je fis comme les autres : je chassai de chez moi les calvinistes

1. Déclaration de révocation de l'édit de Nantes.

qui ne voulurent pas se convertir ; j'exhortai mon frère à racheter en Poitou quelques-unes de leurs terres qui se donnaient à bas prix ; et je laissai enfermer à la Bastille et aux Nouvelles-Catholiques [1] mes cousins de Sainte-Hermine, qui se distinguaient toujours par leur zèle. Les Sainte-Hermine aspiraient visiblement au martyre et je doutais de leur prompt retour à la raison car je savais sûrement, par mes propres souvenirs, qu'on ne gouverne pas les consciences le bâton haut et que les manières dures révoltent au lieu de gagner. Aussi, tout en me réjouissant des conversions qu'on m'apprenait et en souhaitant vivement celle de toute ma famille, je ne donnai pas une louange à la Déclaration.

Se taire était beaucoup déjà, quand un chacun dans le royaume, hors les huguenots, exaltait les mérites du Roi, et mon silence ne parut que trop éloquent à certains. « Rien n'est si beau que cette Déclaration, disait Madame de Sévigné, jamais aucun roi n'a fait et ne fera rien de plus mémorable. Les dragons sont de très bons missionnaires jusqu'ici », ajoutait-elle. Monsieur de Meaux [2] s'écriait : « Publions ce miracle de nos jours, épanchons nos cœurs sur la piété de Louis, poussons jusqu'au ciel nos acclamations et disons à ce nouveau Constantin, ce nouveau Charlemagne : c'est le digne ouvrage de votre règne, c'en est le propre caractère ; par vous l'hérésie n'est plus, Dieu seul a fait cette merveille. » « Nulle hérésie dans le royaume, écrivait le saint abbé de Rancé, c'est un miracle que nous n'aurions pas cru voir de nos jours », et La Bruyère, le satirique, se félicitait de voir enfin banni « un culte faux, suspect et ennemi de la souveraineté ». Quant au chancelier Le Tellier, propre père de Monsieur de Louvois, il n'eut que le temps d'apposer les sceaux sur l'édit avant de mourir et de dire en fermant les yeux : « Maintenant, Seigneur, tu peux rappeler ton serviteur, car il a vu le triomphe de ta gloire » ; dans cette famille-là, on était courtisan jusqu'au bout...

Il n'en allait pas de même dans la mienne. Je dus sup-

1. Couvent où l'on enfermait les jeunes filles protestantes qu'on voulait convertir.
2. Bossuet.

plier Philippe à deux genoux de se convertir ; il s'opiniâtrait comme les Sainte-Hermine et je ne l'eusse pas
vu sans chagrin enfermé dans quelque forteresse.
« Humiliez-vous devant Dieu, lui disais-je, et demandez-
lui d'être éclairé. Convertissez-vous avec lui, et sur la
mer, où vous ne serez point soupçonné de vous être
laissé persuader par complaisance ; enfin, convertissez-vous de quelque manière que ce soit, mais convertissez-vous, je vous en conjure. Je ne puis me consoler
de votre état et je vois en cela que je vous aime plus
encore que je ne le croyais. » A la fin, Philippe céda et
il fit son abjuration un an après la signature de l'édit de
révocation. Il vint ensuite à la Cour et, comme le Roi le
félicitait sur sa conversion : « Sire, lui dit-il un peu sèchement, c'est bien la seule fois de ma vie où je n'ai pas eu
pour objet de plaire à Votre Majesté. » Cependant, il fut
aussi bon catholique qu'il avait été fidèle huguenot ; il
aurait été grand dans toutes les religions.

Cette affaire finie, je cessai tout à fait de m'occuper
des réformés et me résignai entièrement aux volontés
du Roi. Du reste, je voyais bien que la politique n'était
pas mon fort.

Si je renonçai à peu près à faire passer dans les affaires
les préceptes de l'Evangile qui m'étaient chers et gardai
mes sentiments renfermés dans moi-même, je parvins à
acquérir, avec le temps, quelque influence sur le choix
des personnes. Il faut dire que l'approche en est plus
aisée : cela se fait insensiblement ; on cause, on amuse,
on paraît parler de tout autre chose, puis on glisse, en
passant, une anecdote sur celui-ci, un détail sur celui-là,
et, enfin, on dresse, par petites touches, au fil des mois
ou des années, le portrait en blanc ou en noir de ceux
qu'on espère servir ou qu'on entend perdre. Ma démarche dans cette matière était, en outre, plus assurée : je
craignais toujours de donner de mauvais conseils de politique, car il était bien vrai que, comme le Roi me le
faisait volontiers sentir, je n'entendais rien aux grandes
affaires ; mais je me croyais assez d'esprit pour juger
sainement des personnes. Enfin, détenir quelque pouvoir, même indirect, sur la nomination aux emplois était
absolument nécessaire à mon maintien dans la place : je

n'avais aucun appui à la Cour, aucune famille qui pût me soutenir dans la nation et je me fusse trouvée à merci de la première cabale venue ; je devais absolument me constituer une clientèle d'obligés, qui m'obligeraient à leur tour.

Par l'influence qu'ils avaient sur l'esprit du Roi, j'avais tout à craindre de deux hommes surtout, Monsieur de Louvois et le père de La Chaise ; je choisis tout naturellement mes clients parmi leurs ennemis.

Pour le ministre du Roi, j'éprouvais plus que de la prévention. Je ne l'avais jamais aimé, même au temps de Vaugirard. Tout en lui me rebutait : son corps pesant et chargé de matière, sa figure grossière et rougeaude, ses manières brutales et pourtant fausses, l'air haut dont il accablait les petits et l'air bas dont il endormait les grands ; et, avec cela, pas un soupçon d'humanité mais, en tout, une avidité sans borne servie par une dureté sans limites ; tout lui devenait licite pour parvenir à ses fins et n'en avoir pas, comme on dit, le démenti : exactions injustes, contributions sans mesure, violement des droits divins et humains, profanation des choses les plus sacrées, saccagements, incendies, désolations et traitements barbares.

J'avais senti de l'aversion pour lui dès le premier moment, et cette aversion s'était beaucoup augmentée de sa participation à la cabale montée par Madame de Montespan pour me perdre et des propos qu'il avait tenus au Roi sur notre mariage. L'alliance qu'il venait de faire avec Monsieur de La Rochefoucauld, favori du Roi, par le mariage de leurs enfants, achevait de me le rendre redoutable. Les bassesses qu'il consentait maintenant pour me plaire, jusqu'à feindre de s'intéresser à mes ouvrages de broderie et me conseiller sur le choix des fils ; le miel de compliments dont il m'oignait à tout propos ; les brassées de fleurs qu'il jetait sous mes pieds pour mieux dissimuler ses trappes : rien ne me trompait.

J'étais résolue de venir à bout de cet homme-là avant qu'il ne vînt à bout de moi. Il fallait agir promptement car la mort subite de Monsieur Colbert, et la débâcle qui s'était ensuivie pour les siens, avaient en peu de mois porté la puissance de Monsieur de Louvois à son comble. Les Le Tellier, leurs amis et leurs créatures, tenaient tout : la Guerre, les Finances, les Réformés, la Police, la Poste, et jusqu'à la surintendance des Bâtiments que le Roi avait retirée à Monsieur de Blainville, fils du grand Colbert, pour la donner aussi à Monsieur de Louvois. La famille Colbert n'avait gardé, en tout et pour tout, que la direction de la Marine, confiée à Monsieur de Seignelay, autre fils du « Nord », et le secrétariat d'Etat pour les Affaires étrangères, qui restait à Colbert de Croissi, son oncle. On assurait, au demeurant, que le Roi allait les leur ôter pour les faire passer, comme le reste, dans les mains de Monsieur de Louvois.

Pour balancer le crédit et l'ascendant d'un ministre si dangereux, j'entrepris de relever lentement cette famille Colbert si déchue de considération.

J'estimais fort Monsieur de Croissi ; je connaissais bien Monsieur de Seignelay ; je voulus encore me rapprocher de ses sœurs qui avaient épousé, l'une, le duc de Chevreuse et, l'autre, le duc de Beauvilliers ; j'y parvins aisément, car je trouvai en elles tant de traits de sagesse, de droiture et de dévotion que nous nous liâmes bientôt d'une véritable amitié.

Cela fait, j'avançais doucement mes pions, marquant habilement dans chaque occasion les maladresses de l'un et le grand mérite des autres. Sans avoir l'air d'y toucher et comme si c'eût été une pure bagatelle, je fis ainsi remarquer au Roi, dans deux ou trois occasions, que l'air décisif que le marquis de Louvois avait accoutumé de prendre et de faire paraître dans ses réponses, qu'il donnait toujours sur-le-champ, ne le garantissait point de l'erreur ; le Roi fut frappé des exemples que je lui donnai et, y prêtant plus d'attention, il vit que ce ministre disait souvent, d'une manière haute et résolue, des choses qui se révélaient fausses en effet, si l'on y regardait de près ; il en fit bientôt lui-même l'épreuve.

Etant allé voir les travaux de Trianon accompagné de son seul ministre, en tant que surintendant des Bâtiments, il trouva qu'une fenêtre était plus basse que les autres de quelques lignes ; le Roi avait un sens si naturel de la proportion qu'il se trouvait rarement en défaut. Cependant Monsieur de Louvois, intéressé à ce qu'on ne crût pas qu'il avait mal surveillé les ouvrages, soutint, d'un ton léger et assuré, que les fenêtres étaient toutes parfaitement semblables ; il pensait que le Roi s'en contenterait et s'en remettrait à lui comme souvent ; mais le Roi, que j'avais bien alerté sur l'impudence de son ministre, ne voulut pas en rester là. Il fit appeler Monsieur Le Nôtre sans lui dire le sujet de la querelle et lui fit tout mesurer en sa présence ; il se trouva que le Roi avait raison. Ce prince considéra alors très profondément Monsieur de Louvois et lui donna calmement l'ordre de défaire l'ouvrage ; mais il fit, à part lui, de grandes réflexions que je me chargeai de nourrir.

En regard de l'insolence et de l'outrance de Monsieur de Louvois, j'avais soin de vanter le tempérament traitable de Monsieur de Seignelay, la modération et l'habileté de Monsieur de Croissi, la bienfaisance du duc de Chevreuse et la modestie du duc de Beauvilliers. Le Roi s'accoutumait à voir souvent les deux duchesses dans ma chambre et j'y attirai aussi, de fois à autre, Madame de Seignelay, qui était jeune, belle et de grande mine, et pour laquelle le Roi se sentait quelque inclination. Pour ne perdre aucune occasion, d'ailleurs, d'entretenir et d'augmenter le crédit de Monsieur de Seignelay, je poussai ce ministre à donner au Roi et à toute la Cour une fête magnifique dans sa belle maison de campagne à Sceaux. Le 30 juin 1685, Monsieur de Louvois avait donné une fête semblable au Roi dans le beau lieu de Meudon mais, soit qu'il ne crût pas nécessaire de s'en donner la peine, soit qu'il ne se souciât pas d'en faire la dépense, la fête fut fort commune et la pluie, qui se mit à tomber, acheva de la gâter.

Je persuadai au marquis de Seignelay de ne rien épargner pour enfoncer son rival et, le 16 juillet de la même année, il donna au Roi la plus belle fête qu'on lui eût jamais donnée. Tout ce qui peut contribuer au plaisir, à l'agrément ou à la surprise des sens s'y trouvait en abondance : viandes rares, liqueurs exquises, fruits nouveaux ou hors de saison ; beauté des concerts et d'un petit opéra en musique fait exprès par Lulli ; illuminations extraordinaires faites avec un art extrême dans les jardins, les grottes et le long des canaux, où flottaient un vaisseau et un bateau ; enfin tout ce que l'invention, soutenue par la dépense, peut apporter à la beauté et à la singularité du divertissement d'un jour parut là. Le Roi se déclara satisfait de voir comme on cherchait à lui plaire jusque dans le détail.

Monsieur de Louvois acheva, ensuite, de se perdre tout seul. Comme les dieux aveuglent ceux qu'ils veulent perdre, il continua d'aller son train ordinaire sans rien soupçonner de la défiance croissante du Roi et monta d'un cran dans la présomption jusqu'à se rendre insupportable à son Maître. Un jour, étant aux armées, il osa déplacer une garde de cavalerie que le Roi avait placée lui-même. « Mais, dit le Roi au capitaine, n'avez-vous pas dit à Monsieur de Louvois que c'était moi qui vous avais placé ? — Oui, Sire, répondit le capitaine. — Eh bien, fit le Roi piqué, en se tournant vers sa suite, Monsieur de Louvois se croit un grand homme de guerre apparemment et savoir tout mieux que personne. » Il eut peine à lui pardonner cette nouvelle affaire dont il demeura blessé, et j'eus soin, pour ma part, de l'en faire ressouvenir de temps en temps.

Le ministre fit encore mieux dans la suite. Ayant, par ses funestes conseils, poussé le Roi à la guerre du Palatinat quand, avec Colbert de Croissi, j'avais en vain prêché la paix et l'exécution des traités, il entreprit dans ce pays de si terribles exécutions que toute l'Europe résonna bientôt des cris des malheureux Palatins. Le Roi n'aimait pas les violences inutiles ; il craignait la haine, qui en retombait à plomb sur lui, et les dangereux effets qu'elle pouvait produire. Je ne manquai pas de lui peindre toute la cruauté de ces incendies du Palatinat ; je n'oubliai pas non plus de lui en faire naître les plus grands scrupules, parlant là-dessus avec toute la chaleur que me donnaient, à la fois, l'amour de mon prochain et mon mépris pour le ministre.

Or, sans voir que le Roi commençait d'être de fort mauvaise humeur contre lui, Monsieur de Louvois voulut ajouter le brûlement de Trèves aux terribles désolations du Palatinat. Cette fois, le Roi ne se laissa pas persuader et dit fort nettement qu'il entendait qu'on ne fît rien contre Trèves.

A quelques jours de là, Louvois, qui ne doutait pas d'emporter toujours ce qu'il voulait par son opiniâtreté, vint à son ordinaire travailler chez moi avec le Roi. A la fin du travail, il dit calmement au Roi qu'il avait bien senti que le scrupule était la seule raison qui l'eût retenu de consentir au brûlement de Trèves ; qu'il croyait lui rendre un service essentiel en se chargeant lui-même du péché et que pour cela, sans lui en avoir voulu reparler, il avait dépêché un courrier avec l'ordre de brûler Trèves à son arrivée. Le Roi fut à l'instant, et contre son naturel, si transporté de colère qu'il se jeta sur les pincettes de ma cheminée et allait en charger Louvois quand je me jetai entre eux deux en m'écriant : « Sire, qu'allez-vous faire ? Vous êtes le Roi ! » et je lui ôtai les pincettes des mains. Louvois cependant gagnait la porte. Le Roi cria après lui pour le rappeler et lui dit, les yeux étincelants : « Dépêchez un courrier tout à cette heure avec un contrordre et qu'il arrive à temps. Sachez que votre tête en répond si on brûle une seule maison. » Louvois, plus mort que vif, s'en alla sur-le-champ, mais ce n'était pas, comme nous le sûmes ensuite, dans l'impatience de dépêcher le contrordre, car il s'était bien gardé de laisser partir le premier courrier : il lui avait donné ses dépêches et l'avait gardé tout botté dans son antichambre, prêt à le faire partir si le Roi s'était montré seulement un peu fâché. Il n'eut que la peine de reprendre ses dépêches et de faire débotter le courrier ; mais, après une aussi étrange aventure, j'eus beau jeu contre le ministre, et, rongé comme il l'était, il n'eût tenu qu'à moi de le perdre tout à fait.

Je ne le fis pas car, quelque estime que j'eusse pour eux, je ne voulais pas livrer le royaume sans partage aux Colbert. Je croyais utile à ma tranquillité, et au bien de l'Etat, de tenir la balance égale entre les ministres et que leurs influences s'annulassent entre elles. Du reste, Louvois n'était pas inutile au Roi car il était très laborieux. Il me suffit donc que le Roi, fort refroidi sur son ministre de la Guerre, fît Monsieur de Seignelay ministre d'Etat, Monsieur de Beauvilliers chef du Conseil des Finances, et qu'il écoutât avec un peu plus d'attention les avis de Monsieur de Croissi et ceux du duc de Chevreuse. Je fus alors à portée de jouer de tous comme si je les tenais dans les plateaux d'une balance.

Pour le père de La Chaise, les choses ne furent pas si aisées. Il est vrai aussi qu'il était moins gênant ; mais j'enrageais dans les occasions de voir son manque de génie, son peu de charité, et, enfin, toute la médiocrité de son âme. C'était le type même du jésuite courtisan : souple, doux, artificieux, et fort traitable à tous les péchés du Roi pourvu que le monarque servît bien les intérêts de la Compagnie. Il avait acquis sur son pénitent une grande influence, qu'il tenait moins de son emploi de confesseur que de sa connaissance approfondie des médailles. Le Roi aimait les curiosités [1] ; il s'en faisait porter de l'Europe entière, qu'il montrait au public dans des cabinets aménagés à cet effet ; le père de La Chaise, grand amateur de médailles, l'aida de ses avis et eut soin de lui procurer des pièces fort rares. Il sut enfin se rendre si nécessaire aux Médailles qu'il n'y eut plus, bientôt, de temperament à son influence dans l'Eglise : il faisait à sa guise l'ordre du jour du Conseil de Conscience ; il décidait seul de la collation des bénéfices.

Je me trouvai vite embarrassée de cet homme-là. Soutenant, au gré de ses intérêts, les prélats les plus corrompus, comme cet archevêque de Paris, son compère, dont on nommait publiquement les maîtresses, il m'empêchait de faire nommer aux grands emplois de l'Eglise de saints hommes qui eussent édifié les huguenots et contribué à la réforme des mœurs ; quant au salut du Roi, ce n'était pas, à l'évidence, le premier souci du confesseur : lorsque je représentais à mon époux qu'une dévotion tout extérieure n'est point une dévotion suffisante et que j'avais réussi à l'inquiéter, le père de La Chaise repassait après moi avec des baumes et des onguents, assurant sa brebis que j'étais trop scrupuleuse et qu'on faisait assez pour se sauver en disant trois « Pater » et deux « Ave ». J'en pétillais d'impatience.

Cependant, je ne pus jamais rompre en visière avec le père, ni même marquer franchement au Roi les faiblesses de son enseignement : ayant besoin d'appui pour me maintenir en ma place, je prétendais en trouver dans l'Eglise, qui me savait bon gré d'avoir mis fin aux galanteries du Roi ; et j'aimais mieux que ce soutien parût unanime que de m'enfermer dans une secte ou un parti dont on eût pu effrayer le monarque ; en l'état des

1. Objets d'art anciens ou exotiques, antiquités variées, dont les médailles et monnaies diverses.

esprits, attaquer de front le père de La Chaise était s'exposer à être traité de « janséniste », ce qui m'eût perdue irrémédiablement, un janséniste étant, dans l'idée du Roi, tout ensemble un être de cabale et un rebelle à l'Eglise.

Je pris donc des voies moins rapides, me bornant à pousser dans les premières places, lorsqu'il m'était possible, quelques prêtres de mérite et des gens qui, dans le secret de leur cœur, ne fussent pas favorables aux jésuites. A cette fin, je me rapprochai de Monsieur de Meaux, dont je goûtais d'ailleurs l'esprit vif et ardent, l'éloquence et la régularité de conduite ; pour les mêmes raisons, je fis quelques pas en direction de l'archevêque de Reims, encore qu'il fût frère de Monsieur de Louvois ; plus tard, je me rapprochai des frères des Missions Etrangères, qui s'opposaient à la Compagnie sur l'affaire des rites de la Chine ; à Saint-Cyr, enfin, et partout où je le pus, je plaçai des lazaristes et des sulpiciens, dont je prisais la simplicité de manières et qui, me devant tout car ils n'étaient rien, avaient à cœur de me servir.

Je croyais que cette manière discrète d'écarter les messieurs de la Compagnie n'attirerait l'œil de personne, mais le père de La Chaise finit par en soupçonner quelque chose et alerta le Roi : « Vous ne me ferez pas bien votre cour, Madame, en n'aimant pas les jésuites », me dit-il un jour ; je l'assurai que je les aimais tout à l'égal des autres mais il n'en fut pas dupe, car il m'envoya peu après le père Bourdaloue pour me témoigner la peine de la Compagnie sur ce que je paraissais ne la pas aimer ; je lui protestai seulement que j'étais prête à faire bien des avances.

Je continuai tout doucement de travailler à saper l'influence du père de La Chaise, sans jamais venir à bout de l'éliminer tout à fait. Nous nous tînmes mutuellement en respect ; par prudence, je m'en contentai.

Ne croyez pas pourtant que j'étais bien satisfaite de mes intrigues, lors même qu'elles étaient couronnées d'un heureux succès. Il est vrai qu'elles me distrayaient de l'ennui d'une vie monotone, mais je n'y avais pas grand goût. J'étais seulement dans la situation de l'*Isabelle* marchant pour les Antilles et contrainte, comme ce petit navire, de tirer sur mes voisins par crainte qu'ils ne me détruisissent les premiers ; tout au plus avais-je, dans cette petite guerre, le prétexte de l'Etat car il ne m'était pas indifférent de voir autour du Roi des hommes d'un talent et d'une vertu reconnus plutôt que des coquins fieffés.

Après sept ou huit ans de ce manège, j'étais lasse des cabales, des complots, et de la Cour à en avoir jusqu'à la gorge. Tous les plaisirs s'émoussent à ce qu'il paraît, et d'abord ceux de la politique ; de plus, je vieillissais.

Les courtisans m'assuraient que je ne changeais pas ; et je donnais peut-être, en effet, l'illusion de la jeunesse par la finesse de ma taille, l'éclat de mes yeux, ma vivacité naturelle et ce je-ne-sais-quoi d'enjoué et d'impromptu dans les manières qui ne correspondait pas trop bien avec un dedans retenu et grave d'ailleurs. Pourtant, je n'embellissais pas : s'ils ne m'avaient pas vue dans le feu d'une action ou le mouvement d'une conversation, les habiles auraient bien pu distinguer, comme je le faisais moi-même dans mon miroir aux heures de solitude, les rides qui alourdissaient ma bouche et cernaient mes yeux, la graisse qui empâtait mon menton et gâtait l'ovale de mon visage, la tristesse de mon teint. Je mesurais tous les jours à ma toilette le progrès du mal et passais des moments de plus en plus longs à en réparer les effets. Il y a un temps pour tout, dit l'Ecriture, « un temps pour semer et un temps pour récolter », un temps pour conquérir et un pour conserver. J'avais eu, au temps des conquêtes, la tournure qu'il fallait. Pour conserver, il me suffisait sans doute d'une santé ferme, de deux bons yeux, et d'un peu d'habileté. Le Roi, malgré les années, ne diminuait pas d'amour pour moi en effet, et cet amour n'était pas seulement spirituel, comme le reconnut un jour, avec surprise, un gentilhomme saintongeais de mes amis.

C'était un soir à Fontainebleau, sur les six heures. On vint me dire qu'un Monsieur Saint-Legier de Boisrond souhaitait d'être reçu. Je l'avais bien connu dans ma jeunesse car il était parent d'un des oncles de ma mère ; comme j'avais encore une demi-heure à moi avant que le Roi ne vînt, je ne crus pas pouvoir mieux l'occuper qu'avec un de mes anciens amis, encore que je n'eusse

plus vu ce garçon depuis trente ans et que je le soupçonnasse bien de n'avoir marché jusqu'ici qu'au bruit de
ma faveur et par curiosité ; mais, n'importe, je le reçus
pour m'en divertir un peu.

Il avait gardé son air de paysan, ses façons familières
et rudes ; avec cela, pourtant, assez finaud et très gai
pour un huguenot.

— Hors ça, Françoise, fit-il en entrant chez moi, si je
m'attendais à ne rester dans l'antichambre que l'espace
d'un *Miserere* !

— Ah, Saint-Legier, lui dis-je en riant, vous n'avez
pas changé de façons, et je suis tout de même pour
vous [1].

Il était entré avec lui une forte odeur d'écurie.

— Et je vois, ajoutai-je en reniflant, que vous poussez
la ressemblance avec vous-même jusqu'à n'être pas
mieux soigné de votre personne que par-devant... Vous
rappelez-vous la fois que, chez Montalembert, vous êtes
tombé dans le fumier et que vous êtes descendu parfumé
de la sorte pour souper avec la vieille La Tremoille ? Et
comme elle pinçait les narines ? Elle prétendait qu'on
lui cachait un cheval sous la table !

Nous rîmes et contâmes, avec plaisir, quelques autres
histoires du vieux temps. Je me mis à ma toilette, m'excusant sur ce que le Roi allait venir, et me fis peigner. Il
s'était assis à califourchon sur un ployant à mon côté et
me considérait bien attentivement sous le nez.

— Eh bien ? lui dis-je.

— Eh bien, j'admire, ma chère dame, qu'étant bien à
votre cinquantième année, vous n'ayez pas un cheveu
blanc !

— Saint-Legier, vraiment, sont-ce là des façons ?
Depuis quand nomme-t-on l'âge des dames ?

Je passai un fard léger sur mon visage, m'aspergeai
d'eau de senteur, lavai mes mains avec une pâte aux
amandes, et glissai quelques sachets de marjolaine entre
mes jupes.

Saint-Legier me regardait faire avec des yeux tout
arrondis.

— Qu'y a-t-il encore ? lui dis-je.

---

1. Je suis restée la même pour vous.

453

— Il y a, ma bonne dame, que jusque-là j'avais cru, comme les autres, que le Roi n'en voulait qu'à votre esprit...

— Et alors ?

— Alors, alors... Je soupçonne, par les soins que je vous vois prendre de votre personne, qu'il pourrait y avoir là-dedans quelque chose de plus matériel, voyez-vous !

Je le regardai bien en face en souriant et dis seulement entre haut et bas : « Saint-Legier, tient-on bien les hommes par l'esprit ? » Mon Saintongeais en demeura tout court. J'en profitai pour glisser promptement sur une autre matière et, me rappelant à temps qu'il était huguenot et « natre [1] », comme on dit chez nous, je lui donnai quelques belles paroles pour l'exhorter à changer de religion. Il s'en fut aussi hérétique qu'il était entré, et, du reste, je ne le revis jamais ; mais le « quelque chose de plus matériel » me demeura dans l'esprit.

Soit goût du « matériel », soit goût du « spirituel », le Roi s'attachait de plus en plus à moi, à sa manière souvent rude et toujours exigeante, mais, enfin, je voyais bien que je ne le perdais pas.

Quand il souffrit de cette fistule au fondement, qui, pendant dix mois, lui donna tant de peine et de douleur, il me voulut toujours à son côté ; je fus seule, avec Monsieur de Louvois et les médecins, dans la confidence de la grande opération qu'on lui fit le 18 novembre 1686 ; seule aussi dans sa chambre, avec le ministre, quand on l'entailla de deux coups de bistouri et huit coups de ciseaux. Je me tenais au pied du lit ; il me regardait et tenait la main de Monsieur de Louvois ; il ne laissa échapper qu'un cri : « Mon Dieu ! » et souffrit tout le reste sans un soupir ; après quoi, il demeura trois semaines dans son lit à souffrir sans cesse comme s'il avait été sur la roue. Je ne le quittais que pour aller prier Dieu de me le conserver, et demeurais parfois à son chevet huit ou neuf heures de rang sans prendre un seul moment de soulagement ; il se mordait les lèvres, suait

1. Entêté, en patois poitevin.

à grosses gouttes par l'effet de la douleur, mais ne se plaignait jamais et n'en recevait pas moins la Cour dans sa chambre tous les soirs.

— Madame, me dit-il un jour comme je lui en faisais reproche, la santé des rois est une affaire de politique ; ils ne doivent jamais donner à leurs sujets l'espérance de leur mort. Mais soyez bien assurée que, comme particulier, j'aimerais autant me cacher avec vous pour souffrir en paix.

Malade, il ne se traitait pas mieux qu'il ne me traitait quand j'étais moi-même incommodée ; et c'est au moins une justice à lui rendre que de dire qu'il logeait en tout ceux qu'il aimait à même enseigne que lui.

Quand il fut rétabli, il fit, par amitié, deux ou trois petites choses, qui marquèrent bien, aux yeux du public, le rang où j'étais. D'abord, il érigea la terre de Maintenon en marquisat et ne voulut plus qu'on me nommât autrement que « marquise de Maintenon » ; de ce présent-là, à la vérité, je ne me souciais guère ; mais il voulut aussi qu'à la chapelle j'entendisse désormais la messe dans l'une des petites lanternes dorées où seule la Reine se mettait, et « Ma Solidité » eut la faiblesse d'être charmée de cette élévation nouvelle.

Plus encore que de la constance de son amitié, j'étais surprise de la fidélité que me gardait le Roi. Il eut bien encore, il est vrai, peu après notre mariage, un semblant de galanterie avec Mademoiselle de Laval, fille d'honneur de la dauphine. On me rapporta de tous côtés que cette demoiselle lui plaisait et qu'il en obtenait tout le bonheur qu'on peut souhaiter d'une jolie femme ; je ne sus pas précisément ce qu'il en était et jusqu'où allaient les choses, mais, à quelque temps de là, le Roi me vint dire qu'il fallait marier promptement Mademoiselle de Laval et qu'il m'en chargeait. Je me fusse bien passée de la commission. Cependant, je m'en acquittai en épouse obéissante, et, dans la première occasion, je la proposai à Monsieur de Roquelaure, qui venait me demander ma nièce de Villette ; Roquelaure, fort surpris, ne put s'empêcher de dire :

— Pourrais-je l'épouser avec les bruits qui courent ? Qui m'assurera qu'ils sont sans fondement ?

— Moi, repris-je, car je vois les choses de près.

Il me crut ; le Roi dota la demoiselle ; le mariage se fit, et le nouveau marié emmena sa belle. Après quoi, on m'apprit qu'il lui était né une fille, six ou sept mois seulement après la noce, et qu'en apprenant sa naissance, le « père » s'était écrié : « Mademoiselle, soyez la bienvenue, mais je ne vous attendais pas si tôt » ; je ne sais ce qu'il y avait de vrai dans ce conte, car Roquelaure aimait les saillies quand même il les faisait à ses dépens ; de toutes les façons, le Roi ne me parla jamais plus de Mademoiselle de Laval et je ne lui en demandai rien.

Pour Madame de Montespan, les choses furent plus claires. Elle me dit elle-même un jour que, depuis la mort de Mademoiselle de Fontanges, le Roi ne lui avait pas seulement touché le bout du doigt ; et, bien qu'il continuât de lui rendre une courte visite tous les jours, il ne voulait pas qu'il subsistât la moindre équivoque sur leur commerce : dès 1684, il avait repris pour lui le logement qu'elle occupait auprès du sien au premier étage du château de Versailles et il lui avait donné l'appartement des Bains, qui n'est qu'au rez-de-chaussée ; il poussa alors le scrupule jusqu'à faire ôter l'escalier qui reliait cet appartement au sien et fit murer le passage qui y menait ; le maréchal de La Feuillade dit à Madame de Montespan : « Vous êtes délogée, Madame, mais, au moins, ce n'est pas sans trompettes ! »

La belle marquise avait bien de la peine, pourtant, à s'accommoder à sa nouvelle condition et cherchait toujours à regagner un cœur qu'elle ne se pouvait consoler d'avoir perdu ; elle crut y parvenir en m'imitant ; elle se mit de toutes les processions et assemblées de charité, sans pouvoir convaincre personne ; elle eut plus de bonheur avec les fêtes.

Dans les commencements de mon mariage, voyant que le Roi souffrait de ce que la dauphine ne tînt aucune Cour, j'avais pris à tâche d'entretenir et de varier les divertissements de Versailles, en portant le Roi à y donner fréquemment des fêtes galantes, accompagnées de circonstances nouvelles, surprenantes et agréables, comme des loteries et des boutiques assorties de toutes sortes d'étoffes et de bijoux donnés aux dames qui y étaient conviées, ou joués par elles à plus bas prix que leur valeur, le surplus étant aux dépens du Roi.

Madame de Montespan s'y mit à son tour et y réussit mieux qu'à la dévotion, car elle avait le sens des fêtes et un grand penchant à la magnificence. Elle fit ainsi une fort belle fête à Clagny en 1685, où il y avait les boutiques des saisons : elle me demanda si je voudrais bien tenir celle de l'automne avec le jeune duc du Maine, tandis qu'elle tiendrait celle de l'hiver ; comme le choix de nos saisons respectives ne manquait pas d'être fort courtisan, j'acceptai volontiers. Hors ces occasions, nous nous rencontrions de fois à autre et goûtions toujours, autant que par le passé, le plaisir de converser ensemble ; je me souviens d'une fois où je me trouvai par hasard à son côté dans un souper : « Ne soyons pas dupes de cette affaire-ci, me dit-elle, et causons comme si nous n'avions rien à démêler ; sans doute que nous n'en serons pas plus amies pour autant, mais nous aurons au moins passé un bon moment », et nous passâmes en effet une fort agréable soirée.

Du reste, elle se dépiquait de ses dégoûts par des traits pleins de sel et des plaisanteries amères. Ainsi, elle ne s'était jamais accoutumée à ne plus voyager dans le carrosse du Roi ; un jour que nous l'avions emmenée à Marly mais qu'elle n'avait trouvé place que dans le troisième carrosse, elle courut vers le Roi en arrivant, lui fit sa révérence au milieu du salon et, se tenant dans la posture d'une suppliante, lança à la cantonade : « Sire, je demande en grâce à Votre Majesté de bien vouloir m'autoriser, dans l'avenir, à entretenir les gens du second carrosse et divertir l'antichambre. » Une autre fois, comme elle venait chez moi à une assemblée des pauvres de Versailles, où les dames riches de la Cour apportaient leurs aumônes une fois le mois, elle remarqua dans l'antichambre le curé, les sœurs grises et quelques sacristains, et dit en m'abordant, avec un sourire glacial : « Savez-vous, Madame, comme votre antichambre est merveilleusement parée pour votre oraison funèbre ? »

Comme je suis sensible à l'esprit et que je n'étais pas trop gâtée de ce côté-là depuis que je me renfermais entre Marguerite de Montchevreuil, Nanon, le Roi et le dauphin, je me divertissais de ces bons mots et j'étais la première à raconter partout ceux qui tombaient sur moi.

J'eusse fort aimé, vraiment, d'avoir la marquise de Montespan pour dame de compagnie... Sans doute n'était-ce point là un emploi digne d'elle mais, depuis longtemps, il n'y en avait plus pour elle de convenable sur le théâtre de la Cour et, cependant, elle ne se pouvait résoudre à le quitter. Elle était comme ces âmes malheureuses qui hantent éternellement les lieux qu'elles ont habités pour expier leurs fautes.

Son exemple me donnait bien à méditer sur la fragilité de la grandeur ; au reste, quand la disgrâce n'est pas au bout, c'est la mort qu'on y trouve.

« Dites-moi où sont maintenant ces maîtres et ces docteurs que vous avez connus lorsqu'ils vivaient encore et qu'ils florissaient dans leur science ? D'autres occupent à présent leur place... Ils semblaient être quelque chose, et maintenant on n'en parle plus. »

— Comment, vous lisez l'*Imitation de Jésus-Christ* ? me dit un jour le maréchal de Villeroy en reposant le livre sur ma table. Cela est bien ordinaire ; de surcroît, on l'a lu cent fois. Je ne sais rien de lassant comme ces vieilles histoires...

Il prit et retourna un autre livre.

— Et l'*Introduction à la vie dévote* de Monsieur « saint » François de Sales ! Le bel ouvrage en vérité, et le beau « saint » ! J'ai bien connu Sales dans le temps ; il était fort ami de mon père. Eh bien, je puis vous apprendre, Madame, qu'il trichait au jeu et disait des gravelures, tout comme un autre ! Je veux bien encore m'en taire, mais lui donner du « saint », pour cela non ! Je ne puis !

— Laissez cela, Monsieur le maréchal, lui dis-je en riant, je veux être dévote et vous ne m'en empêcherez pas.

— Comment, vous voulez l'être ? repartit-il en caressant sa moustache blonde d'un air de doute, mais je croyais que vous l'étiez déjà !

Villeroy était un de ces courtisans magnifiques et galants qui ne savent rien au monde que des contes de Cour et d'aventures, et n'ont d'autre ambition que de donner des modes pour la parure, le langage ou les façons ; comme il était dans la plus grande familiarité avec le Roi, ayant été élevé avec lui dans sa première jeunesse, je le tolérais volontiers chez moi ; du reste, quoiqu'il eût plus de clinquant que de cervelle, il n'était pas méchant et ne manquait ni de bravoure ni de sincérité.

— Vous êtes, Monsieur le maréchal, un homme fait exprès pour présider à un bal, être le juge d'un carrousel et chanter à l'Opéra les rôles de héros. Mais, ajoutai-je en souriant, je ne vous crois pas propre à conseiller sur la dévotion. Avouez donc que vous n'y entendez rien, et, quand je me serai expliquée, vous n'en saurez pas plus long... Apprenez cependant que j'ai aimé Dieu en tout temps mais que je l'ai rarement servi ; du moins n'ai-je pas servi que lui, et c'est un maître jaloux. J'ai dans l'esprit de m'y donner davantage aujourd'hui mais il n'est pas aisé de parvenir sans guide jusqu'à cette dévotion véritable, et votre faux « saint » n'est pas, après tout, un si mauvais directeur... Quant à mes lectures, lui dis-je en montrant un gros paquet de livres sur ma table, vous le voyez, je passe indifféremment de la *Vie de Bayard* à l'*Histoire d'Angleterre*, des *Finances du Roi Louis XIII* aux *Chansons* de Coulanges, et j'ai fait des *Pensées* de Pascal mon livre de chevet ; mais je ne trouve jamais dans tous ces ouvrages tant de nouveauté que dans cette *Imitation* que vous jugez si lassante. Il me semble, à moi, que le fond en est inépuisable et chaque mot m'y remue davantage que toutes les tragédies de Racine. Je crois que je finirai par ne plus rien lire d'autre... Ce qui sera au moins commode, convenez-en, car j'emporterai de la sorte toute ma bibliothèque dans ma poche.

Soit dégoût des intrigues de la Cour, soit ennui de journées trop vides, soit privation de société, je me tournais de plus en plus souvent vers Dieu, en effet. Peut-être que je n'aurais jamais pensé à lui si je n'avais été déçue par les hommes, si je n'avais vu autour de moi les assassinats, les rages, les trahisons, les bassesses, et, enfin, la corruption dans l'homme comme l'eau dans la mer ? Peut-être, aussi, qu'on a plus besoin des secours de Dieu pour porter la prospérité, l'abondance et les honneurs que pour souffrir l'adversité ? Peut-être, enfin, qu'il y avait, mêlé dans tout cela, quelque chose de moins pur : je remarque, en y réfléchissant, que les démarches que j'ai faites dans la piété ont toujours été à mesure que ma fortune devenait meilleure, et que chaque degré de faveur était suivi de quelque avancement dans la dévotion.

Prétendais-je, de la sorte, préparer la suite ? et, ayant atteint au plus haut des ambitions humaines, envisageais-je, pour satisfaire un orgueil insatiable, d'épouser Dieu après le Roi, comme m'en accusait mon frère ? Je ne sais ; les sentiments des hommes leur sont trop cachés à eux-mêmes pour que j'y voie bien clair, si d'ailleurs je n'ose m'aveugler.

Le seul fait certain est qu'à Versailles entre mes quatre murailles de damas rouge, à Fontainebleau dans les boiseries or et blanc de mon petit cabinet, à Marly parmi les brocarts verts de ma chambre obscure, je sentais chaque jour plus forte à mes côtés la présence douce et exigeante du Dieu vivant ; et, pour répondre à son appel, je savais qu'il faudrait plus, et mieux, que quelques aumônes, des messes, une fondation et le soin du salut du Roi. Il fallait l'aimer au point de renoncer à m'aimer moi-même, mourir à tout intérêt et à toute amitié, et lui abandonner mon âme si souvent et si totalement qu'il lui ôte le dernier souffle de vie propre pour la faire vivre en lui dans une paix infinie. Je pressentais cela de la manière la plus vive mais je me croyais incapable d'aller si loin dans le détachement par mes seuls moyens.

Or, je ne rencontrais pas d'aide autour de moi. Mon directeur, que j'avais, il est vrai, souvent découragé et rebuté dans le passé, tournait franchement au courtisan depuis qu'il savait mon mariage. Je lui envoyai une longue lettre pour le remettre dans ses devoirs : « Je vous conjure de vous défaire d'un style que vous avez avec moi, qui ne m'est point agréable et qui peut m'être nuisible. Je ne suis point plus grande dame que j'étais à la rue des Tournelles, que vous me disiez fort bien mes vérités ; et, si la faveur où je suis met tout le monde à mes pieds, elle ne doit pas faire cet effet-là sur un homme chargé de ma conscience et à qui je demande instamment de me conduire, sans aucun égard, dans le chemin qu'il croit le plus sûr pour mon salut. Où trouverai-je la vérité si je ne la trouve en vous, et à qui puis-je être soumise qu'à vous, ne voyant dans tout ce qui m'approche que respect, adulation et complaisance ? Parlez-moi, écrivez-moi, sans tour, sans cérémonie, sans insinuation, et surtout, je vous prie, sans respect. Ne craignez jamais de m'importuner : je veux faire mon salut, je vous en charge, et je reconnais que personne au monde n'a tant besoin d'aide que moi. Enfin, regardez-moi comme dépouillée de tout ce qui m'environne et voulant me donner à Dieu. »

Au lieu de m'apporter le secours que je réclamais ainsi, le pauvre Gobelin, au reçu de cette lettre, se mit à trembler plus fort et m'expédia trois pages de respects timides et embrouillés ; il y ajouta quelque demande pour un procès qu'il avait. Je croyais qu'à son âge, et dans l'état d'ecclésiastique, il ferait aussi bien de ne songer qu'à l'ultime Tribunal ; je le rassurai pourtant d'un ton moqueur : « Pour votre procès, remettez-vous-en à Dieu, au Roi ou à moi, lui dis-je, le moindre de nous trois y suffira... » ; puis je le laissai se renfermer tout à fait dans la maison de Saint-Cyr où je l'avais mis, et y vieillir en repos. Je me trouvai de la sorte parfaitement abandonnée, ne pouvant pas même faire connaître, dans la place où j'étais, que j'eusse besoin de quelque secours : les évêques mondains et les cardinaux ambitieux que je voyais si souvent auprès du Roi pour leurs affaires n'eussent pas manqué d'abuser d'un tel aveu et se fussent crus investis de quelque pouvoir sur l'époux par la faiblesse confiante de l'épouse. Je fis bien approcher le père Bourdaloue, que j'estimais sans le connaître beaucoup, mais il me répondit que les prêches nombreux qu'il faisait ne lui laisseraient pas le loisir de m'entretenir et qu'il ne pourrait, au mieux, me voir qu'une fois en six mois.

J'en étais là lorsque, chez la duchesse de Beauvilliers, je fis la connaissance de l'abbé de Fénelon.

J'avais accoutumé depuis quelques mois d'aller dîner, une fois la semaine, chez cette dame ou chez sa sœur, Madame de Chevreuse, et le Roi ne s'y opposait pas car il avait éprouvé lui-même la sagesse des deux filles de Monsieur Colbert, leur modestie, et leur absence d'intrigue ; pour moi, j'étais de plus en plus charmée de l'esprit pénétrant et juste de Madame de Beauvilliers, de la piété et de la grandeur d'âme de Madame de Chevreuse, de l'entente merveilleuse qui régnait entre ces deux sœurs, et de celle, plus merveilleuse encore et plus extraordinaire, qui était entre les deux beaux-frères ; ces quatre êtres étaient si bien liés par l'habitude de toute leur vie et par une foi également noble et digne qu'ils ne formaient qu'un cœur, une âme, un sentiment.

Comme nous causions souvent de religion ensemble, ils commencèrent de faire venir à leurs dîners quelques prélats dignes d'intérêt pour que je les connusse ; c'est ainsi que je rencontrai pour la première fois Monsieur de Fénelon, supérieur des Nouvelles-Catholiques du faubourg Saint-Antoine.

C'était un grand homme maigre et pâle, avec des yeux dont le feu et l'esprit sortaient comme un torrent et une physionomie si particulière qu'elle ne se pouvait oublier : elle rassemblait tout en effet, et les contraires ne s'y combattaient pas : elle avait de la gravité et de la galanterie, du sérieux et de la gaîté ; elle sentait également le docteur, l'évêque et le grand seigneur ; mais ce qui y surnageait c'étaient la finesse, les grâces, l'esprit, la délicatesse. Il fallait faire effort pour cesser de le regarder. Ses manières répondaient à son apparence : une éloquence naturelle, douce et fleurie, une politesse insinuante, une élocution agréable, un air de clarté dans les matières les plus embarrassées ; il enchantait si bien qu'on ne le pouvait quitter, ou, si on l'avait fait, se défendre de chercher à le retrouver.

Il m'ensorcela comme les autres. Il venait alors de faire imprimer un petit traité sur l'*Education des filles* et s'intéressait beaucoup à ce que j'essayais avec Saint-Cyr ; nous débattîmes des heures durant, avec un égal plaisir, de ce qu'il faut enseigner aux filles, de la manière de mêler l'instruction avec le jeu, du régime de vie à faire aux nourrissons, et mille autres choses encore dont je n'eusse pas cru un homme capable de parler.

Puis, il me parla de Dieu et j'eus la surprise de lui découvrir un Dieu fait comme le mien, un Dieu d'amour et de liberté, fort éloigné du Dieu sévère des huguenots et des jansénistes, de ce Dieu dont on nous disait qu'il était terrible de tomber entre ses mains. Je me plaisais à me figurer au contraire qu'il devait être délicieux de se trouver entre les mains de Dieu et de s'abandonner à lui comme un enfant ; Monsieur de Fénelon ne me détrompa point. Enfin, nous tombâmes d'accord sur tout, et d'abord sur le fait qu'il y avait entre nos deux esprits une sympathie qui nous devait rendre agréables toutes nos rencontres.

A quelque temps de là, Monsieur de Fénelon, que j'avais revu chaque semaine chez mes amis et qui savait que je n'avais presque plus de directeur, m'envoya, sur mon invitation, une lettre où il me montrait bien claire- ment les défauts qui, à son jugement, m'empêchaient d'aller tout à fait à Dieu. Comme je ne crois pas qu'on ait jamais mieux fait mon portrait, et que tout ce qu'il disait de mes imperfections était parfaitement juste d'ail- leurs, j'ai recopié cette lettre dans l'un de mes livres secrets et l'ai gardée sous les yeux toute ma vie. Je ne résiste pas à vous la donner, encore qu'il y ait un petit mouvement de vanité à parler et faire parler de ses défauts :

« ... Vous êtes née avec beaucoup de gloire, c'est-à-dire de cette gloire qu'on nomme bonne, mais qui est d'autant plus mauvaise qu'on n'a point de honte à la trouver bonne : on se corrigerait plus aisément d'une vanité sotte. Vous tenez encore beaucoup à cette gloire, sans que vous l'aperceviez : vous tenez à l'estime des honnêtes gens, à l'approbation des gens de bien, au plai- sir de soutenir votre prospérité avec modération, enfin à celui de paraître, par votre cœur, au-dessus de votre place. Le " moi ", dont je vous ai parlé si souvent, est une idole que vous n'avez pas brisée. Vous voulez aller à Dieu de tout votre cœur, mais non par la perte du " moi " ; au contraire, vous cherchez le " moi " en Dieu ; le goût sensible de la prière et de la présence de Dieu vous soutient, mais, si ce goût venait à vous manquer, l'attachement que vous avez à vous-même et au témoi- gnage de votre propre vertu vous jetterait dans une dan- gereuse épreuve... Il faut sacrifier à Dieu le " moi ", qu'on ne le recherche plus ni pour la réputation, ni pour la consolation du témoignage qu'on se rend à soi-même sur ses bonnes qualités. Il faut mourir à tout sans réserve et ne posséder pas même sa vertu par rapport à soi...

« Vous êtes naturellement bonne et disposée à la confiance. Mais quand vous commencez à vous défier, je m'imagine que votre cœur se serre trop. Il y a un milieu entre l'excessive confiance qui se livre, et la défiance qui ne sait plus à quoi s'en tenir lorsqu'elle sent que ce qu'elle croyait tenir lui échappe... On croit, dans le monde, que vous aimez le bien sincèrement ; on dit pourtant encore que vous êtes sévère, qu'il n'est pas permis d'avoir des défauts avec vous, et qu'étant dure à vous-même, vous l'êtes aussi aux autres ; que, quand vous commencez à trouver quelque faible dans les gens que vous avez espéré de trouver parfaits, vous vous en dégoûtez trop vite et que vous poussez trop loin le dégoût. Quand vous êtes sèche, en effet, votre sécheresse va assez loin. Tomber dans une défiance universelle serait un très grand mal. Plus vous mourrez à vous-même par l'abandon total à l'esprit de Dieu, plus votre cœur s'élargira pour supporter les défauts d'autrui et y compatir sans bornes. Vous ne verrez partout que misère car vos yeux seront plus perçants, mais rien ne pourra ni vous scandaliser, ni vous surprendre, ni vous resserrer...

« Il me paraît encore que vous avez un goût trop naturel pour l'amitié, pour la bonté de cœur, et pour tout ce qui lie la bonne société. C'est sans doute ce qu'il y a de meilleur selon la raison et la vertu humaine ; mais c'est pour cela même qu'il faut y renoncer. Toutes les tendresses naturelles ne sont qu'un amour-propre plus raffiné, plus séduisant, plus flatteur, plus aimable et, par conséquent, plus diabolique. Si vous ne teniez plus à vous, vous ne seriez non plus dans le désir de voir vos amis attachés à vous que de les voir attachés au roi de la Chine. En un mot, Madame, le défaut de vouloir de l'amitié n'est pas moindre devant Dieu que celui de manquer d'amitié. Le vrai amour de Dieu aime généreusement le prochain, sans espérance d'aucun retour. Enfin, il faut être prêt à se voir méprisé, haï, décrié, condamné par autrui, et à ne trouver en soi que trouble et condamnation. Cette parole est dure à quiconque veut jouir pour soi-même de sa vertu mais elle est douce et consolante pour une âme qui aime assez Dieu pour se renoncer elle-même. »

Jamais, en vingt années de direction, l'abbé Gobelin ne m'avait écrit une lettre aussi pénétrante et enivrante que cet homme-là en six mois de connaissance. Cependant, il ne fallait pas songer à faire de Monsieur de Fénelon un directeur : je ne voulais point me défaire de Gobelin, qui, à défaut d'être toujours le guide que j'attendais, avait été au moins un ami fidèle dans les années difficiles ; du reste, l'autorité de prophète que Monsieur de Fénelon s'était acquise sur tout son entourage l'avait accoutumé à une domination qui, dans sa douceur, ne voulait jamais de résistance ; n'étant pas moi-même d'un naturel à être constamment dans la souplesse et l'admiration pour mes pasteurs, je craignais que nous ne nous trouvassions à l'usage quelque sujet de brouillerie par le heurt de deux caractères trop semblables. Je me bornais donc à continuer de le rencontrer chez les Chevreuse ou les Beauvilliers, à me laisser prêcher sa doctrine dans l'extase de sa parole, et à en faire le précepteur du duc de Bourgogne, aîné des petits-fils du Roi, lorsque Monsieur de Beauvilliers en devint, sur mes instances, le gouverneur.

Le temps passait, les jours pareils aux jours. J'entrais dans cet âge où tout commence à s'effacer, les jardins moins fleuris, les fleurs moins brillantes, les couleurs moins vives, les prairies moins riantes, les eaux moins claires. Autour de moi, le paysage changeait ; il me parut tout à fait bouleversé en l'année 1691, quand je vis brusquement disparaître, comme dans une trappe, ceux qui avaient accompagné ma jeunesse.

D'un coup, l'ombre de la mort s'étendit sur tout.

Monsieur de Villarceaux mourut le premier. Je ne l'avais revu de quinze ans, bien que je lui eusse fait donner le cordon bleu. Je n'eus pas de regret à sa mort ; il y avait trop longtemps qu'il était mort pour moi ; mais j'eus du regret à mes vingt ans, et sentis quelque attendrissement au ressouvenir de la petite maison jaune de la rue des Trois-Pavillons, des bonheurs champêtres du Vexin, de la foire de Bezons, et du beau visage lisse que je portais alors au-dessus de mes robes d'étamine brune et qu'il emportait dans sa tombe.

L'abbé Gobelin mourut ensuite, et c'était un autre pan de ma vie qui s'écroulait avec lui : la rue des Tournelles,

Vaugirard, les scrupules et les agitations de mes débuts à la Cour.

Madame de Montespan quitta Versailles. Le roi ayant confié l'éducation de sa dernière fille, Mademoiselle de Blois, à Madame de Montchevreuil, elle avait protesté bien haut qu'on lui ôtait ses enfants ; le Roi lui fit dire alors qu'il était las de ses éclats et que, d'un autre côté, il avait besoin de son appartement pour y loger le duc du Maine. Elle se retira chez l'abbesse de Fontevrault, sa sœur, emmenant dans son bagage la mémoire amère de nos années de lutte, et celle, plus douce, de ma malheureuse petite Françoise, du comte de Vexin et de la tendre Mademoiselle de Tours.

Puis ce fut Monsieur de Louvois qui s'en alla. Celui-là eut une horrible [1] mort en vérité ; il sentait venir sa disgrâce depuis quelque temps et elle lui tordait le cœur. Il vint un jour travailler chez moi, prit congé fort aimablement sur le soir, passa la galerie en santé, et il allait mourir ; à peine entré dans son appartement, il se laissa choir dans un fauteuil et mourut tout aussitôt sans avoir eu seulement le temps de se confesser ni de revoir ses enfants. « Il ne fit que passer, dit l'Ecriture, et il n'était déjà plus. »

Seignelay, son rival et mon protégé, le suivit de peu dans la tombe. Il mourut, la même année, à l'âge de trente-neuf ans, à l'instant qu'il touchait enfin au pouvoir et à la grandeur ; j'y perdis ma peine et le semblant d'amitié dont je me flattais. Vanité.

A peu près dans le même temps, enfin, la dauphine mourut, n'ayant pu se remettre de la naissance de son troisième fils ; elle n'avait pas trente ans et n'avait jamais paru bien vivante mais, avec sa mort, il n'y eut plus de femme dans la famille du Roi qui pût tenir une Cour et présider aux cérémonies ; ce qui n'ajouta pas à notre gaîté.

Tout le monde vieillissait. Ceux qui avaient été les premiers compagnons du Roi et avaient fait cette Cour joyeuse et brillante des premières années de son règne commençaient de s'enfermer chez eux, perclus de goutte

---

1. Elle n'est « horrible » que pour le xviie siècle, qui regarde la mort subite et sans confession comme la pire disgrâce.

et de rhumatismes, ou s'ils dansaient encore c'était en clochant [1] un peu. Le Roi n'alla plus aux armées : en 1691, il emporta encore Mons, et Namur l'année d'après ; puis il laissa faire son fils et ses généraux. Neerwinden, Steinkerque : nous étions encore victorieux ; mais, au fil des ans, les batailles devinrent plus incertaines et plus meurtrières. La France s'épuisait à soutenir la guerre malheureuse où Monsieur de Louvois nous avait jetés. Ces campagnes languissantes, ces demi-victoires étonnaient l'Europe, si accoutumée à voir le roi de France mener des marches rapides et brillantes à travers des pays conquis. Le vernis du règne s'écaillait.

Pour rompre tout à fait avec un passé qui s'effritait sous mes yeux, ou pour m'habituer au détachement que prêchait l'abbé de Fénelon, je résolus de me séparer du bracelet de Monsieur d'Albret que je conservais depuis vingt-cinq ans. Je le fis tenir discrètement à sa nièce, Madame de Miossens.

Quelquefois, j'allais le soir dans le « cabinet des Tableaux », lorsqu'on en chassait le public. Ce cabinet, qui précédait celui des Curiosités, faisait à peu près face à ma chambre, de l'autre côté de la cour de Marbre. Je m'enfermais là à la nuit tombée et contemplais longuement, à la lumière d'une chandelle, ce « Ravissement de saint Paul » peint par Poussin, que j'avais si longtemps vu dans la chambre de Monsieur Scarron.

Par une singulière suite de hasards, cette peinture et moi avions suivi le même chemin, de la rue Neuve-Saint-Louis au château du Roi, passant également par l'hôtel de Richelieu. Je connaissais le « Ravissement de saint Paul » depuis quarante ans et nous ne nous étions jamais perdus de vue que de très courts moments. Je n'en pouvais dire autant de personne autour de moi ; et je croyais m'en trouver réduite, quelque jour, à chercher de l'amitié dans ce paquet de couleurs jeté sur une toile, qui avait au moins l'apparence d'une vieille connaissance.

Je me demandais avec mélancolie ce que l'avenir nous

_____
1. Boitant.

réservait à tous deux et jusqu'où notre destin serait semblable ; mais je connaissais la réponse : le tableau était immortel.

16

Sous ses hautes colonnes de porphyre rouge, le péristyle de Trianon semble la scène d'un théâtre. Chaque fois que, quittant Versailles et la presse des appartements, j'y hasardais mes pas, seule ou suivie d'une unique amie, je me croyais l'âme d'une héroïne de tragédie.

J'aimais à marcher noblement jusqu'au bord des degrés, à faire face au parterre des fleurs du Jardin Haut, à donner, silencieusement, la réplique au vent ; je me plaisais à appuyer avec grâce mon front au tronc glacé des colonnes, à m'adosser languissamment aux arcades de la Cour d'Honneur, et à représenter, pour un public de buis taillés, les reines mélancoliques de Monsieur Racine. Je croyais que ma figure [1], drapée dans des voiles violets et des brocarts bleu de nuit, se découpait à merveille sur le fond du ciel clair, et je me flattais qu'aux yeux de la postérité elle trancherait aussi nettement sur le décor de son siècle ; je me voulais singulière et, montée au faîte des honneurs, m'émerveillais encore d'aspirer à un destin moins commun.

Me donnant à moi-même le spectacle d'une reine triste et lassée de sa grandeur, je m'éprenais de Dieu comme du plus magnifique des amants, sans oser, cependant, succomber tout à fait à ses charmes. Je croyais mon désir sans remède, mais trouvais quelque bonheur à cette attente incertaine et de la noblesse à l'attitude de suppliante.

J'ai toujours eu ce goût, et cette faiblesse, de me regarder du dehors, et, si je redoute aujourd'hui qu'il n'ait empoisonné jusqu'à mes meilleures actions et gâté mes plus beaux sentiments, en ce temps-là j'en étais la dupe ; je me livrais si entièrement à ma gloire que je finissais

---

1. Silhouette.

par connaître plus d'orgueil en un jour que le Roi lui-même dans toute une année.

Nanon, exacte réplique, en plus noir et en plus humble, de sa maîtresse splendidement parée, s'avançait de quelques pas jusqu'à la rampe pour lui tendre un éventail ou un manchon ; nous échangions quelques-uns de ces mots que se disent ordinairement les héroïnes et leurs confidentes, les souveraines de comédies et leurs suivantes : des demi-plaintes, des quarts d'aveux, un semblant de dialogue sans autre objet que de mieux amener l'entrée et le monologue du héros, seul digne de l'attention du public ; mais le héros se faisait attendre. Sa tirade dite, Nanon rentrait dans l'ombre de la colonnade, me laissant seule représenter, au haut des degrés du péristyle, mon personnage d'exilée.

Je marchais entre les colonnes, du côté Cour au côté Jardin ; trois pas sur les pavés et trois pas sur le sable ; cueillant une rose au Jardin du Roi et l'effeuillant dans la Cour d'Honneur. Etant mon propre public enfin, je m'essayais à me faire prendre patience. Je tâchais à meubler dignement une attente dont je commençais à soupçonner qu'elle serait sans fin. Aucun Héros, nul Epoux n'était jamais au rendez-vous. Le Roi était trop occupé pour venir à moi et j'étais trop timide pour aller à Dieu. Ma pièce tournait court. Le froid du soir me glaçait les os. Alors, redescendant des nuées, je demandais mon carrosse et m'en retournais, frileuse, dans Versailles, entre les quatre murs de ma chambre obscure.

L'abbé de Fénelon m'empêcha de sombrer dans cette mélancolie.

Je trouvais déjà dans le petit cercle des duchesses de Chevreuse et de Beauvilliers, auxquelles s'étaient jointes la duchesse de Mortemart, leur sœur, et la duchesse de Béthune-Charost, le secours puissant d'une amitié pieuse. Monsieur de Fénelon ajouta à la douceur de cette petite société le charme d'un enseignement réglé, et il me persuada bientôt que je pourrais me fondre dans l'immensité de l'amour divin, pour peu que je consentisse à m'abandonner aux appels que mon Père m'adressait et à répondre au choix qu'Il avait fait de moi.

Je retrouvais toujours le nouveau précepteur des

petits-fils du Roi dans l'un ou l'autre de ces hôtels que les duchesses possédaient à Versailles. Notre « petit couvent de la Cour », comme nous l'appelions à part nous, y dînait « à la clochette [1] » afin de n'y être point embarrassé par la présence des valets et de rester libre de ses entretiens.

Le commerce que j'avais ainsi noué avec Monsieur de Fénelon n'était pas celui d'une dirigée avec son directeur, car j'avais d'ailleurs un directeur en la personne de Monsieur Godet-Desmarais, évêque de Chartres, que j'avais choisi pour successeur au pauvre Gobelin. Nos liens étaient plutôt ceux de deux amis qui cherchent ensemble le salut et s'entraident de leurs avis et de leurs expériences pour y parvenir.

Monsieur de Fénelon m'assurait que rien n'est si raisonnable que le sacrifice que nous faisons à Dieu de notre raison. Il me montrait avec éloquence que le royaume de Dieu est au-dedans de nous et que nous pouvons y atteindre dès cette vie, pourvu que, d'abord, nous nous fassions aussi simples que des enfants, que nous voulions bien nous désapproprier de notre sagesse et sortir de nous-mêmes jusqu'à perdre la conscience de ce qui nous entoure et même celle de notre propre vertu ; alors seulement pourrions-nous connaître cette union mystique parfaite où l'âme ne contient plus Dieu mais est tout entière contenue en Lui.

Ce langage me plaisait et je goûtais ces promesses. J'ai toujours été plus touchée du romanesque que mon allure un peu grave ne le laisse paraître. Sans doute ne m'étais-je jamais abandonnée à ces naïvetés de jeune fille dans ma vie mondaine, car j'avais trop de jugement pour ne point voir comme les hommes étaient faits ; mais, confiante dans l'infinie bonté de Dieu, je crus pouvoir dans ma vie dévote, me livrer sans péril à la folie et à l'amour. Je me donnai toute à la contemplation et résolus de dépouiller l'habit de Marthe pour prendre celui de Marie.

Une dame, que nous introduisîmes bientôt dans notre « couvent », me fournit le moyen et l'exemple pour

1. Les serviteurs ne se tenaient pas derrière les convives comme c'était l'usage ; ils n'entraient que si l'on sonnait.

atteindre au but que, suivant Monsieur de Fénelon, je me proposais.

Cette dame se nommait Jeanne Guyon du Chesnoy ; elle était provinciale, veuve, et fort riche. Mes amies m'avaient intéressée en sa faveur dès 1689 : elle se trouvait alors emprisonnée depuis plus d'un an à Paris sur l'ordre de l'archevêque Harlay de Champvallon, qui l'accusait d'hérésie sur quelques propos qu'elle avait prêchés en public. La duchesse de Beauvilliers, qui connaissait Madame Guyon depuis plusieurs années, m'assura que la malheureuse était, à la vérité, une sainte femme, injustement persécutée. La duchesse de Béthune, qui avait été fort liée avec le défunt mari de la dame, m'apprit que l'archevêque, connu d'ailleurs pour ses mœurs infâmes et son peu de charité, n'en voulait qu'à la fortune des Guyon : par cet emprisonnement il prétendait contraindre Madame Guyon de donner sa fille en mariage à Harlay, son propre neveu. Enfin, une jeune fille que, sur les conseils de l'abbé Gobelin, j'avais prise à Saint-Cyr depuis l'origine de l'Institut, Marie-Françoise de La Maisonfort, me dit qu'elle était proche cousine de cette dame Guyon et me confirma que sa parente, douée de toutes les vertus et d'un grand talent pour les communiquer aux autres, était la victime d'une noire injustice.

Ainsi avertie, je fis tirer Madame Guyon de sa prison, au grand scandale de l'archevêque de Paris ; je n'étais pas mécontente de faire donner sur les doigts à cet homme que je n'estimais pas et qui me gênait sans cesse par sa complicité avec le père de La Chaise.

Sortie de son cachot, Madame Guyon me vint tout naturellement remercier à Saint-Cyr : je vis une femme entre deux âges, bâtie comme un homme, le visage marqué de petite vérole et les yeux louches ; mais elle me parla saintement de sa prison et me parut aussi enflammée pour Dieu que sa parole ardente le semblait marquer et que ses amies m'en avaient assurée. Comme elle se rendait souvent chez Madame de Béthune-Charost à Beynes, qui n'est qu'à deux pas de Saint-Cyr, je l'invitai plusieurs fois à me venir visiter et la fis même manger à ma table. Sans doute n'étais-je pas trop édifiée de lui voir les bras et la gorge plus découverts qu'il ne convenait à une personne qui faisait si grande profession de piété ; mais je fis réflexion que, faite comme elle l'était, elle ne montrait rien qui pût éveiller la concupiscence ; je mis ses indécences au compte du manque d'usage, et, quoiqu'elle n'eût guère les manières du monde, je me trouvai assez rassurée là-dessus lorsque, peu de mois après, elle maria sa fille au comte de Vaux, propre frère de Madame de Béthune [1]. Je ne sais qui, de Madame de Béthune, de la duchesse de Beauvilliers ou de moi, eut, la première, l'idée de la mettre de nos dîners ; mais elle y vint bientôt régulièrement et plut à tout ce qui en était.

Elle parlait de l'amour de Dieu comme du « Pur Amour » et disait que c'était un amour qui aime sans sentir, comme la pure foi croit sans voir ; elle prêchait la perte de tout intérêt propre, de la volonté, et même de la réflexion ; elle voulait qu'on fût dans la main de Dieu « comme un guenillon dans la gueule d'un chien ». Elle-même parvenait, par une oraison continue et silencieuse, à des états d'extase dont elle communiquait la grâce à tous ceux qui l'entouraient. Son enseignement rejoignait parfaitement celui de Monsieur de Fénelon mais ses expériences allaient bien au-delà de celles de l'abbé. Aussi, dès qu'il la connut, Monsieur de Fénelon fut-il conquis ; leur esprit se plut l'un à l'autre, leur sublime s'amalgama. Ils furent à Dieu de concert.

Pour moi, encore murée dans ma sécheresse, toute barricadée de prudence et ficelée de raison, je les enviais, sans pouvoir partager tous leurs bonheurs.

Madame Guyon me dit de ne plus tant m'inquiéter de mes fautes et de mes imperfections, de quitter ce souci chagrin de mon salut et, pour m'aider à devenir « une folle de Dieu » aussi bien qu'elle-même, elle me donna un petit livre qu'elle venait de faire imprimer : *le Moyen court et très facile pour faire oraison.*

Ce livre commençait par une apostrophe, que je crus m'être particulièrement destinée : « Venez, vous tous qui avez soif, à ces eaux vives ; venez, cœurs affamés qui ne trouvez rien qui vous contente, et vous serez pleinement remplis. » Je ne le lus pas, je l'avalai comme un verre

1. Il s'agit des enfants de Fouquet.

d'eau fraîche. De ce jour, je le portai constamment dans la poche de ma jupe.

Madame Guyon me donna ensuite son *Explication du Cantique des Cantiques,* puis un gros manuscrit, point encore imprimé, qui s'appelait *les Torrents.* Je sentais, en lisant tout cela, des nostalgies d'exaltation qui me remuaient jusqu'au fond de l'âme. L'une après l'autre, les duchesses, mes amies, connurent l'extase de la « nouvelle oraison » et trouvèrent dans cet abandon à la pratique enseignée par Madame Guyon la quiétude parfaite de l'âme. *Le Moyen court* fut bientôt dans la bibliothèque de toutes les dévotes ; on commença de le faire connaître à la Cour. Un soir, je voulus en lire quelque chose au Roi ; il m'écouta quelques instants en silence, puis haussa les épaules et dit seulement, en me regardant avec un rien de commisération : « Rêveries, Madame, rêveries ! » ; je n'en fus ni surprise ni troublée car je ne le croyais pas assez avancé dans les exercices spirituels pour pénétrer tout le sens de ce petit livre ; mon mari n'avait que l'écorce de la dévotion.

Notre petite société secrète, la « cabale des duchesses », le « couvent », le « petit troupeau », comme nous le nommions, fut bientôt rebaptisée la « Confrérie du Pur Amour ». Quelques pieuses personnes de la Cour, Madame de Dangeau, Madame de Ventadour, y furent admises. Nous nous donnâmes un chiffre pour communiquer, prîmes de mystérieux surnoms et fîmes quelques autres enfances du même goût. Monsieur de Fénelon et Madame Guyon nous y encourageaient, disant qu'il fallait mourir au ridicule aussi bien qu'à tout le reste et ne craindre que la sagesse des sages. Je voyais parfois, dans nos réunions, ces dames s'ébattre comme des personnes de quinze ans ; j'avais de la peine à les rejoindre dans leurs puérilités ; mais aussi ne connaissais-je jamais parfaitement cet état de plénitude que certaines rencontraient dans la « nouvelle oraison ». Je m'en affligeais ; Monsieur de Fénelon me consola en me confessant qu'il souffrait parfois de cette même sécheresse intérieure mais que « c'était une épreuve donnée et non une imperfection volontaire » ; « cette épreuve sert à éprouver la foi et à faire mourir à tout ce qui n'est pas Dieu », m'assurait-il. Je le croyais, car je mourais d'envie de le croire.

Encore que je ne fusse pas très exercée dans la pratique de « l'oraison de quiétude », je sentais bien que c'était de cette manière, et point d'une autre, que je voulais aimer Dieu. J'avais, dans la dévotion, soif de liberté et de passion, faim d'absolu et de déraison ; j'étais lasse de cette austérité des jansénistes qui l'emportait alors dans le monde, et je doutais qu'on parvînt à Dieu par l'excès de scrupules et la comptabilité, toujours recommencée, de ses bonnes et de ses mauvaises actions. Je voulais respirer en Dieu.

Je trouvais d'ailleurs de vraies joies dans la compagnie de ma petite « confrérie » ; mes amies mettaient dans leur commerce une chaleur et une ingénuité dont une longue fréquentation de la Cour et du Roi m'avait désaccoutumée ; Monsieur de Fénelon, de son côté, mêlait si bien l'innocence et la simplicité de l'enfance à l'esprit le plus délié et à la lecture la plus étendue que je m'enfonçais chaque jour plus délicieusement dans son amitié. Il m'écrivait de très longues lettres, que je recopiais avec soin dans mes « petits livres secrets ».

Ce n'était point à proprement parler des lettres de direction, mais des messages d'une amitié pure et naïve. Cependant, je n'en parlais guère à Monsieur de Chartres [1], mon directeur, car je craignais qu'il ne prît ombrage d'une liaison qui lui donnait un rival ; je n'étais pas assez jeune pour ignorer que certaines pénitentes sont un capital précieux pour leur pasteur. Du reste, je n'étais pas certaine que Monsieur de Chartres fût capable du même enthousiasme que les membres du « petit troupeau » ; sa dévotion me semblait plus sévère et plus appliquée ; mais je ne m'inquiétais pas autrement de ces différences : « Il y a plusieurs demeures dans la maison du Père. »

Mes deux directeurs, l'avoué et le caché, tombèrent d'accord, toutefois, sur ce qu'il me fallait réformer Saint-Cyr sans plus attendre.

Il faut dire que, dans les premières années de vie de

1. Godet-Desmarais.

474

l'Institut de Saint-Louis, beaucoup de mon orgueil avait passé, à mon insu, chez les dames et les demoiselles. Mes vanités s'étaient répandues dans toute la maison et le fonds en était si grand qu'il l'emportait même par-dessus mes bonnes intentions.

J'avais voulu que mes petites filles eussent de l'esprit et elles avaient pris sur toutes choses un tour de raillerie difficile à supporter ; j'avais souhaité qu'on les gâtât un peu, qu'on leur épargnât les basses besognes, et elles traitaient les sœurs converses, et les maîtresses mêmes, comme des servantes ; enfin, on les avait si bien considérées, caressées et ménagées qu'elles avaient pris une façon de parler hautaine, une délicatesse de manières et des airs de suffisance qu'on n'eût soufferts qu'avec peine chez les plus grandes princesses.

La politique de Madame de Brinon à la tête de l'institution y avait encore ajouté. Madame de Brinon était la vertu même mais c'était une mondaine ; elle faisait des petits vers, entretenait une correspondance suivie avec Monsieur Leibniz, un philosophe, et recevait tous les jours des personnes de la Cour dans un appartement meublé de tapisseries rares et de fleurs précieuses ; j'eusse aimé parfois qu'elle connût moins le monde et mieux les devoirs de son état. Du reste, elle ne parvenait pas, avec ses délicatesses de grande dame et son goût du luxe, à s'en tenir, pour la Maison, à la dépense que nous avions réglée : l'extraordinaire [1] surpassait toujours les projets que j'avais faits parce que plusieurs articles s'y glissaient sans mon ordre. Tout cela faisait un conflit d'autorité qui mettait les dames, obligées de plaire à l'une et à l'autre, dans un état trop serré pour qu'on ne s'en aperçût point. Aussi, après bien des picotements et des remontrances inutiles, avais-je dû, dans un premier temps, me résoudre à me séparer d'elle. La chose n'était pas très aisée car elle avait été nommée « supérieure à vie » ; une lettre de cachet en vint à bout. Menée de force dans un lieu retiré, elle finit par se laisser persuader d'offrir au Roi sa démission sur le prétexte de sa santé ; je lui fis donner une grosse pension et, comme

---

1. Le budget extraordinaire, par opposition aux dépenses courantes de fonctionnement.

elle avait assez de bon sens pour convenir avec moi que mieux valait découdre que déchirer, nous demeurâmes, jusqu'à son dernier jour, en correspondance réglée.

Cependant, ce sacrifice n'avait pas suffi à ramener la Maison dans une entière simplicité, et le goût du théâtre, que je communiquai alors par sotte vanité aux demoiselles, acheva de tourner leurs têtes, déjà bien folles. L'affluence du beau monde aux représentations d'*Esther*, les applaudissements que les petites reçurent leur enflèrent le cœur, en effet, et leur donnèrent d'elles-mêmes une opinion si ridicule qu'elles en vinrent à ne plus vouloir chanter à l'église pour ne pas gâter leurs voix avec des psaumes et du latin.

Par une sensibilité d'ancienne fille pauvre, je n'avais pas voulu, dans les commencements, qu'on leur plaignît le ruban, la poudre et les perles ; l'effet de cette faiblesse et du théâtre conjugués fit qu'on assista bientôt à une débauche de rouge et de colifichets, sous laquelle on avait peine à reconnaître l'habit d'uniforme et la modestie de demoiselles bien nées. Il s'ensuivit quelques intrigues galantes, des billets glissés aux jeunes comédiennes, des pages du château franchissant la clôture...

Les jansénistes dirent qu'il était honteux que je fisse monter sur le théâtre et exposasse aux regards avides de la Cour des demoiselles rassemblées de toutes les parties du royaume pour recevoir une éducation chrétienne ; le curé de Versailles, Hébert, me désavoua publiquement ; mon ancienne amie, Madame de La Fayette, me blâma ; Monsieur de Meaux, lui-même, fit scrupule au Roi de ces spectacles. Il se forma contre l'Institut une cabale universelle des dévots : « Les filles sont destinées à la retraite et leur vertu est d'être timides, disait-on, les femmes ne savent jamais qu'à demi, et le peu qu'elles savent les rend fières, dédaigneuses et causeuses. »

Je trouvais quelque justesse dans ces critiques mais je me croyais encore capable de mettre ordre aux excès sans démentir les principes d'éducation que j'avais posés : après *Esther*, on représenta donc *Athalie*, quoique avec moins de luxe et plus de discrétion ; puis les demoiselles jouèrent le *Jonathas* de Duché, l'*Iphigénie* de mon ami Testu, la *Judith* de Boyer, le *Saül* de Longepierre, et le *Joseph* de Genest. Je croyais défendre là une méthode d'éducation utile, je ne défendais que mon amour-propre.

Aussi la réforme que, dans les premiers temps, je mis en train pour retrancher le ruban et les habits neufs, ôter certaines lectures mondaines et désaccoutumer les demoiselles des écritures et des conversations sans fin ne changea rien au fond ; j'eus beau les obliger à des travaux manuels plus fréquents et allonger le temps donné aux instructions de piété, rien n'y fit.

Saint-Cyr m'échappait et se perdait aussi certainement qu'un navire sans pilote. Il me devenait clair que les méthodes de douceur et de liberté qui m'avaient si bien réussi auprès des enfants que j'avais élevés moi-même n'étaient point applicables à une si grande communauté, et que, pour y prévenir les désordres, il fallait plus de punitions et moins de bonbon, plus d'oraison et moins de raison.

Un incident me fit voir que le mal était plus profond encore que je ne croyais et qu'on n'en pourrait arracher les racines sans changer la forme même et les règles de l'Institut : trois des « bleues », piquées des recherches que leur maîtresse faisait de lettres secrètes qu'elles avaient entre elles, résolurent de l'empoisonner avec de la ciguë qu'elles mirent, deux jours de suite, dans son potage et dans sa salade ; par bonheur, la maîtresse y toucha peu et il n'y eut point de conséquences funestes à cet acte criminel. On rétablit pour la circonstance l'usage du fouet, puis on chassa les coupables ; mais je demeurai fort abattue de ce coup-là. Je tins l'affaire secrète au-dehors, mais ne la pus dissimuler à Monsieur de Chartres, supérieur diocésain de l'Institut.

— Vos filles n'ont plus le sens commun, Madame, me dit-il. Vous avez voulu éviter les petitesses des couvents et Dieu vous punit de cette hauteur.

En habits violets, glands et franges d'or, il se tenait assis devant moi, dans mon grand cabinet de Trianon. Il serrait entre ses mains gantées de blanc le manuscrit roulé des *Constitutions de la Maison de Saint-Louis,* et ponctuait son discours de petits coups secs frappés de ce rouleau contre son genou.

— Le mal vient, voyez-vous, de ce que vous avez cru pouvoir remettre l'éducation de ces enfants à des séculières. Ma chère fille, on ne confie point des âmes, et des âmes si tendres, à des laïques.

Par la fenêtre entrouverte derrière lui, j'apercevais dans le Jardin du Roi ma jolie nièce, Madame de Caylus, en grande conversation d'amour avec Monsieur d'Alincourt, le fils du maréchal de Villeroy, marié, aussi bien qu'elle ; ils en étaient aux baisers ; c'était Esther changeant son rôle pour celui de Marie-Madeleine avant sa conversion...

— Permettez-moi, Madame, de vous dire, comme votre directeur, que vous avez trop de goût pour les nouveautés ; il faut rentrer dans des principes plus communs et faire de Saint-Cyr un monastère régulier. Vous avez de bonne foi, et contre votre espérance, rapporté la preuve que l'éducation ne peut être que religieuse. Il faut réformer ces « Constitutions » et que les Dames de Saint-Louis prononcent des vœux.

— Le Roi en sera fort affligé, Monsieur.

Les glands d'or s'agitèrent.

— Il le serait plus encore, Madame, s'il apprenait ce qui se passe dans cette Maison qu'il vénère...

— Oh, je vous en prie, Monsieur ! Qu'il n'en soit jamais question et qu'il ignore tout de ces désordres...

Dans la chambre à côté, mon autre nièce, Françoise d'Aubigné, touchait le clavecin ; il serait plus juste de dire qu'elle le piétinait, tant elle manquait de don pour cet art. Les accords plaqués avec sauvagerie couvraient le murmure de nos voix.

— Il n'y a pas de maison au monde, Madame, qui ait besoin de tant d'humilité que la vôtre, dit Monsieur de Chartres en forçant le ton. Sa situation si près de la Cour, sa grandeur, sa richesse, l'air de faveur qu'on y respire, les caresses d'un grand Roi, les soins d'une personne en crédit, tous ces pièges si dangereux vous devaient faire prendre des mesures toutes contraires à celles que vous avez prises. Bénissons Dieu qu'il vous ouvre enfin les yeux !

— Monseigneur, je vous demande en grâce de me laisser quelque temps encore pour consulter et pour préparer le Roi.

Une glissade de clavecin mit fin à l'entretien.

En sortant, l'évêque de Chartres ne vit pas, sur le tapis,

une petite poupée de porcelaine que Françoise y avait abandonnée. Il marcha dessus et la brisa.

Comme je l'avais promis à mon directeur, je consultai. Monsieur de Fénelon et tous nos amis du « petit troupeau » furent du même sentiment que l'évêque de Chartres. Ils trouvaient que j'avais donné Saint-Cyr au monde et qu'il le fallait donner à Dieu. « Nous cherchons tous à grand-peine à retrouver le pur esprit de l'enfance, me dit le duc de Beauvilliers, et vous avez là, Madame, trois cents enfants qui ont cet esprit naturellement. Comment, vous les voudriez pousser hors de ce naturel et de cette simplicité ! Rendez-leur l'innocence, Madame. Otez-leur ce goût de l'esprit que des maîtresses sans piété leur ont donné. Qu'elles soient sottes et ignorantes selon le monde, mais parfaites selon Dieu. Vos filles ont plus besoin d'apprendre à prier que de faire les savantes et les héroïnes. Suivez Monsieur Desmarais, Madame : faites de Saint-Cyr un couvent. »

Le 30 septembre 1692, Saint-Cyr devint un monastère régulier de l'ordre de Saint-Augustin. Les dames de Saint-Louis pleurèrent ; quelques-unes, qui avaient le goût de l'éducation mais n'avaient point la vocation de religieuses, demandèrent à sortir, les autres commencèrent leur noviciat ; des visitandines de Chaillot les remplacèrent dans la direction de l'établissement pour le temps que ce noviciat devait durer.

Je priais. Je ne voyais plus personne, hors le Roi et mes amis du « Pur Amour ». Je donnais tous les jours quatre heures de mon temps à l'oraison. J'écoutais avec passion Madame Guyon, dont les visites à Saint-Cyr étaient de plus en plus fréquentes ; dans la chambre de sa cousine, Mademoiselle de La Maisonfort, elle s'asseyait à mes pieds et me prêchait une religion qui me jetait dans le bonheur : « Le bien est en Dieu, disait-elle, et moi, je n'ai pour partage que le rien. Tout est perdu dans l'immense, voyez-vous, et, quand je fais oraison, je ne puis plus ni vouloir ni penser ; mon âme est comme une goutte d'eau perdue et abîmée dans la mer : non seulement elle est environnée mais elle est absorbée. Il n'y a plus ni clameur ni douleur, ni peine ni plaisir, mais une paix parfaite, un néant dans lequel je suis étonnée parfois de prendre confiance. »

J'avais pris à la Cour Mademoiselle de La Maisonfort comme ma secrétaire : j'aimais cette jeune femme ardente, cette âme exaltée, cet esprit aigu qui égalait les premiers génies de son sexe ; Monsieur de Fénelon, son directeur, venait de la décider à faire profession ; je voyais en elle une de ces âmes d'élite qui conduiraient un jour la Maison de Saint-Louis, réformée, vers un accomplissement agréable à Dieu. Le soir, nous lisions ensemble *le Moyen court* et les lettres de Monsieur de Fénelon.

« Il n'y a plus d'hiver pour une âme arrivée en Dieu », disait Madame Guyon. Je ne voyais pas encore poindre ce printemps, mais j'espérais. J'aimais Dieu de toute mon âme. Je l'aimais sans retenue ni raison, comme je n'ai jamais rien aimé. Je m'enfonçais résolument dans les ténèbres de la foi, et j'attendais avec impatience que le miracle se produisît. Je ne savais pas où j'allais mais il me tardait d'y être.

Parfois, je me persuadais que la vie à la Cour, le souci des affaires étaient les seuls obstacles à l'accomplissement de cette plénitude où je tendais. Je disais, peut-être sincèrement, à mes amis que j'allais tout quitter, me retirer à l'Amérique et m'y donner à Dieu pour de bon. Monsieur de Fénelon m'adjurait de n'en rien faire : « Dieu vous a mise auprès du roi pour le guider. C'est à la Cour et dans ses conseils qu'Il vous veut. » « Mais, disais-je à Monsieur de Beauvilliers, comment pourrais-je jamais parvenir à cette sainte indifférence que vous prônez, quand je suis, tous les jours, obsédée d'affaires, harcelée d'avis ? Quand je dois intriguer pour celui-ci, m'opposer à celui-là ? » Le chef du conseil des Finances secouait sa haute perruque et, posant sa main sur mon bras, me disait dans un doux sourire : « C'est votre sort, Madame, et c'est aussi le mien. Nous sommes, tous deux, condamnés à agir. Fions-nous en la Providence et marchons à cette lumière obscure qui nous est donnée. La quiétude viendra par surcroît. »

Pauvre Marie qui s'asseyait aux pieds du Seigneur dans l'attente de sa parole et qu'on venait aussitôt chercher pour nettoyer la vaisselle... Les ducs, avec l'abbé, trouvaient, au reste, qu'il n'y avait pas peu à nettoyer dans ce royaume-ci. La situation des Finances ne cessait de s'aggraver, en effet. La charge de la dette avait doublé depuis la mort de Monsieur Colbert ; on faisait, chaque année, 200 millions de dépenses pour 80 millions de recettes. La misère du peuple était grande et gagnait tout le royaume comme une épidémie. « La France n'est plus qu'un hôpital désolé et sans provisions », se lamentait Monsieur de Fénelon dans nos particuliers. Mon vieil ami du Marais, Monsieur de Basville, devenu intendant par mon appui, parcourait la France avec Monsieur Daguesseau, le conseiller d'Etat, et envoyait au Roi, sur le Dauphiné, la Provence, le Languedoc, le Lyonnais, le Bourbonnais, des mémoires plus désespérés les uns que les autres ; la pauvreté des paysans, ruinés par la guerre et l'impôt, leur tirait des larmes ; ils n'y voyaient de remède que dans la conclusion de la paix et la réforme des Fermes[1] : « La Ferme Générale est un édifice qui menace ruine », écrivaient-ils au duc de Beauvilliers.

Cependant, à Versailles, nous ne manquions de rien. La seule marque de l'assèchement du Trésor avait été l'envoi à la fonte du magnifique meuble[2] d'argent qui ornait les châteaux du Roi. Dans un sursaut de dépouillement, qui semblait à Louis véritablement évangélique, on avait résolu de se satisfaire du bois ; on poussait l'humilité jusqu'à s'asseoir dans des chaises de noyer et à écrire sur des tables de chêne. Cependant, les ébénistes avaient trouvé moyen d'enrichir encore cette pauvreté et, après deux ou trois ans, les incrustations d'écaille, de nacre, de bronze et d'or recouvraient si bien nos meubles qu'on ne se souvenait plus seulement de quelle matière ils étaient faits. A la Cour tout est travesti, même le bois.

« Il faut persuader au Roi de signer la paix », « il faut lui faire entendre que le Contrôleur général ne connaît point son métier », « il faut lui représenter la misère des provinces », « glissez-lui ce mémoire, Madame », « obtenez qu'il regarde le projet de Monsieur Vauban sur la

1. L'administration des Impôts.
2. Mobilier.

capitation », « faites-lui voir ces lettres », « assiégez le Roi, Madame, assiégez le Roi »...

Depuis la mort de Monsieur de Louvois et celle de Monsieur de Seignelay, le Roi n'avait plus voulu de ministre important auprès de lui ; il s'était trouvé, comme il le disait, trop bien « soulagé » par la mort de ces deux-là. Ne connaissant plus d'autre homme nécessaire à l'Etat que lui-même, il lui suffisait désormais de quelques très jeunes ministres, moins ministres que petits commis, imberbes, timides et sans expérience : Barbezieux, le nouveau secrétaire d'Etat à la Guerre, et propre fils de Monsieur de Louvois, n'avait guère plus de vingt ans. « Le Roi de France fait tout au rebours des autres, narguaient les libellistes hollandais, il goûte les jeunes ministres et les vieilles maîtresses. » Monsieur de Pontchartrain, le nouveau Contrôleur général, était, avec Monsieur de Beauvilliers, ministre d'Etat, le seul qui jouît, dans ce ministère, de quelque autorité, mais mes amis trouvaient son influence néfaste à l'Etat ; le duc, que sa charge mettait à portée de juger de près le Contrôleur des Finances, le regardait comme un « maître ès expédients ».

« Il ne réforme rien, Madame, quand toute la machine bringueballe. Il flatte le Roi dans son goût pour la dépense, et il y satisfait en inventant, tous les jours, quelque combinaison à l'italienne : c'est une loterie, aujourd'hui, un report de paiement d'arrérages des rentes demain, ou la création d'un nouvel office, aussi inutile au bien public que coûteux aux particuliers. Et il s'en vante, Madame : " Chaque fois que Votre Majesté crée un office, dit-il au Roi l'autre jour, Dieu crée un sot pour l'acheter. " Vous avez trop d'esprit, Madame, pour ne point sentir qu'on ne gouverne pas un Etat à coups d'"" affaires extraordinaires " ; à la fin la veine s'en tarira, ou le peuple s'en fatiguera. » Il est vrai que je m'étonnais, comme mes amis du « Pur Amour », de voir apparaître, l'un après l'autre, un droit de contrôle sur les perruques, un office de vendeur d'huîtres à l'écaille ou une charge de crieur d'enterrement ; mais je répugnais à m'en mêler ouvertement.

« Il le faut, pourtant, me répétait le précepteur du duc de Bourgogne, vous seule pouvez faire entendre au Roi certaines vérités. Souvenez-vous que les sentiments du Roi ne sont jamais du premier mouvement et qu'ils s'augmentent par les réflexions suggérées. » J'osai donc, puisqu'on le voulait, glisser un mot sur la nécessité de la paix ; je n'eus qu'une réponse, assez courte à la vérité : « Ce sont des affaires délicates. » Je tentais, puisqu'on m'en pressait, de dire quelque chose sur les huguenots et l'opportunité d'adoucir leur sort ; le Roi me dit seulement qu'il y trouvait de la difficulté, et cette phrase fut toute la conversation de la journée. Je n'allai pas plus avant.

Cependant, dans ma chambre à Saint-Cyr, les mémoires s'empilaient sur ma table : il y avait ceux de Monsieur de Chamillart, un fort honnête homme, que j'utilisais pour les finances de la Maison de Saint-Louis, et qui, dans les lettres qu'il me donnait, démontait, une à une, les inventions de Monsieur de Pontchartrain ; il y avait ceux que faisaient les ducs de Chevreuse et de Beauvilliers sur le proche traité avec la Savoie ou la médiation suédoise dans la guerre ; il y avait enfin ceux, multiples et sur tous les sujets, de Monsieur de Fénelon, si épais que c'étaient des volumes : il y faisait les demandes et les réponses, renversait ses propres objections, les reprenait, retournait et brassait le tout, s'échauffait et mêlait si bien, enfin, les causes et les effets que je n'y entendais goutte ; sa théologie me paraissait limpide au prix de sa politique.

Sur ses instances, je remis pourtant un de ces livrets au Roi, sans toutefois lui en nommer l'auteur ; le Roi n'en lut que trois pages et déchira le tout fort posément sans rien lâcher qu'un « esprit chimérique ! », avec une moue de dédain fort appuyée. J'osai encore moins, après cela, lui donner une lettre que Monsieur de Fénelon lui adressait mais qu'il voulait, avec sagesse, voir passer par moi et demeurer anonyme. C'était plus un libelle qu'un avertissement ; qu'on en juge : « Depuis environ trente ans, vos principaux ministres ont ébranlé et renversé toutes les anciennes maximes de l'Etat pour faire monter jusqu'au comble Votre Autorité. On n'a plus parlé de l'Etat ni de règles ; on n'a parlé que du Roi et de son bon plaisir. On a poussé vos revenus et vos dépenses à l'infini. On vous a élevé jusqu'au ciel pour avoir effacé, disait-on, la grandeur de tous vos prédécesseurs ensemble, c'est-à-dire pour avoir appauvri la France entière afin d'introduire à la Cour un luxe monstrueux et incurable... Vos peuples meurent de faim. La culture de la terre est presque abandonnée ; les villes et la campagne se dépeuplent... Tout commerce est anéanti... Le peuple même commence à perdre l'amitié, la confiance, et le respect... Il est plein d'aigreur et de désespoir. La sédition s'allume peu à peu de toutes parts... Les émotions populaires, qui étaient inconnues depuis si longtemps, deviennent fréquentes... Mais pendant qu'ils manquent de pain, vous manquez vous-même d'argent et vous ne voulez pas voir l'extrémité où vous êtes réduit. Parce que vous avez toujours été heureux, vous ne pouvez vous imaginer que vous cessiez jamais de l'être. Vous craignez d'ouvrir les yeux. Vous craignez qu'on ne vous les ouvre. Vous craignez d'être réduit à rabattre quelque chose de votre gloire... Il faut demander la paix et expier, par cette honte, toute la gloire dont vous avez fait votre idole... Il faut rendre au plus tôt à vos ennemis, pour sauver l'Etat, des conquêtes que vous ne pouvez d'ailleurs retenir sans injustice... »

Le porteur d'un tel message eût été foudroyé sur la place, et je trouvais Monsieur de Fénelon trop bon de me charger de cette mission de sacrifice et de demeurer caché. Du reste, la lettre était bien faite, quoiqu'un peu outrée et dure, mais je savais que de telles vérités ne pouvaient ramener le Roi ; elles l'irritaient ou le décourageaient, et il ne fallait ni l'un ni l'autre mais le conduire doucement où on le voulait mener. Je conservai donc par-devers moi la lettre de Monsieur de Fénelon, comme la plupart de ses mémoires.

Je fus moins habile à retenir un mémoire, fort bien raisonné, que Monsieur Racine m'avait, lui aussi, fait tenir. Entre deux stances chrétiennes, il avait écrit quelque chose sur la réforme de l'Etat et les misères du peuple, dans le goût des propositions de Monsieur Vauban. Depuis que le Roi n'était plus si franchement victorieux au-dehors, c'était une rage dans la nation de modifier, de fond en comble, la machine de l'Etat ; les prêtres, les ingénieurs [1] et même les poètes s'en mêlaient.

Comme j'étais en train de parcourir ce mémoire un soir dans ma chambre à Marly, le Roi entra ; je ne l'attendais pas ; je voulus dissimuler l'ouvrage ; il s'en empara. Il en lut quelques lignes ; il exigea avec vivacité d'en connaître l'auteur. Je me défendis du mieux que je pus. Il se fâcha.

— Je vois trop de ces sortes d'ouvrages autour de vous dans ce temps-ci, Madame. Je suis surpris qu'on prenne la liberté de vous les envoyer et que vous croyiez pouvoir les recevoir. On me dit même que vous les sollicitez... En vérité, je ne sais ce que c'est, mais je vous trouve, depuis quelques mois, un air d'opposition, quelque chose dans l'esprit de malcontent et de rebellé : vous cherchez sans cesse à me parler d'affaires, vous me faites des suggestions qui ont des airs de remontrances... Cela me déplaît.

— Sire, vous ne pouvez douter...

— Je ne doute pas. Je vous prie donc que nous finissions bientôt l'affaire d'aujourd'hui. Souvenez-vous que vous me devez l'obéissance comme à votre mari et comme à votre Roi, et donnez-moi le nom du bel esprit qui a fait le chef-d'œuvre dont vous trouviez la lecture si intéressante.

Je finis par lui lâcher, sous la contrainte, que c'était Monsieur Racine. Il parut saisi, demeura silencieux un moment, puis dit seulement d'un air sec :

— Je le trouvais meilleur comme poète.

Le lendemain, le rencontrant, il ne le salua pas.

J'écrivis à Monsieur Racine une lettre que je lui fis porter par Manseau, mon intendant, afin que la Poste ne la vît pas ; je lui donnai rendez-vous, deux jours plus tard, dans un bosquet de Versailles. Je l'y trouvai, enveloppé d'un grand manteau et tout remué de l'aventure : « Je suis perdu », me dit-il.

Je tentai de le rassurer :

— Mais non, fiez-vous à moi, cela se rattrapera. Que craignez-vous donc ? C'est moi qui suis cause de votre malheur ; il est de mon intérêt et de mon honneur de

1. Officiers occupés aux défenses et fortifications des places.

réparer ce que j'ai fait. Votre fortune devient la mienne. Laissez passer ce nuage, je ramènerai le beau temps. Je connais le Roi ; il reviendra.

— Non, non, Madame, vous ne le ramènerez jamais pour moi.

— Monsieur, remettez-vous, je vous en conjure. Vous voilà pâle comme la mort. Il faut seulement laisser couler un peu de temps. Doutez-vous de mon cœur ou de mon crédit ?

J'entendis le roulement d'une calèche qui dévalait l'allée à grand bruit ; des valets criaient ; des cavaliers piétinaient les feuillages. « Cachez-vous, lui dis-je, c'est le Roi qui se promène. Il vient par ici. » Monsieur Racine se jeta dans un buisson en déchirant son habit et disparut. Je regagnai l'allée. Le Roi, qui conduisait lui-même sa calèche, l'arrêta tout net à ma vue et me tendit la main pour que je prisse place à son côté pour la suite de la promenade.

J'écrivis encore quelques lettres à Monsieur Racine pour lui montrer qu'on lui conservait sa pension, son logement au château et ses emplois, qu'il n'y avait point enfin disgrâce dans la forme, mais je ne parvins pas à remettre de l'espérance dans cette âme désolée ; « je vous assure, Madame, que l'état où je suis est très digne de la compassion que je vous ai toujours vue pour les malheureux, m'écrivit-il. Je suis privé de l'honneur de vous voir et je n'ose presque plus compter sur votre protection, qui est pourtant la seule que j'aie tâché de mériter » ; enfin, il ne s'occupa plus que d'idées tristes, tomba malade, et mourut peu de temps après. Comme il osa mourir janséniste, il déplut bien plus encore par sa mort que par son écrit ; mais il est vrai qu'il était parvenu en un lieu où, par bonheur, on ne se soucie plus des coups de chapeau du Roi.

Un peu malgré moi-même, je continuai d'être le lieu de toutes les oppositions au gouvernement. Mes amis m'exhortaient sans cesse, au nom de Dieu, à n'être pas si timide : « Cette faiblesse vous déshonore ; si vous craignez de parler, faites au moins avancer vos amis ! » Je m'enhardissais un peu et croyais voir avec étonnement que le Roi, malgré ses irritations et quelques coups de caveçon ici et là, ne m'en chérissait pas moins. Il fit au peintre Mignard, dans ce temps-là, une réponse qui fit rêver toute la Cour.

Ce peintre, que j'avais connu dans ma jeunesse et qui fit de moi plusieurs portraits, faisait alors le dernier, car il mourut l'année d'après. Il me peignait en « sainte Françoise Romaine » avec une robe jaune à l'ancienne et un voile sur les cheveux dans le goût antique ; un jour que le Roi le regardait peindre, mon vieil ami se tourna vers lui et demanda, sans y sembler mettre aucune finesse : « Puis-je mettre un manteau d'hermine à Madame de Maintenon ? » C'était questionner habilement sur mon rang. Le Roi se tut un moment, puis dit seulement avec un sourire : « Allez, allez, Monsieur, sainte Françoise le mérite bien. » Je ne fus pas blessée de cette réponse...

Je n'eus pas lieu cependant de m'en flatter longtemps, car Dieu voulut, pour m'humilier, que je vérifiasse par moi-même ce vieux proverbe des Romains que « la roche Tarpéienne est près du Capitole ». Je passai, en effet, les trois années suivantes dans l'angoisse et dans la disgrâce.

« L'affaire » commença le plus simplement du monde. Les dames de Saint-Louis étant toutes au noviciat par suite de la réforme de la Maison, je m'étais, pour deux années, chargée du temporel de Saint-Cyr. Avec l'aide de Nanon, sacrée surveillante générale pour la circonstance, et de mon intendant Manseau, je m'abîmais dans les marmites. Faire les comptes, agrandir la basse-cour, inspecter les garde-robes et arrêter le nombre des services [1] me tirait tout à fait hors de cette contemplation à laquelle j'aspirais ; mais je voyais de mieux en mieux que Dieu ne m'y destinait pas encore. Je m'en consolais en me disant qu'il y a de la folie à vouloir dénombrer les étoiles si l'on ne sait pas encore compter les points d'une tapisserie et les pommes d'un verger ; je me persuadais que le petit peut mener au grand et que certaines actions, au demeurant, valent des oraisons. Madame Guyon, qui accourait à Versailles chaque fois que le Roi était à Marly, ne me détrompait pas, mais il était visible

1. En pratique, fixer le menu.

qu'elle ne regardait pas sans chagrin, ni sans mépris, le faible progrès que je faisais dans la « nouvelle oraison » et le soin exagéré que j'apportais à de vaines occupations.

Un jour que je rangeais du linge neuf dans les armoires, je trouvai une petite fille assise au fond d'un buffet, immobile et l'air hébété. Comme je lui demandais ce qu'elle faisait là, elle me dit qu'elle était en extase. Je trouvai cela singulier. Le lendemain, ce fut tout un peloton de « jaunes » de quatorze à quinze ans que je découvris au fond d'un corridor, la bouche ouverte, les yeux révulsés ; j'eus de la peine à les tirer de cet état et obtins d'elles pour toute explication que « la grâce les habitait » et qu'elles « communiquaient en silence ». Je fus bien fâchée de cette étrangeté.

Comme mes occupations dans la Maison me mettaient à portée d'y passer plus de temps que par le passé et d'y venir chaque jour, je ne fus pas longue à m'apercevoir qu'on ne parlait plus, dans les récréations, que de « pur amour », d'« abandon », de « sainte indifférence », et de « simplicité ». Ces façons de parler étaient si communes dans la Maison que les « rouges » même les tenaient ; des enfants de six ans me parlèrent comme des saintes, ou comme des illuminées. En peu de temps, ce goût pour l'oraison était devenu si vif et si incommode que les devoirs les plus essentiels étaient négligés ; l'une, au lieu de balayer, restait nonchalamment appuyée sur son balai ; l'autre, au lieu de vaquer à l'instruction des « demoiselles », entrait en inspiration et s'abandonnait à l'esprit. Je ne fus guère alarmée de ces outrances mais j'en fus irritée ; je priai les demoiselles de changer de ton, étant bientôt lasse des « Oh, pour moi, j'ai le don des larmes », « pour moi, je suis dans l'abandon », « étiez-vous dans l'extase ? » et autres ridicules.

Je sus que Mademoiselle de La Maisonfort avait répandu, dans toute la maison, les écrits de sa cousine, et que celle-ci, quand elle venait à Saint-Cyr, réunissait quelques sous-maîtresses dans un réduit secret pour leur enseigner la nouvelle spiritualité. Je ne fus pas surprise que, privées du divertissement mondain dont elles avaient fait si grand cas, mes petites filles eussent donné aussitôt dans le divertissement spirituel. Du reste, rien n'est plus propre à séduire des jeunes filles que de leur proposer une piété qui, d'un côté, retranche toute contrainte et, de l'autre, nourrit l'amour-propre en les assurant qu'elles sont des âmes de premier ordre. Je me rassurai néanmoins sur ce que l'abus venait seulement d'avoir trop divulgué des dispositions excellentes mais auxquelles Dieu n'attire que quelques âmes, et je crus pouvoir me rendre aisément maîtresse de ces désordres et faire rentrer sans éclat mon troupeau dans le rang d'une piété plus commune.

Cependant, l'une des maîtresses, Madame du Pérou, inquiète de voir le ravage de « l'oraison » dans les âmes, et désespérant qu'on en vînt aussi aisément à bout, alerta l'évêque de Chartres sans m'en rien dire ; sans doute s'était-elle crue bien assurée de son action par les reproches publics que j'avais adressés à quelques dames. Monsieur de Chartres, après une courte enquête dans la Maison, me voulut rencontrer. Voyant qu'il prenait les choses plus sérieusement que moi, je lui représentai d'abord que ces désordres n'étaient rien que des enfances, qu'à leur manière les petites se donnaient encore la comédie mais que ce goût du théâtre leur passerait bien, à la fin. Il ne l'entendit pas ainsi, me montra Madame Guyon comme une personne dangereuse et m'apprit que, trois ans plus tôt, le Saint-Office avait condamné l'un de ses livres, *la Règle des associés de l'enfance de Jésus*. Je n'avais jamais ouï parler de ce livre ; je l'assurai que cet ouvrage n'était pas dans la Maison, et que Monsieur de Fénelon, qu'il estimait comme moi, était, d'ailleurs, le garant de la pureté de la doctrine de Madame Guyon.

Je ne laissai pas, toutefois, de sentir croître une vague inquiétude au fond de mon âme. J'eus quelques querelles avec Mademoiselle de La Maisonfort, que je voulus empêcher de continuer à donner les livres de sa cousine à n'importe quelle « demoiselle » ; après de vives résistances, elle céda. Six mois après, par surcroît de prudence, je fis défense à Madame Guyon de venir à Saint-Cyr.

J'étais pourtant moins occupée, dans ce temps, de l'oraison de Madame Guyon que de cette transformation de l'Institut en monastère à laquelle je travaillais depuis près d'une année. Je priai Monsieur de Fénelon de bien vouloir rédiger avec moi un *Esprit de l'Institution des Filles de Saint-Louis*, qui fixerait clairement mes intentions pour les temps à venir et marquerait aux dames futures que, nonobstant leur état religieux, leur premier devoir était d'éduquer.

J'en montrai le projet à Monsieur de Chartres, qui l'agréa mais profita de la circonstance pour me rappeler la nécessité de purger tout à fait Saint-Cyr de l'influence de Madame Guyon ; il me parla de la condamnation que Rome avait faite, six ans plus tôt, des écrits de Molinos et du « quiétisme », et me dit qu'il trouvait quelque parenté entre les extravagances des filles de Saint-Cyr et les idées de ces « quiétistes ». Cette fois, je fus franchement alarmée. C'est une chose que de parler de « désordres » et de « ridicules », une autre que de parler d'« hérésie ».

Comme, de leur côté, mes amis Beauvilliers et Chevreuse étaient outrés d'indignation de ce que j'eusse défendu l'entrée de ma Maison à une femme aussi sainte que Madame Guyon, nous convînmes tous ensemble, avec l'évêque de Chartres, de faire Monsieur de Meaux [1] juge de la doctrine de cette dame. En septembre de 1693, Monsieur de Meaux, après avoir rencontré la dame, emporta dans son diocèse tous ses livres. J'escomptais un avis rapide qui mît fin à mes inquiétudes, soit qu'il blanchît Madame Guyon, soit qu'il la condamnât ; mais Monsieur de Meaux ne se hâta pas.

Pendant qu'il examinait ainsi tout à loisir, les scènes de rébellion succédaient à Saint-Cyr aux scènes de révolte : Mademoiselle de La Maisonfort menait les têtes les plus « chaudes » et osa même, sur le sujet des nouvelles « Constitutions » de la Maison, s'opposer publiquement à son évêque et à moi-même. Je sus alors que, malgré mes défenses, Madame Guyon venait encore à Saint-Cyr, et il me fallut, le 10 janvier de 1694, renouveler mon interdit.

Saint-Cyr tout entier versait dans la désobéissance : on était si « simple » qu'on disait tout de go des injures à ses supérieures, on était si « libre » qu'on ne se voulait

1. Bossuet.

point contraindre de déférer à leurs ordres. « Elle est plaisante de dire que je ris », dit à voix haute à ses compagnes, et en haussant les épaules, une fille que je venais de réprimander sur ce qu'elle faisait des grimaces pendant la messe ; ce ton d'insolence et de rébellion appelait des mesures plus sévères.

En décembre 1693, Monsieur de Chartres, visitant la Maison, exigea que les « dames » et les « demoiselles » lui remissent tous les ouvrages de Madame Guyon qu'elles avaient encore entre les mains ; j'avais concerté la scène avec lui et fus la première à tirer de ma poche *le Moyen court* et à le lui donner pour faire un exemple ; il admonesta ensuite toute la communauté de se « garder des faux prophètes ». Le 2 avril 1694, il prit enfin une ordonnance par laquelle il me nommait supérieure à vie du nouveau Saint-Cyr et excluait de la Maison toutes autres séculières : c'était donner un fondement clair, et non contestable, à l'interdiction faite à Madame Guyon d'entrer à Saint-Cyr.

Les rebelles me parurent commencer à se résigner. En mai, je fis une lettre aux sœurs du noviciat pour leur rappeler l'obéissance entière qu'elles devaient à celles qui étaient au-dessus d'elles. « Défiez-vous, leur disais-je, de la coutume que vous avez prise de discourir, de faire beaucoup de questions et de difficultés ; il faut détruire ce mal dans les demoiselles, à plus forte raison dans les religieuses qui doivent mourir à toute curiosité et subtilité. » Le calme semblait revenir peu à peu dans la Maison.

Par malheur, Saint-Cyr était trop en vue de toute la Cour pour qu'on ne cherchât pas toujours à savoir ce qui s'y passait. La rumeur des désordres intérieurs à la Maison avait passé les murs, et, au moment même que je me flattais d'avoir enfin remis la communauté dans l'obéissance, cette rumeur gagna Paris. On y fit aussitôt courir le bruit, sans fondement, de l'arrestation prochaine de Madame Guyon ; l'archevêque de Paris, qui ne me pardonnait pas d'avoir, cinq ans plus tôt, tiré la dame de ses prisons, exultait ; les jansénistes s'applaudissaient des embarras que la « prophétesse » m'avait causés. Le curé de Versailles, Hébert, me vint voir.

C'était un curieux homme que ce curé-là : la mine farouche d'un curé de campagne, un habit d'une saleté repoussante, des ongles noirs, de grosses verrues sur le nez, et, avec cela, un parler carré et des certitudes d'autant plus fortes qu'elles étaient plus simples. Depuis qu'il avait osé critiquer les représentations d'*Esther*, je ne l'aimais pas beaucoup ; les dames de la Cour moquaient volontiers les maladresses de ses discours ; je me souviens qu'un hiver, voulant les exhorter à augmenter leurs aumônes pour secourir la misère de ses paroissiennes, il leur avait dit ces mots : « Mesdames, nous savons que vous êtes bas-percées (c'est une expression triviale des gens du commun pour dire que la bourse est mal garnie), mais voyez nos membres roidis ; nos besoins sont si grands, attendrissez-vous, laissez-nous entrer, ouvrez-vous enfin... » Je crus que certaines de mes amies allaient s'étouffer de rire si on ne les délaçait promptement. Tel était l'homme ; et, tel qu'il était, il avait pris en haine les subtilités de Madame Guyon.

« Songez, Madame, me dit-il d'un air grave, qu'elle me dérobait mes pénitentes... Quand elle était à Versailles, on ne venait plus à mes sermons. N'est-ce point la marque même de l'hérésie que son dehors séducteur ? Cette femme est, en vérité, une possédée du démon ! Mais je suis bien assuré que vous veillerez maintenant à lui faire donner le châtiment qu'elle mérite. »

J'appris aussi que, devant la montée des périls, Monsieur Tronson, directeur de Saint-Sulpice et propre confesseur de Monsieur de Beauvilliers, venait de refuser de recevoir Madame Guyon. On disait que, dans sa province, elle avait commis des actes contraires aux bonnes mœurs.

Tout ce bruit m'alarma. Les exaltations de Saint-Cyr, les désobéissances de Mademoiselle de La Maisonfort, ma brouillerie avec Madame Guyon n'étaient rien ; mais voir publiquement accusée d'hérésie et d'infamie une femme que j'avais moi-même tirée de prison offrait un trop joli champ de manœuvres à mes ennemis. Je pris peur. Monsieur de Meaux ne m'ayant toujours pas remis ses conclusions, je ne savais de quelle manière marquer avec éclat que je me séparais des extravagances d'une personne qui, certainement, avait abusé de ma charité naturelle.

Dans mon désarroi, je me mis à consulter à tort et à travers : je consultai Monsieur Tronson, dont j'ai déjà parlé ; je consultai Monsieur de Noailles, évêque de Châlons, que j'avais en grande estime ; je consultai Monsieur Joly, supérieur général de la Congrégation de Saint-Lazare ; je consultai le père Tiberge, confesseur extraordinaire de Saint-Cyr, je consultai le père Brisacier... Tous ces messieurs me conseillèrent de regarder par précaution les livres de Madame Guyon comme suspects.

Ces consultations, imprudentes et désordonnées, vinrent à la connaissance de plusieurs et, derechef, remuèrent l'opinion ; les libellistes répandirent le bruit que Saint-Cyr était « quiétiste », qu'on y enseignait ouvertement la doctrine de Molinos et que toutes les petites filles étaient « visionnaires ». Des théologiens prétendirent trouver dans les livres de Madame Guyon qu'on pouvait pécher innocemment et qu'il fallait consentir à être damné si c'était la volonté divine. Monsieur Hébert éructait en chaire contre l'hérésie.

Pour prévenir le scandale et prendre les censeurs de vitesse, je ne vis plus d'autre remède que de réunir secrètement Monsieur de Noailles, Monsieur Tronson et Monsieur de Meaux (qui n'avait toujours rien dit) à Monsieur de Fénelon, pour qu'ils examinassent ensemble les ouvrages de Madame Guyon et en prononçassent une condamnation précise mais modérée : je voulais qu'on dît au public que Madame Guyon était une personne pieuse et de bonnes mœurs mais que ses livres, sans être le moins du monde entachés de l'hérésie quiétiste, étaient un peu suspects ; je souhaitais qu'on marquât aussi dans l'occasion que j'avais été la première à m'aviser du caractère douteux de ces écrits et la première aussi à les faire examiner par des théologiens. Je croyais, par ce moyen, « couper l'herbe sous le pied » à la calomnie.

Cependant que ces quatre prélats, mes amis, se penchaient tranquillement à Issy sur les écrits de Madame Guyon, Monsieur de Harlay, archevêque de Paris et mon ennemi de toujours, découvrit notre secret et perça si bien ma démarche à jour que, pour la déjouer, il condamna lui-même publiquement les livres de Madame Guyon comme hérésie caractérisée. Dès lors, il n'y avait plus moyen de rien ménager ni d'espoir de cacher davantage cette affaire au Roi.

Dévorée d'inquiétude, je mis le Roi au courant des conférences d'Issy, mais je le fis aussi légèrement que possible ; je ne lui parlai de Madame Guyon que comme d'une parente de Madame de Béthune-Charost, lui cachant avec soin les liens de cette dame avec Saint-Cyr, ainsi que son commerce avec ma petite « cabale de duchesses » et Messieurs de Fénelon et de Beauvilliers. Comme Harlay se proposait, dans le droit fil de son ordonnance, de faire arrêter Madame Guyon et qu'il se flattait déjà de lui faire avouer publiquement son amitié avec moi et ceux de la « Confrérie du Pur Amour », j'obtins du Roi qu'il écrirait à l'archevêque pour le calmer un peu et je demandai d'ailleurs à Monsieur de Meaux de cacher Madame Guyon dans son diocèse sous un faux nom, afin de la soustraire aux poursuites.

La peine de cette affaire m'ôtait le sommeil mais je ne désespérais pas encore de parvenir à tout arrêter ; mon unique objet était qu'on ne pût, en aucun cas, remonter de Madame Guyon jusqu'à Monsieur de Beauvilliers et Monsieur de Fénelon et, à travers ce ministre d'Etat et le précepteur de l'héritier du Trône, que j'avais fait nommer tous deux, m'atteindre et me discréditer.

Je pressai Noailles de sortir quelque chose des conférences qu'il avait depuis huit mois avec Monsieur de Meaux et Monsieur de Fénelon : après l'ordonnance de Monsieur de Harlay, l'opinion de la Cour ne se fût plus satisfaite d'une condamnation mesurée ; on dirait que nous protégions Madame Guyon. Il fallait une condamnation franche et ne pas hésiter, dans le besoin, à renchérir sur l'archevêque ; la signature de Monsieur de Fénelon au bas du papier marquerait assez que lui et ses amis du « petit troupeau » n'avaient rien de commun avec l'exaltée qu'il condamnait. Le scandale retomberait de lui-même.

C'était compter sans l'aveuglement et l'obstination de Monsieur de Fénelon. Ce prélat que je prisais plus que tous les autres réunis, cet homme à qui j'avais donné mon amitié et la moitié de mon cœur, ce petit abbé qui me devait toute sa fortune, mit, de propos délibéré, ma stratégie en échec. Il dit et répéta à ses confrères qu'il ne voulait pas condamner Madame Guyon, parce qu'elle était son amie et qu'il la croyait une sainte. J'eus beau lui remontrer tous les dangers de son comportement, l'assurer que je consentais tout aussi bien que lui que Madame Guyon fût sainte mais que ce n'était plus vraiment ce qui se trouvait en question, il ne m'entendit pas : « Vous avez tort, Madame, de vous abandonner à la panique. Les choses s'éclairciront d'elles-mêmes. »

On ne tira donc des « Entretiens d'Issy » que ce que Monsieur de Fénelon voulut bien signer : trente-quatre articles fort pâles, qui ne mentionnaient pas une fois le nom de Madame Guyon.

Les jansénistes triomphaient. Leur grand auteur, Monsieur Nicole, fit un livre sur la *Réfutation des principales erreurs du quiétisme,* où il détaillait tout au long les hérésies de Madame Guyon. Il y eut aussitôt de nouveaux désordres dans Saint-Cyr et on dut chasser l'un des confesseurs. Harlay s'amusait franchement, et disait qu'on trouverait, en cherchant bien autour de la « visionnaire », un grand parti qui touchait jusqu'aux sommets de l'Etat.

J'obtins de Monsieur de Noailles et de Monsieur de Meaux que, pour effacer le mauvais effet des Articles, ils publiassent dans leurs diocèses une ordonnance pastorale condamnant expressément Madame Guyon ; Monsieur de Chartres en fit autant dans le sien par persuasion ; mais Monsieur de Fénelon ne voulut s'unir en rien à ces désaveux publics : « Je ne veux point du tout donner tort à Madame Guyon, disait-il. J'ai vu de près certains faits qui m'ont édifié. Quant à ses écrits, ne sont-ils pas assez condamnés par tant d'ordonnances qui n'ont été contredites de personne ? »

L'accusation de quiétisme se répandait partout, comme autrefois celle de sorcellerie. Je croyais être prise dans une maison en feu ; et quand je voulais fermer certaines portes, pour empêcher que les flammes ne gagnassent la place où je me trouvais, Monsieur de Fénelon s'entêtait à les tenir grandes ouvertes.

Par un concours de circonstances malheureuses, l'évêché de Cambrai vint à vaquer dans ce moment-là. Le Roi, qui ne savait rien des liens de Monsieur de Fénelon avec Madame Guyon et ignorait tout de nos démêlés, voulut récompenser le précepteur de ses petits-fils en l'y nommant ; je ne pus m'y opposer. Monsieur de Fénelon souhaita d'être sacré à Saint-Cyr même, et par les mains de Monsieur de Meaux ; il fallut encore en passer par là ; il est vrai, au demeurant, que, malgré l'obstination dangereuse dont il faisait montre, Monsieur de Fénelon charmait toujours mon cœur. C'était, comme je l'ai dit, un homme dont il n'était pas aisé de se déprendre, et je communiais encore avec lui dans un même amour de Dieu.

J'espérais aussi qu'il aurait peut-être raison, à la fin, et que les choses s'apaiseraient d'elles-mêmes.

Alors que je me flattais de la sorte, Madame Guyon, qu'on tenait toujours cachée à Meaux, fit une terrible faute : Monsieur Bossuet lui ayant donné permission de se rendre à Bourbon pour y soigner une maladie, elle en profita pour s'échapper. Je sus que la duchesse de Mortemart, propre sœur de Madame de Beauvilliers, l'avait aidée à s'enfuir. Cette fois, le Roi ne fut pas content, et il laissa Monsieur de La Reynie[1] faire des recherches pour la trouver. Craignant qu'elle ne compromît tout à fait ses amis si elle parlait, je souhaitais que le lieutenant de police ne la prît pas ; mais, en décembre 1695, il mit la main dessus : cette sotte se cachait en plein Paris. Son arrestation relança toute l'affaire.

Monsieur de La Reynie n'eut pas de peine, en effet, à établir les liens de la dame avec le « petit couvent » des duchesses ; il apprit aussi qu'il y avait eu des désordres dans Saint-Cyr et écrivit à Monsieur de Pontchartrain[2] qu'il désirait d'enquêter dessus. Monsieur de Pontchartrain, qui se savait ordinairement peu ménagé par la cabale de Monsieur de Beauvilliers, crut de son devoir, et de son intérêt, d'alerter le Roi sur l'ampleur de l'affaire. C'était le feu gagnant une nouvelle chambre...

1. Lieutenant de police.
2. Chancelier (ministre de la Justice).

Il n'y avait plus moyen de sauver du scandale les Chevreuse, les Beauvilliers et les Mortemart ; et je doutais maintenant sérieusement de pouvoir m'en sauver moi-même. L'affaire était devenue toute politique. On disait qu'on avait trouvé, chez les duchesses, des listes entières de charges à donner ; que leurs maris voulaient changer toute la Cour et distribuer, par mes soins, les hauts postes à leurs créatures ; que, sous prétexte de dévotion, on ne cherchait qu'à gouverner le Roi.

Je rompis net avec mes amies : elles voulaient aller au martyre pour Madame Guyon et je voyais chaque jour combien j'avais été trompée par ces gens à qui je donnais ma confiance sans avoir la leur. Je m'éloignais publiquement de Monsieur de Beauvilliers que, sur la foi des médisants, je commençais à soupçonner d'avoir, depuis dix ans, voulu se servir de mon crédit sous couvert de « pur amour ». Monsieur de Pontchartrain et Monsieur de La Reynie ayant, devant moi, montré au Roi une dénonciation de bourgeois quiétistes et de petits curés de Paris suspects de la même hérésie, lesquels ils voulaient arrêter et entendre, je ne balançai même plus à leur livrer les adresses de ceux que je connaissais, en gage de bonne volonté.

Enfin, entre le feu et moi, je mis une nouvelle porte et me réfugiai plus au fond.

Je pleurais de rage et du chagrin d'avoir perdu tous mes amis ; mais Dieu au moins me restait, ce Dieu que Monsieur de Fénelon m'avait appris à aimer dans la joie et l'abandon de l'enfance. Il paraît que c'était trop encore de ce reste-là. Ces Messieurs résolurent de me l'arracher.

L'arrestation de Madame Guyon avait excité l'animosité entre Monsieur de Meaux et Monsieur de Cambrai [1]. Monsieur de Meaux, furieux que Madame Guyon eût osé lui manquer de parole, s'était trouvé blessé de ce que Monsieur de Cambrai la défendît encore là-dessus ; ils tournèrent leur querelle au théologique. Monsieur de Meaux passa toute l'année de 1696 à préparer un livre où il confondrait Madame Guyon et Monsieur de Fénelon ensemble ; c'était précisément cette confusion que

1. Fénelon.

j'avais voulu éviter depuis le commencement mais on n'arrêtait pas Monsieur Bossuet quand une fois il était dans l'arène ; et je ne pouvais m'en prendre qu'à moi-même de l'y avoir fait descendre trois ans plus tôt. Monsieur de Cambrai, sachant ce que Monsieur de Meaux préparait contre lui, fourbissait ses armes de son côté : un livre qui défendrait certaines idées de Madame Guyon et prouverait que Monsieur de Meaux n'entendait rien aux mystiques.

En septembre 1696, je priai une dernière fois Monsieur de Cambrai de renoncer à écrire ce livre qui mêlerait inévitablement sa doctrine, qui était bonne, et celle de Madame Guyon, qui ne l'était pas ; « plus je suis dans la nécessité de refuser mon approbation au livre de Monsieur de Meaux, m'écrivit-il, plus il est capital que je me déclare en même temps d'une façon encore plus forte et plus précise : mon ouvrage est déjà tout prêt. Dieu sait à quel point je souffre pourtant de faire souffrir en cette occasion la personne du monde pour qui j'ai l'attachement le plus constant et le plus sincère... Mais pourquoi, Madame, vous resserrer le cœur comme si nous étions d'une autre religion que vous ? Pourquoi craindre de parler de Dieu avec moi comme si vous étiez obligée en conscience à fuir la séduction ? Pourquoi défaire ce que Dieu avait fait si visiblement ? »

Pour n'être pas dévorée par l'incendie, je consentis alors de fermer la dernière porte : celle qui me séparerait pour toujours de Monsieur de Fénelon.

On fit rechercher à Saint-Cyr tous ses livres et on les ôta ; je consentis moi-même à livrer à Monsieur de Meaux et à Monsieur de Chartres quelques-unes de ces lettres d'amitié spirituelle que le précepteur du duc de Bourgogne m'avait écrites ; je convins enfin que le simple amour de Dieu était une erreur et que seule la tristesse opère le salut.

En janvier 1697, parut l'*Explication des maximes des saints* de Monsieur de Cambrai et, en février, l'*Instruction sur les états d'oraison* de Monsieur de Meaux. Ce fut comme si on avait donné un coup de pied dans une fourmilière ; les courtisans couraient de tous côtés ; Hébert se multipliait ; du jour au lendemain deux grands partis se formèrent dans la nation ; on se prononçait pour ou contre le « quiétisme » comme, dix ans plus tôt, on penchait pour les « Anciens » ou pour les « Modernes ».

Le Roi avait vu, avec surprise, Monsieur de Fénelon se lancer dans une mêlée dont il l'avait toujours cru écarté. Il en parla à Monsieur de Meaux, dont il respectait les lumières. Celui-ci, se jetant aux genoux du prince, comme un acteur de théâtre, lui demanda pardon de ne pas l'avoir averti plus tôt de la fatale hérésie de Monsieur de Cambrai ; et il lui représenta que, depuis des années, l'abbé de Fénelon était dans l'erreur quiétiste. Le Roi marqua seulement qu'il était touché que tout cela fût arrivé sans que je lui en eusse donné aucune connaissance.

On voyait à Versailles des affiches clouées jusque sur la porte des Récollets : « Apologie de chimères mystiques », « Apologie du système des simples quiétistes ». Les jansénistes se rangeaient derrière Monsieur de Meaux, les jésuites derrière Monsieur de Cambrai ; les gallicans suivaient la bannière de Monsieur Bossuet, les ultramontains celle de Monsieur de Fénelon. Monsieur de Cambrai ayant saisi Rome du débat, on vit le précepteur du fils du roi de France affronter, devant le pape et les cours étrangères, le précepteur du petit-fils de ce même roi, et le contrôleur des Finances y faire la guerre en sous-main au ministre d'État ; Monsieur de Meaux ne recula pas à faire voir au pape certaincs lettres particulières dont Monsieur de Cambrai m'honorait, et Monsieur de Cambrai produisit à charge contre Monsieur de Meaux les thèmes latins que celui-ci donnait, quinze ans plus tôt, au dauphin dont il était le pédagogue. Quant au père de La Chaise, pour ne point manquer l'occasion de me gêner, il se déclara ouvertement pour Monsieur de Cambrai maintenant que je m'étais moi-même résignée à me déclarer contre mon ancien ami : il voulait persuader au Roi qu'ayant été longtemps imprudente, j'allais bientôt être ridicule ; il me vint voir pour s'en expliquer ; il était gai, libre en sa taille, et sa visite avait plus l'air d'une insulte que d'une honnêteté.

Du reste, tous les prélats s'étripaient, la cabale devenait de jour en jour plus grande et plus hardie, les plus illustres familles du royaume s'entre-déchiraient, et tous me mêlaient à leur querelle.

Je savais que Madame de Montespan s'était perdue pour moins que cela : « l'affaire des poisons » n'était rien auprès d'une hérésie doublée d'un scandale de politique. On n'allait pas moins qu'à dire qu'il était terrible de voir les petits-fils du Roi entre les mains de gens d'une religion nouvelle. En contemplant le désastre dans toute son étendue, j'avais l'âme à la torture.

Les journées passées auprès du Roi me mettaient sur des charbons ardents. Il ne me parlait de rien ; il ne me parlait même plus du tout. Ce silence faisait monter en moi des inquiétudes si violentes et des dégoûts si vifs que je croyais parfois que mon corps ne les pourrait contenir. Travaillant en tapisserie auprès de cet époux plus muet qu'un tombeau et plus sombre qu'une nuée avant l'orage, je m'enfonçais les aiguilles dans les doigts jusqu'au sang afin d'éprouver l'épaisseur de ma chair et de m'assurer si elle aurait la force de renfermer encore quelque temps mon esprit. La tête me tournait, le cœur me manquait. J'étais si bien rongée de l'intérieur, si bien maigrie, si bien jaunie que Madame [1], qui m'aimait toujours beaucoup, disait partout que j'avais un cancer à la matrice [2].

« J'étais mal, écrivis-je à Monsieur de Meaux en lui parlant du temps où je connus Monsieur de Fénelon, je cherchais à être mieux... et je suis pis. » « La vie pour être heureuse ne doit pas être unie », dis-je tristement à mon directeur, qui s'essayait de me consoler, « le bonheur, pour être senti, a grand besoin d'être coupé par le chagrin ; mais j'en ai plus que je n'en puis supporter. »

Enfin, après s'être longtemps contenu, le Roi explosa.

Il avait marché de long en large toute l'après-dînée dans ma chambre. Je faisais mine de lire les comptes de Saint-Cyr et je n'en voyais pas un chiffre. Soudain fatigué de ce manège, il se planta devant moi, et, sans ôter un moment les yeux de dessus mon visage, sans même

---

1. Belle-sœur du Roi.
2. Le mot « cancer » est couramment utilisé au xviie siècle ; la Palatine prétend, par exemple, dans sa correspondance que Mme de Maintenon souffre d'un « cancer de la matrice ».

élever la voix : « Je ne peux pas vous remercier, Madame, de m'avoir fait choisir un hérétique pour archevêque et précepteur de mes petits-fils, me dit-il, et un autre hérétique de ses amis comme chef de mon conseil des Finances et ministre d'Etat... Quand ils n'auraient été que des hérétiques, au reste, j'aurais pu m'en consoler, mais ils étaient aussi des ambitieux à ce qu'il paraît, et ont fait, par vos soins, nommer leurs créatures dans toutes les places... Cela encore, Madame, ne serait rien peut-être s'ils n'étaient, par-dessus le marché, deux fous chimériques ! » Comme j'avais baissé les yeux, il me saisit le menton d'un geste brusque et le releva pour m'obliger à rencontrer son regard. « J'ai lu de ces mémoires sur les affaires du moment que Monsieur de Cambrai servait à Monsieur de Chevreuse et à vous-même, n'est-ce pas... A vous-même, n'est-ce pas, Madame ? Sans exagérer, c'est un tissu d'extravagances ! Je ne sais ce qu'est la religion de cet homme-là, mais quand je vois sa politique... et quand je songe, Madame, que, sur votre avis, j'ai mis cet exalté, ce brouillon, ce Jean-des-nuées auprès d'un futur roi et pour le former ! »

Comme je tenais toujours mon livre de comptes sur les genoux, il me l'arracha et voulut, d'un geste courroucé, l'expédier sur une table à quelques pieds de là ; mais il calcula mal le coup et le paquet tomba à terre. Je crois que cette maladresse l'irrita plus que tout le reste ensemble.

Il se mit à me crier dans la figure : « Pensiez-vous donc que je n'avais pas assez d'embarras sur les frontières sans me mettre encore sur les bras cette division du royaume et ce charivari ? » Il tenait les deux bras de mon fauteuil et les secouait si fort que je crus qu'il l'allait renverser : « Et croyez-vous qu'ayant combattu l'autorité du pape pendant vingt ans, il me plaît de me soumettre à son jugement afin qu'il tranche entre les deux précepteurs de mes enfants ? Ah, je vous avais cru de la solidité et du bon sens, mais vous êtes, comme les autres, une présomptueuse, une menteuse, et une intrigante ! » Il eut un rire amer : « C'est merveilleux, en vérité, que de voir ce que fait un bel esprit dans les affaires ! »

J'attendais qu'il me signifiât dans quel endroit je devais me retirer, car je ne doutais pas que cette conversation ne fût le signal de la disgrâce dont toute la Cour bruissait depuis deux mois ; mais il ne me dit rien de plus, se rassit, reprit ses papiers et travailla dans ma chambre jusqu'à l'heure accoutumée. Je me souvins alors qu'il tenait si fort aux apparences qu'il avait continué longtemps d'aller, comme à l'ordinaire, chez Madame de Montespan quand déjà elle ne lui était plus rien ; je crus qu'il ferait la même chose pour moi.

Pendant des semaines, il continua de venir dans mon appartement ; il ne me disait pas un mot, et je ne lui disais rien. Monsieur de Cambrai fut renvoyé dans son diocèse ; puis le Roi me fit proposer de me faire « duchesse », ce que, par l'exemple de Mademoiselle de Fontanges, je connaissais fort bien pour être l'antichambre de l'exil ; ne voulant point lui faciliter la tâche, je refusai hautement cet « honneur », trop grand pour moi.

Bonne d'Heudicourt me rapporta qu'on contait partout que la comtesse de Gramont allait me succéder ; c'était une Anglaise de quarante ans, belle encore et avec de l'esprit dans le goût anglais ; elle avait épousé ce petit bouffon de Gramont, qui fréquentait autrefois l'hôtel de Monsieur Scarron en compagnie de Monsieur de Matha ; le Roi, qui s'amusait depuis longtemps du mari, avait distingué la femme quand elle avait accompagné en France la Cour du roi Jacques II en exil, et, depuis quelques semaines, sa faveur s'augmentait visiblement tous les jours.

« Mais, Françoise, vous ne pouvez laisser tout cela se faire sans vous défendre un peu ! » me dit Bonne d'Heudicourt, en tortillant autour de ses doigts maigres ses longues mèches grises, autrefois si rousses ; l'inquiétude lui faisait découvrir dans un sourire contraint ses longues dents jaunes, et la boiterie, qu'elle avait attrapée quelques années plus tôt, s'exagérait de toutes ses angoisses. Si jolie autrefois, elle était devenue d'une laideur rare ; mais il me suffisait de regarder, dessus ma jupe de gros de Tours, mes deux mains couvertes de taches brunes pour deviner que, moi non plus, je ne changeais pas en mieux.

— A quoi bon, mon amie ? Il me semble que je n'ai que trop lutté déjà dans cette affaire-là. J'ai fait comme un qui, marchant du bout du pied sur le coin d'un rideau, se débat si bien pour s'en écarter qu'il reçoit toute la tringle sur la tête ! Je me suis entortillée dans le « quiétisme », voyez-vous. La disgrâce m'en reposera, et la mort, encore mieux !

— Tout de même, me disait Marguerite de Montchevreuil, il vous a épousée !

— Et après ? Il peut tout aussi bien me répudier... mais ce n'est même pas nécessaire : le mariage n'est pas déclaré ; il lui suffit de m'enfermer dans un couvent, personne n'y trouvera à redire. Puis, il prendra une maîtresse, et, comme on ignore notre mariage, cela se fera sans scandale ; seul le père de La Chaise pourrait dire quelque chose et vous pensez bien qu'il ne dira rien !

— Comment pouvez-vous envisager tranquillement de pareilles horreurs ! Ressaisissez-vous, Madame ! Luttez !

— Mais pour qui ? Pour moi, ou pour vous, Marguerite ? Ah, c'est que si je tombe, vous tombez aussi ! Et Heudicourt, et d'O, et Dangeau, avec vous ! C'est là votre souci, n'est-ce pas ? Vous croyez en Dieu, pourtant ; il vous consolera dans la retraite.

Marguerite de Montchevreuil fondit en larmes et je m'en voulus de ma cruauté, sans parvenir pourtant à lui en demander pardon.

Je devenais méchante. Je doutais de l'amour du Roi, de l'amitié, de Dieu lui-même, que je ne savais plus de quelle manière prier pour demeurer dans l'orthodoxie ; Saint-Cyr, entamé, avait cessé de m'être un refuge. Je ne souhaitais plus que la prompte condamnation par le pape des écrits de Monsieur de Cambrai pour n'avoir pas, en sus de ces peines et de toutes ces craintes, le démenti des trahisons auxquelles je m'étais trouvée réduite ; mais je voyais que tous les pas que je faisais encore étaient des faux pas, qu'on m'épiait sans trêve, qu'on guettait jusqu'au battement de mes cils. La calomnie m'accusait, tantôt, de continuer, par entêtement, à protéger l'hérésie en secret, et, tantôt, d'avoir, par inconstance, abandonné lâchement tous mes amis.

— Ah, Marguerite, à la Cour il faudrait se lier les mains, se coudre la bouche... Et je puis bien encore m'interdire de bouger, m'empêcher de parler, mais comment pourrais-je défendre à mon cœur de battre ?

Je n'ai fait d'autre faute dans cette affaire-là que de vouloir aimer, aimer, aimer...

Je tombai malade : une fièvre continue et de grands vomissements. Je ne mangeais plus et ne dormais pas davantage. On me dit mourante, et j'espérais moi-même très fort dans le cancer de la matrice.

Ce fut peut-être Monsieur Fagon qui me sauva. Il dit au Roi que, selon les apparences, je ne me mourais que de chagrin, mais que cette tristesse, jointe aux fièvres de l'Amérique et à un tempérament faible, m'emporterait assurément. Monsieur de Chartres, mon directeur, eut, de son côté, l'audace d'écrire au Roi une lettre de plaidoyer : « Vous avez, Sire, une excellente compagne, pleine de l'esprit de Dieu, de tendresse et de fidélité pour votre personne. Je connais le fond de son cœur et vous suis garant qu'on ne peut vous aimer plus tendrement et plus respectueusement qu'elle ne vous aime. Elle ne vous trompera jamais si elle n'est trompée elle-même. »

Un soir d'octobre que je sommeillais derrière mes rideaux, l'esprit embrumé par un accès de fièvre plus violent que les autres, le Roi, qui sortait du bal, entra brutalement dans ma chambre, fit rallumer les lumières et marcha droit jusqu'à mon lit : « Alors, Madame, me dit-il d'un ton brusque, faudra-t-il que nous vous voyions mourir de cette affaire-là ? » Il se fit porter un siège à mon chevet et, quand les valets furent sortis : « N'avez-vous plus de confiance en moi ? Je ne veux pas que vous mouriez... Ah, il est vrai qu'une autre ne s'en tirerait pas à si bon compte. » Je pleurais à chaudes larmes. « Ne pleurez plus, Madame. Je sais qu'on vous a trompée, mais je m'en vais remettre de l'ordre dans tout cela d'une manière qui vous plaira. »

Il voulut à toute force que, pour sceller notre réconciliation, je prisse un bouillon de veau et n'eut de cesse que je l'eusse avalé devant lui. Après quoi, il ouvrit en grand toutes les fenêtres de la chambre. « Ne soyez plus en peine. Je couperai dans le vif. »

M'abandonnant aux tendres soins de Nanon et aux bons remèdes de Monsieur Fagon, je vis bientôt, du fond de mon lit, Monsieur de Fénelon déchu du préceptorat et ses écrits interdits ; les sous-gouverneurs renvoyés ; Monsieur de Beauvilliers contraint de renier Madame Guyon et Monsieur de Cambrai au moins des lèvres, sinon du cœur ; Monsieur de Meaux pressé d'imprimer une *Relation sur le quiétisme* applaudie de tout le public ; le pape sommé de condamner l'archevêque de Cambrai qu'il chérissait en secret ; ce pontife déclarant hérétique le livre des *Maximes des saints ;* Mademoiselle de La Maisonfort et deux de ses amies tirées de Saint-Cyr par lettre de cachet ; le Roi, enfin, se rendant lui-même dans la Maison de Saint-Louis pour y rappeler la communauté à l'obéissance.

Mon époux était admirable et tranchait en un moment tous les nœuds qui m'avaient étranglée depuis trois ou quatre années. Il était roi.

En quelques semaines, le quiétisme fut balayé et je n'eus plus d'ennemis déclarés.

Je ne prétendrais pas, cependant, que je sortis de cette affaire en même état que j'y étais entrée. Mieux qu'un long discours, une chanson qui courait alors les rues de Paris vous rendra compte de l'état de mon âme :

> *Dans ces combats où nos prélats de France*
> *Semblent chercher la vérité,*
> *L'un dit qu'on détruit l'espérance,*
> *L'autre se plaint que c'est la charité.*
> *C'est la foi qu'on détruit, et personne n'y pense...*

Le Roi, une fois sa mauvaise humeur passée, fut parfaitement égal à lui-même. « Voilà une affaire finie présentement, me dit-il, j'espère qu'elle n'aura plus de suites qui fassent de la peine à personne. » Il me rendit ses hommages avec ses faveurs et fit, en tout, comme si rien ne s'était passé. Il n'avait jamais que les ondulations de sa sensibilité, il n'en avait pas les vagues.

Cette même année qu'on imprimait de tous côtés des pavés théologiques pour se les jeter au nez, il écrivit un livre aussi : c'était la *Manière de montrer les jardins de Versailles*.

Il y avait à Marly, de part et d'autre de la terrasse du château, d'épais bosquets taillés en forme de labyrinthe, qu'on nommait « les appartements verts ». Ces murailles de verdures enfermaient, en leur milieu, deux bassins ronds, les fontaines d'Aréthuse et d'Amphitrite.

Quand il prit la passion des carpes, le Roi mit d'abord de ces poissons dans les quatre bassins rectangulaires qui longent les façades latérales du château, puis il en peupla le canal du bosquet du Couchant, l'Ile d'Amour, et enfin les ronds d'eau de ces « appartements verts ».

Je passais souvent mes après-dînées dans ce lieu-là. J'en aimais les arceaux de charmille, les cabinets de treillage, et les péristyles d'ifs taillés ; j'en goûtais surtout le silence et l'ombrage. Hors ces sortes d'endroits, les jardins du Roi ne m'enchantaient guère : ce grand homme composait ses jardins de manière à n'y trouver que ce qu'il goûtait lui-même par-dessus tout, le soleil et le vent, et, quoiqu'il eût planté plus d'arbres qu'homme du monde [1], il avait un si grand soin d'en couper les branches qu'il n'y restait point d'ombre ; puis, j'aime les arbres dans leur naturel et le Roi ne souffrait pas qu'un arbre poussât la moindre feuille en liberté ; par une tonte continue, qu'il lui arrivait de pratiquer lui-même, il remettait ormes et marronniers dans ce qu'il appelait « le droit chemin » : l'alignement.

M'écartant des grandes avenues balayées par les éléments, je m'enfermais au creux des « appartements verts » et, m'asseyant au bord des bassins, regardais nager les carpes.

La carpe était, de l'avis du Roi, le poisson royal par excellence, seul digne, par sa nage majestueuse et la pompe de son vêtement, d'évoluer dans les bassins de la Couronne. Aussi avait-on fait ces bassins dignes de la majesté de leurs hôtes : les uns étaient revêtus de carreaux de faïence de Nevers et de Hollande, fleuris de

---

1. Homme au monde.

feuillages jaunes ou verts aux nuances fanées, les autres incrustés de nacre et de pierreries. Les carpes, qui hantaient ces eaux magnifiques, étaient de toutes les couleurs : certaines comme de l'or et comme de l'argent, d'autres d'un beau bleu incarnat [1], d'autres encore tachetées de jaune et de blanc, ou de noir et de rouge. Lorsqu'elles perdaient leurs couleurs, leur maître demandait à ses artistes de rafraîchir leurs robes délustrées de quelque peinture, à moins qu'il ne se contentât de leur suspendre un collier de perles au col. Il les nourrissait de sa main et leur choisissait des noms charmants. Pour le reste, il les faisait vivre comme ses courtisans, les transportant sans cesse d'un endroit dans un autre, sans s'occuper autrement du temps et de la saison. Ces carpes vivaient peu ; le Roi se demandait pourquoi.

J'ai gardé à la mémoire le souvenir d'une de ces après-dînées passées à converser, à l'ombre des bosquets, avec ces muettes favorites. J'avais laissé glisser ma main dans le bassin et je caressais au passage la « Soleil d'or », la « Mille Fleurs », l'« Aurore » ou la « Beau-Miroir ». Assises au fond du cabinet, sur l'un des bancs de marbre blanc, mes deux nièces babillaient gentiment derrière moi ; Marguerite de Caylus n'était plus à la Cour en ce temps car des sottises, dont je parlerai plus loin, l'en avaient fait chasser, mais elle venait parfois me voir à Marly, profitant des moments où le Roi était à la chasse et le courtisan [2] avec lui.

De fois à autre, délaissant la contemplation de l'« Aventurine » et de la « Topaze », je me retournais et jetais aux deux jeunes femmes un coup d'œil satisfait : Marguerite portait une grande robe de moire d'argent qui se mariait au mieux avec ses boucles de cheveux blonds et son teint pâle ; elle était toujours faite à peindre et ne paraissait ni ses vingt-cinq ans ni ses trois enfants. Françoise d'Aubigné, la taille tendrement enlacée à celle de sa cousine, lui faisait confidence de ses secrets d'enfant à marier ; elle allait sur ses quatorze ans et je songeais, en effet, qu'il était temps de l'établir. Sa

---

1. C'est l'expression en usage au xviiᵉ siècle.
2. Terme générique communément employé pour désigner « les » courtisans.

grande jupe de velours noir, le rouge dont elle fardait son visage et ses lèvres, les perles qui ornaient son corsage, et sa gravité naturelle lui donnaient une mine déjà fort au-dessus de son âge. C'était un joli tableau que cette souriante blonde et cette brune timide assises côte à côte, l'une découvrant dans un large décolleté les épaules grasses et blanches d'une femme, et l'autre emprisonnant sous son corselet noir et ses cols de dentelle la poitrine naissante d'une jeune fille. Un peintre eût été embarrassé pour dire à laquelle allait sa préférence ; je l'étais moins : les ayant élevées toutes deux et les connaissant à fond, je ne pouvais me défendre d'un faible pour Marguerite.

Françoise était jolie sans doute, mais elle n'avait ni grâce ni piquant : elle avait appris, à Saint-Cyr, les bonnes manières et l'histoire romaine et tenait honnêtement sa partie dans une conversation, mais elle n'avait point d'esprit ; avec cela, quelque chose de compassé dans le maintien, d'emprunté dans l'allure, qui me faisait penser à sa pauvre mère ; seule la bonne éducation qu'elle avait reçue dès son plus jeune âge la sauvait de lui ressembler tout à fait. Il faut convenir pourtant qu'avec cela, ma nièce d'Aubigné, sage et craintive, ne m'a jamais donné tant de soucis que ma nièce de Villette : Marguerite charmait tout, avec sa figure d'ange, sa liberté d'allure et le sel de ses propos, mais elle était bien faite pour donner, dans sa jeunesse, de cruelles inquiétudes à une mère et elle n'y manqua pas.

Délaissant un moment sa brune cousine, l'enchanteresse vint se planter à mon côté :

— Décidément, le Roi n'est pas très chanceux avec ses carpes, lança-t-elle. Elles ne vivent guère. J'ai ouï dire que « Proserpine » a crevé... On prétend que Mademoiselle Lhéritier est en train d'écrire une *Idylle* à sa mémoire.

— Il est vrai, lui dis-je. Le Roi est fort chagrin de cette mort-là ; il dit que « Proserpine » lui obéissait ; mais je ne regarde pas cela comme une rareté dans ce monde ; tout au plus est-ce, peut-être, une singularité chez les carpes... Regardez, fis-je en lui montrant une carpe rose couchée sur le fond du bassin, il me semble que la « Pas-

508

setoute » a de la gîte, aujourd'hui ; je ne serais point surprise qu'on la trouvât le ventre en l'air.

Marguerite se pencha sur la margelle.

— Vous avez raison... Mais qu'est-ce donc qu'elles ont toutes, ma tante ?

— Je vais vous le dire, ma nièce. Elles sont comme moi : elles regrettent leur bourbe.

Marguerite de Caylus fit une petite bouche toute ronde de surprise, puis, déployant lentement sa large robe, s'assit sur le pavé à mes pieds. Elle inclina la tête sur mon épaule et me dévisagea avec ce demi-sourire de moquerie qui lui était familier :

— Dites plutôt, Madame, que vous regrettez votre jeunesse.

Je hochai doucement la tête :

— Oh, pour cela non, mon enfant. Je ne vous prétendrais pas sans doute que, lorsque je vous vois si belle, je resonge sans mélancolie à ma figure d'autrefois... mais je n'ai pas que du regret à la perte de ma jeunesse. Je ne vois rien qui rende plus heureux que le détachement, et comme pour se détacher il faut avoir eu sa part en ce monde, on brûle sa jeunesse à amasser ce petit trésor de gloire et de peine. Croyez-moi, on est bien aise de se trouver l'âme assez riche un jour pour en finir avec ces sentiments outrés et ces agitations vaines. Quelle satisfaction de savoir la pièce jouée et d'entrer dans l'indifférence !

Marguerite de Caylus se leva, lança un biscuit aux carpes, fit un petit tour sur elle-même, et, retournant auprès de sa cousine, me glissa entre ses dents :

— Etes-vous bien sûre d'y être, ma tante ?

« Si je n'y suis point encore, me dis-je en moi-même, au moins j'en approche. » J'avais résolu que l'affaire du quiétisme serait mon dernier battement de cœur. Je serais dorénavant indifférente au sort de la nation, au salut du Roi, à l'opinion de mes amis, et à la manière de servir Dieu.

Au reste, les affaires n'allaient plus si mal et se pouvaient fort bien passer de mes avis : les plénipotentiaires venaient de signer la paix à Ryswick ; on prétendait qu'elle ne nous était pas avantageuse, mais le Roi était satisfait d'avoir montré que toutes les puissances d'Europe réunies n'avaient pu venir à bout de la France ; les peuples étaient heureux de rendre enfin leurs soins à la culture, et le crédit, un moment rompu, était revenu aussitôt ; on offrait au Roi du six pour cent, quand, six mois plus tôt, il ne trouvait plus à emprunter à douze.

Pour marquer qu'on avait eu tort de dire le royaume épuisé, le Roi fit faire un camp magnifique à Compiègne en l'année 1698. On y vit pendant douze jours manœuvrer toutes ses armées ; des tentes de toile fine et un village bâti tout exprès accueillirent la Cour et les ambassadeurs étrangers ; les uniformes neufs, la beauté des chevaux, le bon ordre des régiments, et l'abondance de la vaisselle d'or firent voir à l'Europe qu'elle avait encore un Maître. On m'expliqua tout cela ; je m'en réjouis, mais assurai d'ailleurs le Roi et ses ministres que je ne voulais rien savoir de plus.

Pour la religion, je me tins pareillement en dehors des querelles de doctrines et bridai ma sensibilité. Je ne lus ni la *Réponse à la relation sur le quiétisme*, ni les *Remarques sur la réponse,* ni la *Réponse aux remarques.* Je fis résolument consister ma dévotion dans la résignation, et, si je gardai la foi, ce fut par un reste d'habitude.

« Je ne communie que par obéissance, écrivis-je alors à mon directeur, je n'acquiers aucune vertu ; je ne me fais aucune violence pour l'amour de Dieu et je ne connais point l'union avec lui. La prière m'ennuie ; je ne sais ni la continuer ni la reprendre. J'ai une continuelle application à éviter ce qui pourrait me lasser et mon esprit ne peut se soumettre à la contrainte des exercices de piété ; je médite mal... Cependant je prie continuellement, si gémir devant Dieu est une prière. » Monsieur de Chartres se dit fort satisfait de ces dispositions ; il les croyait moins dangereuses que l'enthousiasme ; je le crus comme lui, puisqu'il était mon directeur.

Enfin, je me voulus une épouse commune, qui ne s'attache à rien qu'à divertir son mari et gouverner sa famille. Prenant le discret emblème d'une lanterne pour répondre au « Soleil » triomphant de mon époux, je choisis dans ce temps-là une devise qui disait tout mon programme : « Je ne brille que pour lui. »

La modestie du propos ne saurait masquer, toutefois, l'importance de la charge. Pour la famille, en effet, le Roi était père de dix-huit enfants légitimes, légitimés ou publiquement avoués, sans compter les obscurs bâtards dont je dus également m'occuper, mariant, dotant, plaçant leurs filles à Saint-Cyr et leurs garçons dans les cadets ; sur le nombre des dix-huit enfants avoués, il en était mort beaucoup, mais il en restait assez pour donner de l'ouvrage à une honnête belle-mère.

Le premier, par l'âge et par le rang, était Monseigneur le dauphin. Gros comme un muid [1] et enfoncé dans sa graisse, il ne laissait rien sortir de lui-même qui ressemblât à de l'intelligence ; craintif et tremblant devant le Roi et devant moi, il était d'ailleurs incapable de méchanceté puisque incapable de tout. « Tout ce que je vous dirai, m'écrivait-il dans ce temps-là, c'est que je m'applique le plus que je peux à devenir capable de quelque chose » : c'était un projet désespéré.

Mon seul souci était que ce prince ne contrariât point l'action de son père en laissant former un parti autour de lui, comme on en voit ordinairement autour des prétendants ; son imbécillité en faisait, en effet, un homme aisé à manœuvrer pour des ambitieux aux vues longues ; aussi m'efforçais-je de le flatter et de le rassurer sans cesse afin de le maintenir dans l'union la plus intime avec le Roi ; au demeurant, ces efforts pouvaient ne m'être pas inutiles si, le Roi venant à mourir avant moi, je me trouvais un jour livrée aux caprices du nouveau monarque.

Je m'entremis donc pour faire accepter au Roi le remariage de son fils. A la mort de la dauphine, Monseigneur s'était épris d'une fille d'honneur de sa demi-sœur, la princesse de Conti [2] ; cette demoiselle Choin était une camarde épaisse et brune, qui n'avait d'esprit que celui de l'antichambre ; sa gorge semblait horriblement grosse mais cela charmait Monseigneur car, à ce qu'on en disait, il frappait dessus comme sur des timbales. Pour cela ou autre chose, il l'aima tant enfin qu'il l'épousa en secret ; après quoi, il me pria d'en avertir le

1. Tonneau.
2. Fille de Mlle de La Vallière.

Roi. Ce n'était pas à moi à blâmer les mésalliances discrètes ; je ne croyais pas que le Roi le pût faire davantage ; je le persuadai donc de souffrir aimablement ce que, en conscience, il ne pouvait empêcher. Il en prit son parti, à la condition que Mademoiselle Choin ne sortirait pas de Meudon, que le dauphin venait d'acheter aux enfants de Monsieur de Louvois, et qu'elle ne paraîtrait pas à la Cour. Ce traité passé, le père et le fils continuèrent de vivre à peu près bien ensemble.

Les choses, en revanche, n'allaient pas si aisément entre le Roi et ses filles. Il en avait trois, de deux mères, et aucune ne se tournait à bien. Les fées, au lieu de les doter de cette abondance de dons qu'on voit ordinairement aux princesses des contes, les avaient répartis entre elles, ce qui laissait chacune un peu pauvre : la princesse de Conti, fille de la duchesse de La Vallière, avait reçu la beauté et la grâce en partage, mais rien de plus ; Mademoiselle de Nantes, fille aînée de Madame de Montespan, et devenue par son mariage duchesse de Bourbon, avait tout l'esprit des Mortemart, mais cela ne lui fournissait point d'avantages du côté du cœur et de la figure ; Mademoiselle de Blois, enfin, qu'on fit, en la mariant, duchesse de Chartres, puis d'Orléans, avait pris de la marquise sa mère la noblesse du maintien et la hauteur en tout, jouant les « filles de France » jusque sur sa chaise percée, mais elle n'en était ni plus jolie ni plus maligne pour cela.

La princesse de Conti, veuve à dix-neuf ans, et coquette à l'extrême, ne laissait pas volontiers sécher sur pied ceux qui languissaient pour ses charmes ; mais, comme elle n'avait nul esprit et peu de bonté, ses amants lui étaient infidèles et la Cour se gaussait de ses déboires.

La duchesse de Bourbon, qu'on nomme aussi Madame la duchesse, mariée à douze ans à un petit-fils du grand Condé qui, par la figure, tenait plus du gnome que de l'homme, se dédommageait de l'ennui conjugal par des intrigues et des épigrammes ; je l'avais élevée seule depuis le jour de sa naissance jusqu'à l'âge de huit ans ; et je puis dire que, si son esprit répondait parfaitement à son éducation, on pouvait juger de tout ce qui lui manquait lorsqu'on découvrait son cœur.

Quant à la duchesse de Chartres, mariée à treize ans

au propre neveu du Roi, elle vivait sur les nuées et n'avait d'autre sentiment que celui de son rang. Je me souviens que, quelques semaines avant son mariage, comme on disait que le jeune duc de Chartres [1], fort amoureux de Mademoiselle de Blois, passerait outre à l'opposition que sa mère [2] faisait à cette alliance, je lui en dis un mot en badinant, pensant naïvement qu'elle serait bien aise qu'on fût si épris d'elle. Elle me répondit avec son ton de lendore : « Je ne me soucie pas qu'il m'aime, je me soucie qu'il m'épouse. » Elle a eu un parfait contentement sur les deux points.

Ces trois sœurs n'avaient aucune tendresse les unes pour les autres. Du jour de son mariage, la duchesse de Chartres marqua la distance qui la séparait de ses sœurs, en exigeant qu'elles ne l'appelassent plus que « Madame », ce qui ne se fit pas sans cris. La duchesse de Bourbon moquait à longueur de temps les amours de la princesse de Conti et le goût de la duchesse de Chartres pour les liqueurs fortes ; sous prétexte de peindre le règne d'Auguste, elle en faisait, sous des noms supposés, des portraits assez forts. Ces dames aimaient enfin à se voler leurs marchands et leurs perruquiers, à se bousculer dans les cérémonies et à se donner des coups de pied sous les tables. Leurs querelles étaient publiques : un soir, dans le grand salon de Marly, la princesse de Conti traita ses sœurs de « sacs à vin », à quoi, brusquement réconciliées dans une haine commune, les filles de Madame de Montespan répondirent en traitant la fille de Mademoiselle de La Vallière de « sac à ordure ».

Quand je sentais le Roi las de leurs disputes et de leurs débauches, je les faisais venir dans ma chambre pour leur « laver la tête [3] ». Les plus jeunes me craignaient comme leur ancienne gouvernante ; l'aînée me redoutait comme une personne d'esprit. Elles entraient tremblantes et sortaient sanglotantes. Un mois après, elles recommençaient.

Il faut dire que la seule femme d'âge qu'il y eût dans

1. Le futur Régent.
2. Madame, belle-sœur du Roi.
3. C'est la propre expression de Mme de Maintenon.

leur famille, Madame, belle-sœur du Roi et leur tante, ne leur était pas d'un bon exemple. Incapable de tenir une cour, insoucieuse de l'opinion d'autrui et hautaine jusqu'à la folie, elle se plaisait à semer le désordre et la brouille dans sa parenté. De fois à autre, sur l'ordre du Roi, je la rappelais à la mesure. Ce n'était point là une commission facile car Madame n'était plus une enfant et, d'ailleurs, elle me haïssait.

Je me souviens ainsi d'un soir, peu après la mort de Monsieur, où, sur la demande du Roi, je me rendis chez elle. Elle était dans son arrière-cabinet à boire de la bonne bière allemande avec une de ses suivantes, et fort occupée à cajoler une de ses chiennes, laquelle venait de mettre bas cinq petits sur sa robe. Le spectacle n'était pas fort ragoûtant mais Madame regardait la propreté comme une délicatesse. Elle consentit avec peine à me faire asseoir ; puis elle entra en matière sur l'indifférence avec laquelle le Roi l'avait traitée pendant sa dernière maladie. Je lui dis que le Roi ne demandait qu'à avoir lieu d'être plus content d'elle qu'il n'avait eu depuis quelque temps. A ce mot, Madame se récrie et proteste qu'elle n'a jamais rien dit ni fait qui pût déplaire, et enfile des plaintes et des justifications. Comme elle y insistait le plus, je tirai une lettre de ma poche et la lui montrai en lui demandant si elle en connaissait l'écriture. C'était une lettre de sa main à sa tante, la duchesse de Hanovre, où, après quelques nouvelles de la Cour, elle s'étendait longuement sur mon concubinage avec le Roi, ne me nommant, à son ordinaire, que « pantocrate » et « ordure du grand homme » ; de là elle tombait sur les affaires du dehors et sur celles du dedans, détaillait la misère du royaume qu'elle disait ne s'en pouvoir relever, et jugeait avec la plus grande sévérité la diplomatie du Roi. La Poste avait ouvert cette lettre comme elle les ouvrait presque toutes et l'avait trouvée trop forte pour se contenter, à l'ordinaire, d'en donner un extrait ; elle l'avait envoyée au Roi en original.

On peut penser si, à cet aspect et à cette lecture, Madame ne parut pas frappée de la foudre. Elle demeura un moment comme une statue, puis la voilà à pleurer, tandis que je lui représentais avec calme l'énormité de toutes les parties d'une telle lettre, et en pays étranger.

Elle cria, avoua, demanda pardon ; repentir, promesses, supplications. Je triomphai froidement d'elle assez long-temps, la laissant s'engouer de parler, de pleurer, et me prendre les mains ; c'était une terrible humiliation pour cette fière Allemande, toujours si pleine de mépris sur la modestie de ma naissance. Enfin, quand elle fut à mes genoux, je me laissai toucher. Je l'embrassai, lui promis oubli parfait et amitié nouvelle et que [1] le Roi lui-même ne lui dirait pas un mot de cette affaire-là ; mais, comme Madame était aussi incorrigible que ses nièces, elle ne laissa pas de retomber bientôt dans ses outrances d'écriture. J'avais assez progressé dans le détachement pour ne m'en pas soucier.

Au vrai, dans toute sa famille, le Roi ne pouvait espérer de satisfaction que de ses deux fils bâtards.

Le plus jeune, le comte de Toulouse, grand amiral de France, n'avait alors guère plus de vingt ans, mais il était déjà aussi aimable que beau ; discret, modeste, appliqué aux affaires, obligeant dans les commerces, il n'avait guère d'ennemis à la Cour ; du reste, il s'en tenait à l'écart le plus qu'il pouvait, et vivait le plus souvent dans sa maison de Rambouillet lorsqu'il ne courait pas les mers pour y apprendre son métier. Je ne pouvais m'attribuer le mérite des bonnes qualités qu'il montrait car il avait été entièrement élevé par sa mère, Madame de Montespan, à laquelle il restait fort attaché. Je ne l'en estimais pas moins pour cela et lui rendais, dans l'occasion, de bons services auprès du Roi.

Pour le duc du Maine, mon cher enfant, je me réjouissais de le voir confirmer, en vieillissant, toutes les vertus que je lui soupçonnais dès l'enfance. On ne pouvait avoir plus d'esprit qu'il n'en avait, et de toutes les sortes : du gai et divertissant, quand il s'agissait de faire un conte ou de brosser un portrait pour amuser le Roi ; du politique, lorsqu'on parlait d'affaires ; de l'académique, s'il fallait traduire un poète latin ou philosopher sur la pluralité des mondes ; de l'évangélique, pour pénétrer la portée d'un sermon ou régler une aumône. Avec cela, point de débauches et ce qu'il fallait d'ambition pour

---

1. C'est la construction même employée par Saint-Simon dans le récit de cette scène.

servir sa gloire et celle du Roi. Comme un jour je le poussais là-dessus, alors qu'il n'avait que seize ans, et que je lui faisais reproche de n'être point vraiment un ambitieux : « Si j'ai de l'ambition, Madame ? m'avait-il reparti tout haletant, mais j'en crève ! » Ce n'était cependant qu'un mot de jeune homme : il ne « crevait » point de ces ambitions, il en vivait seulement ; plus touché, au fond, de l'harmonie d'un vers que de l'issue d'une bataille de commis et plus porté, par goût, vers les belles-lettres que vers la politique, il me semblait dédaigner assez les vanités de la Cour pour atteindre à la vraie grandeur. « Vous dormez, Monsieur, lui reprochait plus tard la duchesse, sa femme, et vous vous éveillerez peut-être à l'Académie, mais votre cousin d'Orléans [1], lui, se réveillera sur le trône. » Quant à moi, j'aimais mieux cette modération dans les projets qu'un appétit d'affaires insatiable qui eût mécontenté le Roi.

Je guidais sûrement cette ambition raisonnable et mesurée vers les plus hautes positions, regrettant seulement dans l'occasion que mon « petit prince » conservât de l'éducation que je lui avais donnée deux défauts embarrassants : une timidité farouche, qu'il devait à l'excessive sévérité avec laquelle j'avais constamment réprimé son orgueil ; et un dégoût du militaire, allant parfois jusqu'au manque de courage dans l'action ; ce dernier trait lui venait assurément de la haine que je sentais moi-même pour la violence et la guerre ; mais il se peut que la gêne sensible que lui causait son infirmité l'eût empêché à elle seule d'être jamais un héros dans les armées.

Pour son ancienne gouvernante, le « mignon » restait enfin ce qu'il avait toujours été : un enfant tendre et aimant. Personne au monde plus attentif à me plaire, et personne qui fût aussi chagrin quand il m'avait déplu. Tout en me défendant de le préférer à ses frères, je succombais toujours à ses charmes, qui s'augmentaient pour moi de la pitié que m'inspirait son état : la faiblesse de sa santé, et cette affreuse boiterie qui déformait une taille belle d'ailleurs, ne me touchaient pas moins le cœur que toutes ses qualités d'âme et d'esprit.

1. Le futur Régent.

Ce fut cette compassion même qui me détermina à m'entremettre pour son mariage. Mon enfant ne croyait point que sa qualité de bâtard et d'infirme dût le priver des bonheurs domestiques ; le Roi ne voyait pas les choses de la même manière. Monsieur du Maine, lorsqu'il eut vingt-cinq ans, me supplia de représenter à son père qu'il sombrerait dans le désespoir si on ne le laissait pas se marier. « Je trouve, me dit sèchement le Roi, que les hommes comme lui ne se devraient jamais marier. » En le poussant un peu, je vis que ce n'était point tant sa difformité qu'il lui reprochait que sa bâtardise ; il craignait, pour l'Etat, que cette bâtardise ne fît souche.

« Quand j'ai marié mes filles, me dit-il, leur sang s'est perdu dans celui de leur mari : leurs enfants sont des Condé et des d'Orléans. Mais je vois trop les troubles qui naissent dans une nation du mariage des bâtards mâles. Voyez ce que le Roi mon père eut à souffrir des bâtards du Roi mon grand-père... On ne peut, sans péril, entretenir dans un Etat deux descendances royales. Dites donc à Monsieur du Maine que je ne veux plus qu'il m'en parle. Et je vous prie, Madame, de n'y plus revenir pour lui ni pour Monsieur de Toulouse. » J'y revins pourtant, et, à la fin, j'emportai la décision.

On fit choix pour mon « mignon » d'une sœur du duc de Bourbon ; les Condé étaient trop contents de pouvoir racheter la faute de la Fronde en jetant tous leurs enfants dans les bras des bâtards du Roi. L'élue, Bénédicte de Bourbon, était, comme toutes ses sœurs, si petite qu'elle en paraissait presque naine ; le jour de son mariage, sa coiffure était plus haute qu'elle ; la duchesse de Bourbon [1], sa belle-sœur, qui ne manquait point une occasion d'exercer l'esprit des Mortemart, disait qu'elle et ses sœurs ne se pouvaient parer du titre de princesses du sang mais, tout au mieux, de celui de « poupées du sang ».

Je ne sais si Monsieur du Maine fut heureux dans son ménage ; mais je sais que cette duchesse de poche ne tarda pas à me fournir autant de peine que ses grandes belles-sœurs. On me l'avait donnée pour pieuse et sage ;

1. Mlle de Nantes, fille de Mme de Montespan.

elle se révéla d'une totale impiété, rebelle à toute obéissance, et intrigante à l'extrême ; elle ne fut pas longtemps sans se crêper le chignon avec Madame la duchesse[1] et la princesse de Conti ; elles se disputaient les préséances et les amants ; quand les cris montaient trop haut, je grondais tout le monde et mettais l'une en pénitence à Chantilly et l'autre « au piquet » à Clagny.

Ce travail-là, sans doute, n'était pas amusant ; cependant, dans l'état de dégoût universel où j'étais, il me semblait assez délassant : les bouffonneries de cette famille ne manquaient point de sel, en effet, dès qu'on avait renoncé à y placer son estime et ses amitiés ; il m'arrivait même de me rire dans mon particulier de leurs extravagances et de leurs sottises devant que de les sermonner. En vérité, les membres de la famille du Roi étaient moins des personnes que des ridicules, très dignes de la « Comédie italienne » ; et comme je ne cherchais pas à les rendre meilleurs, ce qui passait ma compétence, mais seulement à éviter des scandales qui eussent peiné le Roi, j'avais de quoi me divertir. J'étais contente d'ailleurs d'épargner au Roi d'avoir à y mettre ordre lui-même ; il n'aimait pas parler à ses enfants ; il était pris devant eux d'une singulière timidité, qui lui faisait souvent, une fois la bonde lâchée, passer toute mesure dans le reproche.

Quand j'étais bien en train, je faisais aussi le ménage chez moi. Ma famille, pour n'être ni si en vue ni si gâtée que celle du Roi, ne laissait pas d'avoir elle aussi ses histrions et ses imbéciles.

Mon frère Charles, qui s'encanaillait en vieillissant, avait enfin épuisé ma patience. Pour le tirer des « maisons de bouteille » qu'il hantait, je le mis dans une retraite à Saint-Sulpice. Il dit alors à tout le monde que je lui faisais accroire malgré lui qu'il était dévot. « Elle m'assiège de prêtres qui me feront mourir », clamait-il, et il s'échappa. On le rattrapa chez une femme Ulrich qui faisait commerce de charmes un peu fanés ; je résolus de lui donner un gardien, appelé Madot. Madot ne le quittait pas d'un pas et le menait le plus souvent possible loin de Paris, ce qui n'empêcha point pourtant que mon

1. Mlle de Nantes.

frère ne fît encore un enfant à une dame de La Brosse et que je me dusse charger, ma vie durant, de cette petite fille, nommée Charlotte, comme je l'avais fait de ses frères et sœurs avant elle. Charles mourut en 1703 aux eaux de Bourbon. Je pleurai l'enfant qu'il avait été, mais n'eus pas de regret au vieillard débauché qu'il était devenu. Les funérailles furent discrètes et le Roi me défendit de prendre le deuil.

Philippe de Villette, que j'avais fait Lieutenant Général de la Marine, décida, devenu veuf, de se remarier, à soixante ans passés, avec une petite fille de Saint-Cyr, Mademoiselle de Marsilly, qui en avait dix-huit. Ce fut la fable de la Cour que ces noces de l'hiver et du printemps.

Mon neveu, Mursay, me donnait des soucis d'une autre espèce. Il était brave, bon officier et honnête homme ; mais sa bêtise était singulière. On faisait à la Cour cent contes de lui, de son cheval isabelle, de son valet « Marcassin » qui se moquait de lui et le gouvernait, et de sa femme, dévote à outrance, qui faisait lit à part les dimanches. Il y eut une année qu'il pensa mourir de douleur de trois malheurs qui lui arrivèrent coup sur coup et dont il fit ses plaintes à tout le royaume : son cheval isabelle mourut ; Marcassin le voulut quitter ; et sa femme n'était pas femme d'honneur ; il voulait dire « dame du palais », mais s'exprima toujours de cette sorte qui faisait rire de lui. On se plaisait, par malignité, à regarder ce grand benêt comme le parfait représentant de la famille d'Aubigné.

Sa sœur, Marguerite de Caylus, était pourtant, comme je l'ai dit, d'une tout autre race : de la beauté comme quatre, et de l'esprit comme cent. Elle tuait bien des gens à table où elle avait encore plus d'esprit qu'ailleurs. Comme elle n'aimait guère le comte de Caylus, son mari, le Roi avait la complaisance de le laisser toute l'année sur la frontière ; libre de ses actions, ma nièce ne fit pas bon usage de cette liberté.

Elle afficha de plus en plus franchement son commerce avec le duc de Villeroy [1] ; j'eus beau la sup-

---

1. Nommé Alincourt jusqu'en 1696, date à laquelle le maréchal de Villeroy, son père, se défit de son titre de duc en sa faveur.

plier de mettre quelque discrétion dans ce double adultère, elle crut que son esprit la mettait au-dessus des lois de la morale commune et des bavardages du courtisan. De surcroît, elle s'attacha, malgré mes remontrances, à Madame la duchesse, qui était du même âge et des mêmes goûts. Je lui dis qu'il ne fallait rendre à ces gens-là que des respects et ne s'y jamais attacher ; que les fautes de Madame la duchesse retomberaient tout à plomb sur elle. Elle ne me crut pas ; son goût l'emporta ; elle se livra tout entière à la duchesse de Bourbon et s'en trouva fort mal. Il y eut des épigrammes sur les ministres, des portraits assez vifs des ambassadeurs, des plaisanteries criminelles sur mes amies et sur le Roi lui-même. Le Roi fit gronder sa fille et lui pardonna, mais il chassa ma nièce.

En apprenant qu'elle était priée de quitter la Cour, Madame de Caylus fit encore la fière et le bel esprit : « On s'ennuie si fort dans ce pays-ci, dit-elle, que c'est être exilé que d'y vivre » ; mais, après huit jours de Paris, elle pleura ; après deux mois, elle tâta du jansénisme pour se divertir un peu ; après un an, elle me supplia de lui rendre mes bonnes grâces et de lui permettre de me rencontrer parfois à la sauvette. J'y consentis car je l'aimais ; nous reprîmes un commerce de lettres régulier ; mais le Roi, qui craignait son esprit, la laissa douze ans dans son exil pour lui donner tout le temps de faire ses réflexions.

Si l'on veut bien, en vieillissant, dépouiller l'habit d'acteur et se mettre dans la place du spectateur, la vie donne de jolis sujets de s'ébahir : les Villette, père et enfants, que j'avais toujours chéris et estimés, ne me donnaient, dans ce temps-là, que de l'ennui, mais les Sainte-Hermine et les d'Aubigné, que j'avais traînés comme des boulets pendant vingt ans, me fournirent quelques raisons de me réjouir.

Ma cousine de Sainte-Hermine, huguenote et martyre, se fit soudain catholique et sortit de prison ; elle se fit aimable et fut pensionnée ; elle se fit comtesse et fut choyée, dotée, élevée ; enfin, elle plut au Roi. Comtesse de Mailly par son mariage, elle fut nommée dame d'atours de la duchesse de Bourgogne et entra bientôt dans tous nos particuliers.

Ma nièce d'Aubigné, que je ne regardais pas comme la huitième merveille du monde et dont je craignais tout comme la fille de son père, eut le bon goût d'amener dans ma famille le plus charmant des « gendres » et le bon esprit de le rendre heureux. Le Roi la maria, en 1698, au comte d'Ayen, fils aîné du duc de Noailles, et ce jeune homme, qu'on n'avait recherché que pour l'alliance et le nom, se révéla de tout point parfait : gracieux et affable dans le monde, fécond en saillies charmantes, prompt à revêtir comme siens les goûts des autres sans jamais en paraître importuné, brave à la guerre, écrivant bien et parlant peu, il allait jusqu'à me faire, dans l'occasion, un brin de cour galante qui nous amusait tous les deux. Eussé-je eu quarante ans de moins que ce plaisant petit blondin fût entré sous mes lois et que je l'eusse assez bien servi pour qu'il y demeurât longtemps. Pour ce temps où nous étions, je ne pouvais plus que feindre la coquetterie quand il feignait la galanterie. Il m'écrivait des comédies et des opéras pour Saint-Cyr, débrouillait mes affaires de famille, et me faisait à chaque instant des présents aussi surprenants que magnifiques.

Je fis don au jeune couple de ma maison de Maintenon, qui était tout ce que j'eusse en propre ; le Roi y ajouta, de son plein gré, huit cent mille livres en deniers comptants et soixante-dix mille livres de pierreries.

J'avais attendu soixante ans pour découvrir qu'une famille peut être aussi source de joies, au moment qu'on l'espère le moins. Je le dis au Roi pour lui donner courage sur la sienne ; mais ses afflictions, comme ses affections, n'étaient jamais que de surface, et les peines que lui donnaient ses parents étaient aussitôt oubliées que senties.

Assise dans le grand salon octogone de Marly devant une chocolatière d'argent, je regardais la nuit descendre par les verrières de la coupole.

Les dames autour de moi ne me parlaient qu'à mi-voix, car on était au lendemain de la mort de Monsieur. Au ton près, leur conversation était à l'ordinaire : une bavarderie de couvent. Le plus souvent elles parlaient d'habits ; les marchands, les étoffes et la forme des coiffes fournissaient à toute leur conversation. Ce jour-là pourtant, elles traitaient une matière plus neuve ; elles parlaient de petits pois ; c'était le sujet à la mode ; l'impatience d'en manger, le plaisir d'en avoir mangé et la joie d'espérer d'en manger encore faisaient les trois points de leur discours ; il y avait des dames qui, sortant de souper avec le Roi, et bien souper, se vantaient de rentrer chez elles pour y trouver des pois et s'en gaver jusqu'au milieu de la nuit. Je resongeais avec mélancolie à la conversation de Mademoiselle de Lenclos ; mais les grands croient que leur vision est béatifique, qu'elle suffit et leur tient lieu d'esprit...

Le duc de Bourgogne, aîné des petits-fils du Roi, entra brusquement dans le salon et, se plantant devant Monsieur de Montfort qui sommeillait à demi dans une chaise à bras [1], lui demanda s'il ne voulait pas jouer au brelan. Le chuchotis des conversations cessa. « Au brelan ! Vous n'y songez pas, Monseigneur, dit Monsieur de Montfort éberlué, Monsieur est encore tout chaud. — Pardonnez-moi, répondit le prince, j'y songe fort bien, mais le Roi ne veut pas qu'on s'ennuie à Marly. Il m'a ordonné de faire jouer tout le monde et, de peur que personne ne l'osât faire le premier, d'en donner moi-même l'exemple. » Ils se mirent donc à faire un brelan et le salon fut bientôt rempli de tables de jeu, d'éclats de voix et d'éclats de rire.

Telle était la profondeur des chagrins du Roi, ou plutôt, car il aimait son frère autant qu'il pouvait aimer, tels étaient son goût pour les plaisirs de sa Cour et sa passion pour la mécanique de cette vie-là.

Comme je m'étais mise en tête d'être meilleure épouse que par le passé et de mettre tout mon art au service du divertissement de mon mari, je crus d'abord de mon devoir de paraître davantage dans ces fêtes. C'était aller fort avant dans le dévouement car rien ne me coûtait plus.

Avec le retour de la paix, les bals furent magnifiques mais ils m'ennuyaient : je trouvais les menuets si longs que je croyais qu'on les dansait, à la prière des plus dévotes, pour que cela les fît penser à l'éternité. J'étais lasse

1. Fauteuil.

d'applaudir pour la centième fois la princesse de Conti [1]. « Quand je vois ces dames danser la contredanse les unes après les autres, me disait Bonne d'Heudicourt, je crois voir des enfants réciter leur catéchisme. » Ceux qui, comme moi, ne dansaient pas et restaient assis sans quitter leur place bâillaient, s'ennuyaient et ramassaient quelques misères les uns des autres pour se déchirer un peu.

On donnait de vieilles comédies et de vieux opéras : je voulus bien voir, pour la quatrième fois, *le Bourgeois gentilhomme* et j'assistai en personne à cette comédie de Monsieur Scarron, *Jodelet ou le maître-valet,* où toute la Cour s'empressa... pour me plaire ou pour me déplaire.

Pour le jeu, c'était une misère et les tables de lansquenet avaient plus l'air d'un triste commerce que d'un divertissement. Quant à la chasse, que je me contraignis de suivre en calèche, elle ne me faisait pas moins d'horreur ; qu'y puis-je, moi, si la figure des cerfs me touche et si j'ai une tendresse pour eux ? Je dus me faire violence jusqu'aux larmes ; le Roi, heureux que je l'accompagnasse enfin, commanda qu'on fît la curée sous mes fenêtres, « pour vous donner le plus beau du spectacle », me dit-il.

Enfin, il y avait un certain train qui ne changeait jamais : toujours les mêmes plaisirs, toujours aux mêmes heures et toujours avec les mêmes gens.

Bien assurée de la vérité de cette parole d'un janséniste qu'« un roi sans divertissement est un homme plein d'ennui », mais incapable d'ailleurs de souffrir plus longtemps cette mécanique de la Cour et de l'étiquette, j'entrepris à la fin de transporter le divertissement chez moi et de faire trouver au Roi, dans ces deux chambres, tous les agréments que les particuliers trouvent chez eux : rires d'enfants, société d'amis choisis, lectures nouvelles et jeux d'esprit.

Malgré son goût de la Cour et des cérémonies, il s'y prêta car la goutte, dont il souffrait depuis 1694, lui donnait maintenant des crises très fortes qui l'éloignaient un peu de ses plaisirs ordinaires : il ne pouvait plus aller

1. Fille de Mlle de La Vallière et du Roi.

aux chasses qu'en calèche, et se promenait à travers ses jardins dans un petit chariot qu'il menait par-devant avec une manière de gouvernail tandis que des porteurs le poussaient par-derrière. Du reste, il grossissait, se laissait aller et semblait s'affaisser ; c'était comme s'il était devenu plus petit et son visage se fermait chaque jour davantage.

On disait que sa belle maîtresse, la marquise de Montespan, était, quant à elle, toute blanche et ridée comme une vieille pomme ; Madame d'Heudicourt, qui lui avait rendu visite dans son château de Petit-Bourg, me conta qu'elle l'avait trouvée assise dans sa cuisine entre un chou et une citrouille et tout occupée à se tourner une sauce ; elle avait encore engraissé, « mais, me dit Bonne d'Heudicourt, je lui trouve la sagesse d'un Cincinnatus ».

Pour moi, je croyais devoir au plaisir du Roi de me défendre mieux contre l'outrage des ans ; je devais lutter, en outre, contre d'éventuelles rivales : la comtesse de Gramont, flatteuse et dénigrante, que je souffrais à mon côté mais trouvais de plus en plus insupportable · et la reine d'Angleterre, Marie de Modène, réfugiée à Saint-Germain, qui avait la grâce italienne de sa mère, une « mazarinette », et, par là, touchait sensiblement le cœur du Roi ; ces deux belles dames avaient vingt années de moins que moi.

Par bonheur, le port du corps aidant, j'avais gardé une taille libre et régulière ; les corps n'étaient plus en faveur mais j'y tenais pour les demoiselles de Saint-Cyr et pour moi-même, persuadée que le relâchement physique précède de peu le relâchement moral. Comme, ainsi sanglée, je paraissais trop maigre cependant et bouffais peu par ma personne, je m'efforçais à bouffer par mes habits. J'avais grand soin d'être toujours parfaitement mise et fort enjuponnée : d'épais damas feuille-morte galonnés d'argent, des raz-de-Saint-Maur cannelle étoffés de dentelles, des gros-de-Tours violets taillés dans l'ampleur, des velours noirs, des brocarts d'or. Je parais le personnage quand la personne n'eût dû aspirer qu'à une bière.

Puisqu'on avait voulu que je n'occupasse plus mon esprit que de bagatelles, je n'étais pas peu fière, au demeurant, d'avoir remis les rubans à la mode et d'avoir donné mon nom, « la Maintenon », à une petite croix de quatre diamants qu'on portait au col.

Pour la coiffure, je ne sacrifiais pas à la fantaisie des « fontanges » car le Roi l'abhorrait sans y pouvoir rien changer ; les rois sont très petits devant la mode. Avant de mourir, la dernière favorite du Roi avait eu le temps de donner son nom à un nœud de cheveux relevé en boucle sur le sommet de la tête ; cette coiffure ne manquait pas de grâce quand elle la portait, mais, au fil des années, les dames l'avaient si bien modifiée et enrichie qu'elles en étaient venues à promener des pyramides de cheveux de deux ou trois pieds de hauteur. On ne savait ce qu'elles prétendaient atteindre avec ces sortes d'échafaudages couronnés de dentelles et de pierreries : la voûte céleste ou le sommet du ridicule ? Comme personne ne pouvait prétendre à avoir assez de cheveux de son cru pour fournir à la dépense de ces coiffures, on avait fini par porter des « fontanges » postiches, toutes montées ; les dames tiraient leurs propres cheveux en arrière et les serraient dans un petit chignon, puis elles coiffaient par-dessus leurs boucles et leurs babioles montées sur des ferrailles, comme si c'eût été un grand bonnet siamois. Cela fait, elles ne ressemblaient pas mal à des pièces montées de pâtissier et leur mince visage blanc perdu sous les coques et les rubans ne paraissait pas plus qu'une petite dragée. N'osant paraître au-dehors avec cette coiffure qui déplaisait au Roi, mais ne me pouvant résoudre davantage à montrer une coiffure hors de mode, je cachais le chignon simple, dont je nouais ordinairement mes cheveux, sous de grandes mantes de dentelles assorties à mes robes, de ces coiffes amples et à peine attachées qu'on nomme des « battant-l'œil ».

J'eus le dépit, cependant, de voir Madame de Gramont venir à bout des « fontanges » ; la faveur dont elle paraissait jouir auprès du Roi, et la mode d'imiter en tout les manières des Anglaises de la Cour de Saint-Germain, firent qu'on revint aux coiffures plates ; mais ce fut le seul avantage que la comtesse prit sur moi. Pour le surplus, j'étais toujours la seule femme du Roi.

« Le Roi n'a jamais eu pour aucune maîtresse la passion qu'il a pour celle-ci », disait Madame, fort piquée, en parlant de moi à la duchesse de Ventadour. « Il aime tellement cette femme ! » avouait-elle à ses tantes entre deux peintures ordurières de ma personne. Il est vrai que le Roi m'aimait et j'étais sensible à la manière dont il me l'avait montré dans cette malheureuse affaire du quiétisme. Il me prouvait son attachement avec fougue dans tous les moments où nous étions seuls ; j'avais déjà soixante-dix ans qu'il me rendait encore ses devoirs conjugaux avec une régularité de jeune homme, plus digne, en vérité, d'étonnement que d'éloge.

En vieillissant, je me fusse bien passée d'être si souvent honorée ; j'avais honte de mon corps amaigri et flétri, et je sentais du dégoût pour le sien ; enfin, je trouvais ridicule la rencontre des deux. Je n'avais aimé les plaisirs de l'amour que comme on goûte la saveur d'un gros pain blanc lorsqu'on a faim, la fraîcheur d'un bain dans la rivière quand il fait chaud, ou le parfum des mûres qu'on écrase sur sa figure dans les fourrés ; je ne pouvais séparer les tentations de la chair des folies de la jeunesse et de l'insouciance de corps parfaits, en liberté dans la campagne et dans l'été ; même quand l'Eglise les avait bénis, je regardais ces plaisirs comme des jeux d'enfants, d'où l'on peut tirer de grandes joies peut-être lorsqu'on y excelle mais dont il est convenable, de toute façon, de se lasser avec l'âge ; enfin, je n'avais pas plus d'envie de me mettre au lit avec le Roi que de jouer à « cache-mitouche [1] ».

Cependant, il ne fallait pas songer à se dérober. Mon directeur, consulté là-dessus, me fit la réponse la plus ferme : « Je demande à Dieu, ma chère fille, que vous ne succombiez pas dans les occasions pénibles que vous m'avez marquées ; c'est une grande pureté que de préserver celui qui vous est confié des impuretés et des scandales où il pourrait tomber ; il vous faut rentrer dans la sujétion que votre vocation vous prescrit et servir d'asile à un homme faible qui se perdrait sans cela. Quelle grâce, Madame, de faire par pure vertu ce que tant d'autres femmes font par passion... » J'entendis la leçon. « Contentez votre mari, écrivis-je à mon tour à une nou-

_____

1. Ou « cache-cache-mitoulas » : jeu d'enfants proche du « cache-tampon » moderne.

velle mariée, ayez pour lui toutes les complaisances qu'il exigera et entrez dans toutes ses fantaisies. »

Les meilleurs mariages sont ceux où l'on souffre tour à tour l'un de l'autre avec douceur et patience : le Roi avait souffert de bonne grâce mes imprudences politiques et ma répugnance à la vie de Cour ; je pouvais bien souffrir avec obéissance ses appétits immodestes, sa tyrannie constante, et ravaler, par surcroît, les peines que me causait la non-déclaration de notre mariage. « Ne pleurez point, Madame, m'écrivait là-dessus Monsieur de Chartres, votre état n'est ni une tentation ni une bizarrerie, mais un choix et une destination de Dieu. » Les ambassadeurs étrangers continuaient, cependant, de me regarder comme une courtisane et des dévotes osaient m'écrire pour me reprocher ma situation équivoque ; « mon évêque sait à quoi s'en tenir », répondis-je à l'une d'elles, un jour que j'étais lasse du reproche.

Il n'importe. J'étais bien récompensée de ces peines quand je voyais le Roi, libre et joyeux dans mon appartement, se délasser du souci des affaires.

Il se plaisait à la conversation d'une petite société de jeunes dames spirituelles et vertueuses que je rassemblais tous les jours pour lui plaire : la douce et belle Sophie de Dangeau ; la galante Madame de Lévis, fille de la duchesse de Chevreuse et vive comme le salpêtre ; ma jeune cousine, Madame de Mailly ; et la très romanesque Madame d'O, qui était fille de mon ancien ami et galant, Guilleragues.

A ces très jeunes femmes se joignaient parfois deux dames moins jeunes mais mieux enlanguées que les plus babillardes : ma vieille amie d'Heudicourt et Madame de Bracchiane. Cette Madame de Bracchiane n'était autre que la petite comtesse de Chalais, avec laquelle j'avais eu tant de plaisir à causer autrefois à l'hôtel d'Albret. Exilée trente ans plus tôt avec son mari, elle avait pris d'abord le chemin de l'Espagne, où elle avait vécu quelque temps, puis celui de l'Italie, où Monsieur de Chalais était mort ; inconsolable, elle s'était pourtant consolée en épousant, à trente-deux ans, le premier des princes romains, Monsieur de Bracchiane, qu'on nommait aussi le prince des Ursins [1] ; riche et honorée, fort amie du pape, elle avait, un beau jour, à la suite de je ne sais quelle querelle de politique avec le prince son mari, résolu de planter là tous ses palais et de rentrer en France ; sans enfants et sans parents proches, elle y vivait depuis huit années dans une misère glorieuse, lorsque, ayant eu vent de son retour, je l'en tirai.

Jugez si, ne nous étant plus vues depuis trente ans, nous ne nous trouvâmes pas changées. Son petit visage pointu avait pris tant d'étoffe que, d'abord, je ne crus pas le reconnaître ; et ce corps mince, qu'elle vêtait autrefois à la dernière mode du Marais, disparaissait maintenant sous l'embonpoint et les jupes à l'espagnole ; seul, le regard n'avait pas changé : mobile, pointu jusqu'à la cruauté, il piquait toujours au vif ceux qu'il touchait ; tout au plus le violet de ses yeux, si acide autrefois, avait-il gagné, avec l'expérience et le cerne des années, en profondeur et en velouté. D'ailleurs toujours parée à ravir, fardée de rouge et de blanc, toujours sous les armes, toujours raccrochant. « Comment osez-vous dire que vous êtes vieille ? s'exclama-t-elle un jour, je n'ai que sept ans de moins que vous et je suis toute jeune ! » La princesse des Ursins avait décidément un beau sang et une confiance incorrigible dans la vie ; on ne résistait pas à tant d'entrain et d'enjouement.

Elle et Bonne d'Heudicourt s'étaient retrouvées chez moi avec la joie la plus marquée, et, à nous trois, nous rappelions fort bien l'esprit des salons d'autrefois ; il n'y manquait que Madame de Montespan.

Nous contions en riant des histoires du vieux temps, que nos jeunes amies ornaient de leurs sourires et saupoudraient de leur grain de sel. Madame d'O, qui lisait fort bien, nous donnait parfois quelque morceau des *Contes* de Perrault ou des *Caractères,* que venait de faire imprimer Monsieur de La Bruyère.

— Ecoutez cela : « La Cour est un édifice de marbre, c'est-à-dire composé d'hommes fort durs mais fort polis. » N'est-ce pas bien dit ?

Le Roi riait. Madame de Dangeau s'autorisait de ce rire pour faire aussitôt l'une de ces imitations auxquelles

1. Orsini.

528

elle excellait ; elle contrefaisait le gros et grave Pont-chartrain ou l'indolent Barbezieux ; parfois, à la demande de l'intéressé lui-même, elle contrefaisait le Roi passant dans sa galerie au milieu de la foule des quémandeurs et des porteurs de placet : « Je verrai, Monsieur », « Cela se peut, Monsieur », « Cela ne se peut pas ». Puis Madame de Lévis se mettait au clavecin et la comtesse de Mailly chantait quelque motet. Mes domestiques, plus transparents et silencieux que des fantômes, servaient à profusion des boissons délicieuses ; j'avais dit, une fois pour toutes, que je voulais que le Roi fût à l'aise dans mon appartement, et du dernier des valets à la première des dames, personne ne le sollicitait jamais de quoi que ce fût. Jeannette, seule, se permettait parfois de demander quelque faveur : « Dites, Monsieur, avez-vous du bonbon ? » et elle essuyait ses doigts collants de confitures sèches sur le justaucorps du Roi ; mais Jeannette n'avait que cinq ans. C'était ma dernière découverte.

Un hiver, allant à Saint-Cyr, j'aperçois sur le chemin une grande femme fort décharnée et en haillons, mais de bonne mine ; avant même que j'eusse donné ordre au cocher d'arrêter, la voilà qui se jette sous mes roues. On la relève ; elle avait avec elle une fille, déjà grandette et tout épeurée ; on nourrit la mère, on console la fille, on les fait causer. C'était une dame de la noblesse de Bretagne, veuve et ruinée ; elle avait six enfants à nourrir et les voyait, avec désespoir, périr de famine ; ayant ouï parler de mes aumônes, elle n'avait point hésité à franchir, moitié à pied, moitié en coche, cent cinquante lieues pour me voir et m'implorer. Elle brûlait de fièvre et était couverte de vermine et de boue. Je lui donnai tout mon argent et promis de lui faire tenir chaque année, par l'intendant de Bretagne, une petite pension sur ma cassette.

— Ah ! puisque vous êtes si bonne, Madame, ne prendrez-vous point aussi cette petite fille avec vous dans Saint-Cyr ?

Je considérai un moment l'enfant.

— Non, Madame, lui dis-je, je ne sais si vous pourriez faire les preuves pour qu'elle y entre, et cela regarde, de toute façon, le père de La Chaise qui fait les admissions.

Mais je vois bien que cette enfant a plus de douze ans, et nous ne les prenons plus, passé cet âge.

— Si cela est, Madame, me repartit-elle toute haletante de fièvre, j'en ai une autre qui vous conviendra. Oh, oui, celle-là vous conviendra ! Elle n'a que deux ans, c'est ma toute petite. Elle est si belle, Madame, que c'en est une merveille, un ange de Dieu : des cheveux blonds comme l'or, une peau plus blanche que du lait, et des sourires à damner ! Des petites mains à dévorer de baisers ! Et pour l'esprit, Madame, on n'a jamais rien vu de pareil...

— Oh, l'esprit d'une enfant de deux ans..., dit ma secrétaire avec une moue de dédain.

La pauvre dame me saisit les mains et les broya d'angoisse :

— Oh, si, Madame, je vous le jure : elle parle comme un livre ; ses sœurs lui ont montré ses lettres, elle les saura bientôt. Prenez-la, Madame, prenez-la, je vous en conjure, je vous en prie à deux genoux. Je l'aime, je l'aime tant, ma toute petite. Prenez-la, Madame, elle est perdue si je la garde : je suis malade, vous le voyez, je vais mourir, mes enfants iront à la rue. Vous qui pouvez tout, sauvez ma petite Jeannette. Elle est si petite.

— Calmez-vous, Madame, lui dis-je, nous ne prenons pas non plus, à Saint-Cyr, les enfants de deux ans... Mais je veux bien faire quelque chose ; envoyez-moi cette petite fille et, si c'est la merveille que vous dites, je me chargerai d'elle.

Six mois après, un commis de l'intendant de Bretagne m'apportait à Fontainebleau un petit paquet mal ficelé : c'était Jeannette de Pincré, depuis comtesse d'Auxy. Quelques livres de chair rose et blanche, une paire d'yeux bleus, et une langue à étourdir un perroquet. Avec cela, point farouche : elle se jeta aussitôt dans mes bras, et, quinze jours plus tard, elle m'appelait « Maman ». Je décidai de l'élever à mon côté. Il me semblait qu'il y avait bien longtemps que je n'avais ouï un babil dans ma chambre et je me demandais comment j'avais pu vivre tant d'années sans en jouir. En vérité, j'ai si bien, dans tous les temps, semé mon chemin d'enfants que, lorsque je remonte à la source, ce sont eux que je retrouve en premier, comme autant de petits cailloux blancs.

Dans mon appartement, le Roi, heureux de déposer un moment sa couronne, nous faisait des contes de sa jeunesse, avec la même grâce qu'il mettait à ce divertissement trente ans plus tôt.

— Voyons, Madame, me disait-il, vous avez bien connu d'Estoublon dans le temps ?

— Non, Sire, lui disais-je, je n'étais pas à la Cour alors.

— Ah, cela est vrai...

Il paraissait tout chagrin que je n'eusse point été, dès ma naissance, parmi les grands.

— Mais, moi, je l'ai connu, Sire, lançait gaîment Anne-Marie des Ursins, c'était un grand diable d'homme noir et olivâtre qui ne riait jamais.

— Lui-même, Madame, reprenait le Roi. Ajoutez-y je ne sais quel air niais et naturel dont il attrapait tous les nouveaux venus. Il était maître d'hôtel de la Reine ma mère et si libre avec elle qu'il passait son temps à berner les courtisans pour lui en faire le conte et l'amuser. Un jour, à Saint-Germain, passant devant la chambre de Madame de Brégis... Vous avez connu Madame de Brégis tout de même ? dit-il en se tournant vers moi.

— Ah, pour celle-là, oui, Sire... Une antique beauté et fort intrigante.

Je me rappelais la conversation que j'avais surprise, à mon arrivée à la Cour, entre elle et le devin, Primi Visconti ; « l'antique beauté » ne rêvait que de se glisser dans le lit du jeune Roi.

— Un jour donc, passant devant la chambre de Madame de Brégis, qui donnait sur une galerie à Saint-Germain, d'Estoublon en trouve la porte entrouverte et la voit sur son lit, le derrière en l'air et une seringue auprès. Le voilà qui se glisse doucement dans la chambre...

— Moi, j'ai vu le lion de la Ménagerie, dit Jeannette qui n'aimait point laisser aux autres le devant de la scène.

— Taisez-vous, Jeannette. Vous interrompez le Roi.

— Mais, Maman, personne ne s'occupe de moi..., fit-elle avec un air de dépit.

Le Roi la prit sur ses genoux et, tandis qu'elle se jouait du ruban de sa canne, poursuivit :

— D'Estoublon insinue le remède, et je crois que c'était une épreuve car le derrière de Madame de Brégis ne devait déjà plus être fort appétissant... Il remet la seringue à sa place et se retire. La femme de chambre de Madame de Brégis, qui était allée dans la garde-robe chercher je ne sais quoi, revient et propose à sa maîtresse de se remettre en posture. La dame lui demande ce qu'elle veut dire et ajoute qu'elle rêve [1] apparemment ; grande cacophonie entre elles. Enfin, la femme de chambre regarde à la seringue et la trouve vide ; elle proteste tant et si bien qu'elle n'y a pas touché que la Brégis croit que c'est le diable qui lui a donné son lavement... Vous savez qu'elle croyait fort aux démons et aux devins ; il lui paraissait, à la réflexion, qu'il n'y avait rien de très surprenant à ce que Lucifer se sortît de l'enfer juste le temps qu'il fallait pour purger Madame de Brégis... Mais dès qu'elle parut chez ma mère, pour le souper, nous voilà, Monsieur et moi, à lui demander si elle se sent bien rafraîchie d'avoir pris médecine et si sa servante lui rend toujours cet office-là à merveille, etc., enfin, nous lui parlons, toute la soirée, de son lavement. Et elle, surprise d'abord, tourne au rouge, tourne au vert et quitte enfin l'appartement, étonnée et furieuse tout ce qu'on peut l'être. Elle apprit la dernière de toute la Cour ce qu'elle devait à d'Estoublon.

Madame d'O et Madame de Lévis se pâmaient de rire, tandis que Jeannette, insensible à la gaîté générale, s'essayait avec application à arracher les boutons de diamant de la veste du Roi. Déjà, Bonne d'Heudicourt lançait l'histoire du carrosse de d'Estoublon, et celle de la « correction fraternelle », et d'autres encore. Les petits Africains, Banga et Aniaba, fils du roi de Macassar, que je me plaisais à avoir dans mon appartement lorsqu'ils n'étaient point dans leur collège, s'esclaffaient avec bruit : « Tu ne vois donc pas combien il est facile d'amuser un Roi ? » me glissa à l'oreille Aniaba. Le Roi souriait en effet. Je le voyais content ; j'étais contente. Tant feint-on la joie qu'à la fin on la sent.

Notre gaîté, un peu forcée, devint, en effet, avec l'arri-

1. Divague.

vée à la Cour de la petite duchesse de Bourgogne, un bonheur vrai.

Le duc de Bourgogne, aîné des fils de Monseigneur le dauphin, était un curieux enfant. Une mine de chat fâché, un corps bossu, et une hauteur en tout qui le tenait à l'écart du genre humain ; par bonheur, il ne manquait pas d'esprit et Monsieur de Fénelon, lorsqu'il était son précepteur, se flattait d'être venu à bout de cette dureté par un bon usage de la raison et de la dévotion. Je ne savais trop moi-même ce qu'il en était car je voyais peu les enfants du dauphin ; à Versailles, comme à Fontaine-bleau, ils étaient logés et nourris fort à l'écart du Roi et du gros de la Cour.

Cependant, ce que je voyais de loin en loin ne me disait rien de bon : l'enfant était resté très attaché à son précepteur et ne paraissait pas décidé à nous pardonner la disgrâce de l'archevêque. Lorsque le Roi, lui apprenant l'arrêt de la Cour de Rome sur les *Maximes des saints,* lui avait dit : « La doctrine de Monsieur de Cambrai est condamnée. — Celle qu'il m'a enseignée ne le sera jamais », lui avait reparti sèchement le jeune duc ; le Roi en était demeuré surpris et blessé. J'eus moi-même à essuyer les humeurs du prince. Un jour qu'il se trouvait dans ma chambre, froid, rêveur et même absent, je lui fis un doux reproche, ajoutant qu'il semblait qu'il ne me connaissait pas. « Si fait, Madame, me répondit-il d'un air rude et sévère, je vous connais fort bien, et je sais, de plus, que le duc de Bourgogne est dans votre chambre. » Cette brusque repartie me rendit à mon tour muette et taciturne, et la princesse des Ursins, s'approchant de moi, me dit tout bas : « Le temps nous apprendra, Madame, à qui nous avons affaire. »

Pour donner quelque humanité à ce Télémaque malgracieux, le Roi résolut de le marier lorsqu'il eut quatorze ans. Il lui choisit une fille du duc de Savoie, par sa mère petite-fille de Monsieur [1] et de sa première femme, Henriette d'Angleterre.

Marie-Adélaïde de Savoie n'avait qu'onze ans lorsque, en novembre 1696, elle vint en France. Le Roi mar-

1. Petite-nièce du Roi, par conséquent.

cha à sa rencontre jusqu'à Montargis, et, dès qu'il la vit, devint amoureux d'elle. J'emploie le mot à dessein : ce fut bien une passion, noble et épurée sans doute, mais absolue, que cet homme vieillissant sentit aussitôt pour cette enfant, déjà coquette et parfaitement femme. A la vérité, nous aimâmes tous deux cette petite fille au-delà du raisonnable ; moi comme une grand-mère, car il y avait beau temps que j'étais mûre pour ces sentiments-là ; et le Roi, qui se sentit toujours l'âme d'un jeune homme, en galant platonique, possessif et jaloux.

La lettre, qu'il m'envoya le soir même de leur première rencontre à Montargis, est, avec deux ou trois billets, la seule lettre de lui que j'aie conservée ; elle me rappelle si bien ma petite princesse et l'enchantement que cette enfant faisait naître autour d'elle que je n'ai pu me résoudre à la brûler ; j'aurais cru faire mourir la duchesse de Bourgogne une seconde fois.

« Je suis arrivé ici devant cinq heures ; la princesse n'est venue qu'à près de six ; je l'ai été recevoir en carrosse ; elle m'a laissé parler le premier et, après, elle m'a fort bien répondu, mais avec un petit embarras qui vous aurait plu. Je l'ai menée dans sa chambre au travers de la foule, la faisant voir de temps en temps en approchant les flambeaux de son visage ; elle a soutenu cette marche et ces lumières avec grâce et modestie. Nous sommes enfin arrivés dans sa chambre et je l'ai considérée de toutes les manières pour vous mander ce qu'il m'en semble. Elle a la meilleure grâce et la plus belle taille que j'aie jamais vue ; habillée à peindre et coiffée de même, des yeux très vifs et très beaux, des paupières noires et admirables, le teint fort uni, les plus beaux cheveux blonds qu'on puisse voir et en grande quantité. Elle est maigre comme il convient à son âge ; la bouche fort vermeille, les dents blanches mais mal rangées, les mains bien faites mais de la couleur de son âge. Elle parle peu mais n'est point embarrassée. Elle fait mal la révérence, et d'un air un peu italien ; elle a quelque chose d'une Italienne dans le visage, mais elle plaît... Pour vous parler comme je fais toujours, je la trouve à souhait. Tout plaît, hormis la révérence. Je vous en dirai davantage après souper car je remarquerai bien des choses que je n'ai pu voir encore. J'oubliais de vous dire qu'elle est plutôt petite que grande pour son âge...

« A dix heures. Plus je vois la princesse, plus je suis satisfait. Nous avons été dans une conversation publique où elle n'a rien dit, c'est tout dire. Je l'ai vu déshabiller ; elle a la taille très belle, on peut dire parfaite, et une modestie qui vous plaira. Nous avons soupé, elle n'a manqué à rien et est d'une politesse surprenante à toutes choses ; elle s'est conduite comme vous pourriez le faire, l'air noble, les manières polies et agréables... J'oubliais de vous dire que je l'ai vue jouer aux jonchets avec une adresse charmante. Quand il faudra un jour qu'elle représente, elle sera d'un air et d'une grâce à charmer, et avec une grande dignité et un grand sérieux. »

C'était le goût du Roi que la société des femmes, mais il y était difficile. Après une telle lettre, et d'autres choses que me rapportèrent les gens de sa suite (le Roi n'avait pas voulu que l'enfant l'appelât « Sire » mais seulement « Monsieur » ; il l'avait fait asseoir dans un fauteuil, se contentant pour lui-même d'un petit siège), je ne pus douter que la petite Piémontaise eût réussi là où la plupart des princesses françaises avaient échoué ; quel que pût être mon sentiment en la voyant, je savais déjà que je serais bienvenue de montrer de l'enthousiasme.

Je n'eus pas, cependant, à forcer mon contentement : Marie-Adélaïde me charma plus que je ne l'eusse cru possible. Lorsqu'elle entra dans ma chambre, à Fontainebleau, sa poupée sous son bras, je ne la trouvai pas d'abord tout à fait si belle que me l'avait écrit le Roi : si la taille était jolie, le visage avait ses imperfections ; seuls les yeux, grands et magnifiques, ne pouvaient être discutés ; mais la manière dont elle savait accorder la vivacité avec la majesté, ce mélange d'enfance et de gravité, me parurent irrésistibles.

Elle se jeta à mon cou en m'appelant « ma tante », ce qui était confondre joliment le rang avec l'amitié ; je voulus m'opposer aux caresses qu'elle me faisait parce que j'étais trop vieille. « Ah ! point si vieille... », me répondit-elle, et, se mettant d'un air flatteur sur mes genoux, elle me dit : « Maman m'a chargée de vous faire mille amitiés de sa part et de vous demander la vôtre pour moi ; apprenez-moi bien, je vous prie, tout ce qu'il faut faire pour plaire. » Ce furent ses paroles, mais l'air de gaîté, de douceur et de grâce dont elles furent accompagnées ne peut se mettre dans un écrit. Enfin, j'aimai aussitôt cette princesse plus qu'il ne fallait, je le sentis mais je ne pus m'en défendre.

Sitôt que je l'eus vue, je priai le Roi de ne point permettre qu'elle se mêlât à la Cour et y corrompît cette dignité singulière. Il le voulut bien et la duchesse de Bourgogne passa tout son temps entre mon appartement, la Maison de Saint-Cyr, et la Ménagerie où le Roi lui fit bâtir un petit château tout exprès, auprès des bêtes qu'elle aimait. Elle m'eut pour gouvernante et eu Nanon pour « mie ».

« Nanon, quand tu étais impasse Saint-Roch, croyais-tu bien que tu tiendrais un jour sur tes genoux la future reine de France ? » lui demandai-je un soir en riant.

Comme nous n'étions pas sûrs de la docilité de son mari, nous ne permîmes à la duchesse de le voir, dans les commencements, qu'une fois la semaine. Tout son temps se passait entre l'étude, la morale, et des divertissements innocents conformes à son âge. Elle savait à peine lire quand elle vint en France ; je dus lui donner un maître d'écriture ; mais, pour le surplus, je n'avais nulle envie d'en faire une savante. Elle venait dans ma chambre ; je la caressais ; nous lisions ensemble la vie de sainte Thérèse ou les Mémoires du Sire de Joinville, à moins que, poussant la complaisance jusqu'à couper au lansquenet, je ne l'amusasse de quelque jeu de cartes ; puis elle allait courir dans mon cabinet avec Jeannette ou jouer « à la Madame » jusqu'à l'heure qu'on venait la chercher pour sa leçon de danse ou de clavecin. Je ne mettais point de contrainte dans son éducation ; j'allais comme toujours avec douceur et patience, coulant sur bien des petites choses pour affirmer les grandes.

« Mon Dieu ! qu'on élève mal la duchesse de Bourgogne, cette enfant me fait pitié, disait en gémissant la grosse Madame, l'avenir nous apprendra ce que vaut une pareille éducation ! » Et il était vrai que je la laissais mettre du désordre dans sa chambre, s'ébattre la nuit dans les jardins, voltiger en carrosse comme un petit singe, lire mes lettres, ou chanter dans les cérémonies ;

je conviens qu'elle mit bien deux ou trois ans à se tenir à table comme une grande personne : au souper du Roi, elle dansait sur sa chaise, faisait mine de saluer tout le monde, inventait les grimaces les plus affreuses, déchirait de ses mains les poulets et les perdrix, et fourrait ses doigts dans toutes les sauces. Par amour le Roi le tolérait, et je le tolérais par principe : ces choses-là viennent toujours d'elles-mêmes par la vertu de l'exemple ; il n'y faut point commettre son autorité, qui peut être plus utilement employée ailleurs. M'attachant davantage au fond qu'aux manières, je voulais seulement que la duchesse de Bourgogne aimât la grandeur et qu'elle se piquât de l'honneur d'être une grande princesse ; je souhaitais qu'elle connût où était le bien des peuples et qu'elle eût à cœur de servir Dieu ; j'espérais qu'elle aimerait le Roi et qu'elle obéirait à son mari.

Ce dernier chapitre n'était pas, de tous, le plus aisé : le duc de Bourgogne, qui ne sortait de ses livres de physique et de géographie que pour aller à vêpres, n'était point précisément aimable. « Il ne faut pas, disais-je à ma petite princesse, exiger d'un mari l'amitié qu'on a soi-même. Les hommes sont, pour l'ordinaire, moins tendres que les femmes. Ils sont naturellement tyranniques et veulent des plaisirs et de la liberté, et que les femmes y renoncent ; mais ils sont les maîtres et il n'y a qu'à souffrir de bonne grâce. » Adélaïde m'écoutait gravement, m'embrassait en riant et courait se travestir en sultane, en laitière, en magicienne, ou en reine de trèfle pour les « bals en masques » que le Roi lui faisait donner.

Pour elle, en effet, le Roi multipliait les Marlys.

Le château de Marly, où nous vînmes à passer près de dix jours chaque mois, avait toujours été fort prisé des courtisans ; comme le logement y était moins grand qu'à Versailles, le Roi choisissait lui-même, sur le millier d'appelés, la cinquantaine d'élus qui seraient du voyage et en dressait la liste ; deux ou trois jours devant notre départ, les courtisans se jetaient à ses pieds en implorant « Sire, Marly ! », comme s'il y fût allé de leur vie ; « la pluie de Marly ne mouille pas », contait, béat, l'un des élus.

Quand il s'éprit de sa petite-fille, le Roi composa avec

un soin encore plus grand la liste des invités de ses Marlys pour mieux la divertir : il y eut des Marlys de chasse, qui groupaient les meilleurs chasseurs de la Cour, des Marlys de jeu, des Marlys de comédie, des Marlys de carnaval, des Marlys-gambades. L'été, la princesse se baignait dans la rivière avec ses dames, s'amusait à l'escarpolette que le Roi avait fait placer sur la terrasse, et me donnait des collations à minuit dans les « appartements verts » ; l'hiver, elle passait les troupes en revue, chantait l'opéra avec le duc de Chartres [1] et patinait sur le « Grand Miroir » avec ma nièce de Noailles [2].

En corsage de velours et jupe de drap d'or, donnant la becquée aux colombes de la volière, à Trianon ; vêtue d'une robe flamme et nattée de perles, au grand réfectoire de Saint-Cyr ; en velours gris-blanc brodé d'émeraudes, dans la chapelle de Versailles ; au bal de Marly, coiffée de rubis ; ou, à Fontainebleau, en justaucorps de chasse rouge, les cheveux défaits par sa course : elle promenait, en tout lieu et toute saison, cet air simple et naturel dont elle savait charmer jusqu'aux laquais. Je ne dis point qu'elle ne faisait pas des fautes en grandissant : elle avait toute l'imprudence de la jeunesse, avec la naïveté d'un tempérament naturellement vif. Elle perdait au jeu plus que le Roi ne lui donnait ; elle glissait des pelotes de neige dans l'habit de la princesse d'Harcourt ; elle fumait des pipes qu'elle empruntait aux Suisses de la garde ; elle écoutait avec trop de complaisance les beaux compliments que lui faisaient Nangis ou Maulevrier ; enfin, elle se permettait tout avec le Roi, en enfant gâtée et assurée de l'impunité.

Je me souviens qu'un soir qu'il y avait comédie à Versailles, elle fit entrer Nanon tandis que nous causions avec elle et s'alla mettre, tout en grand habit et parée, le dos à la cheminée, debout, appuyée sur le petit paravent entre les deux tables. Nanon, qui avait une main dans sa poche, passa derrière elle et se mit à genoux. Le Roi, qui avait cru d'abord que la princesse s'allait chauffer au feu, leur demanda ce qu'elles faisaient. La duchesse se mit à rire et répondit qu'elle faisait ce qu'il

_____

1. Le futur Régent.
2. Françoise d'Aubigné.

lui arrivait souvent de faire les jours de comédie. Le Roi insista. « Voulez-vous le savoir ? reprit-elle, c'est que je prends un lavement. » Je regardai le Roi pour composer ma contenance sur la sienne. « Comment, s'écria-t-il, mourant de rire, actuellement là, vous prenez un lavement ? — Eh, vraiment oui, dit-elle. — Et comment faites-vous cela ? » Nous voilà tous quatre à rire de bon cœur : Nanon apportait la seringue toute prête sous ses jupes, troussait celles de la princesse qui les tenait comme se chauffant et Nanon lui glissait le clystère ; il n'y paraissait pas. « Cela me rafraîchit, dit-elle, et empêche que la touffeur du lieu de la comédie ne me fasse mal à la tête. » Nous n'y avions jamais pris garde, ou nous avions cru que Nanon rajustait quelque chose à l'habillement. Notre surprise fut donc extrême, mais le Roi, qui eût pu le trouver fort mauvais, trouva cela plaisant.

Il est vrai que la princesse lui donnait tout le bonheur possible et qu'elle m'aimait aussi tendrement que je le pouvais souhaiter ; je n'ai jamais connu d'autre personne dans la famille du Roi qui sût aimer comme elle, en particulière [1] ; non pas même mon duc du Maine. Aussi était-elle la seule que je voulusse bien mener avec moi, lorsque je fuyais la Cour, dans l'un de ces refuges que je m'étais peu à peu formés dans tous les lieux : mon hôtel de la ville, à Fontainebleau ; le couvent des carmélites, à Compiègne ; à Marly, un appartement secret derrière la chapelle que j'avais surnommé « le repos » ; le petit hôtel de Maintenon, à Versailles, et, à Meudon, un pavillon caché au fond du parc.

A force de raisonnements et de temps passé dans ma compagnie ou dans une solitude forcée, cette petite friponne devint enfin telle que nous la pouvions souhaiter. Quand, à vingt et deux ans passés, je la laissai libre de sa conduite, lui consentant de gouverner elle-même sa Maison et de former son propre cercle, elle parut à la Cour ce qu'elle était : une princesse accomplie, capable de soutenir la conversation avec esprit, remplie de bonté pour les malheureux, éprise de la grandeur du royaume, jamais importunée de la foule et de la représentation,

---

1. Comme les gens du commun, par opposition aux grands.

toujours respectueuse de son mari. Rien de si vif, si brillant, si gai et si plaisant que ce qu'elle faisait, mais rien de plus solide que son cœur, son esprit, et sa manière de se conduire. Le peuple l'aimait parce qu'elle se laissait voir très volontiers ; la Cour en faisait ses délices car elle animait les plaisirs mieux que reine ne fit jamais ; et son mari l'adorait avec une passion presque gênante pour celle qui en était la cause et pour les spectateurs.

Après avoir souffert bien des discours sur les mauvaises mesures que je prenais pour son éducation, après avoir été blâmée de tout le monde des libertés qu'elle prenait de courir depuis le matin jusqu'au soir, après l'avoir vue accusée d'une dissimulation horrible dans l'attachement qu'elle avait pour le Roi et dans la bonté dont elle m'honorait, je ne vis pas sans joie le monde chanter tout à coup ses louanges, lui croire un bon cœur, lui trouver un grand esprit, et convenir qu'elle savait tenir le courtisan en respect.

Si nos bonheurs pouvaient être aussi complets que nos malheurs, j'eusse été parfaitement heureuse ; mais la vue des misères qui accablèrent bientôt le royaume me fit sentir tant de honte à être contente que je retombai, après quelques années de joie parfaite, dans une grande mélancolie.

Tant que nous avions eu la paix, la France était revenue, par degrés, dans l'abondance. Le Roi y donnait tous ses soins : il était quelquefois toute une journée dans mon cabinet à faire des comptes, recommençant dix fois sans se lasser et ne quittant point son ouvrage qu'il ne l'eût achevé. « Un roi ne doit jamais quitter son travail pour ses plaisirs », disait-il doucement à la duchesse de Bourgogne quand elle venait le tirer par la manche, le baiser ou lui chiffonner le dessous du menton. Il ne se reposait sur personne du règlement de ses armées et possédait le nombre de ses régiments dans le détail ; il tenait plusieurs conseils par jour ; enfin, il savait mieux que personne tous les métiers du gouvernement.

Aussi se souciait-il de moins en moins du choix de ses ministres : il retira bien les Finances à Monsieur de Pontchartrain pour les donner à mon ami Chamillart, mais je ne sais si ce fut un effet des louanges que je donnais à cet honnête homme ou de l'habileté du nouveau ministre au billard ; son adresse y charmait le Roi, en effet, lequel, en vieillissant, goûtait de plus en plus ce jeu-là. « Ci-gît le fameux Chamillart », disait un vaudeville de Paris, « de son Roi le protonotaire, qui fut un héros au billard, un zéro dans le ministère. » Il faut croire que, dans les commencements, Chamillart sut perdre au billard comme il le fallait, car en 1701, à la mort du jeune Barbezieux, le Roi ajouta le portefeuille de la Guerre à celui des Finances que le ministre avait depuis deux ans. Pontchartrain ne fut plus que chancelier, mais il conserva la Marine, où il continua de nuire ; j'eus plus de satisfaction à voir le secrétariat des Affaires étrangères confié au jeune Torcy, fils de mon ancien ami, Colbert de Croissi, et l'archevêché de Paris, libéré par la mort d'Harlay de Champvallon, donné à l'évêque de Chalons, Monsieur de Noailles, avec lequel j'étais en alliance de famille et en grande union d'esprit.

Cependant, je ne voulais plus me mêler des affaires et, pendant quelques années, le roi, fort refroidi par le « quiétisme », ne m'en avertit plus. Madame des Ursins, qui se passionnait toujours pour les intrigues de la politique, me pressait d'y regarder de plus près.

— Mais vous savez bien, mon amie, lui disais-je, que je n'y vois goutte (j'avais pris des lunettes, quelques années plus tôt, pour travailler), et que je n'entends plus.

— Oh, ce portrait-là n'est pas trop rempli de vanité, me répondit-elle, mais il ne faut pas le prendre au pied de la lettre : vous entendez ce qui vous plaît, vous voyez ce qui ne vous déplaît pas, vous vous expliquez ou vous vous taisez selon que vous le jugez à propos.

A ma grande surprise, néanmoins, le Roi voulut connaître mon sentiment sur une affaire dans ce temps : inquiet de voir l'écoulement de ses peuples hors du royaume par la conséquence de la révocation de l'édit de Nantes et des violences qu'on faisait aux huguenots, il avait demandé des mémoires à Daguesseau, à Basville et d'autres intendants, ainsi qu'à une poignée d'évêques. Les opinions qu'il récolta de la sorte étaient si différentes, d'abord, qu'il fit mine de ne savoir à quel avis se ranger : Monsieur de Noailles, nouvel archevêque de

Paris, Monsieur Daguesseau et les intendants du nord du royaume prêchaient la modération, la liberté de conscience et même, pour certains, celle du culte, par la révocation de la Révocation ; les évêques du Midi et toute la coterie que Monsieur de Fénelon continuait d'inspirer en secret voulaient, au contraire, la continuation de la politique de contrainte ; ils ne voyaient point l'émigration si importante qu'on le disait et la regardaient davantage comme un ennui que comme un malheur. « Quand le nombre des huguenots qui sortirent de France monterait, selon le calcul le plus exagéré, à 67 732 personnes », écrivit quelques années plus tard le duc de Bourgogne dans un mémoire sur le même sujet, « il ne devait pas se trouver parmi ce nombre, qui comprenait tous les âges et tous les sexes, assez d'hommes utiles pour laisser un grand vide dans les campagnes et dans les ateliers, et pour influer sur le royaume tout entier. »

J'eus tout cela dans les mains et ne sentis pas un embarras moins grand que celui que le roi confessait d'éprouver. Dans le doute, je crus prudent de prendre un moyen terme et il me parut, à la réflexion, que cette voie était bien la plus conforme à la grandeur de l'Etat. Je fis à mon tour un mémoire, dont je conserve la copie dans ma cassette :

« Si les choses étaient aujourd'hui au même état que lors de l'édit qui révoqua celui de Nantes, je serais d'avis de se contenter d'abolir l'exercice public de la religion réformée. Il est vrai aussi que, par rapport à la conscience, il me paraîtrait qu'on pourrait aujourd'hui rétablir dans le royaume la liberté d'être de la religion prétendue réformée sans exercice public, si cela procurait à l'Etat des avantages considérables. Mais, bien loin de croire que l'on en dût attendre des effets semblables, je suis persuadée qu'un changement de telle nature en produirait beaucoup de mauvais :

« 1° dans la conjoncture présente, cette démarche serait regardée dans les pays étrangers comme l'effet d'une appréhension causée par la situation des affaires. Nos ennemis n'en deviendraient que plus insolents ;

« 2° je crois qu'une partie de ceux qui ont passé dans les pays étrangers affaiblirait l'Etat plutôt que de le fortifier par leur retour. Enorgueillis par le bon succès de leur opiniâtreté, ils seraient prêts à tout hasarder et à donner du mouvement à ceux dont les intentions sont les moins mauvaises ;

« 3° on ne peut s'attendre que la liberté de conscience sans exercice public satisfît ceux qui rentreraient dans le royaume. Comme ils attribueraient à la crainte ce qui leur aurait été accordé, ils souhaiteraient des événements qui, en l'augmentant, leur feraient obtenir le reste et les remettraient au même état où ils étaient autrefois ;

« 4° dans la situation où sont les esprits, pourrait-on espérer de les guérir de leur défiance ? Ils ne compteraient pas plus sur l'exécution d'une nouvelle déclaration accordée en leur faveur que sur l'édit qui, en révoquant celui de Nantes, conservait la sûreté de leur personne et de leurs biens et qui, cependant, a été suivi de tout ce qui s'est fait contre eux dans les derniers temps.

« De toutes ces raisons, il me paraît résulter que le meilleur parti qu'il y aurait à prendre, ce serait, sans donner aucune nouvelle déclaration et sans révoquer aucune de celles qui ont été données, d'adoucir la conduite envers les nouveaux convertis ; surtout ne les point forcer à commettre des sacrilèges en s'approchant des sacrements sans foi et sans dispositions ; ne point faire traîner sur la claie les corps de ceux qui auraient refusé les sacrements à la mort, ne point faire rechercher des effets remis dans le commerce par ceux qui sont hors du royaume, interdire enfin les spectacles qui donnent une idée du martyre... Pour les attroupements, ce sont des désobéissances nécessaires à punir, pourvu que les châtiments tombent sur les seuls coupables et que les innocents ne soient pas confondus avec eux... On pourrait commencer par convertir doucement les huguenots les plus pauvres : faire des hôpitaux dans chaque province, y recevoir les enfants que leurs parents y voudraient mettre, les traiter et les instruire avec de grands soins, les laisser voir à leurs proches qui seraient fort adoucis par le bonheur de leurs enfants ; recevoir les garçons dans les cadets et les filles dans les couvents. Des millions ne pourraient être mieux employés, soit qu'on regarde le dessein en chrétien ou en politique. L'instruction solide que l'on pourrait donner dans toutes les provinces serait, du reste, aussi utile aux anciens catholiques qu'aux nouveaux convertis... »

Comme je le vois par la relecture de ce mémoire, de quelque point que je partisse, je revenais toujours aux enfants et à l'instruction des peuples.

Le Roi n'alla pas si loin ; il déclara que la disette d'argent ne le lui permettait pas. Il entendit ce que je lui mandais d'ailleurs sur la douceur dont il faudrait accompagner la sévérité qu'on est obligé d'avoir pour les réunis[1] ; il ne répondit qu'un mot sur la difficulté qu'il y trouvait ; si j'avais été aussi éclairée que bien intentionnée, j'aurais parlé plus fortement sur cette affaire de la Religion ; mais tout cela était si difficile, si obscur, si incertain que je n'osais tenir que des propos généraux. Par un mémoire secret du 7 janvier 1699, adressé aux évêques et aux intendants, le Roi se borna à prescrire la modération envers les nouveaux convertis : « Sa Majesté ne veut point qu'on use d'aucune contrainte contre eux pour les porter à recevoir les sacrements ; il n'y a pas de différence à faire à cet égard entre eux et les anciens catholiques » ; il donna liberté aux religionnaires sortis de son royaume d'y rentrer, sous réserve de se convertir dans les six mois, et il ôta aux intendants les pouvoirs extraordinaires qu'on leur avait laissés depuis quinze ans dans cette matière.

Pour le reste, il ne retrancha rien à sa politique ; il convint une fois avec moi que la révocation de l'édit de Nantes pouvait avoir été une erreur et que la manière dont on l'avait exécutée dans certains lieux en était certainement une ; mais il ne souhaita jamais de reculer. « C'est à force de marcher tout droit qu'on finit par sortir du bois », me dit-il.

Les esprits s'apaisèrent cependant, hors dans le Midi où ils sont naturellement échauffés ; en 1702, des révoltes de fanatiques éclatèrent dans le Languedoc et se communiquèrent au Vivarais. Nos troupes furent d'abord impuissantes à réprimer ces rébellions dans les montagnes ; elles haïssaient cette guerre faite à des paysans insaisissables et, accoutumées à de grands mouvements dans les plaines, elles craignaient ces pics et ces

___

1. Nouveaux convertis.

ravins ; ni les brûlements de villages ni les supplices les plus cruels ne ramenèrent le calme dans les provinces troublées. L'autorité de l'Etat et la sûreté de la nation, qui était alors dans une nouvelle guerre avec l'Europe, s'en trouvèrent, pendant deux années, mises en péril.

Ce fut le maréchal de Villars, fils de mon beau galant du Marais, « Villars-Orondate », et grand capitaine, qui vint à bout des révoltés avec l'assistance de mon ami Basville. Le maréchal m'envoyait chaque semaine des comptes fort étendus de ses aventures afin que j'en instruisisse le Roi et ses ministres et le défendisse, dans l'occasion, contre ses ennemis, nombreux à la Cour. Il croyait que les voies de la douceur étaient plus propres à ramener les esprits que la seule violence ; il alla jusqu'à parler lui-même aux peuples pour les faire revenir sur leur entêtement ridicule, leurs miracles et leurs prophètes ; enfin, il réussit à rallier à lui l'un des chefs des rebelles et huit cents des principaux « camisards », en consentant qu'ils continuassent de chanter leurs psaumes et de pratiquer leur culte jusqu'au milieu des armées du Roi. « Bouchons-nous les oreilles, me disait-il, mais finissons cette affaire si nous pouvons. » Il lui fut assez aisé, dans la suite, de balayer ce qui restait de brigands dans les montagnes, brûlant toutes les cabanes pendant sept lieues de pays et tuant tout ce qu'il rencontrait, sans épargner femme ni enfant.

Je fis faire une grande procession dans Saint-Cyr pour célébrer l'écrasement des fanatiques et le retour de la paix. Je comptais bien d'en faire une plus grande encore si, un jour, la guerre étrangère se tournait aussi bien que la guerre intestine ; mais ce bonheur-là me semblait éloigné.

La paix signée à Ryswick, si nécessaire au rétablissement du commerce et des cultures, n'avait pas duré quatre ans, en effet. La mort du roi Charles II d'Espagne y avait mis brutalement fin.

Ce roi, mort sans enfants, avait légué, par testament, sa couronne au jeune duc d'Anjou, deuxième fils du dauphin, comme à son plus proche parent et à celui qu'il regardait comme le plus capable, avec l'aide de la France, de maintenir entier son empire ; par malheur, l'archiduc d'Autriche, parent à peine plus éloigné du roi défunt et, d'ailleurs, unique héritier de l'Empereur, prétendait à la même succession.

Le Roi mon mari était assez instruit des affaires pour savoir que l'Europe ne verrait pas avec faveur la monarchie d'Espagne soumise à la France dont elle avait été, trois cents ans, la rivale. Aussi avait-il négocié, dès 1699, avec l'Angleterre, l'Autriche et la Hollande, un partage de la future succession d'Espagne et une suite d'échanges. Il se fût contenté, pour la France, à ce qu'il m'en dit plus tard, de gains fort modérés : la Lorraine, que nous avions reperdue à Ryswick, le comté de Nice et la Savoie, ou le Luxembourg, et peut-être le Pays Basque espagnol ou les Deux-Siciles.

« J'ai longtemps balancé, me disait-il, toutes les raisons que je voyais ou de profiter de l'inclination des Espagnols pour la France ou de me contenter d'un avantage moindre en apparence mais bien plus solide en effet, et d'assurer par ce moyen le repos de l'Europe. De justes considérations m'avaient porté à traiter avec le roi d'Angleterre et à prendre avec lui les mesures nécessaires pour le maintien de la paix. Je jugeais que rien ne convenait davantage au bien général de toute l'Europe que d'abaisser encore la puissance de la maison d'Autriche. »

Un accord secret fut passé avec les Anglais et les Hollandais, mais l'empereur d'Autriche ne se rallia jamais à l'idée de ce partage et refusa tout accommodement. Aussi la situation était-elle des plus embarrassantes lorsque le roi d'Espagne vint à mourir : si la France refusait le testament espagnol, le royaume d'Espagne allait tout entier à l'archiduc d'Autriche comme second légataire, et le rétablissement de l'empire de Charles Quint, intolérable à la France, rendait la guerre inévitable ; mais si la France acceptait le testament, elle rompait le traité passé avec l'Angleterre et la Hollande, et formait en Europe une monarchie si puissante que la guerre ne pouvait pas davantage être évitée.

Ce fut en novembre 1700 dans mon appartement à Fontainebleau qu'on débattit de l'acceptation, ou du refus, de ce testament. Le Roi y réunit deux fois ses ministres avec le dauphin dans la journée du 9 novembre. J'avais chaussé mes lunettes et je filais la laine, dans un coin de la chambre, les pieds posés sur une chauffe-rette et les mains enveloppées de mitaines, car il venait un grand froid par la haute fenêtre de trente-six car-reaux. J'aurais voulu n'être plus qu'une vieille, frileuse et fatiguée, aveugle et sourde ; je ne voulais pas savoir ce qui se dirait ni être persécutée, en alternance, d'inquiétudes et de remords ; je souhaitais d'être à Mur-say et d'y garder des dindons.

Le dauphin parla peu mais, sortant un moment de sa graisse et de son apathie, conclut, sans hésiter, à l'accep-tation du testament. Se tournant respectueusement vers le Roi, il lui dit qu'il prenait la liberté de lui « demander son héritage ». Torcy, qui à la première réunion du Conseil s'était déclaré pour l'exécution du traité, opina cette fois pour l'acceptation du testament : « Quoi que nous fassions, nous n'éviterons plus la guerre, dit-il très pâle, il vaut encore mieux la faire avec l'Espagne que contre elle, et pour toute la succession que pour une partie. » Monsieur de Beauvilliers fit valoir, au contraire, les avantages immédiats qu'offrait le traité de partage conclu avec les Anglais et la nécessité de respecter la parole donnée. Barbezieux ne lâcha que trois paroles confuses sur la grandeur du Roi et la gloire de réunir dans la même famille deux anciennes monarchies. Pont-chartrain, enfin, exposa longuement, dans un langage ampoulé, les arguments qu'on pouvait trouver pour l'acceptation et ceux qu'on pouvait trouver contre ; puis, ayant achevé cet inutile discours, il ne se prononça pas.

Le Roi écouta tous ses ministres avec attention, les remercia et les congédia. Il demeura encore un moment à causer dans la porte avec Torcy et Barbezieux. Je filais avec fébrilité. Enfin, le moment que je redoutais arriva : demeuré seul dans ma chambre, le Roi me demanda ce que je pensais de toute cette affaire.

En vérité, je me trouvais incapable de trancher une question qui passait en tout ma compétence et j'étais au désespoir. Si j'avais dû me raccrocher à quelque chose, je me serais raccrochée, comme Monsieur de Beauvil-liers, au respect des engagements pris avec l'Angleterre, mais je sentais que cette idée naïve, qui ressemblait à celles que Monsieur de Fénelon mettait dans ses mémoires, n'était point une idée politique. « Madame de Maintenon s'y entend dans la politique comme mon chien Titi », disait Madame, et cela n'était que trop vrai. Je dis au Roi que je ne pouvais, en conscience, lui conseiller rien mais que, gouvernant depuis si longtemps, il savait mieux que personne au monde ce qui convenait à la France et ne devait pas s'embarrasser autrement de l'opinion de ses ministres, du dauphin, ou d'une vieille femme. Il me pressa davantage, mais je me dérobai et n'opinai pas. Je le vis troublé et incertain. « Je suis sûr que, quelque parti que je prenne, beaucoup de gens me condamneront », soupira-t-il ; il était plus de dix heures et il ne se pouvait résoudre à aller souper. Il avait toujours haï de prendre des risques et n'aimait jouer qu'à coup sûr ; que le destin, cette fois-ci, l'obligeât de parier le mettait à la torture. Il tournait dans la chambre, ouvrait et refermait la fenêtre, considérait les étoiles. J'avais une grande pitié de lui et de sa solitude ; si je n'avais été si timide, s'il n'avait été le Roi, je l'aurais embrassé, caressé, consolé ; nous eussions pleuré ensemble ; mais je n'osais faire un geste, et il n'en fit d'autre que de baiser doucement ma main en sortant.

Le lendemain matin, la duchesse de Bourgogne, qui avait passé sa nuit entre le bal et l'opéra, se glissa dans ma chambre à mon réveil, qui était l'heure qu'elle rentrait au château.

— Vous n'avez pas l'air trop gai, ma tante, me dit-elle en enfouissant son petit nez froid dans mon cou.

— Mon enfant, les affaires d'Espagne vont mal.

— Comment cela ? Est-ce que le Roi refuse le testament ?

— Non... Il l'acceptera peut-être, mais nos affaires n'en iront pas mieux pour cela...

— Oh, ma tante, fit-elle en riant et en secouant ses boucles blondes, vous avez l'imagination trop volubile. Vous voyez des périls partout. Réjouissez-vous plutôt : rien ne sera plus grand ni si puissant que la France et l'Espagne ensemble.

On dit que le parti pris à la fin par le Roi, poussé par l'enthousiasme de sa Cour et de sa famille, ne fut pas le bon. Il se trompa peut-être, en effet, mais, dans l'erreur, il fut magnifique :

— Messieurs, dit-il en ouvrant en grand les portes de son cabinet sur la galerie de Versailles et en poussant devant lui son petit-fils, le duc d'Anjou, tout hébété, voilà le roi d'Espagne.

— Quelle joie ! s'écria aussitôt l'ambassadeur espagnol, il n'y a plus de Pyrénées, elles sont fondues et nous ne sommes plus qu'un.

— Il n'y a guère de prince, dit le dauphin ravi, auquel il échet de dire « le Roi mon père », et « le Roi mon fils ».

Les courtisans applaudirent ; il y eut beaucoup d'autres jolis mots ; ce fut enfin une grande journée et, peut-être, le sommet du règne. Nous le payâmes de treize années de guerre et de désespoir.

Cette guerre, contre l'Europe coalisée, fut affreuse en effet, car la France n'était plus en état de la soutenir et l'Espagne, que nous avions crue forte, s'effondra aux premiers coups ; c'était un corps mort, qui ne se défendait point.

Au commencement, nous portâmes la guerre en Allemagne et en Italie ; le royaume était saigné à blanc par l'effort qu'il devait fournir pour équiper ses 200 000 soldats, mais encore avions-nous le bonheur d'engager les batailles sur un sol étranger et de voir nos campagnes épargnées.

Cependant, l'incurie de nos capitaines, tous généraux de goût, de fantaisie et de faveur, ne nous permit pas de profiter de nos premières victoires : le vieux Villeroy rêvait, Marcin reculait, La Feuillade désobéissait et Vendôme ne quittait pas sa chaise percée, qui n'est point une position commode pour commander les armées, seul, Villars, hardi jusqu'à l'audace, habile dans l'exécution, aimé du soldat, faisait des merveilles où qu'on le mît, en Allemagne, en Flandre, ou dans le Dauphiné, mais il ne pouvait être partout dans le même temps. La Marine, que Pontchartrain avait négligée, nous manquait cruellement. Bientôt, d'ailleurs, notre infanterie ne fut plus nourrie ; il n'y avait plus d'argent et Monsieur de Chamillart, qui cumulait les charges de la Guerre et des Finances, se révélait meilleur courtisan qu'homme de finance.

En 1704, 35 000 fantassins et 18 000 cavaliers de nos troupes furent défaits à Blenheim sur le Danube ; il y avait, parmi eux, ce vieux régiment de Navarre, que le Roi aimait tant, et qui, avant de se rendre, déchira et enterra ses drapeaux. De l'armée du Rhin 30 000 hommes furent pris ou tués : les étendards, les canons, les équipages, tout resta aux mains de l'ennemi. Quand cette terrible nouvelle arriva à Versailles, personne n'osa l'apprendre au Roi ; il fallut que je me chargeasse moi-même de lui dire qu'il n'était plus invincible.

Nos troupes, alors, cédèrent partout : la Catalogne, Gibraltar, les provinces de Valence et Murcie, Madrid même, tombèrent dans les mains de l'ennemi. Nous avions quitté l'Allemagne ; nous dûmes quitter le Milanais, et Villeroy, enfin, abandonna la Flandre après une bataille, à Ramillies, où il perdit huit mille hommes dans une seule journée. A la Cour, on ne parlait plus de victoires mais de « belles retraites » ; car, nous retirant partout, nous nous estimions heureux encore quand ce n'était point dans le désordre et le carnage.

Ces déroutes me laissaient frappée, abattue, stupide ; mais la souffrance de voir souffrir le Roi était la plus grande. Il souffrait en silence, mais les mots qu'il taisait s'inscrivaient sur sa figure en rides et plis amers. Villeroy, déchargé de son commandement pour incapacité, revint à Versailles ; le Roi lui dit seulement d'un air las : « Monsieur le maréchal, on n'est plus heureux à notre âge... » A peine s'il eut jamais d'autre parole pour commenter ses défaites. Cependant, il lui prenait parfois des pleurs dont il n'était pas le maître, et que j'essuyais. La duchesse de Bourgogne, seule, parvenait encore à le faire sourire.

En 1708, nous fûmes réduits à défendre les bornes [1] du royaume lui-même. La Providence avait mieux aimé donner son soutien à un roi scandaleux qu'à un roi chrétien. Le souverain, ne sachant plus, dans cette débâcle, à quel saint se vouer, se tourna vers moi comme vers la personne de sa Cour la plus susceptible d'être bien avec Dieu, et je fus, malgré moi-même, de plus en plus dans le train des affaires ; à demi avertie, à demi consultée, à demi suivie.

1. Frontières.

Je parvins à faire rendre un commandement à Villars, que des intrigues de Cour avaient éloigné des armées pendant quelques mois. Aussitôt sur le Rhin, le maréchal y fit les actions les plus brillantes avec une armée qu'on disait abattue et débandée ; il poussa même jusqu'à Stuttgart mais ne put soutenir son avance, faute de provisions. Il en accusait ouvertement Monsieur de Chamillart. Une ou deux fois la semaine, pendant dix ans, mon favori m'écrivit, en effet, pour me dire ses peines et ses projets, me regardant comme son amie et sa plus intime conseillère. J'eusse souhaité qu'il eût un plus grand commandement, celui de Flandre par exemple où tout était en grand péril : « Il est quelquefois bon, disais-je au Roi, de faire tenir les cartes à celui qui joue heureusement » ; mais, dans ce temps, je n'obtins rien d'autre pour ce vaillant soldat que le cordon bleu, quoique le Roi m'eût mise de plusieurs conseils de guerre.

J'eus aussi le commerce le mieux réglé avec la princesse des Ursins et avec l'Espagne.

Quand le Roi avait marié son petit-fils, le roi d'Espagne, à une jeune sœur de la duchesse de Bourgogne, la question s'était posée du choix de la « Camarera mayor » de la nouvelle reine ; cette charge, qui n'est, d'ordinaire, guère plus que celle de dame du palais, pouvait bien avoir une plus grande importance avec une reine de douze ans et un roi de dix-sept, et ces souverains, étrangers à leur royaume, isolés dans une nation en proie à la guerre. « J'ose dire, écrivit Anne-Marie des Ursins qui s'en était retournée à Rome à la mort du prince son mari, que je suis plus propre que qui que ce soit à cet emploi par le grand nombre d'amis que j'ai en Espagne et par l'avantage que j'ai d'être « Grande » en ce pays-là ; je parle, outre cela, espagnol et je suis sûre que ce choix plairait à toute la nation. » Comme je disais plus mon avis sur les affaires des dames que sur les autres, je proposai donc mon amie qui, outre son grand sens, sa politesse et sa gaîté, avait, comme elle le disait, le mérite de connaître parfaitement les mœurs espagnoles. Le Roi et le duc de Savoie l'agréèrent. La petite Reine se laissa bientôt conduire comme on l'attendait ; et le roi Philippe, en cela fort semblable à son frère, le duc de Bourgogne, fut si coiffé de sa femme qu'il fit tout ce qu'elle voulait ; aussi la princesse des Ursins, gouvernant la Reine, gouvernait-elle l'Espagne.

Elle et moi nous écrivions chaque semaine et le fîmes exactement [1] durant neuf années ; elle me disait les nouvelles que les ambassadeurs ne pouvaient connaître, les pensées cachées du Roi et de la Reine, le sentiment des Grands d'Espagne, et, de mon côté, je lui faisais connaître les rumeurs de la Cour, mon avis sur la conduite des opérations et celui du Roi, qui n'était pas toujours le même.

Dans le fait, Madame des Ursins tenait la monarchie espagnole au bout des bras car le roi d'Espagne, timide et incapable, ne régnait pas. Avec le secours du duc d'Orléans [2] et des troupes françaises, elle reprit Madrid, et les Anglais se trouvèrent bientôt rencognés dans les montagnes de Valence et de Barcelone ; elle réussit même à réveiller la nation et à lui rendre si aimables et admirables ce roi et cette reine enfants que les Espagnols inventèrent cent manières d'assassiner de l'Autrichien. Madame des Ursins faisait enfin ce qu'elle était née pour faire et elle jubilait dans les pires traverses. Quand je lui confiais mes craintes, elle me disait que j'étais « vaporeuse » et que je devrais être honteuse de céder ainsi au chagrin : « Ne désespérez de rien, m'écrivait-elle, tout peut changer dans un moment, et souvent, dans le temps que l'on croit être prêt à tomber dans le précipice, il arrive tout d'un coup des bonheurs à quoi l'on ne s'attend pas. » « Nous serions bien heureux, lui avouais-je, si nous avions le milieu entre votre confiance et mon désespoir. » Je la priai de mettre les couvents d'Espagne en prière pour Leurs Majestés Catholiques ; elle me répondit que des soudards, en coupant des nez et des mains, y feraient mieux que les nonnes, à son sentiment. Elle voyait l'autorité de ses maîtres grandir tous les jours en Espagne ; mais je voyais l'autorité du mien baisser en France. Marlborough était sur nos frontières du nord, le prince Eugène avec ses Allemands à l'est, le duc de Savoie aux portes du Dauphiné, et les Anglais se promenaient dans la Méditerranée aussi librement que

1. Avec régularité, ponctualité.
2. Le futur Régent, devenu duc d'Orléans à la mort de Monsieur.

les cygnes à Chantilly. L'Etat se trouvait exposé aux hasards d'une journée. Le peuple murmurait.

On disait, dans les rues de Paris, une étrange prière : « Notre père, qui êtes à Versailles, votre nom n'est plus glorifié, votre royaume n'est plus si grand, votre volonté n'est plus faite sur la terre ni sur l'onde. Donnez-nous notre pain qui nous manque de tous côtés. Pardonnez à nos ennemis qui nous ont battus, mais non à nos généraux qui les ont laissés faire. Ne succombez pas à toutes les tentations de la Maintenon et délivrez-nous de Chamillart. »

Je suppliai le Roi de chercher la paix aux conditions que voudraient les ennemis, fût-ce au prix de l'abandon de l'Espagne qui se devrait soutenir seule, ou même du rappel de son petit-fils. Madame des Ursins, devenue plus espagnole que française, traita mon conseil de « couardise » et, comme nous nous disions tout, notre commerce n'était point fade. Le Roi ne répondit à mes supplications que par un froid silence :

— On ne traite point quand on est acculé, Madame. Il faut attendre et espérer, lâcha-t-il enfin.

— Cependant, Sire, quand Dieu voudrait changer les bornes de ce royaume, ne vaudrait-il pas mieux sacrifier quelque chose à la paix que d'exposer tout le reste ?

— Si c'est là ce que Dieu veut, Madame, je le veux bien ; mais si ce sont les Anglais qui le veulent, permettez-moi de n'y pas consentir.

De fois à autre, il se fâchait pourtant contre Madame des Ursins, qui ne lui obéissait pas assez à son gré, et je devais raccommoder les choses de mon mieux entre ces deux têtes politiques.

Les malheurs de l'Etat n'empêchaient point qu'on dansât à Versailles ; en cette année 1708, il y eut même un bal chaque deux jours ; le Roi le voulait ainsi pour marquer à ses ennemis qu'il ne les redoutait pas. La duchesse de Bourgogne dansait donc, mais nombre de courtisans, blessés dans les combats, ne venaient plus au bal ; le propre fils de Madame de Dangeau eut la cuisse coupée. Les comédies ne déclenchaient que des rires mécaniques. On jetait de la tristesse par-dessus la débauche et les lieux les plus enchanteurs avaient quelque chose de fané. Une langueur singulière gagnait peu à peu le royaume et, sous des dehors toujours splendides, l'ennui, la maladie et la mort envahissaient tout. Ma vie même prenait peu à peu la figure d'un grand cimetière vide et désolé.

Marguerite de Montchevreuil était morte, et Nanon, et, la même année, mon ancienne amie Ninon de Lenclos, et le bon Henri de Montchevreuil, témoin de mon mariage et de mon élévation, et mon cousin Philippe ; puis ce furent l'abbé Testu et Madame de Montgon, que j'avais tenue sur mes genoux et nourrie à Vaugirard quand elle n'était encore que la petite Louise d'Heudicourt.

En mai de 1707, Madame de Montespan, à son tour, abandonna ce monde ; je ne laissai pas d'être sensible à cette perte, car, en aucun temps, cette personne-là n'avait pu m'être indifférente ; mais le Roi commanda que les afflictions fussent courtes.

Le jeune duc de Bretagne, premier fils de la duchesse de Bourgogne, rendit sa petite âme à Dieu ; et, après une courte agonie, Madame d'Heudicourt lui rendit la sienne, qui n'était pas si tendre ni si confiante ; ses « occupées [1] » l'avaient bien mal défendue... Je demeurai au côté de mon amie pendant les cinq jours que dura sa maladie et la préparai doucement à sa fin. Je faisais décidément un singulier personnage dans cette Cour, n'y annonçant plus que ce que nul ne voulait entendre : la défaite et la mort. Quand l'âme de Madame d'Heudicourt eut quitté son corps maigre et jaune, je la veillai moi-même ; ma nièce de Caylus, pour lors rentrée en grâce, était assise à mon côté mais, effrayée de la hideur du cadavre, elle s'enfuit bientôt dans l'antichambre ; je la rattrapai et la ramenai, d'une poigne dure, dans la chambre de Madame d'Heudicourt, l'obligeant de contempler un moment ce visage creusé, cette bouche béante, ce corps décharné : « Voici ce que vous serez un jour, ma fille, et ce que vous devrez voir auprès de vous avant que d'y atteindre vous-même ; je vous prie donc d'y accoutumer votre regard. »

1. Servantes chargées par Mme d'Heudicourt, et Mme de Montespan, de les veiller pendant leur sommeil pour leur éviter une mort solitaire.

Je gardais dans ma poche la liste des personnes de qualité mortes depuis deux ans ; il me semblait que ce fût la « liste de Marly »...

Il n'est pas vrai que le soleil ni la mort ne se puissent regarder en face. On peut fort bien les envisager de front et n'en rien sentir, après un moment, qu'une légère brûlure ; il faut seulement prendre garde à détourner ses yeux de temps en temps afin de ne pas se rendre aveugle au reste. Ayant ainsi, de fois à autre, prudemment raccoutumé mon regard aux choses de la vie par l'admiration des fleurs ou celle des enfants, je le reportai derechef sur ce qui était, au vrai, l'unique objet de ma pensée depuis l'âge de douze ans.

J'y pensai encore en ce soir de 1708 où, demeurée seule à Versailles par je ne sais quel hasard, je m'étais appuyée à une fenêtre de la Grande Galerie pour regarder mourir le jour.

Le soleil se couchait presque parfaitement dans l'axe du Grand Canal et faisait ruisseler, sur le miroir de l'eau et les glaces de la Galerie, plus d'or que le Roi n'en avait fait fondre en envoyant à la Monnaie sa belle vaisselle. Le naufrage du soleil a quelque chose de somptueux. La Galerie tout entière se trouvait baignée d'une lumière jaune et pleine, qui allumait plus vivement le cristal des lustres et les pierreries des girandoles que les bougies des soirs de fête ; au-dessus du jardin le flamboiement des bleus et des ocres semblait figurer cette « Disparition du char du soleil dans les flots », qui ornait un mur de Trianon et où je pensais maintenant reconnaître, sous la peinture du dieu fuyant vers le fond des eaux, les traits du Grand Roi, comme je les avais reconnus autrefois dans ce jeune « Apollon servi par les nymphes », qui faisait le sujet d'une des fontaines.

Incapable de détacher mes yeux du spectacle de ce soleil mourant, je demeurai à ma place jusqu'à ce que le canal et les ténèbres eussent englouti le dernier rayon. Alors, seulement, je sentis l'ombre m'écraser.

« Mon Dieu, vous me tourmentez admirablement ! »
dit Job. Le roi de France put bientôt faire sienne cette
triste parole, tant il parut visiblement que Dieu se décla-
rait contre lui et, pour châtier ses excès d'orgueil, le voulait réduire à la paille et au fumier.

On avait cru bon de donner un commandement au
duc de Bourgogne, auquel le Roi, son grand-père, trouvait de l'esprit et qu'il mettait, depuis quelques années,
plus volontiers de ses Conseils que Monseigneur, son fils.
On lui confia donc celui de Flandre, à partager avec
Monsieur de Vendôme. Il y avait longtemps que je souhaitais ce commandement pour le maréchal de Villars
mais, puisque ma petite duchesse était satisfaite de voir
son mari distingué, je me réjouis avec elle lorsque le duc
de Bourgogne quitta la Cour pour Mons, où canton-
naient déjà 80 000 hommes.

Ce commandement se tourna à pis que mal.

Il n'y avait rien de commun entre Vendôme, gras,
voluptueux, présomptueux, toujours fort entouré de
marmitons et de « mignons », et le jeune prince, maigre,
timide et dévot, qui n'abandonnait un moment ses livres
de Sorbonne que pour suivre les processions dans les
villes où l'armée passait. Ils ne purent s'entendre.

Au demeurant, c'était peut-être une légèreté que
d'avoir envoyé le duc de Bourgogne aux frontières
quand il n'avait jamais caché qu'il regardait l'art de la
guerre comme le fléau du genre humain : « Faire la
guerre aux paysans désarmés, dit-il un jour devant le
Roi, brûler leurs maisons, arracher leurs vignes, couper
leurs arbres, incendier leurs cabanes, c'est une lâcheté et
un brigandage. » Je crois même qu'il eût haï de gouverner : Monsieur de Fénelon, avec lequel il demeurait en
étroit commerce malgré l'éloignement, l'avait si bien
rendu sensible aux injustices du gouvernement qu'il n'en
voulait plus charger sa conscience ; je l'entendis, un jour,
dans ma chambre au sortir d'un Conseil, envier le sort

des « galopins de cuisine qui, par la belle saison, passent leurs nuits sur les degrés du palais, à découvert, et ne s'en trouvent pas plus mal ; ceux-là n'ont pas de comptes à rendre ». Je comprenais bien cette répugnance aux affaires, car j'éprouvais la même, mais je la regardais comme une timidité blâmable chez un prince que Dieu avait élu pour régner ; à tant faire, l'opiniâtreté tranquille du Roi me semblait plus admirable.

Vendôme voulait se battre ; le duc de Bourgogne ne le voulait pas ; encore était-il trop incertain pour imposer sa volonté à son cousin. L'armée se partagea entre « Vendômistes » et « Bourguignons ». Pendant qu'ils se querellaient de la sorte, les ennemis firent leur union. A Oudenarde, Vendôme les attaqua, seul ; le duc de Bourgogne ne voulut pas prendre de part à une action qu'il croyait imprudente et ses troupes regardèrent le combat comme on regarde l'opéra aux troisièmes loges. Puis, contre l'avis de Vendôme, le prince ordonna la retraite, qui se transforma en déroute car personne ne commandait. Nous perdîmes 25 000 hommes. Marlborough ravagea l'Artois et le prince Eugène mit le siège devant Lille.

Monsieur de Vendôme et le duc de Bourgogne ne s'entendirent pas pour secourir la ville. Cette fois, c'était Vendôme qui ne voulait point marcher, soutenant que ce siège n'était qu'une feinte pour attirer le prince.

Le vieux maréchal de Boufflers se vint offrir à Versailles pour défendre la place ; le Roi l'accepta ; il partit sur-le-champ sans bagages et prit des chevaux de poste sans repasser par sa maison ; on n'avait jamais vu tant de zèle et de vertu avec un si grand âge ; mais il eut beau faire la défense la plus vigoureuse et la mieux conduite, il dut, après des semaines de résistance héroïque, capituler faute de secours. Le duc de Vendôme et le jeune prince ne purent jamais s'accorder en effet sur l'opportunité et la manière d'attaquer les ennemis, et Chamillart, que le roi dépêcha pour trancher leur différend, arriva trop tard pour rien changer au sort de la bataille.

Le Roi ne laissa pas d'être sensible à la perte de Lille, cette belle ville si française, qui avait été l'une des premières conquêtes de son règne ; il était touché au vif de la honte de notre armée qui n'avait rien fait pour secourir cette place ; il était enfin plus qu'affligé de voir le courtisan imputer à son petit-fils la plupart de nos malheurs ; on allait jusqu'à dire que le duc de Bourgogne jouait au volant quand il apprit la capitulation de Lille et qu'il n'avait pas interrompu sa partie ; Madame la duchesse [1], qui ne perdait jamais une occasion de railler, fit une chanson disant que ce prince sans vaillance « démentait le sang des Bourbons ».

Pour moi, je ne donnais point tous les torts au jeune duc. Je savais Vendôme trop confiant, paresseux, et méprisant à tort l'ennemi ; je trouvais que le prince, d'abord neuf dans la chose militaire, avait raisonné à merveille sur l'affaire de Lille ; enfin, j'entrais dans toutes les peines de ma princesse. Je n'eusse jamais cru qu'elle aimât son mari à ce point ; jusque-là, elle s'en était laissé adorer sans lui rendre ses tendresses, et le prince, qui connaissait mon empire sur elle, s'en plaignait à moi dans des lettres pleines d'esprit et de mélancolie. Dans cette occasion, cependant, elle montra pour son mari une passion qui alla jusqu'à la délicatesse : elle sentait vivement que la première action où il se fût trouvé eût été si malheureuse ; elle partageait sa peine et ses inquiétudes, souhaitait une bataille et la redoutait ; à chaque courrier le cœur lui battait ; elle craignait pour la vie de son mari, elle craignait pour sa réputation ; enfin, elle ne pouvait plus souffrir les contes qu'on faisait sur lui et les insolences qu'on en disait ; elle était devenue, en peu de semaines, l'une des plus malheureuses personnes du monde.

Je n'étais pas moins attendrie qu'elle : les courtisans osaient murmurer que le Roi s'était trompé dans cette campagne et qu'il ne fallait point partager le commandement des armées entre les princes et les généraux. La liberté de parler a toujours été trop grande dans notre nation ; en ce temps de défaite, elle devenait insupportable. Si j'avais été la maîtresse, tous ces beaux parleurs eussent été à l'armée ou dans leurs provinces et la Cour se fût trouvée réduite aux seules charges nécessaires. « Pourquoi, enfin, une si grosse Cour, Sire ? et tant d'inutiles gens que vous nourrissez et qui vous assassinent ?

1. Mlle de Nantes, fille de Mme de Montespan, et, par conséquent, tante du duc de Bourgogne.

— J'ai mes raisons pour cela, Madame », disait le Roi, ferme au milieu de ces tempêtes.

Lille tombée, je voyais les ennemis en France ; je les voyais à Paris. A la Cour, la frayeur était peinte sur tous les visages d'une manière honteuse ; passait-il un cheval un peu vite, tout courait sans savoir où. Les églises étaient pleines de suppliants.

La forteresse d'Exiles dans le Dauphiné se rendit au duc de Savoie sans même combattre ; le Roi dit qu'il voyait depuis quelque temps des choses extraordinaires et qu'il avait peine à comprendre les Français.

Enfin, nos places étaient abandonnées, la France découverte de tous côtés, et nos ennemis entre nos armées et nous. Tout le nord du royaume fut, en un moment, investi et réduit au pillage. Les Allemands poussèrent l'insolence jusqu'à lancer un détachement de vingt officiers qui parvint aux alentours de Versailles ; ils avaient dessein de prendre quelques princes du sang mais ne prirent que du menu fretin, du courtisan qui musardait et se retrouva en Flandre avant que d'avoir su comment.

Cependant, le Roi ne désespérait pas. Il ne me pouvait communiquer la moindre partie de son courage mais je ne pouvais lui inspirer la plus petite de mes craintes. Résolu à ne pas traiter, il retira le commandement des armées à Vendôme, rappela son petit-fils à la Cour, et mit Villars en leur place, avec mission de rallier les troupes qui se débandaient.

Alors Dieu, qu'une telle résistance irritait, frappa plus fort. Nous avions déjà la guerre, nous eûmes la famine.

Un froid, comme on n'en voit pas une fois en un siècle, s'étendit sur le pays. L'eau de la reine de Hongrie et les liqueurs les plus spiritueuses cassaient leurs bouteilles dans les armoires des chambres à feu. La glace prenait tous les fleuves et la mer ; la terre gelait dans ses profondeurs, ne laissant pas un fruit et faisant mourir tous les arbres, les oliviers en Provence et en Languedoc, les châtaigniers en Limousin, les noyers par toute la France. Les spectacles cessèrent ; on ferma les collèges ; les artisans ne travaillèrent plus ; tout commerce s'interrompit. Les loups s'enhardirent jusqu'à venir aux abords des villes ; ils dévoraient les courriers et les marchands qui se hasardaient encore à circuler. Les gens du peuple mouraient de froid comme des mouches.

Le pire, cependant, était encore à venir : dès le mois de février de cette année 1709, on sut que la plus terrible disette nous menaçait, car la gelée avait entièrement perdu la récolte de blé de l'année. En mars, le blé commença d'enchérir ; son prix doublait tous les jours. Dès avril, le scorbut était à l'Hôtel-Dieu et aux Invalides ; on disait que c'était le prélude à la peste. Les moulins s'arrêtèrent, et les plus heureux commencèrent de manger du pain d'avoine. L'armée de Flandre vivait au jour la journée, ramassant du seigle où elle pouvait. A la Cour, j'eus sur ma table du pain d'orge et des œufs pour tout potage, car le froid avait détruit les légumes et jusqu'aux racines ; mais les pauvres n'avaient rien ; ils étaient noirs de faim et on jetait des enfants mourants dans mon carrosse.

On contait alors à la Cour la douloureuse histoire d'une femme qui avait volé un pain à Paris dans la boutique d'un boulanger. Le boulanger voulut l'arrêter ; elle dit en pleurant : « Si on connaissait ma misère, on ne voudrait pas m'enlever ce pain ; j'ai trois petits enfants tout nus... » Le commissaire, devant lequel on avait conduit cette femme, lui dit de le mener chez elle ; il y trouva trois petits enfants empaquetés dans des haillons et assis dans un coin, tremblant de froid comme s'ils avaient la fièvre. Il demanda à l'aîné : « Où est votre père ? » L'enfant répondit : « Il est derrière la porte. » Le commissaire voulut voir ce que faisait le père derrière la porte et il recula, saisi d'horreur : le malheureux s'était pendu dans un accès de désespoir. Pareilles choses arrivaient tous les jours.

Bientôt, il n'y eut plus de jours de marché sans quelques séditions. Les petites villes se révoltaient quand on leur demandait un grain de blé pour Paris ; il y eut des révoltes à Rouen, à Clermont, à Bayonne et dans le Languedoc ; et Paris même devint de plus en plus difficile à contenir, le pain y enchérissant tous les jours.

Le radoucissement du temps apporta de nouveaux malheurs : des grêles ruinèrent plusieurs cantons, et les inondations, que provoqua la débâcle, enlevèrent la moisson dans les rares provinces où on en pouvait encore espérer ; on commença de dire que nous n'aurions même pas de quoi semer pour l'année d'après.

Le Roi ayant demandé par conversation au président de Harlay s'il n'y avait rien de nouveau à Paris, ce magistrat lui répondit alors, de la manière la plus laconique : « Sire, les pauvres meurent, mais les riches prennent leur place et deviennent pauvres... » Le plus neuf, au vrai, était que tous ces pauvres avaient cessé de souffrir patiemment.

On voyait partout des gens que la nécessité transportait ; nous en vînmes à ne plus pouvoir sortir avec sûreté. Dès que les princes quittaient le château, en effet, ils étaient assaillis de paysans criant au pain ; des pierres étaient jetées contre les carrosses ; et le Roi lui-même en entendait d'assez fortes, par ses fenêtres, du peuple de Versailles qui criait dans les rues. La famine, enfin, mettait tout le peuple dans un mouvement que nos ennemis excitaient. Les femmes de la Halle osèrent même s'assembler pour aller à Versailles demander la réduction de la taxe du pain ; les troupes du Roi les arrêtèrent au pont de Sèvres, et, voyant les mousquets chargés, elles n'eurent pas le front de passer outre.

En août, Paris tout entier vint à se révolter : on employait depuis quelques jours les pauvres à raser une grosse motte de terre entre les portes Saint-Denis et Saint-Martin et on distribuait du pain aux travailleurs pour tout salaire ; un jour ce pain vint à manquer. Aussitôt tout courut les rues, pillant les boulangers ; de proche en proche, les boutiques se fermèrent, le désordre grossit et gagna toutes les paroisses, criant : « Du pain » et en prenant partout. Par hasard, le vieux maréchal de Boufflers se trouvait à Paris ; aussi courageux dans l'émeute qu'au combat, il s'avança seul à pied parmi ce peuple infini et furieux, leur demandant ce que c'était que ce bruit et leur remontrant que ce n'était pas là comment il fallait demander du pain. Il fut reconnu et écouté ; il y eut des cris à plusieurs reprises de « Vive Monsieur le Maréchal de Boufflers ». Enfin, il apaisa tout. Le soir, en arrivant à Versailles, il vint tout droit chez moi, où était le Roi ; il rendit compte de ce qui l'amenait et osa parler pour la paix ; le Roi l'écouta, le remercia, mit des troupes dans Paris et 8 000 mousquets à la Bastille, mais il ne changea rien à sa politique.

Quand on essuie des révoltes, les injures ne peuvent être comptées pour beaucoup. J'en avais pourtant ma part :

> *On dit que c'est la Maintenon*
> *Qui renverse le trône,*
> *Et que cette vieille guenon*
> *Nous réduit à l'aumône,*

chantait-on par les rues. On voulait me lapider parce qu'on supposait que je ne disais jamais rien de fâcheux au Roi de peur de lui faire de la peine. Je recevais tous les jours des lettres anonymes où l'on me demandait « si je n'étais pas lasse de m'engraisser en suçant le sang des pauvres », et ce que je voulais faire du bien que j'amassais étant si vieille ; quelques-uns me donnaient avis qu'on me brûlerait comme sorcière. Je m'en consolais en pensant que ma conscience ne me reprochait rien sur mon avarice ; je n'avais plus un sou vaillant et, pour fournir à mes aumônes, je venais de vendre une bague que le Roi m'avait donnée.

Je voyais d'ailleurs que le Roi n'était pas épargné davantage ; on plaignait toutes ses dépenses ; on voulait lui ôter ses chevaux, ses chiens, ses valets, on attaquait ses meubles ; ces murmures se faisaient à sa porte. Certaines chansons, que les Hollandais imprimèrent, allaient jusqu'à appeler les peuples à la violence :

> *Le grand-père est un fanfaron,*
> *Le fils un imbécile,*
> *Le petit-fils un grand poltron,*
> *Oh ! la belle famille.*
> *Que je vous plains, pauvres Français,*
> *Soumis à cet empire !*
> *Faites comme ont fait les Anglais,*
> *C'est assez vous en dire !*

Le Roi fit pendre en place de Grève quelques libraires accusés de fabriquer ou de vendre de ces libelles honteux. Je savais pourtant qu'il ne pourrait jamais punir ceux qui inspiraient la plupart de ces épigrammes, sonnets et vers de toutes façons, continuellement jetés dans le public ; car il lui eût fallu trancher dans sa propre famille.

La famine et les défaites avaient rassemblé, en effet, un gros parti autour du dauphin : on parlait, à la Cour, de la « cabale de Meudon ». Le dégoût et l'impatience du gouvernement augmentaient, sans cesse, le nombre de ceux qui, se flattant de gouverner Monseigneur, attendaient avec impatience la mort du Roi. La princesse de Conti et sa sœur, la duchesse de Bourbon, fort en cour auprès de leur frère et de Mademoiselle Choin, ne bougeaient de chez Monseigneur et y conspiraient ouvertement ; Monsieur de Vendôme, fâché qu'on lui eût ôté son commandement et que la duchesse de Bourgogne ne lui adressât plus la parole, était le grand homme de guerre de ce « parvulo [1] », et Monsieur de Chamillart, que le Roi venait de décharger des Finances pour les donner à Monsieur Desmarets, en était le financier.

Tout ce monde marchait avec bruit, et les habiles coupaient déjà les « Marlys » de « Meudons ». Monseigneur, naturellement craintif et obéissant, se laissait aveugler par cette lumière si soudainement projetée sur lui ; trop heureux de gêner un fils dont il jalousait l'esprit et la faveur, et un père longtemps redouté, il n'était pas le dernier à laisser échapper des traits sur le gouvernement. « Miracle, miracle, criait-on à la Halle où Monseigneur était fort aimé, un enfant de quarante-neuf ans a commencé à parler ! »

Les ennemis prenaient nos villes l'une après l'autre ; à l'automne, ils prirent Tournai et parlaient déjà de brûler Versailles ; le maréchal de Boufflers, qui était allé servir comme volontaire sous le maréchal de Villars, dut se retirer sous Le Quesnoy, et Villars fut blessé dans la bataille. Les alliés donnaient double paie et double habit à leurs soldats pour faire déserter les nôtres. Enfin, celui qui prédisait ce qu'il y a de pis se trouvait toujours, par l'événement, avoir été le plus habile.

Cependant, hors le pain d'avoine sur nos tables et le

---

1. C'est le nom qu'on donnait à la petite cour du dauphin.

deuil de leurs fils, ou de leurs maris, que portaient nombre de dames, rien ne semblait changer à la Cour. Nous allions toujours à Fontainebleau, à Trianon, et nous eûmes des Marlys de guerre et de deuil, comme nous en avions eu de carnaval ou de comédie. Le Roi, pensant qu'il ne serait pas bon de donner au monde une trop grande idée de l'accablement de la nation, voulut même que nous eussions des bals et vingt-deux comédies en trois mois. Quelques grands seigneurs y parurent entre deux campagnes ; on les trouva magnifiques ; ils n'avaient que les béquilles de trop, mais un grand air raccommode tout. Néanmoins, les marchands ne voulaient plus livrer des draps et autres linges à l'usage du Roi s'ils n'étaient payés ; tout sentait la ruine.

— Notre Roi était trop glorieux, dis-je un jour à ma nièce de Caylus, Dieu veut l'humilier pour le sauver ; la France s'était trop étendue et peut-être injustement ; il veut la resserrer dans des bornes plus étroites ; notre nation était insolente, il la veut abaisser. Il faut adorer la volonté de Dieu.

— Ma tante, ne parlez pas ainsi. Mêlez-vous des affaires, je vous en conjure, et obtenez-nous la paix.

Les beaux yeux de Marguerite étaient remplis de larmes. Elle avait un fils de seize ans, qui venait de s'illustrer au Quesnoy, mais elle tremblait pour lui de la continuation de la campagne ; du reste[1], elle avait assez d'esprit pour voir que le royaume ne soutenait plus le train de cette guerre.

— Madame, il nous faut la paix, me dit à son tour le maréchal de Villars qu'on réparait de sa blessure. A quelque prix que ce soit. Je ne puis conduire une armée qui n'a plus de pain...

— Monsieur, Dieu ne m'a point mise où je suis pour persécuter incessamment[2] celui à qui je voudrais procurer un repos qu'il n'a pas, lui dis-je. Au demeurant, je suis très malheureuse en politique. Quantité de choses que j'ai faites ont mal tourné : j'ai voulu que Monsieur le duc de Beauvilliers et Monsieur de Chevreuse fussent amis du Roi et, par tout ce que nous avons vu, j'en suis

1. Pour le reste.
2. Sans cesse.

bien fâchée ; j'ai poussé à faire Monsieur de Chamillart ministre parce qu'il était honnête et laborieux, et je conviens aujourd'hui qu'il a perdu le crédit et mis les armées en désordre ; j'avais aussi de très bonnes intentions quand j'ai fait nommer Monsieur de Fénelon archevêque de Cambrai et Monsieur de Noailles archevêque de Paris ; je les regardais comme deux saints très propres à servir l'Eglise. Et vous savez bien, Monsieur, que l'un s'est découvert quiétiste et l'autre donne les plus grandes peines au Roi par son jansénisme... Aussi, je vous conjure de me regarder comme une femme incapable d'affaires, qui en a entendu parler trop tard pour y être habile, et qui les hait encore plus qu'elle ne les ignore.

Cependant, sans que je le voulusse, un parti s'amassait peu à peu autour de moi pour faire pièce à la « cabale de Meudon » et amener le Roi à la paix dans le dessein de sauver sa grandeur et son autorité ; bientôt, on n'appela plus cette cabale, à la Cour, que la « cabale des seigneurs ».

On y comptait les plus illustres de nos maréchaux, Villars, Harcourt et Boufflers ; le nouveau secrétaire d'Etat à la Guerre, Voysin, qui avait succédé à Chamillart dans cette charge ; le chancelier Pontchartrain ; Desmarets, neveu du grand Colbert et nouveau contrôleur des Finances ; le duc du Maine ; mon neveu de Noailles ; et la duchesse de Bourgogne. Voyant que cette cabale jouissait de l'opinion publique et du lustre que Boufflers, très aimé du peuple, lui communiquait, je me laissai, à la fin, persuader de parler fortement au Roi.

Profitant d'un moment d'attendrissement, je mis dans ma voix et mon attitude toute l'onction que j'y pus mettre, et dis :

— Sire, je sais que vous pensez qu'il faut périr plutôt que de se rendre ; et la princesse des Ursins pense comme vous. Pour moi, je ne puis me défendre de croire cependant qu'il faut céder à la force, au bras de Dieu qui est si visiblement contre nous. Un Roi doit plus à ses peuples qu'à lui-même, et voyez à quoi vous les réduisez... Je n'aime pas à contredire vos sentiments mais je ne puis vous déguiser les miens : nous avons éprouvé une suite de malheurs dont la France ne peut se relever que par une longue paix.

Il ne me répondait rien.

— Je sais bien que ce ne seront point mes avis qui feront la paix ou la guerre, repris-je, et je ne les dis si librement que parce que je connais leur peu de valeur, mais je suis trop bonne Française pour croire qu'il faille perdre la France pour sauver l'Espagne.

— On tient bien des discours autour de vous, Madame.

Je pâlis sous le reproche, car il n'était pas vrai que j'eusse en rien inspiré ni encouragé cette cabale, et, depuis l'affaire quiétiste, j'avais tout à fait renoncé à cheminer par souterrains.

— Sire, lui dis-je, tout en courroux, vous savez fort bien que ce que je sens sur les grands est fort différent de ce qui se pratique à l'ordinaire : je leur porte, en particulier, les vérités les plus dures, tant sur les affaires que sur leur conduite, mais, en public, je les soutiens en tout et le ferai jusqu'à mon dernier soupir. Est-ce là ce que vous me reprochez ? Et soutiendrez-vous que j'aie jamais dit, à l'un ou à l'autre, un seul mot contre les mesures que vous prenez ? Je vous demande pardon, Sire, dis-je plus doucement en laissant couler quelques pleurs, je suis honteuse de vous parler de ces affaires dont j'ignore tout, mais je me trouve si accablée de la part que je prends aux malheurs de l'Etat...

Le Roi était quelquefois plus sensible à mes larmes qu'à la misère de ses peuples.

— Je demanderai la paix, Madame, me dit-il après quelques jours. Aussi bien il y a longtemps que vous le voulez ; mais je doute si nous l'aurons.

On envoya des plénipotentiaires en Hollande. Madame des Ursins me chanta pouilles et m'avertit que Leurs Majestés Catholiques ne consentiraient jamais d'abandonner un royaume qu'elles gouvernaient depuis neuf ans. Le Roi était, quant à lui, prêt à tous les sacrifices pour la France, mais les ennemis, enivrés de leurs beaux succès, ne se bornèrent pas à exiger une diminution de nos territoires ; ils voulurent aussi que le roi de France fît lui-même la guerre à son petit-fils pour l'arracher du trône où les Espagnols le voulaient maintenir, et, pour toutes ces conditions, ils ne nous offrirent rien qu'une suspension d'armes de deux mois ; ils ne voulaient point encore traiter au fond, croyant meilleur d'attendre le succès de leur nouvelle campagne.

Je fus, comme tous les ministres du Conseil, outrée d'indignation à la lecture de ces propositions. Le Roi dit seulement à Monsieur de Torcy que, puisqu'il fallait continuer la guerre, il aimait mieux la faire à ses ennemis qu'à ses enfants. Puis il écrivit aux archevêques, aux gouverneurs et aux intendants, demandant que sa lettre fût publiée et qu'on la lût dans les églises : « Mon intention est que tous ceux qui, depuis tant d'années, me donnent des marques de leur zèle en contribuant de leurs peines, de leurs biens et de leur sang à soutenir une guerre aussi pesante, connaissent que le seul prix que mes ennemis prétendaient mettre aux offres que j'ai voulu leur faire était celui d'une suspension d'armes dont le terme, borné à l'espace de deux mois, leur procurait des avantages plus considérables qu'ils ne peuvent en espérer de la confiance qu'ils ont en leurs troupes... Je veux que mes peuples sachent de vous qu'ils jouiraient de la paix s'il eût dépendu seulement de ma volonté de leur procurer un bien qu'ils désirent avec raison mais qu'il faut acquérir par de nouveaux efforts, puisque les conditions immenses que j'aurais accordées sont inutiles pour le rétablissement de la tranquillité publique. »

Il mit ses propres pierreries en vente, au cas que les étrangers en voulussent donner quelque chose, envoya ce qui lui restait de vaisselle d'argent à la Monnaie, et pria les courtisans de faire de même ; hors Boufflers et moi-même, qui en envoyai pour 14 000 francs, ils n'y furent pas très empressés ; par ces moyens et l'arrivée inespérée de la flotte du Mexique chargée d'or pour plus de 20 millions, nous eûmes cependant de quoi acheter des blés dans d'autres pays, nourrir le peuple, et prévenir la sédition. Monsieur Desmarets s'employait, de son côté, à rétablir le crédit et le Roi n'hésita pas à s'abaisser jusqu'à faire, lui-même, les honneurs de Marly au riche financier Samuel Bernard : il fallait nourrir les troupes. Monsieur Bernard, comblé de sourires, paya en effet ; après quoi il fit banqueroute.

— Monsieur le Maréchal, dit le Roi au duc de Villars

qui retournait prendre son commandement, je vous souhaite d'être heureux, et, si la fortune vous est contraire, je demande l'honneur de servir sous vos ordres comme le plus ancien soldat français et d'y mourir.

Une autre fois, il dit en Conseil :

— J'irai à la tête de ma noblesse disputer les débris de mon royaume ; je me retrancherai de ruisseau en ruisseau et de ville en ville, et nous verrons ce qui en arrivera.

Ne voulant point être en reste de grandeur, j'assurai le roi que je serais désormais aussi ferme dans la guerre que j'avais été ferme pour la paix et qu'enfin il me trouverait toujours à son côté, fût-ce sur l'autre bord de la Loire ou dans le milieu des montagnes des Pyrénées. « Encore bien, ajoutai-je en souriant, que je ne goûte plus tant les voyages à mon âge... »

La superbe du Roi jusque dans la défaite, la famine et la rébellion avait fait impression sur les esprits ; lorsque les conditions que les ennemis nous faisaient furent connues du peuple, ce ne fut, dans tout le royaume, qu'un cri d'indignation et de vengeance : les Français, piqués d'honneur, ou poussés par la disette, s'enrôlèrent en masse dans nos armées. « Pour donner du pain aux brigades que je fais marcher, m'écrivait Villars, je fais jeûner celles qui restent. Dans ces occasions, je passe dans les rangs, je caresse le soldat, je lui parle de manière à lui faire prendre patience et j'ai eu la consolation d'en entendre plusieurs dire : Monsieur le Maréchal a raison, il faut souffrir quelquefois. »

A la fin de l'année, nos troupes raffermies affrontèrent le prince Eugène et Marlborough à Malplaquet et, bien que fort inférieures en nombre et en canons, elles leur tuèrent deux fois plus de soldats qu'ils ne nous en tuèrent ; sans perdre un cheval ni un drapeau, elles quittèrent en si bon ordre le champ de bataille, que cette demi-défaite sembla, à juste titre, une entière victoire. Le courage de la nation en fut relevé, la France semblait sauvée.

Alors Dieu envoya au Roi la troisième plaie.

Elle s'annonça par une maladie qui nous fit, un moment, craindre pour la vie du souverain. La proximité des périls, l'excès de travail, et aussi, suivant Monsieur Fagon, l'abondance de la nourriture qu'il prenait, lui firent venir un nouvel abcès. La fièvre fut aussitôt très forte et me jeta dans une grande alarme. Le Roi fut bien surpris que je lui représentasse l'abandon où il laisserait le royaume s'il mourait alors : « Les places comme la mienne, Madame, ne demeurent jamais vacantes faute de sujets pour les remplir. »

Il est vrai qu'il se flattait d'avoir la plus nombreuse famille de toutes les cours d'Europe ; c'était un spectacle étonnant que de le voir, certains soirs, assis dans son cabinet en compagnie de Monseigneur son fils, du duc de Bourgogne, son petit-fils, et du jeune duc de Bretagne, son arrière-petit-fils, alors âgé de quatre ans. Les peintres ne se lassaient point de représenter cette magnifique lignée, qui demeurait un juste sujet d'admiration pour le monde. La succession semblait d'autant mieux assurée que le Roi avait d'ailleurs, outre le duc de Bourgogne et le roi d'Espagne, un troisième petit-fils en la personne du duc de Berry, et, en sus du petit duc de Bretagne, un autre arrière-petit-enfant, le duc d'Anjou, que ma jolie princesse venait de mettre au monde. Enfin, le souverain était à la tête de trente princes ou princesses du sang royal.

Dieu frappa le Roi dans cet ultime orgueil et cette dernière consolation.

Le 9 avril 1711, Monseigneur le dauphin, en se levant pour aller courre le loup, fut pris d'une faiblesse qui le fit tomber de sa chaise. Le Roi, l'apprenant en revenant de Marly, résolut d'aller sur-le-champ à Meudon et d'y rester pendant toute la maladie de son fils, de quelque nature qu'elle pût être. Je demeurai à Meudon avec lui.

Le Roi voyait Monseigneur les matins et les soirs et plusieurs fois l'après-dînée, travaillant le reste du jour avec ses ministres comme à l'ordinaire. Mademoiselle Choin ne bougeait de son grenier et n'entrait chez Monseigneur que lorsque le Roi en sortait. La princesse de Conti [1], en revanche, ne quittait pas le chevet de son frère, qu'elle servait avec beaucoup d'affection.

Après trois jours de maladie, la petite vérole se

1. Fille de Mlle de La Vallière.

déclara. Nous fûmes aussitôt dans l'inquiétude de comment elle sortirait ; Monseigneur lui-même était frappé de son âge, disant sans cesse : « J'ai la petite vérole mais j'ai cinquante ans. »

Le mardi, le Roi entrant dans ma chambre, suivi de Monsieur Fagon, me dit : « Je viens de voir mon fils, qui m'a si fort attendri que j'ai pensé pleurer. Sa tête est grossie depuis trois ou quatre heures prodigieusement ; il est presque méconnaissable ; ses yeux commencent à se fermer. Mais on m'assure que tout se passe ainsi dans la petite vérole ; Madame la duchesse [1] et Madame la princesse de Conti disent qu'elles ont été tout de même. Il est vrai que sa tête est fort libre et qu'il me dit qu'il espérait me voir demain en meilleure santé. » Et sur cela, le Roi se mit à travailler avec Monsieur Voysin et Monsieur Desmarets.

Sur les onze heures, on vint le chercher, en lui disant que Monseigneur était très mal. Il descendit, trouva le dauphin avec des convulsions et sans aucune connaissance. Le curé de Meudon, qui, tous les soirs, allait savoir des nouvelles, arriva par hasard. Voyant à l'efferement des valets de quoi il était question, le curé cria depuis la porte : « Monseigneur, n'êtes-vous pas bien fâché d'avoir offensé Dieu ? » Le chirurgien Maréchal, qui tenait le dauphin, assura qu'il avait répondu « oui ». Le curé reprit à tue-tête : « Si vous étiez en état de vous confesser, ne le feriez-vous pas ? » Maréchal dit que le prince répondit encore « oui », et même lui serra la main. Après quoi, le père Le Tellier, nouveau confesseur du Roi, qui, rhabillé en hâte, venait d'entrer, lui donna l'absolution.

Quel spectacle quand, tirée de mon lit, j'arrivai dans le grand cabinet de Monseigneur : le Roi, assis sur un lit de repos sans verser une larme mais avec un frisson et un tremblement depuis les pieds jusqu'à la tête ; Madame la duchesse, désespérée ; la princesse de Conti, pénétrée ; tous les courtisans en silence, interrompu par des sanglots et par les cris qui se faisaient dans la chambre à chaque moment qu'on croyait que le mourant expirait... Enfin, les carrosses du Roi se présentèrent dans la cour. Il prit le premier ; je montai tout de suite à côté

---

1 Fille de Mme de Montespan.

de lui, et Madame la duchesse et la princesse de Conti se mirent sur le devant. A l'instant qu'on partait, le Roi aperçut Pontchartrain dans l'ombre et l'appela pour lui dire d'avertir les autres ministres de se trouver le lendemain matin à Marly pour le Conseil d'Etat ordinaire du mercredi.

En chemin, les princesses prièrent le Roi de ne plus se contraindre et de pleurer, craignant son saisissement ; mais il ne le put jamais. Madame la duchesse faisait des cris à percer le cœur et retombait dans un silence affreux ; elle perdait tout par la mort de Monseigneur et la disparition du « parvulo » de Meudon.

Après nous être arrêtés un moment à Versailles pour voir la duchesse de Bourgogne et lui apprendre cette mort qui faisait son mari dauphin, nous arrivâmes à Marly où l'on ne nous attendait pas et où personne n'avait ce qui lui était nécessaire, pas même un drap ou une chemise. La maison était glacée, n'y ayant point de feu d'allumé. On ne trouvait pas les clés des appartements ni même un bout de chandelle. On attendit avec le Roi dans une antichambre, jusqu'à quatre heures du matin, qu'il pût enfin s'aller coucher.

Dans le moment que Monseigneur rendit l'esprit, tout son corps fut couvert de pourpre, ce qui obligea à l'enterrer sans cérémonie. On le jeta dans un carrosse ; un aumônier, douze gardes et douze flambeaux l'accompagnèrent, et, en arrivant à Saint-Denis, on le mit dans la cave : voilà où se termine toute grandeur.

Je n'étais pas sensiblement affligée de la mort d'un homme dont la vie animait, presque sans qu'il le sût, un parti si contraire à l'autorité du Roi, et que, quant à lui-même, j'avais toujours compté pour rien ; je ne regrettais pas davantage un prince qui n'avait jamais pu souffrir Monsieur du Maine, avait très constamment jalousé son propre fils, et maltraité plus d'une fois ma pauvre « mignonne » ; elle-même ne montra dans cette affaire qu'une compassion de bienséance.

Mais, dans les premiers jours, le Roi parut avec un visage qui m'effraya. Je crois qu'il sentait enfin s'appesantir sur lui la main de Dieu. Cependant je n'y pris pas garde, convaincue que ma dauphine le saurait bientôt tirer d'un chagrin qui, chez lui, n'était jamais bien long.

Plus que jamais, en effet, les grâces naissaient de tous les pas de cette princesse, de toutes ses manières et de ses discours les plus communs. Elle avait un fonds inépuisable pour la joie.

L'amélioration de la situation aux frontières que Villars maintenait bien fermées ; l'affermissement de la monarchie d'Espagne, où tout, hors Barcelone, était revenu sous l'autorité du Roi ; le bruit que les Anglais se fatiguaient de la guerre et que la reine Anne, dégoûtée de Marlborough, voulait sincèrement la paix ; la liberté, enfin, où la jetaient soudain la mort de Monseigneur et l'effondrement d'une petite cour si constamment hostile à sa personne et celle de son mari : tout lui promettait le bonheur.

Sa légèreté de nymphe la portait partout comme un tourbillon qui remplit plusieurs lieux à la fois, et qui y donne le mouvement et la vie : elle ornait tous les spectacles, était l'âme de toutes les fêtes, des plaisirs et des bals, où elle ravissait par la justesse et la perfection de sa danse. Le Roi se reprit à sourire.

Causante, sautante, voltigeante, elle était tout le jour chez nous, tantôt perchée sur le bras d'un fauteuil, tantôt nous embrassant, nous tourmentant, fouillant les tables, les papiers, les lettres. Un soir qu'elle m'entendait parler avec le Roi de la cour d'Angleterre : « Ma tante, se mit-elle à dire, il faut convenir qu'en Angleterre les reines gouvernent mieux que les rois, et savez-vous bien pourquoi, ma tante ? », et toujours courant et gambadant, « c'est que sous les rois ce sont les femmes qui gouvernent et ce sont les hommes sous les reines. » Le Roi me regarda bien longuement, rit et trouva qu'elle avait raison.

Quelquefois, à force de faire la divertissante, il lui échappait des folies que le Roi devait reprendre aussitôt : pour être épris de sa petite-fille, il n'était ni aveugle ni sourd. Une fois qu'elle dînait au grand couvert avec le Roi, elle se moqua tout haut de la laideur d'un officier qui assistait au souper dans la foule. Le Roi s'en aperçut et, voyant sur quoi tombaient les rires, il dit encore plus haut : « Et moi, Madame, je le trouve le plus bel homme du royaume car c'est un des plus braves. »

Madame de Lévis me conta aussi qu'un soir, à Fontainebleau, où toutes les princesses étaient dans le même cabinet qu'elle et le Roi après le souper, elle avait baragouiné toutes sortes de langues et fait cent enfances pour amuser le roi qui s'y plaisait ; ce faisant, elle remarqua pourtant que Madame la duchesse et la princesse de Conti se regardaient, se faisaient signe et haussaient les épaules avec un air de mépris et de dédain. Le Roi, levé et passé à l'ordinaire dans son arrière-cabinet pour donner à manger à ses chiens, la dauphine prit Madame de Lévis d'une main et Madame de Saint-Simon de l'autre, et, leur montrant Madame la duchesse et la princesse de Conti, qui n'étaient qu'à quelques pas de distance : « Les avez-vous vues ? Les avez-vous vues ? leur dit-elle. Je sais, comme elles, qu'à tout ce que j'ai dit et fait il n'y a pas le sens commun et que cela est misérable ; mais il lui faut du bruit et ces choses-là le divertissent » ; et tout de suite, s'appuyant sur leurs bras, elle se mit à sauter et chantonner : « Hé, je m'en ris ! Hé, je me moque d'elles ! Hé, je serai leur reine ; je n'ai que faire d'elles ni à cette heure ni jamais, mais elles auront à compter avec moi ! Hé, je serai leur reine ! », sautant et s'élançant et s'éjouissant de toute sa force. Ses dames lui criaient tout bas de se taire, que les princesses l'entendaient, que tout ce qui était là la voyait faire, et jusqu'à lui dire qu'elle était folle ; mais elle de sauter plus fort et de chantonner plus haut : « Hé, je me moque d'elles ! Je n'ai que faire d'elles ! Je serai leur reine. »

Hélas ! elle le croyait, la charmante princesse, et qui ne l'eût cru avec elle ?

Le 6 février 1712, à Versailles, la fièvre lui prit ; c'était une fluxion qui lui faisait une douleur fixe entre l'oreille et le haut de la mâchoire ; l'espace de son mal était si petit qu'on l'aurait couvert avec l'ongle ; elle avait des convulsions et criait comme une femme en travail, et avec les mêmes intervalles. On la saigna deux fois dans la journée, elle prit quatre fois de l'opium et mâcha du tabac. Dans les moments où la douleur la lâchait un peu, elle trouvait encore la force d'en rire : « Je voudrais bien mourir et voir ce qui se passerait, me dit-elle, je suis sûre que le dauphin épouserait une sœur grise ou une tourière des Filles de Sainte-Marie. »

Le 9, la dauphine présenta quelques marques sur la

peau qui firent espérer que ce ne serait que la rougeole ;
la fièvre était toujours très forte, les réveils courts avec
la tête engagée. On la saigna. La nuit du mardi au mercredi 10 se passa plus mal cependant, car l'espérance de
rougeole s'évanouit ou la maladie se rentra ; il y eut un
redoublement de fièvre considérable. L'émétique, qu'on
lui donnait, ne la soulageait plus. « J'ai dans l'esprit que
la paix se fera, me dit-elle soudain, et que je mourrai
sans la voir » ; mais, quelques instants après, elle me
conta par le menu tout ce qu'elle ferait à la signature du
premier traité et comment elle entasserait plaisir sur
plaisir, courant, dans la même nuit, du bal à l'opéra.

Le 11 février, le Roi entra à neuf heures du matin chez
la dauphine, d'où je ne sortais presque plus. Le dauphin,
que l'inquiétude tenait depuis trois jours dans la chambre, avait enfin cédé à ses médecins qui, voulant lui épargner d'être témoin des horreurs qu'ils prévoyaient, le
retenaient chez lui. La princesse était si mal quand le
Roi vint qu'il me chargea de lui parler de recevoir les
sacrements ; je le fis d'autant plus doucement que
j'espérais encore qu'elle s'en relèverait. Quelque accablée qu'elle fût, elle se trouva surprise de ce que je lui
proposais et me fit des questions sur son état ; je lui
donnai les réponses les moins effrayantes que je pus.
Elle se résolut enfin à se confesser mais ne voulut pas
de son confesseur ordinaire, un jésuite que le Roi lui
avait donné ; elle demanda un récollet dont elle avait
ouï parler. « Ne fais-je pas mal, ma tante, de prendre un
autre confesseur que le mien ? — Non, mon enfant, lui
répondis-je, cela est très permis et il faut une grande
liberté de conscience. »

Je lui proposai ensuite de recevoir le Saint-Viatique.
On alla prendre le Saint Sacrement à la chapelle et le
Roi l'accompagna tout fondant en larmes. La dauphine
reçut l'extrême-onction. Je demeurai auprès d'elle :

— Ma tante, me dit-elle après un moment, je me sens
tout autre ; il me semble que je suis changée.

— C'est, lui dis-je avec douceur, que vous vous êtes
approchée de Dieu et qu'il vous console présentement.

— Je n'ai de douleur, dit la princesse, que d'avoir
offensé Dieu.

— Cette douleur, repris-je, suffit pour obtenir le pardon de vos péchés, pourvu que vous y joigniez une ferme résolution de ne les plus commettre si Dieu vous rend la santé.

A quoi elle ajouta :

— Je n'ai, ma tante, qu'une seule inquiétude : c'est sur mes dettes.

— Vous avez eu jusqu'ici tant de confiance en moi, lui dis-je, n'auriez-vous pas celle de me les confier ? Je vous promets, si vous guérissez, qu'il n'en sera jamais question.

Je n'ignorais pas que la dauphine avait continué les imprudences de la duchesse de Bourgogne, accumulant les dettes de jeu. Elle fit apporter sa cassette, qu'elle ouvrit elle-même, elle toucha quelques papiers mais les forces lui manquèrent ; elle referma sa cassette qu'elle fit mettre au pied de son lit et, dans les instants d'éveil, elle la couvait du regard, comme si elle redoutait les pauvres secrets qui s'en pourraient échapper.

On avait fait mander sept médecins, de la Cour ou de Paris, pour la traiter ; ils consultèrent dans un salon voisin, en ma présence et celle du Roi ; tous, d'une voix, opinèrent à la saignée du pied avant le redoublement. La saignée fut exécutée à sept heures du soir et ne donna aucun soulagement.

La dauphine fit appeler la duchesse de Guiche pour lui dire adieu :

— Ma belle duchesse, je vais mourir.

— Non, non, lui dit la duchesse, Dieu vous rendra aux prières de Monsieur le dauphin.

— Et moi, dit la princesse d'un ton amer, je pense le contraire et que, parce que le dauphin est agréable à Dieu, il lui enverra cette affliction.

Après cela, elle me dit, et à quelques personnes qui étaient auprès de son lit :

— Aujourd'hui, princesse ; demain, rien.

A ce mot, je ne pus plus me tenir de pleurer :

— Oh, ma tante ! Vous m'attendrissez, dit-elle.

Le Roi ne passait presque pas d'heure de la journée sans être dans la chambre de la princesse. On découvrit la châsse de sainte Geneviève à Paris et il ordonna des prières publiques.

La nuit fut cruelle. Le 12, vers six heures du soir, la

princesse entra en agonie et perdit connaissance. Je sortis un moment pour assister au Salut qu'on allait chanter pour elle à la chapelle. Pendant ce temps, un seigneur apporta une poudre qu'on disait admirable ; comme tout était désespéré, les médecins la firent prendre à la mourante ; cette poudre la ranima un peu et lui rendit la connaissance. Elle en eut assez pour dire : « Ah, que cela est amer ! » On courut me prévenir et j'arrivai dans l'instant. « Voilà Madame de Maintenon, lui dit une de ses servantes, la connaissez-vous ? — Oui », répondit-elle. On venait de lui passer sa dernière parure : une longue chemise blanche, sans dentelles, où deux mains pâles, immobiles et croisées, feraient tout l'ornement du corsage. Mes yeux s'emplirent de larmes au ressouvenir de ces satins roses, de ces jupes de diamants dont elle aimait encore à s'envelopper six jours plus tôt... Je vis qu'elle ne reviendrait plus ; ses yeux se renversaient dans sa tête. Je pris sa main et lui dis tout bas : « Madame, vous allez à Dieu. — Déjà, ma tante ? » dit-elle dans un soupir. Ce furent ses dernières paroles. Je l'embrassai tendrement et me retirai pour pleurer avec plus de liberté. Elle mourut sur les huit heures du soir.

Le Roi monta en carrosse au pied du grand escalier ; je l'accompagnai à Marly avec Madame de Caylus. Nous étions l'un et l'autre dans la plus amère douleur ; le Roi pleurait à gros sanglots sans larmes, et j'étais trop enivrée et étourdie de ma perte pour le consoler ; nous n'eûmes pas la force d'entrer chez le dauphin, et le dauphin n'eut pas la force de monter en carrosse avec nous, s'étant trouvé mal à l'instant qu'il descendait.

Il ne rejoignit le Roi que le lendemain matin. J'allai aussitôt lui faire visite dans son appartement, comptant de lui remettre la cassette de la dauphine pour la visiter avec lui, mais je lui trouvai le regard égaré et le visage si changé que je ne jugeai pas à propos de lui donner ces papiers. Le dauphin avait eu, depuis le début de la maladie de la dauphine, deux ou trois accès d'une petite fièvre qu'on attribuait au chagrin et à l'inquiétude : « C'est une fièvre de serrement de cœur », disaient les médecins ; je craignis qu'il n'en fût autre chose. A son tour, le Roi vit son petit-fils, l'embrassa tendrement, longuement et à plusieurs reprises ; il n'y eut d'abord, de part et d'autre, que des paroles entrecoupées de larmes et de sanglots ; puis le Roi, regardant le dauphin, fut effrayé de son visage, comme je l'avais été ; les médecins dirent alors au prince qu'il ferait mieux de s'aller mettre au lit.

Le 15 février au soir, le dauphin fut, à son tour, pris de cette sorte de rougeole qui avait emporté sa femme ; comme la fièvre était peu considérable et qu'il ne paraissait aucun mauvais symptôme, on ne jugea pas à propos de lui faire des remèdes, dans la crainte d'en avoir peut-être trop fait pour la dauphine. Les médecins se montraient rassurants, et, tout au chagrin de la perte de la princesse, nous ne cherchions pas à nous inquiéter davantage du dauphin ; mais le 17, le prince se sentit soudain si mal qu'il demanda qu'on lui fît porter le Saint-Viatique. On ne savait à quoi attribuer ce discours, sa maladie ne paraissant pas violente. On lui dit que rien ne pressait. Sur les deux ou trois heures du matin, il se trouva dans une agitation violente et demanda l'extrême-onction. Son confesseur lui dit qu'il n'était pas assez mal pour cela. « Si vous différez, lui dit-il, je la recevrai sans connaissance. » Il sentait pour lors une très grande chaleur en dedans, et disait sans cesse : « Je brûle, mais ce sera bien pis en purgatoire. » Il avait des marques sur tout le corps mais ne se plaignait que de la douleur que lui causait ce feu dévorant. Cependant, il paraissait sans fièvre à l'extérieur et l'on ne jugea pas à propos d'éveiller le Roi ; je passai moi-même la nuit sans rien savoir. Vers les six heures, le dauphin tourna tout à coup à la mort ; un transport lui prit ; on lui donna en hâte l'extrême-onction qu'il reçut, comme il l'avait dit, sans connaissance. Ses familiers accoururent. Ce malheureux prince eut, sous leurs yeux, une mort farouche : il s'agitait, se débattait, s'accrochait à son lit, et hurlait des mots sans suite où revenaient en alternance des jurons et le saint nom de « Jésus-Christ » ; on avait peine à croire qu'il allait à Dieu tant il semblait se battre contre le diable et tous les démons de l'enfer. Il mourut à Marly, à huit heures et demie du matin, et le Roi donna ordre que son corps fût porté à Versailles auprès de celui de la dauphine.

L'abattement du Roi, ma propre hébétude ne se peuvent représenter. Ni lui ni moi ne savions que dire, et quand seulement nous nous attachions entre nous à prononcer quelques paroles indifférentes, les mots nous restaient dans la gorge. La comtesse de Caylus ne me quittait pas et répondait aux lettres en ma place car, de plusieurs semaines, je ne pus tenir une plume. Le Roi, ravalant ses larmes, présidait à ses conseils ordinaires, où l'on ne parlait que de cette paix que le dauphin et la dauphine avaient si fort désirée. Les courtisans, qui avaient couru de Monseigneur au duc de Bourgogne, coururent chez le duc de Berry, tant il leur paraissait inutile de faire leur cour au nouveau dauphin, le petit duc de Bretagne, un enfant de cinq ans. On le disait déjà atteint de la même fièvre que ses parents, et mon amie, Madame de Ventadour, qui était sa gouvernante, m'écrivit que, lorsqu'elle lui apprit qu'il était dauphin, il s'en défendit doucement : « Maman, ne me donnez pas ce nom-là, dit-il, il est trop triste. »

A son tour, le petit prince eut de grandes sueurs et souvent, dans la journée, il demandait qu'on le couchât. La rougeole parut et le petit duc d'Anjou, son frère, la montra dans le même temps ; cependant, la maladie ne sortait point nettement. La fièvre était des plus ardentes, accompagnée d'une grande altération.

Le Roi fit suppléer hâtivement aux cérémonies du baptême que ces deux princes n'avaient pas encore reçu ; on prit pour parrains et marraines ce qui se trouva sous la main. Quelques jours passèrent ; on saigna les enfants. Je n'osais plus entretenir le Roi de la maladie du jeune dauphin, dont cependant Madame de Ventadour me communiquait chaque jour des nouvelles. Elle aimait cet enfant avec passion et il est vrai qu'il était bien fait, plein d'esprit, charmant dans ses manières, et ressemblant en tout à sa mère.

« Maman, dit-il à sa gouvernante entre deux accès, j'ai rêvé cette nuit que j'étais en paradis, que j'y avais trop chaud, mais que tous les petits anges battaient des ailes autour de moi pour me rafraîchir. » La fièvre augmentait tous les jours ; les accidents allaient en empirant. « Maman, soupira le petit dauphin, le voyage de Saint-Denis n'est pas un joli voyage. » Il le fit pourtant, mais en bonne compagnie. Son père et sa mère étaient à son côté ; on mit tous les corps ensemble le même jour dans la fosse. Le plus vieux des trois n'avait pas vingt-neuf ans.

La mort de la dauphine avait attendri tout le monde ; celle du dauphin avait accablé ; celle du petit duc de Bretagne donna lieu à des raisonnements et des projets fort tristes.

On parla d'empoisonnements ; le peuple les imputait au duc d'Orléans, neveu du Roi, que ces morts rapprochaient singulièrement de la couronne. Lorsque ce prince vint donner l'eau bénite avec Madame, sa mère, il essuya sur son passage les insultes les plus atroces. Quand le convoi passa devant le Palais Royal où il demeurait, le redoublement de huées, de cris et d'injures fut si violent qu'il y eut lieu de tout craindre pendant quelques minutes. A la Cour, le duc d'Orléans fut non seulement abandonné de tout le monde mais il se faisait place nette devant lui chez le Roi et dans les salons ; il était laissé seul avec l'indécence la plus marquée.

Madame de Ventadour, inconsolable de la perte du duc de Bretagne et fort émue des rumeurs qu'on répandait partout, prit alors le duc d'Anjou, dernier héritier d'une lignée décimée, et s'enferma dans une chambre avec lui sans permettre que personne y entrât, non pas même les médecins. Elle lui donna un contrepoison qu'elle avait ; et comme ce petit enfant n'était pas encore tout à fait sevré, elle lui rendit sa nourrice et ne permit pas qu'il prît autre chose que ce lait-là ; on leur passait leurs aliments par un guichet et la gouvernante goûtait elle-même tout ce qu'on destinait à la nourrice. Ces précautions, ou peut-être l'éloignement des médecins, sauvèrent l'enfant · la fièvre tomba, les marques disparurent.

Contre toute attente enfin, il vécut, quand le duc de Berry, son oncle, plein de vie et enflé d'espérances, courtisé des commis et des petits marquis, mourut brusquement, sans descendance, à la suite d'un accident de cheval des plus communs.

La succession à la couronne de France, si bien assurée deux années plus tôt, ne reposait plus alors que sur la tête, fragile, d'un dauphin de deux ans, et beaucoup trouvaient ce rempart bien frêle contre les ambitions de son cousin d'Orléans.

N'ayant plus de goût à élever qui que ce fût et n'espérant pas, d'ailleurs, de vivre assez longtemps pour pouvoir aimer cet enfant-là, je l'abandonnai tout à fait à Madame de Ventadour. Au demeurant, quoique ce prince eût toutes les marques de pouvoir vivre, le teint bon et les dents bien plantées, la vie des enfants est si douteuse que nous ne pouvions nous flatter qu'il parvînt jamais à l'âge d'homme, avec ou sans poison.

— Madame, je n'ai plus rien, me dit le Roi. Il y a peu d'exemples de ce qui m'arrive.

— Adorons la volonté de Dieu.

— Oui, reprit-il, rendons-lui grâce de ce qu'il ne m'a tant tourmenté que pour m'épargner de plus grandes souffrances dans l'autre monde.

La mort de la duchesse de Bourgogne et celle des trois autres ne furent jamais, en effet, dans l'esprit du Roi, qu'une affaire particulière entre Dieu et lui. Il était si accoutumé à ce qu'on vécût pour lui qu'il n'imaginait pas qu'on pût mourir pour soi.

A dire vrai, ce long combat mené contre la colère divine le laissait plus las que véritablement découragé. Il envisageait déjà tout ce que ces événements appelaient de réformations et de décisions nouvelles pour l'avenir, et il n'excluait pas tout à fait de vivre jusqu'à cent ans, comme le vieux Clérambault, afin de trouver le temps d'y mettre ordre.

Un matin d'hiver que je me rendais à Saint-Cyr en compagnie de Jeannette, que je venais de marier au comte d'Auxy, la calèche, passant à travers le parc, longea la fontaine de l'Encelade. On y voit le plus illustre des Titans écrasé sous les monceaux de rocs que Jupiter, dans sa fureur, a précipités sur lui ; son corps est enseveli sous le rocher et le visage, pris entre deux blocs, n'est plus qu'un cri ; mais une main émerge encore de cet amas et s'agrippe ; et cette main est si carrée, si forte qu'on croit sentir le géant remuer, qu'on le voit déjà se redresser, se lever et, s'ébrouant, secouer les pierres autour de lui comme de la poussière de neige.

Jeannette, qui, depuis un moment, lançait son manchon en l'air et faisait, en le rattrapant, cent sottises pour me divertir, se tut. Son regard suivit le mien.

— Maman, me dit-elle soudain grave, je sais à quoi vous pensez...

— Eh bien, ne le dites pas, mon enfant.

19

La dauphine disparue, tout me manqua et me paru vide ; je demeurai sans joie ni occupation, le cœur sec et les yeux humides. J'allais comme absente à moi-même, sans savoir si je vivais encore. On me disait d'être courageuse ; mais si je comprenais le courage qui fait supporter une mauvaise fortune, une disgrâce, l'injustice des hommes, leur ingratitude, je ne m'en trouvais point par rapport à la tendresse.

Un soir, enfermée dans ma chambre, je m'obligeai de visiter la cassette de ma pauvre princesse ; j'y débrouillai ce peloton de petits secrets qui l'avaient tant obsédée à l'instant de quitter le monde, et qui n'étaient rien autre que ce que nous laissons tous après nous : des reconnaissances de dettes griffonnées à la hâte et des quittances, une page de réflexions naïves qu'elle croyait philosophiques, trois ou quatre fleurs séchées, un recueil de maximes morales que je lui avais donné quand elle avait onze ans, une miniature représentant le petit duc de Bretagne, et de grandes lettres brûlantes de Monsieur de Nangis qui marquaient que, vivante, il en avait trop obtenu, et que, morte, il l'oublierait. Je payai les dettes et brûlai le reste. Les flammes, en dévorant ce maigre trésor, m'ôtèrent jusqu'au fantôme de cette enfant chérie.

Nous n'avions plus de Cour. Madame [1] était malade ; la duchesse d'Orléans [2], sa belle-fille, n'aimait pas à

1. Belle-sœur du Roi et mère du futur Régent.
2. Mlle de Blois, fille de Mme de Montespan et du Roi.

représenter, et la duchesse de Berry [1], sa petite-fille, ne quittait plus Paris ; Madame la duchesse [2] passait sa vie en plaidoiries et en chicanes ; la princesse de Conti [3] n'était qu'une paresseuse qui, sous le prétexte de la dévotion, ne s'habillait même plus ; quant à la duchesse du Maine, elle ne bougeait de Sceaux qu'elle avait acquis quinze années plus tôt. Du reste, toutes les dames avaient maintenant la fantaisie de ces petites maisons de plaisance où elles n'allaient qu'avec leurs familiers. Versailles semblait le palais de la Belle au bois dormant.

Les ennemis seuls en animaient parfois les entours par quelques courses qu'ils y faisaient. La situation de nos armées sur les frontières nous donnait, en effet, de nouvelles alarmes. On croyait que la forteresse de Landrecies ne tiendrait pas sous les coups répétés du prince Eugène et que Villars serait défait à la première bataille ; il fut agité dans Versailles si le Roi se retirerait à Chambord.

— Je sais les raisonnements des courtisans, me dit un jour le Roi, tous veulent que je me retire sur la Loire et que je n'attende pas que l'armée ennemie s'approche de Paris, ce qui lui serait possible si la mienne était battue. Pour moi, je sais d'expérience que des armées aussi considérables que la mienne ne sont jamais assez défaites pour qu'une partie ne puisse se retirer. Je connais la rivière de Somme ; elle est très difficile à passer, il y a des places qu'on peut rendre bonnes. Je compte donc, s'il le faut, d'aller à Péronne ou à Saint-Quentin, d'y ramasser tout ce que j'aurais de troupes, de faire un dernier effort avec Villars et de périr avec lui ou de sauver l'Etat, car je ne consentirai jamais à laisser approcher l'ennemi de ma capitale.

— Sire, les partis les plus glorieux sont quelquefois les plus sages et je n'en vois pas de plus noble, lui dis-je, que celui auquel Votre Majesté est disposée.

Ce roi, aussi grand homme que grand roi, était encore plus admirable dans l'infortune que dans la prospérité.

1. Fille du Régent, petite-fille de Mme de Montespan et du Roi, et veuve du troisième petit-fils, légitime, du Roi.
2. Mlle de Nantes, fille de Mme de Montespan et du Roi.
3. Fille de Mlle de La Vallière.

Je l'admirais mais, comme les grands malheurs n'empêchent pas de sentir les petites incommodités, je supportais de plus en plus impatiemment sa tyrannie dans le particulier. Plus il devait souffrir la contradiction dans les grandes choses en effet, moins il la souffrait dans les petites ; aussi, faute de pouvoir davantage gouverner l'Europe, resserrait-il sans cesse sur moi une main de plomb, prenant prétexte de bagatelles pour me réduire en esclavage.

Ainsi, je n'avais jamais été maîtresse d'arranger mes appartements à ma mode : je vivais depuis trente ans dans des meubles rouges et verts quand je n'ai de goût que pour le bleu ; en été, je dormais dans la pleine lumière, mes fenêtres n'ayant ni volets, ni châssis, ni contrevents car la symétrie en eût été choquée ; et en hiver, je grelottais de froid car il fallait tenir les croisées ouvertes par horreur de la fumée des feux. « Ma Solidité » avait depuis longtemps quelque chose à souffrir, ainsi que ma santé, de vivre avec des gens qui ne voulaient que paraître et se logeaient comme des divinités ; cependant, j'avais beau savoir qu'avec le Roi il n'y avait que grandeur et magnificence et qu'il valait mieux essuyer tous les vents coulis des portes afin qu'elles fussent vis-à-vis les unes des autres, je ne fus pas peu surprise de le voir, dans ces dernières années, multiplier les caprices sur ce chapitre.

Ayant osé placer des paravents devant ma grande fenêtre de Fontainebleau pour me garantir un peu des injures de l'air, je fus priée de les enlever aussitôt car ils dérangeaient la perspective de la chambre. On m'interdit les rideaux ; on m'ôta mon alcôve ; enfin, on me fit voir qu'il fallait se résoudre à périr en symétrie. Madame des Ursins m'avait envoyé un fort joli cabaret en bois de laque : il fallut le jeter sous le prétexte que les senteurs de la Chine dérangeaient. J'avais orné mes murs de portraits que j'aimais : on les remplaça par des peintures de bataille de Van der Meulen, plus propices au repos d'un grand guerrier. On me refusa un de ces nouveaux cabinets, qu'on nomme « commodes » ; on changea, contre mon avis, tous mes tapis ; et tout cela, sans doute, pour que je n'ignorasse pas que je n'étais pas chez moi.

Tenant pourtant à ne pas tuer son esclave d'un coup, mais à ne la faire mourir qu'à petit feu, le tyran toléra la « niche » que j'inventai pour survivre : c'est une sorte de grande armoire sans portes ni plancher, qui n'a que les côtés et le dessus ; ils sont doublés d'ouate et de damas, et d'épais rideaux cachent à demi le devant ; on glisse à l'intérieur de cette « niche » un canapé, un fauteuil et une petite table, et, si le Maître ne le défend point, on y glisse aussi Madame de Maintenon et ses amies, pour les abriter, ne fût-ce qu'un moment, du gel et du vent qui règnent dans sa chambre. Ce meuble est aisément démontable ; il est donc transportable ; son occupante de même. Aussi, dans ce temps-là, ne se contraignait-on point de les promener ensemble par toutes les routes de l'Ile-de-France, de Marly à Rambouillet, et de Versailles à Compiègne.

Voilà pour l'emploi du corps ; quant à l'emploi du temps, il était pareillement réglé d'en haut. J'avais toujours été « aux ordres » ; je fus « au pied » comme le chien du berger. A l'instant que je m'apprêtais à partir pour Saint-Cyr, on me faisait dire qu'on m'allait venir trouver chez moi dans l'heure ; j'ôtais mon manteau. Deux heures après, je recevais un billet porté par un piqueur qui m'apprenait qu'on avait finalement préféré d'aller à la chasse mais qu'on viendrait prendre la collation dans mon appartement sur les cinq heures et que d'ici là je ne devais voir personne ; j'attendais. A cinq heures, nouveau billet, m'avertissant d'avoir à me trouver sur-le-champ, en compagnie de telle ou telle dame, à l'autre bout du parc, où l'on me prendrait en calèche en passant ; j'y courais. A la nuit tombée, tandis que nous marchions de long en large pour nous réchauffer un peu, un laquais me venait apprendre qu'on avait changé d'avis, qu'on m'attendait chez moi, qu'il y aurait musique dans ma chambre toute la soirée, et que je me tinsse prête à partir ensuite pour Marly ; tous ordres et contrordres fort civilement accompagnés de « si vous le voulez bien », « ne vous contraignez pas », « vous êtes la maîtresse »... Que de fois ai-je quitté le matin mon lit de Versailles, pour prendre un moment de repos sur celui de Trianon dans l'après-dînée, et me coucher, le soir, à Fontainebleau ! « Vous êtes à la place des reines, m'écrivait mon directeur, et vous n'avez pas la liberté d'une petite bourgeoise. Dieu vous veut dans cet esclavage afin que vous retiriez du véritable esclavage, qui est celui du péché, la personne que vous aimez le plus. » Je savais qu'il disait vrai, mais « l'esclave » avait parfois plus que son comptant d'avanies.

Entre deux voyages, je ramais [1] pour amuser un homme qui n'était plus amusable. Il n'avait jamais été grand causeur ; mais, à la fin, il n'eut plus aucune conversation, plus un sourire, plus un goût : c'était le masque de la gravité et la figure de l'ennui sous une belle perruque. J'aurais pu m'attendrir et pleurer avec lui, car, après tout, nous en avions sujet ; mais je savais qu'il venait chez moi pour se divertir et Monsieur Fagon me répétait, sans cesse, que les amusements étaient nécessaires à la conservation de sa santé.

Ne pouvant plus fournir seule à la dépense, je fis alors rentrer en grâce le maréchal de Villeroy afin qu'il m'assistât de ses rires, de ses saillies, et de ses souvenirs : il avait été auprès du Roi quand ils n'étaient tous deux que des enfants et savait plus de contes de sa jeunesse et de vieilles histoires de la Cour que je n'en pouvais connaître moi-même ; comme rien ne plaît tant à la vieillesse que le rappel du jeune temps, ils s'amusaient ensemble, aux dépens de personnes mortes depuis cinquante ans. Cela faisait passer le temps.

La musique me fut aussi d'une grande ressource. Le Roi l'aimait toujours avec passion, et, quoique la goutte l'empêchât maintenant de jouer de la guitare, il ne détestait pas de mêler sa voix aux airs d'opéra que lui chantaient, chez moi, les petites filles de Saint-Cyr ou Madame d'O. J'avais, depuis quelque temps, une secrétaire, Mademoiselle d'Aumale, qui, outre ses talents pour l'écriture, avait un fort beau timbre ; je lui fis apprendre le clavecin pour qu'elle pût s'accompagner elle-même et divertir le Roi de ses chansons, qui étaient souvent des chansons à boire... Deux ou trois fois la semaine, j'eus, le soir, dans ma chambre, les violons et les hautbois du Roi : ils nous donnaient quelqu'une de

1. C'est la propre expression de Mme de Maintenon.

ces musiques de Lulli, de Couperin, ou de Charpentier, que le Roi ne se lassait pas d'entendre et de réentendre.

Pour le surplus, je comptais sur les dames familières. Elles apportaient chez moi leurs jolis visages et cet air de galanterie dont le Roi ne se pouvait passer. Les facéties de Jeannette d'Auxy, les espiègleries de Madame de Lévis, les bons mots de Marguerite de Caylus et les contrefaçons de Madame de Dangeau déridaient toujours ce monarque triste et ennuyé. Aussi, même malades, les dames venaient-elles passer l'après-dînée dans mon appartement, répandant autour d'elles le flot de dentelles en désordre et de rubans dénoués de leurs déshabillés. Le duc du Maine se glissait dans ma chambre, par les derrières, pour leur donner la réplique : il savait, mieux que personne, consoler son père de ses afflictions et me tirer de ma tristesse en me rappelant le temps de Vaugirard et celui de Barèges ; c'était notre enfant enfin, et nous lui savions bon gré de ses complaisances.

J'avais bien de la reconnaissance aussi pour les jeunes amies qui partageaient mon esclavage ; elles m'aidaient à me dédommager de cette tyrannie en moquant le Roi dès qu'il avait tourné le dos, en m'entraînant dans la forêt lorsqu'il était à la chasse, et en soupant gaîment en ma compagnie lorsque le Maître jugeait à propos d'aller montrer au public comme il avait bon appétit pour son âge.

« Rester ici sans que je vous voie... cela ne se peut », m'écrivait Madame de Dangeau en singeant la manière dont le Roi recevait les placets. « Que feriez-vous sans nous ? Que ferions-nous sans vous ? L'imaginer... cela ne se peut. » Et je lui répondais de la même plume :

« Puisque aucun ministre ne nous veut, dînons ensemble chez Madame de Caylus — cela se peut.

« Nous aurons :

« Un dindon, peut-être dur, — cela se peut

« des pâtes rancies, à l'espagnole,

« un mauvais oie [1], — cela se peut

« des perdrix de Sablé desséchées,

« une bécasse qui n'a point de pays, — cela se peut.

1. « Oie » est encore du masculin au xviie siècle.

« J'ai vu un plénipotentiaire, j'attends l'autre. Vous voir avant une heure ? Cela ne se peut. »

Un jour ma bonne Sophie osa m'écrire qu'elle m'aimait à la folie. « Il y a longtemps, Madame, qu'on ne m'avait dit, ni écrit, qu'on m'aime de tout son cœur, lui dis-je avec mélancolie, on me respecte trop présentement pour m'aimer, et votre « grossièreté » me fait goûter un plaisir sur lequel j'étais un peu gâtée autrefois mais dont je ne tâte plus... »

Pour me tirer de mes vapeurs, Madame de Caylus m'écrivait parfois un billet sans « a », et j'y faisais réponse par un billet sans « e » ou sans « i » ; j'y parlais alors « de la lune, me gardant de parler de son frère... »

Enfin, des enfantillages de pensionnaires qui amenaient à Versailles comme un air du Marais et m'étaient de petits bonheurs dans une bien grande peine. Aucune de ces charmantes enfants n'était de mon temps cependant, et, la fête finie, le petit troupeau dispersé, je retombais dans une noire tristesse ou des rêveries gris-brun. « Je suis seule au milieu du monde, écrivais-je à la princesse de Vaudémont, j'ai rompu tout à fait avec lui depuis que j'ai perdu la duchesse de Bourgogne qui était tout ce qui m'y intéressait ; je me livre à faire ce qui m'est possible pour amuser le Roi... Ma seule consolation est l'espérance de ne pas durer encore longtemps·; je serais trop heureuse si je désirais autant la mort par amour de Dieu que je la désire par dégoût du monde. »

— Que lit-on à Paris ? demandais-je parfois à ma nièce de Caylus, qui y avait conservé une maison.

— Mon Dieu, Madame, on lit *le Voyage en Perse* de Chardin, la mathématique de Newton, le *Bourbier* d'un certain Arouet [1], les impertinences d'un Anglais nommé Swift et le *Télémaque travesti* d'un Monsieur de Marivaux...

— Ah... Et que joue-t-on sur le théâtre ?

— On joue Lesage... On joue Crébillon...

— Je ne connais pas ces noms-là... Et à l'Opéra ?

— Eh bien... mais Campra, des opéras bouffes d'un

---

1. Voltaire.

petit Italien, Scarlatti [1]... On goûte aussi beaucoup les musiques pour le clavecin de Rameau.

— Dites-moi... Ne lit-on plus mes amis, Madame de La Fayette, La Rochefoucauld ? Ne joue-t-on plus Scarron, Racine ni Lulli ?

— Madame, me disait Madame de Caylus d'un air consterné, il y a si longtemps qu'ils sont morts...

— Vous avez raison, mon enfant... Tout est mort, sauf le Roi et moi ; ou peut-être le sommes-nous aussi mais personne n'ose nous le dire...

Les injures seules me faisaient croire, à la vivacité dont je les recevais toujours, que j'étais encore en vie. C'étaient encore des lettres et encore des libelles :

> *Que dirait ce petit bossu* (Monsieur Scarron)
> *S'il se voyait être cocu*
> *Du plus grand roi de la terre ?*
> *Il dirait que ce conquérant*
> *A tant pris qu'à la fin il prend*
> *Le reste de toute la terre.*

Ou cet étrange Noël où le Roi figurait comme l'un des mages :

> *Le grand Louis s'avance*
> *Avec la Maintenon,*
> *Faisant la révérence,*
> *Il a dit au poupon :*
> *Avec la Montespan,*
> *J'ai commis des offenses,*
> *J'ai péché tout de bon,*
> *Don, don,*
> *Mais avec celle-là,*
> *La, la,*
> *Je fais ma pénitence.*

La pénitence était aussi longue pour l'un que pour l'autre.

1. Alessandro Scarlatti.

Je vivais en ermite au milieu de la Cour, et la princesse des Ursins était, au vrai, ma seule société. Elle, au moins, avait su des choses de ma jeunesse, avait connu les mêmes visages, depuis longtemps disparus. Les quelques mois qu'elle avait passés à Versailles et à Marly en 1705, après une brouillerie avec l'ambassadeur de France et un semblant de disgrâce, avaient encore resserré nos liens ; nous avions causé des journées entières dans ma chambre, elle avait partagé mon lit et égayé mes inquiétudes de ses rires. Sa force m'étonnait autant qu'au premier jour. J'attendais avec impatience ses lettres si confiantes, et je prenais un vif plaisir à lui communiquer des nouvelles de la Cour ; mais nous n'aimions pas les mêmes choses : elle goûtait les affaires, je n'aimais que les enfants. Comme, pour mieux nous sauver, Dieu nous contraint ordinairement à faire des personnages pour lesquels nous n'avons pas de goût, c'était elle cependant qui remuait des poupards au maillot et caquetait avec les nourrices, c'était moi qui conversais gravement avec des ministres et des ambassadeurs.

Nous échangions quelques utiles avis. Je lui faisais de beaux projets pour l'éducation de ses infants, puisque, comme disait le Roi, c'était toujours ma folie que l'éducation ; je voulais qu'elle fît l'épreuve d'élever ses princes comme on fait en Angleterre, où les enfants sont tous grands et bien faits : pas de maillot, un corps [1] point serré, un lange et une couche sans aucune bande, et une robe par-dessus ; ce qui fait qu'on les change dès qu'ils ont fait la moindre saleté et qu'ils ne demeurent jamais, comme les nôtres, serrés et bandés dans leur ordure ; cette mode leur épargne bien des cris, des écorchures, et des jambes mal tournées. J'en parlais avec éloquence ; mais la princesse ne se souciait point de ces détails de ménage, ni de savoir comme il faut s'asseoir pour remuer l'enfant à l'âtre. A mes projets d'éducation elle répondait en m'entretenant des affaires de l'Europe et projetait toujours, depuis Madrid, de réformer notre gouvernement ; toutes ses lettres, enfin, étaient de beaux châteaux en Espagne, auxquels il ne manquait que la réalité, mais je ne pensais pas qu'elle pût jamais changer

1. Corset.

d'état ni de pays... Tout au mieux consentit-elle, pour me plaire, d'apprendre à filer entre deux conseils de guerre : je lui envoyai des fuseaux, en priant Dieu qu'Il les fît tourner tout seuls et qu'elle ne nous donnât point trop de fil à retordre.

Son point de vue sur la conduite de la guerre ne variait pas d'ailleurs : elle ne voulait rien rabattre des prétentions du roi d'Espagne et n'entendait rien négocier ; elle croyait que le succès de nos armées remettrait son roi en possession de tous ses royaumes et qu'il nous rendrait le nôtre dans son étendue. Il était bien vrai, en effet, que la victoire inespérée que mon maréchal de Villars venait d'emporter en prenant Denain, la débâcle de nos ennemis qui s'étaient enfuis en grand désordre, la lassitude du prince Eugène, changeaient quelque peu la figure de cette guerre. En peu de mois, nos troupes reconquirent Douai, Bouchain, Le Quesnoy et la plus grande partie des places du Nord, perdues dans les années d'avant. J'espérais enfin une paix honorable, cependant que ma chère « Camarera mayor » souhaitait la poursuite des combats à outrance.

Le Roi et ses ministres se rangèrent à mon sentiment. Je n'en fus point surprise car mes avis prévalaient de plus en plus souvent ; le ministère tout entier était maintenant composé de mes créatures ou de mes amis : Voysin, ministre de la Guerre et chancelier, m'assistait déjà dans le gouvernement de Saint-Cyr dix-huit ans devant qu'il ne devînt ministre ; Torcy et Desmarets, aux Affaires étrangères et aux Finances, étaient deux hommes de ce clan des Colbert, que j'avais autrefois si fort poussé en avant ; Villeroy, que le Roi venait de faire ministre, me devait son retour en grâce. Tous, enfin, me ménageaient, et peu de choses venaient devant le Roi sans que j'y eusse auparavant donné mon accord ; j'étais devenue, à soixante-dix-sept ans, celle par qui tout passait. Pour les grâces et les emplois surtout, les ministres n'osaient mettre un nom sur le tapis qu'ils n'eussent reçu mes ordres ; si, de hasard, sur la liste que lui proposait le ministre, le Roi s'arrêtait à celui que je voulais, le ministre s'en tenait là ; mais si le Roi s'arrêtait à quelque autre, le ministre proposait alors ceux qui étaient aussi à portée ; rarement proposait-il expressément celui à qui nous voulions en venir, mais toujours plusieurs qu'il tâchait de balancer également pour embarrasser le Roi sur le choix ; le Roi hésitait presque toujours et finissait par me demander ce qu'il m'en semblait. Je souriais, je faisais l'incapable, je disais un mot de l'un et de l'autre, puis je revenais doucement sur celui que le ministre avait appuyé et déterminais [1].

Trente annécs de vie conjugale et quarante années d'un commerce quotidien m'avaient mise à portée de connaître bien le caractère de mon mari ; il fallait l'accoutumer, ne pas le surprendre, parler avec naturel et sans âpreté, et ne paraître jamais se soucier de ce qu'on souhaitait le plus d'obtenir. Dans les derniers temps de notre mariage, rien ne me paraissait plus simple que de l'amener où je voulais et je ne redoutais plus d'aucune façon les terribles coups de caveçon du début. Alors, et alors seulement, j'approchai de la puissance. Elle était d'autant mieux à ma main que ce monarque, dont je connaissais tous les replis, n'était plus si alerte d'esprit ni si résolu que je l'avais connu ; le temps faisait son œuvre.

Certes, sa santé semblait meilleure que jamais, et il ne paraissait pas qu'il eût plus d'incommodités qu'à quarante ans : il mangeait comme dix, tirait le faisan de la meilleure grâce du monde, courait le cerf six ou·sept heures de rang ; la meute augmentait tous les jours et, quand, de hasard, je passais par la forêt, je me sentais plus que jamais aux abois. Il y avait à Fontainebleau un camérier du pape qui disait que s'il mandait à Rome que le roi de France, à soixante-quatorze ans, sortait dans la canicule à deux heures après midi, et courait dans la forêt, dans le sable, au milieu des chevaux et des chiens, on le croirait véritablement fou. Cependant, nous n'étions plus d'un âge où l'on peut fournir à tout, aux dépenses du corps et à celles de l'esprit ; et je voyais bien que l'activité, véritablement extraordinaire, que le Roi déployait dans ses chasses et ses promenades le laissait las et sommeillant sur ses papiers à l'heure d'examiner les affaires. Pour moi, qui ménageais mes forces par la frugalité et le renfermement, je me sentais, à cette

1. Décidais.

heure-là, le cerveau des plus agiles. La lutte, à supposer que j'eusse voulu l'engager, n'eût pas été égale.

Je ne me souciais pas, toutefois, de gouverner le royaume. Peut-être y eussé-je eu goût quarante ans plus tôt, mais, quand on a vécu près de quatre-vingts années, qu'on a un pied dans la tombe et la tête dans les cieux, on ne s'enivre plus si aisément d'avoir d'ailleurs les rênes en main. J'avais passé l'âge des plaisirs, même de celui-là.

Au grand dam de la princesse des Ursins, je bornai mes avis et mon influence à la poursuite de la paix. Cette paix se fit au printemps de 1713 à Utrecht avec les Anglais, les Hollandais et la Savoie. Les conditions n'en furent pas déshonorantes : sans doute la France dut-elle raser les fortifications de Dunkerque et abandonner aux Anglais de menues colonies, dont cette île de Saint-Christophe où j'avais passé quelques mois dans mon enfance ; on échangea des terres avec le duc de Savoie, sans y rien perdre, du reste ; le Roi reconnut à l'électeur de Brandebourg le titre de roi de Prusse, et consentit de ne plus donner asile au prétendant d'Angleterre ; il renonça enfin à soutenir les prétentions de son petit-fils, le roi d'Espagne, sur les Pays-Bas et la Sardaigne ; mais, en échange de ces bagatelles, nous recouvrâmes Lille, Béthune et nos provinces du Nord, et nous eûmes la gloire, ayant soutenu une guerre de quinze ans contre toute l'Europe et essuyé tous les malheurs qui peuvent arriver, de voir cette guerre finir par une paix qui mettait à jamais la monarchie d'Espagne dans la famille du roi de France.

J'aurais été dans une joie bien vive, si ce qui fait plaisir ne rappelait pas si affreusement le souvenir de ceux avec qui on voudrait en jouir. « Ma tante, disait une voix douce à ma mémoire, le jour où la paix se fera, j'irai souper à Paris chez la duchesse du Lude, et la même nuit au bal chez le prince de Rohan, et encore à l'Opéra, et je ne rentrerai à Versailles qu'au matin pour vous embrasser et serrer dans mes bras mon petit Bretagne. Vous me gronderez peut-être sur ma folie et mes fatigues, mais je ferai tout cela, je vous l'assure. N'est-ce pas, ma tante, que je ferai tout cela le jour où la paix se signera ? » Il y avait à peine un an qu'on l'avait mise en terre.

Hors ces négociations de la paix et la distribution des grâces, je ne me mêlais de rien. Les ministres m'assuraient souvent qu'il fallait réformer certains abus, mais un roi renverse-t-il aisément la forme du gouvernement qu'il tient depuis soixante ans ? et m'était-il aisé, à mon âge, de donner une nouvelle face à tout un royaume ? Je leur répondais qu'ils changeraient tout à leur guise quand nous serions morts et qu'il ne fallait que prendre patience.

Je n'entrais pas davantage dans les affaires de l'Eglise, quoique Monsieur de Chartres m'en pressât souvent : « Défendez toujours la vérité contre les nouveautés, m'écrivait-il quelques années plus tôt, c'est une de vos obligations. Les décisions de l'Eglise vous donnent droit de parler en toute sûreté contre le jansénisme et le calvinisme. Suggérez les moyens convenables pour détruire ces sectes. » Mais il m'avait dit une autre fois : « Le trop grand zèle pour le bien peut faire de grands maux dans le lieu où vous êtes ; renvoyez le mieux à d'autres temps », et j'étais demeurée frappée de ce propos qui rencontrait mon expérience. De toutes les façons, le père Tellier [1], qui avait succédé au père de La Chaise auprès du Roi, n'était, pas plus que son prédécesseur, désireux de me voir mêlée à ses affaires ; il fut bien surpris de voir que je partageais ses vues.

Les places dans l'Eglise intéressent la conscience de ceux qui les donnent et l'on a bien assez de ses péchés sans avoir à répondre de ceux des autres ; du reste, je ne m'étais que trop mêlée de ces emplois-là dans le passé, car je ne regardais pas comme un heureux succès le choix de Monsieur de Fénelon ni celui de Monsieur de Noailles pour l'archevêché de Paris : quelles terribles affaires n'avions-nous pas présentement avec ce prélat qui, étant irrépréhensible dans ses mœurs, tolérait dans le parti janséniste le plus dangereux parti qui pût s'élever dans l'Eglise et affligeait le Roi dans un temps où sa conservation était si nécessaire ? Ces expériences augmentaient ma timidité ; j'avais beau savoir que Dieu

1. On écrit, à l'époque, tantôt « Tellier » et tantôt « Le Tellier ».

jugerait mes intentions et qu'elles avaient été bonnes, le mal que l'on souffrait n'était guère moins grand. « Ne vous ingérez point dans ce qui n'est pas commis à votre charge, nous dit l'*Imitation de Jésus-Christ,* alors vous serez rarement troublé. »

Aussi évitai-je avec soin de donner mon avis dans la triste affaire de la condamnation du père Quesnel et de la bulle « Unigenitus ». Il y avait longtemps que je savais le Roi hostile au jansénisme, comme à toutes les nouveautés qu'il craignait. Bien des années plus tôt, alors qu'il se sentait quelque tendresse pour la comtesse de Gramont, il n'avait pas hésité à la rayer de la liste des Marlys parce qu'il avait appris qu'elle était allée passer quelques jours à l'abbaye de Port-Royal. « Marly et Port-Royal ne vont pas bien ensemble », avait-il dit sèchement à l'objet de sa flamme. Quand le père Tellier et les jésuites résolurent d'en découdre avec les jansénistes et d'en finir avec les insolences d'un parti chaque jour plus nombreux, je devinai qu'ils n'auraient point de peine à y entraîner le Roi. De leur côté, le duc de Beauvilliers et Monsieur de Fénelon, soudain réconciliés avec Monsieur de Chartres, y poussaient fort : depuis l'affaire du « quiétisme », ils avaient quelque revanche à prendre sur ce parti-là et n'en pouvaient manquer l'occasion.

Pour moi, je demeurai dans la réserve mais ne fis pas un geste pour défendre le cardinal de Noailles dans son obstination ridicule à ne pas vouloir condamner les propositions jansénistes de Quesnel et à refuser la bulle du pape. Comme Beauvilliers et Fénelon, j'avais trop souffert des insultes des jansénistes dans le temps ; au surplus, je n'avais jamais été touchée, même dans ma jeunesse, de leur doctrine, qui était si fort éloignée de ce que je crois naturellement de Dieu et de sa bonté ; enfin, j'étais lasse de voir les dames de la Cour discuter à perte de vue pour savoir le degré de la grâce dans l'homme et à quel degré l'homme peut répondre à la grâce ; j'en venais à souhaiter qu'on nous épaissît un peu la religion, qui se perdait à force de subtilités. Je n'en fus pas moins peinée, cependant, d'avoir à abandonner l'archevêque de Paris [1], que je regardais comme mon parent depuis le

1. Le cardinal de Noailles.

mariage de ma nièce et que j'avais cru mon ami au point de lui donner audience une fois la semaine pendant des années, et de lui écrire chaque deux jours ; mais j'avais dû porter avec résignation la mort de tant de mes amis que je crus pouvoir souffrir aussi courageusement leur trahison, qui n'est guère plus, au vrai, que la mort d'un ami vivant. Dieu me voulait à lui dépouillée de tous mes attachements terrestres et nue comme au premier jour.

Nous eûmes des Marlys de cardinaux, dont la couleur de feu seyait parfaitement dans le vert de Marly. Nous eûmes des chansons sur la bulle. Nous eûmes, enfin, de grands débats et des querelles jusque dans le Parlement de Paris, qui ne voulait point enregistrer les volontés du pape. « Les jansénistes, les jésuites, Monsieur le cardinal de Noailles, Monsieur de Cambrai font un grand bruit, écrivis-je à mon neveu. Si vous voulez mon avis là-dessus, je vous dirai que tous ont beaucoup de torts. » J'eusse traité avec indifférence toute cette agitation et, haïssant également les jansénistes et leurs ennemis, les jésuites, je ne me fusse pas souciée, en effet, de l'issue de leur combat si le Roi ne s'était bientôt trouvé si malheureux de toute cette controverse.

Là où je ne voyais encore que des esprits amateurs de nouveautés, comme il y en aura toujours, il voyait avec horreur un esprit de vertige et de dérèglement qui se répandait partout et paralysait son autorité. « Ce n'est pas le souverain, Sire, c'est la loi qui doit régner sur les peuples ; vous n'en êtes que le premier ministre, osa lui prêcher un jour le père Massillon, ce sont les peuples qui, par ordre de Dieu, ont fait les rois tout ce qu'ils sont... » « Quand je dirai " je veux ", s'écria le Roi avec rage, il faudra bien pourtant qu'on m'obéisse ! » « Il ne s'agit point de libertés gallicanes, dit-il, une autre fois, devant moi à l'avocat général du Parlement, il s'agit de la religion : je n'en veux qu'une dans mon royaume et si les libertés servent de prétexte pour en introduire d'autres, je commencerai par détruire les libertés. » Il dit même, avec la dernière fureur, au Procureur général Daguesseau et au premier Président du Parlement qu'il « avait le pied levé sur eux ; que si le Parlement bronchait, il lui marcherait sur le ventre ; qu'il n'y avait pas loin de son cabinet à la Bastille et qu'il se souciait peu

qu'on l'accusât de tyrannie ! » Mais, après cet emportement, il retomba sur lui-même, pleura lorsque nous
fûmes seuls et se mit à gémir : « Ces gens-là me feront
mourir. » Il était pâle et paraissait cent ans.

Je n'aimais pas à voir mon roi pleurer et moins encore
à penser que c'était par ma faute ; j'eusse tout donné
pour n'avoir jamais mis le cardinal de Noailles dans la
place où il était, mais je ne pouvais rien faire alors que
joindre mes larmes à celles de mon mari et l'aider à
porter cette nouvelle croix. Faute de pouvoir davantage
être heureux ensemble, nous réussissions encore à être
malheureux de concert...

Quand j'avais séché les larmes du roi et essuyé les
miennes, je courais à Saint-Cyr. Ce lieu-là demeurait ma
joie. J'y trouvais des petites filles rieuses et contentes,
des âmes pures et naïves, une foi simple, l'ordre et la
propreté dans les chambres comme dans les esprits.
J'étais, enfin, parvenue à rendre cette institution à peu
près conforme à mon projet.

Je conviens sans doute que la Maison de Saint-Louis,
telle que je l'ai voulue, n'est pas à l'abri de toute critique : l'éducation y flotte un peu trop entre la mondanité
et le renoncement, entre la retraite et les attraits du siècle, et les enfants y passent, parfois sans transition, de
Dieu à un maître d'agrément et de la méditation à une
leçon de révérence ; mais la vie des femmes est ainsi
faite, pour celles, du moins, que Dieu n'appelle point à
un état religieux, qu'il leur faut sans cesse quitter l'oraison pour les casseroles et les casseroles pour les bagatelles d'une conversation. Je trouvais salutaire, après
tout, que mes petites filles fussent préparées à tout ce
qui les attendait dans le monde et je ne me lassais point
de contempler l'achèvement de mon ouvrage dans ces
visage recueillis à la chapelle, attentifs dans les classes,
et fripons aux récréations.

Les demoiselles, les maîtresses, les converses, tout me
vénérait dans cette maison ; là seulement, j'étais reine.
On prévenait mes désirs, on s'enchantait de mes sourires, on faisait un sort à tous mes mots, mais sans bassesse.
L'ingénuité de l'enfance préservait les trois cent soixante
pensionnaires de Saint-Cyr de tomber dans les plati-

tudes de la Cour et je me sentais aussi tendrement aimée par elles que j'en étais, d'ailleurs, idolâtrée et encensée. J'ose dire que je leur rendais cet amour ; rien de ce que je pouvais faire pour leur service ne me semblait rebutant ; quand je passais la journée dans leur compagnie, je fournissais à tout, cueillant des fleurs pour l'ornement de la chapelle, repassant leur linge, remplaçant à l'impromptu une maîtresse malade ou assistant le médecin dans ses visites. « Les grands trouvent ordinairement ces tâches-là bien dégoûtantes », me disait parfois la sœur du Pérou d'un air de surprise. « C'est aussi que je ne suis pas grande [1], lui glissai-je enfin dans l'oreille, je suis seulement élevée[2]. » Un jour, je passais ainsi l'après-dînée dans la cuisine pour aider les sœurs converses à la préparation du souper ; de là, je devais aller tout droit dans une cérémonie à Versailles où il y aurait beaucoup de monde. « Mais, Madame, s'écrièrent les marmitonnes, vous allez sentir la graisse. — Oui, leur répondis-je en riant, mais on n'osera jamais croire que c'est moi. »

Quand je ne vaquais pas aux charges de la Maison, je prenais un peu de repos dans ma chambre, où j'avais plaisir à entretenir celle qui se trouve aujourd'hui notre supérieure, Madame de Glapion. Celle-là, enfin, est une supérieure selon mon goût. Elevée depuis son plus jeune âge dans cette maison, elle y a joué *Esther* à l'âge de quinze ans et provoqué, par sa beauté et la noblesse de ses actions sur le théâtre, bien des émois chez les jeunes courtisans et les pages du Roi. On avait même parlé d'une intrigue... et j'avais dû sermonner la coupable. Cependant, si admirable que fût la tournure de Madeleine de Glapion, son âme était déjà son plus beau joyau : une âme tendre, éprise d'absolu, avide d'amour, qui, dès ses premières années, ne trouvait point en ce monde assez d'aliments pour nourrir le feu dont elle brûlait. A vingt ans, elle avait embrassé l'état religieux dans un moment de passion et, n'y ayant point rencontré tout ce qu'elle y espérait, s'en était dégoûtée dans la suite ; là-dessus, elle s'était attachée à l'une de ses compagnes,

1. De haute naissance.
2. Placée dans une situation élevée, par l'effet de la faveur.

avec toute l'exaltation dont elle était capable ; mais cette compagne, une jeune maîtresse des novices, était morte, en peu de mois, d'une maladie du poumon et Madame de Glapion, qui l'avait soignée avec un dévouement admirable, en avait conçu un grand désespoir J'avais dû accourir moi-même de Versailles pour l'ôter de l'infirmerie où elle se roulait sur le corps de la malheureuse morte en poussant des cris affreux ; il y avait alors dans la maison une épidémie de petite vérole et Madame de Glapion but dans les tasses de toutes les malades et cueillit sur leurs lèvres le souffle des agonisantes, dans l'espérance de prendre leur maladie et de quitter promptement ce monde. La supérieure d'alors, qui ne savait rien de ces sortes d'âmes, n'avait pu lui faire entendre raison ; et il m'avait fallu des heures de discours, entre les plats à saignée et les pots à onguents, pour que cette jeune femme égarée consentît enfin de cesser ses extravagances et de rentrer dans sa chambre.

Elle avait alors vingt-cinq ans ; je crus qu'elle représentait assez bien ce que j'eusse pu devenir moi-même si je m'étais faite religieuse au sortir de l'enfance, comme on m'en pressait. Je pris cette pauvre enfant en amitié et, à dater de ce scandale, nous eûmes un commerce de lettres réglé ; je la voyais longuement chaque fois que je venais dans la Maison ; elle savait que je la comprenais mais que je ne balançais pas à la gronder s'il le fallait. Je parvins ainsi à lui rendre peu à peu une sérénité qu'elle ne trouvait tout à fait ni dans la religion ni dans l'entretien des autres dames de Saint-Louis ; je lui fis chercher d'abord quelques apaisements dans la musique, qu'elle entendait fort bien, et dans la géographie, pour laquelle elle avait de grands dons ; puis, à petits pas, je la ramenai dans son devoir, qui était l'enseignement des demoiselles. Bientôt elle y prit si bien goût qu'on dit qu'elle était la meilleure maîtresse de l'Institut ; et voici trois années déjà que, aimée de toutes les dames et adorée des demoiselles, elle en a été élue supérieure à l'âge de quarante ans. La supérieure de Glapion a bien gardé quelque chose de la fille folle d'autrefois : c'est encore une âme tendue de deuil qui boit à longs traits les sujets de mélancolie ; je suis, par bonheur, la seule à le savoir et rien n'en paraît plus au-dehors.

Lorsque nous étions ensemble, dans ces dernières années de ma vie à la Cour, je la laissais se mettre au clavecin et chanter pour moi, de sa voix chaude et ample, le Cantique des Cantiques ; parfois, cette voix se brisait encore en parlant du « bien-aimé » ; mais l'attente vaine du « bien-aimé » est un sort commun à toutes les femmes, il faut en prendre son parti. J'avais réussi, du reste, à la persuader qu'avec une âme aussi romanesque que la sienne elle se serait perdue dans le monde. Nous causions ainsi, longuement et raisonnablement ; elle était la seule dans Saint-Cyr avec qui j'osasse m'épancher un peu ; je lui disais, dans l'occasion, les intrigues des courtisans ou la tyrannie du Roi, mais je ne lui disais pas tout car je savais que, sous les dehors tranquilles et austères de la maîtresse, la tendre Madeleine gardait un cœur bien faible.

— Etes-vous satisfaite de Saint-Cyr, Madame ? me demandait-elle quelquefois.

— Je le suis, mon enfant... mais la Providence, pour nous mieux sauver de l'orgueil, ne permet jamais que nous réussissions tout à fait dans nos entreprises : j'avais voulu que mes filles fussent des épouses et des mères ; et ce sont les gendres qui me manquent...

Il était vrai que, à mon grand chagrin, je ne parvenais pas à marier plus du tiers de mes « demoiselles » ; encore n'était-ce pas toujours à des gentilshommes mais souvent à de riches partisans [1]. Les hommes ne sont pas assez sages pour préférer une femme pleine d'esprit, de douceur, et de piété, à une fille riche d'écus ; et la dot que le Roi faisait aux demoiselles semblait trop mince à beaucoup. Les petites filles qui n'avaient pas trouvé preneur quittaient la maison à vingt ans avec une petite pension, pour s'aller faire religieuses ou rentrer dans leur famille. Je gémissais souvent, devant Madame de Glapion, sur la stérilité de ces destins-là.

Je n'osais lui avouer, en revanche, que je sentais toujours le regret que la Maison fût confiée à des religieuses. Chaque fois que je devais me battre contre les petitesses de l'éducation des couvents, je me reprenais à douter si j'avais bien fait en cédant, vingt ans plus tôt,

_____

1. Financiers (donc bourgeois).

aux représentations de Monsieur de Chartres, et aux objurgations de Monsieur de Fénelon.

Un jour, j'apprenais que les maîtresses avaient ôté aux petites filles les dés que je leur avais donnés, avec d'autres jeux, pour leur récréation et la raison en était, me disait-on, que les dés avaient joué un rôle dans la Passion de Notre-Seigneur. Je convoquai aussitôt mon chapitre : « Fort bien, Mesdames, leur dis-je, je pense que vous ne vous arrêterez pas en si bon chemin et que, dès demain, vous ôterez les clous de toutes vos portes et les épines de vos rosiers, car, si je ne m'abuse, ces choses aussi ont servi à la Passion de Jésus-Christ ! » Une autre fois, je devais gronder les dames parce que les petites filles ne pouvaient m'entendre parler du mariage, qui est un sacrement, ou de l'enfantement, qui est dans l'Evangile, sans rougir jusqu'aux oreilles ou rire sottement. Mais ma colère fut plus vive encore lorsque je sus qu'une « jaune », étant allée au parloir pour voir son père, s'était plainte, en revenant, de ce qu'il eût osé prononcer en sa présence le mot de « culotte ». J'assemblai tout le monde, maîtresses et demoiselles : « Quelle finesse entendez-vous dans le mot culotte ? leur demandai-je, c'est là un mot en usage, et qui ne dit rien autre que ce qu'il dit. A moins que ce ne soit l'assemblage des lettres qui vous paraisse immodeste ? En ce cas, mes pauvres enfants, je vous plains fort car je ne sais comme vous ferez, dans le monde, pour ne point ouïr les mots de curiosité, cupidité, culture... Décidément, je ne puis permettre que vous ayez de ces ridicules de couventines », et pour les en guérir, je les contraignis à décliner devant moi, à voix haute et sans sourire, toute une liste de mots dont les syllabes, aux yeux de leurs maîtresses, étaient « sales ». A la vérité, j'avais moi aussi, sortant de chez les ursulines, éprouvé de ces fausses pudeurs mais Monsieur Scarron m'en avait bientôt guérie en m'obligeant de nommer un chat « un chat ». Je m'étais assez bien trouvée de cet exercice pour ne point souhaiter de former, maintenant, des « précieuses » dans la Maison du Roi.

La sottise de ces pauvres dames de Saint-Louis, ne se bornant pas aux manières, atteignait parfois les âmes : je me souviens qu'un jour elles entreprirent de chasser de l'Institut deux enfants dont la mère venait d'être condamnée pour un crime et avait eu la tête tranchée. Fut-ce d'avoir été, moi-même, la fille d'un condamné à mort, ou l'effet d'une sensibilité naturelle à la parole du Christ ? Quand j'appris la chose mon sang ne fit qu'un tour : je leur envoyai sur-le-champ, par un laquais, une grande diatribe où je leur demandais si, par hasard, elles croyaient que le crime des parents passait aux enfants, si c'était là un bon exemple de charité à montrer à nos petites filles, et si notre Maison avait pour vocation de se débarrasser des demoiselles à l'instant qu'elles étaient le plus malheureuses et avaient davantage besoin de notre secours et de nos conseils. Tout rentra dans l'ordre aussitôt mais j'y vis bien que je ne devais jamais, d'un moment, relâcher ma vigilance. Saint-Cyr était mon royaume mais, d'ailleurs, un couvent de plus.

— Madame, malgré tous nos défauts, vous sentez-vous un peu heureuse parmi nous ? me demandait timidement Madame de Glapion au lendemain d'une remontrance publique.

— Rassurez-vous, lui dis-je, je goûte au moins, dans votre compagnie, tout le bonheur qu'on peut rencontrer à voir autour de soi des visages ouverts et des regards de bonté. Vous savez bien aussi que je ne tiens pas pour un petit mérite de ne point croiser en ces lieux des dames au nez rempli de tabac, barbouillées d'un jus noir, et portant tout franchement des mouchoirs gris dans leur poche, comme c'est la mode dans le monde à présent. Hors de Saint-Cyr, la jeunesse m'est devenue aussi insupportable que je le lui suis moi-même, et c'est dire quelque chose... Non, vous qui ne connaissez pas la Cour, vous ne savez pas les charmes qu'on peut trouver à cette solitude-ci. Sans compter que, pour moi, votre « prison », comme vous dites, a toutes les apparences d'une parfaite liberté. Je me sens autrement libre, en effet, à m'enfermer dans ces deux chambres avec vous qu'à courir le monde et les palais. Parce que ici, voyez-vous, Madame, je suis chez moi...

Monsieur de Meaux était mort, et Monsieur de Fénelon, Monsieur de Beauvilliers aussi. Monsieur de Vendôme était mort et Monsieur de Boufflers après lui.

Monsieur de Chartres, mon directeur, était mort, et Bontemps, le premier valet de chambre du Roi, et Bourdaloue, et Mansart. Tout s'en allait, je demeurais ; mais si retirée qu'à peine savait-on que je vivais encore. Les courtisans ne me voyaient plus ; tout au mieux m'apercevaient-ils parfois, au hasard de nos voyages, descendant d'une chaise ou montant un escalier. J'étais un squelette vivant, et, s'il se promenait souvent, c'était comme les ombres, qui n'ont pas accoutumé de chercher la compagnie ; on traînait mon fantôme de lit en lit et de niche en niche, rassasié de poudre, de sueur et de lassitude.

A vivre si longtemps, je n'avais que la consolation de voir le royaume rentrer peu à peu dans la paix et l'abondance.

L'Empereur n'ayant point voulu se rallier aux traités d'Utrecht pour ne pas abandonner ses prétentions à la Couronne d'Espagne, Villars, comme enragé, avait porté la guerre au-delà du Rhin et, en trois mois, prenant Landau et Fribourg, avait réduit ce souverain à merci. La paix fut signée à Rastadt en mars 1714 ; l'Alsace, y compris Strasbourg, restait à la France, qui gagnait, en outre, la citadelle de Landau ; Philippe V était confirmé dans sa possession de l'Espagne et, l'année d'après, la Catalogne évacuée par les derniers Allemands et Barcelone reprise, il régna enfin, paisiblement, sur l'entier territoire que les traités lui avaient laissé.

Quand Villars revint, je l'embrassai avec tout l'emportement et toute la fierté d'une mère : il m'était la preuve que je ne me trompais pas toujours sur le choix des hommes.

Les hivers redevinrent cléments, les récoltes furent plus abondantes, le commerce reprit. Seule la dette de l'Etat demeurait inquiétante ; nous avions tant emprunté pour soutenir le train de la guerre que nos dettes atteignaient maintenant le chiffre de quatre cent trente millions ; le paiement des rentes qu'elles engendraient ne laissait au Trésor que soixante-quinze millions, cependant que nos dépenses courantes montaient à cent dix-neuf millions ; tous les ans, la dette croissait de la différence et il ne paraissait plus possible de la rembourser. Monsieur Desmarets faisait argent de tout et me parlait parfois de « banqueroute » ; le seul mot m'en faisait horreur ; je le renvoyais au Roi, ne voulant point entrer dans ses vues ni en charger ma conscience.

Hors ce souci-là, qui nous paraissait petit au prix de ceux qui nous avaient tourmentés dans les dernières années, la crise où l'Etat avait failli périr était bien finie. En n'apportant dans les choses qui regardaient le gouvernement aucun changement dans ses habitudes, le Roi s'était conduit avec une admirable fermeté d'âme ; les coups de la Fortune n'avaient pas paru le toucher beaucoup davantage que les rigueurs de l'atmosphère, et jamais corps plus insensible n'eut à garder une âme plus imperturbable.

Cependant, ce corps, usé de tant d'épreuves et de fatigues, commençait de lâcher prise. Depuis quelques mois, le Roi baissait visiblement. Ses accès de goutte étaient plus violents, au point que, certains jours, il ne pouvait marcher et voyageait à travers les salles du château dans une chaise à roulettes ; la nuit, il suait si abondamment que ses valets le devaient frotter de la tête aux pieds, et changer de chemise tous les matins ; il maigrissait. Sa figure seule restait au-dessus de toutes celles qu'on a vues.

Je croyais que la tristesse pouvait être cause de cet abattement : le Roi ne s'était pas consolé mieux que moi de la mort de la dauphine ; il en gardait une amertume involontaire et secrète, qui lui rongeait l'âme. Aussi, plus que jamais, s'étourdissait-il de chasses, de cérémonies, et s'abrutissait-il de soupers interminables.

— Mais enfin, lui disais-je, vous êtes un enfant, vous allez gâter votre santé tout à fait. Ne pouvez-vous abandonner la chasse et retrancher quelque chose à vos repas ?

— Si je ne chasse pas, Madame, j'ai des vapeurs.

— La belle affaire ! J'en ai bien, moi, et je n'en mourrai pas ; les vapeurs donnent de la tristesse mais elles n'arrêtent pas plus le cœur que les migraines n'ôtent l'esprit. Et vos soupers ? Quatre potages, six rôts, des sorbets, des salades, des compotes, du bonbon, croyez-vous que cela soit raisonnable à votre âge ? Monsieur Fagon m'en parle souvent avec inquiétude.

— Monsieur Fagon est médecin, il n'est pas roi. Il fait

son métier, je fais le mien. Un roi se doit de se montrer, il faut qu'il ait bon appétit, et, du reste, je ne veux rien changer à l'étiquette de la Cour.

En vieillissant, ce petit-fils d'Henri IV s'attachait de plus en plus aux principes de son aïeul espagnol, le roi Philippe II, auquel, selon Madame des Ursins, il venait à ressembler d'une manière frappante.

— Et si vous étiez malade pour de bon, il faudrait bien pourtant changer quelque chose à l'étiquette...

— Point, Madame. Les rois ne sont pas malades. Ils meurent, c'est tout.

— Oh Sire, ne pourriez-vous parfois être moins roi ?

— Il me semble, Madame, que, par moments, avec vous... mais, aujourd'hui, vous ne voulez plus...

— Laissez-moi vous assurer, lui dis-je en souriant, que, de toutes les façons, vous ne faisiez pas moins le roi dans ces moments-là que dans les autres.

Cependant, Maréchal, le premier chirurgien, me demanda audience. Il me dit que le déclin évident de la santé du Roi le jetait dans de grandes alarmes ; je lui objectai que Monsieur Fagon, que je rencontrais chaque jour, ne voyait, dans les fièvres qui accablaient de plus en plus souvent le souverain, que l'effet d'une nourriture trop abondante et d'un dérèglement de vie. Maréchal hochait la tête : « Je respecte tout à fait les avis de Monsieur Fagon, Madame ; mais j'ose dire que le premier médecin vieillit lui-même. Sa vue baisse, ses mains tremblent, comme vous savez, et, enfin, je ne me confierais pas tout à fait dans un médecin qui ne se porte pas mieux que son malade.

— Monsieur, je vous prie de ne pas manquer de respect à votre maître ni à votre souverain. Du reste, la santé du Roi est une affaire de politique, il me l'a assez dit lui-même. Je ne vous conseille donc pas de laisser à penser aux courtisans qu'il peut être malade, ou seulement moins bien portant. Croyez que, d'ailleurs, je ne me flatte sur rien, mais j'espère. Je vous prie d'espérer aussi et, pour le surplus, de vous en taire. »

Monsieur Maréchal sortit de l'entretien tout marri et je pensai qu'il allait, comme tant d'autres, faire ses plaintes à tout Versailles sur ma sécheresse et ma brutalité.

A son tour, quelques semaines après, le duc du Maine me vint parler. Il était toujours de nos intérieurs, composait des musiques pour amuser son père, faisait rire nos dames, me comblait de menus présents, et nous divertissait souvent du spectacle de ses enfants, le prince de Dombes et le comte d'Eu, tous deux beaux et parfaitement bien élevés. Le Roi en était si charmé qu'il venait, par un édit de juillet 1714, de décider que ces deux enfants, comme le duc du Maine et le comte de Toulouse, hériteraient de la couronne au défaut de princes légitimes, dont il ne restait plus que trois ou quatre. Sans doute, selon l'opinion commune, un roi de France ne pouvait-il faire de princes du sang qu'avec la reine mais le Roi se trouvait au-dessus de l'opinion commune, et le public, qui ne haïssait point nos bâtards, ne s'émut pas de cette résolution, si la Cour éclata en murmures sourds.

Monsieur du Maine, fils très aimé et bien aimant, s'assit dans ma « niche » et, rencogné tout au fond, me représenta avec vivacité qu'il était frappé du changement de visage du Roi. Il me supplia de faire réflexion aux suites. Après m'en être défendue quelque temps, je consentis enfin d'envisager le pire, pourvu que ce fût avec lui.

Le dauphin n'avait que cinq ans, le duc d'Orléans aurait infailliblement la régence.

— La vie du dauphin est bien fragile, me dit le duc du Maine, et vous savez ce qu'on a dit du duc, voici trois ans...

— Je sais, lui dis-je, mais ils sont morts de la rougeole. Le duc d'Orléans est débauché, soit ; mais je ne puis le croire criminel. Le Roi dit, lui-même, que son neveu n'est qu'un « fanfaron de crimes »...

— Peut-être, Madame, reprit mon « mignon », mais supposons seulement que le dauphin, qui est bien frêle, vienne à mourir de la façon la plus naturelle. Le duc d'Orléans pourra-t-il régner sans trouble ? Vous savez quels sont les sentiments du roi d'Espagne pour lui... Nous aurons la guerre.

Je n'ignorais pas, en effet, que le roi d'Espagne [1] poursuivait son cousin d'Orléans de sa haine, depuis que

_____
1. Seul petit-fils survivant dans la descendance légitime du Roi.

celui-ci, général heureux dans les combats d'Espagne, avait osé traiter secrètement avec les Anglais en 1709, au pire moment de la guerre : le futur régent avait formé le froid projet de détrôner le petit-fils de son roi et de se mettre en sa place avec le secours de nos ennemis. Madame des Ursins avait fait échouer ce complot : on avait arrêté les agents du prince, saisi leurs papiers ; et les preuves de sa trahison avaient été aussitôt expédiées à Versailles ; Philippe d'Orléans, que j'avais fait mon héros autrefois, avait été rappelé en France et privé de tout commandement dans la suite de la guerre. Un moment, le Roi avait même balancé s'il mettrait son neveu à la Bastille pour lui donner loisir de faire réflexion aux devoirs des princes ; puis, il avait craint l'ampleur du scandale, et l'on n'avait plus parlé de rien. Cependant, le roi d'Espagne, qui avait plus de mémoire que d'esprit, n'oubliait pas et il ne cachait pas que, plutôt que de laisser jamais régner le duc d'Orléans en cas que le petit dauphin vînt à mourir, il réunirait sur sa tête les deux couronnes, celle d'Espagne et celle de France, à laquelle il n'avait jamais renoncé franchement. « Alors, ce sera derechef la guerre avec toute l'Europe. Mon Dieu, que je voudrais être morte avant de voir toutes les révolutions [1] que vous verrez, mon pauvre enfant... Mais le Roi vivra, il faut qu'il vive. »

— Voyons, Madame... N'y aurait-il pas moyen...

— Non, il n'y a pas moyen. Et pas moyen, non plus, d'ôter la régence au duc. Monsieur Voysin me dit qu'il faudrait, pour cela, réunir les états généraux ; ce serait démentir le règne. N'en parlons plus. Du reste, le duc d'Orléans ne fera peut-être pas un si mauvais régent ; il a de l'esprit...

— Y songez-vous bien, Madame ? S'il n'était que traître à sa nation, je tomberais peut-être d'accord avec vous ; mais il est impie et scandaleux en tout. Ce qui me frappe est que sa fille, qui est dans l'irréligion la plus impudente, y est par lui et qu'étant instruit de tout ce qui se dit de monstrueux dans leur commerce, il n'en passe pas moins sa vie avec elle. Cette irréligion, ce mépris de toute diffamation, cet abandon à une si

1. Bouleversements.

étrange personne, semblent rendre croyable tout ce qu'on a le plus de peine à croire... Comment, dites-moi, étant ainsi livré à sa fille, contribuera-t-il à la bonne éducation du dauphin et à l'ordre nécessaire à l'Etat ?

Mademoiselle d'Aumale entra pour nous porter des oranges, des limons [1], deux verres de sirop d'orgeat, et s'enfuit comme une ombre.

— Je sais, Monsieur, que la duchesse de Berry se comporte d'une manière choquante vis-à-vis de son père et que sa propre mère en est jalouse. Je sais aussi que, même dans le mal, il y a des degrés, et que jamais on n'eut, dans la scélératesse, des manières moins honnêtes que les siennes. Mais faut-il aller pourtant jusqu'à imaginer ces choses affreuses... Peut-être la duchesse de Berry n'est-elle rien qu'une femme de ce temps, et ces femmes-là me sont toutes tellement insupportables... Leur habillement insensé, leur tabac, leur vin, leur grossièreté, leur paresse, tout cela est si opposé à mon goût... Certes, je vous accorde que notre grosse duchesse est extraordinairement débraillée ; mais elle l'est en personne qui est à la tête des débraillés et qui, par conséquent, le doit être plus que les autres ; pour le surplus...

Me prenant alors par mon faible, le duc du Maine me remontra que, toutes « lotheries [2] » mises à part, son cousin d'Orléans n'était point, à l'évidence, le meilleur éducateur qu'on pût trouver pour un enfant. J'en convins.

Dans les semaines qui suivirent, le comte de Toulouse [3], comme nous étions chez lui à Rambouillet, me dit un mot de cette même affaire ; puis, la duchesse d'Orléans [4] me vint voir.

D'ordinaire, quand elle me rendait visite, c'était pure civilité : il paraissait qu'elle n'avait rien à me dire ; elle se mettait à table et jouait avec moi au piquet sans un mot ; après une heure ou deux passées de la sorte, elle me quittait assez froidement, sur une petite phrase de

1. Citrons.
2. Allusion aux « filles de Loth » et à l'inceste : ce calembour était alors fort répandu à propos du duc d'Orléans et de sa fille.
3. Autre fils de Mme de Montespan et du Roi.
4. Mlle de Blois, fille de Mme de Montespan et du Roi, et femme du futur Régent, neveu du Roi.

politesse. Cette fois, pourtant, cette « lendore » mit de la vivacité dans son discours, cette Mortemart hautaine se fit chaleureuse et pressante. Avec le même esprit que sa mère eût mis dans un discours semblable, elle me peignit légèrement, mais d'un pinceau bien coloré, les vices de son mari et me supplia de faire donner à ses frères le pouvoir d'empêcher le duc d'Orléans de nuire au dauphin et à la France. Elle parlait en femme jalouse et malheureuse, et n'en était que plus éloquente.

Le lendemain, la duchesse du Maine, que je ne voyais jamais, envahit ma chambre sur le prétexte de me remercier, au nom de ses enfants, pour l'édit de Juillet. Piquante, brouillonne, agitée, la minuscule « Doña Salpetria », comme on la nommait, remplissait tout l'espace à elle seule. Elle m'étourdit d'un flot de paroles, d'où il ressortait que le duc d'Orléans était, au jugement de toute la Cour, le roi des empoisonneurs et l'empoisonneur des rois.

A la fin, tirée à quatre princes comme d'autres à quatre chevaux, je cédai à cette conjuration des bâtards, partie par raison, partie par tendresse et partie par lassitude. Je hasardai de parler doucement au Roi et fus grandement surprise d'emporter la place au premier assaut. En août de 1714, le Roi fit son testament : la régence serait confiée non pas à un seul homme mais à un conseil de quatorze personnes, au nombre desquelles seraient le duc du Maine et le comte de Toulouse ; le duc d'Orléans n'aurait que la présidence de ce conseil. « Enfin, me dit le Roi, une fois ce paquet cacheté et remis aux représentants du Parlement, j'ai acheté ma tranquillité mais je connais l'impuissance et l'inutilité de ce testament. Nous autres, rois, pouvons tout ce que nous voulons tant que nous sommes ; après, nous pouvons moins que les particuliers. Il n'est que de voir ce qu'il est advenu du testament du Roi mon père, aussitôt après sa mort, et de ceux de tant d'autres rois. Le mien deviendra ce qu'il pourra... » Ayant ainsi mis le dauphin en sûreté, autant qu'il lui appartenait, et sa conscience en repos, le monarque s'abandonna tout à fait à ses malaises et à ses tristesses.

Je crus que je ferais bien de le préparer à son dernier combat. Entre le Cocu imaginaire et l'Avocat patelin, dont on donna quelques représentations dans mon appartement pour le divertir, je multipliai les bonnes lectures ; mais je ne pus aller loin : comme j'avais entrepris de lire avec lui saint Augustin, il lui préféra, au bout de deux jours, des vers de Benserade qui lui rappelaient sa jeunesse ; au reproche que je lui en fis, il me répondit pour toute chose, avec un petit sourire : « Que voulez-vous, Madame ? Je ne suis pas un homme de suite », voulant dire qu'il manquait de constance ; je ne le croyais pas menteur, et si, chez lui, le repentir succédait promptement à la rechute, bientôt après, en effet, la rechute succédait au repentir. Pour dire le vrai, je n'avais réussi à lui donner qu'une dévotion toute négative : plus de guerres, plus de maîtresses, plus de bâtiments ; mais rien qui approchât jamais de la contrition, de la charité, ni même de l'amour de Dieu.

Monsieur de Chartres, quelques jours avant sa mort, m'avait, une dernière fois, rappelé les devoirs de ma charge : consoler le Roi, lui obéir, et le sauver. Je croyais avoir fait tout de mon mieux, pendant quarante ans, pour ôter ses peines à mon mari et ma chambre avait toujours été son asile ; je n'avais jamais manqué à mon devoir d'obéissance, quoi qu'il m'en eût coûté ; mais, pour le salut, je savais ne pas avoir atteint le but que la Providence m'avait marqué et je m'en remettais, pour le Roi et pour celle qui avait eu charge de son âme, à la miséricorde de Dieu. Je priais Notre Seigneur de me pardonner nos imperfections à tous deux, ne jugeant pas que mes fautes, pour être mieux cachées, fussent moins graves, dans le fond, que celles du Roi.

Je voyais bien qu'en soixante ans de dévotion je n'avais fait de vrais progrès que sur le chapitre de l'orgueil : j'étais encore surprise quelquefois par la violence de ses attaques mais au moins n'y étais-je plus entièrement livrée. Pour le reste, je me savais tiède : je désirais trop d'être aimée pour avancer dans le renoncement à moi-même ; je montrais souvent de la vivacité, de l'inégalité, de l'impatience, trop fière dans la prospérité et trop abattue dans l'adversité. Je ne rencontrais pas de consolation à ces imperfections dans la prière, où je me laissais dissiper par des imaginations ; je ne sentais pas non plus les effets de la communion et trouvais même quelquefois du dégoût dans les sacrements ; pour tout dire, enfin, la grande dévotion me semblait triste. J'avais honoré Dieu dans mon enfance par obéissance, à dix-huit ans par défi, à trente ans par désœuvrement, à quarante par intérêt, à cinquante par erreur, et je craignais, à soixante-quinze ans, de ne l'aimer plus que par lassitude. Il est vrai que la vie de la Cour n'incite pas à la perfection de l'âme ; on n'y voit guère que des demi-chrétiens qui ont pour règle l'Evangile mitigé et veulent deux maîtres, vivre sous la loi de l'esprit et sous celle de la chair, dans la vertu mais avec mollesse, gagner les biens du ciel en possédant ceux de la terre, et plaire à Dieu sans déplaire aux hommes ; enfin, plus de gens résolus à se faire saigner de temps en temps qu'à faire une bonne confession...

Cependant, souvent, à l'instant que je m'y attendais le moins, l'amour de Dieu me débordait ; le soir j'étais dans les larmes et, au matin, je m'éveillais inondée de grâce ; l'extase passée, je ne savais pourtant si une telle plénitude, sitôt perdue qu'entrevue, ne m'était pas plus cruelle encore que la sécheresse ; la vue éloignée de Dieu me paraissait plus insupportable que son absence. « Ceux qui me mangent, dit l'Ecriture, auront encore faim et ceux qui me boivent auront encore soif. » Pour moi, qui ne sais point mettre de borne à mes désirs, j'éprouvais tous les jours l'amère vérité de cette parole.

Quand il vivait encore, Monsieur de Chartres m'apaisait : « Le service de l'Eglise, de l'Etat, de Saint-Cyr, voilà, Madame, votre dévotion... Non seulement votre âme est votre vigne, mais le Roi est votre vigne, la paix de l'Etat est votre vigne, la France est une vigne, Saint-Cyr est une vigne. Sachez porter avec courage le poids du jour et de la chaleur : le maître de la vigne vous promet une grande récompense. » Mais Monsieur Desmarais [1] était mort, et, n'ayant pas cru en raison de mon âge devoir lui donner un successeur, je demeurais abandonnée à mes inquiétudes.

1. Godet-Desmarais, évêque de Chartres (aucune parenté avec le ministre).

Dans l'été de 1715, la santé du Roi donna de si vives inquiétudes que l'on apprit que les Anglais, à Londres, osaient gager qu'il n'irait pas jusqu'à l'hiver. Le sachant, le Roi, moins que jamais, voulut changer ses habitudes. « Si je continue à manger d'aussi bon appétit que je fais présentement, me dit-il un soir à l'heure de son souper, je ferai perdre tous ces Anglais qui ont fait de grosses gageures que je dois mourir le 1er septembre prochain. » Au début d'août, il reçut l'ambassade du roi de Perse et, dans son habit d'étoffe or et noir, brodé de douze millions cinq cent mille livres de diamants, il fut encore magnifique.

Quelques jours après, cependant, il commença de se plaindre d'une douleur à la jambe gauche qu'il ne sentait qu'en marchant ou en remuant ; Monsieur Fagon dit que c'était une manière de goutte-crampe ; le Roi me parut pourtant bien abattu pour une aussi petite maladie. Le soir de notre retour de Marly, il fut même si faible qu'il se traîna avec peine à son prie-Dieu ; du reste, il était d'une maigreur effrayante et ses chairs semblaient avoir fondu dans l'espace de quatre ou cinq journées. Il passa plusieurs après-dînées dans ma chambre, ne sortant de sa torpeur que pour écouter de la musique ; Madame de Dangeau et Madame de Caylus vinrent pour aider à la conversation. Le 21 août, il remit à la semaine suivante de voir la gendarmerie à ses fenêtres, mais il tint encore le Conseil d'Etat après son dîner. Le 22 août, il fut plus mal et Monsieur Fagon commença de lui donner du quinquina à l'eau et du lait d'ânesse. Le 23, il parut mieux, mangea, dormit, et travailla avec Monsieur Voysin. Le 24, il soupa debout, en robe de chambre, en présence des courtisans, mais ce fut pour la dernière fois. On me rapporta qu'il n'avait pu avaler que du liquide et qu'il avait peine à être regardé. Il se mit au lit et on visita sa jambe, où il paraissait des marques noires. La confusion se mit parmi les médecins ; on supprima le lait et le quinquina à l'eau sans savoir que faire.

Ce même jour, le Roi donna ordre que j'eusse une chambre accommodée où je pusse passer la nuit auprès de lui ; on ne m'y mit qu'un lit de repos ; jusqu'au dernier jour de sa vie, j'y passai toutes mes nuits sauf une, tantôt seule, tantôt avec Mademoiselle d'Aumale, ma secrétaire.

Le lendemain, 25 août, était le jour de la Saint-Louis, jour de la fête du Roi. Les tambours allèrent lui donner des aubades à l'ordinaire et il les fit avancer sous son balcon pour les entendre mieux de son lit ; les vingt-quatre violons et hautbois jouèrent pendant son dîner dans son antichambre, dont il fit ouvrir la porte pour les entendre. Puis, il s'endormit pendant la conversation que nous tenions avec les dames familières, et il se réveilla avec le pouls si mauvais et l'esprit si embarrassé que je lui suggérai de recevoir le viatique sans attendre plus longtemps. Le curé de Versailles et le Grand Aumônier de France l'apportèrent par le degré dérobé, sans autre décoration que sept ou huit flambeaux portés par des frotteurs du château et l'un de mes laquais. Tandis que le Roi se confessait, je l'aidai à rechercher ses fautes et lui rappelai quelques-unes de ses actions dont j'avais été le témoin. « Vous me rendez service, me dit-il, je vous en remercie. » Il reçut l'extrême-onction avec une grande piété, répétant plusieurs fois d'une voix forte : « Mon père, ayez pitié de moi. » Toute la Cour se tenait dans la Galerie [1], d'où pas un courtisan ne sortit depuis le jour que le Roi demeura renfermé dans son appartement.

Ayant reçu les sacrements, le Roi restait admirablement calme, on aurait dit qu'il allait partir simplement pour un voyage. Il me demanda de quitter un moment sa ruelle d'où je ne bougeais plus, car il voulait mettre un codicille à son testament afin de confier au duc du Maine la garde et l'éducation du jeune roi, dont le gouverneur serait Monsieur de Villeroy. Je profitai de cet intervalle pour pleurer tout mon saoul dans l'antichambre, car j'avais beau faire des efforts pour avoir la même fermeté que j'admirais en lui et porter mon attention à m'empêcher de pleurer, je sentais sans cesse mes larmes prêtes à s'échapper. Quand je rentrai, le Roi reçut longuement et successivement, en ma présence, Monsieur de Villeroy, Monsieur Desmarets, le duc d'Orléans et le duc du Maine. Il dit ensuite adieu à Madame avec des

1. Galerie des Glaces.

paroles très douces, l'assurant qu'il l'avait toujours aimée, et il recommanda en souriant aux princesses ses filles de vivre unies. Il ordonna à Monsieur de Pontchartrain de porter son cœur à la maison des jésuites avec la même tranquillité qu'il ordonnait, en santé, une fontaine pour Versailles ou pour Marly ; il commanda aussi que, dès qu'il serait mort, on menât le dauphin à Vincennes pour y être au bon air, et, comme la Cour n'avait pas été dans ce château depuis cinquante ans, il donna ordre qu'on y fît sur-le-champ quelques aménagements et en fît porter le plan au grand maréchal des logis. Au soir, Monsieur Fagon me vint dire à l'oreille que la gangrène était à la jambe, qu'elle avait pénétré jusqu'à l'os et qu'il n'y avait plus d'espérance. Je passai la nuit au chevet du Roi ; quoique sans fièvre, il fut excessivement altéré et je lui présentai trois fois à boire.

Le 26 août, les médecins, voyant sa fermeté, délibérèrent de lui faire l'amputation. Monsieur Fagon ne voulut pas le lui proposer ; je m'en chargeai. « Croyez-vous, leur demanda-t-il, de me sauver par là la vie ? » Maréchal répondit qu'il y avait peu d'apparence. « Eh bien, dit le Roi, il est donc inutile que vous me fassiez souffrir. » Après quoi, il se tourna de l'autre côté où était le maréchal de Villeroy ; il lui tendit la main et lui dit : « Adieu, mon ami. Il faut nous quitter. » Plus tard, dans la matinée, il fit mander les cardinaux de Rohan et de Bissy et leur parla une dernière fois sur le jansénisme, qui était sa plus grande peine ; je me retirai et n'entendis que ces mots lorsque je rentrai : « Vous en répondrez devant Dieu. »

Après que les deux cardinaux furent sortis, il dîna dans son lit en présence de ce qui avait les entrées. Je m'éloignai un moment. Comme on desservait, il fit approcher ses courtisans : « Messieurs, leur dit-il, à ce qu'on m'en rapporta, je vous demande pardon du mauvais exemple que je vous ai donné. J'ai bien à vous remercier de la manière dont vous m'avez servi et de l'attachement que vous m'avez marqué. Je vous demande pour mon petit-fils la même application et la même fidélité que vous avez eues pour moi. C'est un enfant qui pourra essuyer bien des traverses. Que votre exemple en soit un pour tous mes autres sujets. Suivez les ordres que mon neveu vous donnera. Il va gouverner le royaume ; j'espère qu'il le fera bien ; j'espère aussi que vous contribuerez tous à l'union et que, si quelqu'un s'en écartait, vous aideriez à le ramener... Mais je sens que je m'attendris et que je vous attendris aussi ; je vous en demande pardon. Adieu, Messieurs ; je compte que vous vous souviendrez quelquefois de moi. »

Après quelque intervalle, il fit appeler Monsieur le duc et le prince de Conti et leur recommanda de ne pas suivre l'exemple que leurs pères avaient donné, pendant sa minorité, sur les troubles et sur les guerres. Quelque temps après, il manda à la duchesse de Ventadour de lui amener le dauphin.

J'étais seule à son côté, avec les valets nécessaires. « Mon enfant, dit-il au petit enfant blond tout effrayé de cette belle scène, vous allez être un grand roi. Ne m'imitez pas dans le goût que j'ai eu pour les bâtiments ni dans celui que j'ai eu pour la guerre. Tâchez d'avoir la paix avec vos voisins et de soulager vos peuples, ce que je suis assez malheureux pour n'avoir pu faire. N'oubliez point la reconnaissance que vous devez à Madame de Ventadour », et, en embrassant l'enfant : « Mon cher enfant, je vous donne ma bénédiction de tout mon cœur. » Lorsqu'on eut ôté le petit prince de dessus son lit, il le redemanda, l'embrassa de nouveau et le bénit encore. Madame de Ventadour remporta en hâte l'enfant qui était près de pleurer.

Comme le Roi s'appuyait ensuite sur les carreaux de son lit d'un air las et semblait sur le point de perdre connaissance, je lui demandai s'il souffrait beaucoup : « Eh non, me répondit-il, c'est ce qui me fâche. Je voudrais souffrir davantage pour l'expiation de mes péchés. » Il vit alors dans le miroir de sa cheminée deux garçons de sa chambre assis au pied de son lit qui pleuraient ; il leur dit : « Pourquoi pleurez-vous ? Est-ce que vous m'avez cru immortel ? Pour moi je n'ai point cru l'être. » « Je m'en vais, reprit-il après une courte pause, mais l'Etat demeure. »

Quelquefois, il lui échappait de dire : « Du temps que j'étais roi », ou d'appeler le dauphin « le jeune roi », et s'il voyait un mouvement dans ce qui était autour de lui : « Hé pourquoi, disait-il, cela ne me fait aucune peine. »

Absorbé d'avance en ce grand avenir où il se voyait si près d'entrer, avec un détachement sans regret, avec une humilité sans bassesse, avec un mépris de tout ce qui n'était plus pour lui, avec une bonté et une possession de son âme qui consolaient tous ceux qui étaient à son chevet, il forma le spectacle le plus touchant : toujours entier et toujours le même, parfaitement supérieur et parfaitement chrétien. L'égalité de son âme demeura à l'épreuve de la plus légère impatience ; il ne s'importuna d'aucun ordre à donner, il régla et prévit tout pour après lui, dans la même assiette qu'un homme en bonne santé aurait pu faire. Tout se passa jusqu'au bout avec cette décence extérieure, cette gravité, cette majesté qui avaient accompagné toutes les actions de sa vie, mais il y surnagea même un naturel, un air de vérité et de simplicité dont il ne s'était pas toujours si bien enveloppé. Enfin, il mourut comme un héros et comme un saint, et, dix fois, pendant cette lente agonie, assise à son côté, je chantai dans mon cœur des *Te Deum* et des actions de grâces pour remercier Dieu de nous avoir accordé qu'il fût plus grand encore dans sa mort qu'il n'avait été dans sa vie.

Le 27 août, il acheva de mettre ordre aux affaires de ce monde par recevoir, une dernière fois, le duc du Maine et le comte de Toulouse et visiter, en ma compagnie, ses deux cassettes ; il me fit brûler quantité de papiers et me donna ses ordres pour ce qu'il voulait qu'on fît des autres. Il rit en trouvant les listes de Marly, me disant : « Nous pouvons brûler tout cela car nous n'y avons plus affaire. » Puis, il me demanda ses poches et chercha lui-même ce qu'il y avait à ôter ; trouvant son chapelet, il me le donna, disant en souriant : « Au moins ce n'est pas comme relique, mais pour souvenir. » Cela fait, il ne vit plus personne et ne se consacra plus qu'à mon amitié et à son salut.

Un moment que nous étions tout à fait seuls, il me dit qu'il avait ouï dire qu'il était difficile de se résoudre à la mort mais que, pour lui, qui se trouvait sur le point de ce moment si redoutable aux hommes, il ne trouvait pas que cette résolution fût pénible à prendre. Je lui répondis doucement qu'elle l'était beaucoup quand on avait de l'attachement aux créatures, de la haine dans le cœur, des restitutions à faire. « Ha ! reprit le Roi, pour des restitutions à faire, je n'en dois à personne comme particulier ; mais, pour celles que je dois au royaume, j'espère en la miséricorde de Dieu. »

La nuit qui suivit fut fort agitée ; la fièvre était violente. Sur le matin du 28 août, il me dit adieu pour la première fois ; il s'éveilla, en effet, en me disant qu'« il n'avait de regret que celui de me quitter mais que nous nous reverrions bientôt » ; je le priai de ne penser qu'à Dieu. Il continua pourtant de penser à moi, plus qu'il ne l'avait jamais fait auparavant : « Je ne vous ai pas rendue heureuse, me dit-il avec un soupir, cependant, je vous ai toujours aimée et je puis vous assurer que je ne regrette que vous en ce monde. Vous pouvez bien me croire, reprit-il en souriant, puisque ce n'est plus l'heure de dire des galanteries... »

Il vint à Versailles un manant provençal avec un remède qui, disait-il, guérissait la gangrène. Le Roi était si mal alors et les médecins tellement à bout qu'ils y consentirent sans difficulté. On donna au Roi dix gouttes de cet élixir dans du vin d'Alicante, sur les onze heures du matin ; on lui en présenta une autre prise sur les quatre heures, en lui disant que c'était pour le rappeler à la vie : « A la vie ou à la mort, tout ce qui plaira à Dieu », répondit-il, en prenant le verre.

Il me dit adieu une deuxième fois dans l'après-dînée, me demandant pardon de n'avoir pas assez bien vécu avec moi, et m'assurant qu'il m'avait toujours aimée et estimée également. Il pleurait et me demanda s'il n'y avait personne ; je lui dis que non. Il dit : « Cependant, quand on entendrait que je m'attendris avec vous, personne n'en serait surpris. » Je m'en allai pour ne pas lui faire de mal.

Au troisième adieu, le soir du 28, il me dit soudain : « Qu'allez-vous devenir, Madame ? Vous n'avez rien. » Je lui répondis : « Je suis un rien. Ne vous occupez que de Dieu », et je m'éloignai de son lit pour ne pas le troubler davantage. Faisant ensuite réflexion que j'ignorais de quelle manière les princes me traiteraient, et que je n'avais, en effet, ni maison, ni meubles qui m'appartinssent en propre, je revins sur mes pas et le priai de me recommander au duc d'Orléans. Il l'appela aussitôt et lui dit : « Mon neveu, je vous recommande Madame de Maintenon ; vous savez l'estime et la considération que j'ai toujours eues pour elle ; elle ne m'a jamais donné que de bons conseils et je me repens de ne les avoir pas toujours suivis. Elle m'a été utile en tout et principalement pour revenir à Dieu et pour mon salut. Faites tout ce qu'elle vous demandera ou pour elle ou pour ses parents et amis. Elle n'en abusera pas. Qu'elle s'adresse directement à vous. »

Puis, tandis qu'on le pansait, le Roi me pria de sortir et de n'y plus revenir parce que ma présence l'attendrissait trop. J'y revins pourtant ; mais il me dit qu'il n'y avait plus de remède et qu'il demandait qu'on le laissât mourir en repos. Peu après, il perdit connaissance et tout le monde le crut mort. Le maréchal de Villeroy m'exhorta à ne pas attendre plus longtemps pour m'en aller à Saint-Cyr ; il envoya des gardes du Roi pour surveiller la route et me prêta son carrosse pour que je ne fusse pas reconnue.

Le lendemain, 29, dans l'après-midi, le Roi sortit de son assoupissement et donna une lueur de vie ; il prit deux biscuits trempés dans du vin et me fit demander. On m'en avertit aussitôt et je retournai auprès de lui. J'y passai toute la journée mais sans aucune espérance. Il me reconnut pourtant et me voyant auprès de lui : « J'admire votre courage et votre amitié, Madame, d'être toujours présente à un si triste spectacle. » Vers onze heures du soir, sa jambe fut visitée. La gangrène se trouva dans tout le pied, dans le genou, et la cuisse fort enflée ; le Roi s'évanouit pendant cet examen.

Le 30 août, la journée fut aussi fâcheuse qu'avait été la nuit : un grand assoupissement, et, dans les intervalles, la tête embarrassée. Le Roi ne prit que de l'eau pure ; j'étais seule dans sa chambre avec les médecins et les valets les plus indispensables pour le service. Il revenait aisément à la piété quand je trouvais les moments où sa tête n'était pas embarrassée, mais ces moments étaient de plus en plus rares et courts. Sur le soir, il n'était plus qu'une machine, sans aucune connaissance. Monsieur Briderey, supérieur des prêtres de Saint-Lazare et mon confesseur, vint jusqu'à la ruelle du lit : « Vous pouvez partir, me dit-il après avoir considéré le Roi, vous ne lui êtes plus nécessaire. »

Voyant que je ne pouvais plus être utile, je passai chez moi, distribuai à mon domestique ce que j'avais d'étoffes et de bagatelles dans mon appartement et m'en allai à Saint-Cyr pour n'en plus sortir. J'appréhendais extrêmement de n'être pas maîtresse de moi-même dans le triste moment de la mort du Roi, aussi soumise que je fusse à la volonté de Dieu ; je craignais aussi, le Roi disparu, de ne pas savoir quelle figure faire dans l'instant des cérémonies puisque, pour l'étiquette et pour le public, je n'avais aucune place dans cette Cour ; je redoutais enfin d'être insultée en chemin car, ayant assez d'expérience, je pensais qu'on pourrait me traiter comme on a souvent fait d'autres personnes en faveur après qu'elles ont tout perdu.

Je partis donc dans la nuit avec Mademoiselle d'Aumale, et les gens du duc de Villeroy nous escortèrent.

Le 31, le Roi n'était pas encore mort et Monsieur de Villeroy m'en mandait des nouvelles à tout moment. Les demoiselles défilèrent devant moi ; leurs sanglots étaient plus que je n'en pouvais supporter ; je fondis en larmes et leur dis seulement : « J'espère, mes chers enfants, que je vous verrai sans attendrissement dans la suite mais il n'y a pas moyen aujourd'hui. » Je sus que, tard dans la soirée, tandis qu'on lui disait les prières des agonisants, le Roi avait repris un semblant de connaissance et dit plusieurs fois : « O mon Dieu, venez à mon aide ; hâtez-vous de me secourir. »

Le 1er septembre, à huit heures du matin, Mademoiselle d'Aumale entra dans ma chambre et me dit seulement que toute la Maison était en prière à l'église. Je compris ce que cela voulait dire ; j'assistai dès ce jour à l'office des morts et, le lendemain, au service qui réunit toute la communauté. « Le Roi est mort de la mort des justes, dis-je à Madame de Glapion qui traînait dans les couloirs son air d'âme du purgatoire, et, comme dit le sage, ses jours ont été pleins. Songeons à le suivre, heureuses si nous faisons un si terrible passage avec une partie de sa fermeté. »

Le corps du Roi était à peine refroidi, cependant, que,

le 2 septembre, le duc d'Orléans fit casser son testament et le codicille par le Parlement réuni, ainsi que le monarque lui-même l'avait prédit. D'Orléans, ayant exclu le duc du Maine et ses pouvoirs, prenait toute la régence pour lui. Ce même jour, Monsieur Voysin, le chancelier, me vint voir. « Voilà bien des enfants sans père », lui dis-je tristement en lui montrant les petites filles dans la cour. J'avais lieu de tout craindre pour elles et pour moi, sachant que le duc d'Orléans n'ignorait pas la part que j'avais eue dans la rédaction du testament.

Le 6, on me vint dire que le Régent était à la porte de la Maison et qu'il demandait à me voir. Entrant dans mon appartement, il me dit qu'il venait m'assurer de toute la considération que je pouvais désirer ; comme je voulais le remercier, il m'interrompit en disant, assez froidement, qu'il ne faisait que son devoir et que je savais ce qui lui avait été prescrit. Je lui répondis fort doucement que je voyais, en effet, avec plaisir la marque de respect qu'il donnait au feu Roi en me faisant cette visite.

Il me dit qu'il avait pris des mesures pour qu'on me donnât exactement ce que le Roi me donnait de sa cassette ; et il me tint parole, allant jusqu'à mettre dans mon brevet de pension que mon désintéressement me l'avait rendu nécessaire. Je le remerciai très humblement, lui représentant que c'était trop dans l'état où étaient les finances et que je n'en désirais pas tant. « C'est une bagatelle, répliqua-t-il, mais il est vrai que les finances sont en mauvais état. » Je lui dis que je prierais Dieu pour obtenir le secours dont il aurait besoin. « Vous ferez bien, me répondit-il, je commence à sentir le poids du fardeau dont je suis chargé. » Je l'assurai, avec un sourire, qu'il le sentirait davantage encore dans la suite.

Il me protesta qu'il allait faire son possible pour rétablir les affaires, que c'était toute son ambition et qu'il s'estimerait trop heureux s'il pouvait, dans quelques années, rendre au jeune Roi le royaume en meilleur état qu'il n'était : « Il n'y a personne qui ait tant d'intérêt que moi à la conservation du jeune prince, ajouta-t-il, car, si on le perdait, je ne régnerais pas en repos et on aurait la guerre avec l'Espagne. » Je lui répondis, avec la douceur d'une mère et la suavité d'une personne qui avait quarante années de Cour derrière elle, que, s'il n'avait

619

pas le désir insatiable de régner, dont il avait toujours été accusé, ce qu'il projetait était cent fois plus glorieux.

Je le priai, d'ailleurs, de ne rien écouter de tout ce qu'on voudrait m'imposer [1] sur son sujet ; que je connaissais la malice des hommes ; mais que je n'avais plus rien à dire et que je ne pensais qu'à me renfermer ; qu'on pourrait encore m'accuser de commerce en Espagne, mais que cela serait faux et que je ne penserais plus aux affaires que pour prier pour le bonheur de la France.

Il me renouvela alors toutes sortes de protestations, pour moi et pour Saint-Cyr, et me pria de m'adresser à lui directement. Je lui répondis que mes plus grandes instances seraient pour achever la fondation de Saint-Cyr.

Ce fut, enfin, une conversation de chat-fourré à chatte-mite, au bout de laquelle nous nous séparâmes dans les termes les plus aimables. Nous avions le poignard dans le cœur mais la fleur aux lèvres ; et, du reste, assez d'esprit, l'un et l'autre, pour garder nos mesures sur toutes choses. Le Régent parti, je me jetai sur mon écritoire pour consigner les termes précis de notre entretien ; je compte de laisser cette relation aux dames de Saint-Cyr, avec mon testament, en cas que, moi disparue, le duc n'en vienne à perdre un peu la mémoire des promesses qu'il m'a faites.

Ce bel ouvrage fut mon dernier travail de politique. J'avais résolu que les malheurs qui menaçaient la France épargneraient la Maison de Saint-Louis, et que les tourments de ce siècle laisseraient le ciel calme au-dessus de ces quelques arpents.

Je fermai ma porte aux princes et aux courtisans et leur fis dire que je ne voulais plus voir le monde ni en entendre parler.

Le 9 septembre, on mit le Roi à Saint-Denis, sans pompe et sans magnificence.

Depuis quarante ans, je n'étais que l'ombre de ce héros. Je disparus à la vue des hommes et sortis de leur mémoire à l'instant qu'il rendit l'âme.

1. M'attribuer.

620

« Il y eut encore une nuit et encore une journée... »

Voilà quatre ans que je suis enfermée dans Saint-Cyr ; mais je souffre, depuis trois mois, d'une petite fièvre lente qui m'aura bientôt délivrée. On me traite au jus de pavot, au quinquina et au vin de Bordeaux ; malgré ces soins diligents, ou à cause d'eux, la tête me tourne incessamment[1] et la plume me glisse des mains. Le dernier médecin qui m'a visitée m'a trouvée mieux. « Je suis mieux, ai-je dit à mon neveu de Noailles[2] qui voulait savoir de mes nouvelles, je suis mieux mais je pars. »

Il y a tant d'années que je désire la mort que je ne puis craindre la maladie. Je crains seulement ce froid qui me transperce les os, m'engourdit les doigts et l'esprit, et me persécute jusqu'au fond de mon lit.

J'ai eu froid toute ma vie. Il est des enfants qu'on voue à la Vierge ou à quelque saint au jour de leur naissance ; on m'a vouée au froid un jour de novembre dans une cellule sans feu de la prison de Niort, et ce patron-là ne m'a plus quittée. Il m'a suivie à Mursay dans cette petite chambre qu'on ne chauffait jamais pour que je ne prisse pas goût à des douceurs au-dessus de ma condition ; il m'a rattrapée à La Rochelle, en cet automne pluvieux que j'allais pieds nus dans les rues pour avoir du pain ; il m'a enveloppée un soir d'hiver comme on portait en terre le cercueil de mon frère ; il m'a séduite à Paris quand, chaussée de souliers percés, je m'essayais à tenir le haut du pavé sans glisser ; il m'a épousée à Versailles tandis que le vent s'engouffrait par les fenêtres grandes ouvertes de ma chambre.

J'ai eu froid dans des robes d'indienne trop minces et trop courtes ; j'ai eu froid en grand habit, sous la carapace de l'or et des pierreries ; et j'ai froid aujourd'hui que je me calfeutre de manteaux noirs et m'abrite derrière les tentures de mon lit. Il me semble que toutes les

1. Sans cesse.
2. Auparavant comte d'Ayen, devenu duc de Noailles en 1704.

pèlerines du monde, les couettes les plus épaisses, les braseros les plus brûlants ne viendraient pas à bout de ce froid-là. Je puis encore réchauffer l'écorce mais l'âme, à la fin, s'est glacée ; et j'ai bien de la peine à y conserver, en votre faveur, un petit coin de tiédeur.

Cependant, je ne voudrais pas abandonner l'ouvrage entrepris pour votre instruction sans avoir dessiné à grands traits, comme à la fin des romans, le destin des survivants ni avoir, selon l'usage, tiré pour vous la morale de l'histoire.

Pour les personnages de mon récit, je vous dirais bien que vous en connaissez assez si vous savez qu'ils mourront tous ; mais vous êtes d'âge à vous intéresser encore à la pantomime qu'on danse avant le baisser du rideau ; il faut vous contenter.

Le maréchal de Villeroy est toujours gouverneur du jeune roi. Ce vieux courtisan prend si fort au sérieux son rôle de protecteur du monarque qu'il voit des menaces partout et devient plus triste à lui seul que toutes les tragédies de Monsieur Racine. Quand il me vient voir malgré mes défenses, il ne me parle que tentatives d'empoisonnement, rumeurs d'assassinat et semblants de crimes. Cependant, notre Roi va sur ses dix ans et se porte si bien, en dépit de ce tragique, qu'on songe à le marier.

Monsieur du Maine n'est pas si heureux. Après lui avoir retiré ses pouvoirs, le Régent lui a fait ôter ses titres l'un après l'autre. J'ai exhorté ce pauvre enfant à la résignation ; il n'entendait pas mal ce langage et s'était mis, dans les derniers temps, à une belle traduction de Lucrèce ; mais sa petite duchesse ne s'est point accommodée, si bien que lui, des vers latins et des revers de fortune ; elle a intrigué avec l'ambassadeur d'Espagne et trempé dans je ne sais quelle conspiration. Le Régent a fait emprisonner tout le monde, jusqu'aux domestiques de la maison. On a mis mon prince au secret. C'est un enfant perdu et une famille ruinée.

Madame de Caylus tâche à me divertir de ma peine par le récit de ses folies. Depuis qu'elle est veuve, elle s'est mise en ménage avec le duc de Villeroy ; ils mangent, boivent et mènent grande vie ; du reste, elle est fort mal saine [1] et je doute si elle fera de vieux os. Cependant sa gaîté ne se dément pas. Seul son fils, le chevalier, lui donne quelque souci : il ne parle que poésie et voyages ; on le croyait officier, il se veut ciseleur de vers ; comme d'ailleurs il est un peu vaurien, il joue, perd, emprunte et fait payer sa mère. Présentement, il envisage d'aller rétablir sa fortune à Constantinople. Je reconnais ce désir-là ; bon sang ne saurait mentir et ce petit chevalier est un vrai d'Aubigné.

Monsieur de Noailles est le seul de mes parents qui ne soit pas mal en cour. Le Régent a reconnu ses mérites et l'a fait président du Conseil des Finances. Par bonheur, ses charges ne l'empêchent pas de faire des enfants à sa femme ; et, comme c'est ce qu'elle fait le mieux, ils approchent de la douzaine.

Madame de Villette, ma cousine, est, à ce que l'on m'a dit, la maîtresse d'un grand seigneur anglais, lord Bolingbroke, et mon autre cousine, Madame de Mailly, une des personnes les plus à la mode du Paris nouveau. On n'aperçoit plus rien en elle qui rappelle ses anciens principes de calviniste, ni même ceux de la morale.

L'abbé de Choisy est presque centenaire et il est, enfin, de l'Académie, où, jusqu'à lui, on n'avait point vu de jupon... Je croyais qu'il écrirait les Mémoires du règne mais c'est Monsieur de Dangeau qui les fait. Il m'en a donné le manuscrit devant que de le remettre à l'imprimeur ; j'ai lu ces quatre-vingts cahiers dans l'espace de trois semaines. Les princes, les ministres, les favorites, les palais, les chasses, les fêtes, les batailles... pour la dernière fois, j'ai goûté de cette liqueur dont je ne savais plus à quel point elle enivrait.

Quand, pourtant, on a vidé la coupe, il faut savoir, avec le même bonheur, boire la lie. Ainsi fait la princesse des Ursins, mon amie, qui, du comble de la fortune, vient de choir dans un abîme de disgrâce. Elle gouvernait la reine d'Espagne, qui gouvernait le roi ; mais la reine était mortelle et mourut. L'âge de la princesse ne lui permettait pas d'aspirer à la couronne. Le choix d'une nouvelle reine se devait entourer d'avis mais mon amie se perdit par ce même enthousiasme qui l'avait si souvent sauvée :

---

1. Elle a une mauvaise santé.

dans un coup de tête, elle plaça son autorité dans les mains d'un petit abbé italien, nommé Alberoni. Je connaissais l'homme pour un intrigant, qui avait long-temps vécu à Anet aux crochets de Monsieur de Ven-dôme, dont il était devenu le « mignon » dans des cir-constances dignes de l'un et de l'autre : leur commerce avait commencé sur un champ de bataille mais non pas, comme chez les Grecs, dans la fraternité des armes ; l'abbé avait fait sa fortune en se jetant sur Vendôme à l'instant qu'il se levait de sa chaise percée et en l'embras-sant, à la face du monde, sur la partie la plus exposée de son individu. J'eus beau mettre Madame des Ursins en garde contre un si médiocre personnage, elle ne m'écouta pas ; elle se confiait dans tout, hors dans la morale. Dépositaire des pouvoirs de la « Camarera mayor », Alberoni choisit la future reine dans son pro-pre pays et l'amena d'Italie en Espagne assez lentement pour la bien chapitrer. Dès que Madame des Ursins, qui s'était portée à sa rencontre, fut à ses pieds, la nouvelle souveraine, obéissant à son « mentor », la fit arrêter, jeter dans un carrosse et conduire à la frontière sans autre forme de procès. Je vis la princesse quand elle fut à Paris ; elle soutenait l'effondrement de sa puissance, la perte de sa fortune et l'ingratitude des rois avec sa bonne santé coutumière. Du reste, rien n'est changé : aujourd'hui, comme hier, la reine d'Espagne commande au roi, mais c'est le cardinal Alberoni qui commande à la reine d'Espagne. Qu'est-ce que la grandeur, en vérité, quand un Alberoni gouverne un royaume ?

Le train dont vont les choses ne donne guère d'envie de connaître le dessous des cartes. On ne survit pas impu-nément à son siècle ; aussi bien me félicité-je, chaque jour, de n'être plus avertie des affaires. Le monde s'éloi-gne de moi à grands pas, et tout, dans ma mémoire, s'espace, s'étire, s'effondre. Je croirais volontiers qu'on m'a oubliée au-dehors comme j'ai oublié moi-même les grands et les politiques, s'il ne paraissait parfois qu'on se souvient que j'ai été, faute de savoir si je suis encore. L'autre jour, le csar de Moscovie [1] a demandé à me voir comme il aurait visité un monument.

1. Pierre le Grand.

624

Il est arrivé vers les sept heures du soir, mettant toute la maison en révolution ; j'étais au lit. Par civilité, j'ai essayé d'un bout de conversation mais il m'apparut vite que son truchement [1] ne m'entendait pas ; alors ce monarque s'est levé et, dans le silence retombé, il a tiré, d'un geste sec, tous les rideaux de mon lit pour mieux me considérer ; puis il est parti sans se retourner : vous croyez bien qu'il aura été satisfait. Qu'y a-t-il de commun, en effet, entre la femme qui sut plaire au roi de France et le sac d'os qui gît sur ce matelas, hors cette longue chevelure brune dont, par une singularité gênante, pas un fil n'est blanchi ? Et quelle parenté entre la petite Françoise d'autrefois et cette vieille marquise de Maintenon, si ce n'est, peut-être, cette avidité de sentiment que rien, jamais, n'a pu contenter, cette impatience qui ne s'est pas calmée ?

« Si vous ne savez pas ce que vous voulez, me disait ma bonne tante de Villette, assurément vous ne l'aurez pas. » Il faut croire que je ne le savais pas, puisque je ne l'ai pas eu.

Tout enfant, j'étais très résolue de ne pas chercher le bonheur. Il me paraissait sage, déjà, de ne me donner pour dessein d'atteindre que ce que la guerre, la maladie ni la mort ne me sauraient ôter quand je l'aurais acquis. Je m'arrêtai à la gloire, qui me semblait un bien solide. A quarante ans, je l'avais conquise ; mais ma vie, jusque-là si ramassée dans la poursuite de ce but, commença de se défaire comme un peloton mal noué ; je vis, avec surprise, que ce que je possédais ne me comblait pas et qu'il me demeurait à l'âme une inquiétude vague que seule une nouvelle course pourrait dissiper. Je ne sus quelle autre fin me donner ; tour à tour tentée par l'amour, la puissance et le renoncement, je prétendis, par crainte de manquer quelque chose dans le court temps qui me restait, courir les trois à la fois ; je manquai tout.

J'ai manqué le Roi, en effet, pour n'avoir pas su l'aimer ni m'en faire aimer de la manière qui me plaisait. Dans les dernières années de sa vie, j'en étais venue,

1. Interprète.

en respectant le héros, à si bien haïr l'homme que j'attendais impatiemment ma mort ou mon veuvage. Aujourd'hui qu'il n'est plus, je regarde avec tendresse le chapelet qu'il m'a donné, je fais jouer par Mademoiselle d'Aumale les pièces de clavecin qu'il aimait, et je ne lis avec passion que les livres qui me parlent de lui. J'aime, enfin, ce qui me rapproche de mon mari, aussi vivement que je goûtais autrefois ce qui m'en éloignait ; mais la méprise n'est plus réparable.

J'ai moins de regret à la perte de la puissance. Je ne l'avais recherchée que par imitation. Il faut plus de force que je n'en ai, ou moins d'appétit, pour ne point courir vers le lieu où l'on voit se ruer tous les autres ; on veut, à tout hasard, prendre sa part, quitte à s'en défaire après. J'ai couru avec la foule, mais le cœur n'y était pas. Ce manque d'acharnement est cause, sans doute, que je n'ai gagné à ce jeu que l'ombre d'une influence, et si tard, encore, que la peine en passait le plaisir. De cette demi-victoire, je n'éprouve justement [1] qu'un demi-chagrin.

Avoir manqué Dieu me donne plus d'amertume, quoique, à la vérité, je n'en sois pas passée loin ; je ne nie pas d'avoir été appelée et je confesse d'avoir parfaitement entendu. Cependant, j'avais d'autres soucis, d'autres désirs et, pour tout dire, les vertus sacrées m'attiraient peut-être moins que les vertus consacrées. « Vous êtes appelée à un autre royaume que celui où vous régnez, m'écrivait mon directeur, ne perdez pas de vue le lieu où vous allez et le roi qui vous attend. » A force de va-et-vient entre le royaume de France et le royaume des Cieux, je suis restée en chemin, quelque part entre les deux. Pareille à ces princesses des légendes qu'on retrouve au matin sans royaume, sans habits ni mémoire, pour n'avoir su, lorsqu'elles touchaient au but, élire la bonne clé ou dire le mot qu'on attendait, j'ai vu fondre mes espoirs et se dissiper mes biens comme neige au soleil.

Il n'est plus temps, présentement, de s'en affliger ; la vie n'est pas donnée deux fois ; et je ne prétends plus tirer d'enseignement de mes fautes que pour vous servir. Si vous consentiez, en effet, d'en croire quelqu'un qui a

1. A juste titre.

goûté tous les fruits de ce monde trompeur, vous ne quitteriez pas Saint-Cyr pour les vanités du dehors et la poursuite du vent. A vingt ans, ayant accompli, dans quelques jours de lecture, le parcours d'une vie entière, vous brûleriez mon souvenir avec mes Mémoires et, sans un regard pour la grille de fer qui sépare notre Maison du palais des rois, vous prendriez, à la chapelle, le voile noir des dames de Saint-Louis. C'est l'avantage d'avoir fait le tour de la terre par le récit des voyageurs que de pouvoir rester chez soi.

Si vous ne m'écoutez pas, je m'en consolerai pourtant, sentant quelque plaisir à me représenter votre taille bien prise dans des robes couleur de rose, vos blonds cheveux tressés avec des colliers, vos bras ornés de bracelets, et vos pieds menus chaussés de satin broché... Je ne suis pas très assurée, dans le fait, de savoir mieux ce que je veux pour vous que je ne l'ai connu pour moi-même ; au demeurant, quelques sottises que vous fassiez, je ne serai plus là pour m'en chagriner.

Je vous quitte en effet, comme j'ai déjà quitté les frondaisons et la fontaine de la « Cour Verte », la pénombre parfumée de « l'Eglise du Dehors », le dortoir des « rouges » et la classe des « bleues » ; je ne parcourrai plus le bois d'ormes du couchant ni aucun de ces chemins, « le solitaire », « la route du cœur » ou celle « des réflexions », dont le Roi avait choisi les noms ; je ne m'assiérai plus dans le Cabinet des Jeux et n'entendrai plus les rires de vos compagnes ; je ne gravirai plus cette « Allée du Roi », au bout de laquelle il m'attendit si souvent. Pour la dernière fois, il y a huit jours déjà, j'ai vu par ma fenêtre, au-dessus des jardins, ce ciel gris de l'Ile-de-France que je ne verrai plus ; mon lit est trop loin des croisées pour que j'espère d'apercevoir un ultime nuage.

Quand tout déjà m'est ôté, vous me restez encore ; mais il est temps de vous dire adieu. Je le fais en silence pour ne pas vous effrayer et les mots de tendresse que j'aimerais m'entendre vous dire ne passeront pas mes lèvres. Adieu ma joie et ma douceur, adieu badinage délicieux, adieu le dernier plaisir de ma vie, adieu toute ma consolation dans mes peines...

J'ai trouvé, autrefois, dans les papiers de Mursay, la lettre par laquelle on contait aux Villette les derniers moments de mon grand-père d'Aubigné. Il paraît que, au matin du jour de sa mort, ouvrant les yeux sur son dernier soleil, mon grand-père dit à ceux qui le veillaient : « La voici l'heureuse journée que Dieu a faite à plein désir ; par nous soit gloire à lui donnée et prenons en elle plaisir. » Agrippa d'Aubigné était un poète et, d'ailleurs, un « gascon [1] » incorrigible ; pour moi, qui n'y mets point tant de vanterie, je n'irai pas jusqu'à prétendre que ma dernière journée me va donner du plaisir.

Ce n'est pas que je craigne beaucoup d'être morte : le néant des libertins n'est pas, de toutes les façons, un état où l'on puisse éprouver du désagrément, et, si ma foi ne m'a pas trompée, si Dieu fait miséricorde à mes péchés, je rencontrerai, de l'autre côté, une éternelle félicité.

J'ai gardé de ma jeunesse assez l'esprit d'aventure pour sentir, sur le point de cette révélation, plus de curiosité que de peur ; c'est quelque chose, après tout, de pouvoir penser que, dans une semaine, un jour ou une minute, on en saura bien long.

Il me tarderait presque d'y être, si, ne redoutant pas d'être morte, je n'avais grand-peur de mourir. C'est moins le nouvel état que le passage qui m'effraie ; et ma dernière journée me fait trembler plus que tous les siècles d'après. Je crains la souffrance et prie Dieu, tous les jours, d'épargner à mon impatience les grandes douleurs. J'ai peur de cette glace, qui pénètre déjà ma chair et mon esprit, et de l'obscurité dans laquelle je basculerai ; quand même cette ombre-là ne durerait qu'un moment, il doit sembler long. Dans la traversée de cette seconde infinie, j'appréhende d'être seule, de douter, de me débattre comme une noyée.

Seigneur, soutenez cette vieille femme qui n'a plus de personnage à faire et partira sans public, aidez cette orgueilleuse, qui n'aura plus le secours de l'orgueil, à faire, dans le silence et le secret, une fin digne de celui qui fut son époux. Et laissez-moi, quelques jours encore, goûter la douceur de cette petite main glissée dans la

---

1. Au XVIIe siècle, vantard en général, sans véritable référence provinciale.

mienne et ces chansons d'enfants qui sonnent à mes oreilles comme la musique des anges.

« C'est nous qui sommes les rubans rouges, les rubans rouges ; nous demandons pour compagnons les rubans verts, les rubans verts. C'est nous qui sommes les rubans verts, les rubans verts ; nous demandons... » Pauvre Marie, sitôt que vous vous oubliez à fredonner, Mademoiselle d'Aumale ou Madame de Glapion se hâtent de vous chasser. Elles disent que vous me fatiguez. Elles savent que je vais mourir, et vous l'ignorez ; mais cette ignorance m'est précieuse ; et je prise la fraîcheur de votre bouche, posée sur ma main pour un baiser léger, bien autant que les prières que disent pour moi vos sœurs aînées.

Je suis fâchée seulement de ne pouvoir vous payer de retour. A l'heure de votre dernière heure, je serai peut-être à vos côtés, mais je doute si, dans mon nouvel état, j'aurai une main à tendre et des lèvres à donner.

Pour vous rendre un peu du réconfort que vous m'apportez, je ne puis rien que vous enseigner ces paroles que je croyais oubliées et qui me reviennent aux lèvres depuis quelques jours. Elles sont d'un vieux cantique [1] que je chantais au temple de Niort, dans mon enfance, avec les réformés du Poitou. Si vous les apprenez de moi comme Madame de Villette me les enseigna, si vous les dites encore dans l'ultime instant, vous ne serez peut-être pas tout à fait seule :

« Reste avec nous, Seigneur. Le jour décline, la nuit approche et nous menace tous. Reste avec nous. »

---

1. Mme de Maintenon connaissait parfaitement, par l'Evangile, le « Reste avec nous, Seigneur... » de la rencontre d'Emmaüs ; elle ne pouvait connaître, en revanche, le cantique qu'en ont tiré les protestants anglais, qui n'a été traduit en français qu'au xixᵉ siècle. J'ai préféré, sur ce point, être anachronique plutôt que de devoir renoncer à un texte qui est, disait Valery Larbaud, « le plus beau de tous les cantiques ».

ANNEXES

La source principale de cet ouvrage est la CORRESPONDANCE DE Mme DE MAINTENON ; je donne ici, pour n'y plus revenir dans la suite de ces notes, la liste des ouvrages imprimés et des sources manuscrites qui permettent de reconstituer cette correspondance aussi complètement que possible :

SOURCES IMPRIMÉES

Tentatives d'éditions de l'ensemble de la correspondance.

Lettres de Mme de Maintenon, éd. La Beaumelle, Amsterdam, 1756 (9 volumes) et « Mémoires et Lettres de Mme de Mainte-non », Maestricht, Dufour et Roux, 1778, tomes 6 à 15 (cette première édition générale de la correspondance de Mme de Maintenon comporte de nombreux faux et les lettres authen-tiques y sont elles-mêmes remaniées ; l'ouvrage est donc peu utilisable mais, dans certains cas, il ne peut être écarté ; sur les sources La Beaumelle, et l'authenticité de certaines lettres contestées, voir notamment *La Beaumelle et Saint-Cyr*, de A. Taphanel, chez Plon, Paris, 1898).

Correspondance générale de Mme de Maintenon, éd. Lavallée, chez Charpentier, 1865, 5 volumes (il s'agit d'une bonne criti-que de la publication de La Beaumelle et d'un excellent choix de lettres, qui n'est malheureusement pas tout à fait exempt, lui-même, d'erreurs de datation et de texte).

Mme de Maintenon d'après sa correspondance authentique, éd. Geffroy, chez Hachette, Paris, 1887, tomes 1 et 2 (cette intéressante édition critique couvre toute la vie de Mme de Maintenon, mais ne prétend pas être exhaustive pour chacune des années considérées).

Lettres de Mme de Maintenon, éd. Langlois, chez Letouzey et Ané, 1935 à 1939, tomes 2 à 5 (cette édition, à peu près complète pour la période qu'elle couvre, s'interrompt malheureusement en 1701 ; par ailleurs, le tome 1 n'a jamais été publié ; en dépit de son caractère fragmentaire, de l'inexactitude et la partialité de certains commentaires de l'éditeur, cette édition reste le meilleur ouvrage de référence en la matière).

Editions de correspondances particulières de Mme de Maintenon.

Lettres historiques et édifiantes adressées aux dames de Saint-Louis, éd. Lavallée, chez Charpentier, 1856, tomes 1 et 2.

Lettres et entretiens sur l'éducation, éd. Lavallée, chez Charpentier, 1861.

Lettres à des religieuses, éd. Libercier, chez Tequi, Paris, 1900.

Lettres à Charles d'Aubigné (1660-1703), éd. Gonzague Truc, Bossard, Paris, 1921.

Lettres à la marquise de Villette (1708-1718), dans éd. H. Bonhomme, chez Didier, Paris, 1863.

Lettres inédites de Mme de Maintenon et de la princesse des Ursins (1705-1715), chez Bossange Frères, Paris, 1826 (4 volumes).

Correspondance de Mme de Maintenon et du maréchal de Villars, éd. Vogüé, chez Jules Gervais, Paris, 1881.

Lettres inédites à M. de Basville, intendant du Languedoc (1706-1714), chez Ramboz et Schuchardt, Genève, 1875, et *Correspondance avec M. de Basville* (1709-1716), chez Joret, Paris, 1883.

Lettres de Mme de Maintenon à M. de Villeroy, chez Whittingham and Wilkins, Londres, 1871.

« Lettres à l'abbé Madot » (« tuteur » de son frère, puis évêque de Chalon) de 1703 à 1718 dans H. Courteault, *Revue des Etudes historiques,* nouvelle série, tome II, 1900.

Lettres inédites à Languet de Gergy (1714-1715), P. Foisset, Paris, 1860.

Lettres à Mme de Caylus (1715-1719), éd. Hannotaux-d'Haussonville, chez Calmann-Lévy, 1906.

Editions de correspondances adressées à Mme de Maintenon.

Les lettres adressées à Mme de Maintenon par certains de ses correspondants permettent parfois de reconstituer (citations, allusions, etc.) le texte de ses propres lettres lorsque celles-ci ont disparu :

Lettres de Mme des Ursins à Mme de Maintenon, dans l'*op. cit.*

Lettres de Bourdaloue à Mme de Maintenon, dans *Bourdaloue, sa correspondance,* par le père Clérot, Paris, 1899, et H. Bonhomme *(op. cit).*

Lettres du maréchal de Villars à Mme de Maintenon, dans l'*op. cit.*

Lettres de la duchesse du Maine à Mme de Maintenon (après 1711), éd. Stephen de La Madeleine, Paris, 1805.

Lettres du Dauphin, de Philippe V d'Espagne et du duc de Berry, à Mme de Maintenon, dans Lavallée, *Correspondance générale, op. cit.*

Lettres de Godet-Desmarais à Mme de Maintenon, chez Dumoulin, Paris 1907 (évêque de Chartres et directeur de conscience de Mme de Maintenon, Godet cite fréquemment de larges extraits des lettres de sa dirigée, lesquelles ont disparu ; c'est d'une de ces citations qu'est tirée la phrase placée en épigraphe du présent ouvrage).

Lettres du duc du Maine à Mme de Maintenon (une dizaine de lettres, publiées par Boislisle en appendice des *Mémoires* de Saint-Simon, tomes 16, 17 et 18, et une quarantaine publiées par Lavallée dans la *Correspondance générale de Mme de Maintenon, op. cit.).*

Lettres de la duchesse de Bourgogne à Mme de Maintenon, dans *Lettres inédites de la duchesse de Bourgogne,* publiées par la vicomtesse de Noailles, Paris, 1850.

Lettres du duc de Bourgogne à Mme de Maintenon, dans *Le duc de Bourgogne et le duc de Beauvilliers,* Vogüe, Paris, 1900.

Lettres de M. de Méré, Paris, 1682 (une lettre concerne la jeune Mme Scarron, une autre est adressée à Mme de Maintenon).

SOURCES MANUSCRITES NON IMPRIMÉES

Archives du château de Maintenon : copies établies au XVIIIe siècle de certaines lettres non publiées de Mme de Maintenon, ou à Mme de Maintenon (lettres du roi et de la reine d'Espagne, de la reine d'Angleterre, de divers ecclésiastiques, etc.).

Archives de M. et Mme Quatreboeufs : nombreuses copies de lettres inédites rassemblées, il y a cinquante ans, par l'abbé Langlois en vue de l'achèvement de son édition générale ; ces documents couvrent la période 1701-1719.

Archives de Mme Raindre : commentaire critique autographe de l'édition de La Beaumelle par Louis Racine, fils de Jean Racine, lequel possédait de très nombreuses lettres de Mme de Maintenon.

Bibliothèques et musées d'Europe : il y a encore au British Museum, à la Bibliothèque de Genève, à la Bibliothèque Univ. d'Amsterdam, etc., des lettres non publiées de Mme de Maintenon.

A l'ensemble de ces correspondances, il convient d'ajouter les ENTRETIENS DE Mme DE MAINTENON AVEC LES DAMES ET DEMOISELLES DE SAINT-CYR, qui constituent une source d'information précieuse sur l'enfance et la première jeunesse de la marquise, époques pour lesquelles nous ne pouvons, évidemment, disposer de lettres de l'intéressée.

SOURCES IMPRIMÉES

Proverbes inédits de Mme de Maintenon, éd. Monmerqué, J.-J. Blaise, Paris, 1828.

Conversations de Mme de Maintenon, éd. Monmerqué, J.-J. Blaise, Paris, 1828.

Conseils et instructions aux demoiselles pour leur conduite dans le monde, éd. Lavallée, chez Charpentier, Paris, 1857 (2 volumes).

Mme de Maintenon, institutrice : choix d'avis et entretiens, éd. Faguet, chez Oudin, Paris, 1885.

Recueil des instructions que Mme de Maintenon a données aux demoiselles de Saint-Cyr, chez Dumoulin, Paris, 1908.

Entretiens avec Mme de Glapion, dans *Lettres historiques et édifiantes,* Lavallée *(op. cit.).*

Avis, entretiens, conversations et proverbes, éd. Octave Gréard, chez Hachette, Paris, 1905.

Archives de Mme Raindre : cahiers tenus par une jeune fille de Saint-Cyr, Mlle de Montgon, devenue dame de Saint-Louis ; ces cahiers reproduisent notamment les commentaires faits par Mme de Maintenon à l'occasion de l'examen par la « classe bleue » de divers sujets de philosophie ou de morale, tels, du moins, que ces commentaires résultaient de la tradition transmise par les dames de Saint-Louis. (Mlle de Montgon n'est entrée à Saint-Cyr qu'après la mort de Mme de Maintenon.)

CHAPITRE 1

Correspondance de Mme de Maintenon, pour la période 1715-1719, *op. cit. ; L'Esprit de l'Institut des Filles de Saint-Louis* par Mme de Maintenon, chez Renouard, Paris, 1808 ; *Mémoires sur Mme de Maintenon,* par Languet de Gergy, éd. Lavallée, chez Plon, 1863 (Languet de Gergy, avant d'être nommé évêque de Sens, fut curé de Saint-Sulpice et demeura dans l'intimité de Mme de Maintenon même après la mort du Roi ; outre ses souvenirs personnels, ses mémoires font, en ce qui concerne la fin de la vie de la marquise, de larges emprunts aux notes et mémoires rédigés par les maîtresses et les élèves de Saint-Cyr) ; *Mémoires de Mlle d'Aumale,* éd. Hannotaux-d'Haussonville, chez Calmann-Lévy, 1906 (élevée à Saint-Cyr où elle était entrée à l'âge de sept ans, Mlle d'Aumale devint, en 1704, la secrétaire de Mme de Maintenon, la suit à la Cour et ne la quitta plus jusqu'à sa mort ; ses mémoires, qui n'étaient pas destinés à la publication, peuvent paraître un peu décousus et volontiers hagiographiques mais ils sont aussi très vivants et rassemblent, par ailleurs, divers fragments écrits par Mme de Maintenon elle-même) ; *Mme de Maintenon et la Maison royale de Saint-Cyr,* de Th. Lavallée, Plon, 1864 (à cette remarquable étude sur la création et le fonctionnement de la Maison de Saint-Louis sont joints des plans précis des lieux et des entours, ainsi que la liste nominative des élèves et des dames de Saint-Louis) ; *Le siècle de Louis XIV,* de Voltaire, La Pléiade, NRF.

Tous les faits et détails rapportés dans ce chapitre sont exacts, à l'exception du nom des poupées de Marie de La Tour... que l'Histoire a négligé de nous transmettre.

Les sentiments de Mme de Maintenon à la fin de sa vie, tels qu'ils sont présentés dans ce chapitre, sont, par ailleurs, bien ceux qui ressortent de ses confidences à ses intimes. Un seul trait dans ce chapitre relève de la fiction : la volonté de laisser des mémoires. Bien que tentée, en effet, de prendre la plume (« quel dommage qu'il n'écrive pas si bien que nous ! », disait-elle encore à sa nièce quelques mois avant sa mort, après avoir lu les Mémoires de Dangeau), Françoise de Maintenon eut la force de garder le silence jusqu'au bout : « Je n'écrirai pas mes mémoires, dit-elle un jour à Mlle d'Aumale, car il ne faudrait rien taire... et, encore une fois, je ne peux pas tout dire. »

CHAPITRE 2

LA PERSONNALITÉ ET LA VIE DE CONSTANT D'AUBIGNÉ : *Œuvres complètes d'Agrippa d'Aubigné,* éd. Reaume et de Caussade, chez Lemerre, Paris, 1873-1892 ; *Mémoires,* de Th. Agrippa d'Aubigné, éd. Lalanne, chez Charpentier, Paris, 1854 ; *Historiettes,* de Tallemant des Réaux, La Pléiade, NRF ; *Apologie pour M. Duncan,* 1635 (Res. Bibliothèque nationale), pour la longue note inscrite sur les pages de garde du volume et attribuée à Esprit Cabart de Villermont (Cabart de Villermont, dont il sera question à plusieurs reprises dans la suite du récit, eut l'occasion de bien connaître la famille d'Aubigné au temps de ses malheurs, puis la jeune Mme Scarron) ; *Archives historiques du Département de la Gironde,* 1859, tome I (lettres de Constant à son cousin de Lapeyrère) ; *Mme de Maintenon, et sa famille,* Honoré Bonhomme, chez Didier, Paris, 1863 (reproduction de nombreuses pièces inédites, dont les lettres de la seconde femme d'Agrippa aux enfants de son mari) ; *La Famille d'Aubigné et l'enfance de Mme de Maintenon,* Th. Lavallée, chez Plon, Paris, 1863 ; *Françoise d'Aubigné,* Henri Gelin, six articles parus dans *Le Mercure Poitevin* (1898-1899) ; *L'Etrange Beau-Père de Louis XIV, Constant d'Aubigné,* Docteur Merle, chez Beauchesne, 1971 (cet ouvrage, le plus complet qui ait été consacré à Constant, apporte des éléments décisifs sur certaines périodes de sa vie, notamment sur ses pérégrinations carcérales et sur sa période « américaine »).

LA SAINTONGE AU XVIIe SIÈCLE, LA VILLE DE NIORT ET LA PRISON ROYALE : *Histoire de la ville de Niort depuis son origine,* Auguste Briquet, chez Robin, Niort, 1832 ; *Histoire de la ville de Niort depuis son origine jusqu'à 1789,* Lucien Favre, Niort, 1880 ; *La Ville de Niort à la fin de l'Ancien Régime,* M. L. Fraccard, chez Desclée de Brouwer, 1956 ; *Les Pays des Deux-Sèvres,* chez Robin, Niort, 1978 ; « Déclaration des maisons relevant du Roi » (1619), « Mémoire de Thibaut de Boutteville » (1742) et « Procès-verbal des bâtiments domaniaux dressé sur les ordres du comte d'Anjou » (août 1779), reproduits dans H. Gelin, *op. cit.* ; Archives départementales des Deux-Sèvres.

LA NAISSANCE, LE BAPTÊME ET LES TROIS PREMIÈRES ANNÉES DE FRANÇOISE D'AUBIGNÉ : Archives départementales des Deux-Sèvres ; *Correspondance de Mme de Maintenon, op. cit.* ; Lettres de Jeanne de Cardillhac à Louise-Arthémise de Villette, et mémoire rédigé en 1730 par Mme de Villette, cousine de Mme de Maintenon, à la demande des dames de Saint-Cyr, le tout produit par H. Bonhomme, *op. cit.* ; Mlle d'Aumale, *op. cit.* ; *Souvenirs* de Mme de Caylus, Le Temps retrouvé, Mercure de France, 1965 (Mme de Caylus, née Marguerite de Villette, et nièce de Mme de Maintenon, a laissé des « Souvenirs » pleins d'esprits : parfaitement fiables pour la période qui couvre les années que la nièce a passées auprès de sa tante et même la période immédiatement antérieure, ils contiennent malheureusement de nombreuses erreurs sur l'enfance de Mme de Maintenon, que Mme de Caylus n'a connue que par ouï-dire et très inexactement) ; *Mémoires de Mme de Maintenon,* La Beaumelle, *op. cit.,* tomes 1 à 6 ; *Paul Scarron et Françoise d'Aubigné,* remarquable série d'articles de Boislisle dans *La revue des questions historiques* (juillet-octobre 1893).

Tous les faits rapportés dans ce chapitre sont exacts ; il ne s'agit cependant que d'hypothèses en ce qui concerne :

1. Le lieu de détention de Constant d'Aubigné ; la tradition a longuement hésité, en effet, entre le « donjon », bâtiment du XIIe siècle qui domine encore la ville, le « Parquet de la Halle » (ou « Maison de Candie »), situé à l'emplacement de la rue Victor-Hugo, et la « Conciergerie », installée dans l'hôtel Chaumont à proximité de la rue du Pont. J'ai considéré, avec H. Gelin, et pour les mêmes raisons, cette dernière hypothèse comme la plus vraisemblable.

2. L'endroit où s'installa, dans Niort, Mme d'Aubigné ; on ne sait si Jeanne de Cardillhac, qui ne quitta Niort qu'en 1638 (dans une lettre de 1642, adressée à Louise-Arthémise de Villette, elle rappelle qu'elle est à Paris depuis quatre ans), passa ces trois années dans l'enceinte de la prison ou si elle s'établit dans un autre logement. J'ai penché pour cette seconde hypothèse en raison des indications de lieux portées sur les billets de reconnaissance de dettes signés par Jeanne de Cardillhac pendant son séjour niortais. A partir de 1636, certains billets ne portent plus comme indication de domicile « la conciergerie de Niort », mais « Niort » seulement ; il va de soi que cet indice

637

n'est pas parfaitement probant ; je ne l'ai retenu que dans la mesure où il me paraissait vraisemblable que Jeanne de Cardillac ait cherché à Niort, comme précédemment à Poitiers, où elle logeait chez un pâtissier, à loger avec ses enfants à l'extérieur de la prison. J'ai choisi le quartier de la Regratterie pour avoir prétexte à montrer les quartiers populaires de Niort à cette époque.

3. La nourrice donnée à la petite Françoise ; Mme de Maintenon indique elle-même dans sa correspondance qu'elle a été nourrie (c.-à.-d. « mise en nourrice ») à Mursay, tandis que son frère Charles était placé à Archiac, à une cinquantaine de kilomètres de là. La tradition veut, en outre, que, à Mursay, la petite Françoise ait eu la même nourrice qu'une de ses cousines de Villette ; les biographes ne s'accordent pas sur le point, mineur, de savoir si cette cousine était Aimée de Villette (La Beaumelle) ou Madeleine (Lavallée). N'ayant retrouvé ni dans les confidences de Mme de Maintenon ni dans celles des membres de sa famille la moindre indication sur ce point, je ne suis pas certaine, pour ma part, que cette tradition ait un fondement historique. Faute de mieux, cependant, je lui suis restée fidèle et j'ai même inventé le personnage de Louise Apperçé, sachant en effet, par des actes de partage familiaux, que la métairie des Villette à Mursay était confiée à une famille Apperçé.

CHAPITRE 3

LE CHÂTEAU DE MURSAY : *Les Aventures du baron de Fœneste,* d'Agrippa d'Aubigné, Au désert, aux dépens de l'auteur, 1630 ; *La Jeunesse mystérieuse de Mme de Maintenon,* de Georges Mauguin, Vichy, 1959 (l'intérêt de cet ouvrage réside dans la photographie du château de Mursay qui y figure et la description précise des lieux par l'auteur qui les avait visités ; depuis lors, en effet, le château, en excellent état il y a cinquante ans (on dispose également de belles gravures du XIXe siècle), est tombé en ruine et, si les alentours n'ont apparemment guère changé, les tours du château d'Agrippa s'arrêtent maintenant à deux mètres du sol) ; Docteur Merle, *op. cit.* (pour l'acte de partage entre Suzanne de Lezay et son frère et le retrait lignager opéré par Agrippa, reproduits en annexe, lesquels permettent d'avoir une idée précise de la consistance et de l'état respectif des trois domaines de Mursay, Surimeau et La Berlandière).

LA VIE QUOTIDIENNE CHEZ LES VILLETTE : *Entretiens de Mme de*

Maintenon avec les jeunes filles de Saint-Cyr, op. cit. (c'est là qu'on trouve, entre autres anecdotes, celles des sabots, des dindons, de la vente du veau, de la huche, le personnage de Marie de Lile et mille autres détails sur la vie des petits hobereaux saintongeais) ; *Correspondance de Mme de Maintenon, op. cit.* (notamment une lettre à Charles d'Aubigné sur le parler poitevin) ; *Mademoiselle d'Aumale, op. cit.* ; Les Pays des Deux-Sèvres, *op. cit.*

LE PROCÈS INTENTÉ PAR JEANNE DE CARDILLHAC A CAUMONT D'ADDE : Th. Lavallée, la Famille d'Aubigné, *op. cit.* (reproduction des papiers autographes de Sansas de Nesmond) ; *Correspondance de Mme de Maintenon, op. cit.*

LA VIE DE CONSTANT D'AUBIGNÉ DE 1638 A 1644 ET LES VISITES DE LA PETITE FRANÇOISE A LA PRISON : Mlle d'Aumale, *op. cit.* ; Docteur Merle, *op. cit.* ; H. Bonhomme, *op. cit.*

Les faits rapportés dans ce chapitre sont, à quelques détails près, parfaitement exacts. J'ai cependant dû faire un choix en ce qui concerne l'épisode, assez connu, des dindons : Mme de Maintenon, qui raconte cette anecdote aux jeunes filles de Saint-Cyr sans la situer, parle en même temps de la tante, chez qui elle séjournait, comme d'une personne riche au point d'avoir un carrosse à six chevaux, ce qui a conduit certains biographes à situer cet épisode vers 1648-1649 lorsque Françoise d'Aubigné, arrachée à Mursay, fut confiée à la garde de la riche Mme de Neuillan, mais qui amène nécessairement les mêmes biographes à faire déambuler les dindons dans les rues de Niort... En relisant le récit pris en notes par les demoiselles de Saint-Cyr, j'ai personnellement la conviction que Mme de Maintenon a raconté, le même jour, plusieurs histoires relatives à l'une et à l'autre de ses tantes poitevines et que, peu au fait des alliances de la famille d'Aubigné, les demoiselles ont par erreur amalgamé les traits propres à Mme de Villette et ceux qui caractérisaient Mme de Neuillan, et regroupé des anecdotes situées les unes à Mursay, les autres à Niort. C'est pourquoi j'ai préféré replacer à Mursay l'épisode de la garde des dindons, dont tous les détails me paraissent correspondre parfaitement à ce que nous savons, par ailleurs, de la vie de la petite Françoise chez les Villette.

Je me suis efforcée, en outre, de rendre exactement les sentiments de l'enfant ; Mme de Maintenon n'a jamais caché son indifférence (et même son ressentiment) pour ses parents ni son adoration pour sa tante de Villette : tous les ans, au jour anniversaire de la mort d'Arthémise de Villette, Françoise de Maintenon s'enfermait seule dans son oratoire et consacrait sa journée au souvenir d'une tante aussi profondément admirée que tendrement chérie ; elle ne pouvait jamais l'évoquer, nous disent les dames de Saint-Cyr, « sans que les larmes lui vinssent aux yeux ».

CHAPITRE 4

LE PREMIER SÉJOUR A LA ROCHELLE : *Entretiens avec les jeunes filles de Saint-Cyr, op. cit.* (la lecture de Plutarque, etc.) ; Docteur Merle, *op. cit.* (on y trouve notamment la liste des emprunts faits dans la ville par la famille d'Aubigné pour réunir l'argent nécessaire à la traversée et, ce qui constitue une découverte essentielle, le texte du contrat d'embarquement passé par Constant avec l'armateur Hilaire Germond et celui des contrats passés par ses associés probables) ; Th. Lavallée, *La Famille d'Aubigné, op. cit.* (reproduction des décisions de la Compagnie des Indes relatives à Constant) ; Mlle d'Aumale, *op. cit.* (notamment l'incident de la messe) ; Madame de Caylus, *op. cit.*

LA TRAVERSÉE SUR L'*ISABELLE* : Mlle d'Aumale, *op. cit.* (l'attaque des corsaires) ; *Voyage des îles Camercanes en l'Amérique*, du père Maurile de Saint-Michel, chez Olivier, au Mans, 1652 (ce voyage avait eu lieu en 1646) ; *Histoires des aventuriers qui se sont signalés dans les Indes, Oexmelin*, Paris, Lefèbvre, 1686 ; *Véritable Relation de ce qui s'est passé au voyage que M. de Bretigny fit à l'Amérique occidentale*, Paul Boyer du Petit-Puy, chez Rocolet, Paris, 1654 (voyage fait en 1643) ; *Relation du voyage fait en Amérique sous la conduite de M. de Royville*, Daigremont, chez Pepingué, Paris, 1654 (voyage effectué en 1652) ; *Les Premiers Engagés partis de Nantes pour les Antilles 1636-1660*, 97e congrès des sociétés savantes, Nantes, 1972 ; *Les Engagés pour les Antilles 1634-1715*, Gabriel Debien, chez Paillard, Abbeville, 1951 ; « Mauvais Sujets poitevins aux îles », Gabriel Debien, *Bulletin de la société des antiquaires de l'Ouest*, 1960.

LE SÉJOUR A LA GUADELOUPE ET A LA MARIE-GALANTE : *Relation de l'établissement d'une colonie française dans la Guadeloupe*, Mathias du Puis, Caen, 1652 ; Père Maurile de Saint-Michel, *op. cit.*

LE SÉJOUR A LA MARTINIQUE : *Entretiens avec les jeunes filles de Saint-Cyr, op. cit.* (les vingt-quatre esclaves, les séances de coiffure, etc.) ; *Apologie pour M. Duncan, op. cit.* (toujours pour la note manuscrite attribuée à Cabart de Villermont) ; Mlle d'Aumale, *op. cit.* (notamment l'incendie de la maison, l'attitude de Charles, la punition infligée à Françoise par sa mère, etc.) ; *Nouveau Voyage aux îles de l'Amérique,* du père Labat, chez Cavelier, Paris, 1722, 6 volumes ; *Relation de l'établissement des Français depuis l'an 1635 en l'île de la Martinique,* du père Bouton, Paris, Cramoisy, 1640 ; H. Bonhomme, *op. cit.* (lettre de la Martinique envoyée par Mme d'Aubigné le 2 juin 1646 à Mme de Villette) ; *Histoire de Mme de Maintenon,* Lafont d'Ausonne, chez Magimel, Paris, 1814 (uniquement pour l'analyse que fait l'auteur d'un portrait de Mme de Maintenon qu'il possédait et qui la représenterait dans un paysage parfaitement reconnaissable du quartier du Prêcheur ; d'où il déduisait que c'était probablement dans cette partie de l'île qu'elle avait vécu enfant) ; *La Société à la Martinique au xviie siècle. 1635-1713,* Liliane Chanleau, Ozanne, Caen, 1966 ; *Un marchand et un colon,* Gabriel Debien, chez Lussand, Fontenay-le-Comte, 1954 ; *Les Esclaves aux Antilles françaises aux xviie et xviiie siècles,* Gabriel Debien, chez Ozanne, Caen, 1974 ; *Note du père Léonard de Sainte Catherine de Sienne,* aux Archives nationales (sur Cabart de Villermont).

SAINT-CHRISTOPHE : *Apologie pour M. Duncan, op. cit. ;* Tallemant des Réaux, *op. cit. ; Mémoire de Mme de Villette aux dames de Saint-Cyr,* in H. Bonhomme, *op. cit.* (sur la trahison de Constant) ; *Manuscrits Clairambault ;* Docteur Merle, *op. cit.* (voir notamment la lettre de Benjamin de Villette à Cantarini).

LE RETOUR EN FRANCE : Mlle d'Aumale, *op. cit.* (à propos de la maladie qui faillit mettre un terme prématuré à la carrière de Françoise et que j'ai placée pendant le voyage de retour pour les mêmes raisons que le docteur Merle) ; *Mémoire sur Mme de Maintenon,* du père Laguille, in *Archives Littéraires de l'Europe,* 1806, tome XII et *Variétés historiques et littéraires,* E. Fournier, tome VIII (sur le rapport du père Duverger qu'il aurait connu, le père Laguille atteste que la famille d'Aubigné vécut de charité à La Rochelle et il conte les visites que faisait la petite Françoise au collège des jésuites pour mendier sa soupe) ; *Questionnaire des dames de Saint-Cyr adressé à Mme de Villette en 1730* (ce questionnaire confirme le témoignage, souvent contesté, du père Laguille : « Il vint ici des jésuites qui assuraient que Mme de Maintenon avait été si pauvre dans son enfance qu'elle allait avec une écuelle recevoir du potage qui se distribuait en un certain endroit »), *et réponse de Mme de Villette* (notamment, sur la maladie grave à bord du bateau) ; Docteur Merle, *op. cit.* (les derniers voyages et la mort de Constant).

Cette période de la vie de Mme de Maintenon est la plus mal traitée par la plupart de ses biographes, qui, les uns, la laissent dix ans en Amérique, y faisant mourir son père, et, les autres, renoncent tout à fait à l'y envoyer, doutant que Constant ait jamais quitté la France. Il est vrai que jusqu'à une époque récente les pièces essentielles qui permettent de retracer les pérégrinations complexes de Constant et de sa famille n'avaient pas été mises au jour (je pense, en particulier, aux remarquables découvertes du docteur Merle). Cependant, une lecture attentive des multiples anecdotes rapportées par Mme de Maintenon elle-même sur cette période, les récits de voyageurs du même temps (la note de Cabart de Villermont connue depuis la fin du xixe siècle, et le récit du père Maurile de Saint-Michel dont le témoignage précis sur le passage de Constant à la Marie-Galante n'a, à ma connaissance, jamais été utilisé jusqu'à présent par les biographes de Mme de Maintenon), enfin les lettres mêmes des familles d'Aubigné et Villette, auraient pu permettre de retracer, depuis longtemps, l'essentiel de l'aventure américaine de la jeune Françoise.

Seules les dates exactes restent difficiles à déterminer : le contrat d'embarquement est du 19 avril 1644, ce qui laisse à penser que, suivant l'usage, l'embarquement a eu lieu en mai ou juin de la même année. Comme ce contrat prévoit un débarquement à la Guadeloupe, la famille d'Aubigné fit nécessairement un court séjour dans cette île à la fin de l'été 1644 (ne serait-ce, d'ailleurs, que pour y attendre l'engagé et les bagages qui devaient arriver par le bateau suivant), avant de partir pour la Marie-Galante. Le séjour à la Marie-Galante n'est plus douteux en effet, les affirmations précises du père Maurile coïncidant parfaitement avec le texte de la « commission » de la Compagnie des Indes du 31 mars 1645. Dès l'été de 1645, cependant, nous retrouvons Constant à Paris, puis à La Rochelle, ce qui explique probablement le « débandement » de sa colonie de la Marie-Galante à l'automne de 1645 et le départ de sa famille pour la Martinique.

En 1646, Mme d'Aubigné et ses enfants sont à la Martinique sans Constant (lettre de Mme d'Aubigné à Mme de Villette, et témoignage de Cabart de Villermont) : ce séjour, sur une plantation du quartier du Prêcheur avec vingt-quatre esclaves, dut être assez long car c'est à cette période que se rapportent la plupart des souvenirs de Mme de Maintenon. Au début de l'année 1647, nous trouvons Mme d'Aubigné, ses enfants et

Constant, enfin de retour, chez le commandeur de Poincy à Saint-Christophe (cf. Cabart de Villermont) ; mais Constant fait alors un ou plusieurs voyages en Angleterre, vraisemblablement pour aider les Anglais à évincer les Français de Saint-Christophe (cf. lettre de M. de Villette du 12 avril 1647, témoignage de Cabart de Villermont recueilli par Clairambault, mémoire adressé par Mme de Villette aux dames de Saint-Cyr, et *Historiettes* de Tallemant des Réaux) ; après quoi sans avoir revu sa famille, il descend vers Lyon (lettre du 10 juin 1647 à son demi-frère Nathan) et Orange, où il meurt, à l'insu de ses proches, le 31 août 1647. Le retour de Mme d'Aubigné en France a pu intervenir postérieurement à ce décès, qu'elle ignorait ; mais son arrivée à La Rochelle ne peut être de beaucoup postérieure à l'automne de 1647 ; en effet, Mme de Maintenon a toujours dit n'avoir passé que trois années de sa vie auprès de sa mère ; le point de départ de ce délai ne pouvant être postérieur à avril 1644, cette indication nous mènerait, au maximum, à l'automne de 1647.

J'ai dû, dans le courant de ce chapitre, répartir, un peu au hasard, entre les quatre îles où séjourna la famille, les diverses anecdotes rapportées par Mme de Maintenon ; j'en ai, du reste, volontairement négligé quelques-unes pour ne pas déséquilibrer le récit.

J'ai inventé le personnage de Zabeth Dieu (mais ni son nom, ni sa chanson citée, au XVIIIe siècle, par Moreau de Saint-Mery) et celui de Biam Coco : je n'ai pas eu à imaginer, cependant, leurs manières ni leur sort, à propos desquels j'ai pu emprunter aux témoignages du père Labat ; par ailleurs, l'incident de la punition « sadique » de la petite Françoise est exact, si le motif en reste inconnu.

Le personnage de Tesseron est réel ; on ignore cependant si cet étrange valet, qui avait suivi Constant dans ses prisons, était bien le valet qui l'accompagna aussi en Amérique.

Le personnage de Jean Marquet n'est pas imaginaire non plus : ce malheureux petit engagé, dont la trace a été retrouvée par G. Debien (cf. *Les Engagés, op. cit.,* pp. 51-52), était bien sur l'*Isabelle* pendant la même traversée que Françoise d'Aubigné ; ils ont pu s'apercevoir ; je ne les ai fait se rencontrer que pour donner au lecteur un aperçu de la pratique de « l'engagement ». A propos de cette traversée, j'ai ajouté aux anecdotes rapportées par Mme de Maintenon quelques détails pittoresques complémentaires, empruntés à Boyer du Petit-Puy et Daigremont *(op. cit.),* qui firent le même voyage à peu près au même moment.

Il m'a fallu, enfin, faire un choix entre des détails parfois contradictoires et des hypothèses multiples.

Ainsi, Mme de Maintenon a conté aux petites filles de Saint-Cyr que sa mère était partie pour l'Amérique en emmenant de nombreuses femmes avec elle, dont une « vieille laide, affreuse, aux pieds tournés » ; cependant, le contrat passé avec Hilaire Germond nous apprend que Jeanne d'Aubigné, alors fort pauvre, n'avait emmené qu'une servante ; j'ai supposé qu'il s'agissait de cette vieille aux pieds tournés et que les autres servantes, sur lesquelles aucun détail ne nous était donné, n'avaient jamais existé que dans l'imagination de Mme de Maintenon qui a, sans doute, voulu éblouir son auditoire.

J'ai dû choisir aussi entre plusieurs témoignages pour la période écoulée entre le retour à La Rochelle et le second « placement » de la petite Françoise à Mursay. Pour ne pas lasser le lecteur par le récit d'incessantes tribulations, j'ai préféré la version qui laisse l'enfant à La Rochelle auprès de sa mère jusqu'à sa reprise en main par Mme de Villette ; mais plusieurs familles saintongeaises (les familles de Magallan, d'Alens et de Parabère) ont fait état, au XVIIIe siècle, du séjour de l'enfant dans leurs murs : elle aurait été alors totalement abandonnée à la charité de divers hobereaux poitevins, qui n'étaient même pas ses parents, et serait restée un mois ici, un mois là (à Angoulême, notamment), au hasard des générosités de chacun ; une tradition, plus contestable, veut aussi que sa mère l'ait laissée quelque temps chez un sieur Delarue, marchand, en gage du paiement d'une dette trop criarde. Quoi qu'il en soit, il est à peu près certain que j'ai simplifié le récit de ces quelques mois ; il suffit de savoir que l'enfance, déjà passablement « cahotée », de Françoise de Maintenon a été encore plus ballottée et humiliante qu'elle n'apparaît dans mon récit.

CHAPITRE 5

LE RETOUR A MURSAY : Mlle d'Aumale, *op. cit.* (l'influence de Mme de Villette, les aumônes, etc.) ; *Manuscrits Clairambault* (sur le sort de Charles) ; Lavallée, *op. cit.* ; H. Gelin, *op. cit.*

LA VIE CHEZ Mme DE NEUILLAN (A NIORT ET A PARIS) : *Entretiens de Mme de Maintenon avec les jeunes filles de Saint-Cyr, op. cit.* ; Tallemant des Réaux, *op. cit.* ; Languet de Gergy, *op. cit.* ; Note Cabart dans l'*Apologie pour M. Duncan, op. cit.* ; Note Guillard publiée dans *Le Cabinet historique*, tome IV, 1re partie ;

Mme de Caylus, *op. cit.* ; *Mémoires de Saint-Simon*, éd. Boislisle, Paris, Hachette, 1881 ; *Mémoires du marquis de la Fare*, Raunié, Paris, 1886 ; *Œuvres complètes de M. de Méré*, F. Roches, Paris, 1930 ; *Archives historiques du département de la Gironde*, *op. cit.*, tome I (lettres de Mme d'Aubigné, datées d'Archiac en 1649) ; Boislisle, *Paul Scarron et Françoise d'Aubigné, op. cit.* (voir notamment le passage relatif à l'emplacement de l'hôtel de Troyes).

LES URSULINES DE NIORT ET CELLES DE LA RUE SAINT-JACQUES : *Entretiens de Mme de Maintenon, op. cit.* (pour tout ce qui concerne, en particulier, les convictions religieuses de la petite fille, les modalités de son entrée dans ces deux couvents, son application à l'étude, sa résistance « théologique », le personnage de la sœur Céleste, la condition mise par l'enfant à sa « conversion », etc.) ; Mlle d'Aumale, *op. cit.* ; *L'Education des filles à Niort au XVIIIe siècle*, M. L. Fracard, *Bulletin de la Société d'Histoire des Deux-Sèvres*, 4e trimestre 1951 ; *Correspondance de Mme de Maintenon, op. cit.* (pour une lettre de la jeune Françoise adressée en octobre 1649 à sa tante de Villette ; j'ai renoncé à citer exactement cette lettre car je la crois, avec Langlois, apocryphe ; Geffroy et Boislisle la considéraient pourtant comme authentique ; il est de fait que, si cette lettre n'est pas vraie, elle est au moins vraisemblable).

FRANÇOISE D'AUBIGNÉ A QUINZE ANS : *Entretiens de Mme de Maintenon, op. cit.* (à propos de son physique, de ses manières gauches, etc.) ; *Manuscrits Clairambault* (pour la note « d'après Cabart » : l'arrivée de Mlle d'Aubigné à Paris, à la descente du coche de Niort) ; *Mémoires* de Saint Legier de Boisrond (sur le physique d'une jeune « chrétienne bien appétissante », selon le mot même de Saint Legier), Recueil de la Commission des Arts et Monuments historiques de la Charente-inférieure, 1888 (pp. 305 et suivantes) ; *Clélie*, de Mlle de Scudéry, chez A. Courbé, Paris, 1656-1660 ; *Le Grand Dictionnaire des précieuses*, de Somaize, chez J. Ribon, Paris, 1660 ; Boislisle, *op. cit.* ; « Un recueil manuscrit de poésies du XVIIe siècle », de H. de Backer, *Ann. de la société des bibl. de Belgique*, 1916 (sur le contenu des petits « livres secrets » de Françoise d'Aubigné lorsqu'elle vivait dans le Marais) ; *Scarron et le genre burlesque*, de Paul Morillot, chez Lecène et Oudin, Paris, 1888.

LE MARIAGE : Mme de Caylus, *op. cit.* ; Mlle d'Aumale, *op. cit.* ; Languet de Gergy, *op. cit.* ; *Saint-Simon, op. cit.* ; Tallemant des Réaux, *op. cit.* ; Mme Dunoyer, *Lettres historiques et galantes*, chez Marteau, Cologne, 1723, et Londres, 1757 ; procuration de Mme d'Aubigné à Cabart de Villermont du 19 février 1652 et contrat de mariage du 4 avril 1652, reproduits dans Boislisle, *op. cit.* ; *Œuvres complètes* de Scarron, chez J. F. Bastien, Paris, 1786, 7 volumes (notamment, lettre à Segrais sur l'origine de la chasuble du prêtre et de la nappe d'autel de l'oratoire de l'hôtel de Troyes, et première lettre écrite par Scarron à Françoise d'Aubigné, volume 1) ; La Beaumelle, *op. cit.*

La vie de Françoise d'Aubigné chez Mme de Neuillan et aux ursulines, puis sa rencontre avec Scarron sont maintenant assez bien connues ; en revanche, nous possédons très peu d'éléments sur sa vie à Mursay lors de son second séjour, dont on ne sait même pas combien de temps il a duré. J'ai dû, sur ce point, extrapoler à partir de quelques détails ; j'ai donné, en particulier, à la mort du frère aîné de Françoise une importance qu'elle n'a peut-être pas revêtue pour elle ; les circonstances exactes de cette mort, que certains contemporains attribuaient par erreur à un duel, demeurent mystérieuses, même si la noyade paraît maintenant établie ; c'est ce qui m'a conduit à envisager l'hypothèse d'un suicide, dont rien, cependant, ne m'autorise à supposer que Mme de Maintenon ait pu elle-même l'envisager.

Tous les autres faits rapportés dans ce chapitre sont exacts, hors le mot prêté à Mme de Neuillan sur les lardoires, qui est un mot de la duchesse de La Ferté ; mais Mme de Neuillan, sur le terrain de l'avarice, valait bien la duchesse.

J'ai emprunté, enfin, à Mme de Staal-Delaunay (*Mémoires*, Mercure de France, 1970 ; première publication en 1755), pour ce chapitre et le suivant, quelques phrases qui m'ont paru bien traduire les sentiments d'une adolescente du xviie siècle (par exemple, sur la fascination exercée par les romans, genre littéraire nouveau, ou sur la découverte de l'amour).

CHAPITRE 6

LE MARIAGE AVEC SCARRON, SES CAUSES ET SES EFFETS : *Correspondance de Mme de Maintenon, op. cit.* (notamment la lettre de 1678 à son frère : « moi qui n'ai jamais été mariée... ») ; *Entretiens de Mme de Maintenon, op. cit.*, et avis adressé en 1696 à la duchesse de Bourgogne (sur le mariage), dans H. Bonhomme, *op. cit.* ; Segrais, *Segraisiana, mélange d'histoire et de littérature, recueilli par A. Galland des entretiens de M. de Segrais*, La Compagnie des Libraires, Paris, 1721 (divers mots de Scarron sur son mariage, la scène avec Mangin, etc.) ; Tallemant des Réaux, *op. cit.* (sur le mot de Scarron : « trouvez-moi une femme qui se soit mal gouvernée afin que je la puisse appeler putain sans qu'elle s'en plaigne » et celui de Françoise : « j'ai mieux aimé l'épouser qu'un couvent ») ; *Manuscrits Clairambault* (note d'après Cabart) ; Loret, *La Muse historique, ou recueil des lettres en vers contenant les nouvelles du temps* (1650-1655), chez P. Jaunet, Paris, 1857 à 1878 (4 volumes) ; Daigremont, *op. cit. ;* Scarron, *Œuvres complètes, op. cit.* (voir son portrait par lui-même) ; Boislisle, *op. cit.*

LA FRONDE ET LE SÉJOUR EN TOURAINE : *Entretiens de M*^{me} *de Maintenon* (le voyage en Poitou) ; Loret, *La Muse historique, op. cit. ;* Scarron, *La Mazarinade,* Bruxelles 1651, *La Berne Mazarine,* Bruxelles 1651 ; *La Catastrophe Mazarine,* Bruxelles, 1652 ; *Les Etrennes burlesques envoyées à Mazarin,* Bruxelles, 1652 ; La Porte, *Mémoires,* Genève, 1756, et dans la Collection des Mémoires relatifs à l'Histoire de France, Michaud-Poujoulat, chez Didier, Paris, tome XXII (la misère des villes et des campagnes pendant la Fronde) ; Boislisle, *op. cit.*

LE RETOUR A PARIS ET LE SALON DE LA RUE NEUVE-SAINT-LOUIS : *Inventaire* du mobilier de la rue Neuve-Saint-Louis, de la bibliothèque de l'écrivain et des vêtements des deux époux, établi à la mort du poète, ainsi que le bail de location de l'hôtel, reproduits dans Boislisle, *op. cit. ;* Tallemant des Réaux, *op. cit.* (sur Boisrobert, Voiture, Ménage, Scudéry, Raincy, d'Albret, etc.) ; Hamilton, *Mémoires du comte de Gramont,* chez Garnier Frères, Paris (portraits de Matha, Gramont, etc.) ; Bussy-Rabutin, *Histoire amoureuse des Gaules, in Mémoires de Roger de Rabutin,* éd. Lalanne, chez Flammarion, Paris, 1882 (portrait de Beuvron) ; *Apologie pour M. Duncan, op. cit. ;* Bussy-Rabutin, *Correspondance,* Paris, 1858-1859 (quelques anecdotes sur le maréchal d'Albret) ; Scarron, *Œuvres complètes, op. cit.,* voir notamment le tome I consacré à la correspondance (lettres au maréchal d'Albret, etc.) ; Boislisle, *op. cit.* (sur le duc de Tresmes, Louis Potier, Catherine Scarron, duchesse d'Aumont, etc.) ; E. Magne, *Scarron et son milieu,* chez Emile-Paul Frères, Paris, 1924 ; Morillot, *op. cit. ;* V. Cousin, *La Société française au XVII*^e *siècle,* chez Didier, Paris, 1873.

LA VIE DU MÉNAGE : *Correspondance de M*^{me} *de Maintenon, op. cit.* (sur l'or potable et les autres chimères de Scarron) ; *Entretiens de M*^{me} *de Maintenon* (notamment sur son absence de dévotion et sa conduite à la messe) ; *Correspondance de Scarron, op. cit.* (les dettes de Charles d'Aubigné, les « harnais de gueule », le « plain-pied », etc.) ; Scarron, *La Gazette burlesque,* et *L'Ecole des filles, ou la philosophie des dames,* réédition dans « Les classiques interdits », Jean-Claude Lattès, 1979 ; Mme de Caylus, *op. cit.* (sur les « amants » de Mme Scarron : Barillon, Guilleragues, d'Estrées, etc.) ; Mlle d'Aumale, *op. cit.* (les poèmes adressés à Mme Scarron et ses propres compositions) ; *Manuscrits Clairambault,* note du père Léonard de Sainte Catherine, ms 1165 (sur les scènes de jalousie et les reproches publics de Scarron) ; Méré, *Œuvres, op. cit.* (lettre à Mme de Lesdiguières) ; Tallemant des Réaux, *op. cit.* (sur Boncœur Franquetot et d'autres personnages) ; Saint-Simon, *op. cit.* (sur les galants de Mme Scarron, Beuvron, Villars et d'Albret) ; Abbé de Choisy, *Mémoires de l'abbé de Choisy habillé en femme,* Mercure de France, Paris, 1966 (sur les quêtes faites par les dames de qualité dans les églises) ; Boislisle, *op. cit. ;* Duc de Noailles, *Histoire de Mme de Maintenon,* les Imprimeurs réunis, Paris, 1849 ; Quicherat, *Histoire du costume en France,* Paris, 1875 ; G. Mongredien, *La Vie quotidienne sous Louis XIV,* Hachette, 1948 (voir, notamment, le chapitre consacré à « La toilette et la mode »).

Pour alléger le récit, j'ai réparti sur l'ensemble de la période les épigrammes de Gilles Boileau concernant Mme Scarron (« des injures de la Halle », disait Scarron), alors qu'elles ont été écrites en quelques semaines. Par ailleurs, si le « redémarrage » du salon de Scarron est généralement attribué à l'heureuse influence de Françoise d'Aubigné, on ignore quels convives revinrent les premiers et si l'apparition du maréchal d'Albret fut aussi décisive que je l'ai dite.

J'ai emprunté à Bussy-Rabutin le texte de la lettre de Beuvron, à Mme de Staal-Delaunay le mot sur la partie d'hombre, celui sur l'amoureux qui traverse les places en diagonale, et quelques notations sur les progrès d'une passion.

J'ai imaginé la jalousie de Louis Potier et inventé la petite scène avec Madeleine Croissant (mais non le personnage même de Madeleine Croissant, non plus que celui des autres serviteurs de Scarron, qui nous sont connus).

J'ai penché enfin pour l'attribution à Scarron de *L'Ecole des filles :* il est aujourd'hui encore considéré comme l'un des deux ou trois pères possibles de cet ouvrage anonyme ; je l'en crois volontiers l'auteur, car, outre les ennuis que lui valut cette affaire à l'époque, je crois y reconnaître son style ; on y trouve en effet certaines métaphores galantes qu'on rencontrait déjà dans les diverses « mazarinades »...

En ce qui concerne la vie conjugale de Paul Scarron et Françoise d'Aubigné, j'ai, comme la plupart des historiens, opté pour « un mariage gris », mais la consommation du mariage n'est pas à exclure tout à fait. Quant aux sentiments des époux l'un pour l'autre, si ceux de Françoise paraissent avoir été de l'ordre de l'indifférence polie, allant parfois jusqu'au mépris discret, ceux de Scarron semblent nettement plus chaleureux : on voit, par sa correspondance, qu'il est heureux d'avoir une femme et content que ce soit celle-là ; ainsi il ne manque jamais une occasion de parler d'elle à ses correspondants, et sur un ton infiniment plus affectueux et respectueux que celui, franchement « déplacé », qu'il emploie à son propos dans ses écrits publics. Quels qu'aient été, du reste, les sentiments de l'un et de l'autre, l'impression qui domine, et m'a frappée comme elle avait frappé Boislisle, est que Paul Scarron et Françoise d'Aubigné formaient bien un couple ; couple curieux soit, mais lié par un goût commun pour les choses de l'esprit, et, plus encore, par la poursuite d'un même dessein d'ascension sociale : Françoise servait parfaitement les intérêts de son mari et il lui en savait gré.

Pour ce qui est du maréchal d'Albret, j'ai choisi l'hypothèse d'une passion inaccomplie et, dans la suite du récit, d'une longue amitié amoureuse. L'existence d'une telle amitié amoureuse ne fait pas de doute (voir, notamment, le ton, à la fois ironique et tendre, des trois lettres de Mme de Maintenon au maréchal — 1671 et 1672 — qui nous sont parvenues), mais elle peut avoir succédé à des sentiments plus vifs, et même à une liaison. Bien des contemporains (Saint-Simon, notamment) ont été persuadés de la réalité de cette liaison. Je crois, comme eux, compte tenu d'un ensemble de faits dont certains seront rapportés dans les chapitres suivants, cette liaison possible et même probable. Si j'en suis restée à l'hypothèse de l'amitié amoureuse, c'est moins par conviction que pour le plaisir de décrire un sentiment différent de celui qui paraît avoir existé, par ailleurs, entre Françoise d'Aubigné et Louis de Villarceaux.

CHAPITRE 7

UNE SOIRÉE CHEZ SCARRON ; LA VISITE CHEZ NINON : Inventaire des vêtements de Mme Scarron, dans Boislisle, *op. cit.* ; Scarron, *Œuvres complètes, op. cit. ;* Tallemant des Réaux, *op. cit.* (la conversation de Scarron et Boisrobert ; Ninon) ; Emile Magne, *Ninon de Lenclos,* chez Emile-Paul frères, Paris, 1927 ; Jacques Dyssord, *Ninon de Lenclos,* les Editions Nationales, Paris, 1936 ; Fernand Nozière, *La Vie amoureuse de Ninon de Lenclos,* chez Flammarion, Paris, 1927 ; P. Girardet, *Le Destin passionné de Ninon de Lenclos,* A. Fayard, Paris, 1959 ; Jean Goudal, *Ninon de Lenclos,* Hachette, Paris, 1967 ; Correspondance de Ninon de Lenclos et de Saint-Evremond, dans E. Colombey, *Correspondance authentique de Ninon de Lenclos,* Paris, 1886.

LA SOCIÉTÉ DES GRANDES DAMES PRUDES : Mme de Caylus (sur l'amitié avec Mme d'Albret) *op. cit. ; Entretiens de Mme de Maintenon, op. cit.* (sur Mme de Montchevreuil et les services qu'elle lui rendait ; sur son orgueil et son goût pour la gloire et la « réputation ») ; *Correspondance de Scarron, op. cit.* (les visites de Mme Scarron chez Mme Fouquet, et Mme de Montchevreuil) ; Bussy-Rabutin, *op. cit.* (portrait de Mme de Sévigné) ; Saint-Simon, *op. cit.* (les petits services rendus par Mme Scarron aux grandes dames chez qui elle était reçue) ; Tallemant des Réaux, *op. cit.*

LOUIS DE VILLARCEAUX : Tallemant des Réaux, *op. cit.* (plusieurs anecdotes sur Villarceaux) ; *Correspondance de Scarron, op. cit.* (lettres à Villarceaux, et une lettre de février 1660 où il parle de Villarceaux) ; *Entretiens de Mme de Maintenon, op. cit.* (l'incident de l'éventail) ; Boisrobert, *Les épîtres en vers,* Paris, chez A. Courbé, 1659 (l'épître à Villarceaux sur l'amour qu'il sent pour Mme Scarron) ; Gilles Ménage, *Menagiana ou les bons mots de M. Ménage,* éd. Antoine Galland, chez F. et D. Delaulne, Paris, 1693 ; Mme de Caylus, *op. cit.*

LA MISÈRE DU MÉNAGE SCARRON : *Correspondance de Scarron, op. cit.* (en particulier, les nombreuses lettres à Fouquet sur les déchargeurs et autres projets ; la lettre à M. de Villette au sujet de la proposition faite par Marie Mancini à Mme Scarron, etc.) ; *Œuvres complètes* de Scarron (les « vers torche-culs » ; les exigences de M. Mérault ; le portrait de Mignard, etc.) ; Tallemant des Réaux, *op. cit.* (la visite du comte du Lude, l'affaire Langey, La Calprenède) ; *Correspondance de Mme de Maintenon, op. cit.* (la lettre sur l'entrée de Louis XIV dans Paris et le portrait de Villarceaux qui y figure) ; Boislisle, *op. cit.* (le séjour à Fontenay-aux-Roses et les cartes dessinées aux murs).

LA MORT DE PAUL SCARRON : Tallemant des Réaux, *op. cit.* (la conversation « in extremis ») ; Scarron, *Œuvres complètes* (notamment, le « testament burlesque » et l'Epitaphe) ; *Correspondance de Mme de Maintenon, op. cit.* (sur la succession et les dettes) ; Segrais, *Segraisiana, op. cit. ;* Loret, *La Muse historique, op. cit. ;* Boislisle, *op. cit.* (voir, en particulier, l'acte de décès de Scarron).

Les dialogues de Françoise d'Aubigné et de Ninon de Lenclos sont imaginaires pour la plupart ; je me suis efforcée d'y glisser, cependant, à plusieurs reprises, des mots qui sont bien ceux que la tradition (ou Tallemant) prête à Ninon.

Le dialogue de la duchesse d'Albret et de la duchesse de Richelieu à propos de l'esprit de Mme Scarron est transposé d'un dialogue entre la duchesse de La Ferté et la duchesse de Noailles au sujet de Mlle Delaunay (Mémoires de Mme de Staal, *op. cit.*).

Les dialogues entre Mme Scarron et Villarceaux sont, pareillement, transposés des conversations ou des lettres d'amour des libertins d'alors (rapportées soit par Tallemant des Réaux, soit par Bussy-Rabutin), ou inventés.

Enfin, j'ai prêté à Mme de Sévigné, sur la liaison entre Mme Scarron et Ninon, un mot qui est de son cousin, Bussy-Rabutin.

Si l'on sait tout des alliances familiales, de la fortune de Villarceaux, de ses châteaux, qui sont toujours debout (on peut voir encore à Villarceaux le portrait nu de Mme Scarron peint par le maître de maison), et si l'on connaît sur le marquis quelques anecdotes, on cerne mal la personnalité de l'homme lui-même ; j'ai dû, à l'occasion, y suppléer. On ne sait pas non plus où Françoise d'Aubigné a rencontré pour la première fois l'ancien amant de Ninon : chez les Montchevreuil, ses cousins, comme le suggère Mme de Caylus, chez Ninon, ou chez Scarron lui-même ? On sait seulement que cette rencontre est intervenue en 1658 et qu'un an plus tard, le marquis était déjà assez profondément épris pour que cet amour fût la fable de Paris. Les péripéties des commencements de cette liaison nous étant, par ailleurs, mal connues, j'ai attribué à Villarceaux des gestes ou des propos que Mme de Maintenon raconte elle-même dans ses « Entretiens » mais sans les rapporter à l'un plutôt qu'à l'autre de ses « galants » d'alors ; je l'ai fait aussi auteur d'un « tour » joué, en fait, par Voiture à Mme de Rambouillet. Enfin, la question de savoir si notre héroïne a « cédé » au séduisant marquis du vivant de Scarron ou seulement après sa mort reste, bien entendu, entière, faute de confidences de l'un ou de l'autre ; je me suis laissé guider par la vraisemblance psychologique... et la conviction de Scarron lui-même.

Tout le reste est conforme à la vérité historique.

CHAPITRE 8

LA VENTE AUX ENCHÈRES DU MOBILIER DE PAUL SCARRON ET L'ENTRÉE DE Mme SCARRON AU COUVENT : *Correspondance de Mme de Maintenon, op. cit.* ; Tallemant des Réaux, *op. cit.* (notamment, l'incident avec la duchesse d'Aumont et les visites de Villarceaux au couvent) ; Mme de Caylus, *op. cit.* (sur le cardinal d'Estrées, etc.) ; Boislisle, *op. cit.* (actes relatifs à la vente des meubles).

LES SÉJOURS A MONTCHEVREUIL : *Entretiens de Mme de Maintenon, op. cit.* ; Tallemant des Réaux, *op. cit.* (sur la manière dont Villarceaux « fournissait » à la dépense) ; Saint-Simon, *op. cit.* (même allégation) ; Mlle d'Aumale, *op. cit.*

LES « PROPOSITIONS » DES GALANTS, LA PENSION ROYALE ET LA BONNE CONDUITE APPARENTE : *Entretiens de Mme de Maintenon, op. cit.* (le mot de la dame d'honneur d'Anne d'Autriche, les robes d'étamine, etc.) ; *Correspondance de Mme de Maintenon, op. cit.* (sur l'intervention de Mme de Motteville) ; Mme de Caylus, *op. cit.* (les « propositions » de Fouquet ; voir aussi les *Manuscrits de Conrart* à la Bibliothèque de l'Arsenal encore qu'il s'agisse, à mon avis, d'un faux évident) ; Tallemant des Réaux, *op. cit.* (le courroux des religieuses qui mettent Mme Scarron à la porte) ; Mlle d'Aumale, *op. cit.* ; Marquis de La Fare, *Mémoires*, chez Fritsch, Rotterdam, 1716 (sur Lorme, Fouquet, et les autres) ; Segrais, *op. cit.* ; Georges Mongredien, *op. cit.* (les lieux de plaisir à la mode).

LA RUE DES TROIS-PAVILLONS : *Entretiens de Mme de Maintenon, op. cit.* (son goût naissant pour les enfants, les cadeaux qu'elle leur fait, etc.) ; Mlle d'Aumale, *op. cit.* (les poèmes champêtres de Mme Scarron) ; Tallemant des Réaux, *op. cit.* ; Primi Visconti, *Mémoires sur la cour de Louis XIV*, éd. Lemoine, chez Calmann-Lévy, 1909 (le déguisement en page pour plaire à Villarceaux) ; Saint-Simon, *op. cit.* (les galanteries, Nanon Balbien, etc.) ; Feuillet de Conches, dans *Causeries d'un curieux*, lettre de Ninon à Saint-Evremond (sur la « chambre jaune » prêtée par elle à Françoise d'Aubigné et Villarceaux, bien que l'authenticité de la lettre soit sujette à caution) ; Boislisle, *op. cit.* ; Girard, *Mme de Maintenon*, chez Albin Michel, 1936 (pour la reproduction du fameux « nu » qu'on voit toujours à Villarceaux) ; Jacques Wilhelm, *La Vie quotidienne des Parisiens au temps du Roi-Soleil*, chez Hachette, Paris, 1977, et *La Vie quotidienne au Marais au XVIIe siècle*, chez Hachette, 1966.

LE SÉJOUR A RUEIL ET LA RUPTURE AVEC VILLARCEAUX : *Entretiens de*

Mme *de Maintenon, op. cit. ; Correspondance de Ninon de Lenclos, op. cit.* (les mots de Ninon) ; *Correspondance de Scarron, op. cit.* (le mot sur l'art avec lequel Villarceaux fait les enfants) ; Méré, *op. cit.* (la comparaison avec Roscius) ; Languet de Gergy, *op. cit.* (le second séjour chez les ursulines de la rue Saint-Jacques) ; Tallemant des Réaux, *op. cit.* (le séjour chez Valliquierville, le personnage de Charles de Valliquierville, le propos sur les masques, etc.) ; E. Magne, *op. cit.* (les séjours de Ninon chez Valliquierville, Ninon et Françoise partageant le même lit, etc.) ; Boislisle, *op. cit.*

Il y a, en ce qui concerne la liaison de Françoise d'Aubigné et de Louis de Villarceaux, une avalanche d'insinuations et de témoignages qui ont d'autant plus de valeur que certains sont portés alors que Françoise n'est encore que la jeune Mme Scarron et que, rien ne laissant présager la grandeur de son destin, elle demeure relativement à l'abri de la calomnie. Bien que, dans ces matières, comme le remarque finement Mme de Caylus, on ne puisse être sûr de rien, le biographe se trouve en présence d'un tel faisceau d'indices et de présomptions qu'il lui est difficile de se porter fort de la vertu de son héroïne ; quant au fait que Françoise aurait été au mieux avec Mme de Villarceaux, seul un imbécile pourrait y voir une preuve d'innocence.

Si donc je n'ai rien inventé quant à l'existence, les manifestations publiques et la durée probable de cette liaison (dont les contemporains fixent le terme à 1663), j'ai dû, en revanche, imaginer la nature des sentiments qui purent rapprocher un moment deux personnages d'apparences si contraires ; le couple Valmont-Présidente de Tourvel donne peut-être une assez bonne idée de ce que furent les relations de M. de Villarceaux et de Mme Scarron...

Par ailleurs, on ne sait qui paya la pension de Mme Scarron à la Charité Notre-Dame, après la rupture avec la duchesse d'Aumont : Tallemant insinue que ce pourrait être Villarceaux ; j'ai supposé que c'était plutôt quelque amie pieuse car tout ce qu'on sait de Mme Scarron montre que si elle a pu avoir des galanteries, elle n'a jamais, contrairement aux médisances de Saint-Simon, accepté d'argent de ses galants et qu'elle a porté fièrement sa pauvreté.

La description de la petite maison de la rue des Trois-Pavillons est de mon cru, mais sa situation précise et son loyer nous sont exactement connus.

Bien que, contrairement à la tradition, j'aie fait de Nanon Balbien une jeune servante, je crois avoir été, dans cette circonstance, plus proche de la vérité historique que les historiens qui m'ont précédée. Dans leur esprit, en effet, le dévouement ancillaire va de pair avec le grand âge ; mais il se trouve que Nanon Balbien, bien que dévouée corps et âme à sa maîtresse, était vraisemblablement plus jeune que celle-ci : certes, elle est morte quinze ans avant Mme de Maintenon ; cependant, nous voyons, dans les mémoires de Manseau, intendant de Mme de Maintenon (publiés par A. Taphanel, chez Bernard, Paris, 1902), que, en 1691, lorsque la fidèle Nanon fut nommée surveillante générale de la Maison de Saint-Cyr (voir chapitres ultérieurs), sa propre mère était encore en vie et assez alerte pour l'aider dans son nouveau travail en s'installant elle-même à Saint-Cyr pour quelque temps. En supposant soixante-dix ans à cette brave Mme Balbien, ce qui est un bel âge à l'époque, on est conduit à ne pas donner à sa fille Nanon plus d'une cinquantaine d'années ; à la même époque, Mme de Maintenon a cinquante-six ans ; ainsi, la servante pouvait avoir, au maximum, l'âge de sa maîtresse et elle avait, plus vraisemblablement, quelques années de moins ; d'où le portrait, que je trace, de Nanon en jeune soubrette.

Pour le surplus, si, par Saint-Simon et d'autres, on connaît la prodigieuse « fortune » de Mlle Balbien (elle finit dans la « privance du Roi » et amassa de solides richesses mobilières et immobilières — voir Boislisle, dans les notes sur ses *Mémoires* de Saint-Simon), on sait peu de chose sur ses origines sociales : Nanon semble avoir été d'origine briarde (du moins avait-elle de la famille dans les environs de Meaux) ; Boislisle nous dit, d'autre part, que son père était une sorte d'architecte ; je n'ai, pour ma part, rien trouvé de tel dans mes recherches mais Manseau nous apprend que l'oncle de Nanon était un petit entrepreneur de bâtiment auquel Mme de Maintenon donna quelque ouvrage à Saint-Cyr ; il semble donc bien que Nanon ait été issue d'une famille de maçons ou d'entrepreneurs sans qu'on puisse dire si la jeune fille, qui ne savait pas lire quand elle entra au service de Mme de Maintenon et qui ne connut jamais l'orthographe, venait vraiment du peuple ou d'un milieu de petits artisans plus aisés. Je n'ai choisi la première hypothèse que pour avoir l'occasion de montrer les conditions de vie des petites gens en 1661, année de famine.

CHAPITRE 9

LES SALONS D'ALBRET, RICHELIEU ET LENCLOS : *Entretiens de Mme de Maintenon, op. cit.* (sur sa vie quotidienne rue des Trois-Pavillons et ses amitiés) ; *Correspondance de Mme de Maintenon, op. cit.* (le bracelet du maréchal d'Albret) ; Mme de Caylus, *op. cit.* (anecdotes diverses, en particulier celles des portraits du duc de Richelieu, de l'ivrognerie de la duchesse d'Albret, etc.) ; Mlle d'Aumale, *op. cit.* (y voir, par exemple, l'épitaphe « coquine » rimée par Mme Scarron pour l'abbé Testu et que je n'ai pas reproduite) ; Saint-Simon, *op. cit.* (peinture des trois salons) ; Jacques Testu, *Réflexions chrétiennes sur les conversations du monde*, Paris, 1687 ; d'Alembert, *Histoire des membres de l'Académie Française, Eloge de l'abbé Testu*, 1787 ; Mme de Motteville, *Mémoires*, éd. Riaux, Paris, 1886 (sur Mme de Richelieu).

LES TROIS DAMES : Mme de Caylus, *op. cit.* (sur Mme de Montespan et Mme d'Heudicourt) ; Mlle d'Aumale, *op. cit.* (la jalousie de Mme de Chalais à l'égard de Mme Scarron) ; Saint-Simon, *op. cit.* ; *Entretiens de Mme de Maintenon, op. cit.* (le mariage de Bonne de Pons) ; *Correspondance de Mme de Maintenon, op. cit.* (voir certaines lettres à la princesse des Ursins qui évoquent l'époque de l'hôtel d'Albret) ; La Beaumelle, *op. cit.* ; P. Clément, *Mme de Montespan*, Paris, 1868 ; Gonzague Truc, *Mme de Montespan*, Paris, 1936 ; M. Rat, *La Royale Montespan*, chez Plon, Paris, 1959 ; Mme Saint-René Taillandier, *La Princesse des Ursins*, chez Hachette, Paris, 1926.

LES GALANTERIES DE Mme SCARRON : Mme de Caylus, *op. cit.* (sur Lamoignon de Basville) ; La Fare, *op. cit.* (sur M. de Marsilly, les lits partagés avec Ninon, etc.) ; Tallemant des Réaux (les propositions de la Cardeau) ; *Correspondance de Mme de Sévigné*, La Pléiade, NRF, 1978 ; *Manuscrits Clairambault, op. cit.* (le mot sur le dîner donné à Mme Scarron par M. de Gondrin, archevêque de Sens).

LE VOYAGE EN POITOU, L'AUTHENTIFICATION ERRONÉE DE LA NOBLESSE DE LA FAMILLE D'AUBIGNÉ, L'AFFAIRE DU PORTUGAL, ET LA FÊTE DU 18 JUILLET 1668 : *Entretiens de Mme de Maintenon, op. cit.* (le désir d'être aimée et admirée, l'incident de l'émétique, celui de la variole, le voyage en Poitou, le séjour à Richelieu, etc.) ; H. Clouzot, *Les Voyages de Mme de Maintenon en Poitou et en Saintonge*, Niort, imprimerie Saint-Denis, 1938 ; *Correspondance de Mme de Maintenon, op. cit.* ; La Beaumelle, *Mémoires* (voir reproduction du jugement de décembre 1667 sur la noblesse de Charles et Françoise d'Aubigné) ; Boislisle, *op. cit.* ; Mme de

Caylus, *op. cit.* (les offres de la reine de Portugal) ; Mlle d'Aumale, *op. cit. ;* Félibien, *Relation de la fête de Versailles du 18 juillet 1668,* chez Petit, Paris, 1668 ; Conrart, Manuscrits de l'Arsenal, n° 5 418 (sur la présence de Mme Scarron à la table de Mlle de Scudéry et de Mme de Montausier lors de la fête de 1668) ; Lavisse, *Louis XIV,* Tallandier, 1978.

L'ABBÉ GOBELIN, LA PRÉDICTION DU MAÇON, LA PETITE D'HEUDICOURT : *Entretiens de Mme de Maintenon, op. cit.* (les sacrifices exigés par Gobelin, le mot sur ses trop belles robes, etc.) ; *Correspondance de Mme de Maintenon, op. cit.* (voir notamment une lettre de 1686 à Gobelin, dans laquelle elle lui rappelle les débuts de sa direction) ; Mme de Caylus, *op. cit. ;* Mlle d'Aumale, *op. cit.* (cf., en particulier, la prophétie de Barbé) ; Segrais, *op. cit.* (sur la même prophétie).

Tous les faits rapportés dans ce chapitre sont exacts, mais j'ai imaginé les dialogues de Mme Scarron et du maréchal d'Albret et les propos échangés par Mme Scarron avec Mlle de Scudéry. En outre, j'ai attribué à Villarceaux une épigramme, adressée à Françoise sur sa santé, qui est bien de cette époque et fut effectivement envoyée à la jeune veuve par l'un de ses galants, mais on ne sait si c'était le marquis. La phrase « l'hommage est dû aux rois ; ils font tout ce qui leur plaît » n'a pas été enseignée à Mme Scarron par ses institutrices ursulines ; il s'agit, en fait, d'un des premiers modèles d'écriture proposés à Louis XIV enfant. Enfin, on ne sait si l'abbé Gobelin, dont Mme Scarron fit la connaissance par Mme de Coulanges, devint son directeur en 1669, juste avant qu'elle n'entrât au service de Mme de Montespan, ou en 1670, juste après qu'elle se fut chargée de « l'enfant du péché » : on peut défendre, avec des arguments d'égale valeur, l'une ou l'autre hypothèse.

Quant à la taille de Louis XIV, telle que je le peins dans ce chapitre et dans la suite, je précise, pour contenter les curieux, que si je l'ai supposée moyenne, ce n'est qu'après avoir hésité à la dire franchement grande ; je n'ignore pas, sans doute, qu'on souligne volontiers aujourd'hui que le « grand roi » était petit, soit qu'on aime, par principe, à abaisser toute grandeur, soit que le monarque ait été, en effet, de taille modeste par rapport aux hommes de 1981 ; mais de telles comparaisons n'ont guère de sens puisqu'on n'est jamais « grand » ou « petit » aux yeux du public que par rapport aux gens de sa génération (il en va de même de la propreté : on nous dit maintenant que

Louis XIV était sale ; il est vrai qu'il se lavait moins que nous ; aucun de ses contemporains, cependant, ne l'a jamais considéré comme sale, et plusieurs lui ont fait le reproche d'une propreté excessive allant jusqu'à la délicatesse !). Pour ce qui est de la taille du Roi, aucun témoin du temps, même les plus critiques à l'égard de la majesté royale ou les plus objectifs, tels les ambassadeurs étrangers, ne l'a trouvée petite : on le décrit, le plus souvent, comme un homme de taille moyenne et, parfois, comme un homme de très grande taille ; ainsi Hébert, curé de Versailles, qui a vu le Roi chaque semaine pendant dix-huit ans, lui attribue, dans ses Mémoires (*Mémoires du curé de Versailles, François Hébert,* éd. Girard, Editions de France, Paris, 1927), « six pieds de haut », ce qui passerait sensiblement le mètre quatre-vingts. Je n'ai pas osé aller jusque-là, mais on voit pourquoi je n'ai pas cru, ~n plus, devoir faire du Roi-Soleil un « petit bonhomme »...

CHAPITRE 10

LA CHARGE DE GOUVERNEMENT DES BATARDS : Mlle d'Aumale, *op. cit.* ; Mme de Caylus, *op. cit.* ; Mlle de Montpensier, *Mémoires,* éd. Michaud-Poujoulat, tome 28, chez Didier, Paris (voir les débuts de la liaison de Mme de Montespan avec le Roi et, surtout, le récit de la naissance du duc du Maine et de son « enlèvement » par Mme Scarron) ; *Entretiens de Mme de Maintenon* (ses conditions de travail au service des enfants, le secret, les saignées pour ne pas rougir, etc.) ; *Correspondance de Mme de Maintenon* (les noms des nourrices, son amour pour la malheureuse petite Louise-Françoise et pour le duc du Maine, etc.) ; Guérin, docteur en médecine de la Faculté de Paris, *Méthode d'élever les enfants selon les règles de la médecine,* Paris, 1675 (conseils sur le choix d'une nourrice) ; La Beaumelle, *op. cit.* ; P. Clément, *op. cit.* ; Boislisle, *op. cit.* (les diverses « cachettes » des enfants) ; M. Rat, *op. cit.* (sur le rôle de Mlle Desœillets comme gouvernante du premier bâtard) ; I. Murat, *Colbert,* Fayard, 1980.

LES PREMIERES ENTREVUES AVEC LE ROI : *Entretiens de Mme de Maintenon, op. cit.* (sur l'éloignement du Roi pour elle) ; *Correspondance de Mme de Maintenon, op. cit.* (lettre du 10 septembre 1671 au maréchal d'Albret sur la première promenade qu'elle fait avec le Roi) ; Mme de Caylus, *op. cit.* (la disgrâce de Mme d'Heudicourt, les premiers attendrissements du Roi : « comme elle sait bien aimer », etc.) ; Mlle d'Aumale, *op. cit.* (la défense que le Roi fait à Mme de Montespan d'entretenir Mme Scarron en son absence) ; *Correspondance de Mme de Sévigné, op. cit.* (voir, notamment, les lettres du 6 février 1671 au sujet des calomnies répandues par Mme d'Heudicourt sur le compte du maréchal d'Albret et de Mme Scarron, et du 6 décembre 1671, au sujet de l'intervention de Mme Scarron dans la nomination de la duchesse de Richelieu) ; Langlois, *Mme de Maintenon*, Plon, 1932 (sur les devises et cachets de Françoise d'Aubigné).

LES AMITIES DU MARAIS ET LA MORT DE LOUISE-FRANÇOISE : *Correspondance de Mme de Maintenon, op. cit.* ; Mme de Caylus, *op. cit.* ; *Correspondance de Mme de Sévigné, op. cit.* (voir les lettres de 1671 et 1672, notamment celle du 6 janvier 1672 où elle parle de la société que fréquente Mme Scarron, et de son goût pour les enfants, et la lettre de décembre 1671 sur les propositions faites par Villarceaux au Roi) ; Marquis de Saint-Maurice, *Lettres sur la Cour de Louis XIV*, éd. Jean Lemoine, chez Calmann-Lévy, s.d. (l'ambassadeur du duc de Savoie y mentionne le décès du premier-né du Roi et de Mme de Montespan et y conte plus longuement la mort, quasi simultanée, de la petite princesse Marie-Thérèse) ; Emile Magne, *Ninon de Lenclos, op. cit.*

LE SEJOUR AU GÉNITOY, L'INSTALLATION A VAUGIRARD ET LE VOYAGE A ANVERS : *Correspondance de Mme de Maintenon, op. cit.* (les robes d'or, les visites du Roi à Vaugirard) ; *Entretiens de Mme de Maintenon, op. cit.* (le feu à la maison et le mot de Mme de Montespan) ; Mlle de Montpensier, *op. cit.* ; Marquis de Saint-Maurice, *op. cit.* (le séjour au Génitoy) ; Mme de Sévigné, *op. cit.* (notamment, lettre du 20 mars 1673 à Mme de Coulanges sur le « certain homme qui trouve Mme Scarron si aimable et de si bonne compagnie qu'il souffre impatiemment son absence » ; et la lettre du 4 décembre 1673 décrivant la maison de Vaugirard ; et les lettres de Mme de Coulanges à Mme de Sévigné pour les années 1672-1673) ; Mme de Caylus, *op. cit.* ; Mlle d'Aumale, *op. cit.* (le voyage d'Anvers, les propos des nourrices, la visite de Colbert, la vie de la petite d'Heudicourt à Vaugirard) ; La Beaumelle, *op. cit.* (Mme Scarron berçant les trois enfants) ; Marie Mancini, *Mémoires*, Le Mercure de France, Paris, 1965 ; Saint-Simon, *op. cit.* ; Boislisle, *op. cit.* ; Delavaud, *Mme de Montespan, Colbert et Louvois en 1671*, Paris, 1912 ; F. Mallet-Joris, *Marie Mancini*, Hachette, 1964 ; M. Rat, *op. cit.* (les malformations des enfants de Mme de Montespan).

L'EXPEDITION MILITAIRE DE FLANDRE ET LA LEGITIMATION DES ENFANTS : *Correspondance de Mme de Maintenon, op. cit.* ; *Entretiens, op. cit.* ; *Correspondance de Mme de Sévigné, op. cit.* (voir notamment les lettres de fin 1673 et début 1674 à Mme de Grignan) ; *Correspondance de Louvois* (avec Charles d'Aubigné, avec Luxembourg) dans M. Langlois, *Lettres de Mme de Maintenon, op. cit.* ; Saint-Simon, *op. cit.* ; *Mme de Caylus, op. cit.* (notamment le mot de Mlle de La Vallière à Mme Scarron) ; Mlle d'Aumale, *op. cit.* ; Christiane Moyne, *Louise de La Vallière*, Librairie Académique Perrin, Paris, 1978.

Les faits et sentiments rapportés dans ce chapitre (même le curieux songe fait par Mme Scarron au commencement de sa faveur) sont exacts.

Cependant : le mot de Mme de Montespan sur ses péchés, à propos du pain qu'elle fait peser, a été dit par elle à la duchesse d'Uzès et non à Mme Scarron ; j'ai regroupé dans un même récit l'épisode, authentique, des chaises renversées par le Roi (« pour celle-là je n'oserai ») et le mot, également authentique, d'un courtisan (« s'il fallait pincer les fesses à la reine ou à Mme Scarron... »), bien qu'on les place, habituellement, à quelques années de distance ; les circonstances médicales précises de la mort du premier enfant du Roi et de Mme de Montespan nous étant inconnues, j'ai appliqué à cette enfant le récit que M. de Saint-Maurice fait à son souverain de l'agonie de la petite princesse Marie-Thérèse ; le dialogue de Mme Scarron et de Mme de Montespan au bord du bassin du Génitoy est imaginaire ; personne ne sait, enfin, si le petit Toscan était un fils de Charles d'Aubigné. Cet enfant, dont Mme Scarron s'est, avec la complicité de Gobelin, occupée très maternellement jusqu'à ce qu'il disparaisse (âgé de sept ans environ) et qu'elle a doté dès qu'elle a touché son premier salaire du Roi, peut aussi bien, comme paraît l'insinuer un de ses biographes (Marcel Langlois), avoir été son propre enfant ; il est certain que Françoise d'Aubigné peut avoir eu, de L. de Villarceaux ou de C. d'Albret, un enfant illégitime, et qu'elle était très capable de dissimuler totalement l'existence d'un tel enfant sans cependant l'abandonner. Si je n'ai pas cru devoir adopter cette hypothèse, c'est qu'il m'a paru plus vraisemblable que l'enfant ait été le premier de ces nombreux neveux bâtards dont, comme elle le dit elle-même, Charles « lui fit présent » sa vie durant.

J'ai dû également, dans ce chapitre, accepter certaines hypothèses controversées ou y renoncer :

— J'ai, ainsi, renoncé tout à fait à suivre le marquis de La Fare dans l'analyse qu'il fait du rôle joué par Mme Scarron à propos de l'affaire Lauzun : La Fare écrit cinquante ans après les événements et il n'est pas bien renseigné sur cette période ; or, Mme Scarron n'était certainement pas « en position » de jouer, dès 1671, un rôle aussi déterminant dans une affaire si importante ; la « Grande Mademoiselle », mieux informée, et plus directement touchée par l'échec de son mariage et la disgrâce de Lauzun, n'a jamais, dans ses Mémoires, prêté à Mme Scarron, qu'elle connaissait déjà assez bien, l'influence que lui attribue La Fare.

— J'ai renoncé également à la belle et pieuse légende fabriquée par Saint-Cyr, et reprise par La Beaumelle, à propos du refus scrupuleux que Mme Scarron aurait d'abord opposé à la mission de gouvernante qu'on lui offrait (le fameux « si les enfants sont à Mme de Montespan, je ne m'en chargerai pas ; mais s'ils sont au Roi et qu'il m'en prie lui-même, je le veux bien... » d'où entrevue immédiate avec le Roi, etc.). Outre que Mme de Maintenon n'a jamais mentionné elle-même un tel fait et que de nombreux détails « clochent » dans cette belle histoire (« les » enfants, par exemple, alors qu'il n'y en avait qu'un), il n'est pas vraisemblable que Mme Scarron ait pu poser des conditions semblables ni Louis XIV s'abaisser jusqu'à supplier une dame, qui n'était pas grand-chose, de bien vouloir lui faire l'honneur d'accepter de gouverner son enfant.

— En revanche, j'ai considéré comme authentique la fameuse lettre de mars 1673 adressée par Mme Scarron à Mme de Coulanges (les visites du « Maître » à Vaugirard et le célèbre « il s'en retourne désespéré mais sans être rebuté ») : certes, personne, depuis La Beaumelle, n'en a vu l'original (mais les trois quarts des lettres que nous connaissons aujourd'hui n'existent plus qu'en copies) ; certes, aussi, le ton, très cynique, de cette lettre, pour n'être pas totalement inconnu dans la correspondance de Mme de Maintenon (c'est le ton de plusieurs de ses lettres à son frère), ne lui est pas habituel ; mais La Beaumelle indiquait où se trouvait l'original (« chez M. de Courtenvaux »), ce qu'il ne fait jamais lorsqu'il « fabrique » une lettre ; s'étant mis ainsi à portée d'un démenti facile, il ne s'est jamais vu opposer ce démenti ; bien plus, A. Taphanel (voir *La Beaumelle et Saint-Cyr, op. cit.*) a vu, à la fin du xixe siècle, dans les archives de la famille Angliviel de La Beaumelle, la lettre originale par laquelle Lalande, qui, lui, n'avait rien d'un faussaire, signalait à La Beaumelle l'existence de cette lettre chez les Courtenvaux et lui en donnait copie. Je pense donc, comme le dernier éditeur de la correspondance de Mme de Maintenon, qu'il faut regarder cette lettre comme authentique, même si elle va à l'encontre de l'idée, souvent émise, que, dès qu'il eut définitivement quitté Paris pour Saint-Germain, le Roi ne s'approcha plus jamais de la ville, fût-ce incognito.

— Je précise, enfin, que j'ai cité, dans ce chapitre comme dans beaucoup d'autres, des phrases tirées de l'*Imitation de Jésus-Christ*, qui était, avec les *Pensées* de Pascal et l'*Introduction à la vie dévote* de saint François de Sales, le livre de chevet de Mme de Maintenon. Il existait, au XVIIe siècle, trois traductions de cet ouvrage (dont une de l'abbé de Choisy) ; on ne sait laquelle lisait Mme de Maintenon. Je me suis autorisée de cette incertitude pour être volontairement anachronique : jugeant la traduction de Lamennais littérairement très supérieure aux traductions en usage au XVIIe siècle, c'est à cette traduction, d'un style parfaitement classique, que j'ai emprunté mes citations.

CHAPITRE 11

L'INSTALLATION DE Mme SCARRON A SAINT-GERMAIN : Lacour-Gayet, *Le Château de Saint-Germain-en-Laye,* chez Calmann-Lévy, Paris, 1935 (appartements de Mme de Montespan et de Mlle de La Vallière, chambre de Mme Scarron) ; Dumesnil, « Louis XIV à Saint-Germain-en-Laye », *Revue Hist. de Versailles,* 1973 ; *Entretiens de Mme de Maintenon, op. cit.* (les manières de Mme de Montespan avec le Roi, les souris blanches, etc.) ; *Correspondance de Mme de Maintenon, op. cit.* ; Primi Visconti, *Mémoires sur la Cour de Louis XIV,* éd. Jean Lemoine, chez Calmann-Lévy, 1909 (la conversation avec Mme de Brégis, les tentations auxquelles les dames soumettent le Roi, Mlle Desœillets, etc.) ; Mme de Sévigné, *op. cit.* ; La Palatine, *Correspondance extraite des lettres publiées par M. de Ranke et M. Holland,* traduction et notes par Joeglé, Paris, 1890 (les filles d'honneur de la Reine, les galanteries du Roi, la saleté des palais, etc.) ; Marquis de Saint-Maurice, *op. cit.* ; P. Clément, *op. cit.* ; J. Levron, « A l'ombre de la Cour : voleurs et tire-bourses », *Revue des Deux Mondes.*

LES DÉMÊLÉS AVEC Mme DE MONTESPAN : *Correspondance de Mme de Maintenon, op. cit.* (la santé des enfants, les désaccords sur l'éducation, la jalousie, le semblant de brouille avec le Roi et l'apparente disgrâce) ; Mme de Caylus, *op. cit.* (les treize cautères du comte de Vexin, etc.) ; Primi Visconti, *op. cit.* (l'ignorance de Daquin) ; Mlle d'Aumale, *op. cit.* (les disputes avec Mme de Montespan et leurs conséquences sur l'amitié naissante du Roi pour Mme Scarron, le mot du petit duc du Maine sur son rang, etc.) ; Mme de Sévigné, *op. cit.* (les brouilles entre les deux « amies », l'orgueil de Mme Scarron et sa révolte contre les ordres de Mme de Montespan) ; Saint-Simon (les propos du Roi excédé) ; La Beaumelle, *op. cit.* ; Du Four, *Les Aphorismes d'Hippocrate, avec observations de pratique sur les maladies,* Paris, 1699 (les conceptions des médecins du temps sur la fièvre) ; P. Clément, *op. cit.* (voir notamment, dans la correspondance de Mme de Montespan publiée en appendice, son mot sur le plaisir).

LES ÉTAPES DE LA CONQUÊTE PAR LE ROI : *Correspondance de Mme de Maintenon, op. cit.* (toutes ses lettres de l'année 1674 jusqu'à celle du 6 février 1675 : ses troubles de conscience et de cœur, son refus d'épouser Villars, sa décision de quitter la Cour, ses premiers gains, l'achat de Maintenon, « il est vrai que le Roi m'a nommée Mme de Maintenon et que j'aurais de plus grandes complaisances pour lui... » etc.) ; *Entretiens de Mme de Maintenon, op. cit.* (les talents du Roi pour la musique, les opéras qu'il chante à sa propre louange) ; La Palatine, *op. cit.* (le goût du Roi pour la guitare) ; Mme de Caylus (les confidences du Roi à Mme de Maintenon sur Mme de Montespan, les mots de Mme de Montespan sur Dangeau ou d'autres courtisans) ; Mlle d'Aumale (le mot du petit duc du Maine sur la « Raison ») ; Primi Visconti (l'aptitude du Roi à feindre, son sens du théâtre, sa journée, l'anecdote du Roi sortant au petit matin par les fenêtres du Château-Neuf) ; Saint-Simon (la puissance de dissimulation de Mme de Maintenon et celle du Roi) ; *Françoise d'Aubigné, veuve Scarron, de par brevet royal fabricante de fourneaux économiques-1674,* Imprimerie Meyrueis, Paris, 1854 ; La Beaumelle (les disputes avec Mme de Montespan au sujet de Scarron) ; P. Clément (la correspondance échangée par Colbert et Louis XIV au sujet de Mme de Montespan) ; Lacour-Gayet, *op. cit.* (les grottes féeriques de Saint-Germain) ; G. de Noailles, *Maintenon,* chez Delmas, 1968 ; P. Audiat, *Le Littéraire,* 1er février 1947, et « Le Mariage secret de Louis XIV et de Mme de Maintenon », *Miroir de l'Histoire,* août 1951 (sur la date à laquelle Mme Scarron succombe aux avances du Roi).

J'ai dû imaginer les quelques scènes d'intimité avec le Roi que j'ai placées dans ce chapitre : si l'on discerne assez bien, en effet, à travers la correspondance de Mme de Maintenon, les grandes phases de sa conquête par le Roi, on n'en voit pas, dans le détail, le processus. Je me suis bornée à rendre ces scènes vraisemblables psychologiquement et à les placer dans des décors réels, comme celui des fameuses grottes de Saint-Germain. Quant au moment exact où Mme Scarron succomba enfin aux avances de son souverain, si certains biographes ont cru devoir le situer en 1678 seulement (thèse de J. Cordelier, en particulier), je partage l'opinion de ceux, plus nombreux parmi les historiens modernes (P. Audiat, *op. cit.*, ou Louis Hastier, *Louis XIV et Mme de Maintenon,* chez Fayard, Paris, 1957), qui placent en 1674 cet épisode décisif pour la suite de la carrière de l'intéressée : le trouble que traduit la correspondance tout d'abord, les marques soudaines de la faveur ensuite (l'argent, les honneurs, le changement de nom voulu par le Roi, etc.), d'autant plus éclatantes qu'elles suivaient un semblant de disgrâce, l'inquiétude enfin de Mme de Montespan, prête tout à coup à marier sa « servante » à un duc pour s'en débarrasser, tout semble marquer une évolution importante dans les rapports de Mme Scarron et du Roi. J'ajoute que si l'on admet, avec Langlois, l'authenticité de la lettre de mars 1673 à Mme de Coulanges, on ne peut que trouver héroïque la conduite d'une femme qui résiste deux ans à la cour que lui fait Louis XIV ; le fait n'était pas commun ; imaginer qu'elle ait pu porter jusqu'à six à sept années cette résistance à un monarque qu'elle voyait quotidiennement relèverait, me semble-t-il, des « coulisses de l'exploit ».

J'ai imaginé, par ailleurs, le contenu de la scène de dispute avec Mme de Montespan : ces scènes, fréquentes d'après la correspondance, avaient ordinairement pour point de départ la santé des enfants, ou (selon Mlle d'Aumale de La Beaumelle) les origines modestes de Mme Scarron et son mariage, jugé ridicule, avec Scarron. Mme de Maintenon n'a rapporté elle-même, par le menu, que deux de ces scènes faites en présence du Roi ; elles sont un peu plus tardives et se trouvent reprises dans les chapitres suivants.

J'ai, en outre, fait application à Mme de Montespan d'une phrase que Saint-Simon dit à propos de Mme de Maintenon elle-même : « tout pour elle ou par elle, rien sans elle » ; mais cela pouvait être dit aussi de Mme de Montespan au sommet de sa fortune. Enfin, j'ai terminé le chapitre sur une paraphrase de Barbey d'Aurevilly : cet écrivain, qui admirait profondément Mme de Maintenon et avait envisagé de lui consacrer un essai, avait, mieux que personne, deviné les ressorts secrets de cette âme, si proche, à bien des égards, de celle qu'il prêtait à ses héroïnes ; aussi ai-je trouvé piquant de conduire Mme de Maintenon à citer, en la transformant un peu, une phrase des

Diaboliques qui s'adapte admirablement à son propre caractère.

CHAPITRE 12

Correspondance de Mme de Maintenon, op. cit. ; Entretiens de Mme de Maintenon, op.cit. ; Mlle d'Aumale, *op. cit. ;* Madame de Caylus, *op. cit.*

J'ai, dans ce chapitre, brodé assez librement autour de certains « Entretiens », de trois ou quatre phrases des dernières lettres, et de quelques-unes de ces maximes que Mme de Maintenon donnait aux petites filles de Saint-Cyr comme modèles d'écriture (voir, notamment, Octave Gréard, *op. cit.*) ou des sentences morales qu'elle leur faisait tirer au sort à l'occasion des récréations (la plupart de ces sentences manuscrites destinées à des « loteries » ont été collectées ultérieurement par les dames de Saint-Cyr mais demeurent inédites ; elles figurent dans les archives de Mme Raindre et celles de Mme Quatrebœufs).

CHAPITRE 13

LES PRÉDICATIONS CONTRE LE DOUBLE ADULTÈRE : *Correspondance de Mme de Maintenon, op. cit.* (l'affaire Mascaron) ; *Correspondance de Mme de Sévigné, op. cit.* (les discours de Bossuet, de Bourdaloue, l'attitude de Mme de Montespan devant la comtesse de Froulai, etc.) ; Bossuet, *Sermons choisis,* chez Garnier, s.d. (voir sermon prononcé pour la prise de voile de Mlle de La Vallière) ; Abbé de Choisy, *Mémoires de l'abbé de Choisy habillé en femme, op. cit. ;* Mme de Caylus (l'accident de carrosse de Mme de Montespan) ; Jean Melia, *L'Etrange Existence de l'abbé de Choisy,* chez Emile-Paul Frères, 1921.

LA REINE MARIE-THÉRÈSE : La Palatine, *Correspondance, op. cit.* (le chocolat, l'ail, la manière de jouer aux cartes, etc.) ; Mlle de Montpensier, *op. cit. ; Entretiens de Mme de Maintenon, op. cit. ;* Mlle d'Aumale, *op. cit. ;* Duclos, *Mémoires secrets sur les règnes de Louis XIV et de Louis XV,* éd. F. Barrière, Paris, 1846 (« cette pute me fera mourir ! » ; le mot est également donné par Saint-Simon) ; Imbert de Saint-Amand, *Les Femmes de Versailles,* chez Dentu, 1891 ; Mme Saint-René Taillandier, *Le*

Grand Roi et sa Cour, Hachette, 1930 ; P. Erlanger, *Louis XIV,* Fayard, 1965.

LA RUPTURE DE 1675 : *Correspondance de Mme de Maintenon, op. cit.* (Angola, les séjours à Maintenon, l'entretien avec le Roi au sujet de Mme de Montespan, etc.) ; Languet de Gergy, *op. cit.* (le refus d'absolution du curé Lécuyer, l'intervention de Bossuet) ; Mlle de Montpensier, *op. cit.* (la retraite à Vaugirard) ; Mme de Caylus, *op. cit. ;* Mme de Sévigné, *op. cit.* (Clagny, les conseils des amis de Mme de Montespan sur le parti à prendre, etc.) ; La Palatine, *op. cit.* (Mlle de Ludres) ; Primi Visconti, *op. cit.* (Mlle de Ludres) ; Bussy-Rabutin, *Correspondance avec sa famille et ses amis,* éd. Lalanne, Paris, 1857 (voir, notamment, lettres échangées avec Mlle de Scudéry) ; Saint-Simon, *op. cit.* (le style vestimentaire de Nanon Balbien) ; P. Clément, *op. cit.* (les lettres de Bossuet au Roi lors de la rupture, correspondance de Mme de Montespan, poème sur le « retour du printemps », etc.) ; Alfred et Jeanne Marie, *Versailles — son histoire* (tome 2), chez Fréal, Paris, 1972.

LA TRAVERSÉE DE LA FRANCE, LE PREMIER SÉJOUR A BARÈGES, LA RÉCONCILIATION DE LOUIS XIV ET DE SA MAÎTRESSE : *Correspondance de Mme de Maintenon, op. cit.* (les péripéties du voyage, l'accueil de Bordeaux, la vie à Barèges, le retour par Niort et Richelieu) ; Mlle d'Aumale, *op. cit.* (l'enfant martyr poitevin) ; Primi Visconti, *op. cit.* (les débuts de la « graphologie », la faveur de Mme de Soubise, etc.) ; Mme de Caylus, *op. cit.* (Mme de Soubise, les pendants d'oreilles d'émeraudes, etc.) ; Mme de Sévigné, *op. cit.* (les galanteries du Roi, l'arrivée de Mme de Maintenon à Saint-Germain, etc.) ; Saint-Simon, *op. cit.* (la porte de derrière des appartements du Roi à Saint-Germain) ; Marquis de Feuquières, *Mémoires,* Londres, 1736, et *Lettres inédites,* éd. E. Gallois, Paris, 1845 (Mme de Montespan et le jeu) ; H. Gelin, *op. cit.* (la femme et les enfants de Philippe de Villette) ; Gonzague Truc, *Madame de Montespan,* Paris, 1936.

LA REPRISE DES DÉMÊLÉS AVEC Mme DE MONTESPAN, L'ÉDUCATION DES ENFANTS, LES CONCEPTIONS DE Mme DE MAINTENON EN LA MATIÈRE : *Correspondance de Mme de Maintenon, op. cit.* (le sort de la famille Scarron, les aumônes, les principes éducatifs, etc.) ; *Entretiens de Mme de Maintenon, op. cit.* (voir, notamment, dans les entretiens avec Mme de Glapion : « il serait allé chercher son plaisir avec d'autres s'il ne l'avait trouvé avec moi ») ; Mme de Sévigné, *op. cit.* (les disputes, les mots du duc du Maine) ; Mlle d'Aumale, *op. cit.* (les aumônes, les paysannes d'Avon reçues au château, etc.) ; Mme de Caylus, *op. cit. ;* saint François de Sales, *Introduction à la vie dévote,* chez Mame, 1929 ; E. Magne, *Ninon de*

Lenclos, op. cit. ; Boislisle, *op. cit.* ; P. Clément, *op. cit.* (la santé du petit Vexin, etc.) ; M. Danielou, *Mme de Maintenon éducatrice,* chez Bloud et Gay, 1946.

LA RUPTURE DE 1676, LES PROGRÈS DE Mme DE MAINTENON DANS LA FAVEUR, L'INTERMÈDE FONTANGES : *Correspondance de Mme de Maintenon, op. cit.* (disputes, conflits sur la nourriture des enfants, le médecin anglais, Mlle de Thianges, chagrin à la mort du maréchal d'Albret, second séjour à Barèges, etc.) ; *Entretiens de Mme de Maintenon, op. cit.* (voir, notamment, la conversation avec Mlle de Fontanges et le mot de celle-ci sur la passion quittée comme une chemise) ; Primi Visconti, *op. cit.* (l'embonpoint croissant de Mme de Montespan, la progression de Mme de Maintenon, l'attitude de Mlle de Fontanges et de sa rivale à la messe, etc.) ; Mlle d'Aumale, *op. cit.* (l'intermède des nièces de Mme de Montespan) ; Mme de Sévigné, *op. cit.* (les nièces de Mme de Montespan, Mme de Maintenon devenue « la première amie », le pays nouveau « de l'amitié sans chicanes », Mlle de Fontanges « blessée dans le service », etc.) ; Duc du Maine, *Œuvres diverses d'un auteur de sept ans,* Réserve de la Bibliothèque Nationale ; Louis XIV, *Mémoires pour servir à l'instruction du Dauphin,* éd. Dreyss, Paris, 1860 (toutes les citations reprises sur le pouvoir, le métier de roi, etc.) ; Abbé de Choisy, *Mémoires pour servir à l'histoire de Louis XIV,* Mercure de France, 1979 ; *Archives de la Bastille, publiées par François Ravaisson et Louis Mollien,* Paris, 1873 (procès-verbal d'autopsie de Mlle de Fontanges) ; La Beaumelle, *op. cit.* (les scènes de dispute, les répliques de l'une et de l'autre ; Duc de Noailles, *Histoire de Mme de Maintenon,* Les Imprimeurs Réunis, Paris, 1848 (l'envoi du portrait du maréchal d'Albret à Maintenon) ; Jean Gallotti, *Mlle de Fontanges,* Paris, 1939.

On n'est pas tout à fait sûr qu'il y ait eu, entre Louis XIV et Mme de Montespan, deux ruptures successives sous la pression de l'Eglise, avant la rupture définitive des années 1678-1679 : certains témoins font état d'une seule rupture, en 1675 (Primi Visconti, Mlle de Scudéry, par exemple) ; d'autres, d'une rupture en 1676 (Mme de Caylus) ; quelques-uns de deux « fausses sorties », suivies de réconciliations (Mme de Sévigné). S'il est certain qu'il y eut bien une rupture de plusieurs mois en 1675, il est plus douteux qu'elle ait été suivie d'une tentative également sincère en 1676. Cependant, en 1676, Mme de Montespan dut s'éloigner effectivement de la Cour pendant quelques mois qu'elle passa à Bourbon-l'Archambault et la correspondance de Mme de Sévigné marque qu'à son retour, en juillet, elle eut de la peine à retrouver sa place.

J'ai imaginé le dialogue des deux Françoise en 1675 en m'inspirant du récit d'une conversation que Mlle d'Aumale place en 1676 ; j'ai, par ailleurs, inventé la scène de Bordeaux entre M. d'Albret et Mme de Maintenon (mais non pas la tendresse persistante de Mme de Maintenon pour le maréchal), et la scène entre Mme de Maintenon et Mlle de Fontanges agonisante. Enfin, on ne sait exactement à quel moment le duc du Maine fut présenté à la Reine, mais il la connaissait assez bien déjà en 1677-1678 pour lui écrire fréquemment sur le ton du compliment et en être bien reçu.

Pour des raisons tenant au rythme du récit, j'ai déplacé dans le temps le mot du Roi sur les passions auxquelles il ne veut plus résister (ce mot a été dit plus tôt) et sa réponse à Mme de Maintenon lorsqu'elle évoque la possibilité de vivre cent ans (ce mot est un peu plus tardif) ; j'ai prêté, également, au maréchal d'Albret visitant Bordeaux un mot que Tallemant attribue à Bautru, un autre libertin.

CHAPITRE 14

LA DISSOLUTION DES MŒURS ET L'AFFAIRE DES POISONS : Madame de Sévigné, *op. cit.* (les soirées de Mme de Maintenon chez le Roi, « Madame de Maintenant », la cour que lui font ministres et femmes de chambre, etc.) ; Sandras de Courtilz, *Les Intrigues amoureuses de la Cour de France,* Cologne, 1685 (le poème du grand Alcandre) ; *Correspondance de Mme de Maintenon, op. cit.* (la faveur de Mlle Doré, la cabale de Mme de Montespan) ; Mme de Caylus, *op. cit.* (la cabale Montespan-Louvois-Marsillac) ; Primi Visconti, *op. cit.* (les mœurs du siècle, les propositions de la duchesse de Duras, l'anecdote de Mme de Brizy, le « gazettes, gazettes » du Roi) ; La Palatine, *op. cit.* (le jeu, les propos obscènes, la débauche, etc.) ; Bussy-Rabutin, *La France galante,* Garnier, Paris, 1868 (le vice italien, l'affaire du chevalier Colbert) ; Chansonnier Clairambault, Manuscrits de la Bibliothèque Nationale (les débauches) ; Saint-Simon, *op. cit.* (Mlle de Piennes) ; P. Bayle, *Choix de correspondance inédite 1670-1706* (lettre de J. B. Dubos de 1696), Amsterdam, 1729 ; Louis XIV, *Mémoires, op. cit. ;* Languet de Gergy, *op. cit. ;* Bussy-Rabutin, *Correspondance, op. cit.* (les excès de senteurs de Mme de Montespan) ; La Beaumelle, *op. cit. ;* F. Gaiffe, *L'Envers du Grand Siècle,* Albin Michel, 1924 (voir le chapitre

« Le siècle des bonnes mœurs ») ; Funck-Brentano, *Le Drame des poisons,* Paris, 1899 ; A. Praviel, *Mme de Montespan empoisonneuse,* Paris, 1934 ; G. Mongredien, *Mme de Montespan et l'affaire des poisons,* Hachette, 1953 ; R. Mandrou, *Magistrats et sorciers en France au xviie siècle,* Plon.

LE ROI DANS SA FAMILLE, LA CONVERSION DE LA DESCENDANCE D'AGRIPPA D'AUBIGNÉ : Ezechiel Spanheim, *Relation de la Cour de France,* Mercure de France, 1973 (portraits de la famille royale) ; Saint-Simon, *op. cit.* (portraits divers) ; La Palatine, *op. cit. ;* Mlle d'Aumale, *op. cit.* (le retour du Roi vers la Reine sous l'influence de Mme de Maintenon) ; *Correspondance de Mme de Maintenon, op. cit.* (la gestion de Maintenon, la conversion de la famille et l'enlèvement de Marguerite de Villette, le duc du Maine, la jeune belle-sœur, Mme de Brinon, etc.) ; Mme de Caylus, *op. cit.* (récit de son enlèvement et de sa conversion, portrait de la dauphine, la reine tremblante poussée chez le Roi par Mme de Maintenon, etc.) ; Hébert, curé de Versailles, *op. cit.* (le mot sur les huguenots, dit par le Roi à Ruvigny) ; Lavisse, *Louis XIV,* Tallandier, 1978 (les persécutions menées contre les protestants depuis le début du règne).

LA FAVEUR ÉCLATANTE DE Mme DE MAINTENON ET LE MARIAGE : *Correspondance de Mme de Maintenon, op. cit.* (elle est essentielle pour ce qui regarde le mariage : voir lettres à Mme de Brinon et à l'abbé Gobelin) ; Mme de Sévigné, *op. cit. ;* Mme de Caylus, *op. cit.* (la mort de la Reine, le mot de La Rochefoucauld, le trouble de Mme de Maintenon, etc.) ; La Palatine, *op. cit. ;* L. Bouchet, *Oraison funèbre de la Reine,* citée par Langlois, *Lettres de Mme de Maintenon ;* Abbé de Choisy, *op. cit.* (le mot de Louvois consulté sur le mariage, les témoins) ; Saint-Simon, *op. cit.* (l'époque du mariage et les témoins) ; Mlle d'Aumale, *op. cit.* (l'époque du mariage, le mot dit à Mme de Caylus sur la « nièce d'une reine ») ; *Comptes des Bâtiments du Roi,* publiés par Jules Guiffrey, Paris, 1881 (l'appartement de Mme de Maintenon) ; Voltaire, *op. cit. ;* Alfred et Jeanne Marie, *Histoire de Versailles, op. cit.* (l'appartement de Mme de Maintenon, son mobilier) ; L. Dimier, *Fontainebleau,* chez Calmann-Lévy, 1930 ; L. Hastier, *op. cit.*

Les faits et détails mentionnés dans ce chapitre sont exacts, sauf les deux dialogues de Mme de Maintenon et de Louis XIV dans lesquels j'ai seulement glissé, à l'occasion, quelques mots vrais (encore qu'on ne sache pas dans quel sens parla Mme de Maintenon sur l'affaire des poisons ni même si elle fut, là-dessus, précisément informée). J'ai, par ailleurs, déplacé le mot du Roi à la dauphine (« nous ne sommes pas comme les particuliers... »), lequel a été prononcé trois ans plus tard au lendemain de l'opération de la fistule ; cependant, je n'ai pas altéré l'analyse des sentiments du Roi après la mort de la Reine : à la surprise générale, il fut, très vite, très gai (voir, notamment, Mme de Caylus et la Palatine : « il fut consolé en quatre jours ») et plaisanta l'apparente douleur de Mme de Maintenon.

Sur la date du mariage (sa réalité n'étant plus mise en doute aujourd'hui), je me suis rangée à l'opinion commune que la correspondance de Mme de Maintenon vient pleinement confirmer (voir, notamment, note Langlois dans le tome 3 des *Lettres, op. cit.*). Un seul historien contemporain ne se range pas à cette opinion, avec des arguments intéressants mais, à mon avis, peu convaincants : il s'agit de L. Hastier, *op. cit.*, qui place le mariage après 1697.

CHAPITRE 15

LA VIE QUOTIDIENNE DE L'ÉPOUSE DE LOUIS XIV : *Entretiens de Mme de Maintenon, op. cit.* (la description de l'emploi du temps quotidien de Mme de Maintenon et les réflexions diverses qu'il lui inspire sont entièrement tirées de deux ou trois entretiens de la marquise avec Mme de Glapion) ; *Correspondance de Mme de Maintenon, op. cit.* (ses journées, ses travaux, la situation de son frère, celle de son cousin, la fausse noblesse des d'Aubigné) ; Dangeau, *Journal de la Cour de Louis XIV,* 1684-1720, éd. Soulié, Dussieux, Chennevières, Mantz et Montailgon, Paris, 1854-1860 (les voyages, les projets de remariage du Roi, etc.) ; Mme de Caylus, *op. cit.* (la proposition faite à Mme de Maintenon d'être dame d'honneur) ; Mlle d'Aumale, *op. cit.* (les mots et exigences de Charles d'Aubigné) ; Saint-Simon, *op. cit.* (les promenades avec le Roi, la position « officielle » de la marquise, etc.) ; Languet de Gergy, *op. cit.* (la découverte par Monsieur du mariage de son frère, Mme de Maintenon déshabillée devant le Roi, etc.) ; La Palatine, *op. cit.* (amour du roi pour Mme de Maintenon, discussion du mariage) ; Abbé de Choisy, *op. cit.* (voir, notamment, comment Choisy s'aperçoit que Bontemps appelle Mme de Maintenon « Votre Majesté » dans le particulier) ; Léon Charpentier, « Du rang de Mme de Maintenon à la Cour de Versailles après son mariage avec Louis XIV », *Revue des Questions historiques,* avril 1906 ; J. Levron, *Les Inconnus de Versailles,* Librairie Académique Perrin, Paris,

1968 (Blouin, Bontemps, etc.) ; Claire Constans, « Evocation de l'appartement de Mme de Maintenon à Versailles », *Revue du Louvre*, 1976.

L'AMOUR DU ROI ET LES SERVITUDES DE LA COUR : *Correspondance de Mme de Maintenon, op. cit.* (voir, notamment, dans l'ouvrage de Lavallée, une vingtaine de petits billets du Roi ; voir aussi, tirée des « livres secrets », le texte de la prière composée par Mme de Maintenon en 1690 ; voir enfin, dans La Beaumelle, la petite lettre d'amour du Roi, non datée, qui ne semble pas plus douteuse que les neuf autres billets publiés par le même et tous regardés comme authentiques par les éditeurs ultérieurs de la correspondance) ; *Entretiens de Mme de Maintenon, op. cit.* (les coulisses de la Cour, la monstruosité des courtisans) ; Saint-Simon, *op. cit.* (la tyrannie du Roi à l'égard de sa femme, les rebuffades publiques et les larmes, Sophie de Dangeau) ; La Palatine, *op. cit. ;* Mme de Caylus, *op. cit.* (l'affaire des princes de Conti) ; La Fare, *op. cit.* (les princes de Conti) ; Mlle de Montpensier, *op. cit.* (les Princes de Conti) ; Dangeau, *op. cit. ;* Chamillart, *Mémoires* (publiés sous le nom du marquis de Sourches), éd. Cosnac, Paris, 1882-1893 ; pamphlets divers sur les amours du Roi et de Mme de Maintenon : *La Cassette ouverte de l'illustre créole*, 1690, *Le Divorce royal*, 1692, *Scarron apparu à Mme de Maintenon et les reproches qu'il lui fait*, Cologne, 1694, *Les Amours des dames illustres de notre siècle*, Cologne, 1700, *Les Amours secrètes de Mme de Maintenon*, 1706 (réédité chez Garnier en 1868, et attribué à Bussy) ; Hébert, *op. cit. ;* Choisy, *op. cit. ;* Spanheim, *op. cit. ; Journal de la santé du Roi,* Valot-Daquin-Fagon, éd. Le Roi, chez Durand, Paris 1862 (la fistule) ; Mme de La Fayette, *Mémoires de la Cour de France pour les années 1688 et 1689,* Mercure de France, 1965 ; La Beaumelle, *op. cit.*

LA VOCATION D'ÉDUCATRICE ET LA FONDATION DE SAINT-CYR : *Correspondance de Mme de Maintenon, op. cit.* (Noisy, les commencements de Saint-Cyr, la sotte éducation des couvents, l'école d'Avon, sa nièce d'Aubigné, Mme de Miramion, etc.) ; Mlle d'Aumale, *op. cit.* (les écoles autres que Saint-Cyr, les aumônes, etc.) ; Manseau, *op. cit. ;* Mme Dunoyer, *Lettres historiques et galantes,* chez Marteau, Cologne, 1723, et Londres, 1757 (les mariages à Saint-Cyr) ; Fénelon, *De l'éducation des filles,* Lefèvre, Paris, 1844 ; Saint-Simon, *op. cit.* (portrait de Mme de Caylus) ; Mme de Sévigné, *op. cit.* (Esther) ; Lavallée, *La Maison royale de Saint-Cyr, op. cit. ;* Octave Gréard, *Introduction aux « Extraits sur l'Education »,* Hachette, 1905 ; M. Danielou, *op. cit. ;* P. Ariès, *L'Enfant et la vie familiale sous l'Ancien Régime,* Plon, 1960.

L'ABSENCE D'INFLUENCE SUR LES GRANDES AFFAIRES : *Correspondance de Mme de Maintenon, op. cit.* (ses affirmations réitérées sur son absence d'information et les préventions du Roi contre le rôle politique des femmes ; lettres à Philippe de Villette sur les huguenots ; l'excès des dépenses de bâtiment ; l'avis de Louis XIV sur les aumônes des rois, etc.) ; *Entretiens de Mme de Maintenon, op. cit.* (« tuer les erreurs, pas les personnes », etc.) ; Louis XIV, *Mémoires, op. cit.* (les intentions sur les protestants, la parole des traités, etc.) ; Mademoiselle d'Aumale, *op. cit.* (position de Mme de Maintenon sur la révocation de l'édit de Nantes, mot sur les finances, relations avec le pape, mot de Louis XIV sur « Sa Solidité ») ; Chamillart, *op. cit.* (les « principions » allemands, la mort du chancelier Le Tellier, la révocation) ; Hébert, *op. cit. ;* La Fare, *op. cit.* (mort de Le Tellier) ; Dangeau, *op. cit.* (les chiffres officiels de conversion) ; Bossuet, *Sermons,* Gazier, Paris, 1862 (le *« compelle intrare »*) ; Spanheim, *op. cit.* (position de Mme de Maintenon sur la révocation, rôle de Louvois) ; Choisy, *op. cit.* (Louvois et les huguenots) ; Le Dieu, secrétaire de Bossuet, *Mémoires sur la vie et les œuvres de Bossuet,* éd. Guettée, Paris, 1856 (l'enthousiasme général à l'annonce de la révocation) ; Mme de Sévigné, *op. cit. ;* Cosnac, *Mémoires,* Société de l'histoire de France, Paris, 1852 ; Legendre, secrétaire de l'archevêque de Paris, *Mémoires,* éd. Roux, Paris, 1865 (le conflit avec le pape cause indirecte de la révocation, le rôle de Harlay) ; Voltaire, *op. cit. ;* Langlois, « Mme de Maintenon et le Saint-Siège », *Revue d'Histoire ecclésiastique,* Louvain, 1929 (voir, notamment, la conversation avec le nonce) ; J. Orcibal, *Louis XIV et les protestants,* Paris, 1951 ; M. Pin, *Mme de Maintenon et les protestants,* chez Peladan, Uzès, 1943 (absence de rôle de Mme de Maintenon dans la révocation) ; A. Rosset, *Mme de Maintenon et la révocation de l'Edit de Nantes,* thèse de théologie présentée à la Faculté de Neuchâtel, chez Audincourt, 1897 ; P. Goubert, *Louis XIV et vingt millions de Français,* Fayard, 1966 (voir, notamment, l'analyse des causes de la révocation qui reprend largement la thèse de J. Orcibal) ; Françoise Mallet-Joris, *Jeanne Guyon,* Flammarion, 1978 (la non-participation de Mme de Maintenon à la révocation).

L'INTERVENTION DANS LE CHOIX DES PERSONNES : *Correspondance de Mme de Maintenon, op. cit.* (l'hostilité constante aux jésuites, les conflits avec le père de La Chaise) ; Spanheim, *op. cit.* (influence de Mme de Maintenon sur le retour en force des Colbert) ; Chamillart, *op. cit.* (la politique de « balance » pratiquée par Mme de Maintenon, récit de la fête de Sceaux) ; Saint-Simon (l'hostilité Louvois-Maintenon, position de

Mme de Maintenon sur le Palatinat, scènes diverses entre le Roi et Louvois) ; Mlle d'Aumale, *op. cit.* (portraits de Colbert et de Louvois écrits par Mme de Maintenon elle-même) ; Languet de Gergy, *op. cit. ;* Seignelay, *Lettres,* éd. Clément, Paris, 1867 ; le père de La Chaise, *Correspondance,* Lyon, 1889 (lettres au général des Jésuites) ; R. Mandrou, *Louis XIV en son temps,* Paris, PUF., 1973.

LE VIEILLISSEMENT DE LA COUR ET L'ASPIRATION A LA DÉVOTION : *Correspondance de Mme de Maintenon, op. cit.* (la fistule, la mort de Louvois, ses lectures, la semonce à Gobelin, la célèbre lettre de Fénelon sur ses défauts) ; *Entretiens de Mme de Maintenon, op. cit.* (les progrès de sa foi) ; Dangeau, *op. cit.* (les fêtes de la Cour) ; Spanheim, *op. cit.* (les divertissements inventés par Mme de Maintenon) ; Mme de Caylus, *op. cit.* (le mariage hâtif de Mlle de Laval, les mots de Mme de Montespan, etc.) ; La Palatine, *op. cit.* (le départ de Mme de Montespan) ; Mlle d'Aumale, *op. cit.* (avis de Mme de Maintenon sur *L'Imitation*) ; Mme Dunoyer, *op. cit. ;* Choisy, *op. cit. ;* Saint Legier de Boisrond, *op. cit.* (les entrevues de 1682 et 1685, le physique de Mme de Maintenon, le « matériel » et le « spirituel ») ; Saint-Simon, *op. cit.* (portrait de Fénelon, portrait de Villeroy, Villeroy et saint François de Sales, etc.) ; Cabart de Villermont, lettre du 22 juin 1696 à Michel Bégon (Mme de Maintenon et les *Pensées* de Pascal) ; Beauvilliers, *Pensées intimes,* Plon, 1925 ; Langlois, *Louis XIV et la Cour,* Albin Michel, 1926 (sur le personnage de Beauvilliers) ; Félibien, *Description de Versailles,* A. Chrétien, Paris, 1703 ; P. de Nolhac, *Versailles, résidence de Louis XIV,* chez L. Conard, 1925 ; Luc Benoist, *Histoire de Versailles,* PUF, 1973 ; Gerald Van der Kemp, *Versailles,* 1977.

Les faits et opinions rapportés dans ce chapitre sont exacts, y compris, à très peu de chose près, la conversation de Mme de Maintenon avec la petite fille d'Avon.

Cependant, j'ai mis sous la plume de l'héroïne, à propos de la Cour, une phrase empruntée à Bourdaloue et une autre à La Bruyère, le reste étant tiré de sa correspondance et de ses entretiens dont je n'ai, d'ailleurs, utilisé qu'une faible partie sur ce sujet : sur les misères de la vie de Cour, Mme de Maintenon était intarissable... J'ai prêté à Mme de Maintenon, sur l'éducation des filles, un petit discours tiré de Fénelon, dont elle partageait les idées sur ce sujet ; j'ai emprunté à Bossuet une phrase sur le vieillissement, et j'ai placé dans la bouche de Louis XIV, à propos des couvents, une phrase tirée de la correspondance de Colbert : l'opinion du Roi était, là-dessus, rigoureusement identique à celle de son ministre et Manseau, dans ses Mémoires, nous montre la fureur du monarque lorsqu'on confondait, par hasard, Saint-Cyr avec un couvent. Enfin, j'ai imaginé les propos que le Roi tient à Mme de Maintenon sur la modestie de sa naissance : nous savons, par de nombreux témoignages, que Louis XIV faisait souvent à sa femme des « sorties » humiliantes pour celle-ci, mais nous n'en connaissons généralement pas le motif ; comme nous savons aussi que le Roi a connu par d'Hozier et Mme de Maintenon le caractère douteux de la noblesse de la famille d'Aubigné, j'ai « mis en scène » une rebuffade sur ce thème, bien que je doute, au fond, que Louis XIV, si naturellement poli, eût choisi ce facile terrain d'attaque ; il m'a paru cependant nécessaire d'insister sur les origines troubles de la famille d'Aubigné ; encore ne l'ai-je pas fait beaucoup plus que ne l'eût fait Mme de Maintenon elle-même qui, une fois informée à demi par d'Hozier, ne chercha pas à s'éclaircir davantage et se refusa seulement à parler des preuves de noblesse de sa famille, disant qu'elle les regardait comme « faites pour une personne en faveur ». Pour les lecteurs que le sujet intéresserait, je signale que plusieurs études faites à la fin du xixe siècle ont surabondamment établi qu'Agrippa d'Aubigné s'était anobli lui-même et que son père, Jean, s'il était parvenu à s'introduire dans l'entourage de la famille d'Albret, venait tout droit du peuple sans même l'habituel détour par la bourgeoisie. Il est vrai, sans doute, qu'il en va de la noblesse comme des autres choses : il faut bien commencer un jour...

Quant à l'absence d'intervention de Mme de Maintenon dans l'affaire de la révocation de l'édit de Nantes, elle ne surprendra que ceux qui en sont restés, là-dessus, aux caricatures de l'enseignement scolaire. Aucun historien contemporain n'attribue plus, en effet, à Mme de Maintenon le moindre rôle en la matière.

La légende contraire, du reste tardive (c'est la Palatine qui, trente ans après la révocation, fait de Mme de Maintenon, qu'elle hait, l'instigatrice de l'affaire ; Saint-Simon, qui n'avait que dix ans à l'époque des faits, développe ensuite le thème et, un siècle plus tard, Michelet l'orchestre puissamment), ne saurait tenir devant l'analyse des documents (édition critique de la correspondance, mémoire de 1697, etc.) que nous possédons aujourd'hui : les ambassadeurs étrangers présents en 1685 (voir Spanheim), comme les ministres (voir Chamillart), ne reconnaissent aucune influence à Mme de Maintenon dans cette affaire, ou, après l'avoir envisagée, l'excluent expressément. Les théologiens protestants contemporains qui se sont penchés sur cette question (voir, surtout, A. Rosset et M. Pin, *op. cit.*, auxquels il faut renvoyer ceux qu'un examen approfondi intéresserait) arrivent aux mêmes conclusions ; tout au plus peuvent-ils dire, comme M. Pin, lorsqu'ils n'ont pas de sympathie pour le personnage : « elle suivit sans zèle un mouvement auquel il est ridicule de penser qu'elle eût pu s'opposer efficacement » ; on rejoint Voltaire : « elle toléra cette persécution comme elle toléra, plus tard, celle du cardinal de Noailles, mais elle n'y participa pas : c'est un fait certain », ou E. Bourgeois (premier éditeur de Spanheim en 1900) : « Mme de Maintenon accepta la révocation pour obéir au Roi et pour faire oublier ses origines et attaches protestantes. » Il suffit d'ailleurs de se reporter au mémoire que Mme de Maintenon rédigea en 1697 à la demande du Roi sur le sujet des huguenots (voir *infra*) pour constater, à la manière dont sont rédigées les premières lignes, que son auteur n'avait pas été consulté au moment de la révocation.

Mais les légendes ont la vie dure, surtout lorsqu'elles s'appuient, comme celle-ci, sur trois ou quatre faux (lettres à Mme de Saint Geran) que La Beaumelle, protestant cévenol, crut devoir glisser, avec quelques dizaines d'autres sur d'autres sujets, dans la première édition de la correspondance de Mme de Maintenon pour donner à l'œuvre plus de relief politique. Ces faux, reconnus comme tels dès 1865 (voir la démonstration de Lavallée, suivie, depuis, par tous les éditeurs et commentateurs de la correspondance), sont cependant encore cités par Lavisse au début de ce siècle ; ils ont même été repris, plus récemment, par un biographe de Colbert, qui avait omis de contrôler certaines sources. Calomniez, calomniez... L'enlèvement de la petite de Villette suffirait pourtant à ternir la mémoire de Françoise d'Aubigné s'il le fallait absolument.

Des seules sources certaines qu'on possède on peut donc conclure que, si Mme de Maintenon ne doutait pas que les protestants fussent dans l'erreur, si elle connaissait dès 1678 les intentions politiques du Roi auquel elle ne voulait pas déplaire, si elle tremblait d'avoir à produire devant lui une famille « marginale » et « contestataire », et si elle fut, par la suite, pour des raisons politiques, hostile au retour des protestants exilés, elle réprouvait, en revanche, les violences physiques, croyait aux vertus de la patience, n'excluait pas complètement la liberté de conscience (cf. début du mémoire de 1697) et n'a jamais considéré la révocation comme un chef-d'œuvre de politique :

aucune louange là-dessus n'est jamais tombée de sa bouche ni de sa plume ; rares sont les grands personnages du xviie siècle dont on puisse en dire autant.

Autre légende, apparemment indestructible, bien que plus tardive encore (Michelet la crée de toutes pièces au xixe siècle), celle de l'influence des jésuites sur Mme de Maintenon : il suffit, en effet, de parcourir la correspondance de la marquise, pour découvrir, non pas dix, mais cent notations hostiles aux jésuites ; je n'ai trouvé d'elle, sur ce sujet, qu'une seule phrase « neutre » (plutôt même que favorable) ; encore n'est-elle que de 1715 : « les jésuites sont un ordre respectable », écrit-elle ; c'est bien le moindre des compliments qu'on puisse faire... Ses conflits avec le père de La Chaise sont, par ailleurs, attestés par plusieurs témoins, et Saint-Simon lui-même, s'il note une réconciliation tardive sur le dos des jansénistes, marque bien les orientations constantes de sa politique uniquement favorable à des ordres mineurs (sulpiciens et autres), rivaux ou ennemis des jésuites (voir, par exemple, la position de la marquise dans l'affaire des « rites de la Chine »).

Si elles n'avaient rencontré dans le public une certaine audience, les contre-vérités énoncées là-dessus par Michelet devraient intéresser moins l'historien du xviie siècle que celui du xixe, tant elles rejoignent, par ailleurs, les fantasmes des anticléricaux de ce temps-là (cf. dans l'ouvrage de R. Rémond, *Anticléricalisme et antilibéralisme au xixe siècle*, le fantasme du jésuite au xixe siècle, « homme noir » et « souterrain »).

Quant à l'influence des directeurs de Mme de Maintenon sur leur pénitente, elle est quasiment nulle : la marquise manœuvre Gobelin comme une marionnette ; elle accorde, certes, plus de crédit à Godet-Desmarais mais, comme elle l'indique elle-même, il ne faut rien exagérer : « je ne me défends pas, écrit-elle le 9 janvier 1704, d'avoir beaucoup d'estime pour lui mais j'étais capable d'avoir des opinions par moi-même avant de le connaître... »

Enfin, je ne crois pas nécessaire de revenir sur la politique de balance suivie par Mme de Maintenon entre les Colbert et les Le Tellier, sa constante hostilité à Louvois et l'appui qu'elle apporta aux descendants du grand Colbert : tout cela est surabondamment établi par les écrits des « politiques » du temps (Spanheim, Chamillart, etc.).

CHAPITRE 16

L'ADHÉSION DE Mme DE MAINTENON AU QUIÉTISME : *Correspondance de Mme de Maintenon, op. cit.* (influence du quiétisme sur sa pensée religieuse, réforme de Saint-Cyr, lecture au Roi d'extraits du *Moyen court*, etc.) ; *Entretiens de Mme de Maintenon, op. cit.* (« je n'aurais pas tant aimé Dieu si les hommes ne m'avaient si profondément déçue », etc.) ; Saint-Simon, *Mémoires* et *Additions au Journal de Dangeau* (goût de Mme de Maintenon pour le romanesque, rencontre de Fénelon et de Mme Guyon, portrait de Beauvilliers et de Chevreuse, liaison d'Alincourt et de Mme de Caylus, Pontchartrain, etc.) ; Mlle d'Aumale, *op. cit.* ; Hébert, *op. cit.* (portrait de Mme Guyon, liaison de Mme de Maintenon avec les Beauvilliers, prise de position contre *Esther*, etc.) ; Mme de Caylus, *op. cit.* (les critiques contre *Esther* et l'éducation de Saint-Cyr) ; Manseau, *op. cit.* (réforme de Saint-Cyr) ; Fénelon, *Œuvres*, Leroux et Jouby, Paris, 1848, et *Correspondance*, éd. Leclère, Paris, 1828 ; La Palatine, *op. cit.* (la tentative d'assassinat à Saint-Cyr) ; Mme de La Fayette, *Mémoires, op. cit.* (le danger d'immoralité à Saint-Cyr) ; Mme Guyon, *Le Moyen court et très facile pour faire oraison*, Grenoble, 1685 ; Lavallée, *La Maison royale de Saint-Cyr, op. cit.* ; Langlois, « Les Petits Livres secrets de Mme de Maintenon », *Revue d'Histoire littéraire de la France*, juillet-septembre 1928 ; Langlois, *Louis XIV et la Cour, op. cit.* (portrait et pensée de Beauvilliers) ; Françoise Mallet-Joris, *Jeanne Guyon, op. cit.* (voir, notamment, pour le physique de Mme Guyon, le portrait de couverture).

LA FORMATION D'UN « GRAND PARTI » : *Correspondance de Mme de Maintenon, op. cit.* (voir, en particulier, les conseils politiques contenus dans la lettre que Fénelon lui envoie sur ses défauts : « il faut assiéger le Roi », etc. ; voir aussi les lettres de 1696 et 1697 à Noailles : « j'ai été trompée par ces gens-là à qui je donnais ma confiance sans avoir la leur », etc. ; voir, enfin, la lettre à Noailles sur le refus du Roi d'adoucir le sort des huguenots) ; Fénelon, *Lettre de 1694 à Louis XIV*, publiée par A. Renouard, Paris, 1825 ; « Portraits et Caractères des personnes les plus illustres de la Cour de France », 1703, publié par Boislisle dans le *Bulletin de la Société d'Histoire de France*, 1896 (l'ambition de Beauvilliers et l'appui que lui apporte Mme de Maintenon) ; La Palatine, *op. cit.* (le complot quiétiste, les listes d'emplois à changer) ; Choisy, *op. cit.* (le soulagement du Roi à la mort de Louvois et de Seignelay) ; Mme Dunoyer, *op. cit.* (le mot sur les jeunes ministres et les vieilles maîtresses) ; Louis Racine, *Mémoires sur la vie de Jean Racine,* éd. Aimé Martin, Paris, 1844 (les circonstances de la disgrâce de Racine contées par son fils ; voir aussi les dernières lettres de Racine à Mme de Maintenon) ; G. Gidel, *La Politique de Fénelon,* Paris, 1906 ; Lavisse, *op. cit.* (la misère des peuples en 1694, les expédients de Pontchartrain) ; P. Goubert, *op. cit.* (la famine de 1694 et un jugement plus modéré sur Pontchartrain) ; Mme Saint-René Taillandier, *Racine,* Grasset, 1940.

« L'AFFAIRE » ET LE PROCÈS : *Correspondance de Mme de Maintenon, op. cit.* (voir, notamment, dans Lavallée le billet du Roi à Mme de Maintenon sur la conclusion de l'affaire) ; *Entretiens de Mme de Maintenon, op. cit.* (« je n'ai jamais été si près de la disgrâce », etc.) ; Hébert, *op. cit.* (l'intervention décisive de l'évêque de Chartres, le déroulement du procès) ; Mme du Pérou, *Mémoires sur Mme de Maintenon,* éd. Fulgence, Paris, 1846 (le quiétisme à Saint-Cyr) ; Mlle d'Aumale, *op. cit.* (le mot d'Hébert sur les « bas-percées » ; « faudra-t-il donc que nous vous voyions mourir pour cette affaire-là ? », etc.) ; Chamillart, *op. cit.* (le déroulement de l'affaire) ; Dangeau, *op. cit. ;* Fénelon, *Correspondance, op. cit.* (voir, notamment, les lettres de Beauvilliers) ; Godet-Desmarais, *Lettres à Mme de Maintenon, op. cit. ;* Tronson, *Lettres choisies,* publiées par L. Bertrand, Paris, 1904-1905 ; *Archives de la Bastille, op. cit. ;* Madame de Caylus, *op. cit.* (portrait de Mme de Gramont, portrait de Mme d'Heudicourt vieillissante) ; Langlois, *Mme de Maintenon et le Saint-Siège , op. cit. ;* Langlois, *Madame de Maintenon, op. cit.* (proposition de la faire duchesse) ; R. Schmitlein, *L'Aspect politique du différend Fénelon-Bossuet,* Bade, 1954 ; Françoise Mallet-Joris, *Jeanne Guyon, op. cit.* (voir, notamment, tout le détail de la querelle Bossuet-Fénelon).

J'ai plus développé, dans ce chapitre, les aspects politiques de la « cabale » quiétiste qu'on n'a coutume de le faire ; mais, si ces aspects sont tout à fait étrangers à l'analyse de la doctrine et du comportement de Mme Guyon, ils sont essentiels à la compréhension de l'attitude de Mme de Maintenon.

Sur la disgrâce de Racine, j'ai opté pour la version de Louis Racine, assez bien informé sur ce qui touchait son père, de préférence à celle, peu vraisemblable, de Saint-Simon : Saint-Simon impute, en effet, cette disgrâce au fait que Racine ait, par inadvertance, prononcé le nom de Scarron devant le Roi ; en admettant même que le fait se soit produit, le Roi, qui a fait jouer régulièrement Scarron (en particulier *Jodelet*) à Versailles jusqu'à la fin de son règne, aurait eu mauvaise grâce à reprocher à quelqu'un de rappeler le souvenir du poète ! J'ai considéré, par ailleurs, en m'appuyant sur deux lettres de 1695 à Noailles, que Mme de Maintenon n'avait jamais montré au Roi la fameuse lettre critique de Fénelon.

Seuls sont imaginés dans ce chapitre : l'avis de M. de Beauvilliers sur la réforme de Saint-Cyr (mais le sens de cet avis est vraisemblable, compte tenu des convictions du ministre) ; le portrait physique du curé Hébert (pour le portrait moral, nous en savons assez par les témoignages divers et ses propres Mémoires) ; les arguments avancés par Mme de Montchevreuil pour redonner courage à son amie ; enfin, les propos de Louis XIV dans la grande scène de reproches qu'il fait à son épouse (quoique la réalité même de la scène soit attestée par la correspondance de Mme de Maintenon et les mémoires d'Hébert).

CHAPITRE 17

MARLY ET LA PAIX : *Correspondance de Mme de Maintenon, op. cit.* (les conceptions du Roi en matière de jardinage, l'appauvrissement de sa propre dévotion, la résignation) ; Mlle d'Aumale, *op. cit. ;* Saint-Simon, *op. cit.* (le camp de Compiègne, mort de Monsieur etc.) ; Mme Dunoyer, *op. cit. ;* Lavisse, *op. cit. ;* E. Magne, *Le Château de Marly,* chez Calmann-Lévy, 1934 (les carpes, etc.) ; Langlois, *op. cit.* (devises et cachets de Mme de Maintenon).

LA FAMILLE ROYALE ET LA FAMILLE D'AUBIGNÉ : *Correspondance de Mme de Maintenon, op. cit.* (le Dauphin, Charles d'Aubigné, le comte d'Ayen, etc.) ; Mme de Caylus, *op. cit.* (portraits de toutes les personnes de la famille royale, opposition du Roi au mariage du duc du Maine) ; Chansonnier Clairambault, tome 7 (les injures que se lancent les filles du Roi) ; La Palatine, *op. cit. ;* Saint-Simon, *Additions au Journal de Dangeau* (le personnage de Mursay) et *Mémoires* (les liaisons de Mme de Caylus, la scène entre la Palatine et Mme de Maintenon au sujet de la lettre saisie par la poste) ; Mme de Staal-Delaunay, *Mémoires,* Mercure de France, 1970 (caractère du duc et de la duchesse du Maine) ; Voltaire, *op. cit.* (le duc de Villeroy).

LA VIE DE LA COUR A LA FIN DU SIÈCLE : *Correspondance de Mme de Maintenon, op. cit.* (les petits pois, la chasse, ses vêtements, etc.) ; *Entretiens de Mme de Maintenon, op. cit.* (l'égoïsme des grands, la médiocrité des conversations, etc.) ; La Palatine, *op. cit.* (les plaisirs de la Cour, le physique du Roi) ; Saint-Simon (la scène entre le duc de Bourgogne et M. de Montfort, la faveur de Mme de Gramont) ; Marquis de Coulanges, « Lettres à Mme de Grignan », dans *Lettres de Mme de Sévigné*, Ch. Nodier, 1826 ; Mme de Caylus, *op. cit.* (portrait de Mme de Gramont) ; Hamilton, *op. cit.* ; Mme Dunoyer, *op. cit.* (les « battants-l'œil » de Mme de Maintenon) ; Godet-Desmarais, *op. cit.* (les « occasions pénibles ») ; *Scarron apparu à Mme de Maintenon*, *op. cit.* (liaison de Louis XIV et de la reine d'Angleterre) ; P. Clément, *op. cit.* ; J. Levron, *La Vie quotidienne à la Cour de Versailles aux xviie et xviiie siècles*, Hachette, 1965 ; Gilette Ziegler, *Les Coulisses de Versailles*, Julliard, 1963.

LES « DAMES FAMILIÈRES » ET LE « PARTICULIER » DU ROI : *Correspondance de Mme de Maintenon*, *op. cit.* (les divertissements des dames, Jeannette de Pincré, etc.) ; *Mémoires recueillis par les dames de Saint-Cyr*, chez Fulgence, Paris, 1846 (Jeannette) ; Saint-Simon, *Mémoires* (portraits de Mme des Ursins, de Mme de Dangeau, de Mlle de Pincré, etc.) et *Additions au Journal de Dangeau* (l'anecdote de M. d'Estoublon) ; Mlle d'Aumale, *op. cit.* (Jeannette, Angola, etc.) ; Chamillart, *op. cit.* (Aniaba et Angola) ; La Beaumelle, *op. cité* ; Langlois, *Lettres*, *op. cit.* (voir la note sur les petits « princes noirs », pp. 558 à 563 du tome 5).

LE DUC ET LA DUCHESSE DE BOURGOGNE : *Correspondance de Mme de Maintenon*, *op. cit.* (voir, en particulier, le texte intégral de la lettre du Roi) ; Mlle d'Aumale, *op. cit.* (l'éducation de la duchesse de Bourgogne par Mme de Maintenon) ; Saint-Simon, *op. cit.* (Nanon et les lavements de la duchesse) ; Benjamin Priolo, ambassadeur de Venise, *Relation de la Cour de France*, Amsterdam, 1731 (mot du duc de Bourgogne à Mme de Maintenon) ; La Palatine, *op. cit.* (mauvaise tenue de la petite duchesse, M. de Nangis, etc.) ; Dangeau, *op. cit.* ; Mme de Caylus, *op. cit.* (Nangis et Maulevrier ; voir, aussi, dans le même ouvrage, le portrait sévère du duc de Bourgogne par le chevalier de Caylus) ; H. Bonhomme, *op. cit.* (« Vade mecum » de Mme de Maintenon pour la duchesse de Bourgogne) ; Michelet, *Louis XIV et le duc de Bourgogne*, chez Chamerot, 1862 ; A. Gagnière, *Lettres et correspondance de Marie-Adélaïde de Savoie*, chez Ollendorff, 1897 ; Haussonville, *La Duchesse de Bourgogne*, Paris, 1899-1908 ; Y. Brunel, *Marie-Adélaïde de Savoie*, chez Beauchesne, 1974.

LES AFFAIRES POLITIQUES ET LA GUERRE DE SUCCESSION D'ESPAGNE : *Correspondance de Mme de Maintenon*, *op. cit.* (voir, notamment, correspondance avec la princesse des Ursins et le maréchal de Villars) ; *Entretiens de Mme de Maintenon*, *op. cit.* (le travail quotidien du Roi) ; Dangeau, *op. cit.* ; Chamillart, *op. cit.* ; Bassille, *Mémoires pour servir à l'histoire du Languedoc*, P. Boyer,

Amsterdam, 1734 ; Villars, *Mémoires,* éd. Vogüe, Soc. Histoire de France, Paris, 1884-1894 ; J.-B. Colbert, marquis de Torcy, *Mémoires pour servir à l'histoire des négociations depuis la paix de Ryswick jusqu'à la paix d'Utrecht,* ou *Journal de M. de Torcy,* éd. de F. Masson, Paris, 1884 ; Louville, *Mémoires secrets sur l'établissement de la maison de Bourbon en Espagne,* éd. Scipion du Roure, chez Maradan, Paris, 1818 ; Breteuil, *Fragments,* éd. E. Fournier, Variétés historiques et littéraires (le duc d'Anjou proclamé roi) ; Saint-Simon, *op. cit.* (la proclamation du duc d'Anjou, le mot du Roi à Villeroy, etc.) ; *Mémoires des évêques de France sur la conduite à tenir à l'égard des réformés,* éd. J. Lemoine, Paris ; Geffroy, *op. cit.* (le mémoire de Mme de Maintenon sur les protestants) ; Lavisse, *op. cit. ;* P. Goubert, *op. cit.* (jugement nuancé sur la décision prise par le Roi dans l'affaire d'Espagne) ; J. Dinfreville, *Louis XIV, les saisons d'un grand règne,* Albatros, 1977.

La position que je fais prendre à Mme de Maintenon sur l'affaire de la succession d'Espagne, pour n'être pas, encore une fois, conforme à la légende créée par Saint-Simon, est parfaitement fidèle aux seules sources historiques sûres ; en l'espèce, les récits que firent deux des principaux témoins du débat qui, pendant quelques jours, agita le Conseil et le Roi : le marquis de Torcy (ministre des Affaires étrangères) et le marquis de Louville (qui fut l'envoyé extraordinaire de Louis XIV auprès du jeune roi d'Espagne).

Torcy dit que Mme de Maintenon « n'opina pas » (c'est la position que j'ai reproduite), mais Louville nous apprend (avec indignation) qu'elle défendit, comme Beauvilliers, l'idée du refus du testament. « L'acceptation paraissait résolue par la volonté du Roi, écrit Louville. Cependant, il en resta encore indécise à cause de Mme de Maintenon qui s'y montrait fort opposée... Véritablement cette dame fit une belle défense : elle n'omit rien pour détourner le Roi de la persuasion où il était qu'en établissant sa famille sur le trône d'Espagne il fondait une alliance éternelle... Elle en appela surtout à l'obligation de garder sa parole... M. de Barbezieux a dit que, dans une des conférences qui se succédaient chez elle sans interruption sur cet objet, il la pressa si vivement de raisons qu'elle se mit à " crier au secours " au point d'émouvoir Louis XIV. C'était le dernier soupir de sa résolution. Elle se tut à la fin, et la maison de Bourbon doubla son empire. »

A la lecture de la correspondance de Mme de Maintenon, j'incline à croire exacte l'analyse de Louville : « les affaires d'Espagne vont mal », écrit-elle au moment où elle sent que le Roi va accepter le testament. Ensuite, comme d'habitude, dès que le Roi a fait connaître officiellement sa position, plus un mot de désaveu : elle fait même état, dans plusieurs lettres, de l'enthousiasme général à l'annonce de l'acceptation ; elle se garde, pourtant, de dire si elle partage cette allégresse.

L'influence que Louville attribue ainsi à la marquise va tellement à l'encontre des idées reçues que j'ai préféré m'en tenir à l'analyse, moins immédiatement surprenante, de Torcy. La seule thèse que, à coup sûr, on ne puisse soutenir dans cette affaire, à moins d'une prévention allant jusqu'à l'aveuglement, est celle de Mme de Maintenon incitant le Roi à accepter la succession.

Ce chapitre peut être également l'occasion de revenir sur une autre image caricaturale et fausse de Françoise de Maintenon, celle de la « dame en noir » frigide.

En premier lieu, Mme de Maintenon ne s'est habillée en noir que très rarement : elle ne s'est vêtue ainsi de manière systématique que pendant les deux ou trois années où elle a effectivement exercé la charge de dame d'atours de la Dauphine (c'était, comme elle le dit elle-même dans une lettre, l'habit attaché à la fonction), puis de nouveau, trente ans plus tard, à l'extrême fin de sa vie, après la mort de la duchesse de Bourgogne et, surtout, après la mort du Roi. Pour le reste, si elle a, vers trente-cinq ans, effectivement abandonné « les couleurs » (c'est-à-dire, au sens de la mode du temps, les rouges, les roses ou les verts crus), elle ne s'est jamais vêtue de noir, ton que le Roi détestait et qu'elle-même ne supportait qu'enrichi d'ornements : « elle ne pouvait souffrir une jupe noire sans galon d'or », nous dit Mlle d'Aumale.

J'ai pris au hasard l'année 1707 (elle a, alors, soixante-douze ans) pour relever les commandes d'étoffes qu'elle adresse à sa nièce de Caylus, laquelle se chargeait, à cette époque, de ses emplettes ; je trouve, pour cette année-là : « un beau gros satin blanc tout uni », « une écharpe de dentelle blanche », « un damas gris-brun », « une étoffe or et blanc », « une étoffe d'un bleu très turquin », « une moire ondée violette avec une ceinture d'or », et « une étoffe or et noir », cette dernière étant la seule, pour toute l'année, à rappeler le noir légendaire. J'ajoute que la plupart des portraits présentés actuellement comme des portraits de Mme de Maintenon (dont certains ne sont ainsi identifiés que parce qu'ils montrent une « vieille dame en noir ») sont jugés plus que douteux par les spécialistes : voir, sur ce point, l'excellente étude d'H. Gelin, *Mme de Maintenon — étude iconographique,* chez Mercier, Niort, 1907, et l'analyse, plus succincte, de Langlois, dans *Mme de Maintenon, op. cit.*, pp. 260-262.

Pour ce qui est, en second lieu, de la prétendue frigidité de Mme de Maintenon, il faut savoir que la légende s'en est établie uniquement sur le fondement de la lettre de Godet-Desmarais relative aux « occasions pénibles » ; mais ce qu'omettent généralement de signaler ceux qui, sur la base de cette lettre, peignent la dame en « infirme de l'amour », c'est que la lettre est de 1705 et que la destinataire a soixante-dix ans. De la manière dont la marquise répondait à cet âge aux appétits de son infatigable époux, peut-on vraiment déduire son attitude et ses aptitudes à vingt-cinq ou quarante ans ? Comme d'Haussonville (et Saint Legier de Boisrond avant lui), j'inclinerais pour ma part à penser que « ce n'est pas uniquement par sa solidité que Mme de Maintenon eut l'art de séduire un roi jeune encore et de tempérament amoureux, ni surtout de le conserver » ; et si les contemporains conclurent qu'elle « portait le Roi à la dévotion parce que, depuis qu'il avait pris confiance en elle, il n'avait plus aucun commerce avec des femmes » (Chamillart), on peut sans doute trouver au brusque changement du Roi des explications moins naïves.

Tous les détails rapportés dans ce chapitre sont par ailleurs exacts : j'ai mis toutefois, sous la plume de Mme de Maintenon, ou dans la bouche de Bonne d'Heudicourt, des réflexions de la Palatine sur les danses de la Cour, fait conter par le Roi l'anecdote du lavement de Mme de Brégis (laquelle est contée par Saint-Simon, mais met bien le Roi en scène), et présenté une sorte de synthèse de ce que fut la « cabale des dames familières » dont la composition varia quelque peu en vingt ans : ainsi, la petite Jeannette, si elle a pu connaître Mme des Ursins en 1704, lors de la semi-disgrâce de celle-ci et de son séjour à la Cour de France, n'a pu la rencontrer avant 1698, puisqu'elle n'était pas encore elle-même la fille adoptive de Mme de Maintenon.

J'indique enfin que l'authenticité du mémoire de 1697 sur les protestants (dont je n'ai cité que les principaux extraits) n'est plus contestée, non plus que son attribution à Mme de Maintenon : le mémoire est de son écriture ; les adjectifs et participes y figurent au féminin ; enfin, il reflète bien la position, médiane, qu'elle prenait alors dans cette affaire (pas de révocation de la Révocation, mais un adoucissement de son application ; cf. ses lettres à Noailles) et ses obsessions personnelles (l'éducation des enfants) ; seul Langlois, après avoir pendant vingt ans considéré Mme de Maintenon comme l'unique auteur du mémoire (voir, par exemple, *Louis XIV et sa Cour*), a émis, sur le tard (voir *Lettres*), quelques doutes, d'ailleurs peu convaincants.

CHAPITRE 18

LES DÉFAITES ET LA FAMINE DE 1709-1710 : *Correspondance de Mme de Maintenon, op. cit.* (les péripéties de la guerre, l'attitude de la duchesse de Bourgogne, le froid, la famine, le mécontentement du peuple) ; Saint-Simon, *op. cit.* (portrait du duc de Bourgogne, de la duchesse de Vendôme ; les émeutes de Paris) ; Chamillart, *op. cit. ;* Mlle d'Aumale, *op. cit.* (les aumônes considérables de Mme de Maintenon, ses craintes devant la colère populaire) ; La Palatine, *op. cit. ;* Boisguillebert, *Détail de la France*, 1708 ; Chansonnier Maurepas, *op. cit.* (les pamphlets et chansons) ; Goubert, *op. cit.*

LES CABALES POLITIQUES ET LA RECHERCHE DE LA PAIX : *Correspondance de Mme de Maintenon, op. cit. ;* Villars, Mémoires, *op. cit. ;* Torcy, *Mémoires, op. cit.* (y voir, notamment, in extenso, la lettre adressée par le Roi aux provinces après l'échec des négociations) ; Saint-Simon (la cabale de Meudon et celle de Mme de Maintenon) ; Narbonne, commissaire de police de Versailles, *Journal des règnes de Louis XIV et Louis XV,* éd. Le Roi, Versailles, 1866 ; Mme Saint-René Taillandier, *La Princesse des Ursins, op. cit. ;* Le Roy Ladurie, «Les cabales de la Cour de France », *Annuaire du Collège de France,* 1976 (pp. 617-635).

LES DEUILS DE LA FAMILLE ROYALE : *Correspondance de Mme de Maintenon, op. cit.* (voir, par exemple, lettre à Mme des Ursins sur la mort du Dauphin et l'écart entre ce récit d'un témoin direct et celui, de seconde source, de Saint-Simon) ; Saint-Simon, *op. cit.* (les morts, les manifestations contre le duc d'Orléans) ; La Palatine, *op. cit. ;* Chamillart, *op. cit. ;* Villars, *Mémoires, op. cit.* (les plaintes du Roi : « il y a peu d'exemple de ce qui m'arrive », « Dieu me punit mais j'en souffrirai moins dans l'autre monde », etc.) ; Mademoiselle d'Aumale, *op. cit.* (voir, notamment, le récit détaillé de la mort de la duchesse de Bourgogne d'après le témoignage de Mme de Maintenon).

Rien, dans ce chapitre, n'est inventé ; toutefois, pour ne pas rompre le rythme du récit, j'ai placé en 1709 seulement la vente par Mme de Maintenon de la bague que lui avait donnée le Roi, vente intervenue en 1694, année de grande famine également

(Mlle d'Aumale atteste, de toute façon, que les aumônes de Mme de Maintenon furent encore plus considérables en 1709-1710 et elle en donne le détail) ; j'ai aussi décalé dans le temps la maladie du Roi, survenue quelques années auparavant. J'ai dû, en outre, « fabriquer » le petit discours pacifiste que Mme de Maintenon tient à Louis XIV puisqu'elle nous laisse généralement ignorer les propos exacts qu'elle tenait dans ces conversations ; cependant, ce discours est uniquement composé de phrases que nous trouvons, à cette même époque, dans la correspondance de la marquise (notamment, dans les lettres à Mme des Ursins) ; ainsi, la matière même du propos est authentique. Enfin, par une manière d'effet d'optique, qui me semble le propre de la mémoire, j'ai rapproché la mort du duc de Berry de celle de son frère et de son neveu, bien que ce décès soit intervenu près de deux ans plus tard ; l'effet produit dans le public (voir notamment les *Philippiques* de Lagrange-Chancel, éd. Lescure, Paris, 1858 : « le frère est suivi par le frère, l'épouse devance l'époux », etc.) fut, de toute façon, bien celui d'une tragédie frappant en même temps tous les membres de la famille.

CHAPITRE 19

LA VIE DU VIEUX COUPLE : *Correspondance de Mme de Maintenon, op. cit.* (le « désert » créé par la mort de la Dauphine, l'ennui quotidien, la tyrannie du Roi, l'inconfort des appartements ; voir aussi les billets de Louis XIV et les fréquents changements d'emplois du temps qu'ils indiquent ; enfin, toute la correspondance de la marquise avec Godet-Desmarais sur la sécheresse de sa propre foi) ; *Entretiens de Mme de Maintenon, op. cit.* ; Saint-Simon, *op. cit.* ; Mlle d'Aumale, *op. cit.* (les divertissements et petits jeux d'esprit, dont on retrouve également trace dans la correspondance avec les « dames familières ») ; Villars, *op. cit.* (les propos du Roi sur la manière de poursuivre la lutte en cas de défaite) ; *Inventaire de 1708, Archives Nationales* (voir, dans l'énumération des meubles de Mme de Maintenon, la description précise de la « niche » en chêne) ; J. Saint-Germain, *La Vie quotidienne en France à la fin du Grand Siècle*, Hachette, 1965 ; Charles Kunstler, *La Vie quotidienne sous la Régence*, Hachette, 1960.

L'INFLUENCE ACCRUE DE Mme DE MAINTENON SUR LA POLITIQUE DU RÈGNE : *Correspondance de Mme de Maintenon, op. cit.* (correspondance avec Mme des Ursins, Villars, et Voysin : voir, notamment, ses opinions sur la forme du gouvernement, les querelles de l'Eglise, le duc d'Orléans, la duchesse de Berry, etc.) ; Dangeau, *op. cit. ;* Saint-Simon, *op. cit.* (la querelle janséniste, la succession) ; Languet de Gergy, *op. cit. ;* Hébert, *op. cit.* (le mot du Roi à la comtesse de Gramont) ; La Palatine, *op. cit.* (l'intervention de la duchesse d'Orléans au côté de ses frères dans l'affaire de la succession) ; Mme de Staal-Delaunay, *op. cit.* (la répugnance initiale de Mme de Maintenon à intervenir pour les bâtards dans le règlement de la succession) ; Fénelon, *Correspondance, op. cit.* (la liaison du duc d'Orléans et de sa fille) ; Boislisle, *Correspondance des contrôleurs généraux des finances avec les intendants (1683-1715)*, Paris, 1874-1897 ; Baudrillart, « Mme de Maintenon et son rôle politique », *Revue des Questions historiques*, 1890 ; Blampignon, *Massillon*, Paris, 1879 ; Lavisse, *op. cit. ;* P. Hazard, *La Crise de la conscience européenne*, Paris, 1935 (le basculement, plus précoce qu'on ne croit, du « Grand Siècle » dans le « Siècle des lumières ») ; Mme Saint-René Taillandier, *La Princesse des Ursins, op. cit. ;* Goubert, *op. cit.* (le retour à la prospérité économique).

L'ASILE DE SAINT-CYR : *Correspondance de Mme de Maintenon, op. cit.* (les dés, les « syllabes sales », les filles de condamnés, etc.) ; *Entretiens de Mme de Maintenon, op. cit.* (en particulier, entretiens avec Mme de Glapion) ; Mlle d'Aumale, *op. cit.* (activités de Mme de Maintenon à Saint-Cyr ; « vous allez sentir la graisse », etc.) ; La Palatine, *op. cit.* (dissolution croissante des mœurs) ; Lavallée, *La Maison royale de Saint-Cyr, op. cit.* (portrait et biographie de Mme de Glapion) ; M. Danielou, *op. cit.*

LA MORT DU ROI : *Correspondance de Mme de Maintenon, op. cit.* (voir la progression de la maladie du Roi, et dans une lettre à Mme de Villette, le récit de sa mort) ; Saint-Simon (entretien de Maréchal avec Mme de Maintenon, récit de la mort du Roi) ; Buvat, *Journal de la Régence*, éd. Campardon, Paris, 1865 (les paris que font les Anglais, dès juin 1715, sur la mort probable du Roi avant le 1er septembre et la réplique de Louis XIV) ; Mlle d'Aumale, *op. cit.* (deux récits différents de la mort du Roi ; le sien propre en tant que témoin direct, et un récit de la plume de Mme de Maintenon qu'elle reproduit ; l'analyse des mobiles du départ précipité de la marquise ; le récit de la visite du Régent d'après le propre texte de Mme de Maintenon) ; Les Anthoine, garçons de chambre du Roi, *Récit fidèle de ce qui s'est passé de plus considérable pendant la maladie et la mort de Louis XIV, roi de France et de Navarre*, publié par E. Drumont, Paris, 1880 ; G. Ziegler, *op. cit.* (l'article du *Mercure galant* sur les circonstances de la mort du Roi).

Les seules altérations apportées à la vérité historique dans ce chapitre sont les suivantes : j'ai changé le destinataire du petit discours du Roi sur son attitude en cas de défaite (il s'agissait de Villars et non de Mme de Maintenon, mais tout laisse à penser que Mme de Maintenon entendait des propos similaires) ; le jugement que je mets dans la bouche du duc du Maine à propos de la liaison incestueuse du duc d'Orléans et de sa fille, est en réalité de la plume de Fénelon ; j'ai complété l'appréciation de Mme de Maintenon sur les dames jansénistes par celle que portait Mme de Sévigné ; énumérant les contraintes d'aménagement que l'épouse du Roi dut supporter dans son appartement, j'ai ajouté à celles qu'elle mentionne elle-même (fenêtres, paravents, laques de Chine, etc.) le remplacement des tableaux qu'elle aimait par des Van der Meulen (alors que, s'il est vrai que le Roi raffolait des Van der Meulen guerriers, nous ne savons pas quels tableaux Mme de Maintenon avait dans sa chambre de Versailles en 1715) ; enfin, pour ne pas multiplier les « silhouettes », je n'ai pas tout à fait donné à Mme de Dangeau la place, primordiale, qu'elle occupa réellement dans le cœur et dans la vie de Françoise de Maintenon au cours de ces dernières années.

Ce que je dis de la célèbre « niche » de Mme de Maintenon est exact ; c'est à tort que les biographes ont toujours présenté ce meuble comme un fauteuil confortable, du genre « bergère » ; il s'agissait en fait, comme on le voit par l'inventaire de 1708, d'une alcôve mobile capitonnée de 8 pieds et demi de haut, 6 pieds de long et près de 3 pieds de large, dans laquelle on pouvait glisser plusieurs petits meubles et plusieurs personnes.

En ce qui concerne l'inventaire de la cassette de la Dauphine, j'ai été contrainte aux hypothèses : si l'on est à peu près certain que Mme de Maintenon y retrouva ce petit recueil de maximes qu'elle avait elle-même écrit pour la duchesse enfant et qu'elle remit, à sa mort, aux dames de Saint-Cyr, on ne sait quelles étaient « ces choses qui nous auraient fait de la peine si la Dauphine avait vécu », choses qu'elle confessa d'y avoir aussi découvertes.

Les apologistes de la duchesse de Bourgogne veulent qu'il s'agisse de dettes de jeu, ce qui est invraisemblable puisque la correspondance de la jeune duchesse et de la vieille marquise montre que Mme de Maintenon était parfaitement informée sur ce point depuis des années (voir également le récit de la mort de la duchesse dans Mlle d'Aumale, *op. cit.*, et l'engagement que prend Mme de Maintenon de payer encore une fois ces dettes-là). Les détracteurs de la Dauphine prétendent, de leur côté, qu'il s'agissait d'une correspondance secrète entre la jeune princesse et son père, le duc de Savoie, au profit duquel elle n'aurait pas hésité à trahir le roi de France : compte tenu du caractère de la duchesse, la supposition ne tient guère ; surtout, on voit mal comment, dans cette hypothèse, Louis XIV et Mme de Maintenon auraient pu conserver de la princesse le souvenir attendri qu'ils en gardèrent toujours. J'ai opté pour l'hypothèse la plus vraisemblable : des lettres d'amour, probablement des lettres de Nangis ; certes, Saint-Simon prétend que Mme de Maintenon était la confidente des « flirts » de la duchesse, mais nous voyons, par sa correspondance, qu'il n'en était rien et que, dans les dernières années, elle croyait, de bonne foi, la duchesse amoureuse de son mari, d'où probablement sa surprise et sa tristesse à l'ouverture de la cassette.

Pour ce qui est de la querelle janséniste, enfin, je m'en suis tenue à la « version officielle » de Mme de Maintenon : « je ne m'en mêle pas » ; c'est ce qu'elle répète sans cesse à la princesse des Ursins dans des termes que j'ai repris, affectant, lorsqu'elle se résigne à en parler, de le faire sur le ton du badinage (ainsi de ces cardinaux « dont la couleur de feu sied merveilleusement dans le vert de Marly »...). La réalité est certainement plus complexe : par la correspondance qu'elle entretient en même temps avec le chancelier Voysin, nous voyons qu'elle est bien informée sur ces questions, parfois avant le Roi lui-même, et qu'il arrive que les ministres s'en remettent à elle du soin de dire ou de ne pas dire, de demander ou de ne pas demander au monarque. Si Mme de Maintenon n'est pas, bien certainement, l'inspiratrice du Roi dans cette querelle (le père Tellier et le clan Bourgogne-Beauvilliers-Fénelon ont de plus grandes responsabilités) et si, une fois encore, les implications politiques du débat, auxquelles Louis XIV est sensible, la dépassent, elle ne joua pas dans cette affaire le rôle modérateur que sa position d'alors lui eût peut-être permis de jouer.

Au passif de l'influence politique de Mme de Maintenon on doit donc ranger les deux grandes querelles de doctrine religieuse du règne : l'affaire du quiétisme d'abord, dans laquelle à des imprudences certaines elle fit succéder une certaine lâcheté, et l'affaire du jansénisme ensuite, à propos de laquelle elle ne sut pas, ou ne voulut pas, « freiner » le Roi.

A l'actif de ce bilan, il faudrait ranger, en contrepartie, la condamnation sans ambages de la guerre du Palatinat, le conseil de refuser la succession espagnole, l'exposé renouvelé de maximes pacifistes, l'appui constamment apporté à Villars, seul grand capitaine de la fin du règne, la désapprobation des dépenses somptuaires de la Cour, le désir d'éduquer les laissés-pour-compte de l'instruction (femmes et gens du peuple), et une certaine modération dans les affaires protestantes.

Quant au choix du personnel administratif et politique, où l'influence de Mme de Maintenon se manifesta plus tôt et plus profondément que dans les autres domaines, je ne sais de quel côté faire pencher la balance : les historiens du XIXe siècle ont si bien chanté les louanges de Louvois et, surtout, de Colbert qu'il ne leur restait plus de voix pour parler des autres ; les historiens contemporains (voir, par exemple, P. Goubert) se demandent pourtant si le mérite des uns et le démérite des autres sont aussi contrastés qu'on l'a dit. Si l'on exclut, en effet, les quelques médiocres qui durent leur place au jeu de la « survivance » (tel Barbezieux), le personnel politique de la fin du règne, que Mme de Maintenon contribua à mettre en place, ne semble pas méprisable. Beauvilliers, Chamillart, Pontchartrain ou Torcy, tels qu'ils apparaissent dans leurs actions et dans leurs écrits, sont des hommes travailleurs, honnêtes et intelligents. Il se peut que ces qualités-là ne soient pas politiques. Il est surtout probable que ces ministres, si compétents qu'ils fussent, ont eu affaire à une situation économique, diplomatique et militaire radicalement différente de celle que leurs prédécesseurs avaient eu le bonheur de connaître. On est rarement un grand ministre des Finances dans les temps de vaches maigres, et tout l'art du gouvernement consiste, peut-être, à n'y arriver qu'au bon moment...

CHAPITRE 20

Correspondance de Mme de Maintenon, op. cit. (sa santé, les tristesses de Villeroy, les frasques du chevalier de Caylus, la visite du Csar, etc.) ; *Manuscrits des dames de Saint-Cyr, op. cit.* ; Mlle d'Aumale, *op. cit.* ; Saint-Simon, *op. cit.* ; La Beaumelle, *op. cit.* ; H. Bonhomme, *op. cit.* (lettre de R. Burlamacchi aux Villette sur la mort d'Agrippa d'Aubigné) ; Lavallée, *La Maison royale de Saint-Cyr »*, *op. cit.* ; Paul Jazet, *Histoire de l'Ecole de Saint-Cyr*, chez Delagrave, 1886 (procès-verbal établi par les révolutionnaires, à la suite de la profanation de la tombe de Mme de Maintenon, et décrivant la marquise dans son cercueil comme « n'ayant les cheveux ni blanchis ni même mêlés »).

Pour la rédaction de ce chapitre, je me suis inspirée directement de la correspondance de la marquise dans ces années de retraite ; je n'y ai apporté d'autre modification que de faire adresser à la petite de La Tour l'adieu tendre que la marquise adressa en fait à Mme de Dangeau.

Mme de Maintenon mourut le 15 avril 1719 et fut enterrée à Saint-Cyr. En 1793, sa tombe fut profanée, son cadavre traîné dans la boue, ses ossements dispersés. « Ce jour-là, écrit l'un de ses biographes, elle fut enfin traitée en reine. »

*Principales biographies générales
de Mme de Maintenon
(en langues française et anglaise)*

La Beaumelle, *Mémoires pour servir à l'histoire de Mme de
Maintenon,* chez Dufour et Roux, Maestricht, 1778 (la biographie écrite par La Beaumelle vaut mieux que son édition,
falsifiée, de la correspondance ; outre qu'elle est généralement fort bien écrite, elle contient quantité d'anecdotes qui,
tenues pour fausses lorsque les infidélités de l'auteur ont été
connues des historiens, se sont finalement révélées vraies :
ainsi en va-t-il des informations que La Beaumelle disait
tirer des mémoires du curé de Versailles et qui, rejetées pendant un siècle, sont apparues exactes lorsqu'on a redécou-
vert, par hasard, en 1927, le manuscrit des Mémoires de ce
prêtre. Il faut convenir que La Beaumelle était souvent
remarquablement informé ; il faut convenir aussi que,
lorsqu'il ne l'était pas, il savait fabuler comme personne).
L. A. de Caraccioli, *La Vie de Mme de Maintenon,* chez Buisson,
à Paris, 1786.
Mme de Genlis, *Mme de Maintenon, pour servir de suite à l'histoire de Mlle de La Vallière,* chez Maradan, Paris, 1806.
Lafont d'Ausonne, *Histoire de Mme de Maintenon,* chez Magimel, Paris, 1814.
Mme Suard, *Mme de Maintenon peinte par elle-même,* chez Janet
et Cotelle, Paris, 1828.
Duc de Noailles, *Histoire de Mme de Maintenon,* au Comptoir
des Imprimeurs réunis, Paris, 1848-1858 (cet ouvrage, sérieux

et documenté, vaut plus par la peinture des milieux et de la société du XVIIᵉ siècle que par le portrait même de Mᵐᵉ de Maintenon : l'auteur, comme tous ceux de son temps, était encore abusé par la fausse correspondance de La Beaumelle ; cette biographie s'arrête, au surplus, à l'année 1697).

Lady Blennerhasseit, *Louis XIV and Mᵐᵉ de Maintenon*, chez Dent and sons, Londres, 1910.

Mᵐᵉ Saint-René Taillandier, *Mᵐᵉ de Maintenon*, chez Hachette, Paris, 1920.

Gonzague Truc, *Mᵐᵉ de Maintenon*, Paris, 1929.

Maud Cruttwell, *Mᵐᵉ de Maintenon*, chez Deut and sons, Londres, 1930.

Marcel Langlois, *Mᵐᵉ de Maintenon*, chez Plon, Paris, 1932 (au contraire de ce qu'il en est pour La Baumelle, l'édition de la correspondance entreprise par Marcel Langlois vaut mieux que la biographie, décousue et incomplète, qu'il a également donnée au public).

G. Girard, *Mᵐᵉ de Maintenon*, chez Albin Michel, Paris, 1936.

Claude Aragonnès, *Madame Louis XIV*, Maison de la Bonne Presse, Paris, 1938.

Auguste Bailly, *Mᵐᵉ de Maintenon*, aux Editions de France, Paris, 1942.

Jean Cordelier, *Mᵐᵉ de Maintenon*, Le Seuil, Paris, 1955 (il s'agit certainement de la meilleure biographie moderne de Mᵐᵉ de Maintenon ; on peut regretter que l'enfance et la jeunesse du personnage soient si « expédiées », on peut ne pas suivre quelques-unes des hypothèses faites sur sa vie privée ni partager certains jugements un peu hâtifs, on peut souhaiter enfin une analyse plus complète de son rôle politique, mais on doit, en tout cas, admirer sans réserve la justesse et la finesse du portrait psychologique de Mᵐᵉ de Maintenon qui est ici tracé).

Pamela Hill, *Shadow of palaces*, chez Jeheber, Genève, 1956.

Louis Mermaz, *Mᵐᵉ de Maintenon ou l'amour dévot*, Ed. Rencontres, Lausanne, 1965.

Charlotte Haldane, *Mᵐᵉ de Maintenon, uncrowned queen of France*, chez Bobbs-Merril, New York, 1970.

Je tiens à remercier tout particulièrement Mme Raindre et Mme Quatrebœufs qui m'ont accueillie avec une grande gentillesse et m'ont laissée, des mois durant, « explorer » leurs archives familiales.

Achevé d'imprimer en janvier 1999
sur les presses de l'Imprimerie Bussière
à Saint-Amand (Cher)

POCKET - 12, avenue d'Italie - 75627 Paris Cedex 13
Tél. : 01-44-16-05-00

— N° d'imp. 132. —
Dépôt légal : avril 1996.

Imprimé en France